钱锺书诗学方法论稿

A Study of Qian Zhongshu's
Methodology for Poetics

杨 果 著

图书在版编目 (CIP) 数据

钱钟书诗学方法论稿 / 杨果著. —北京：北京大学出版社，2022.4
ISBN 978-7-301-32972-6

Ⅰ.①钱⋯　Ⅱ.①杨⋯　Ⅲ.①钱钟书（1910—1998）–诗歌研究　Ⅳ.① I207.22

中国版本图书馆 CIP 数据核字 (2022) 第 049438 号

书　　　名	钱锺书诗学方法论稿 QIAN ZHONGSHU SHIXUE FANGFA LUNGAO
著作责任者	杨　果　著
责任编辑	刘　爽
标准书号	ISBN 978-7-301-32972-6
出版发行	北京大学出版社
地　　　址	北京市海淀区成府路 205 号　100871
网　　　址	http://www.pup.cn　　新浪微博：@ 北京大学出版社
电子信箱	nkliushuang@hotmail.com
电　　　话	邮购部 010-62752015　发行部 010-62750672　编辑部 010-62759634
印　刷　者	北京溢漾印刷有限公司
经　销　者	新华书店
	720 毫米 × 1020 毫米　16 开本　19.25 印张　356 千字 2022 年 4 月第 1 版　2022 年 4 月第 1 次印刷
定　　　价	98.00 元

未经许可，不得以任何方式复制或抄袭本书之部分或全部内容。
版权所有，侵权必究
举报电话：010-62752024　电子信箱：fd@pup.pku.edu.cn
图书如有印装质量问题，请与出版部联系，电话：010-62756370

国家社科基金后期资助项目
出版说明

　　后期资助项目是国家社科基金设立的一类重要项目,旨在鼓励广大社科研究者潜心治学,支持基础研究多出优秀成果。它是经过严格评审,从接近完成的科研成果中遴选立项的。为扩大后期资助项目的影响,更好地推动学术发展,促进成果转化,全国哲学社会科学工作办公室按照"统一设计、统一标识、统一版式、形成系列"的总体要求,组织出版国家社科基金后期资助项目成果。

全国哲学社会科学工作办公室

目 录

导论　钱锺书诗学方法研究三十年 ………………………… 1
　一、方法论与 20 世纪中西学术 ………………………………… 3
　二、钱锺书诗学方法研究小史 …………………………………… 17
　三、"打通说"与"阐释循环说"献疑 …………………………… 26

第一章　析理论世的诗学形态：理趣与游戏 …………………… 58
第一节　"尚理""尚趣"与析理论世 ……………………………… 59
　一、"好学深思"与"痴气旺盛"：钱锺书学术性格的关键词 … 59
　二、"尚理"与"尚趣"：钱锺书诗学的组织原则 ……………… 62
　三、析理与论世：钱锺书诗学的两大风貌 ……………………… 66
第二节　理趣 …………………………………………………………… 73
　一、理趣与钱锺书诗学 …………………………………………… 73
　二、理趣的方法论意义 …………………………………………… 77
第三节　"游戏" ……………………………………………………… 82
　一、钱锺书论"游戏" …………………………………………… 82
　二、游戏与"钱学" ……………………………………………… 84
　三、比较诗学视域中的"钱学"游戏 …………………………… 93

第二章　"解人谈艺"的主体建构：从"学士"到"解人" …… 97
第一节　有缺陷的主体："学士""文人"与"通人" …………… 98
　一、专门学科研究者与"学士" ………………………………… 98
　二、文艺创作者与"文人" ……………………………………… 102
　三、跨学科研究者与"通人" …………………………………… 106
第二节　动态生成的理想主体："解人" ………………………… 110
　一、"解人"面面观 ……………………………………………… 110
　二、"解人"的现实可能性 ……………………………………… 113
　三、"解人"的方法论意义 ……………………………………… 142

第三章　多元考辨的批评模式：批判性理解 …… 146
第一节　"理解"与钱锺书诗学 …… 146
一、西方阐释学史上的"理解" …… 147
二、钱锺书诗学论域中的"理解" …… 159
第二节　批判性理解 …… 176
一、何谓"批判性理解"？ …… 176
二、"批判性理解"的批评模式 …… 182
第三节　多元视域中的文本考辨：连类与涵泳 …… 192
一、"互文性"：钱锺书诗学特征？ …… 193
二、多元视域的建构："连类" …… 212
三、意义探寻方式的革新："涵泳" …… 229

第四章　"思转自圆"的论述逻辑：步步为营与同异互现 …… 246
第一节　"圆"与钱锺书诗学 …… 247
一、钱锺书论"圆" …… 248
二、"圆"的诗学 …… 251
三、"圆"与"复杂性"思想 …… 254
第二节　步步为营 …… 262
一、"丫叉法" …… 263
二、"进一解" …… 265
三、"下转语" …… 267
第三节　同异互现 …… 268
一、"同—异"交互 …… 269
二、"正—反"论证 …… 273
三、"常—变"论析 …… 276

余论：钱锺书与比较诗学的方法论建设 …… 279

参考文献 …… 286

后　记 …… 299

导论　钱锺书诗学方法研究三十年

1948年，钱锺书①的重要诗学著作《谈艺录》由开明书店出版。也许时局的不平静造成了学界的不平静，又或许钱氏当时的名气的确还没达到后来万众瞩目的程度——总之，除了少数批评声音之外②，这本在朋友圈中深受赞誉与期待的著作③，基本没有引起当时学界的太多注意。中华人民共和国成立后出版的《宋诗选注》(1958)，虽一度引起笔墨之争④，然而其主流最多可称之为一种肤浅的回应，算不得严肃的研究与批评。可以说，国内较成规模的钱锺书诗学研究是从1979年《管锥编》出版前后开始的，1984年《谈艺录》补订本的出版则更添助力，直至达到20世纪90年代的研究高潮。自1980年《读书》杂志发表钱锺书研究的系列文章以来，三十多年间，相关学术论文至少已达数千篇，重要著作出版了数十本，而博士论文也已经有了十多篇。在这样的情况下选择钱锺书作为研究对象，无疑是一种冒险。一方面，钱著博大精深，常使后人深感学力不济，有宝难寻；另一方面，前人的多年耕耘也

---

① 时至今日，钱锺书姓名的简体字写法仍未统一，主要分歧在于：第二个字究竟应当写作"钟"还是"锺"？笔者认为，在2013年以前，由于"锺"作为简体字尚未得到权威机构的认可，故而钱氏姓名的简体字宜写作"钱钟书"。但随着2013年6月18日新版《通用汉字规范表》的公布，"锺"作为"鍾"，尤其是人名中繁体字"鍾"所对应的简体字的合法性已经确立。因此，自2013年下半年开始，钱氏姓名的简体字以写作"钱锺书"为宜。一字之差，不仅涉及现代汉语发展的宏观路径与钱锺书研究的基本问题，而且直接影响相关文献的检索与整理。为此，本书将在正文（包括正文中的引文）中将钱氏姓名统一写作（或调整为）"钱锺书"，但对参考文献标题中原作者的相关写法则不加改动，以便资料的核查。
② 从搜集到的资料来看，《谈艺录》出版前后学界的反应均较为平淡，与之相关的专论难得一见，阎简弼1948年年底发表于《燕京学报》上的书评成了当时的重要资料。文中作者对《谈艺录》虽有多方肯定，但也一口气排出了其"疏于辩正"等七大问题。参阅阎简弼：《〈谈艺录〉》，《燕京学报》1948年12月，第271－283页。
③ 在《谈艺录》正文前的"小序"中，钱锺书揭示此书的写作动机之一便是受友人冒效鲁"咳唾随风抛掷可惜也"一语的"撺掇"。而冒效鲁也有"回思谈艺欢"等诗句回忆《谈艺录》撰述期间钱锺书与友畅谈之意气风发，足见此书在朋友间引发的激动情绪。分别参见钱锺书：《谈艺录》，北京：生活·读书·新知三联书店，2007年，第1页；冒效鲁：《叔子诗稿》，合肥：安徽文艺出版社，1992年，第38－39页。另，以下所引《谈艺录》文字，除特别标明之外均为生活·读书·新知三联书店2007年版，仅注书名与页码，以避冗赘。
④ 可参阅龚刚的相关梳理。见龚刚：《钱钟书——爱智者的逍遥》，北京：文津出版社，2005年，第26页，注①。

使得后来者很难在这方学术矿藏上轻易找到新的开采点。然而,换个角度看,也正是钱著的体大思深对后人造成了难以抗拒的持续吸引力;而前人研究成果的积累,或许可予后学以襄助,使之部分地弥补自身学力之缺憾。此外,在经历了20世纪末的"火热"与21世纪初的"余热"后,近年来学界对"钱学"的认识和评价开始整体回归理性轨道①,这或许也为后来者提供了一个难得的反思契机,使一种疏离的思考具备了可能②。

钱锺书的著作究竟有无系统性?这是数十年来"钱学"研究界聚讼纷纭的热点问题之一。否定的一方认为钱锺书"继承了中国学人的传统欠缺",缺乏"体系性建构的能力",只不过"在细节上有较大贡献"③;肯定的一方则强调,虽然钱锺书本人拒绝建立"钱学体系",但其著作中却存在着"统一的理论、概念、规律和法则,存在着一个相互'打通',印证生发、充满活泼生机的体系"④。笔者认为,钱著有无体系的问题不应奢望仅凭某一特定视角的观察即得出一个全局性的结论——那样的认识多是非此即彼的二元对立式思维的产物,而应多方加以审视、考量,具体地展开分析判断。可以说,这个问题实际上并没有唯一的答案。如果仅从著述形态上来看,钱著的确显得比较"零碎"和"分散",更像是作者本人兴之所至的随手点评,与维柯《新科学》、黑格尔《美学》那样筋脉豁张、头头是道的大部头著作完全不一样。但如果我们换一个视角,从钱著的思想、内容入手对其加以考察,则也不难发现"钱先生的著述也并不全然是散杂无章"的,"在作者心中,丰富的思想是汇为一体的,只是在写成文字时才由不同环境发为不同议论,散见在各处"。⑤ 为此,舒展从"钱学"涉及的问题域出发,分别以思辨论、人事论、创作论、赏析论、文论等五大论域重组钱著,选编出足足六大册《钱锺书论学文选》⑥;张文江则从钱著的内在思路及其文献结构出发,对"钱学"的学术系统加以精当解析⑦;21

---

① "钱学"概念在学术界有两种理解:其一指钱锺书的全部学术成果,如陈子谦《钱学论》中的指称;其二指有关钱锺书其人其文的研究,如王水照认为:"'钱学'即'钱锺书研究'",可参阅王水照:《记忆的碎片——缅怀钱锺书先生》,见王水照:《鳞爪文辑》,西安:陕西人民出版社,2008年,第6页。本书对"钱学"取第一种理解,而将上述第二种理解称为"'钱学'研究"。
② 这一"疏离"感也是钱锺书对诗学研究主体提出的基本要求之一,本书第二章将就此详加论述。
③ 王晓华:《钱锺书与中国学人的欠缺》,《探索与争鸣》1997年第1期,第17—18页。
④ 王水照:《记忆的碎片——缅怀钱锺书先生》,见王水照:《鳞爪文辑》,西安:陕西人民出版社,2008年,第8页。
⑤ 张隆溪:《走出文化的封闭圈》,北京:生活·读书·新知三联书店,2004年,第218页。
⑥ 舒展选编:《钱锺书论学文选(第一卷)》,广州:花城出版社,1990年。
⑦ 张文江:《钱锺书传——营造巴比塔的智者》,上海:复旦大学出版社,2011年。

世纪初也有年轻学者对钱锺书诗学思想的系统性作出了自己的论证①。同样,当我们选择从方法论角度入手审视钱锺书诗学时,钱著中潜在的筋骨脉络也将如解剖学图片一般清晰可辨。在笔者看来,以"理趣"与"游戏"为特征的理论形态、以"解人"为目标的主体建构、以"批判性理解"为核心的多元考辨模式、以"思转自圆"为鲜明特征的诗学论述逻辑——这四大方面的有机结合所勾画出来的,恰是一幅钱锺书诗学方法的完整图谱。而深入探索、揭示这幅图谱的具体特征,便是本书最主要的任务。

一、方法论与20世纪中西学术

(一) 诗学、方法、方法论

无论从哪一方面来看,本书所涉及的"诗学""方法论"都是不折不扣的"宏大概念"(macro-concept)。这样的概念总是以其自身界定的复杂性、生长流变的多样性以及传播理解的争议性给使用者带来巨大挑战。无论"诗学"还是"方法论"——甚至包括与"方法论"紧密联系的"方法",都不是三言两语能够说清楚的,它们需要的可能是研究者一生的思考与探索。然而,由于这几个概念直接关涉本书具体材料的选择与研究范围的设定,更与本书论点的形成及笔者对"钱学"的理解密切相关,因此,在进一步探讨之前,有必要就其做一基本界定。当然,由于上文提及的原因,这个界定注定只能是简单的、阶段性的。

1. 诗学

无论在国内还是国外,"诗学"(poetics)一词都有着悠久的历史,其含义也发生过多次变化。② 大致说来,"诗学"在西方经历了四次较大的内涵转变。就其原初意义而言,"诗学"的指涉领域并不仅限于后世文类学意义上的"诗",而指某一行业——包括诗歌在内——的通用型"技艺、技巧"③;到亚里士多德时代,"诗学"成为以戏剧为中心,兼及诗歌(主要是史诗)的"关于诗的艺术本身"的理论研究④;受《圣经》寓意阐释的影响,中世纪的"诗学"最初偏

---

① 许龙:《钱锺书诗学思想研究》,北京:中国社会科学出版社,2006年。该著是在作者2004年同名博士学位论文的基础上出版的。

② 杨乃乔教授对中西语境下"诗学/poetics"的多重含义有过详细的梳理介绍,此处不再赘述。参阅杨乃乔:《论中西学术语境下对"poetics"与"诗学"产生误读的诸种原因》,《天津社会科学》2006年第4期,第106—111页。

③ Hawkins, Joyce M., and Robert Allen, eds. *The Oxford Encyclopedic English Dictionary*. Oxford: Oxford University Press, 1991. 1118.

④ 亚理斯多德、贺拉斯:《诗学·诗艺》,罗念生、杨周翰译,北京:人民文学出版社,1962年,第3—6页。

重"文论"之义,后来则特指作诗的"技艺"——即诗歌写作方法与技巧①;19世纪末 20 世纪初,在索绪尔语言学理论与俄国形式主义者的影响下,"诗学"逐渐成为广义文学理论的代名词——比较诗学学者借此将其界定为"文学的概念、原理或系统"②;而 20 世纪末以来,这一概念似乎又回归了其原初时代最为普泛的意义维度,"几乎用来指代一切人类活动,以至于再也不仅仅意味着'理论'了"③。

与西方"诗学"曾两度泛指人类所有活动的情况不同,中国学术史上关于这个概念的讨论始终没有偏离文艺领域。不过,其内涵在不同时代仍经历了数次转变。在唐代以前,"诗学"基本上特指"《诗经》研究",是一门围绕《诗经》展开的专门学问。自唐代开始,"诗学"有了"诗歌创作技巧"的含义,并进而分指"一段时期内诗歌创作的总称""诗歌的创作实践与技巧""对诗歌自身的理论研究"等三重意蕴。④ 进入 20 世纪,在"西学东渐"与传统学术现代转型的大背景下,现当代学者关于"诗学"的理解开始出现分野:一方面,有学者自觉继承传统诗学观,将"诗学"概念的有效范围严格限定于诗歌领域,在此基础上或取唐以前的"学问说"——如董乃斌认为诗学是"关于诗歌的学问,或者说,以诗歌为对象的学科领域"⑤,或坚持唐以后的"创作技巧"与"理论研究"定位——如袁行霈等关于"'诗学'就是指关于诗的理论与品评"的强调⑥;另一方面,也有学者积极利用 20 世纪西方诗学思想,尤其是西方比较文学、比较诗学思域的成果,赋予传统"诗学"概念以现代意义——如乐黛云认为:"现代意义的诗学是指有关文学本身的、在抽象层面展开的理论研究。"⑦这一界定不仅将诗学的研究范围扩展到文学全体,而且将其研究方式明确为抽象的理论研究,其主张与 20 世纪西方学界的主流诗学观已几无二致。

从以上简单梳理中可以发现,中西学界的"诗学"概念其实一直处于"被

---

① 陆扬:《欧洲中世纪诗学》,上海:上海社会科学院出版社,2000 年,第 174 页。
② Miner, Earl. *Comparative Poetics: An Intercultural Essay on Theories of Literature*. Princeton: Princeton University Press, 1990. 4. 引文为笔者自译。下同。
③ Preminger, Alex, and T. V. F. Brogan, eds. *The New Princeton Encyclopedia of Poetry and Poetics*. Princeton: Princeton University Press, 1993. 929. 引文为笔者自译。
④ "诗学"的这三层意思出自刘耘华教授的归纳。参阅刘耘华:《中西文化差异与比较诗学方法论建构的若干问题》,《上海师范大学学报(哲学社会科学版)》2015 年第 3 期,第 86—87 页。
⑤ 傅璇琮等主编:《中国诗学大辞典》,杭州:浙江教育出版社,1999 年,第 2 页。
⑥ 袁行霈、孟二冬、丁放:《中国诗学通论》,合肥:安徽教育出版社,1994 年,第 3 页。
⑦ 乐黛云、叶朗、倪培耕主编:《世界诗学大辞典》,沈阳:春风文艺出版社,1993 年,"序"第 4 页。

界定"的过程之中。无论是历史上还是在当今时代,这个概念不仅难以获得一个一致认可的统一定义,其所指有时甚至变得宽泛无边。这就要求每一位研究者首先就其给出一个自己的界定,否则很容易引发误解。从上述梳理来看,"诗学"定义中的分歧主要集中于以下两点:其一为研究方式,即——诗学究竟是理论探讨还是某种具体技艺?其二为研究范围,即——诗学究竟是仅限于诗歌,还是可以推广到一般文艺领域?就中西诗学史的主流而言,将"诗学"视为某种制造技艺或创作技巧的观点均较为早出且倡导者比较小众,从理论角度对其进行把握遂逐渐成为中外学者的共识。如中国现代两部诗学名著《中国诗学大纲》(杨鸿烈,1928)和《中国诗学通论》(范况,1930)虽以继承传统诗学观为主,但也已经超出所谓"诗法"的囿限——前者明言在"归纳排比"中国古代诗学材料时援引了"欧美诗学家研究所得的一般诗学原理"[1],后者则以"规式""意匠""结构""指摘"四要素重组古代诗学,同样表现出鲜明的理论建构倾向[2]。而在著名的《文学理论》中,西人韦勒克和沃伦更是直接将诗学看作其所谓的文学理论(theory of literature)的四大组成部分之一。[3] 因此,自现代以来的中西诗学探索中,理论思辨作为一个重要的研究基点已成为学者们不约而同的选择。至于诗学探索是否可以延伸至广义的文学领域这一点,争论似乎主要发生在国内而非国外。毕竟,亚里士多德《诗学》的写作原本就是以戏剧为中心完成的;前文提及的西学名著《文学理论》中,韦勒克和沃伦也已将诗学直接理解为狭义的"文论"(literary theory)。[4] 相反,由于标示着"诗话""词话""曲话"头衔的海量传统诗学资源的存在,也由于现当代文论体系中"诗歌""散文""小说""戏剧"四分法的长期通行,中国学者在"诗学"对象的定位上反而长期陷入以诗歌为主和指涉全部文学体裁这两大倾向的对抗之中。那么,在 21 世纪的学术语境中,究竟哪一种倾向更加符合时代的选择?又或者说,二者是否可以统一于 21 世纪的诗学探索之中?陈跃红于 21 世纪初提出的观点为上述问题提供了启发。在《比较诗学导论》一书中,他重申并进一步发展了乐黛云教授关于"诗学"的看

---

[1] 杨鸿烈:《中国诗学大纲(第二版)》,台北:台湾商务印书馆股份有限公司,1976 年,"自序"第 1 页。
[2] 范况:《中国诗学通论》,上海:商务印书馆,1930 年,第 1 页。
[3] Wellek, René, and Austin Warren. Preface. *Theory of Literature*. By Wellek and Warren. New York: Harcourt, Brace and Company, 1949. v. 引文为笔者自译,下同。另,韦勒克和沃伦"文学理论"的其他三要素分别为:"批评"(criticism)、"学术"(scholarship)和"文学史"(literary history)。
[4] Ibid.

法,将其定义为"在抽象层面上所展开的关于文学问题的专门研究"①,不久又据此提出了当代比较诗学研究应从"文类学诗学"向"文艺学诗学"转变的著名主张。② 这一方面对传统诗学观的价值及其当代坚守者的工作给予了公正的认可,另一方面则顺应世界诗学发展的潮流而大胆倡导一种超越诗歌领域的宽广视野,从而为中国传统诗学在一个更为宽广的舞台上发挥自己的价值提供了新的可能。尤其值得注意的是,"关于文学问题的专门研究"这一界定实际上为"理论研究"之外的文学探讨打开了"诗学"的大门,与此同时,"在抽象层面上""展开"的强调则为这些类型的研究提供了必要的理论限定,从而有效避免了诗学探索的印象化与情绪化——这无疑为当代诗学研究开拓了新领域、提供了新思路。从中西诗学史上大量的研究实例来看,文学的理论问题以及已有的、与此相关的研究——即理论批评——固然是常见的讨论对象;但实际上,如何在学理层面将具体的文学文本解读纳入诗学领域,同样成为不少中外学人思考的重点。就中国古代文论的许多研究者而言,对传统诗学观的坚持并非固执,而是出于对古代诗话中鉴赏品评文字价值的发现与尊重;同样,作为世界上首部比较诗学专著的作者,厄尔·迈纳(Earl Miner)在强调比较诗学的主要研究对象为文学理论(theories of literature)的同时,也忍不住提醒读者多多注意自己"对那些富于个性的诗作的鉴赏"(appreciation of individual poems)。③ 这些都说明具体作品的评点品藻有理由成为诗学探索的一个组成部分,所缺的不过是一个学理上的保障而已。陈跃红"在抽象层面上"展开研究的提法,或可成为这方面一个行之有效的依据。

　　正是在综合吸收前人观点及上述相关思考的基础上,笔者尝试着在此提出自己对于"诗学"的理解。笔者认为,根据其具体研究对象的不同,"诗学"大致包括以下三方面的内容:以作品的理论解读为中心的鉴赏品评、以抽象的文艺问题为中心的理论探讨以及以其他研究者的研究成果为讨论对象的对话批评。简而言之,所谓"诗学",指的是与文艺相关的理论探讨、批评对话和灌注着理论精神的作品品评。从这一理解出发,钱锺书关于抽象的文学理论问题的研究及其以诗歌为主,兼涉小说、戏剧(曲)、散文等各类文学作品的

---

① 陈跃红:《比较诗学导论》,北京:北京大学出版社,2005年,第2页。
② 陈跃红:《回到自身的学术处境和问题意识》,《中国比较文学》2009年第1期,第31—32页。
③ Miner, Earl. *Comparative Poetics: An Intercultural Essay on Theories of Literature.* Princeton: Princeton University Press, 1990. 6—7.

"具体的文艺鉴赏和评判"①,都将成为本书的考察对象。

2. 方法

自17世纪笛卡尔(René Descartes)提出方法论问题以来②,"方法"与"方法论"就一直是学者们致力澄清的两个概念。"什么是方法"这个问题看似简单,然而在实际的研究过程中,许多人对这一概念的使用却常常模糊不清,从而生发出种种不同理解。德国学者阿·迈纳(Albert Menne)从康德(Immanuel Kant)对"方法"的定义("方法意谓如何能够完全地认识一个客体的方式")开始,一口气列举了弗赖斯的"方法意谓与必要规则相联系的行动方式"等不同学者的七种不同定义,足见"方法"理解的多样性。③ 黑格尔则将"方法"看作"主体方面的某个手段",而"主体方面通过这个手段和客体相联系"。同时,"在真理的认识中,方法不仅是大量的已知规定,而且是概念的自在自为的规定性"④。这实际上是将内在的认识与外在的行动一起统一到了"方法"之中。在《小逻辑》中,黑格尔的这一意图更加明显:"方法并不是外在形式,而是内容的灵魂和概念。方法与内容的区别,只在于概念的各环节,即使就它们自身、就它们的规定性来说,也表现为概念的全体。"⑤这个意见应该说是对方法的较为全面的认识。值得注意的是,中国学者对此也有间接的呼应。比如胡经之、王岳川将"现代意义上"的"方法"理解为"从实践上、理论上把握现实,从而达到某种目的的途径、手段和方式的总和。方法的本质在于,它一方面是联结主客体的中介,同时,它不仅是一个中介物,而且可以作为独立存在的研究对象,即超越这一中介,达到对本体的把握"⑥。

在上述学者探讨的基础上,笔者认为可以就"方法"做一个综合理解。具体说来,即:"方法"是在主体认识论基础上形成并付诸实施的,具有明确实践意图的程序、方式或手段。具体到"钱学"中,本书所谓的"方法"指的是钱锺书为实践自己的某种学术主张或表达自己的艺术见解而采用的具体研究方式。以对钱著中"连类"方法的考察为例:在本书的探讨中,不仅必须回答连类"是什么""怎么做""怎么样"等问题,对这一概念本身的反思及隐藏于其后

---

① 钱锺书语,出自钱锺书《中国诗与中国画》文。见钱锺书:《七缀集》,北京:生活·读书·新知三联书店,2002年,第7页。以下所引《七缀集》除特别说明外均为此版本,只注篇名与页码,以避冗赘。
② 笛卡尔:《谈谈方法》,王太庆译,北京:商务印书馆,2000年。
③ 阿·迈纳:《方法论导论》,王路译,北京:生活·读书·新知三联书店,1991年,第8—9页。
④ 转引自列宁:《哲学笔记》,北京:人民出版社,1993年,第189页。
⑤ 黑格尔:《小逻辑》,贺麟译,北京:商务印书馆,1980年,第427页。着重号为原文所有。
⑥ 胡经之、王岳川主编:《文艺学美学方法论》,北京:北京大学出版社,1994年,第2页。

的主体意图的考索也是题中应有之义。

3. 方法论

与"方法"相比,中外学界对"方法论"的理解显然更为多样化。保加利亚学者 Л. 但格曾将方法论在 20 世纪的四大定义归纳如下:"一、关于方法的学说;二、关于方法的哲学学说;三、世界观原则的体系,或世界观原则应用于认识和实践;四、某一科学所运用的方法的总和。"在简要辨析了"制定方法论的概念"所需要回答的问题之后,这位学者将"方法论"界定为——由"世界观原则"和"运用专门科学方法的一般原则和规则"相互联系而组成的"一个统一的理论体系"①,显然是将通行的第三、四种定义做了某种程度上的整合。阿·迈纳从普遍方法论的角度出发,认为方法论即"探讨以获得科学认识为目的的方法"的"方法学说",它"不是严格的形式科学,而是实用科学",也就是说,"它给人某种行动指示,说明人应该怎样树立自己的认识目的,应该使用哪些辅助手段,以便能够有效地获得科学认识"②,突出了方法论的实践指导意义。麦奎根(Jim McGuigan)则从"方法"与"方法论"的比较中表明自己的立场,在"方法与程序有关,方法论则是研究工作的概念性基础"③的观点中,反映出来的是其对方法论理论价值的强调。与麦奎根相似,赵宪章对"方法论"的定义也是在与"方法"的联系中完成的。在他看来,"作为一门科学学科的'方法'""是从不同视角认知和把握对象,从而得出不同理论观点的思维原则",而"研究它们的基本形态和特点的理论就是方法论","方法论其实就是关于方法的理论"。④ 胡经之、王岳川等学者也将"方法论"定义为有关"方法"的理论,但进一步申明"方法"意味着"一定的本体论或世界观原则在认识实践过程中的运用",由此强调了方法论与"世界观"或"本体论"之间不可分割的联系。⑤

虽然我们很难将上述学者的"方法论"定义熔铸成一个完整概念,但从其论述重点来看却可以发现以下三大相通之处:其一,对"方法论"作为一个"理论体系"的强调;其二,对"方法论"与"世界观原则"或"本体论"之联系的强调;最后,对"方法论"所具有的实践指导意义的肯定。据此,我们或可将"方

---

① Л. 但格:《唯物辩证法是一种普遍的方法论》,谦如译,转引自《国外社会科学》1981 年第 12 期,第 36 页。
② 阿·迈纳:《方法论导论》,王路译,北京:生活·读书·新知三联书店,1991 年,第 6—7 页。
③ 吉姆·麦奎根编:《文化研究方法论》,李朝阳译,北京:北京大学出版社,2011 年,"前言"第 2 页。
④ 赵宪章:《文艺美学方法论问题》,广州:暨南大学出版社,2002 年,第 4 页。
⑤ 胡经之、王岳川主编:《文艺学美学方法论》,北京:北京大学出版社,1994 年,第 2 页。

法论"理解为与某种世界观及学科本体论紧密联系、具有鲜明的实践特征并以方法的探讨为中心的理论学说。而本书中所谓的"钱学"方法论,则是指钱锺书据以阐明自己对文艺本质的认识并彰显其独特审美理想与价值关怀的、由一整套文艺研究方法构筑而成的理论体系。

这样,在分别就"诗学""方法"和"方法论"三个概念做出大致界定后,便可以就本书的题旨做一个简单说明。所谓"钱锺书诗学方法",是指钱锺书在文艺理论研究与批评对话及具体作品的理论鉴赏过程中所采用的、反映其自身独到的文艺见解,彰显其独特审美理想与价值关怀的研究方式。以这些具体研究方式的探讨与实践为核心所形成的一整套理论体系,便是本书中所谓的"钱锺书诗学方法论"。与其诗学本体论一样,"钱学"方法论也是一个"潜体系"而非一目了然,需要人们以种种具体方法为中心,进行必要的追踪、勾勒与概括。本书的研究即循此目标而展开。

与动辄标榜"钱学"方法的唯一性且对其顶礼膜拜的做法相反,笔者认为,钱锺书诗学方法的形成既不是偶然的也不是孤立的,而是有着深广的学术史根基和鲜明的时代特征。20世纪中外学人在方法论领域的垦拓就像一面镜子,一方面映现着钱锺书诗学方法的形成与发展,另一方面又为后人的研究提供了明亮而生动的背景。

(二)方法论与20世纪中国学术

无论从其生命轨迹还是主要著作的发表时间来看,钱锺书均属20世纪熟谙中西学术的学人群体。就学术史的发展而言,20世纪的中国学界正处于一个由传统向现代转换的过程之中。西学东渐,逼使传统学术以他者眼光重新拷问自身价值;而近代民族屈辱史所带来的亡国灭种危机,更令严肃的近现代学人生发出一种与生俱来的文化使命感。戊戌前后至20世纪前半叶,各种理论、学说、"主义"争奇斗艳。然而,在救亡图存的压力下,无论是改良与革命之争,还是中学、西学的体用之辩,最终拷问的都绝不仅是理论本身的自洽,而是理论付诸实践的现实可能性。或许,正是在这一相似的治学背景下,对方法论的孜孜探讨和自身治学方法的高度重视,便成了近现代学人的共同标识之一。

早在1916年的《国民浅训》一书中,服膺"科学精神"[①]的梁启超便已经展开了对中西"研究学问之法"的整体思考,初步流露出以西方科学方法扫除

---

① 参阅梁启超:《论中国学术思想变迁之大势》第一节"永历康熙间",《新民丛报》1904年汇编本,第454—508页。

传统学术之弊端,进而求取"精密"之研究的学术取向。① 到晚年讨论如何"治国学"这一话题时,梁氏仍将"做学问的方法"与"做人的方法"并举②,而1926年则干脆于南开大学开课讲授"中国历史研究法",明诏大号方法对学术研究的重要作用。在为学界贡献了晚年最重要的著作之一——《中国历史研究法》及其《补编》③——的同时,梁氏最终完成了其对"方法"与"科学精神"的等量齐观:"可以教人求得有系统之真智识的方法,叫做科学精神。"④在梁氏感召下,吕思勉、钱穆等学者也相继出版了有关方法的学术著作,历史研究领域对方法的重视一时蔚然成风。⑤ 不过,公开倡言方法最力、实践最勤的恐怕非胡适莫属。除了在演讲等公众场合不时鼓吹方法的重要性之外,胡适发表于各类报刊的文字也始终不离治学方法的思考,由其亲自审定的四卷本《胡适文存》的第三卷甚至可称为"方法论专辑"⑥。的确,从1919年发表《清代学者的治学方法》到20世纪50年代在台湾大学做"治学方法"的演讲,胡适终其一生都在钻研方法并反复强调其重要性,力图建立一套熔杜威实用主义哲学与清代考据学于一炉的方法论体系,方法几乎成为胡氏学术的标签之一。有学者据此直言:"讨论胡适的学术贡献而不涉及其终生提倡的'科学方法',那是不可思议的。"⑦无论胡适对"科学方法"的理解有多少值得商榷之处,其"大胆的假设,小心的求证"⑧之于20世纪中国学界方法论探索的影响已经无法抹杀。

  梁、胡之外,其同代学者王国维也在著名的《红楼梦评论》等著作中,展示出一种从西方哲学角度透视本土文学、力图融合古今学术之长的跨文化与跨学科的方法诉求。陈寅恪对王氏治学方法的三大概括——"取地下之实物与

---

① 参阅梁启超:《国民浅训》第十二章"不健全之爱国论",上海:商务印书馆,1916年。转引自王瑶主编:《中国文学研究现代化进程》,北京:北京大学出版社,1996年,第8页。
② 梁启超:《治国学的两条大路》,《时事新报·学灯》1923年1月23日。转引自王瑶主编:《中国文学研究现代化进程》,北京:北京大学出版社,1996年,第5页。
③ 梁启超:《中国历史研究法》,上海:上海古籍出版社,1998年。
④ 梁启超:《科学精神与东西文化》,《科学》1992年第7卷第9期,第863页。
⑤ 吕思勉的《历史研究法》1945年曾由永祥印刷馆出版,参阅吕思勉:《史学四种》,上海:上海人民出版社,1981年,"前言"第2页;钱穆的著作1961年初版于香港,参阅钱穆:《中国历史研究法》,北京:生活·读书·新知三联书店,2001年,"序"第2页。
⑥ 胡适本人在这一集的"自序"中说:"这几十万字,除了卷一和卷九发表我的一点主张之外,其余七卷文字都可算是说明治学方法的文字。"参阅胡适:《胡适文存 叁》,北京:华文出版社,2013年,"自序"第1页。
⑦ 陈平原:《胡适的文学史研究》,见王瑶主编:《中国文学研究现代化进程》,北京:北京大学出版社,1996年,第216页。
⑧ 胡适:《清代学者的治学方法》,见胡适:《胡适文存 壹》,北京:华文出版社,2013年,第271、290—292页。

纸上之遗文互相释证""取异族之故书与吾国之旧籍互相补正""取外来之观念与固有之材料互相参证"①，堪称知言。事实上，这三大特征也完全可以用来概括陈氏自己的学术方法。后人最熟悉的自然是陈寅恪在《元白诗笺证稿》《柳如是别传》等著作中所展示的以诗证史的治学门径。刘梦溪称之为"笺诗证史"，并进而将其概括为建基于"中国文化本位思想"上的"打通文史、追求通解通识"②，基本上抓住了陈氏方法的精髓。此外，赵元任为"如何描述一个大方言群"所提供的"方法上的范例"③及其有关理论和方法之间关系的探讨④、对各种语言学"现代方法"(modern methods)作用和演变的介绍⑤；吴世昌结合瑞恰兹(I. A. Richards)的"六步分析法"对诗歌中语音的研究⑥及其于传世名著《红楼梦探源》(On the Red Chamber Dream)中所标举的"探源"法⑦，晚年对原型批评、心理分析甚至比较文学等西学方法的介绍与运用等⑧；鲁迅的建立在对清儒家法的继承与革新基础上的文学史研究方法；顾颉刚的历史学方法；郑振铎在文学研究中从进化论到实证论又到历史唯物主义方法的尝试与总结；朱光潜对西方文艺心理学方法的引进与开拓；程千帆的诗学方法论；王瑶对文学史研究科学方法论的探讨及王元化古今、中西、文史哲三"结合"的古代文论研究等，都是启迪后学的优秀学术成果，只是限于篇幅这里无法再一一遍举了。⑨ 毫不意外，前代学林的"方法热"也感染了后

---

① 陈寅恪：《王静安先生遗书序》，见陈寅恪：《金明馆丛稿二编》，上海：上海古籍出版社，1980年，第219页。
② 参阅刘梦溪：《陈寅恪的学术创获与研究方法》，见王瑶主编：《中国文学研究现代化进程》，北京：北京大学出版社，1996年，第145—149页。
③ 参阅赵元任：《赵元任语言学论文选》，叶蜚声译，北京：中国社会科学出版社，1985年，"序"第1页。
④ 参阅袁毓林主编：《中国现代语言学的开拓和发展——赵元任语言学论文选》，北京：清华大学出版社，1992年，第3—19页。
⑤ Chao, Yuen Ren. *Language and Symbolic Systems*, Cambridge: Cambridge University Press, 1968. 159—193.
⑥ 参阅吴世昌：《诗与语音》，《文学季刊》1934年1月创刊号，第263—276页。又见吴世昌：《罗音室学术论著（第一卷）》，北京：中国文联出版公司，1984年，第223—252页。
⑦ Wu, Shichang. *On the Red Chamber Dream*, Oxford: Oxford University Press, 1961. 中文版参阅吴世昌：《红楼梦探源》，见吴世昌：《罗音室学术论著（第四卷）》，北京：社会科学文献出版社，1998年。
⑧ 参阅吴世昌：《罗音室学术论著（第一卷）》，北京：中国文艺联合出版公司，1984年，第204—216页。
⑨ 由王瑶构想、设计并由陈平原继承实施的"中国文学研究现代化进程"课题，主要着眼点之一便是现代学者的研究方法，作为成果出版的两本著作中均有大量关于近现代学人方法论的介绍与研究。详见王瑶主编：《中国文学研究现代化进程》，北京：北京大学出版社，1996年；陈平原主编：《中国文学研究现代化进程二编》，北京：北京大学出版社，2002年。

代学者。于是,20世纪六七十年代之后,当西学再度大规模涌进中华学界之际,国内学界很快便于80年代中期掀起了一场规模空前的方法论大讨论。自然科学方法论向人文领域的移植是否可行、有何利弊、如何操作?新批评、形式主义、结构主义等各种西方诗学方法是否可以与中国文艺研究的实践"无缝对接"?对这些问题的关注与回答至今余响犹存。就学者们如此广泛的方法热情与丰富的方法论实绩而言,20世纪或许称得上中国学界"方法的世纪"。

(三) 方法论与20世纪西方学术

对西方学界来说,20世纪几乎是一个"批评的时代"①。这一百年中,西方文艺理论界所涌现的流派之驳杂、论争之激烈、更新换代之频繁,均远超之前任何一个世纪。不过,从庞德的"意象主义"到索雅的"第三空间",其间的各种学说虽然"乱花渐欲迷人眼",却也并非没有内在联系。朱立元以"人本主义""科学主义"之"两大主潮"与"非理性转向""语言论转向"之"两个转向"对其加以宏观概括②;张隆溪则直接指出,西方"20世纪的文评"的共同特征,乃是"从社会科学各科吸取观点和方法,成为一种独立的学科"③。的确,从世纪初的意象派文论开始,20世纪西方诗学就表现出了对方法的高度重视。在颇有意象主义"宣言"性质的《回顾》一文中,庞德首先提出的便是诗歌创作的方法问题,申言"直接处理"的重要性。④ 俄国形式主义者们则在吸收索绪尔语言学理论的基础上创立了自己的二元对立式的方法论。⑤ 后来的英美新批评派(New Criticism)在方法论上的贡献更是有目共睹。"新批评"将文学作品视为一个"有机整体"(organic wholes)⑥,要求研究者具有科学精神,

---

① 见张隆溪:《二十世纪西方文论述评》,北京:生活·读书·新知三联书店,1986年,第7页。
② 参阅朱立元主编:《当代西方文艺理论》,上海:华东师范大学出版社,1997年,第2—9页。
③ 张隆溪:《二十世纪西方文论述评》,北京:生活·读书·新知三联书店,1986年,第8页。
④ 庞德:《回顾》,郑敏译,见戴维·洛奇编:《二十世纪文学评论(上册)》,葛林等译,上海:上海译文出版社,1987年,第107—113页。
⑤ 作为俄国形式主义者主要代表之一的艾亨鲍姆在《"形式方法"的理论》一文中,虽然一开头就摆出一个撇清"方法"与"方法论"关系的架势,比如"所谓'形式方法',并不是形成某种特殊'方法论的'系统的结果,而是为建立独立和具体的科学而努力的结果",强调形式主义方法的灵活性,然而他所谓的"形式方法"却仍然不可避免地滑入科学实证主义的怀抱,最终成为实证主义方法论的代表之一。参阅艾亨鲍姆:《"形式方法"的理论》,见茨维坦·托多罗夫编:《俄苏形式主义文论选》,蔡鸿滨译,北京:中国社会科学出版社,1989年,第19—57页。
⑥ Eliot, T. S. "The Function of Criticism." *Selected Essays*. London: Faber and Faber, 1934. 23.

破除"意图谬见"(the intentional fallacy)和"感受谬见"(the affective fallacy)①,又构筑了一整套诗歌分析的概念体系,如"细读"(close reading)、"悖论"(paradox)、"反讽"(irony)、"张力"(tension)、"含混/复义/朦胧"(ambiguity)等②,完整地建立起了一个诗学方法论体系。由于新批评派成员多为任教于大学的教师,其学术实践也相应地"提供了一种便捷的教学方法"③,使其在欧美学院中大受欢迎并占据主流地位30年之久,这恐怕也是新批评数十年来在中国学界影响深远乃至胜过其在西方学界的继承的一大缘故④。对于现象学批评来说,现象学哲学"还原"方法的重要意义是不言而喻的。虽然现象学还原的方法使得现象学批评在方法论上具有"唯心主义"特征⑤,然而其给予诗学研究的启发却不容抹杀,英伽登(Roman Ingarden)的诗学实践便是明证,而其《对文学的艺术作品的认识》(*The Cognition of the Literary Work of Art*)一书探讨的正是"认识文学的艺术作品要经过哪种或哪些过程,有哪些可能的认识方式以及我们可以期待从这种认识中得到什么结果"这样的方法论问题⑥。大约从40年代末50年代初开始,人类学研究的影响开始渗透到诗学领域,直接催生了以弗莱(Northrop Frye)为主要代表的原型批评,为诗学研究带来了新的视野。而弗莱的方法论也引起研究者的兴趣,戴维·库克(David Cook)专门研究了弗莱方法论与《圣经》和宗教及维柯等前辈学者的关系⑦,弗莱文论的编辑者罗伯特·德纳姆(Robert Denham)则著有《弗莱的批评方法》⑧一书,专门对其进行探讨。至于结构主

---

① Leitch, Vincent B., ed. *Norton Anthology of Theory and Criticism*. New York: Norton, 2001. 1374—1387.
② 参阅赵毅衡:《新批评——一种独特的形式主义文论》,北京:中国社会科学出版社,1986年。中国学界对ambiguity一词有"复义""朦胧""含混"等几种译法,这里的"含混"采用赵毅衡教授的翻译。
③ Eagleton, Terry. *Literary Theory: An Introduction*. Oxford: Blackwell, 2005. 43.
④ 赵毅衡在回顾中华人民共和国成立后国内新批评研究史时指出:"从20世纪80年代至今,几乎没有一本'文学概论'之类的书不单辟一章讨论新批评,西方的文学概论书籍大多数只是在'形式论'一节中讨论新批评派。中国文论书籍的特殊做法是新批评在中国影响的明证。"参阅赵毅衡:《新中国六十年新批评研究》,《浙江大学学报(人文社会科学版)》2012年第1期,第144页。
⑤ Eagleton, Terry. *Literary Theory: An Introduction*. Oxford: Blackwell, 2005. 49.
⑥ 英伽登著作英译者鲁恩·安·克劳利和肯尼斯·R. 奥尔森语。参阅罗曼·英伽登:《对文学的艺术作品的认识》,陈燕谷译,北京:中国文联出版公司,1988年,"英译者序"第5页。
⑦ Cook, David. *Northrop Frye: A Vision of the New World*. Montréal: Ctheory Books, 2001. 26, 35.
⑧ Denham, Robert. *Northrop Frye's Critical Method*, University Park: Penn State University Press, 1978.

义,在特里·伊格尔顿(Terry Eagleton)看来,它"本身即表明一种研究方法",乃至"可被应用于从足球赛到经济生产方式等完整的对象系列"。① 话虽然说得有些夸张,却也不是没有道理。在20世纪各种各样的理论学说中,结构主义的确是最容易与其他流派发生交融的一种,或许正是在这一基础上,霍克斯把"结构主义"看作"关于世界的一种思维方式"并将其与符号学纳入了同一论述框架。② 具体来说,结构主义与符号学、叙事学都存在着交叉关系。结构主义的主要代表巴尔特(Roland Barthes)将结构主义定义为"一种活动",认为这个活动包括"分割"和"明确表达"两大"典型动作","活动"的最终目的则是"制造意义"。③ 对诗学研究而言,这个论述具有明显的方法论意义。在其另一重要文章《叙事作品结构分析导论》中,巴尔特则从"语言""功能""行动""叙述""叙事作品的体系"五个方面详细阐述了自己对结构分析的看法④,方法论意识表现得就更加明显了。同样的,叙事学的重要代表巴赫金除了在名作《陀思妥耶夫斯基诗学问题》中以"复调"小说理论为诗学研究别开天地之外⑤,还写有《文艺学中的形式主义方法》⑥和《史诗与小说——长篇小说研究方法论》⑦以及未完成稿《人文科学方法论》等著作⑧,直接探讨诗学方法论问题。此外,伽达默尔(Hans-Georg Gadamer)和保罗·利科(Paul Ricoeur)的解释学实践、姚斯(Hans Robert Jauss)的以"接受美学"命名的文学史研究方法论、德里达(Jacques Derrida)的文字反思、哈罗德·布鲁姆(Harold Bloom)的"影响即误读"、杰姆逊(Fredric Jameson)的"晚期资本主义文化逻辑"分析、格林布拉特(Stephen Greenblatt)的文化诗学以及特

---

① Eagleton, Terry. *Literary Theory: An Introduction*. Oxford: Blackwell, 2005. 87.
② 特伦斯·霍克斯:《结构主义和符号学》,瞿铁鹏译,上海:上海译文出版社,1987年,第8页。
③ 罗兰·巴尔特:《结构主义——一种活动》,袁可嘉译,原载《文艺理论研究》1980年第2期。见伍蠡甫、胡经之主编:《西方文艺理论名著选编(下卷)》,北京:北京大学出版社,1987年,第468、470页。
④ 罗兰·巴尔特:《叙事作品结构分析导论》,张裕禾译,原载《外国文学报道》1984年第4期。见伍蠡甫、胡经之主编:《西方文艺理论名著选编(下卷)》,北京:北京大学出版社,1987年,第473—505页。
⑤ M.巴赫金:《陀思妥耶夫斯基诗学问题》,白春仁、顾亚铃译,北京:生活·读书·新知三联书店,1988年。
⑥ 巴赫金:《巴赫金全集(第二卷)(周边集)》,李辉凡、张捷、张杰、华昶等译,石家庄:河北教育出版社,1998年,第108—343页。
⑦ 巴赫金:《巴赫金全集(第三卷)(小说理论)》,白春仁、晓河译,石家庄:河北教育出版社,1998年,第505—545页。
⑧ 巴赫金:《巴赫金全集(第四卷)(文本 对话与人文)》,白春仁、晓河、周启超、潘月琴、黄玫等译,石家庄:河北教育出版社,1998年,第376—392页。

里·伊格尔顿的意识形态理论等,都是既重视方法的钻研而事实上亦确有重要方法论价值的探讨,颇开一时风气。总的说来,就西方诗学界而言,20世纪虽然是一个理论的黄金时代,但也未尝不是一个方法论探讨的自觉时代。

(四)方法论与"钱学"

通过对20世纪中西学界方法论研究情况的简单梳理,可以发现方法论问题已经成为中西学者普遍关注与积极探索的学术热点。作为20世纪学贯中西的一代学人,钱锺书同样对方法论给予了充分的重视。在笔者看来,钱氏之诗学著述至少在以下两个方面表现出与方法论探索的深切联系:

首先,对方法的重视几乎贯穿于钱氏全部著述之中,整个钱著具有明显的方法论关切。虽然钱锺书并没有构筑一个外显的方法论体系,也很少如美国汉学家宇文所安(Stephen Owen)那般时时就自己的方法来一番夫子自道,然而,钱著中却可以频频看到作者关于诗学方法重要性的强调,甚至不时出现有关具体方法的或间接、或直接的介绍与提点。比如,《谈艺录》中的著名论述——"妄企亲炙古人,不由师授。择总别集有名家笺释者讨索之,……以注对质本文,若听讼之两造然;时复检阅所引书,验其是非"①,便不仅就自身的读书方法自曝枢机,也为研究者如何阅读原典提供了某种方法镜鉴。《管锥编》开篇《周易正义》第一则介绍了"古之哲人"为避免文字之"害意"而选择的"以言破言"的方法:"即用文字消除文字之执,每下一语,辄反其语以破之。"②至于《七缀集》中关于方法的论述就更为直接和明显了。比如《中国诗与中国画》中对古代"南""北"两个地域与两种"思想方法或学风联系"的考察梳理③,《读〈拉奥孔〉》中对汪中提到的"诗文里数目字有'实数'和'虚数'之分"的重要"修辞方法"由"数"至"色"的推而广之④以及莱辛所谓"富于包孕的片刻"的分析考辨⑤,《一节历史掌故、一个宗教寓言、一篇小说》中介绍中世纪所谓的"奥卡姆的剃刀"(Occam's razor)的"削繁求简"的思想方法等⑥。值得注意的是,钱锺书在《谈艺录》等文言文著述中对方法的强调往往是侧面的,而在《七缀集》等白话著述中则大多采用了直接讨论的方式。

其次,钱锺书"谈艺"的许多具体论述本身即具有方法论上的指导意义。

---

① 《谈艺录》,第68页。中间引者略。
② 钱锺书:《管锥编(1—4册)》,北京:生活·读书·新知三联书店,2007年,第22页。以下所引《管锥编》文字除特别标明之外均为此版本,仅注书名与页码,以避冗赘。
③ 钱锺书:《中国诗与中国画》,见《七缀集》,第10页。
④ 钱锺书:《读〈拉奥孔〉》,见《七缀集》,第40—42页。
⑤ 同上书,第48—56页。
⑥ 钱锺书:《一节历史掌故、一个宗教寓言、一篇小说》,见《七缀集》,第179页。

它们如同水中之盐一般融入钱氏诗学,既体现了钱著本身的具体价值,也充分显示出"钱学"的当代意义。《管锥编·周易正义》第一则即涉及对古代学术方法的反思。例如,在批评张尔岐《蒿庵闲话》中对"易之三名"之"滋惑"时,钱氏这样写道:"盖苛察文义,而未洞究事理,不知变不失常,一而能殊,用动体静,固古人言天运之老生常谈。"①虽然是就《周易》之义理辨析发论,却未尝不可视为对诗学研究者之有力提醒,即考察文本意义的同时不可忽略"事理"的体察。而《谈艺录》第 19 则提到沈钦韩《王荆公诗集补注》中对《半山诗注》的作者李璧之苛责时所发的议论——"惜矜心盛气,勇于自信,每有李注未误,而妄事纠弹,如'阳焰'、'乾愁'二注是也。且志在考史,无意词章,繁文缛引,实尟关系"②,则一方面对沈钦韩"矜心盛气"的研究态度表示不满,另一方面也对其过分偏重"考史"以致"无意词章"的喧宾夺主的做法提出了批评。这既为当代研究者在诗学探索中如何拿捏自身情感的问题提出了警示,也为文学史方法的运用提供了镜鉴。假如翻阅钱氏的白话文著述,类似的论述更是随处可见。《中国诗与中国画》第五节末提到在研究古代乃至"古今""历代"文评时,应该学习孟子的"知言"——"把古人的一时兴到语和他的成熟考虑过的议论区别开来,尤其把他的由衷认真的品评和他的官样套语、应酬八股区别开来"③,教人以论据收集的方法与原则;《读〈拉奥孔〉》开篇那段著名的关于"理论系统"和"片段思想"的论述④,提醒研究者不应忽视零散然而却很有价值的"片言只语";《诗可以怨》结尾部分"我们讲西洋,讲近代,也不知不觉中会远及中国,上溯古代。人文科学的各个对象彼此系连,交互映发,不但跨越国界,衔接时代,而且贯串着不同的学科"的著名论断⑤,阐明了当代诗学跨文化、贯古今、跨学科的必然性与必要性;而《中国文学小史序论》和《中国固有的文学批评的一个特点》⑥,则几乎通篇饱蘸着方法论意识,可以说是钱锺书最具代表性的方法论阐述。

可见,方法论问题不仅未像某些论者所言那般遭到钱锺书的忽略,反而是其一贯重视的问题之一。钱氏诗学著述中丰富的方法论思想,为本书的研

---

① 《管锥编》,第 11 页。
② 《谈艺录》,第 188 页。
③ 《七缀集》,第 26 页。
④ 同上书,第 33—34 页。
⑤ 同上书,第 129 页。
⑥ 分别参阅钱锺书:《写在人生边上;人生边上的边上;石语》,北京:生活·读书·新知三联书店,2002 年,第 92—109 页,第 116—134 页。以下所引《写在人生边上;人生边上的边上;石语》文字除特别标明之外均为此版本,仅注书名与页码,且书名缩写为《人生边上》,以避冗赘。

究提供了最为切实的基础与依据。

二、钱锺书诗学方法研究小史

钱氏全面的方法论关切必然引起学界的重视,相关研究很早便已出现。上文已经提及,国内规模化的"钱学"研究实际上起步于1979年《管锥编》初版的问世,而钱锺书诗学方法的研究则大致与其发展同步。纵观近三十年来国内学界的相关研究情况,大致可以"四个阶段"和"两大主潮"加以概括。前者包括初始期、发展期、论争期、沉潜期四个不同发展时期,后者则指"打通说""阐释循环说"两种主流认识。①

(一) 初始期(1979—1986)

在《管锥编》正式出版之前,钱锺书的好友郑朝宗即已首倡"钱学"。②1979年《管锥编》问世前后,郑氏又在厦门大学招收《管锥编》研究方向的硕士,为早期"钱学"研究培养了一支生力军。1980年和1986年,他在《文学评论》上先后发表两篇文章,均从方法论角度对《管锥编》《旧文四篇》和《谈艺录(补订本)》做了深入细致的分析,成为钱锺书诗学方法研究领域早期的重要文献。前文中,郑氏认为《管锥编》的方法不同于"比较文学",而是追求"天地间"共同"诗心""文心"的"具体的文艺鉴赏和评判",其最大特点是"突破了各种学术界限,打通了全部文艺领域",紧接着对钱锺书所"打通"的领域做了简单概括③;后文则认为《谈艺录》中蕴藏着"三种精神",这三大精神分别对应着各类具体的批评方法,即与"批判精神"相对的"充分说理"和"坚持两点论",与"求实精神"相对的"理论上除妄得真、化虚为实"和"事实上推本穷源、博稽详考",与"攻坚精神"相对的"研几穷理、钩玄抉微"和"中西比较、触类旁通"。郑氏一再强调,"这'具体的文艺鉴赏和评判'十个字可以概括钱锺书的全部批评方法,同时也表现出他与其他批评家不同的一个特点"④。两篇文

---

① 正如在下文的分析中将会看到的那样,试图对复杂多变的研究史做时间节点清晰的分期,其实是有违学术史真实动态的,因为再客观的分期都将遭遇某些特殊材料的挑战。此处的分期只是以相关重要文献的发表年代为节点,力求大处着眼,追踪钱锺书诗学方法论研究主潮的翻涌,以求论述的方便。具体时间段的划分并不意味着笔者认同材料梳理的绝对化。
② 参阅《钱锺书研究·发刊词》,见钱锺书研究编辑委员会编:《钱锺书研究(第一辑)》,北京:文化艺术出版社,1989年,第1页。
③ 郑朝宗:《研究古代文艺批评方法论上的一种范例——读〈管锥编〉与〈旧文四篇〉》,《文学评论》1980年第6期,第53—54页。
④ 郑朝宗:《再论文艺批评的一种方法——读〈谈艺录〉(补订本)》,《文学评论》1986年第3期,第99—111页。

章分别从宏观、微观层面在"钱学"方法研究领域做出了垦拓,具有示范性意义。郑朝宗的学生陈子谦则强调"钱学"的基本方法乃是辩证法。在《试论钱锺书"以实涵虚"的文艺批评》一文中,作者已对钱锺书的辩证法进行过初步分析①,1983年在《试论〈管锥编〉文艺批评中的"一与不一"哲学》一文中,又分别从"相反相成""一贯万殊""有无相生"三个方面分析了"一与不一"这一哲学命题支配下《管锥编》中所体现的对立统一辩证法②。

此时其他学者的相关研究中,较有代表性的尚有《读书》杂志上发表的钱锺书研究系列文章,如马蓉关于《管锥编》的研究以及赵毅衡、张文江和孙景尧等学者从比较文学角度对《管锥编》和《谈艺录》所做的解读等。

(二) 发展期(1987—1999)

1987年3月16日,郑朝宗在《人民日报》上发表了钱锺书于1979年写给自己的两封书信。由于其中一封信里出现了钱锺书的夫子自道——"弟之方法并非'比较文学',in the usual sense of the term,而是求'打通',以中国文学与外国文学打通,以中国诗文词曲与小说打通"③,"打通"一时间成为"钱学"研究领域的高频词,而"打通"说的发展期与钱锺书诗学方法论研究的发展期也几乎重合。

1989年,黎兰在研究《宋诗选注》的一篇文章中较早引用了钱锺书书信中的"打通"说④,开启了"打通说"的建构史。文章主要着眼于钱锺书的修辞旨趣和文艺鉴赏方法,隐隐强调了"打通"在这两个方面的体现,并将"阐释之循环"视为其表现之一。之后的不少研究者都延续了这一思路。1992年,季进著文将"阐释之循环"拔高至"钱学"整体描述语的地位——"整个钱氏著作系统,是一个纵横上下交叉综合研究与微观宏观本末循环研究相整合的立体的、辩证的'循环之阐释'",钱氏方法特征即"由'打通'而至'圆览'"。⑤ 虽然作者强调了"打通"的方法论功能,但此文并未就本身即具方法特征的"阐释

---

① 陈子谦:《试论钱锺书"以实涵虚"的文艺批评》,见《文学评论》编辑部编:《文学评论丛刊(第十四辑)》,北京:中国社会科学出版社,1982年,第145—167页。
② 陈子谦:《试论〈管锥编〉文艺批评中的"一与不一"哲学》,《中国社会科学》1983年第6期,第175—193页。
③ 郑朝宗:《〈管锥编〉作者的自白》,《人民日报》1987年3月16日,第八版。一年后,郑朝宗又将此文编入散文集《海滨感旧集》出版,更进一步促成了此说的传播,见郑朝宗:《海滨感旧集》,厦门:厦门大学出版社,1988年,第124—125页。
④ 黎兰:《文人的手眼——〈宋诗选注〉的一个特色》,见钱锺书研究编辑委员会编:《钱锺书研究(第一辑)》,北京:文化艺术出版社,1989年,第113页。
⑤ 季进:《阐释之循环——钱钟书初论》,《阴山学刊(哲学社会科学版)》1992年第1期,第1—10页。

之循环"与"打通"的概念交叉问题展开讨论。可以说,这篇文章第一次彰显了"打通"和"阐释之循环"两大概念在"钱学"方法领域中潜在的指涉之争。此一"冠名权"之争引起了学界对"打通"本身的反思,王大吕的《"中西会通"与钱钟书的文化"打通说"》一文便是这一反思的成果。王氏从近代思想史的角度入手,参照"西学东渐"以来中国人对西学的"中西会通"态度,认为"'打通说'与'中西会通'的一脉相承是显而易见的"。由于"鲁迅先生在本世纪初即明确认识到'中西会通'的不可取",因此,钱锺书力主"打通"实为一种无奈之举,"打通"也"难免有牵强附会",其文化"打通说"只是"审美的真理",不可"以学术目之"。① 文章结论虽有武断之嫌,对"打通"的分析却不无道理,甚至颇为发人深省。如果说王文所引起的不安是直接的,那么李洪岩、胡晓明两位学者针对钱锺书与陈寅恪"诗史之争"进行的讨论则侧面反映了人们对于"打通"的疑虑。李氏认为,陈寅恪的"以诗证史"作为具体方法是可行的,但作为方法论则"有它说不通的地方",钱锺书"觇人心、征人情"的诗歌研究才是可信的方法。② 而胡氏则引入"范式"概念对陈、钱学术进行分析,认为陈寅恪开创了"以诗证史、以史解诗"的方法,而钱锺书则开创了"一种以语言学、心理学、哲学和艺术学配合以说诗的学术方法",两大范式虽有某种"隐含"之争,但其实各有创辟,在诗学探索方面均体现了一种学术的智慧。③ 李、胡二氏在文章中几乎都没有提及"打通",但其讨论的中心——"诗""史"结合的问题却显然反映了"打通"学科的诉求。既然"打通"并非钱锺书的"专利",我们何以将其确定为钱氏方法的总体特征?既然同为"打通",却出现了几乎截然相反的两种取向,那么"打通"的实际操作性是否应当重新认识?可惜的是,此类疑问只是昙花一现,并没有得到进一步展开,学界很快又转入对"打通说"的正面建构之中。1998年钱锺书辞世之后,敏泽撰写长文《论钱学的基本精神和历史贡献——纪念钱钟书先生》,再次将"打通"确立为钱氏"一生的学术旨趣和追求",并且从"打通各个人文学科之间的藩篱""打通中西""打通古今"三个方面解析其义。④ 同样,党圣元也继续强调"打通"的重要性,认为钱锺书的学术方法包含两个方面的特点:其一为"'打通'古今、中西

---

① 王大吕:《"中西会通"与钱钟书的文化"打通说"》,《探索与争鸣》1993年第2期,第60—65页,(转)第28页。
② 李洪岩:《关于"诗史互证"——钱钟书与陈寅恪比较研究之一》,《贵州大学学报(社会科学版)》1996年第4期,第48—53页。
③ 胡晓明:《陈寅恪与钱钟书:一个隐含的诗学范式之争》,《华东师范大学学报(哲学社会科学版)》1998年第1期,第67—73页。
④ 敏泽:《论钱学的基本精神和历史贡献——纪念钱钟书先生》,《文学评论》1999年第3期,第43—59页。

以及人文学科各科之间的樊篱,融通观之";其二则是"注重从具体的人文现象的考辨与阐释中总结出具有规律性的哲理、文心,以及善于运用辩证思维方法析解问题"。① 这样一来,钱锺书诗学方法研究初始期和发展期的成果得到了整合与总结,为下一步的发展打下了必要的基础。而"打通说"也力压"阐释循环说"成了"钱学"方法论的代名词。

值得注意的是,这一时期已有学者尝试以"阐释之循环"来对"钱学"方法进行整体描述。② 此外,胡范铸关于钱锺书现象学方法的研究③和胡河清对钱锺书著述方法的溯源辨析④,也都是此阶段中能成一家之言的重要成果。不过,就此时学界的整体情况而言,"打通说"的优势地位却是一目了然的。

(三) 论争期(2000—2007)

进入 21 世纪后,"钱学"方法论研究领域最大的特征即"阐释之循环"与"打通说"的潜在论争。2001 年,李洲良在一篇文章中从钱锺书关于"'易'之三名"的阐释出发,认为"阐释之循环"具有"现代方法论"意义,是钱氏"治学思想与方法的具体体现"⑤——这一观点显然对"打通说"的支持者们提出了挑战。2003 年,张文江在一篇散论中也对"打通"展开反思并连续提出三个问题:"如何打通文史哲?""打通的方向如何?""打通中西文化在什么层面上?"在深入分析钱著中有关这三个问题的回应之后,作者据实指出了"钱学"某种程度上的局限性。⑥ 笔者认为,张文是较早注意到"打通"一词本身固有缺陷的一篇重要文献。同年,何明星在其博士论文中对"打通"和"阐释之循环"间的关系做出界定,认为"'打通'也是'方法'","是《管锥编》以诠释人生

---

① 党圣元:《钱钟书的文化通变观与学术方法论》,《中国社会科学》1999 年第 4 期,第 180—197 页,(转)第 208 页。
② 如 1990 年,何开四在其硕士论文的基础上进行增补,出版了《碧海掣鲸录——钱钟书美学思想的历史演进》一书,其最大变化在于增写了《管锥编》"循环阐释论"一章,尝试从解释学角度论证"循环阐释"对于"钱学"方法的重要性。见何开四:《碧海掣鲸录——钱钟书美学思想的历史演进》,成都:成都出版社,1990 年。
③ 参阅胡范铸:《钱钟书学术思想研究》,上海:华东师范大学出版社,1993 年,第 19—55 页;胡范铸:《现象:观察活动与观念体系的根本起点——钱钟书学术思想与艺术思想研究之一》,《复旦学报(社会科学版)》1990 年第 5 期,第 100—106 页。
④ 参阅胡河清:《钱钟书与清学》,《晋阳学刊》1991 年第 2 期,第 95—100 页;胡河清:《钱钟书的文章家法》,《上海社会科学院学术季刊》1992 年第 4 期,第 175—181 页。
⑤ 李洲良:《"易"之三名与"诗"之三题——论钱钟书〈管锥编〉对易学、诗学的阐释》,《黑龙江社会科学》2001 年第 4 期,第 71—74 页。
⑥ 张文江:《钱钟书:营造巴比塔的智者》,《社会科学报》2003 年 6 月 26 日,第 006 版。

为宗旨所形成的'诠释循环'方法的一个方面"①。无论其对于《管锥编》主旨的理解是否恰当或论述是否合理,此文将"打通"从"钱学"中的主导地位降至"阐释之循环"的从属地位的意思是显而易见的。此后,李清良在2007年的一篇文章中更加集中地讨论了钱锺书著作中的"阐释循环"。文章从"总纲""学理依据""运行机制与具体方法"等方面详细梳理了"阐释循环"在钱著中的表现和作用②,在后来的一本专著中,李氏又补充论述了钱氏"阐释循环"的"四个层面"③。这样一来,"阐释循环"作为钱氏文学阐释学乃至整个钱氏学术著作特征和方法论的地位得到了体系性的建构,"打通"几乎转变为"阐释循环"的一个出发点甚至注脚。"阐释循环说"的支持者们可以说取得了突破性的胜利。

值得注意的是,在"打通说"与"阐释循环说"暗战的主流之外,学界对钱锺书具体诗学方法的探讨同样取得了不少成绩。如龚刚从中国文学研究现代转型的角度对钱锺书在学术著作"科学性"与"审美性"之间"维持难以维持的张力"的特点与方法所进行的研究④,杨义关于钱锺书学思过程"会通""慧悟""创化""三大境界"的论述和对钱氏"消解-剥离-沟通"的"基本的学术方法"的归纳⑤,刘阳关于钱锺书"以言去言"范式下的"言说的互见"和"言说的断章"这"两点方法论意义"的揭示和对钱氏"反体系"的方法论反思⑥,刁生虎继李洪岩、胡晓明两位学者之后对陈寅恪和钱锺书学术思想与治学方法的比较等⑦,都是本阶段代表性的研究成果。

此外,本时期也有学者直接否定"钱学"方法论的存在。例如,在2005年发表的一篇文章中,刘皓明从彻底否定"钱学"出发否定了钱锺书方法论存在的可能性。刘氏将钱锺书与卡夫卡笔下的"绝食艺人"画等号,从批判

---

① 何明星:《〈管锥编〉诠释方法研究》,暨南大学博士论文,2003年,第45—46页。讨论"打通"与"阐释之循环"关系的内容后发表于学术期刊,见何明星:《主体的多边对话与诠释循环——〈管锥编〉诠释方法研究之一》,《甘肃社会科学》2004年第4期,第23—24页。整部博士论文于2006年出版,见何明星:《〈管锥编〉诠释方法研究》,武汉:华中师范大学出版社,2006年,第98—99页。三年中作者的观点基本没有变化。
② 李清良:《钱钟书"阐释循环"论辨析》,《文学评论》2007年第2期,第43—49页。
③ 李清良:《熊十力陈寅恪钱锺书阐释思想研究》,北京:中华书局,2007年,第141—147页。
④ 龚刚:《变迁的张力:钱钟书与文学研究的现代转型》,《中国比较文学》2004年第3期,第108—121页。
⑤ 杨义:《钱钟书与中国现代学术》,《文汇报》2004年4月4日。
⑥ 刘阳:《以言去言:钱锺书文论形态的范式奥蕴》,《文艺理论研究》2004年第5期,第20—28页。
⑦ 刁生虎:《陈寅恪与钱钟书学术思想及治学方法之比较》,《史学月刊》2007年第2期,第90—103页。

钱锺书"完全没有历史感"出发,认为《谈艺录》《管锥编》中不存在"解释学的方法",钱著中"勉强可以算作方法论或理论的东西是一种肤浅的形式主义和新批评派的混合,然而又没有这两者所特有的对文本的严格分析"。① 与刘氏此文相比,龚鹏程的批评显得理性一些。龚文以对《宋诗选注》的讨论为核心,认为钱锺书方法上的问题在于"参稽史料、毛举细事,而不见大体",而这是因为"基本上他并没有发展出一个自己真正对宋诗的整体观点,去统摄、照明、解说他所运用的材料;以致鸡零狗碎地堆了一堆可资谈助的小东西",既缺少"大判断","论学"又"往往显得'不当行'"。② 我们认为,对"钱学"提出商榷与批评是值得赞赏的、必要的研究方式之一,但这样的讨论必须始终以学理为依托,以事实为基础,而不应感情用事地一通杀伐,以致尽作"海行言语"。

(四)沉潜期(2008年至今)

与前一时期的风起云涌相比,这一时期的"钱学"方法研究呈现出明显的退潮迹象。表现之一是发表在重要刊物上的文章数量大为减少,其二则是富于新意的论述较难一见。宏观把握"钱学"方法的文章主要有赵一凡的《钱锺书的通学方法》。此文仍持"打通说",独到之处在于从钱锺书的受教育经历入手分析了"打通说"的生成,力图赋予此说的出现以某种历史必然性。作者进而将钱氏具体方法分门别类为六种"总揽全局之大法"和六种"专司布局谋篇、修辞炼字"的"小法"。③ 分类不可谓不细,然而分类的标准却似乎显得有些随意和不大统一。就微观层面的研究而言,这一时期出现了较多针对"钱学"具体方法展开的研究,比较突出的有项念东对钱锺书解诗方法的研究④和何明星关于钱锺书"连类"方法的探讨⑤。但总的说来,此一时期的研究与前三个时期相比有着较大落差,即便与同期其他方面的"钱学"研究成果相比也相对黯然,钱锺书诗学方法的研究进入了名副其实的"沉潜期"。

需要指出的是:1979年至今,"钱学"方法研究领域始终存在着一条特殊的研究路径,即比较文学路径。纵览30年来学者们在这一路径上的耕耘,代表性的成果主要包括以下几种:1981年,赵毅衡发表《〈管锥编〉中的比较文

---

① 刘皓明:《绝食艺人:作为反文化现象的钱锺书》,《天涯》2005年第3期,第171—177页。
② 龚鹏程:《近代思潮与人物》,北京:中华书局,2007年,第390—402页。
③ 赵一凡:《钱锺书的通学方法》,《艺术百家》2008年第5期,第64—69页。
④ 项念东:《由"诗艺"向"诗义"的透视——钱锺书的解诗方法》,《辽东学院学报(社会科学版)》2008年第4期,第102—105页,(转)第110页。
⑤ 何明星:《钱锺书的"连类"》,《文艺研究》2010年第8期,第47—54页。

学平行研究》一文,将"钱学"方法视为比较文学"平行研究"的范例。① 1986年,乐黛云在《中国比较文学的现状与前景》一文中,将《管锥编》视为比较文学在中国复兴的标志,进而指出:"《管锥篇》最大的贡献就在于纵观古今,横察世界,从'针锋粟颗'之间总结出重要的文学共同规律。也就是突破各种学术界限(时间、地域、学科、语言),打通整个文学领域,以寻求共同的'诗心'和'文心'。"此外,作者还分别分析了《管锥编》对比较文学各个方面所做出的"独到的建树",如有关"渊源和影响的研究""双向阐发"研究和"交叉学科/科技整合"研究等。② 1993 年胡亚敏探讨了"钱学"的比较诗学特质,指出:"'打通'乃钱锺书比较诗学方法的精髓之一。这种'打通'不仅表现在文学范围内地域、时代、文类诸界限的打破,而且推向整个文化领域,体现为各个学科门类的汇通。"所以,钱锺书的"打通法""是对以往仅强调事实联系的比较文学的超越"。③ 2006 年,何明星在其博士论文基础上出版了《〈管锥编〉诠释方法研究》④一书。此书为国内第一部以"钱学"方法为直接研究对象的专著,其最大特色在于将钱锺书诗学方法界定为以"对话"为特征的"循环诠释"。不过,何氏的观点后来似乎略有变化。他不再强调"阐释之循环"的"总纲"地位,转而从"打通"的角度探讨钱锺书比较文学研究的特质,提醒学界注意"打通"最重要之处在于"拈出新意",认为钱锺书"以'打通'方法所进行的学术实践",一方面"为解决可比性问题提供了一条切实可行的途径",另一方面则"赋予了比较文学中国学派崭新内涵"。⑤ 这一认识上的变化尤其值得重视。总的来说,比较文学界对钱锺书诗学方法的探讨是踏实的、成绩突出的。

整体来看,中国香港和台湾地区的相关研究与中国大陆学界基本保持一致,主要观点也大同小异,但有些研究者独特的入思路径与细腻的体察方法值得重视与借鉴。如香港学者李贵生的《钱锺书与洛夫乔伊——兼论钱著引文的特色》一文,虽然在对钱锺书诗学方法论的界定上同样采取"打通说",却能够借美国思想史家洛夫乔伊(Arthur O. Lovejoy)的"观念史学"概念对"打通"施以烛照。在对中西两大学者的研究方法详加比勘之后,李氏指出:"洛氏的研究方法可以帮助我们说明打通说的一个理论问题:打通的判准何在?"

---

① 赵毅衡:《〈管锥编〉中的比较文学平行研究》,《读书》1981 年第 2 期,第 41—47 页。
② 乐黛云:《中国比较文学的现状与前景》,《中国社会科学》1986 年第 2 期,第 203—205 页。
③ 胡亚敏:《钱钟书与比较诗学》,《中国现代文学研究丛刊》1993 年第 4 期,第 201—208 页。
④ 何明星:《〈管锥编〉诠释方法研究》,武汉:华中师范大学出版社,2006 年。
⑤ 何明星:《钱钟书比较文学研究的特质》,《学术研究》2010 年第 11 期,第 149—154 页,(转)第 160 页。

并在此基础上提出"为学知止,打通之余须知有不可打通的情况"的意见①,可以说是对前述张文江就"打通"所提问题的呼应和某种程度上的回答,的确能发大陆学界之所未发。台湾学者中,黄维樑与季进的观点大致相同,即将"打通"与"圆览"视为钱氏方法论的两大重要特色。黄氏对"打通说"的推进之处在于:在大陆学者反复强调的"中西""古今""学科"三大"打通"之外补充了第四种情况,即"事物内里和外表打通",同时又将钱锺书在文学研究领域的"打通"具体化为"中西文学理论、现象打通""不同时代的文学理论、现象打通""不同文学类型(genre)打通观照"和"作家、作品、文学现象内里和外表打通"四大层面②,分析可谓细致。汪荣祖在分析钱锺书史学贡献时同样注意到了"阐释之循环"这一方法在钱著中的普遍性,并从"个体与整体间的循环""古今间之循环"和"史实与理论间之循环"三个方面加以细致解读;同时又对钱锺书有关"诗""史"的论述——"诗具史笔""史蕴诗心"详加辨析,强调谨慎对待"诗""史"之间令人深思的复杂关系——"诗与史本质有异,而两者复有互惠之谊,既可会通,又不可尽通"。③ 这些都是对钱著落到实处、颇具功力的解读范例。

  国外学者在"钱学"方法方面的研究,大致是从 1961 年夏志清(C. T. Hsia)《中国现代小说史》一书发表之后开始的。虽然夏氏在"钱锺书"一章开头即提到钱氏发表在英文刊物《天下月刊》和《书林季刊》上的散文及 1948 年出版的《谈艺录》,其论述重点却是《围城》。或许是受夏氏对《谈艺录》的保留态度与其对钱锺书小说的极力推崇的影响④,在很长一段时间里,西方学者主要倾向于对作为作家的钱锺书进行研究,极少对其诗学著述展开探讨。直到 1982 年胡志德(Theodore Huters)的《钱钟书》一书出版,这种局面才开始有所改变。在这部著作中,胡氏在研究《围城》及钱氏其他的散文、短篇小说之外,也集中研究了其早期的批评文章和《谈艺录》。在诗学方法论问题上,这位汉学家认为,钱锺书虽然常常表现出渴望继承传统却又大量吸收、运用迥异于传统的西方理论的矛盾,其根本倾向却是借助西学而革新传统,因而采用的常常是"跨文化比较"的方法。据此,他认为钱氏 1932—1965 年所写

---

① 李贵生:《钱锺书与洛夫乔伊——兼论钱著引文的特色》,《汉学研究》2004 年第 1 期,第 381 页。

② 黄维樑:《刘勰与钱锺书:文学通论——兼谈钱锺书理论的潜体系》,见汪荣祖编:《钱锺书诗文丛说》,中坜:"中大"出版中心,2011 年,第 267—268 页。

③ 汪荣祖:《槐聚说史阐论五篇》,见汪荣祖:《史学九章》,北京:生活·读书·新知三联书店,2006 年,第 186—203 页。

④ Hsia, C. T. *A History of Modern Chinese Fiction*. Bloomington: Indiana University Press, 1999. 432—460.

的批评文章虽然范围广泛,却可以从中"辨别出一个内核",即"中国文学传统与西方理论间的关系"和"这一传统与中国文学在一个社会、思想动荡的时代延续的可能性之间的关系"。① 与国内很多研究者将《谈艺录》视为"无体系"的札记不同,胡志德认为《谈艺录》隐含着一个"中国古典诗学的主体"的"正题"。此外,他还特别指出了《谈艺录》将"论证严密、指涉极广的论析"与"较有抒情意味的因素"融合在一起的论说方式。② 可以发现,胡氏在宏观视角上是与国内学者的"打通说"莫逆冥契的。1982 年后,欧美学界关于钱锺书诗学的研究再次归于沉寂。究其原因,一则欧美学者仍然大多倾向于将钱锺书视为小说家,缺乏对其文艺批评著作进行研究的自觉性;二则《谈艺录》《管锥编》的文体的确给相当多的西方学人造成了阅读和理解的困难。十多年后,《围城》的德语译者莫芝宜佳(Monika Motsch)率先开始了对《管锥编》的研究,其《〈管锥编〉与杜甫新解》一书甚至得到了不大喜欢被人研究的钱锺书本人的肯定。③ 这一著作在"钱学"方法研究领域的主要贡献是对"逐点接触法"与"回顾法"的发现和概括。就前者而言,作者认为《管锥编》虽然在中西文化、文学之间以及人文学科之间"创造了许多新的关联",但是这种方法并非"比较",而是"逐点接触",其关键点在于:在《管锥编》中,"'主题'将永远不可比较,而只可借助一个共同的触点将它们联系起来"。至于后者,莫芝宜佳则借用萨特(Satre)《存在与虚无》中的术语"回过头来自我鉴赏"(regard regardé)加以说明,强调"'回顾'的目的在于从一个新的视角去观察初始时的思想"。④ 这两个概念的提出对"钱学"方法研究都具有重大价值。1998 年,美国汉学家艾朗诺(Ronald Egan)选译出版了《管锥编》中的 65 则条目,进一步扩大了该书在西方学界的影响。正如哈佛大学出版社编辑所言:"选译自钱锺书《管锥编》的这 65 篇文章,使这部有皇皇四大本的读书笔记巨著,第一次有了有代表性的英文译本。"⑤尤其值得注意的是,艾朗诺在译本前写有一则长篇导言,其中甚至翻译了钱锺书 1979 年致郑朝宗先生的那封著名

---

① Huters, Theodore. *Qian Zhongshu*. Boston: Twayne Publishers, 1982. 13—36. 中译本参阅胡志德:《钱钟书》,张晨等译,北京:中国广播电视出版社,1990 年,第 20—52 页。引文基本采用中译本,略有修改。
② 同上书,英文本第 37—69 页,中译本第 59—99 页。
③ 参阅钱锺书为莫芝宜佳著作所作的"序",见陆文虎编:《钱钟书研究采辑(2)》,北京:生活·读书·新知三联书店,1996 年,"扉页"。
④ 莫芝宜佳:《〈管锥编〉与杜甫新解(第 2 版)》,马树德译,石家庄:河北教育出版社,2001 年,第 25—30 页。
⑤ 参阅 Qian, Zhongshu. *Limited Views: Essays on Ideas and Letters*. Ed. and trans. Ronald Egan. Cambridge: Harvard University Press, 1998. 书封题词。或陆文虎:《美国学术界读到了怎样的〈管锥编〉?——评艾朗诺的英文选译本》,《文艺研究》2005 年第 4 期,第 68 页。

信件中论及"打通"的部分,并进而对"打通"进行了自己的阐析。① 虽然其主要观点与国内学者基本一致,但作者对于具体概念的翻译和理解仍然为我们重新审视"打通"提供了一个新的视角。艾朗诺后来又发表了辨析钱锺书学术方法与清儒治学方法的论文②,显示了这位学者对"钱学"方法的持续关注。可喜的是,近年来西方一些青年学者也开始关注"钱学"方法问题,如意大利的狄霞娜(Tiziana Lioi)便以钱著中的意大利引文为中心,对钱锺书的"比较方法"进行了具体的探讨③,昭示了"钱学"方法在 21 世纪西方学界依旧不减的吸引力。总而言之,国外学者关于钱锺书诗学方法研究的数量虽然不算太丰富,却为我们推进这一研究提供了不容忽视的域外参照系及研究思路上的启发,从而为我们寻求新的突破提供了又一方坚实的基础。

三、"打通说"与"阐释循环说"献疑

作为钱锺书诗学方法研究宏观层面的两大标志性成果,"打通说"与"阐释循环说"数十年来一直占据着学界主流。客观地说,在这两大主潮自身发展与潜在论争的过程中,涌现出了一批极富创见的科研成果,它们在概述钱著方法论形态、解析钱氏具体诗学方法以及发现其在当代中西交汇语境下的诗学意义等方面均作出了重大贡献,既有力地揭示了钱锺书诗学方法的具体价值,也从侧面论证了"钱学"方法研究的重要性和必要性。然而,正如钱氏"谈艺"时常常强调的那样,就任何研究对象而言,"尊之"者有时恰恰又是"困之"者。④ 由于前述成果的存在,人们往往习惯性地将其视为"打通说"和"阐

---

① 艾朗诺在"导言"中主要分析了"打通"本身包含的"从通常不会一起出现或被讨论的不同文本中找到相通或相似的东西,建立意料之外的关系"、将"对立或矛盾的"对象并置一处、将相似但不相同的对象并置一处的多重含义,以及"打通"的"用西方作品或术语对中国古代思想或文学的某些方面提出新的看法"和"研究语言、美学原则或思想的共同倾向"的多重目的。参阅 Qian, Zhongshu. *Limited Views: Essays on Ideas and Letters*. Ed. and trans. Ronald Egan. Cambridge: Harvard University Press, 1998. 17—22. 中译文可参阅艾朗诺:《〈管锥编〉英文选译本导言》,陆文虎译,《文艺研究》2005 年第 4 期,第 60—62 页。
② 参阅艾朗诺:《脱胎换骨——〈管锥编〉对清儒的承继与超越》,见汪荣祖编:《钱锺书诗文丛说》,中坜:"中大"出版中心,2011 年,第 211—225 页。
③ Lioi, Tiziana. "In Other's Words—The Use of Quotations in Qian Zhongshu's Comparative Method." 见陈跃红、张辉主编:《比较文学与世界文学(第二期)》,北京:北京大学出版社,2012 年,第 118—145 页。
④ 钱锺书在谈到赵翼对陆游的推崇时指出,前者仅凭后者在少数场合宣扬所谓"性理"便认为其在诗歌创作上"得力性理",浑然不察后者在更多诗作中所表现出来的对"道学"的无视,不懂得"诗人口头兴到语,初非心得",故而"尊之适所以困之"。见《谈艺录》,第 324—326 页。钱著中类似论述还有很多,如《谈艺录》第 50 则中的"尊之适所以贱之"等,此处不再一一列举。

释循环说"正确性的毋庸置疑的证明,相对忽视了对概念范畴本身的深入反思。事实上,以"打通"与"阐释循环"对钱锺书诗学方法进行整体概括均存在某种局限性,而不少有价值的成果的出现有时恰恰是以对这两大概念框架的突破为前提的。总的来说,"打通说"和"阐释循环说"的问题在于:前者虽然注意到了对钱著整体情况的考量,却忽视了对"打通"概念本身的反思和钱著特质的发掘,因而很难真正将钱锺书诗学方法与 20 世纪其他学人的方法区别开来,因而失之于"泛";后者立足于钱氏阐释实例并进而阐发、辨析其与西学的异同之研究取径原本极具价值,却试图以此局部特质推而广之以囊括钱氏方法的全部特征,实则缺乏对钱著整体的细心体察,以偏概全,故而失之于"妄"。

(一)"打通":方法还是目的?

长期以来,在钱锺书学术方法研究领域,"打通说"始终占据着优势。所谓"打通说",简单说来即认为"钱学"方法的最大特征乃是"打通"的观点。它肇始于 20 世纪 80 年代末,经过二十多年的发展蔚为大观,并最终取得了"钱学"方法研究的中心地位。由于钱锺书本人在一封论及自己学术方法的信中提到了"打通",早期"钱学"研究者几乎无不强调"打通"对于"钱学"方法的重要性。一时间,"打通说"论者似乎找到了不容置疑的立论依据,"打通"也被反复渲染成"钱学"最具启迪性的方法。然而,当我们跳出"打通说"的思维框架并转而审视"打通"这一概念本身的时候,新的问题却油然而生:作为对"钱学"方法进行整体概括的术语,"打通"的合法性究竟从何而来?"打通"真的切合"钱学"方法的特质吗?

1. 从"打通"到"打通说"

"打通"这个词与钱锺书学术之间的联系,建立于钱氏 1979 年就《管锥编》的一些问题回复郑朝宗的那封著名信件。为了便于讨论,我们将这封信的相关部分全文摘录如下:

> 《管锥编》第三、四册尚未送来,入手必补呈,较散叶便于翻阅。拙著承示欲拂拭之,既感且愧。幸勿过于奖饰,只须标其方法,至于个别条目,尽可有商榷余地。前日得西德汉学家 Helmut Martin(华名马汉茂)书,言计划撰 Der Chinesische Literatur Kritiker Chien Chung-shu 一书。弟因自思,弟之方法并非"比较文学",in the usual sense of the term,而是求"打通",以中国文学与外国文学打通,以中国诗文词曲与小说打通。弟本作小说,结习难除,故《编》中如 67—9,164—6,211—2,281—2,321,etc,etc,皆以白话小说阐释古诗文之语言或作法。他如阐发古诗文中透露之心理状态(181,270—1),论哲学家文人对语言之不信任(406),登高

而悲之浪漫情绪(第三册论宋玉文),词章中写心行之往而返(116),etc, etc,皆"打通"而拈出新意。至比喻之"柄"与"边",则周先生《诗词例话》中已采取,亦自信发前人之覆者。至于名物词句之考订,皆弟之末节,是非可暂置不论。①

除公开发表这封书信之外,郑氏还特别拈出"打通"一词作为"钱学"之关键——"这里最关键的是'打通'二字,钱先生的真学力、真本领主要在此",并将其视为阅读《管锥编》的指针——"《管锥编》一书包罗万有,面对着这庞然大物,的确会使人感到目迷五色,不知该从何处下手去认识它。但我想读者倘紧紧抓住'打通'二字为线索泛览全书,就一定能逐渐看清其基本精神"②。在《研究古代文艺批评方法论上的一种范例——读〈管锥编〉与〈旧文四篇〉》一文中,郑朝宗再次强调:"作为一种新的文艺批评,《管锥编》的最大特色是突破了各种学术界限,打通了全部文艺领域。"③几乎同一时期,乐黛云也著文指出,《管锥编》最大的贡献在于"纵观古今,横察世界,从'针锋粟颗'之间总结出重要的文学共同规律。也就是突破各种学术界限(时间、地域、学科、语言),打通整个文学领域,以寻求共同的'诗心'和'文心'"④。

1987 年以前,钱锺书这封书信似乎一直没有公开。直至当年 3 月 16 日,郑氏将其在《〈管锥编〉作者的自白》一文中发表,随后又收入自己 1988 年的著作《海滨感旧集》中,此信的内容逐渐广为人知。在黎兰等学者早期探讨的基础上⑤,季进于 1992 年发表了《阐释之循环——钱钟书初论》一文,为"打通"向"打通说"的"飞跃"打下了基础。文章虽然以"阐释之循环"描述"整个钱氏著作系统",却以"打通"作为钱氏"考古学式的"方法之概括,指出由"'打通'而至'圆览'"为钱氏方法特征:

"打通"说也不是无根之木、无源之水,也不是钱锺书思想中先在的观念,它同样生成于人文科学彼此系连,交互渗透的宏阔文化背景,融合

---

① 郑朝宗:《〈管锥编〉作者的自白》,《人民日报》1987 年 3 月 16 日,第八版。此信又于 1992 年发表于《钱锺书研究》。罗厚辑注:《钱锺书札书钞》,见钱锺书研究编辑委员会编:《钱锺书研究(第三辑)》,北京:文化艺术出版社,1992 年,第 298—299 页。着重号为笔者所加。
② 郑朝宗:《〈管锥编〉作者的自白》,《人民日报》1987 年 3 月 16 日,第八版。
③ 郑朝宗:《研究古代文艺批评方法论上的一种范例——读〈管锥编〉与〈旧文四篇〉》,《文学评论》1980 年第 6 期,第 54 页。着重号为笔者所加。
④ 乐黛云:《中国比较文学的现状与前景》,《中国社会科学》1986 年第 2 期,第 203—204 页。着重号为笔者所加。
⑤ 参阅黎兰:《文人的手眼——〈宋诗选注〉的一个特色》,见钱锺书研究编辑委员会编:《钱锺书研究(第一辑)》,北京:文化艺术出版社,1989 年,第 113 页。

了心理学、语言学、渊源学、媒介学、文化人类学、原型批评等多种批评方式，只不过彼此之间已如溶水之盐，达到"有我无我、在我非我"的境界。因此，与其说"打通"说受到这些批评方式的影响，不如说与这些批评方式具有精神上的共鸣性。①

这样一来，"打通说"一方面具备了自身生长的文化背景，另一方面又与西方20世纪诸种批评方法实现了融合与共鸣，在历史生成与现代生长两方面都建立起自身的血脉，"打通说"的确立便顺理成章了。季进对"打通说"的建构还不止于此。在后来的一篇文章中，作者进一步指出"打通"在创辟钱氏独特"话语空间"的过程中"穿越学科，融化中西，使鲜活、灵动的文化现象与文化话语以本然的、甚至零碎的状态，重新建立起了在历史空间中原本就存在的某种内在联系，显现出深藏于话语背后人类普遍的审美心理和文化规律"的巨大作用②，实际上是将其与钱锺书"我有兴趣的是具体的文艺鉴赏和评判"一说建立了紧密联系③，从而更增强了"打通说"的方法论合法性。

1994年，陈子谦有感于某些学者"言必称'打通'""而于'打通'要义则不甚了了"④，遂于《钱学论（修订版）》中辟专节《谈艺录·序》与'打通'说》为"打通说"正义。陈氏认为："钱学方法论思想，即钱锺书治学撰述的目的和方法，在《谈艺录·序》里已发凡立则"，而且该序中已明确揭示了"钱锺书的两个'打通'说：中西打通，南北打通，各学科打通，各学派打通"。

至于"打通"的原委和可能性，陈氏则借钱锺书语分别概括为"可'供三隅之反'，可'征气泽芳臭'"与"'心理攸同'，'道术未裂'"。陈氏指出，"打通说"的"指导思想和主要内容"早已由钱锺书写入序中：首先，"钱锺书在充分肯定我们民族的智慧的同时，要求眼观八方，化古今中外为无町畦"；其次，鉴于我国历史上学派林立，既"互相攻伐"却又"互相利用"的情况，"钱锺书在充分认识到各家之'异'的同时，要求见'异量之美'：'亦扫亦包'、'高举遍包'、'兼容并包'"，"从而'万物皆备'"；最后，在古人"天下何思何虑，天下同归而殊途，一致而百虑"和孟子"心"可同乃因"理""义"可同的思想基础上，钱锺书进一步发挥为"'心同理同'之前提是'物同理同'"，并"数十年如一日""求天下'共

---

① 季进：《阐释之循环——钱钟书初论》，《阴山学刊（哲学社会科学版）》1992年第1期，第7页。
② 季进：《论钱钟书著作的话语空间》，《文学评论》2000年第2期，第115—116页。
③ 钱锺书：《中国诗与中国画》，见钱锺书：《旧文四篇》，上海：上海古籍出版社，1979年，第7页。或见《七缀集》，第7页。其中原句修改为："我想探讨的，只是历史上具体的文艺鉴赏和评判。"
④ 陈子谦：《钱学论（修订版）》，北京：教育科学出版社，1994年，第690页。

同的诗心、文心'"。① 陈氏最后总结说：

> 总之,事理、文理、心理、哲理,无不可通。钱锺书也就成为名副其实的古今通、中西通,并且是没有"通人之蔽"的"打通"论者。大至通于殊方异域,上下古今,小至通于一技一艺,一喻一境。所有这一切,在钱学方法里,"打通"而能"圆通","方览圆闻"而又"思转自圆",无偏枯,不固陋。
>
> 我认为,这才是钱学方法论之"打通"说。这才是钱锺书求天下共同诗心文心的"终极目的"与根本方法。②

这样一来,"打通说"作为方法论得到了较为体系化的论述,"打通"也基本完成了从一个普通双音节词向煌煌"钱学"方法论代名词升级的自我建构。后来持此说的学者大都只是在诸如"打通"的范围之类的具体问题上为此说做细化工作,整体上几乎都没有超出上述学者对"打通说"的界定。

2. "打通说"之蔽

通过对"打通"到"打通说"演变史的粗略考察,我们可以感受到"钱学"研究者们对"钱学"方法论价值的高度自觉和一贯重视。学者们的孜孜于思和默默垦拓,也令后学深受启迪,油然感佩。然而,当我们尝试着跳出"打通"所划定的思维框架,并转而反思这一概念本身时,"打通说"的局限性便令人惊讶地一一浮现了。

(1) "打通"的合法性质疑

此处所谓的"合法性",是指以"打通"作为钱锺书诗学方法的宏观描述是否符合钱氏本人意见以及钱著独特性的问题。事实上,在"钱学"方法研究初期,虽然"打通"这个词在很多论文中不断出现,当时的学者却并未以之作为"钱学"方法论的代名词。前文引述过的郑朝宗、乐黛云等的相关论述中虽然都提到了"打通"的重要意义,然而一旦涉及"钱学"方法论的讨论,两位学者却不约而同地引用了"具体的文艺鉴赏和评判"这一钱氏本人的表述。例如,乐黛云在指出钱著"打通"之特色后这样写道："钱锺书在探索这些共同规律时从来都是从具体文学现象出发,而不作演绎的推理。"③显然,作者特别强调"具体的文艺鉴赏和评判"而非"打通"对于钱锺书方法的重要意义。"打通"成为研究者关注的焦点实际上开始于钱氏信件发表之后。或许,人们正

---

① 陈子谦:《钱学论(修订版)》,北京:教育科学出版社,1994年,第694—697页。
② 同上书,第699页。
③ 乐黛云:《中国比较文学的现状与前景》,《中国社会科学》1986年第2期,第203—204页。着重号为笔者所加。

是因为钱锺书本人在信中同时提到了"打通"与"方法"而开始将之与"钱学"方法论建立联系的。然而,钱氏的本意果真如此吗?

钱著本身给出的答案是否定的。通过对《谈艺录》《管锥编》《七缀集》等著作以及《写在人生边上》《人生边上的边上》两部文集中论学篇章的考查,我们发现"打通"一词似乎仅出现过两次:

> 在日常经验里,视觉、听觉、触觉、嗅觉、味觉往往可以彼此打通或交通,眼、耳、口、鼻、身各个官能的领域可以不分界限。①

> 章实斋《文史通义·文德篇》云:"古人所言,皆兼本末,包内外,犹合道德文章而一之,未尝就文词之中言其有才有学有识犹有文之德也。"这是人化文评打通内容外表的好注脚。②

显然,第一例中的"打通"讲的是人的官能感觉在经验领域的融通,与治学方法几无瓜葛;第二例中的"打通"虽然具备某种方法色彩,却不仅匆匆一笔带过,其本身也是就"人化文评"这个研究对象而发,并未将其明确标示为自己的研究主张。换句话说,除了致郑朝宗的那封私人信函之外,钱氏几乎没有在任何学术著作中明文提及"打通"与其自身学术方法的关系。

这样看来,"打通说"的倡导者们将"打通"确立为核心概念的直接依据,就是钱锺书写于1979年的那封信。那么,钱氏在信中是怎么写的呢?

> 弟因自思,弟之方法并非"比较文学",in the usual sense of the term,而是求"打通",以中国文学与外国文学打通,以中国诗文词曲与小说打通。③

从语言学角度来看,这并不是一个很难分析的句子。如果我们提取句子主干,则钱氏此处向郑氏传达的句意为:"弟之方法""是求打通"。在这个句子中,充当系动词"是"的宾语的,并非人们通常理解之"打通",而是"求打通"这一动宾结构(词组)。在这一表述中,"打通"显然是作为一个目标而非方法出现的。书信中下文所述亦可佐证此一判断。在强调"求打通"之后,钱锺书列举了自己"以白话小说阐释古诗文之语言或作法"等几种具体的"谈艺"方法,篇幅之大颇易使人将这些具体方法与上文提及的"打通"画等号,然而钱氏紧接着的概括——"皆'打通'而拈出新意",再次道出了作者本意。如果继

---

① 钱锺书:《通感》,见《七缀集》,第64页。
② 钱锺书:《中国固有的文学批评的一个特点》,见《人生边上》,第132页。
③ 郑朝宗:《〈管锥编〉作者的自白》,《人民日报》1987年3月16日,第八版。又见罗厚辑注:《钱锺书书札书钞》,见钱锺书研究编辑委员会编:《钱锺书研究(第三辑)》,北京:文化艺术出版社,1992年,第298—299页。着重号为笔者所加。

续咬文嚼字的话,那么此处对连词"而"的语言学理解又一次成为诠解此信的关键。如果视"而"为承接连词,即将此句理解为"(以上)都是'打通'从而拈出新意",则自语义上而言,视"打通"为方法并无不可——事实上不少"打通说"的支持者们也似乎正是这样理解的。然而如此一来,"打通"与"拈出新意"的重要性便判然有别了,即"拈出新意"似乎比"打通"更为重要,书信后文中钱氏略显自得的"亦自信发前人之覆者"一语对此更添强化效果。这一引申对"打通说"支持者的冲击是不言而喻的——如果"拈出新意"比"打通"更重要,那么为何还要死守"打通"这一概念而不干脆以前者取而代之?笔者认为,从钱氏书信的上下文来看,将"而"字看作并列连词——即将该句理解为"(以上)都是'打通'并且拈出新意"似乎更为妥当。"皆'打通'而拈出新意"一句在此信中实居于语义枢纽位置,它对上总结"打通"的重要性,对下则与后文"发前人之覆者"(亦即"拈出新意")相呼应。对钱氏而言,"打通"与"拈出新意"唇齿相依、彼此交融、难分孰轻孰重——这一点也是与全部钱著所表现出的学术旨趣相一致的。假如我们这一判断可以成立,那么,由于"拈出新意"更多属于目标范畴,根据并列连词的一般语法规则,与其并置的"打通"也就相应地归属于学术目标之列了。《谈艺录》中的有关论述亦可为我们的这一判断提供证据:"吾辈穷气尽力,欲使小说、诗歌、戏剧,与哲学、历史、社会学等为一家。"① 此处,"使小说、诗歌、戏剧与哲学、历史、社会学等为一家"——即所谓"打通学科"——显然是钱锺书所追求的学术目标,而"穷气尽力"这部分所指涉的才与方法有关。郑朝宗对钱锺书的意思是理解得非常透彻的——正因为"打通"乃是钱氏孜孜以求的学术目标,所以它在"钱学"中的确占据重要地位,是钱学之"关键"、《管锥编》的"线索"和"最大特色";然而"钱学"方法却只能是"具体的文艺鉴赏和评判"。② 也只有在将"打通"视为"钱学"目的的前提下,我们才能理解为何这一对"打通说"而言极重要的概念却几乎难得在钱氏学术著作中见到一次——一位学者的学术目的是什么以及该目标是否达到的问题原本最好留给读者去分析、评判,而不需要作者本人在文中过分强调。

也许引入西方学者的相关论述将有助于我们进一步加深对钱锺书原意的理解。1998年,美国汉学家艾朗诺教授选译了《管锥编》中的65则文字并由哈佛大学出版社出版。在此书的导言中,艾朗诺选译了钱氏致郑朝宗书信的主体部分。在翻译此信之前,艾氏专门介绍了这封书信的有关情况:

---

① 《谈艺录》,第76页。
② 参阅上文所引郑朝宗论文,此处不再赘述。

In a letter describing his aims in *Limited Views*, written shortly after the work was published, Qian Zhongshu stresses the importance of this technique and coins a phrase to characterize it.①

如果译为中文的话,此句大意是:"《管锥编》出版后不久,钱锺书在一封描述此书所力求实现的目标(aims)的信件中,强调了这一手法的重要性,并自创一个词语来对其进行概括。"值得注意的是,此处所谓的"一个词语"确乎即为"打通",句中将"打通"视为钱锺书对某种"手法"的"概括"这层意思也比较明显。然而,如果我们考察上下文,会发现这句话中的"这一手法"(this technique)实际上是就此导言前文中提到的钱锺书"关注特例而拒绝理论系统"与"把属于不同领域与传统的论述并置一处而赋予其新意"这两大"原则"(principle)而言。这种在"原则"与"手法"之间的摇摆态度让人很难断言艾朗诺对于"打通"的方法属性是真正认可的。反之,导言的这位作者对"打通"的某种隔膜甚至不信任感倒是因"自铸伟词"(coin a phrase)的说法而有所流露。在艾朗诺看来,钱锺书之所以给郑朝宗写这封信,主要原因不是要交代自己的"方法"如何,而是说明自己在《管锥编》写作中的诸目的(aims)。如果说在这一句中艾氏对"打通"是否可以被视为钱氏方法的意见尚不明朗的话,那么其对"弟之方法并非'比较文学',in the usual sense of the term,而是求'打通'"一句的翻译则明确表达了自己对于"打通"的看法:

The method I have used in *Limited Views* is not "comparative literature" in the usual sense of the term[Qian's English]. Instead, my aim is to "strike a connection" (da tong).②

如果将译者的注释[Qian's English]去掉,再把这部分英文译回中文的话,则变成:"我在《管锥编》中使用的方法并不是通常意义上的'比较文学'。莫如说,我的目的(aim)是'打通'。"在这里,作为宾语的"打通"所对应的主语被明确为"目的(aim)"一词。与原信相比,艾朗诺的翻译似乎更能清楚地表达出钱锺书的本意,充分显示了这位汉学家出色的汉语语感。

有趣的是,2005 年艾朗诺的这篇导言在国内学界被翻译发表,为我们提供了一份很好的"参观"文献。在中译文中,艾朗诺介绍钱锺书信件的第一个句子被拆开翻译如下:

---

① Qian, Zhongshu. *Limited Views: Essays on Ideas and Letters*. Ed. and trans. Ronald Egan. Cambridge: Harvard University Press, 1998. 15.
② Ibid.

《管锥编》出版后,钱锺书曾用文学语言强调其方法的重要。……[引者略]钱锺书在致学者郑朝宗的信中曾阐释他的方法,有关段落是:……[引者略]①

引文中加着重号的部分都是中译者所添改的内容。我们看到,在添改的第一处,中译者不仅将"自创"这个中文语境下多少有些不利于"打通"的说法换成了"用文学语言强调",而且将"一个词语(即'打通')"直接替换成了"其方法的重要"。在第二处添改中,则不仅将"目的"一词换为"方法",同时又以更能体现写信人(钱锺书)重视程度的"阐释"一词代替了程度较轻的"描述"。虽然中译者声明,译文曾经艾朗诺"校阅""订正"甚至加以某些"相应改写",却并未注明其"订正"尤其是"改写"之处何在。② 无论如何,中译文的添改有利于支持"打通说"而英文原文更倾向于强调"打通"作为"目的"的特点,这已是显而易见的事实。有些令人尴尬的是,艾氏对钱锺书信件的解读似乎更接近钱氏本人的意思。

总而言之,以上分析当可说明钱锺书本人是更愿意将"打通"视为治学目的而非"方法"的,他所说的"以中国文学与外国文学打通,以中国诗文词曲与小说打通"也只是这一目的的细化,"打通"一词作为"钱学"方法论描述概念的合法性并不太充分。

(2)"打通"的语义复杂性

当然,一个概念是否适合作为某位学者治学特征的描述,往往是通过学界学理上的论证决定的,并不一定必须经由学者本人提出或审定。例如,虽然钱锺书在不少场合——如上文摘录的信件里——多次表示反对将自己列入"比较文学"阵营,比较文学界却经过数十年的具体分析和反复论证令人信服地揭示了钱著中所体现出来的比较文学研究特质,甚至据此消除了钱锺书对于比较文学学科曾有的误解。于是,几乎不受钱锺书"待见"的"比较文学"这一概念就此与"钱学"建立起了无可否认的联系。那么,这种情况是否也适用于"打通"?

"打通说"的倡导者们数十年来所努力的,正是希望赋予"打通"概念以类似的学术血肉。然而,从实际效果来看,这一努力却是不大成功的。如上文所述,在对"打通说"的建立作出重要贡献的两位学者中,季进不得不增加"圆览"一词以补充"打通"本身的缺陷,即认为钱氏方法论为"'打通'而至'圆

---

① 艾朗诺:《〈管锥编〉英文选译本导言》,陆文虎译,《文艺研究》2005年第4期,第59页。着重号为引者所加。

② 相关信息见译者"附识"。同上,第64页。

览'";而陈子谦从方法论意味着"目的和方法的完全一致,宣言和行动的完全一致"的认识出发①,一方面将"两个'打通'"称为"钱锺书求天下共同诗心文心的'终极目的'与根本方法",另一方面却又从《谈艺录·序》中拈出郑玄的"旁行以观"进行了篇幅较大的分析,甚至认为"'旁行以观'作为方法论来看,其精神和两个'打通'说毫无二致"②。笔者认为,陈氏的论述恐怕最能表明"打通"这一概念本身的局限性。一者,陈氏判断"方法论"何以成立的思路是有道理的,却并未具体分析"打通"为何能够兼有"目的"与"方法"这两重指涉;二者,"旁行以观"的引入其实多少也暗示了陈氏本人对"打通"概念的某种不满意。至于其他学者所孜孜不倦论述的所谓"打通"的范围包括"打通中西""打通古今""打通各学科"等,则最多可以归入"打通"的外延举证而非内涵建设。这样一来,"打通说"的尴尬便一目了然:其最可依恃的立身之本不是成功的学理论证,而仅仅是钱锺书的一封私人信函;更加尴尬的是,这一依恃竟也几乎建立在对此信函的"误读"之上!

人们当然可以说,"打通"既可以是目的,也可以是方法,是目的与方法的合一——正如上文所举的陈子谦的观点一样。③ 然而,这一点对"阐释循环"来说或许行得通,就"打通"而言却难以成立。原因在于,"阐释循环"作为诗学范畴原本便产生于阐释学实践与方法建设的过程中,与生俱来地带有诗学方法的色彩;后来经海德格尔引向哲学阐释学领域后又具备了鲜明的自为目的性,从而成长为一个系统化的方法论范畴;而"打通"这个词本身的语义复杂性却使其很难与具体化、明晰化的方法原则相切合。

首先,作为一个现代汉语词语,"打通"的外延过于模糊和宽泛。

通过对"打通"的词源考证,我们发现艾朗诺所谓的"自创一词"或曰"自铸伟词"并非没有根据。这个词并不见于古代汉语,大型汉语工具书《辞海》《词源》等都难觅其踪影,只有《现代汉语词典》中能够查到。其词典义被阐释为"除去阻隔使相贯通",并随即举了"把这两个房间打通"和"打通思想"两个具体运用的例子。④ 可见"打通"的对象既可以是具象的,也可以是抽象的,钱锺书所谓的"打通"自然属于后者。该词典的中英双语版中对"除去阻隔使

---

① 陈子谦:《钱学论(修订版)》,北京:教育科学出版社,1994年,第700页。
② 同上书,第697—699页。
③ 同上书,第690页。党圣元也认为:"'打通'古今、中西以及人文学科各科之间的樊篱,融通观之,既是钱学方法论的特点之一,也是钱氏的研思目标。"参阅党圣元:《钱锺书的文化通变观与学术方法论》,《中国社会科学》1999年第4期,第180—197页,(转)第208页。
④ 《现代汉语词典(第6版)》,北京:商务印书馆,2012年,第236页。

相贯通"使用了"get through; open up"这样的翻译①,英文词组的外延同样广阔无边。正因如此,"打通说"论者们所津津乐道的"打通中西""打通古今""打通学科",甚至也包括"打通""艺术创作与学术研究"②在外延上就实在太过宽泛,一旦将其用于"钱学"方法论的概括便很容易产生以下疑问:在方法的实践层面,"打通"究竟该如何予以落实?

  关于这一问题,早有张文江的三大诘问为证:"如何打通文史哲?""打通的方向如何?""打通中西文化在什么层面上?"③由于以"打通"作为方法缺乏行之有效的操作性,一旦以此为据考察处处强调"具体的文艺鉴赏和评判"的钱著,势必得出这样的结论:就连钱锺书自己也似乎难以自圆其说甚至不甚了了!——这样的结论当然是有违钱氏本意的,因为钱锺书本人对"打通"几乎从未目之以"方法"。而如果连作者本人都无法从方法的角度说"通"这个"打通",那么出现"一般论者也只知将中西打通,将人文科学各学科打通,到底怎么个通法,谈者则模糊影响,甚而误入'旁通之歧径'"这样的结果也就实在无法避免了。④

  如果我们进一步将"打通"的历史考察纳入分析范围,则又一个疑问将随之而生:"打通"作为一种治学特征是钱锺书所独有的吗?

  王大吕等学者关于"打通"的分析对此做出了否定的回答。虽然王氏将"打通说"称为"审美的真理"未免偏激,但根据他的梳理我们却可以发现:"打通中西"的思想及实际操作的确早在明末知识分子中间就已经开始了。之后,从徐光启到李鸿章、康有为等,虽然各有其政治、文化方面的倾向性,然而"中西会通"却已经落实于其著作甚至行动之中。⑤ 显然,如果我们将陈寅恪、赵元任等近代以来游学欧美的学人也纳入讨论范围的话,这个"打通中西"的学者名单还将进一步扩大。

  虽然钱锺书说过"化书卷见闻作吾性灵,与古今中外为无町畦"⑥以及"人文科学的各个对象彼此系连,交互渗透,不但跨越国界,衔接时代,而且贯串着不同的学科"这样的话⑦,但"打通古今"和"打通学科"这两点早在中国

---

① 《现代汉语词典(汉英双语)》,北京:外语教学与研究出版社,2002年,第351页。
② 季进:《论钱锺书著作的话语空间》,《文学评论》2000年第2期,第115页。
③ 张文江:《钱锺书:营造巴比塔的智者》,《社会科学报》2003年6月26日,第006版。
④ 陈子谦语。见陈子谦:《钱学论(修订版)》,北京:教育科学出版社,1994年,第690页。
⑤ 王大吕:《"中西会通"与钱锺书的文化"打通说"》,《探索与争鸣》1993年第2期,第60—63页。
⑥ 钱锺书:《徐燕谋诗序》,见《人生边上》,第229页。此序一度佚失,后经郑朝宗无意中发现并抄录下来而得以保存。
⑦ 钱锺书:《诗可以怨》,《文学评论》1981年第1期,第21页。又见《七缀集》,第129页。

古代就已经成为许多有识之士的共识。《谈艺录·序》中提到的东汉郑玄已可为代表，而钱锺书所推崇的章学诚也是如此。至于现代学者，则李洪岩、胡晓明、刁生虎三位学者关于钱锺书和陈寅恪"诗""史"观的讨论①，也已侧面说明陈寅恪在"打通学科"（亦包括"打通中西"）方面同样不容忽视。此外，尚有学者论及所谓"三个'打通'"方面徐复观等学者所作出的与钱锺书相似的贡献。②就打通"造艺意愿与学术研究"而言③，钱锺书的同时代学者中持有此论者也许并不太多，然而一旦放眼古今中外，这样的例子同样不在少数。中国学者中，无论是古代的刘勰还是钱锺书师长一辈里的王国维均可谓此中翘楚；至于西方学者，则钱氏早在《作者五人》一文中便加以推崇的"山潭野衲"（Santayana）④及20世纪的萨特、艾柯（Umbert Eco）等也必定榜上有名。

既然古今中外诸多学者在"打通"的各方面都作出了与钱锺书类似的贡献，那么再以"打通"为中心极力地为"钱学"方法树立一个所谓的"打通说"，是不是就属于重复建设，且缺乏必要的区分度与说服力了呢？

其次，即便我们能够找到上述问题的解决办法，"通"字本身语义的多重"并行"甚至"歧出"，也将极大干扰人们对"打通"的理解。

首先来看《汉语大字典》对于"通"字的释义。字典中详尽列举了该字的27个义项，其中与"打通"有关的至少包括以下8项：①到达；通到；②贯通；③流通；交换；④交往；交好；⑤开辟；疏通；⑥沟通；接通；⑦连比；连接；⑧共用；互通。⑤如此众多"并行分训"的义项一旦"同时合训"⑥，则"打通"之具体所指便将坠入云山雾水之境。在这种情况下勉强视之为注重实践的方法，自然很容易叫人无所适从。这正是张文江发出"打通的方向如何？""打通中西文化在什么层面上？"等问题的原因之所在。"打通"究竟是要得到一个彻底"贯通"的结果，还是只需要到达"连比"的地步就可以了？这样的问题"打通"

---

① 分别参阅李洪岩：《关于"诗史互证"——钱锺书与陈寅恪比较研究之一》，《贵州大学学报（社会科学版）》1996年第4期，第48—53页；胡晓明：《陈寅恪与钱锺书：一个隐含的诗学范式之争》，《华东师范大学学报（哲学社会科学版）》1998年第1期，第67—73页；刁生虎：《陈寅恪与钱锺书学术思想及治学方法之比较》，《史学月刊》2007年第2期，第90—103页。
② 参阅王守雪：《"打造"与"解构"——徐复观与钱锺书对中国古代文论研究的不同范式》，《河南师范大学学报（哲学社会科学版）》2003年第2期，第84页。
③ 季进：《钱锺书与现代西学》，上海：上海三联书店，2002年，第33页。
④ 钱锺书：《作者五人》，见《人生边上》，第290—291页。"山潭野衲"之译名尽显钱锺书翻译的机趣，这位西哲的名字今天多译为"桑塔耶那"或"桑塔亚纳"。
⑤ 汉语大字典编纂委员会编纂：《汉语大字典（九卷本）（第二版）》，武汉：崇文书局，成都：四川辞书出版社，2010年，第4100—4101页。
⑥ 《管锥编》，第4页。

本身根本无法回答。

如果将古代汉语中"通"字的释义也考虑进来,则"打通"给现代读者造成的理解困难将更加巨大。许慎在《说文解字》中对"通"的释义非常简单:"达也。"段玉裁注曰:"通达双声。达古音同闼。禹贡:达于河。今文尚书作通于河。按达之训行不相遇也,通正相反。经传中通达同训者,正乱亦训治、徂亦训存之理。"①这样一来,"打通"便同时具备了"通"与"不通"两类完全相反的意思——这在方法层面上几乎不具备可操作性,因而是某些坚持视"打通"为方法的研究者所无法接受的。所以有学者说:"正因为通兼有不通的意思,钱锺书的'打通'到底是什么意思就确乎难以说清了。"②而当蔡田明在《〈管锥编〉述说》中引入"通"的多重语义解读"打通"时③,更有人对此嘲讽道:"又把'打不通'、'不打通'和'打通'相对并提,令人想不通。"④

实际上,这样的指摘是没有多少道理的。段玉裁对"通"所使用的训诂方法,正是《管锥编》开篇便集中说明的"正反互训"——即以"不通"训"通",恰如《管锥编》分析过的郑玄以"不易"训"易"之例。从钱锺书的相关论述中可以看出,他是非常欣赏古汉语语境下这种"并行或歧出之分训得以同时合训"的释义境界的。⑤ 在某种程度上我们甚至可以说,钱氏在自己的学术著作尤其是《谈艺录》《管锥编》中也有主动追求这一目标的鲜明倾向。笔者认为,这种"通"与"不通"浑融一体的"打通"才是钱锺书的本意所在,钱氏也正是在此意义上将"打通"确立为自己的学术目标而非"打通说"所谓的"方法"的。以下两个事例或许可以进一步为我们的观点提供佐证。

其一出自钱锺书与周振甫讨论修辞的一封书札。钱氏写道:

> 修辞与通常之文法有异,重言稠叠而不以为烦,倒装逆插而不以为戾,所谓"不通之通"。⑥

这里,钱锺书已经明确使用"不通之通"来表达其对"通"之"歧出"两义的

---

① 许慎撰,段玉裁注:《说文解字注》,上海:上海古籍出版社,1981年,第71—72页。此书为经韵楼藏版《说文》影印本,标点及着重号均为笔者所加。
② 王大吕:《"中西会通"与钱钟书的文化"打通说"》,《探索与争鸣》1993年第2期,第28页。
③ 蔡田明:《〈管锥编〉述说》,北京:中国友谊出版公司,1991年,第49页。虽然同样将"打通"视为"手法",但蔡田明是国内较早看出"打通""有边有界"而不可随意"逾越"的学者之一,可参阅此书第49—51页。
④ 白克明:《评〈管锥编述说〉》,《贵州大学学报(社会科学版)》1992年第3期,第65页。
⑤ 《管锥编》,第3—14页。
⑥ 罗厚辑注:《钱锺书书札书钞》,见钱锺书研究编辑委员会编:《钱锺书研究(第三辑)》,北京:文化艺术出版社,1992年,第308页。又可参阅《管锥编》,第247—251页与《谈艺录》,第505—507页"补订"中钱锺书的有关论述。

兼收并取,信中钱氏对修辞中"通而不通"的境界之肯定也是明显的。

另一个事例则与"通人"的辨析有关。张隆溪提到,在听说有人为《管锥编》中的思想未能发展成系统的理论而感到惋惜时,钱锺书说了这样一句话:"我不是学者,我只是通人。"①从上下文语境来看,钱氏自称"通人"显然是谦虚之论,则此"通人"更多当为章学诚在《文史通义》中所谓之"通人"。一方面,章氏在指出"通人"之间识见亦有高下偏全之分的同时,对"通人"有过正面论述:"通人之名,不可概拟也,有专门之精,有兼览之博。各有其不可易,易则不能为良;各有其不相谋,谋则不能为益。然通之为名,盖取譬于道路,四冲八达,无不可至,谓之通也。亦取其心之所识,虽有高下、偏全、大小、广狭之不同,而皆可以达于大道,故曰通也。然亦有不可四冲八达,不可达于大道,而亦不得不谓之通,是谓横通。横通之与通人,同而异,近而远,合而离。"②另一方面,又于书中不止一次对"今之通人"提出批评,例如在谈到归有光的《史记》标识本时说:"归震川氏取《史记》之文,五色标识,以示义法;今之通人,如闻其事必窃笑之,余不能为归氏解也,然为不知法度之人言,未尝不可资其领会;特不足据为传授之秘尔。"③不过大有深意的是,张隆溪却引王充《论衡》和葛洪《抱朴子》中的论述来对"通人"进行解读,并认为葛洪对"通人"的解释才是"确解",而"钱锺书先生也正是这样博富的通人"。虽然张氏是出于对钱氏的敬仰和钦佩而选择了"通人"的"正"解,但他关于"钱先生说他不是学者,实在是似谦实傲之言"的判断④,则可以说道出了钱锺书对"通人"的完整理解——"通人"本身便是融诸种可能性甚至矛盾于一身的复杂个体。否则,人们将很难相信,在著作中不止一次引用过《论衡》《抱朴子》的钱锺书会不知道张隆溪所拈出的"通人"之"正面"含义。在这里,"通"的"正""反"两义"同时合训"似乎又再次出现了。

通过以上两大层面的分析,我们可以发现"打通"的确不太适合用来概括"钱学"方法。钱锺书本人的意见和钱著的实际情况都告诉我们,就"钱学"而言,"打通"更宜被视为一种世界观而非方法论,它更多的是一种学术目标而非具体方法,"打通"概念本身的局限性也决定了它不具备成为方法论描述语的资格,更不用说"打通"原本并非"钱学"所独具的特色。与早期学者所宣扬的集方法与目的于一身的"辩证法"等概念不同,"打通"在方法的实践层面具

---

① 张隆溪:《走出文化的封闭圈》,北京:生活·读书·新知三联书店,2004年,第216页。
② 章学诚:《文史通义校注》,叶瑛校注,北京:中华书局,1985年,第389页。
③ 同上书,第289页。
④ 张隆溪:《走出文化的封闭圈》,北京:生活·读书·新知三联书店,2004年,第216—217页。

有不容忽视的重大缺陷。"打通说"首先"误读"了钱锺书的信件,又未能充分意识到"打通"这个词本身语义的宽泛、模糊和内在冲突使其并不适合用以描述某种"方法",这恐怕正是其一直无法取得真正突破,甚至反而造成人们对"钱学"的诸种疑惑的症结所在。也许,当我们尝试着将"打通"仅视为"钱学"目的或某种研究意识而非以方法苛求之时,会更有可能跳出某种研究框架的预设,从而真正把捉钱氏文字背后的真义,进而实现对"钱学"独特价值的发掘。

(二)"阐释循环说":理论的"放大"及其有效性的消解

从"打通说"的发展史中可以看到一个耐人寻味的现象,即倡导者于理论建设中时时借助"阐释之循环"以补足自身的论述。或许正是由于"打通"的概念局限性使其容易遭遇或流于空泛或失之模糊的论说尴尬,因而不得不借助更具实践效果的"阐释之循环"对其加以具体化。的确,就其作为方法论概念的合理性而言,"阐释之循环"具有以下几个方面的优势:

首先,从词汇本身来看,作为西方诗学概念的"Hermeneutic Circle"(阐释循环)①,从一开始便具有明确的方法论意义。早在施莱尔马赫(Friedrich Schleiermacher)和狄尔泰(Wilhelm Dilthey)以其为核心概念建立近现代意义上的阐释学理论之前,德国语言学家阿斯特(G. A. Friedrich Ast)就已经赋予了这个概念具体运用时的"精神统一"原则,同时也早已强调了"部分—整体"这一"阐释循环"的基本运行层面。后来从施莱尔马赫到狄尔泰的诸多学者无不紧扣"方法论"视角对这一概念进行夯实、丰富与发展②,因而使其始终饱含着明确的方法指向与实践品格。经过翻译进入汉语语境之后,"阐释循环"的这一特征也没有削弱。因此,与"打通"本身固有的局限性相比,"阐释之循环"作为钱锺书诗学方法的描述似乎更具理论的自洽性。

其次,从概念史的角度来看,与"打通"几乎属于钱锺书本人自铸之"伟词"、缺乏具体而明确的概念阐释史相反,"阐释之循环"具有悠久的历史,几

---

① "Hermeneutic Circle"一词的中译,钱锺书用的是"阐释之循环",国内阐释学研究者一般用"解释学循环""阐释学循环""诠释循环"等,"钱学"研究者多使用"阐释循环"。这些概念的意思是一样的,只是具体的译词不同。本书正文中对上述译词的使用原则为:笔者自己分析论述时,使用"阐释循环",不加双引号;引用阐释学研究者的说法时,统一使用"阐释学循环"并加双引号;引用"钱学"研究者的说法时,统一使用"阐释循环"并加双引号;借用钱锺书的说法时,使用"阐释之循环"并加双引号。

② 参阅 E. H. 舒里加:《什么是"解释学循环"》,曹介民、杨文极摘译,《哲学译丛》1988 年第 2 期,第 69—74 页。阿斯特的有关论述也可参阅洪汉鼎:《诠释学——它的历史和当代发展(修订版)》,北京:中国人民大学出版社,2018 年,第 67—68 页。

乎可以追溯至作为古典阐释学的源头之一的"圣经阐释学"。在宗教改革转向《圣经》文字研究的过程中,阐释学理所当然地面临着一个如何应用的方法论课题。在探索过程中,马丁·路德(Martin Luther)等人将古代修辞学在追求"科学解释"时所订立的整体与部分关系原则挪用于阐释学领域,将其发展成一个"文本解释的一般原则"。用洪汉鼎的话说,这个原则即"文本的一切个别细节都应当从上下文即从前后关系,以及从整体所目向的统一意义即从目的去加以理解"[①]——也就是后世所谓的"阐释学循环"。在阿斯特等人正式对其命名并理论化之后[②],这一术语又自然地"进入现代阐释学领域"[③],依次经过施莱尔马赫、狄尔泰、海德格尔、伽达默尔等众多不同时代学者的建设与发展[④],最终成为一个具有丰富历史性的理论概念。

最后,从概念自身的诗学"活性"来看[⑤],"阐释之循环"比"打通"更具理论活力与发展空间。在"打通说"的发展史上,我们看到更多的往往是在"打通"的适用范围等外延性问题上反复甚至重复的论述,这样的探讨直接造成了一种表面热闹,实则长期缺乏真正推进的虚假繁荣现象。而"阐释之循环"固有的实践品格使其不得不随时应对变化中的时代和对象所提出的具体阐释要求,因而具有一种命定的自我反思性与内在生长性,从而在自我质疑、论辩、更新中不断趋近当下诗学实践。在西方阐释学史上,施莱尔马赫的"阐释循环"具有浪漫主义方法论特征,狄尔泰的"阐释循环"则有着历史主义方法论的特色,而海德格尔、伽达默尔的"阐释循环"又具有哲学本体论色彩[⑥],正是这方面的明证。具体到"钱学"方法研究中来说,则几乎所有"阐释循环说"

---

① 参阅洪汉鼎:《诠释学——它的历史和当代发展(修订版)》,北京:中国人民大学出版社,2018年,第39页。
② 格朗丹认为"阐释循环"概念在阿斯特那里才得到了"第一次也是最普遍的(most universal)形式"。见 Grondin, Jean. *Introduction to Philosophical Hermeneutics*. Trans. Joel Weinsheimer. New Haven: Yale University Press, 1994. 65. 中译本可参阅让·格朗丹:《哲学解释学导论》,何卫平译,北京:商务印书馆,2009年,第111页。钱锺书也认为这一概念的正式提出者为阿斯特,见《管锥编》,第281—282页。
③ Schökel, Luis Alonso, and José Maria Bravo. *A Manual of Hermeneutics*. Trans. Liliana M. Rosa. Sheffield: Sheffield Academic Press, 1988. 73.
④ 参阅 E. H. 舒里加:《什么是"解释学循环"?》,曹介民、杨文极摘译,《哲学译丛》1988年第2期,第69—74页。
⑤ 此处对生物学术语"活性"的借用旨在表明,某些诗学概念本身即蕴含着从其对立面进行反思的空间与可能,体现出钱锺书常常强调的"相反相成"特性,因之往往具有强大的理论活力。
⑥ Grondin, Jean. *Introduction to Philosophical Hermeneutics*. Trans. Joel Weinsheimer. New Haven: Yale University Press, 1994. 63—123. 中译本参阅让·格朗丹:《哲学解释学导论》,何卫平译,北京:商务印书馆,2009年,第108—196页。

论者都不可避免地需要回答钱氏"阐释循环"与西方阐释学的关系问题,而何明星对李清良"阐释循环说"提出的商榷及其本人关于钱氏阐释学思想的辨析①,可以说是"阐释循环说"内部反思的典型案例——这样的反思与论辩对于"阐释循环说"的发展无疑是良性的。

通过以上两大概念的比较可以看出,"阐释之循环"的确具有"打通"所无法比拟的方法论价值。因此,以之概括钱锺书诗学方法,至少在概念层面上来说是有其合法性的。接下来需要追问的是,"阐释循环"是否称得上钱锺书诗学方法的特质?

概括说来,"阐释循环说"指的是以源自西学的概念"阐释之循环"为钱锺书诗学方法特征的一种观点。它从钱锺书关于"阐释循环"的一些具体论述出发,借助西方阐释学的理论,试图以一种中西交汇的视角重新审视钱锺书诗学方法,揭示其当代意义。这样的探索无疑具有重要价值,对身处"全球化"语境的诗学研究者而言尤其富于启发性。然而,一个域外诗学概念是否真的能与"钱学"方法"若合符节"? 在"阐释循环"游走于异质文明之间时,其具体所指是否会发生变化? 这些问题在"阐释循环说"的支持者中似乎并未引起足够重视。由于夸大西学术语的阐发、建构功能,相对忽视了概念演变的历史性及其内涵的复杂性,缺乏对"理论旅行"(the traveling of a theory)过程中变异情况的深入考察②,"阐释循环说"虽然为学界提供了新思路和富于启迪的个案研究,却在钱著整体特征的探讨上不无遗憾地陷入了以偏概全的理论泥潭。事实上,任何一个诗学概念都必然有其特定的适用范围,"阐释循环"同样无法溢出自身的理论有效半径。当人们试图以一个有着特定倾向的西学术语统摄丰富多样的"钱学"方法时,"阐释循环"就已经走向了理论"放大"的窘境。

1. "阐释循环说"的建立

早在《管锥编》面世之初,即有学者在讨论钱锺书学术方法时注意到钱锺书提到的"阐释之循环"。不过当时人们对这一舶来语似乎并未特别重视,更愿意使用"交互往复"之类的概念概括钱氏方法。③ 20 世纪 80 年代中期,孙景尧在分析《管锥编》时尝试将"阐释之循环"与"科技整合研究"

---

① 何明星:《钱锺书"诠释循环"与西方诠释学的关系辨析》,《河北师范大学学报(哲学社会科学版)》2008 年第 1 期,第 61—65 页。

② Said, Edward W. "Traveling Theory." *The World, the Text, and the Critic*. By Edward W. Said. Cambridge: Harvard University Press, 1983. 226—247.

③ 马蓉:《初读〈管锥编〉》,《读书》1980 年第 3 期,第 43—44 页。

(Interdisciplinary Approach)相结合,倡导建立一种"循环综合研究方法"①,可以说为"阐释之循环"走向方法论建构打开了一扇窗。不久,黎兰又将"阐释之循环"视为钱锺书"打通"方法的具体表现之一②,标志着这一概念正式进入"钱学"方法论论域。不过此时的"阐释之循环"被视为"钱学"中的众多概念之一,尚未脱颖而出。

"阐释之循环"在"钱学"研究界崭露头角是在 20 世纪 90 年代初。这一时期,宋秀丽从训诂学方法的角度对其进行的分析和季进将其与"打通"加以综合的努力都较为引人注目③,不过此时更具代表性的学者为何开四与张隆溪。前者以西方阐释学为理论参照,分别从"语言内涵""整体观"和"辩证思维"三个方面分析钱锺书"循环阐释"的特点,认为它"体现了钱先生分见两边,通观一体的整体观及生动的辩证思维",呼吁重视钱锺书的"解释学理论和实践"。④ 后者同样以西方阐释学,尤其是伽达默尔的理论与钱锺书所理解的"阐释之循环"相对照,认为这两位学者都看到了方法的局限性并强调审美经验的具体性。⑤ 张、何观点的相似之处在于:通过比较钱锺书笔下的"阐释之循环"与西方阐释学的相应术语,认为钱氏"阐释之循环"与西方阐释学思想血脉相通;而对二者间可能的差异问题,两人则几乎均未涉及。

"阐释之循环"真正获得方法论意义而成为一"说",大约是进入 21 世纪之后的事。李洲良认为,钱锺书"将中国古代思辨哲学与西方现代阐释学相互打通而获得了'阐释之循环'的现代方法论意义"⑥,因而特别强调中国古代思辨哲学对钱氏学术方法的贡献,表现出鲜明的本土立场。何明星则认为,《管锥编》的方法乃是"以诠释人生为宗旨所形成的'循环诠释'方法",并

---

① 孙景尧:《关于比较文学研究方法的思考——〈管锥编〉〈攻玉集〉读后偶记》,《广西大学学报(哲学社会科学版)》1986 年第 1 期,第 48—49 页。
② 黎兰:《文人的手眼——〈宋诗选注〉的一个特色》,见钱锺书研究编辑委员会编:《钱锺书研究(第一辑)》,北京:文化艺术出版社,1989 年,第 113 页。
③ 分别参阅宋秀丽:《〈管锥编〉的训诂理论与实践》,《贵州大学学报》1991 年第 4 期,第 35—40 页;季进:《阐释之循环——钱钟书初论》,《阴山学刊(哲学社会科学版)》1992 年第 1 期,第 1—10 页。
④ 何开四:《碧海掣鲸录——钱钟书美学思想的历史演进》,成都:成都出版社,1990 年,第 237—250 页。
⑤ 参阅张隆溪:《自成一家风骨——谈钱钟书著作的特点兼论系统与片段思想的价值》,《读书》1992 年第 10 期,第 90—93 页。
⑥ 李洲良:《"易"之三名与"诗"之三题——论钱钟书〈管锥编〉对易学、诗学的阐释》,《黑龙江社会科学》2001 年第 4 期,第 72 页。

将学界普遍认同的"打通"方法看作阐释循环方法的一个方面。① 这样,一直占据"钱学"方法论研究主导地位的"打通"便降至"阐释循环"体系中的从属地位了。不过,此论毕竟是针对《管锥编》而提出来的,"阐释循环"是否可以推至整个钱著仍有待进一步论证。

2007年前后,李清良实现了对钱锺书阐释思想研究的系统化,标志之一正是"阐释循环说"的建立。在李氏看来,钱锺书"'阐释循环'论"的总纲具有融合中西阐释思想、"不断推进的多层循环"、以把握"事理""心理""文理"为目的、坚持"通观明辨"的辩证法等四个特征,在会通"阐释文本及作者全部作品"、风气与传统、各学科文献、不同文化等四个层面运行,强调突破各种界限以获得更大语境,通过"相看"增进理解、增添新意义,其具体方法包括"合观""连类"等。作者还进一步指出,钱锺书"阐释循环"的精神在于"力图从各个方面、各个层面来圆融通透地把握对象"②。这样一来,"阐释循环说"既获得了理论"总纲",又明确了适用范围,并且拥有独特的运行机制和与之相应的具体方法与"精神",形成了一个完整的理论体系,"阐释循环"作为"钱学"方法论的地位至此也基本确立了起来。

通过对"阐释循环说"发展史的简要回顾可以发现:虽然其支持者们在诗学立场上存在本土与西学之别,但将其归入西学渊源,进而以西释中阐析"钱学"的观点形成了主流;另一方面,支持者们在将"阐释循环"视为方法论范畴这一点上均无异议。那么,"阐释循环"是否具备"钱学"方法论性质?"阐释循环说"所谓的"阐释循环"是否与西方诗学的"Hermeneutic Circle"别无二致?在回答这些问题前有必要对西方阐释学史上的"Hermeneutic Circle"做一梳理。

2. "阐释循环/Hermeneutic Circle"与西方诗学

作为一个历史悠久的诗学范畴,西方阐释学史上的"阐释循环"始终遵循一个基本原则——在整体与部分的往复考察中探寻意义。然而,其理论指向与应用范围却几经变换,至今未曾停止。

19世纪初,德国语言学家阿斯特赋予了阐释循环"第一次同时也是最具普遍性的形式"③。在阿斯特看来,"一切理解和认识的基本原则就是在个别中发现整体精神,和通过整体领悟个别;前者是分析的认识方法,后者是综合的认识方法",整体和个别之间相互制约,构成一个"和谐生命",而二者

---

① 何明星:《〈管锥编〉诠释方法研究》,武汉:华中师范大学出版社,2006年,第97—98页。该书是在作者2003年完成的博士论文基础上出版的。
② 李清良:《熊十力陈寅恪钱锺书阐释思想研究》,北京:中华书局,2007年,第139—151页。
③ 格朗丹语。见 Grondin, Jean. *Introduction to Philosophical Hermeneutics*. Trans. Joel Weinsheimer. New Haven: Yale University Press, 1994. 65. 中译本可参阅让·格朗丹:《哲学解释学导论》,何卫平译,北京:商务印书馆,2009年,第111页。

之间"彼此结合和互为依赖"的双向阐释过程即所谓的"阐释循环"。① 阿斯特将"阐释循环"视为"分析"与"综合"两种方法的整合,为这一概念打上了鲜明的方法论烙印。不过,与后来很多学者的观点不同,阿斯特认为"阐释循环"并不是一个无止境的过程,而是如许多具体认识过程一样有其终点。②

阿斯特之后,施莱尔马赫继续强调"整体↔部分"的双向循环,又通过"精神"(psychological)、"预先假定"(presuppose)等概念突出主体在"阐释循环"中的地位,点明了这一循环中"精神"和"技术",亦即主体和客体两大维度。③ 施氏不仅将"阐释循环"用于语法阐释中,而且也用于心理学层面。④ 他特别强调将阐释学建立在"对话"基础上,而其有关"阐释循环"的理解正是在"对话关系"的强调中形成的。有学者指出:"施莱尔马赫把理解的问题不仅跟本文的阐释,而且跟人们生动的对话联系起来,对'解释学循环'作出了比他的前人更加具体的描述。"⑤立足对话关系使施氏看到了克服循环的任意性的必要,其相应的做法即"将循环限定在个人生活的整体",限定在"书写文本和作者的个性上"。⑥

在狄尔泰看来,"阐释循环""也重现于个别作品与其作者的精神气质及其发展之间的关系中,它同样也复现于这部个别作品对其所属文学类型的关系中"。⑦ 在承认作者的精神对理解和阐释的重要性的同时,狄氏力图将阐

---

① 弗里德里希·阿斯特:《诠释学(1808)》,洪汉鼎译,见洪汉鼎编:《理解与解释——诠释学经典文选》,北京:东方出版社,2001年,第7页。有英译者将本段核心语句译为"一切理解和认识的基本法则为:在个别中发现整体的要义,同时在整体的语境中把握个别"。可参阅Grondin, Jean. *Introduction to Philosophical Hermeneutics*. Trans. Joel Weinsheimer. New Haven: Yale University Press, 1994. 65. 中译本参阅让·格朗丹:《哲学解释学导论》,何卫平译,北京:商务印书馆,2009年,第111页。
② 阿斯特指出:"个别预先假设整体观念、精神,而这观念、精神通过遍及个别整个系统而塑形自身于活跃的生命,最后又再返回到自身。随着精神这种向自身原始存在的返回,解释的循环结束了。"参阅弗里德里希·阿斯特:《诠释学(1808)》,洪汉鼎译,见洪汉鼎编:《理解与解释——诠释学经典文选》,北京:东方出版社,2001年,第12页。
③ Schleiermacher, Friedrich. *Hermeneutics and Criticism and Other Writings*. Trans. Andrew Bowie. Cambridge: Cambridge University Press, 1998. 109. 引文为笔者自译。
④ 洪汉鼎:《诠释学——它的历史和当代发展(修订版)》,北京:中国人民大学出版社,2018年,第80页。
⑤ E. H. 舒里加:《什么是"解释学循环"?》,曹介民、杨文极摘译,《哲学译丛》1988年第2期,第70页。
⑥ 参阅Grondin, Jean. *Introduction to Philosophical Hermeneutics*. Trans. Joel Weinsheimer. New Haven: Yale University Press, 1994. 74—77. 中译本可阅让·格朗丹:《哲学解释学导论》,何卫平译,北京:商务印书馆,2009年,第124—129页。
⑦ 狄尔泰:《诠释学的起源》,见洪汉鼎编:《理解与解释——诠释学经典文选》,北京:东方出版社,2001年,第90页。

释纳入历史主义方法论范畴中,倡导一种"历史理性主义批判"。① 正如有学者分析的,狄尔泰这么做"不仅是为历史认识找寻认识论基础,而且也是为精神科学找寻认识论基础",狄氏由此走向了对"精神科学"的强调。最终,在狄尔泰这里,阐释学发展为以"理解"和"解释"为核心的"精神科学"的一般方法论②,而他所谓的"阐释循环"也相应地带上了方法论色彩。

虽然狄尔泰提出了历史批判的问题,但其阐释循环却因"精神科学"概念的含糊不清及其"历史主义"的"反历史主义"矛盾而缺乏明朗色彩。③ 到海德格尔的时代,这一循环甚至遭遇了"恶性循环"之讥。④ 然而海德格尔认为,正确的做法是积极投入这一循环,因为它"包藏着最源始的认识的一种积极的可能性"。在海氏看来,阐释循环昭示了阐释学历史传统的存在,具有存在论的积极意义。阐释循环对意义的追求使其不可避免地成为一种"意义结构",而"意义现象"恰恰是植根于本体论的。⑤ 这样,阐释循环由方法论向本体论的转型便由海德格尔这里开始了。

"阐释循环"在伽达默尔手中又有了新发展。自狄尔泰以来,阐释循环应如何面对历史就始终是一个无法绕开的课题。与狄尔泰从生活的历史性出发,进而从认识论角度建立"精神科学方法论"的努力不同,海德格尔率先从本体论角度重新审视历史问题,但他对主体的过分强调遭到了"非理性解释"的质疑。⑥ 伽氏认为,所谓"整体"并非"历史的全部意义",而"只能理解为相对的"。⑦ 通过"效果历史"这一著名术语,伽氏最终解决了历史在"阐释循环"中的应用问题。所谓"效果历史",简单说来,就是要求"将一个人自己的处境上升到意识的高度,以'检察'它处理文本或传统的方式"。"效果历史"是不受阐释者支配的,亦即所谓的"与其说历史受意识支配,不如说意识受历

---

① 参阅 Grondin, Jean. *Introduction to Philosophical Hermeneutics*. Trans. Joel Weinsheimer. New Haven: Yale University Press, 1994. 84—85. 中译本可参阅让·格朗丹:《哲学解释学导论》,何卫平译,北京:商务印书馆,2009年,第139—141页。
② 洪汉鼎:《诠释学——它的历史和当代发展(修订版)》,北京:中国人民大学出版社,2018年,第98—110页。
③ 同上书,第117—119页。
④ 马丁·海德格尔:《存在与时间(修订译本)》,陈嘉映、王庆节合译,北京:生活·读书·新知三联书店,1999年,第178页。
⑤ 同上书,第179页。
⑥ 参阅 E. H. 舒里加:《什么是"解释学循环"?》,曹介民、杨文极摘译,《哲学译丛》1988年第2期,第71—72页。
⑦ Gadamer, Hans-Georg. Foreword to the Second Edition. *Truth and Method*. By Gadamer. Trans. Garrett Barden and John Cumming. New York: Sheed and Ward, 1975. ⅩⅩⅲ. 引文为笔者自译。中译本参阅汉斯-格奥尔格·加达默尔:《真理与方法——哲学诠释学的基本特征(上卷)》,洪汉鼎译,上海:上海译文出版社,1999年,第12页。

史支配"。① 伽氏的阐释循环拒绝"整体"的给定性和阐释的即时性,主张理解是一个"不断地从整体到部分又从部分回复到整体"的过程,阐释循环的任务就是"在同心圆中扩大被理解的意义的统一性"。②

帕尔默(Richard E. Palmer)在谈到阐释循环时,曾借伽达默尔的"视域融合"概念指出:"一部文学作品总是携带着与自己的理解相关的语境;阐释学中一个根本问题便是个人视域如何与作品视域相融合的问题。"③伽氏所谓的"从整体到部分又从部分回复到整体",正是要求阐释者在"效果历史"原则指引下,将传统与个人的"前理解"带入具体对象的阐释之中,通过与对象紧密相连的"前见"的"视域融合"而达到正确理解。值得注意的是,伽达默尔眼中的阐释对象已不仅仅是施莱尔马赫的"本文"或狄尔泰的"社会历史生活",几乎囊括一切生活现象。④ 这无疑实现了阐释循环真正的一般化与普遍化。

通过以上梳理,可以发现西方阐释学的"阐释循环"并非固定不变的概念,其具体内涵始终处于发展变化之中。正如有学者指出的,阐释循环虽然总在"'整体-部分'的辩证关系中"展开,却经历了"语法、心理、生命和存在这样几个环节,由外向内,由表及里,层层递进,逐步扩大,最终实现了从方法到本体的嬗变",因此,阐释循环"既有认识论、方法论意义,同时又具有本体论意义,它是立体的、全方位性的"。⑤ 显然,西方诗学中的"阐释循环"是一个内涵极其丰富且多变的复杂范畴,并不只限于方法论领域。因此,在借用这一概念对钱锺书诗学进行分析时,便不能不加区别地将涉及多重意蕴的

---

① Grondin, Jean. *Introduction to Philosophical Hermeneutics*. Trans. Joel Weinsheimer. New Haven: Yale University Press, 1994. 110—115. 中译本可参阅让·格朗丹:《哲学解释学导论》,何卫平译,北京:商务印书馆,2009 年,第 177—183 页。

② Gadamer, Hans-Georg. *Truth and Method*. Trans. Garrett Barden and John Cumming. New York: Sheed and Ward, 1975. 259. 中译本参阅汉斯-格奥尔格·加达默尔:《真理与方法——哲学诠释学的基本特征(上卷)》,洪汉鼎译,上海:上海译文出版社,1999 年,第 373 页。另外第一句的译文还可以参阅殷鼎(译自德文):"理解永远是由整体理解(解释者的前理解)运动到部分(传统之一部分)又回到整体的理解(解释者所达到的新的理解)。"(殷鼎:《理解的命运——解释学初论》,北京:生活·读书·新知三联书店,1988 年,第 147 页),以及何卫平(译自英文):"理解永远是从整体理解(解释的前理解)运动到部分(传统之一部分)又回到整体的理解。"(何卫平:《解释学循环的嬗变及其辩证意义的展开与深化》,《武汉大学学报(哲学社会科学版)》1999 年第 6 期,第 43 页。)

③ Palmer, Richard E. *Hermeneutics*: *Interpretation Theory in Schleiermacher, Dilthey, Heidegger, and Gadamer*. Evanston: Northwestern University Press,1969. 25. 引文为笔者自译。中译本参阅理查德·E. 帕尔默:《诠释学》,潘德荣译,北京:商务印书馆,2012 年,第 41 页。

④ 参阅 E. H. 舒里加:《什么是"解释学循环"?》,曹介民、杨文极摘译,《哲学译丛》1988 年第 2 期,第 72 页。

⑤ 何卫平:《解释学循环的嬗变及其辩证意义的展开与深化》,《武汉大学学报(哲学社会科学版)》1999 年第 6 期,第 44 页。

"Hermeneutic Circle"与钱氏所谓的"阐释之循环"简单画等号,也不能笼统地以其阐发钱氏诗学,而应根据具体文本对两者谨慎加以验证,寻找其理论契合点。

3. 危险的旅行:从"阐释循环"到"循环阐释"

当然,强调"Hermeneutic Circle"的丰富内蕴并非拒斥借用和吸收这一西学范畴,而是为了确保跨文化理论阐释的有效性。这就使我们再次回到萨义德提出的"理论旅行"问题上。"理论旅行"形象地描述了理论跨越时间和空间进行传播与获得接纳的过程——在这个过程中常常暗含着"旅行"中的理论与其接受域之间的冲突与融合,其自身在新的时空语境中也将发生一定程度上的改造甚至变异。① 从这个角度来讲,在汉语语境下将内蕴丰富的"Hermeneutic Circle"化简为单一的方法论范畴并加以运用,似乎也属于理论旅行的题中应有之义。那么,"阐释循环说"是怎样使生长于西方诗学领域的"阐释循环"完成其"理论旅行"而应用于"钱学"研究领域的呢?

可以肯定的是,"阐释循环"从西方阐释学界向钱锺书研究界的"旅行",所带来的绝不只是概念的新鲜感,更是一个重要的比较诗学课题。从比较诗学的角度来看,某一理论范畴进入一个异质文化语境并最终获得认可与吸收,一般表现为以下三种情况:其一为接受方全盘袭用并基本保留其原汁原味,例如"结构主义"(structuralism)、"外部研究"(the extrinsic study)、"内部研究"(the intrinsic study)等概念在国内学界的接受;其二为部分吸收、部分以本国诗学资源进行补充、发展和改造,形成与外来术语同形异质的概念新形态,比如新批评的"张力"概念在国内的接受②;其三则是以本国固有的诗学资源对外来概念进行阐发,或赋予外来概念以本国诗学特质及精神,或激活本国诗学传统中的对应概念,最终实现外来诗学范畴的"归化"——比如有学者致力于建立的"中国解释学"中的"解释学"概念。就"阐释循环"在"钱学"研究领域的应用而言,其接受情况主要表现为后两种形态。

以中国传统理论重释阐释循环的学者可以以李清良为代表。李氏认为,钱锺书的"'阐释循环'论""不可能直接来自于西方阐释学",它"首先是对孟子、王安石、苏轼、薛蕙等人相关说法的继承与发挥,然后才是与西方阐释学

---

① Said, Edward W. "Traveling Theory." *The World, the Text, and the Critic*. Cambridge: Harvard University Press, 1983. 226—227.

② 这方面的具体情况请参阅拙文《隐藏的视点:中西"张力"范畴再辨》,《江汉学术》2013年第5期,第92—98页。

的沟通与融合",是"中国学术追求'会通'之学的一个突出表现"。① 客观地说,李氏所谓的"'阐释循环'论"主观建构的痕迹是比较明显的——作者首先预设了钱锺书"'阐释循环'论"这一体系,接着按图索骥以证明这一体系的存在,似乎并未意识到钱氏既未建设过这个所谓的"论",钱著中也并未给予"阐释循环"过多重视的事实。不过,李文的观点虽值得商榷,其寄望于将阐释循环定为"国产"、以本国古典诗学资源替换西学术语内核的良苦用心却跃然纸上。

李文的绝对化倾向引发了"阐释循环说"内部的讨论,何明星便撰文指出,钱锺书的"阐释循环"一方面受到古代阐释方法的影响,另一方面也是"有意识地借鉴"西方阐释学并将二者相结合的结果。② 这一观点成为"阐释循环说"的主流认识。耐人寻味的是,许多倡导者在对"阐释循环"加以应用时不约而同进行了细微调整,即自觉或不自觉地将"阐释循环"置换为"循环阐释"。③ 表面看来,这一变化仅仅是调整了"阐释"与"循环"两个词语的位置,整个词组的意义似乎并未发生大的变化,然而其所造成的强调对象的变化却不应忽视。在汉语语境下,从"阐释循环"到"循环阐释"常常暗含着一个从强调"阐释"到强调"循环"的意义取向上的微妙变化。从上文对西方"阐释循环"发展史的梳理中可以看出,整体与部分的"循环"几乎是从古到今未变的"常量","阐释循环"之所以经历了一个由认识论到方法论再到本体论,由"恶性循环"到积极"循环"的发展,完全是历史上各位学者的不同"阐释"所致。可以说,西方"阐释循环"概念的意义架构恰是"阐释"而非"循环"所赋予的。

上述"钱学"研究者则在以"循环阐释"替换"阐释循环"的过程中,不期然地将论述焦点转移到了"循环"上。这很容易令人想起中国古典哲学、诗学中

---

① 李氏从以下三个方面对这一论点展开了论证:第一,从钱锺书的相关引文来看,钱氏对本体论上的"阐释循环""并未加以特别注意",因为他在引"先已理解者"即"前理解"时提到的不是大名鼎鼎的海德格尔、伽达默尔,而是年轻的且在这一概念的阐述上不那么有名的梅洛-庞蒂;第二,钱锺书虽然多次提及伽达默尔,却很少引用其著名观点,而且"误读"了伽达默尔的"视域融合",证据是他将伽达默尔强调"阐释者只与文本发生关系而并不与作者发生关系"的这个概念给译成了"读者与作者眼界溶化";第三,钱锺书"十分重视阐释学与修辞学、心理学及辩证法的密切联系",却对同样强调这一点的施莱尔马赫等人"一无引用"。参阅李清良:《钱锺书"阐释循环"论辨析》,《文学评论》2007年第2期,第47—49页。
② 参阅何明星:《钱锺书"诠释循环"与西方诠释学的关系辨析》,《河北师范大学学报(哲学社会科学版)》2008年第1期,第64页。
③ 这种置换非常普遍,参阅胡范铸:《现象、观察活动与观念体系的根本起点——钱锺书学术思想与艺术思想研究之一》,《复旦学报(社会科学版)》1990年第5期,第101页;季进:《阐释之循环——钱锺书初论》,《阴山学刊(哲学社会科学版)》1992年第1期,第6页;何开四:《〈管锥编〉循环阐释论探微》,《当代文坛》1993年第5期,第27—28页;刁生虎:《陈寅恪与钱锺书学术思想及治学方法之比较》,《史学月刊》2007年第2期,第102页。

有关"循环"的丰富思想与论述。例如《老子》中就有"反者道之动"的说法,陈鼓应解释为"道的运动是循环的"①;《吕氏春秋》论音乐时也有"天地车轮,终则复始,极则复反,莫不咸当"的刻画②;《文心雕龙·时序》更有"蔚映十代,辞采九变。枢中所动,环流无倦"这样关于文学史的形象描述③。与古典哲学思想和诗文理论相呼应,古代诗歌创作中也出现了"回文诗"这一特殊的循环式诗体。"钱学"研究者们自觉或不自觉地转向对"循环"的强调,或许正是本土诗学对外来术语的某种或被动防卫或主动包容的应对性重释力量所致。

那么,为什么中国学者对"阐释"的关心会退居第二位?或许是中国传统学术悠久的阐释历史所致。一如我们在漫长的经典注疏史中所看到的,"我注六经"或"六经注我"所强调的,往往是"注"的方式即"怎么注"的问题,至于"注"这一行为本身则天经地义,无须再作强调。有学者指出:"从某种意义上说,中国文化史就是一部注经、解经的历史,无论是'我注六经'还是'六经注我'都表明了某种诠释立场。"④中国学者在古典诗学传统的影响下早已形成了强烈的"阐释"意识,因此具体到"阐释循环"的问题上,其更为关心的也就不是阐释本身,而是如何阐释的问题。

从"阐释循环"到"循环阐释"的调整近乎不动声色地实现了对外来诗学概念的本土重释。无论这一做法是自发的还是自觉的,都深刻体现了中国古代诗学传统的强大力量。不过,虽然从比较诗学的角度来说,某种诗学理论或概念范畴在跨文化"旅行"过程中产生视点的偏转,甚至反转都不足为奇,但"循环阐释"却并不属于这类情况。因为,"阐释循环说"的众多支持者忽视了一个根本问题——改造而来的"循环阐释"概念是否具备充分的学理性?事实上,只要跳出中西理论焦点的"暗斗",转而专注概念本身,我们是不难发现"循环阐释"的弊端的。除非我们时刻提示"循环阐释"与"阐释循环"的内在关联,否则就很难阻止人们将"循环阐释"与逻辑学中的错误方法——"循环论证"——混为一谈。至少,人们也将在如何区分"循环阐释"与"循环论证"这个问题上一头雾水。这无疑是一个悖论:一方面我们为了"阐释循环"的本土化而将其改造为"循环阐释";另一方面却必须在使用新术语时,时刻强调其异文化渊源。如此一来,"循环阐释"这样的改造又有何必要?

中国学者在理解、接受异文化诗学范畴时,理应从本土诗学传统出发,力

---

① 陈鼓应注译:《老子今注今译》,北京:商务印书馆,2003年,第228页。
② 吕不韦:《吕氏春秋》,高诱注,上海:上海书店,1986年,第46页。
③ 黄叔琳注,李详补注,杨明照校注拾遗:《增订文心雕龙校注》,北京:中华书局,2000年,第542页。
④ 王宇根:《中国语境中的诠释循环》,《文艺理论研究》1994年第1期,第35页。

争对异域学说融会贯通,乃至做出一定改造,以中国智慧丰富世界诗学资源。"阐释循环说"虽然是在对此加以践行,但其将"阐释循环"置换为"循环阐释"的策略却值得商榷,这一"理论旅行"的背后暗藏着有悖学理和逻辑的危险。

4. "阐释循环"与钱锺书诗学方法

倘若放弃"循环阐释"这一有缺陷的概念,代之以更为严谨的理论术语,那么,将"阐释循环"视为钱锺书诗学方法的总体特征是否就不会再有争议了呢?钱著本身给出的答案似乎仍是否定的。

"阐释循环说"论者常引以为据的是《管锥编》中的下述一段:

> 乾嘉"朴学"教人,必知字之诂,而后识句之意,识句之意,而后通全篇之义,进而窥全书之指。虽然,是特一边耳,亦祇初桄耳。复须解全篇之义乃至全书之指("志"),庶得以定某句之意("词"),解全句之意,庶得以定某字之诂("文");或并须晓会作者立言之宗尚、当时流行之文风、以及修词异宜之著述体裁,方概知全篇或全书之指归。积小以明大,而又举大以贯小;推末以至本,而又探本以穷末;交互往复,庶几乎义解圆足而免于偏枯,所谓"阐释之循环"(der hermeneutische Zirkel)者是矣。《鬼谷子·反应》篇不云乎:"以反求覆?"正如自省可以忖人,而观人亦资自知;鉴古足佐明今,而察今亦神识古;鸟之两翼、剪之双刃,缺一孤行,未见其可。①

仅从这一段文字来看,钱锺书在此讨论的显然是如何追踪文本意义的问题。细加辨析,这段话大致包含四层意思:第一,介绍清代"朴学"考察文意的方法,并指出其片面之处——"是特一边耳,亦祇初桄耳";第二,提出对清儒方法的补充意见,即:考察文意不能只循"字→句→篇→全书"这个单一路线,同时也应循"全书→篇→句→字"加以反向考辨,将正反两个方向的分析结合起来;第三,在考察具体文本时,也不能忽略对作者叙述风格、当时流行的文风和体裁等的全面审视,把对文意的探讨延伸至文外的社会语境;第四,通过以上三方面的综合、动态考察,才能够"义解圆足而免于偏枯"——这一方法与西方的"阐释之循环"非常相似。

显然,上述四层意思有一个共同指向,即"全书之旨"——大致相当于今天所说的"文本意义"。可见,钱锺书此论的核心乃是如何正确把握文本的意义,并非"阐释循环说"论者所谓的建构一个"阐释循环"方法论——这一西学概念不过是其所引入的参照对象而已。那么,钱氏为什么要引入"阐释循环"

---

① 《管锥编》,第 281—282 页。着重号为笔者所加。

概念？从全文语境来看，这样做一方面是为了补充清儒单一研究思路的不足，另一方面也是为了强调文本意义分析的整体性和动态性要求——即是说，一个文本的意义不是经过简单追踪就能把握的，需要进行反复多次的整体考察，在运动中接近其真实的内核。

这一判断是否符合钱著实情？我们可以从以下两方面做进一步分析。

首先，如果将这段文字还原至《管锥编》语境下便可发现，钱锺书在此讨论的是结合全文语境对具体文本进行理解和分析的问题，"阐释之循环"是作为这个论析过程中的重要例证而提出，实为整则札记中讨论的第二级问题。在有关"阐释之循环"的引文之前，钱锺书先从杜预对《左传·隐公元年》中"公曰：'不义不暱，厚将崩'"一句的注释出发，谈起了字义理解的复杂性。钱氏认为，杜预将"不暱"解释为共叔段"不亲"庄公是错误的，所谓"不暱"指的其实是共叔段周围的人不愿依附于他本人，其判断依据正源自对上文"厚将得众"与下文"多行不义"的具体考辨。但钱锺书并非简单指出杜预之误，而是从这个错误产生的原因出发进一步引申，提醒人们句法格式与语句意义之间的复杂组合关系，最终概括出"不×不×"句式中"因果句"和"两端句"两大类型。① 在借助佛典中的相似句式再次进行分析之后，钱氏指出："故祇据句型，末由辨察；所赖以区断者，上下文以至全篇、全书之指归也。"② 接下来又援引王安石"考其辞之终始，其文虽同，不害其意异也"一段话，赞为"明通之论"，并将其与孟子"不以文害词，不以词害志"和《庄子·天道》中的"语之所贵者，意也，意有所随"相提并论。③ 而在连续列举晁说之、苏轼、顾炎武等的相关论述之后，钱氏意犹未尽，继续以《孟子·梁惠王》和《列女传·齐管妾婧》中的"老老""幼幼""少少"为例，强调古代典籍中"文同不害意异"，因而"不可以'一字一之'，而观'辞'（text）必究其'终始'（context）耳"。钱氏认为，不同文本中广泛存在的"字义同而不害词意异，字义异而复不害词意同"的现象，要求解读者绝不能"以一说蔽一字"，而应回到具体语境加以分析。④ 如此反复论析之后，接下来才出现前引那段"阐释之循环"的论述。在这之后，钱氏又结合戴震经学方法中虽能"分见两边"却未能"通观一体"，以致"自语相遏"的问题，将佛教经文与"阐释之循环"再次捉至一处，认为阐释循环与佛经所谓"一切解即是一解，一解即是一切解"的精神相通。⑤ 无论在上述哪段

---

① 《管锥编》，第 277—278 页。
② 同上书，第 278 页。
③ 同上书，第 279 页。
④ 同上。
⑤ 同上书，第 283 页。

论述中,钱锺书对文本整体语境的强调都是显而易见的。"全篇、全书之指归""考其辞之始终""观'辞'(text)必究其'终始'(context)""通观一体"等,无一例外都在强调整体考察的重要性。虽然钱氏在提及"阐释之循环"时也谈到了"大"—"小""本"—"末"等有关部分与整体关系的问题,其本意却是强调"整体"而非"局部"的价值。这与"Hermeneutic Circle"对"整体"和"局部"的同时强调是有所不同的。

其次,从整个钱著来看,钱锺书对西方诗学的"阐释循环"概念尚未欣赏到要借其创立所谓"'阐释循环'论"的地步。在对《管锥编》进行修订时,钱锺书曾就"阐释之循环"这一节进行过两处"增订"。其中,第一处只就"阐释循环"的概念史增加了一个注释,而且似乎更倾向于将其定位于修辞学领域①;第二处则论述较为详细:

> "一解即一切解、一切解即一解"与"阐解之循环"均为意义而发。当世治诗文风格学者,标举"语言之循环"(philological circle),实亦一家眷属。法国哲学家谓理解出于演进而非由累积:"其事盖为反复形成;后将理解者即是先已理解者,自种子而萌芽长成耳"。"先已理解者"正"语言之循环"所谓"预觉"、"先见"(anticipation, Vorsicht)也。②

这里值得注意的有两点:一是认为"阐释之循环"的目的是追求"意义";二是将其与法国学者梅洛-庞蒂(M. Merleau-Ponty)所谓的"语言之循环"合观,点出"理解"对于"阐释之循环"的重要性。前一点与钱氏对追踪"全篇、全书之指归"的强调相一致,并不令人意外;后一点却一边引入"语言之循环",一边又援引年轻辈的庞蒂的说法而直接越过对"阐释循环"贡献更大,也更具代表性的海德格尔、伽达默尔等前辈学者,则着实令人诧异了。考虑到钱锺书对于"语言的狡黠"的一贯警惕③,这一不太符合常规的选择或许说明:对钱氏而言,"阐释循环"的主要价值是其在语言解读方面所给予的启发和帮助。而就钱著整体情况而言,除了在"隐公元年"这一节的讨论中出现之外,"阐释之循环"也几乎不再出现于他处。这样看来,虽然"阐释循环"这一诗学范畴得到了钱锺书的肯定,但在"钱学"中似乎并不像某些倡导者所鼓吹的那么重要,倒是近年来有学者提出的"同异关系辩证方法"更能道出其真谛。④

---

① 《管锥编》,第281—282页。原著中钱锺书所引德文及其出处从略。
② 同上书,第283—284页。原著中钱锺书所引法文及其出处从略。
③ 赵一凡:《钱锺书与中国叙事》,《外语研究》2015年第2期,第1—2页。
④ 陈跃红:《从"游于艺"到"求打通"——钱锺书文艺研究方法论例说》,《中国高校社会科学》2013年第2期,第94—99页,(转)第158页。

此外,"阐释循环说"以"循环阐释"置换"阐释循环"所表达出来的对于"循环"的重视,同样与钱著不甚相符。通观钱著,我们甚至可以说:钱锺书对论证过程中的"循环"与其说是提倡,毋宁说是警惕的。早在年轻时代讨论王充《论衡·对作篇》时,钱氏便已分析指出其中"以言之美恶取决于所言之真妄"的"循环论证"错误。① 虽然通过循环考察可以帮助读者在反复推敲部分与整体的基础上更全面地把握作品,但"循环"本身的"周而复始"却也带来了逻辑上循环论证的可能性——正如王充将论证的结论变成了论证的前提。因此,在钱锺书对"阐释循环"的理解中,与"循环"相对应的"交互往复"不过是阐释的第一步,其最终目的是实现"义解圆足",即是说,"循环"并非重点,更重要的是对文本意义的全面把握。在《管锥编》的有关讨论中,无论是对鬼谷子"以反求覆"的援引,还是"自省可以忖人,而观人亦资自知;鉴古足佐明今,而察今亦裨识古"的议论,其目的都是为阐释过程引入一种辩证思维,从而最大限度地防止阐释者迷失于"循环"之中——这与"阐释循环说"的支持者们对"循环"的强调显然相反。

综上,"阐释循环"在钱著中有其特定的应用范围、意义和理论重心,就"钱学"而言并不具备整体的适用性;而"阐释循环说"论者的理论重释与改造也并不能充分适用于钱著的实际。"阐释循环"虽然勾勒出了"钱学"方法论某一侧面的特征,具有一定的诗学价值,却仅仅是煌煌钱著的具体特征之一,试图以之概括整个钱锺书诗学方法论的做法恐怕有以偏概全之嫌。

当源于西方诗学的"Hermeneutic Circle"被引入钱锺书诗学方法论研究时,有关这一概念的三种不同理解便开始交织在一起,即:西方诗学的"阐释循环"、钱锺书眼中的"阐释循环"与"阐释循环说"论者的"阐释循环"。西方学界的"阐释循环"并不仅限于方法论领域,而是具有丰富的内涵且始终处于动态发展之中,它的理论重心在于"阐释"。钱锺书理解的"阐释循环"与其西学内涵较为接近,强调根据整体性原则,通过字义解析而对文本意义进行具体、准确的动态把握,不过有其特定的适用范围——深入透彻地发掘文意,因而其理论重心同样落在"阐释"而非"循环"上。"阐释循环说"论者所谓的"阐释循环"则经过了一番跨文化重释与改造,将理论重心调整到了"循环"一端。这原本是具有积极意义的比较诗学个案,然而新术语"循环阐释"本身的学理缺陷不仅使这一重释暗藏危险,同时也重减了术语改造的意义。

"阐释循环说"虽然描述了钱锺书诗学方法论的某些特征,然而其笼统理解并过分拔高西方阐释学及"阐释循环"在钱著中作用的论证方式却是不妥

———————
① 钱锺书:《中国文学小史序论》,见《人生边上》,第104页。

当的。"阐释循环"概念丰富多样的西学指涉很难,也不应该直接而不加区分地挪移至"钱学"之中。"阐释循环说"借西方诗学理论对钱著进行阐发的思路无可厚非,其紧扣本土诗学传统的立场与相关的论述策略对比较诗学研究而言也具有参考价值,但是,其倡导者在某种程度上对钱锺书的有关论述进行了过度阐释,忽视了钱著本身这一最重要的评判标准,最终导致了概念的混淆与理论的放大,陷入偏离对象本身言说对象的学理之蔽。"阐释循环说"所导致的理论有效性的缺失警示我们,既不可对概念囫囵吞枣、盲目夸大其理论功效,又不可堕入外来诗学概念的理论框架而对"钱学"做草率切割。或许,只有以西学为参照而非立论基点,立足于"钱学"本身,通过对煌煌钱著的具体、深入分析来追踪、勾勒、概括钱锺书诗学方法论,才是真正可靠的研究路径。

  以上我们大致梳理了国内外三十多年来有关钱锺书诗学方法的研究,并就"打通说"和"阐释循环说"这两大主流观点提出了不同看法。我们的献疑与商榷意见并非对前人研究成果的否定,而是希望就钱锺书诗学方法研究提出新的思考路径。"打通说"和"阐释循环说"所暴露出来的问题除了与"打通"和"阐释循环"在概念层次上的局限性有关之外,实际上也反映了研究者在整体思路上的某种理想化倾向——即希望找到一个宏观概念,一劳永逸地解决对宏富深湛的钱锺书诗学方法进行概括的这个大问题。

  这样的研究方式显然是自德国古典主义哲学以来那种围绕特定核心概念构筑理论大厦的思路的延续。其长处是观点集中、主旨明朗;缺点则是极易抹杀材料的丰富性或忽视问题的复杂性——除非研究者本人既能像上帝一般洞悉一切,又能如圣人一般"克己复礼",完全不受主观情绪的干扰。从《管锥编》开篇对黑格尔有关汉语的汗漫大言的批判来看,这一研究方式所期待的那种完美研究者是不存在的。如果说,在18、19世纪,由于人类认识水平和知识传播的有限性,这样的思考方式还能够表现出较大的价值与魅力的话,那么进入全球化时代,随着人类知识爆炸和信息传递的极速化与普遍化,依旧希望以唯一的既定概念概括诸如钱锺书诗学方法一般丰富、多样的理论思想的做法就几乎变成了一种神话——或许这也是钱锺书坚决回避在其著作中构筑所谓的理论体系的原因之一吧!不过,在笔者看来,建构一个理论或学说体系本身无可厚非,甚至也是非常必要的,因为系统化的思考有助于形成一个天然的反思机制,从而对理论系统中的每一部分起到一种"自检"作用,最终达到纠谬、修正的效果,增强观点与认识的可靠性。关键问题是如何构建这个系统。应该说,钱锺书对"系统"的拒斥更多是出于对那种"为系统而系统"的空疏建构方式的反感,而非直接否定系统本身。就钱著自身而言,我们很难想象钱氏洋洋洒洒上千万言的著述、笔记全是毫无关联的意到笔随、即兴评点的产物,更不用说钱著中还有"参观""别见"等大量明显发挥串联、系结作用的词语为证。钱锺书的诗学方法也是如此。虽然并没有提出一个系统的方法论,但钱著中不仅大量出现有关方法的论述,而且这些论述本身也是互相联系、层级分明的。不过,"打通说"和"阐释循环说"的局限性启示我们,这些多层次、多样化的方法论思想很难全部统摄于某一个概念的框架之内,而只能从其所属的具体层面入手分别加以归纳和整理。

因此,从不同层面、不同角度梳理钱锺书诗学的方法论思想,发现其各个层面的理论关键词,进而寻绎其相互之间的内在联系,最终实现对钱锺书诗学方法论的整体把握,便成为我们研究过程中的总体思路,而其间每一环节的具体任务则构成了本书的主要研究目标。为保证这一研究目标的有序实现,本书在结构上大致做出如下安排:

第一章从诗学形态入手,力争通过方法论的外部形态直接把握钱锺书的诗学方法。本章主要回答以下三个问题:钱锺书诗学形态具有怎样的特点?这些特点是如何形成的?它们与方法论之间有何联系?

第二章从主体建构层面对钱锺书诗学方法展开探讨,主要回答下述问题:从方法论角度来看,钱锺书对主体的关注有哪些方面的表现?在诗学主体的建构方面有哪些具体追求?

第三章是本书的核心部分,主要探讨钱锺书诗学的批评模式问题。本章讨论的主要问题包括:钱著中存在一个怎样的批评模式?这一模式建立在何种理论基础之上?该模式在具体的诗学实践中是如何实现的?有何特点?

第四章从论述逻辑层面对钱锺书诗学方法进行分析,力求把握钱著逻辑层面的独特性,将分别就钱锺书论述逻辑的结构与实践中的具体表现进行探讨。

笔者认为,钱锺书诗学方法的"潜体系"正是上述四大层面的有机统一。就其外部形态而言,"钱学"方法表现出"析理论世"的鲜明特点,而以"理趣"和"游戏"为突出表征;从主体层面来看,这一体系对主体建构的问题给予了高度重视,提倡研究者向"解人"的理想目标进发,表现出对"博通""疏离""胆识""精审"与"活法"等五大主体原则的自觉重视;在批评模式上,钱锺书往往循着"质疑—考证—比较—引申"的流程展开,继承并发展了古典诗学中的"连类"与"涵泳"方法,既通过创建多元视域、倡导"文本中心"以确保研究的客观性、科学性,又高度重视研究者本人的揣摩与体悟,力争就对象展开多元、反复的考辨;在论述逻辑上,这一方法体系则以"思转自圆"为中心,通过

"步步为营"的线性结构和"同异互现"的网状结构,构筑起了一个潜在的、独具特色的逻辑系统。析理论世的诗学形态、"解人"谈艺的主体建构、多元考辨的批评模式、思转自圆的论述逻辑,共同演绎了钱锺书诗学方法的"四重奏"。

第一章　析理论世的诗学形态:理趣与游戏

　　作为具有明确实践诉求的程序、方式或手段,方法注定无法孤立地显示自身,而需通过具体的实践过程宣示自己的存在。杜夫海纳(Mikel Dufrenne)在编选《美学与艺术科学主潮》一书的"科学方法"一章时,曾根据其所涉及的九种方法分别邀请九位专家执笔撰述,结果,九位专家虽然在介绍的重点、叙述的详略等方面各有选择,却无一例外地选择了结合具体学科、观念对方法进行解说的方式。① 这个例子充分证明了方法天然的"寄居性"。正如朱立元、程介未所言,"任何方法都存在于对它的运用过程中。方法的生命就在于运用"②。方法的"寄居性"决定了它只能经由过程显现自身,而就诗学研究而言,其具体探索过程又往往即为其自身形态的塑刻过程,因此,诗学方法便不仅显示在自身的运用过程中,也通过具体的诗学形态得到了直观反映。举例来说,《文心雕龙》的系统研究方法最为直观的表现便是其形态上的纲举目张、承转呼应;《二十四诗品》为传统诗学提供的体悟式研究方法,也首先通过其意境悠远、充满"味外之旨"的四言诗形态传达了出来;而罗兰·巴尔特的前期结构主义、后期解构主义方法论的最直接显现,恐怕同样首推《S/Z》《恋人絮语》等代表作的文本形态。反过来说,对某种诗学形态的考察,也将有助于我们从一个整体视角入手,对某一诗学方法进行直接的宏观把握。对于以具体方法为研究对象的诗学方法论来说,这一点是同样适用的。

　　所以,正如有学者在探讨诸种具体的文艺学方法论之前,首先做的便是追溯文学研究方法的历史形态一样③,在对钱锺书诗学方法体系展开具体讨论之前,我们也将首先对其诗学形态进行一番探索。当然,严格说来,诗学形态并不等于诗学方法,但正如上文所述,两者之间的联系也是实实在在、不可否认的。一如参透"S/Z"之名,读懂《S/Z》扉页的《恩底弥翁的永睡》一画及

---

① Dufrenne, Mikel. *Main Trends in Aesthetics and the Sciences of Art.* New York: Holmes & Meier Publishers, 1978. 59—197.
② 朱立元、程介未:"前言",见米盖尔·杜夫海纳主编:《美学文艺学方法论》,朱立元、程介未编译,北京:中国文联出版公司,1992年,第5页。
③ 参阅陈鸣树:《论文学研究方法论的历史、现状及其发展趋向——第二版前言》,《文艺学方法论(第二版)》,上海:复旦大学出版社,2004年。

巴尔特的"献辞"即可大致把握《S/Z》的结构主义方法一般①,对钱锺书诗学形态的把握也将有助于实现对其潜在方法体系的直观了解。

第一节 "尚理""尚趣"与析理论世

概括地讲,钱锺书诗学形态可以归纳为四个字,即"析理论世"。具体说来,钱锺书诗学表现出鲜明的"尚理"与"尚趣"倾向,钱氏不仅以之为纲组织了自己的诗学著述,而且始终据其谈艺论文,从而使钱氏诗学呈现出深抉理趣、笑论世情的外在风貌。那么,尚理与尚趣何以成为钱锺书执着于斯的著述宗旨?析理论世又是在哪些方面得以具体展开?这是我们在本节将要讨论的核心问题。

一、"好学深思"与"痴气旺盛":钱锺书学术性格的关键词

在各种钱锺书传记中,钱氏性格几乎都得到了集中突出的描写。尽管不同钱传风格不一——叙述上或节制或铺张、立论时或谨严或夸张、评述中或客观或膜拜,却无一例外将钱锺书的性格视为其一生处世风格与学术成就的重要决定因素之一。这里不仅有"知人论世"古训的潜在影响,更为重要的是,性格的的确确在钱锺书的人生境遇中发挥了决定性的作用。虽然许多传记作者都曾分析过钱锺书的性格特点,但似乎仍以杨绛的概括最为全面、准确:

> 我认为《管锥编》《谈艺录》的作者是个好学深思的钟书,《槐聚诗存》的作者是个"忧世伤生"的钟书,《围城》的作者呢,就是个"痴气"旺盛的钟书。②

杨绛在这里归纳了钱锺书性格的三大特征,即好学深思、忧世伤生和"痴气"旺盛。正如杨绛指出的,钱氏的忧世伤生几乎集中体现在其本人诗作,尤其是晚年编订的《槐聚诗存》里,在以讽刺、批判为主调的《围城》以及《人·兽·鬼》中并没有明显的表露,在其文艺研究中似乎更是被有意包裹了起来。有人甚至因此偏激地认为,钱锺书"完全没有历史感",乃至成为一种"反文化

---

① 参阅屠友祥:《〈S/Z〉、〈恩底弥翁的永睡〉及倾听——〈S/Z〉导读》,见罗兰·巴特:《S/Z》,屠友祥译,上海:上海人民出版社,2000年。

② 杨绛:《记钱锺书与〈围城〉》,长沙:湖南人民出版社,1986年,第37页。后文引用本书时只注著者、书名与页码,以避冗赘。

现象"。① 虽然有论者撰文称《管锥编》中有关"口戕口"的讨论是对"因为言语而取人性命,乃至灭族"的感叹,并联系《管锥编》的写作年代"'文网深密','口戕口'盛行"的普遍情况认为,《管锥编》中的这段论述"已经不仅仅是一种学术见解的发布,更是知识分子的社会批判意识和思想家的独立人格的体现"。② 但不可否认的是,钱锺书实际上仅就"口戕口"道及"以口兴戎,害人杀身,皆'口戕口'",此外更多的则是就"口戕口"做文字的考证和学术的阐析,并未明确抒发自己的沉痛、哀生或是谴责之情。③ 因此,就钱锺书诗学著述而言,人们最容易感受到的恐怕还是他的"好学深思"与"'痴气'旺盛"。

在《记钱钟书与〈围城〉》一书中,杨绛对钱锺书的"痴气"有过详细介绍与描述。④ 钱锺书小时候的所谓"稚气"和"淘气",喜欢"胡说八道",手舞足蹈演绎小说情节,自得其乐玩游戏以及成年后的种种恶作剧的确都是天性使然,毫无做作。而自始至终贯穿于其旺盛"痴气"之中的,应该说便是一个"趣"字。借钱锺书对"石屋里的和尚"这个连杨绛也看不出趣味的游戏的评价来说,即"好玩得很"。的确,正是这"好玩"二字,不仅让幼年钱锺书做出了许多令人意想不到又不由捧腹的顽皮之举,更重要的是,藉此二字,钱锺书尚在童稚时便迷上小说,并进而推广到所有文字书籍——"只要有书可读,别无营求"⑤,为其今后的学问养成与学术探索奠定了最坚实的基础。在长达三十多年的"钱学"研究史中,无论是钱锺书的崇拜者还是批评者,在钱氏读书的勤奋、知识的渊博和钱著的语言机趣方面几乎达成了完全的共识。钱锺书宏富学问体系的形成,除了其天赋的惊人记忆力和过人的勤奋刻苦之外,使其无论何时都能做到手不释卷、"把读书做到极致"的⑥,恐怕还是阅读的趣味。俗话说,兴趣是最好的老师。对于钱锺书而言,趣味不仅是其书海领航的良师益友,也是其著书立说时孜孜以求的佳偶好逑。他因为趣味而阅读并

---

① 刘皓明:《绝食艺人:作为反文化现象的钱钟书》,《天涯》2005 年第 3 期,第 174—175 页。
② 王哲、胡胜:《钱锺书双关论的修辞史研究方法论意义》,《修辞学习》2007 年第 5 期,第 68 页。
③ 参阅《管锥编》,第 1378—1379 页。王哲、胡胜文中所引"事诚可悼也"一句并非钱锺书语,而是《桓子新论·谴非》中的句子,原文为:"夫言语小故,陷致人于族灭,事诚可悼痛焉!"虽然所论与"口戕口"事颇为相似,也确有忧世伤生之感,但此话却非钱氏所言。而且,即便在分析《谴非》中的这一句时,钱锺书除了"不图东汉之初,文网语穽深密乃尔"的感慨之外,主要进行的仍然是文字考证与义理辨析。参阅《管锥编》,第 1541—1543 页。
④ 杨绛:《记钱钟书与〈围城〉》,第 17—37 页。
⑤ 同上书,第 36—37 页。
⑥ 金宏达语。见金宏达:《把读书做到极致》,见杨联芬编:《钱钟书评说七十年》,北京:文化艺术出版社,2010 年,"丛书主编谈"第 1 页。

向人"搬演"书中情景、与人纵论古今,同时也通过研究和著述传达自己对于书中"别趣"的理解与追求。如此执着于一个"趣"字,恐怕便是钱锺书"'痴气'旺盛"的根源之所在吧。

如果仅仅是有着旺盛的"痴气",钱氏学术恐怕不会是现在的模样。使钱锺书最终成为今天"这一个"的,还有其性格上的另一要素,即与其对"趣味"的执着追求紧密结合在一起的"好学深思"。例如前文提到的"石屋里的和尚"这个游戏,童年钱锺书玩得兴致勃勃,人到中年了回忆给杨绛听,依然认为"好玩得很"。然而究其细节,竟不过是独自一人披条被单坐在帐子里模仿和尚念念有词而已。显然,这个游戏的"好玩"完全有赖于游戏者本人想象力的加工塑造——这里便充分展现了钱锺书性格中喜爱思索、善于思考的一面。胡河清对这个游戏给予高度重视,认为"这是一条研究钱锺书个性心理的极其重要的材料",其重要性在于,"纵观钱锺书的一生,'石屋里的和尚'可谓是能够概括他在这个世界上所担任的角色之原型的"。那么,钱锺书所担任的是一个什么"角色"?胡氏认为是艺术家中的"隐士",不过不是消极避世的隐居者,而是"一名足智多谋的岩穴之士"、一位具有"极其浓厚"的"艺术幻想气质"的艺术家。① 可以说,胡河清准确地道出了钱锺书性格中艺术家气质的一面,却忽略了钱氏的好学深思其实还有学问家的一面——而正是这一方面的特点决定了钱锺书以后的成长方向。这点同样可以追溯到钱氏的幼年时期。比如,一般儿童听完或读完一个"好玩"的故事后或许也会不由自主"搬演"一番,但自己再来一番加工创造的恐怕不多;至于从逻辑层面反思其情节真实性的只怕就更少了。而童年钱锺书不仅把《三国演义》里的关公编排进《说唐》,畅想美髯公是否敌得过李元霸;而且把李元霸编排进《西游记》,担心李将军的铁锤敌不过孙悟空的金箍棒②;甚至对林纾翻译的哈葛德《三千年艳尸记》里鳄鱼和狮子搏斗场景的真实性提出了连"家里的大人也解答不来"的疑问。③ 这样的思考显然已经超越了纯粹的艺术想象天地,初步展现了钱氏学问中极为可贵的怀疑精神。可见,钱锺书的好学深思从一开始就不仅仅是艺术的,更是学术的。而这一艺术与学术双兼的"好学深思",使钱锺书从一开始就对文艺之"理"情有独钟。

或许正是为了求取阅读过程中层出不穷的有趣问题的答案,钱锺书最终

---

① 胡河清:《真精神与旧途径——钱锺书的人文思想》,石家庄:河北教育出版社,1995年,第41—43页。
② 杨绛:《记钱锺书与〈围城〉》,第21页。
③ 参阅钱锺书在《林纾的翻译》一文中的回忆。见《七缀集》,第81页。

走上了学术研究的道路。虽然随着岁月的脚步,"项昂之"变成了"中书君"①,又一变而为享誉中外的"文化昆仑",但钱锺书始终没有削减其旺盛的"痴气"和好学深思的脾性,以数十年的默默耕耘为中国留下了一份独特的诗学财富,向世界贡献了一份宝贵的学术遗产。

二、"尚理"与"尚趣":钱锺书诗学的组织原则

钱锺书诗学之所以独特,首先就在于其组织原则的与众不同。一般而言,近现代以来的中国学术著作往往服从于一个宏观的理论框架,在著述形态上则表现为:紧扣一个核心问题、着力展现著作的逻辑结构与作者的完整思路。以梁启超的《清代学术概论》为例,梁氏不仅在写作时遵循了以时间为经、以学派及其代表性学者为纬的著述体例,而且专门为该著撰写了一个详细的"节目提要",使全书从著述起因、写作背景到论点、主要内容和结论全都一目了然。② 钱锺书的诗学著作并非没有系统性考量,其内部结构间亦非缺乏逻辑联系——如王水照所言,"人们确实能感受到其中存在着统一的理论、观念、规律和法则,存在着一个相互'打通'、印证生发、充满活泼生机的体系"③,但这种结构上的系统设计与逻辑上的关联几乎都是以隐性的方式存在的,即"潜在的"。就钱著的具体形态而言,它所呈现于读者眼前的,似乎更接近苏东坡所谓的"如万斛泉源,不择地而出"而"随物赋形"的状态。④

面对这样一个学术"潜体系",人们大概只能从两个方面来尝试进行把握了。其一是从辨析其著作之间的理论分工与内在关联出发,以一种体系化的方式重构钱著,使其更易于被今天的读者所理解和接受。这方面最典型的例子可举舒展选编的六卷本《钱锺书论学文选》。编者从"思辨论""人事论""创造论""赏析论"和"文论"等五个方面对钱锺书的相关论述进行分类重组,从而使钱著具有了某种主题形态。⑤ 也有学者从辨析钱著内部书目的组合关系入手探寻钱氏写作思路,例如张文江从分析《管锥编》的四种文献结构出发,不仅梳理了《管锥编》的内在脉络,而且将其推进到钱锺书计划写作的《管

---

① "项昂之"是钱锺书小时候为自己取的"别号",见杨绛:《记钱锺书与〈围城〉》,第32页;"中书君"是钱锺书年轻时使用的笔名,见张文江:《钱锺书传——营造巴比塔的智者》,上海:复旦大学出版社,2011年,第18页。
② 参阅梁启超:《清代学术概论》,朱维铮导读,上海:上海古籍出版社,1998年。
③ 王水照:《记忆的碎片——缅怀钱锺书先生》,见何晖、方天星编:《一寸千思:忆钱锺书先生》,沈阳:辽海出版社,1999年,第229页。
④ 苏轼:《文说》,见苏轼撰、郎晔选注:《经进东坡文集事略(下)》,北京:文学古典刊行社,1957年,第57卷,第947页。
⑤ 参阅钱锺书著,舒展选编:《钱锺书论学文选》,广州:花城出版社,1990年。

锥编》续辑和西文著述外编《感觉·观念·思想》，从而对整个钱氏学术著作进行了一次系统化归类。① 这样的研究无疑具有重大价值，不过，此种由内而外、大处着眼的分析似乎仍然无法解答钱著中更为细微的材料选择问题。仍以《管锥编》为例，舒展、张文江等的研究也许可以很好地解释该著所涉及的十部古代典籍之间的相互联系，甚至也能就钱锺书关于某部典籍的各条论述间的相互关系做出一定说明，却很难进一步回答诸如"在浩如烟海的古代典籍中作者为何选择了这十部？"以及"在分析某部典籍时为何选择了那些特定篇章？"这样的问题。而如果要尝试回答上述问题，我们便需要运用第二种解读方式——从钱著的局部细节出发寻绎钱锺书的文献选择及组织原则并据此倒推、还原其问题意识，亦即从外部形态入手探求其内在思路。

以《管锥编·毛诗正义》中的讨论为例。这部分总共包括 60 则文字，其中，开篇 5 则集中讨论《诗谱序》和《诗大序》——前者使用 1 则篇幅，后者以 4 则文字予以详细论述；其余 55 则文字讨论具体的诗篇。前 5 则文字历来受到学界重视并引发多次讨论，其中以张文江所论为确。张氏认为，这 5 则文字实为"总论"，其中"第一、三、四则论诗之为诗"，而"第二、五则论诗六义"，它们共同阐析了"《毛诗》和中国传统诗论的基本观点"。② 这一跳出篇章顺序、打散重组文本以直击问题要害的研究方式不仅与钱锺书诗学的"反体系之体系"莫逆冥契，而且道出了钱氏《诗经》研究的重心及其价值所在。然而遗憾的是，论者对《管锥编·毛诗正义》中现有篇章的内容及其相互关系的解读虽堪称精彩，却似乎忽略了与之相关的另一个重要现象，即：钱锺书在讨论《毛诗》和中国传统诗论时并非全面论及"诗三百"，而只选择了现存 305 首诗中的 55 首进行专章讨论——这些独立成篇的诗作包括"国风"中的《关雎》等 43 首，"小雅"中的《四牡》等 9 首和"大雅"中的《大明》等 3 首；《诗经》中的"颂"诗全都没有入选。这就产生了一个问题：为什么钱氏选择了这 55 首诗而非其他？是因为其他诗篇不足以反映"中国传统诗论"的特点吗？显然不是。通过对中外诗学史的考察可以发现，虽然诗学研究者的观点、学说首先体现在其直接论述之中，但其在研究对象及材料上的具体选择，往往也是对自身理论主张的重要提示。因此，钱锺书对《诗经》篇章的取舍并非简单的文献整理问题，而是其诗学思想与理论个性的直观反映，值得深入探讨与辨析。

从内容上来看，《管锥编·毛诗正义》所选的 55 首诗明显分为两大类：一是以《关雎》等为代表的描述情感的诗——尤其是爱情诗，这类诗歌所占比重

---

① 张文江：《钱锺书传——营造巴比塔的智者》，上海：复旦大学出版社，2011 年，第 85—102 页。

② 同上书，第 105—108 页。

达到五分之三左右;二是以《伐檀》等为代表的描写具体事件的诗,包括战争、政治、日常生活题材等,这部分约23首左右,约占五分之二。不过,由于钱锺书通常只是选择几个诗句而非讨论整首诗歌,一旦以其所分析的诗句为统计对象,那么上述两类诗所占的比重还将发生重大变化——与情感相关的诗句所占比重可达三分之二左右。导致这一变化的主要原因是,钱锺书在许多描写生活事件的诗歌中所选择的也是情感洋溢的诗句,如《行露》中选的是:"谁谓雀无角?何以穿我屋!谁谓鼠无牙?何以穿我墉!"[1]而《叔于田》选的则是:"巷无居人;岂无居人?不如叔也,洵美且仁。"[2]值得注意的是,这些以爱情为主、表达各类情感的诗句,其特点往往并非深情动人,而是有着某种生动的智趣,表现出一种鲜明的"尚趣"倾向。那么,在面对以描写具体事件为主的诗歌时,钱氏所依据的又是怎样的选择标准呢?

先以《车攻》为例。在由"萧萧马鸣,悠悠旆旌"一句引发的论述中,钱锺书集中探讨了"以静写动"这一创作技巧,但他并没有停留于简单描述层面,而是借心理学理论中有关"同时反衬现象"的观点尝试进行心理规律的发掘:"眼耳诸识,莫不有是;诗人体物,早具会心。寂静之幽深者,每以得声音衬托而愈觉其深;虚空之辽广者,每以有事物点缀而愈见其广。"[3]而在分析《行露》中因修辞手法引起的所谓艺术与生活真实之间的关系问题时,钱锺书同样不满足于诠解此诗的创作特色,而是更进一步发掘艺术创作的规律:"盖明知事之不然,而反词质诘,以证其然,此正诗人妙用。夸饰以不可能为能,譬喻以不同类为类,理无二致",因为"诗之情味每与敷藻立喻之合乎事理成反比例"。[4] 这样的论述充分显示了钱氏对于揭示文学现象背后的理论本质的热忱,而支撑这一热忱的诗学组织原则或可称为"尚理"原则。

可以发现,在前文提及的《管锥编·毛诗正义》具有"总论"性质的开篇5则文字中,"尚趣"与"尚理"两大原则同时得到了有效应用。具体说来,《诗谱序》和《关雎》(一)讨论钱氏最为关心的"并行分训"和"背出分训"的语言现象,反映了其一贯的小学兴趣,是"尚趣"原则的鲜明体现;《关雎》(二)和《关雎》(三)讨论文艺中的"通感"问题——这同样是钱锺书长期关注的一个文艺大问题,显然是循"尚理"原则而展开的;《关雎》(四)则探讨《诗经》"六义"中的"赋、比、兴",尤其对"兴"的双重归属——创作手法与诗歌功能——问题进行了集中探讨。这一则的前半部分体现出鲜明的理论倾向,而后半部分通过

---

[1] 《管锥编》,第129页。
[2] 同上书,第177页。
[3] 同上书,第232—234页。
[4] 同上书,第129—130页。

连类"儿歌市唱"、纽约民众示威口号等又使理论探讨妙趣顿生,可以说体现了上述两大诗学组织原则的有机结合。

曾有学者在概括钱著特征时指出:钱锺书一方面已经达至学理上的"圆融统贯",《管锥编》等著作中多有"微言大义"之处;另一方面又表现出"一派童心",且"许多物事的广征博引,会通中西,趣味多于意义(significance)"。① 具体到"钱学"方法研究领域,也有学者将"趣味之优游"视为钱锺书以"中西互证之方法诠释经典"方面最为显著的特征。② 的确,"趣"与"理"这两个关键词不仅体现在《管锥编·毛诗正义》部分的论述中,也体现在《管锥编》中《楚辞洪兴祖补注》《太平广记》《全上古三代秦汉三国六朝文》等部分以及包括《谈艺录》《宋诗选注》《七缀集》等在内的钱氏主要诗学著述中。即便在《管锥编·周易正义》等集中讨论哲学和历史著作的篇章里,只要涉及诗学问题,二者也总是随处可见。"尚趣"与"尚理"实际上便溢出《诗经》研究的范围,成了指涉整个钱锺书诗学的对象选择与材料组织原则。

那么,"理"和"趣"为什么会成为钱锺书如此重视的诗学要素?这首先与其两大性格特征密不可分。如前所述,钱氏的"'痴气'旺盛"原本就是以"趣味""好玩"为根基的,由此生发"尚趣"的倾向自在情理之中;而从小的好学深思所赋予钱氏的,也正是一种抉发现象背后深层原因的冲动与执着,这一生长于幼年的执着精神最终也养成了钱氏在学术上对"理"的尊重与坚守。可以说,在"尚理"与"尚趣"这两大原则上,一直有着钱锺书独特个性的鲜明投影。

其次,"尚趣"与"尚理"倾向也与钱锺书对中国传统文艺理论的自觉继承密不可分。古典诗学的两大传统"言志"与"缘情"本身即内蕴着重"理"与重"趣"的双重性。自魏晋时期文学走向自觉以来,两大诗学传统并驾齐驱,虽然不同时代二者互有消长,但在影响力方面却基本保持着一种平衡态势。举例来说,南宋时理学的渗透大大加重了诗学的尚"书"与尚"理"倾向,但严羽《沧浪诗话》的"别才""别趣"说一出,很快又将"趣"的追求重置于聚光灯下。或许正是受益于诗学领域的"理""趣"之辨,古典诗歌的花园里才绽放了杨万里"诚斋体"这朵"理""趣"并重的奇花。这一传统诗学现象对自觉以"中国古典文学研究者"自居的钱锺书来说显然不会陌生,而无论是在其文艺研究还是诗歌创作中,他也自觉继承上述诗学传统,重"理"而又不失其"趣"。例如,

---

① 参阅王大吕:《"中西会通"与钱钟书的文化"打通说"》,《探索与争鸣》1993 年第 2 期,第 64 页。
② 冯川:《经典诠释与中西比较——对王国维、陈寅恪、钱钟书有关思想的一点讨论》,《西南民族学院学报(哲学社会科学版)》2000 年第 1 期,第 82 页。

《宋诗选注》中的注释与阐析都是考据严谨、说理透辟的文字,然而其写作风格却诙谐幽默、举重若轻;《槐聚诗存》中所作古体诗常常说理论世、宋诗风味十足,但像《戏燕谋》《谢振甫赠纸》等意趣盎然的诗作比重也不小。这一"趣""理"并重的研究和创作立场反映到其诗学对象的选择上,便是"尚趣"与"尚理"原则的同时并举。

三、析理与论世:钱锺书诗学的两大风貌

遵循"尚理"与"尚趣"两大原则组织起来的钱锺书诗学文本,在基本形态上也相应地表现出两大特征,即"析理"与"论世"。阅读钱著时,只要能够克服因《谈艺录》《管锥编》的文言著述方式而生的畏惧感,读者就能真切感受到钱著独特的言说魅力——人们仿佛面对一个渊博而幽默的智者,听他轻松自在地将学问与生活中的种种趣味与奥义娓娓道来;那种在阅读学术著作时常有的紧张感似乎消失了,取而代之的是一种接受智慧洗礼时的兴奋与惬意。

(一)析理

钱锺书对"理"的重视,不仅表现在其诗学组织原则上,也直接表现在其诗学论述之中。这其中最早,恐怕也是"知名度"最高的,当属《谈艺录·序》中的那句"东海西海,心理攸同"。在这里,钱氏借用陆九渊的心学名言——"宇宙便是吾心,吾心即是宇宙。东海有圣人出焉,此心同也,此理同也。西海有圣人出焉,此心同也,此理同也。千百世之上至千百世之下,有圣人出焉,此心此理,亦莫不同也"[①],将"心"与"理"这两个看似不相及的概念并置通观,而遥承《孟子·告子章句上》中的"心之所同然者何也?谓理也,义也"一句[②],似乎暗指在"文艺鉴赏和评判"中,现象背后的奥义与主体直接的心理感悟同样重要。"心"与主体的联系是不言而喻的,那么"理"所代表的奥义具体而言又是什么呢?

在《谈艺录》中,钱锺书曾以袁枚关于"诗中理语"的观点为讨论焦点,集中表达了自己对于"理"的看法。钱氏首先批评了袁枚《随园诗话》卷三中所举"理语"诸例,称其"既非诗家妙句,且胥言世道人情,并不研几穷理,高者只是劝善之箴铭格言,非道理也,乃道德耳",既点明了"研几穷理"对于诗歌研究的重要性,同时也由"道理"与"道德"的区分引出了"理"之本义的问题。在后来的补订中,钱锺书特别追溯了不同时代诗歌中"理"字的释义,从而使这

---

① 陆九渊:《陆九渊集》,钟哲点校,北京:中华书局,1980年,第483页。
② 十三经注疏整理委员会整理:《孟子注疏(十三经注疏)》,北京:北京大学出版社,2000年,第357页。

第一章　析理论世的诗学形态：理趣与游戏　67

一层意思更加明朗。在贺裳、黄白山对严羽"诗有别趣，非关理也"中"理"字的解释的基础上，结合南宋诗人作品中常常"以诗为道学"，道学家又常以"语录讲义押韵为诗"的风气，钱氏大胆推测严羽所谓的"理"当与南宋道学之"性理"相似。虽然钱氏并未直接给出"理"的定义，却依次引用了柏拉图关于"理无迹无象，超于事外"因而无法把握的说法，亚里士多德认为"理"可以把握的"括事见理，籀殊得共"的说法以及黑格尔将柏拉图、亚里士多德意见熔于一炉的"事诧理成，理因事著，虚实相生，共殊交发，道理融贯迹象，色相流露义理"的观点，对西方诗学界关于"理"的探讨进行了一番梳理。① 从其对黑格尔观点的肯定中可以看出，钱氏之"理"指的也是世间万象共同遵循的某种规律性、本质性的东西，或曰异中之同——这种异中之同是完全可以通过一定方式加以把握的。只不过，由于"理之在诗，如水中盐、蜜中花，体匿性存，无痕有味，现相无相，立说无说"，是"所谓冥合圆显者也"②，因此，想要做到对诗歌的透彻理解，必须尝试将其中隐匿着的无形之"理"发掘出来——这便是"辨'理'"了。从钱著的情况来看，钱氏提到的"理"包括"物理""文理""禅理"等多种形态，"理"在钱著中是以复数而非单数形式出现的。有学者从诗歌史上的"理"及"钱学"中的"理"的概念辨析出发，认为钱氏对诗与理的基本看法包括两大类："作为诗的意理内容之'理'，可有哲学玄思、人生智慧、修齐格言、箴铭警句等诸多含义，概括面极广，于诗不可或缺。作为'理趣'之'理'，当指'道理'而非'道德'；指'性理'而非'人事之箴规'；指'万物之理''说物理语'而非'修齐格言'。"③观察虽然较全面，但将具体的"修齐格言""箴铭警句"与抽象的"哲学玄思、人生智慧"一并看作"钱学"之"理"，未免会使"理"再次发生虚实之争。实际上，钱锺书所辨之"理"是比较具体的，主要包括以下五大类：

一是"事理"，也就是我们常说的具体事物的本质属性及其发生、发展的规律，钱锺书常说的"物理"亦属此类——如钱氏曾评价《文选》李善注"有物有文曰'色'；风虽无正色，然亦有声"为"此言物理耳"④。在《毛诗正义》的讨论中，《柏舟》篇曾由"我心匪鉴，不可以茹"而论及古代典籍中的"镜子"比喻，指出古人以镜为喻时往往分取"洞察"与"涵容"这"两边"，随后根据镜子本身的"明"（反射、照亮、显示等）与"虚"（"物来斯受，不择美恶"）两个特点揭示了

---

① 《谈艺录》，第554—574页。
② 同上书，第569页。
③ 牛月明：《钱锺书的"理趣"论》，《青岛海洋大学学报（社会科学版）》2000年第2期，第91页。
④ 《管锥编》，第745页。

这"两边"之所以形成的原因。① 后来分析董仲舒《山川颂》时,更从此文"言仁人君子'取辟'于山川,以成其德"这个立意出发,集中探讨了道家的"道法自然"和儒家的"德法自然"说,又通过连类董文中歌颂水之"德"的"循微就下,不遗小间,既似察者"与《荀子》中的"其流也埤下,裾拘必循其理,似义",《韩诗外传》里的"动而之下,似有礼者"三段描述,指出:"夫水之就下,一而已,而'取辟'之美德,三人言殊。董之'察',明辨微也,荀之'义',谨守分也,韩之'礼',卑自牧也;三者可以相通而各有所主,莫衷一是。"②强调董、荀、韩虽然所论"各有所主",背后却无一例外都是取譬于"水从高处往低处流"这一客观规律。

二是"义理"或曰"哲理",即人类思维或认识中的某种逻辑性、智慧性的原理,钱锺书所谓的"禅理"也属于这一类。例如,在分析《诗经·蒹葭》篇"在水一方"的"伊人"形象时,钱锺书结合中外诗学、哲学著作及佛经中的有关论述集中讨论了其"可见而不可求"的特点,揭示了其背后相通的思路与理致,即以"伊人"为彼岸,进而以"此处"与"彼处"分喻形与神、凡与圣,陷入浪漫主义所谓的"企慕之情境"而不可自拔。③ 在分析董仲舒《山川颂》一文结构上的"疵病"时,钱氏同样聚焦于其"义理"失当之处。钱锺书认为,董仲舒此文前半部分引《诗经》的"节彼南山,惟石岩岩;赫赫师尹,民具尔瞻"句赞美山,能够"与君子俨然之意相映发",是合适的;但后半段引《论语》"子在川上曰:'逝者如斯夫,不舍昼夜'"以强调"得之为德之意",则"脱笋失卯"——因为两者之间并无"关属"。因此,董文"明是刻意经营,力求两半格局平衡,俾乍视前后结处,《论语》若与《诗经》对称;实则不顾义理,拉扯充数"④,发生了逻辑错位。至于对"法天地自然"的阐释——"所谓法天地自然者,不过假天地自然立喻耳,岂果师承为'教父'哉。观水而得水之性,推而可以通焉塞焉,观谷而得谷之势,推而可以酌焉注焉;格物则知物理之宜,素位本分也"⑤,则直接体现了钱氏诗学分析中哲学思辨的一面。

三是"情理"或曰"心理",亦即人类共通的情感规律或共同习惯,这方面的论析在钱著中尤其突出。例如,钱锺书在谈到《诗经·桃夭》中"桃之夭夭,灼灼其华"句时赞其"切理契心",并连类《诗经·节南山》诗中"节彼南山,维石岩岩"句,结合西方学者柯夫卡(Koffka)《艺术心理学诸问题》一文所论称

---

① 《管锥编》,第 133—134 页。
② 同上书,第 1482 页。
③ 同上书,第 208—210 页。
④ 同上书,第 1484 页。
⑤ 同上书,第 673 页。

赞两诗"修词由总而分,有合于观物由浑而画",认为这些诗句揭示了人们在认识对象时往往先得笼统印象,其后方得细察的一贯特点。① 而在分析陆机《叹逝赋》中"信松茂而柏悦,嗟芝焚而蕙叹。苟性命之勿殊,岂同波而异澜"一句时,钱氏也曾如是解释——"气类之感,休戚相通,柏见松茂而亦悦,蕙睹芝焚而遂叹,所谓'我与尔犹彼',一解也;修短通塞,同归于尽,松之大年与芝之强死,犹五十步与百步,物论未齐,忻慨为用,二解也"②,以拟人法代"松""柏""蕙""芝"立言,形象地阐发了人在面对生死时的共同心理反应。

四是"艺理",也就是艺术创作过程中需要遵循的独特规律和原则,钱著中常见的"文理"等亦在此列。例如,在谈到《诗经·雨无正》中"三事大夫,莫肯夙夜;邦君诸侯,莫肯朝夕"句时,钱锺书认为明代叶秉敬能一语道破其为歇后语,正因"颇窥古今修词同条共贯之理",而诗歌创作中之所以出现运用歇后语的现象,原因就在于宛如"系链舞蹈"的创作有其必须遵循的规则,诗人不能不想方设法去寻求规则下的创新③;在分析《诗经·河广》篇"谁谓河广? 曾不容刀"句时,钱锺书则以比较诗学的方式就文艺创作中的真伪问题进行了一场讨论,同样论证文艺自有其专属原则,不能与自然科学混为一谈——亦即"艺理"不同于"物理"。④ 推重"艺理"的最典型例子是钱锺书对"通感"现象的研究。钱氏不仅写有《通感》这样的专篇论文,而且在《谈艺录》《管锥编》等著作中数次提及与阐析,例如在论及《昭明文选》中《物色》篇时,钱氏就明确指出:"诗人通感圆览,则不特无中生有,观风为'碧'色,且复以耳为目,闻风声之为'红'、'绿'色焉。常语亦曰'风色',又曰'音色',与诗人之匠心独造,正尔会心不远。"⑤通感这种以某一感觉体验描述另一种感觉效果的方式显然有悖"物理",却深合"造艺之旨"。反过来说,"诗文描绘物色人事,历历如睹者,未必凿凿有据,苟欲按图索骥,便同刻舟求剑矣"⑥,原因也是因为"艺理"通常并不与"事理"合拍,甚至反其道而行之。

五是"学理",也就是某一学科的基本原则及其研究过程中的内在理路。比如,刘勰曾以《诗经·伐檀》等数篇为例,将"坎坎"与"灼灼""依依"等词并举,视之为"属采附声"的拟声词。钱锺书则认为,拟声实有"稚婴学语"和"巧言切状"两种,前者往往有声无义,后者才有"声意相宣""因声达意"的奇妙效

---

① 《管锥编》,第122—123页。
② 同上书,第1860页。
③ 同上书,第247—250页。
④ 同上书,第164—168页。
⑤ 同上书,第745页。
⑥ 同上书,第156页。

果,因而在诗歌中最为作者所追求。刘勰将两者"混同而言""思之未慎"①,是有违学术之道的。而在讨论陆游诗词中"词意复出议论违悟"的错误时,钱锺书认为清代的赵翼虽有意表彰陆游,却因"未尝深究性理之书,故不知诗人口头兴到语,初非心得"而适得其反——"尊之适所以困之"。也就是说,作为文学家的陆游只需遵循"艺理"即可,因此不妨用"口头兴到语";但作为诗学研究者的赵翼却没有分清学科界限,以诗人创作中的素材作为自己的立论依据,因此发生了学理的淆乱。钱氏随后的感慨——"诗人随时即兴,不妨东食西宿之兼;理学家陈义垂教,则顿如南辕北辙之背焉"②,更将学理与艺理二者分梳明白。

总的来看,钱锺书在其著述中处处表现出对于"理"的重视。虽然在具体的五个类别中,"物理"多是作为客观存在加以必要的参照与承认而极少进行专门阐释,"艺理"的辨析与阐发则明显居于焦点位置,其讨论的频率与广度都远胜其余,但钱氏所辨的这五"理"仍属一个系统的认知框架,在其学术探索中是缺一不可的。参观事理,阐释义理,抉发情理,精研艺理,剖析学理——这五者的结合便形成了钱锺书诗学独特的"辨'理'"形态。

(二)论世

在对《管锥编·史记会注考证·滑稽列传》进行增订时,钱锺书补充了一条关于"无过虫"的记录。所谓"无过虫",指的是某些借滑稽戏"妆演故事",以一种隐喻的方式向皇帝进谏的人,多为淳于髡、优孟这类通常被视为"俳谐弄臣"者。钱氏在征引相关文献后议论道:"'无过虫'之称初不承袭经、史,而意则通贯古今中外;析理论世,可以三反也。"③这条看似不起眼的补订不仅重申了钱氏关于"诗、词、随笔里,小说、戏曲里,乃至谣谚和训诂里,往往无意中三言两语,说出了精辟的见解,益人神智"的看法④,而且显示了钱锺书学术著述中的又一重要着眼点——"论世"。

所谓"论世",指的是钱锺书在讨论具体的诗学问题时,往往于"研几穷理"之外,就与之相关的世道人情进行进一步的查考与阐发,从而将学术与生活紧密衔接在一起。它既是钱锺书内在的诗学目标之一,也是钱氏诗学形态的又一特质。

虽然在评论《随园诗话》卷三中所选的"理语"诗时钱锺书曾经说过"且胥言世道人情,并不研几穷理"这样的话,但这主要是针对袁枚选诗名不副实提

---

① 《管锥编》,第196—198页。
② 《谈艺录》,第325—326页。
③ 《管锥编》,第603页。
④ 钱锺书:《读〈拉奥孔〉》,见《七缀集》,第33页。

第一章　析理论世的诗学形态:理趣与游戏　71

出的批评,并不意味着钱锺书反对讨论"世道人情"。恰恰相反,钱氏对"论世"始终怀着强烈的兴趣。这一点首先是由其爱"说"的天性决定的。杨绛提到过钱锺书小时候常常喜欢"胡说乱道",以至于父亲钱基博为其改字,由"哲良"改为了"默存"——或许是想借此告诫他有些话应当"默而存之"吧。杨绛曾调侃说:"'默存'这个号显然没有起克制作用",可见成年后的钱锺书虽较小时候有所克制,但"'痴气'盎然地胡说乱道"这一点仍时有发生。① 但更为重要的一点是,钱锺书不仅"爱说",而且"能说"——他似乎拥有一种语言表达的天赋。早在青年时代,钱锺书就敢与一代诗宗陈衍老人忘年相交、坐而论诗,且令石遗老人不时发出"世兄记性好""世兄记得多""世兄诗才高妙"等感叹。② 后来游学欧洲,特别是任教湘西时,钱氏又最爱与一群志同道合者谈艺论文。吴忠匡回忆当时情景道:"听中书的清谈,这在当时当地是一种最大的享受,我们尽情地吞噬和分享他丰富的知识。我们都好像在听音乐,他的声音有一种色泽感。"③钱氏的语言魔力可见一斑。随着年事渐长,钱锺书的谈话艺术也更加精进,以致每每前往傅雷家闲谈时,当时还是孩子的傅聪、傅敏不顾严厉的父亲的责骂也要在门外偷听。④ 至于步入老年后随社科院代表团访美、访日,赴欧洲开会而在演讲、座谈等场合引起轰动,则更是国人再熟悉不过的事例了。总的说来,钱锺书的"能说"主要是因其拥有渊博的知识和强大的记忆力这两大根基,同时也离不开其杰出的语言把握能力——否则就很难解释为什么连并不太懂事的孩子们也被其吸引了。有趣的是,"说"不仅是钱锺书日常生活中最喜欢的事情之一,甚至一度成为他不少著作的成稿方式。例如,《诗可以怨》一文产生于 1980 年在日本早稻田大学的一次座谈,《谈中国诗》一文来自 1945 年在上海美军俱乐部的一次讲演,而《谈艺录》也是因为友人进言,指出光说不录会导致"咳唾随风抛掷可惜",这才有意笔录下来而最终成书的。⑤ 这样看来,以《谈艺录》为代表的部分钱著与其说是"写"出来的,恐怕不如说是"谈"出来或"说"出来的更为贴切。

也许正是在"爱说"和"能说"的双重作用下,钱锺书的诗学著作也拥有了鲜明的论说特征,其突出表现便在于研讨诗学问题时的随文生发、畅论世道人情,别有一种生趣。一方面,钱氏常常根据诗学探讨过程中涉及的社会现

---

① 杨绛:《记钱锺书与〈围城〉》,第 18 页。
② 陈衍:《石语》,钱锺书记,见《人生边上》,第 480—482 页。
③ 吴忠匡:《记钱锺书先生》,见李明生、王培元编:《文化昆仑:钱锺书其人其文》,北京:人民文学出版社,1999 年,第 41 页。
④ 参阅杨绛:《记傅雷》,见罗俞君选编:《杨绛散文》,杭州:浙江文艺出版社,1994 年,第 75—76 页。
⑤ "咳唾"句为钱锺书友人冒景璠语,参阅《谈艺录》,第 1 页。

象臧否世风。正如在阅读《围城》《人·兽·鬼》等小说时几乎随处可以感受到作者敏锐的社会观察力和高超的生活智慧,在其诗学著作中,人们同样可以发现钱氏这方面的杰出本领。例如,钱锺书对于"诗史"的说法一贯持保留意见,到写作《宋诗选注》时甚至直接对其提出了批评:

> "诗史"的看法是个一偏之见。诗是有血有肉的活东西,史诚然是它的骨干,然而假如单凭内容是否在史书上信而有征这一点来判断诗歌的价值,那就仿佛要从爱克司光透视里来鉴定图画家和雕刻家所选择的人体美了。①

对"诗史"观念提出批评是一个大问题,然而钱锺书却没有通过学理上的辨析来论证自己的观点,而是以一个人人熟悉的社会常识为基础,以比喻的方式讽刺性地做了一个简短批评,给人以豁然明通之感。在同一篇序文中,钱氏在论及选录宋诗"并不等于有义务或者权利来把它说成顶好"时,又使用了"旧社会里商店登广告"的比喻②,同样取得了言简意赅、发人深思的表达效果。而在谈到王羲之《杂帖》的费解时,钱氏同样选择了遥体世情为之作解的方式,指出这类文体原本就只有"受者"易懂——"此无他,匹似一家眷属,或共事僚友,群居闲话,无须满字足句,即已心领意宣;初非隐语、术语,而外人猝闻,每不识所谓。盖亲友交谈,亦如同道同业之上下议论,自成'语言天地'(the universe of discourse, das Symbolfeld, suppositiō),不特桃花源有'此中人语'也"③。

另一方面,钱氏又通过对诗人、诗学研究者的细读精研,在一个类概念的背景下细辨人情,发为评判。这方面最突出的例子是《管锥编》开篇对黑格尔提出的批评。黑格尔不懂中文却武断地认为汉语"不宜思辨",钱锺书对此毫不客气地加以批判,且极具讽刺意味地写道:"无知而掉以轻心,发为高论,又老师巨子之常态惯技,无足怪也。"④在这里,钱氏的批评对象显然已经不只黑格尔一人,而是将其归入"老师巨子"这个类概念并对后者进行整体批判。当然,钱锺书对这一方法的使用并不限于臧否人物,有时也用来诠解诗文。例如在分析方中通《行路难》中描写老年人与少年人打交道情形的第一首诗时,钱锺书议论道:"盖年辈不同,心性即异(generation gap, classe d'âge)。初

---

① 钱锺书:《宋诗选注》,北京:生活·读书·新知三联书店,2002年,"序"第3页。以下所引《宋诗选注》除特别标明之外均为此版本,仅注书名与页码,以避冗赘。
② 《宋诗选注》,"序"第10页。
③ 《管锥编》,第1760页。
④ 同上书,第4页。

不必名位攸隔、族类相殊;挟少以加诸老,亦犹富贵之可以骄贫贱。且又不必辈行悬绝,如全盛红颜子之与半死白头翁;十年以长,即每同尸居余气,不觉前贤畏后生矣。"①这样的阐述不仅辨明了诗意,更于诗歌之外引发人们的某种生活感慨,的确堪称智慧语。

以上我们就论世成为钱锺书诗学形态之一的原因及其具体表现进行了分析。总的说来,无论析理还是论世,在"钱学"中都是随处可见的。它们在某种程度上充当了钱著的结构方式,又为其带来了与众不同的诗学形态。

第二节 理趣

无论"尚理""尚趣"的原则还是析理、论世的形态在钱锺书诗学中往往都不是孤立存在的,而是常常紧密结合在一起。理论阐析与学术意趣的双重结合,一方面使得钱锺书诗学启人神智却毫不板滞,另一方面则使古典诗学范畴"理趣"在钱氏诗学体系中具有了非同寻常的意义。

一、理趣与钱锺书诗学

"理趣"是古代文学批评中的一个常用术语,大概自沈德潜开始便广泛使用于文学作品的鉴赏和评述之中,直到今天依然为文学批评界所沿用。例如葛晓音曾专文研究过苏轼诗文中的理趣,并将其主要内涵阐释为"面对宇宙无限、人生有尽的现实,如何对待永恒与一时这对矛盾"②。此外,也有学者直接探索"理趣"的本质内涵,将其概括为以"理性"为基础的"义理情趣",并认为"从话语哲学的高度看,理趣是一切有效话语的基本要素"。③ 钱锺书对这一概念同样非常重视,无论在早期的《谈艺录》还是晚年的《管锥编》中对其都有集中而详细的论述。钱氏在这方面持续数十年的理论热情既反映了"理趣"本身的价值,也向我们展示了其本人理趣观的某种变化。厘清钱氏"理趣说",对我们全面、准确地把握钱锺书诗学的"理趣"有着重要的意义。

钱锺书在其诗学著作中多次谈到理趣,但最集中、最详细的当属《谈艺录》第69则。这则文字以对袁枚关于"诗中理语"的讨论为中心,细致探讨了"理"和"理趣"这两个概念,并对"理趣"范畴提出了自己的见解。

在结合具体例子分析古代文学史上"理"和"诗"的关系的基础上,钱锺书

---

① 《管锥编》,第1861页。
② 葛晓音:《论苏轼诗文中的理趣——兼论苏轼推重陶王韦柳的原因》,《学术月刊》1995年第4期,第82—84页。
③ 张思齐:《从中西诗学比较看宋诗的理趣》,《文学遗产》2002年第1期,第37页。

首先梳理了"理趣"的概念史。钱氏认为,"理趣"说最早萌芽于沈德潜 1738 年(乾隆三年)为释律然《息影斋诗钞》所做的序中,所谓"诗贵有禅理禅趣,不贵有禅语";到 1744 年(乾隆九年)写作《说诗晬语》时,沈氏明确提出了"理趣"这一概念,用以形容杜甫诗歌的"言外有余味";1757 年(乾隆二十二年)《国朝诗别裁·凡例》中"诗不能离理,然贵有理趣,不贵下理语"的说法则标志着沈氏"理趣说"的完成。本着"理趣之旨,极为精微,前人仅引其端,未竟厥绪"的认识,钱锺书接下来分析了理趣内涵的演变。钱氏首先清理了"以诗言理"在诗歌创作史上的流变,在分别考察了晋宋玄学、宋明道学、佛门禅诗与"话头"中不同层次的理趣之后,将"以诗言理"与"言情写景"并置参观,指出两种手法的共同特点均在于"举一反三"。接下来进一步辨析"举一反三"在"理趣"和"言情写景"中的不同表现,并提出了自己的"理趣"观:

> 惟一味说理,则于兴观群怨之旨,背道而驰,乃不泛说理,而状物态以明理;不空言道,而写器用之载道。拈形而下者,以明形而上;使寥廓无象者,托物以起兴,恍惚无朕者,著述而如见。譬之无极太极,结而为两仪四象;鸟语花香,而浩荡之春寓焉;眉梢眼角,而芳悱之情传焉。举万殊之一殊,以见一贯之无不贯,所谓理趣者,此也。①

这一段文字既有形象阐发,也有抽象概括,极为清楚地道出了钱锺书所谓的"理趣"。简单地说,钱锺书心目中的"理趣"存在于这样一个艺术传达过程之中,即运用文字通过各种具体的事物形象传达普遍的道理。有学者将其概括为两大要点——"举例以概"和"妙合而凝"②,道出钱锺书的"理趣"本义。后来又有学者从文学创作的角度界定"理趣",认为"理趣就是寓哲理于形象之中"③,与钱氏的界定也颇为相近。

除上述直接定义之外,钱锺书还通过列举程颢的诗句"道通天地有形外,思入风云变态中"间接道及理趣的含义,认为此诗为"理趣"的"好注脚"④;也曾直接言明理趣的特征——"若夫理趣,则理寓物中,物包理内,物秉理成,理因物显"⑤,强调"理"与"物"的相互依存,可以说是对其"理趣"定义的进一步完善。不过,《谈艺录》中的理趣说仍有不足。虽然钱锺书对"理"与"理趣"的解说较为充分,但通观第 69 则乃至《谈艺录》全著,却几乎看不到有关"趣"的

---

① 《谈艺录》,第 563 页。
② 牛月明:《钱钟书的"理趣"论》,《青岛海洋大学学报(社会科学版)》2000 年第 2 期,第 94 页。
③ 文利:《理趣》,《文艺评论》1985 年第 3 期,第 71 页。
④ 《谈艺录》,第 566 页。
⑤ 同上书,第 571 页。

明确阐述。这就容易引发误解，让人以为"理趣"之"趣"便是日常语言中"有趣"的同义词。有论者甚至将"趣"理解为作品的"形式"，而将"理"理解为"属于逻辑范畴"的"作者意图"，认为"理、趣相合才成其为作品，这种相合在于'拈形而下者以明形而上'，所谓'举例以概'，是一种隐喻形式"。① 此论看似能自圆其说，却早已偏离了钱氏"理趣"之本义。

理趣说的漏洞后来在《管锥编》中得到了弥补。在讨论孙绰《游天台山赋》一文时，钱锺书再次集中论及"理趣"。此处的分析很大程度上是《谈艺录》中观点的重申，略有不同的是就"理趣之旨"进行了一定程度的扩充——"盖'理趣'之旨，初以针砭僧诗，本曰'禅趣'，后遂充类旁通，泛指说理"，暗示了"理趣"在应用上的普遍化。钱锺书曾经认为，"理趣"一词虽然早在宋代李耆卿《文章精义》中即已出现，但沈德潜所谓"理趣"并非师承于此，而是源自严羽"诗有别趣，非关理也"一句。② 由于严羽此说意在反对宋代性理之学，因此其"理趣"之"理"原本就并非"性理"这样的单一所指，而是包括各个层面的"道理"，"理趣"的普及化也就是情理之中的事了。钱锺书理趣观更为重要的发展是在考察"理趣"流布的基础上，借清人史震林的说法对"趣"进行了正式界定。史氏在其《华阳散稿·自序》中曾写道："诗文之道有四：理、事、情、景而已。理有理趣，事有事趣，情有情趣，景有景趣；趣者、生气与灵机也。"③ 显然，这里的"趣"与日常生活中所谓的"趣味"之"趣"是异大于同的。

综合来看，钱锺书眼中的"理趣"当有以下双重所指：其一为表现方式上的天然凑泊、不着痕迹——今人叶维廉论艺的关键词"活泼泼"或可与此参观。叶氏认为，中国古诗中那种"不尽合文法"的、饱含感情且具有某种戏剧化效果的"活泼泼"的特点，正是中诗区别于英诗的关键。④ 而在追踪古典诗歌"活泼泼的整体的生命世界"之所形成的原因时，叶氏同样上溯至严羽及其"别趣"说，并结合道家美学思想将"活泼泼"与"禅悟"并列，视之为"一种飞跃性的灵动神思"的产物⑤；其二则为具体内容上的奇思巧智、举一反三——英人谈诗，尤其是讨论玄学派诗歌时常说的"奇智"(wit)与此有着异曲同工之妙。例如约翰逊博士(Samuel Johnson)曾以三个关键词"自然"(natural)、"新

---

① 李洪岩：《智者的心路历程——钱锺书的生平与学术》，石家庄：河北教育出版社，1995年，第496页。
② 《管锥编》，第1811页。
③ 《谈艺录》，第557页。
④ 叶维廉：《中国古典诗中的传释活动》，见叶维廉：《中国诗学（增订版）》，北京：人民文学出版社，2006年，第20页、第33—34页。
⑤ 叶维廉：《重涉禅悟在宋代思域中的灵动神思》，见叶维廉：《中国诗学（增订版）》，北京：人民文学出版社，2006年，第109—143页。

颖"(new)、"合理"(just)界定"奇智",尤其强调了其启人深思的"组合异类意象""于异事物间发现其神秘相似点"以实现"不和谐之和谐"的特点。①

至此,钱锺书的理趣观可以归纳如下:所谓理趣,即是文学作品在通过具体事物自然而然揭示普遍道理的过程中所体现出来的活泼智趣。这种由特殊见一般——也就是所谓"举万殊之一殊,以见一贯之无不贯"——的方式很容易令人想起"规律"的特征来。事实上,钱锺书的研究者在这方面论述甚多,主要观点即钱氏诗学的最大特征为发现东西方共同的文艺规律。那么,能否藉此将"理趣"等同于对规律的发现? 从钱锺书本人的意见来看,他虽然承认规律("事理""物理")的重要性,但对那种以揭示规律为唯一目的的研究模式却极为反对。在1983年发表的一篇文章中,钱氏就曾对某些研究者所理解的"科学性"提出辛辣讽刺:"在人文科学里,历史也许是最早争取有'科学性'的一门,轻视或无视个人在历史上作用的理论(transpersonal or impersonal theories of history)已成今天的主流,史学家都只探找历史演变的'规律'、'模式'(pattern)或'韵节'(rhythm)了。"②由此推论,钱锺书所谓的"理趣"虽然包括"规律"的发现,但绝不等于规律本身。"理趣"有着更为深广的内涵。

在如何结合钱氏"理趣"定义以把握其具体运用这个问题上,陈子谦的研究在一定程度上给出了答案。根据钱锺书的看法,"理趣"可以说是一个动态过程(通过具体事物传达普遍道理)中的静态存在(活泼机趣与智慧)。然而,钱氏又以"举万殊之一殊,以见一贯之无不贯"来概括理趣,这便很容易令人联想起钱著中时常讨论的"以实涵虚"问题。陈子谦正是在钱锺书的"寓'一贯'于'万殊'"和"以实涵虚"之相通性的基础上,具体论述了钱氏诗学的"以实涵虚"特征,指出"以实涵虚"乃是钱锺书在执着的细节意识、精准的"鉴赏眼力"基础上实行的一种"批评方法",具有鲜明的辩证法特征。③ 既然理趣与"寓'一贯'于'万殊'"在"钱学"中具有同一性,那么理趣对于钱锺书诗学而言,也就具备了方法的属性。因此,就钱锺书本人的定义而言,"理趣"是先在的奥妙,需要研究者去领悟、去发现;但就钱著中"理趣"的具体运用而言,它实际上又兼有一种方法的形态,完全能够加以主动的运用甚至大胆建构——这就是钱锺书诗学中"理趣"范畴的二重性。

---

① Johnson, Samuel. "Cowley." Johnson. *Lives of the Most Eminent English Poets*. London: John Murray, 1854. 19—20.
② 钱锺书:《一节历史掌故、一个宗教寓言、一篇小说》,见《七缀集》,第164页。
③ 陈子谦:《钱钟书"以实涵虚"的文艺批评》,见陈子谦:《论钱钟书》,桂林:广西师范大学出版社,2005年,第184—201页。

二、理趣的方法论意义

(一) 钱锺书诗学中的理趣

实际上,钱锺书对于"理趣"原本就是"运用"胜于"发现"的。一个有趣的例子是,钱氏曾恶作剧般提取宋明理学家语,写下"除蛇深草钩难着,御寇颓垣守不牢"这样的情诗,且颇为得意地宣称:"用理学家语作情诗,自来无第二人!"① 故意用自己于诗学中并不主张的理语作诗,所追求的自然是如林希逸《竹溪十一稿》所谓"运使义理语,作为精致诗"的独特理趣了。钱氏对理趣的心摹手追可见一斑。具体说来,在其诗学著作中,钱锺书对理趣的运用主要表现在以下两个方面:

第一,连类富于理趣的诗文以资研讨。

这点在钱著中表现得极为鲜明。钱锺书常常以"连类"方式围绕核心论题组织海量文本供人"旁行以观"。在这些来自多位作者、多个领域的材料中,富于理趣的文本随处可见。这不仅再次印证了钱锺书诗学的"尚理""尚趣"倾向,而且充分体现了钱氏本人对"理趣"及其诗学价值的重视。例如,在讨论诗文中"同类相克制"主题时,钱锺书引了郑板桥的《题画篱竹》诗——"一片绿阴如洗,护竹何劳荆杞?仍将竹作篱笆,求人不如求己",虽然推之为"才士隽爽之句",却又认为其只是"明理而已,无当风雅"。也就是说,郑诗说理过于直接,缺乏含蓄的味道。相比之下,曹植的"七步之章"——"萁在釜下燃,豆在釜中泣,本是同根生,相煎何太急"——就远胜于郑了,因为曹氏之诗"言同类相残害苦毒,情文斐然,遂可以兴、可以怨矣"②。平心而论,从钱氏本人的定义来看,无论郑板桥还是曹植的诗句其实都属于不乏"理趣"的作品。钱锺书认为曹植诗胜过郑板桥,明言的是"理趣"应该"当风雅"、有韵味("可以兴,可以怨"),暗示的则似乎是这样一种价值维度:"理趣"不宜直白浅显,而以含蓄蕴藉为佳。同样,在讨论诗中之"悟"时,钱锺书援引了陆世仪(桴亭)《思辨录辑要》中的论述作为参考,即"人性中皆有悟,必工夫不断,悟头始出。如石中皆有火,必敲击不已,火光始现。然得火不难,得火之后,须承之以艾,继之以油,然后火可不灭。故悟亦必继之以躬行力学"一节文字。钱氏认为陆氏的观点与英国学者格雷姆·华莱士(Graham Wallas)所说的人们在获得"启发"(illumination)之后仍需加以"核查"(verification)异曲同工,

---

① 吴忠匡:《记钱锺书先生》,见李明生、王培元编:《文化昆仑:钱锺书其人其文》,北京:人民文学出版社,1999年,第45页。
② 《管锥编》,第1560页。

并由此立论:"罕譬而喻,可以通之说诗。明心见性之学,有益谈艺,岂浅尟哉。"①陆氏用"以石取火"这个具体事件来揭示如何获得"悟"的抽象过程,且能做到"罕譬而喻",的确与钱锺书所推崇的"理趣"妙合符节。

第二,借理趣谈艺论文。

钱著对"理趣"的重视更体现在其对这一诗学范畴的直接运用上。在探索某些比较深奥的诗学问题时,钱锺书有时借前人富于理趣的见解协助解诗,有时则亲自操刀,以一种理趣盎然的方式来谈文论艺。

《诗经·正月》中有这样一句:"谓天盖高?不敢不局。谓地盖厚?不敢不蹐。"大意是指天虽然很高,可是仍然不得不低头弯腰;地虽然广,但走路依然得小心谨慎。② 从表面看,这里只是在叙述个人行状,但钱锺书却将其与《节南山》中的"我瞻四方,蹙蹙靡所骋"进行了连类。这样一来,两首诗中描写个人行状的诗句背后便具有了某种共同所指,并进而引发下述疑问:为什么诗中之"我"在高天广地之间那么地局促不安?钱大昕《十驾斋养新录》对此作出过回答——"古人先齐家而后治国,父子之恩薄,兄弟之志乖,夫妇之道苦,虽有广厦,常觉其隘矣。"钱锺书对这一解读极为赞赏,不仅称其为"人情切理之论",而且进一步引王符《潜夫论》中"治国之日舒以长""乱国之日促以短"的观点加以引申。于是,在《七月》所描述的上述个人行为与心理反应之中,实际上便蕴含了先民一个独特的政治观念,即"国治家齐之境地宽以广,国乱家哄之境地仄以逼"。③ 这是一种看似有违"事理"、实则深合"心理"的特殊体验,而其所揭示的正是人类一个共同的心理规律:在"心情际遇之有异"时,其情感体验也将随之发生相应变化。

值得注意的是,钱锺书不仅借鉴富于理趣的文学材料及前人理趣盎然的精彩论说为自己的诗学探讨服务,其本人的论述在很多时候也是深具理趣的。这方面最突出的例子当为钱氏对比喻的精当使用。钱锺书不仅在文学创作中大量使用比喻手法,几乎达到出神入化的境界,而且在其理论著作中也常常选取日常生活中的具体事物或寻常事例,以譬喻的方式精妙地阐析抽象的道理,从而收到形象生动、举一反三、妙趣无穷的"理趣"效果。

例如,在《读〈拉奥孔〉》一文的开篇部分,钱锺书提出了一个著名论点,即"片段思想"的价值不仅不比"理论系统"低,而且其生命力甚至比后者更长。钱氏并未通过理论的推演来证明这个观点,而是在参照大量具体实例的基础上,将"理论系统"比作"庞大的建筑物",将"片段思想"比作建造建筑物的"木

---

① 《谈艺录》,第 235 页。
② 周振甫译注:《诗经译注》,北京:中华书局,2002 年,第 296 页。
③ 《管锥编》,第 235—236 页。

石砖瓦",通过建筑物常常经不起岁月的侵蚀而整体垮塌,而木石砖瓦却往往依旧有用的事实,比喻式地阐发了自己的观点。① 唐代诗人李贺有着"诗鬼"之称,对这样一位文坛"鬼才"的创作特点进行把握并非易事,钱锺书同样以譬喻的方式四两拨千斤,化抽象为具象,将其阐述明白:

> 余尝谓长吉文心,如短视人之目力,近则细察秋毫,远则大不能睹舆薪;故忽起忽结,忽转忽断,复出傍生,爽肌戛魄之境,酸心刺骨之字,如明珠错落。与《离骚》之连犿荒幻,而情意贯注、神气笼罩者,固不类也。②

所谓"文心"是一个抽象概念,运用抽象说理的方式很难将其解说清楚。这里钱锺书借人们熟知的近视眼的特点对其设喻,使得李贺诗歌的特征瞬间直呈于读者眼前。"短视人"之喻再配以形容李文妙语佳句的"明珠错落"及其与《离骚》的比较辨析,将一个看似简单,实则并不易说透的诗学问题分梳得明白晓畅,充分展现了其过人的智慧与独特的诗学"理趣"。总的来说,钱著中的理趣往往是通过比喻的方式加以实现的。对于这些出现在学术论著中的比喻,有学者曾评价为"不追求幽默讽刺,也不追求含蓄意蕴,而是用浅显明白、人人皆知的事说明文艺美学中的艰深道理。使文章深入浅出,活泼生动"。③ 虽然"不追求幽默讽刺,也不追求含蓄意蕴"的说法略有武断之嫌,但对钱氏比喻作用的判断是基本符合钱著实情与钱氏"理趣"特征的。

(二)作为方法的理趣

钱锺书之所以对"理趣"问题持续关注数十年之久,又自觉地在其诗学著述中以各种方式主动加以运用,主要原因即在于"理趣"本身的独特价值。从方法论角度来看,钱氏诗学中的"理趣"在以下三方面发挥了重要作用:

首先,对"理趣"的关注为诗学探索提供了一个深邃的视角,常常收到举一反三的论述效果。早在《谈艺录》中首次论及"理趣"时,钱锺书即指出:"理趣作用,亦不出举一反三。然所举者事物,所反者道理,寓意视言情写景不同。"而且,由于"理趣"乃是"说易尽者",因而最好"不使篇中显见"。④ 钱氏关于"理趣"作用的论述不仅点明了"举一反三"的重要性,而且侧面指出了"理趣"在增加文章深度方面的效用。以《谈艺录》中关于"文如其人"的讨论

---

① 《七缀集》,第33—34页。
② 《谈艺录》,第119页。
③ 田建民:《再论钱锺书比喻的特点》,《河北大学学报》1995年第1期,第65—66页。
④ 《谈艺录》,第562—563页。

为例。"文如其人"之"人",显然是就作者而言。对"文如其人"展开辨析,势必涉及作品中反映出来的作者与日常生活中的作者是否同一的问题——这一点颇似叙事学中作者与叙述者二者的关系问题。钱锺书首先指出,客观事物总是"实而可征"的,但语义和"词气"却"虚而难捉",这就导致人们常常犯下"顾此而忽彼"的错误;而很多研究者在推断作者本人的特征时,也就往往"以风格词气为断,不究议论之是非"。接下来,钱氏强调"人之言行不符,未必即为'心声失真'",因为人常有言不由衷的时候,甚至连做事的时候同样也有可能"不由衷",实在很难判断说"此必真而彼必伪"。紧接着,钱氏展开了一段论述:

> 见于文者,往往为与我周旋之我;见于行事者,往往为随众俯仰之我。皆真我也。身心言动,可为平行各面,如明珠舍利,随转异色,无所谓此真彼伪;亦可为表里两层,如胡桃泥笋,去壳乃能得肉。古人多持后说,余则愿标前论。是以有自讳自污之士,有原心原迹之谈。①

首先将"真我"一分为二,肯定了文中之"我"与文外之"我"都是"真我"之一面;接着以"明珠舍利""胡桃泥笋"为喻,形象地说明"我"的多重属性;最后则更进一层,提醒人们文内、文外之"我"的不一致不仅仅是因为语言、观念的误解而产生的,甚至有可能是作者本人有意为之("自讳自污")的结果。这段理趣十足的论析文字称得上一波三折,深刻入微。

其次,理趣的运用,使诗学探讨摆脱了纯粹思辨的抽象与枯燥,为其提供了更加灵活而全面的考察模式。例如,在分析《诗经·蟋蟀》一诗时,钱锺书敏锐地指出,虽然此诗"每章皆申'好乐无荒'之戒,而宗旨归于及时行乐",并拈出西方自古希腊、古罗马以来诗中的"且乐今日"主题与之连类。继而连续列举《国语·晋语》中重耳语、杨恽诗句直至小说《游仙窟》中的赠诗,指出:"或为昏君恣欲,或为屠夫晏安,或为荡子相诱,或为逐臣自壮,或则中愉而洵能作乐,或则怀戚而聊以解忧,心虽异而貌则同为《车邻》、《蟋蟀》之遗。"②从作为"一贯"的"及时行乐"主题出发,列举作为"万殊"的各类具体论述,最后又返身点明前题,这样的分析考论显然是全面而灵活的。此外,钱氏在分析作品中的真伪问题时所论的"恶伪之乱真,欲去伪而乃并铲真,非知言也。世间事物,有伪未遽有真,《墨子·经》上所谓'无不必待有'也,然而有真则必有伪焉。匹似有伪神仙,不足征亦有真神仙,有伪君子,则正缘有真君子耳"③,

---

① 《谈艺录》,第 427—429 页。着重号为笔者所加。
② 《管锥编》,第 199—200 页。
③ 同上书,第 1866 页。

也是"理趣"有助于全面、灵活考察的体现。

最后,对理趣的重视使钱锺书诗学增添了一种独特的思辨机趣,这也成为钱氏诗学著述的一大特征。朱熹能够排除毛诗序的干扰,将《诗经·狡童》评为"淫女见绝"之作,钱锺书盛赞其能"尊本文而不外骛,谨严似胜汉人旧解"。在朱熹的反对者中,来风季曾以"即有'男、女'字,亦何必为淫奔"表达异议,钱锺书则反驳来氏观点道:"从来氏之说,是诗中之言不足据凭也;故诗言男女者,即非言男女矣。然则诗之不言男女者,亦即非不言男女,无妨求之诗外,解为'淫奔'而迂晦其词矣。"这里显然是在运用归谬法对论敌予以反戈一击——按照来氏的逻辑,诗中有"男、女"字也不算"淫奔",也就是说理解诗歌不必以文本为据;既然这样,那么是否诗中没有写"男、女"的也可以从诗歌之外"空降"一个"淫奔"进来,将其强加于那无辜的诗歌之上呢?点明来氏的逻辑谬误后,钱氏又以一个譬喻对犯有类似错误的解读者加以形象刻画——"欲申汉绌宋,严礼教之防,辟'淫诗'之说,避堑而堕阱,来、高、尤、毛辈有焉。"①不仅将此点申说得更加透辟,而且三言两语点明上述说诗者所陷入的逻辑窘境,饱含着一种"活泼泼"的奇趣。此外,《谈艺录》中有关"竹来眼里,眼到竹边"说法之妙胜过"声来耳边,耳往声处"的一段分析,也同样充满理致,机趣无穷。②

通过对钱锺书诗学中"理趣"的内涵、具体运用及其独特价值的分析,可以发现"理趣"之于钱锺书诗学的重要意义。它不仅成为钱锺书诗学形态上的一个突出特点,也作为一种诗学方法广泛运用于钱锺书的理论著述之中。或连类富于理趣的诗文以资研讨,或在谈艺论文时直接抉发其内在"理趣"——这样的方式一方面使诗学探索跳出纯理论思辨的抽象与单调,为其增添了一种独到机趣;另一方面也为其寻觅到了一个更为深邃的视角,真正做到了人们常说的"从现象到本质"——"理趣"的方法论意义便由此而生。把握"钱学"中的理趣,不仅可以为我们整体把握钱锺书的诗学方法提供一个重要基点,对钱著的读者,尤其是初涉诗学的研究者而言,也有举一反三的学术示范意义。

---

① 《管锥编》,第185—188页。
② 原文为:"然钟耳语远逊竹眼语之妙。竹眼不过二物,钟耳得声而三,钟耳之间,有声为介。竹贞固不移,声流动不居,声来枕畔,了不足异。声本无涯际,而曰'耳到声边',语意皆欠妥适,鲍女诚为者败之也。"参阅《谈艺录》,第518—519页。

第三节 "游戏"

1991年,蔡田明出版了《〈管锥编〉述说》一书。在"述说"至《太平广记》中有关神仙的讨论部分时,蔡氏认为,钱锺书一方面认为《神仙传》中所记天上有"都厕"的事情属于"捏造",批评《神仙传》作者葛洪对此"疏忽未之思",且在《马自然》篇的讨论中也说仙物"其嗔心恶作剧"不可信;另一方面却又认同"鬼事犹人事",这样的说法是自相矛盾的,犯了"'补笔'未圆"的错误。蔡氏进而批评道:"鬼神仙事因'人'而存,视有若无,岂可认'无有'其事为'乖体'、视'捏造'其说为'失口'",并向《管锥编》的作者挑战曰:"质之钱先生以为然否?"蔡著的审读者周振甫将蔡氏这一意见反馈给钱锺书后,钱氏在给周氏的回信中直言蔡氏"于此节词意不甚理会",没能看出自己在《太平广记》这一部分的写作中,"原文乃嘲弄口气"。在结合《管锥编》中的相关论述回应了蔡氏的质疑后,钱锺书写下了这样一段话:

> 蔡君似未分究也。于弟之诙谐,亦似未解;此等谈神说鬼处,于古人只能采半庄半谐态度,读拙著者如"鳖厮踢",则参禅之死句矣。故拙著不易读者,非"全由援引之繁,文词之古",而半由弟之滑稽游戏,贯穿潜伏耳。①

"鳖厮踢"一词据传为苏轼与司马光斗嘴时的发明②,意谓不合情理地指摘、生拉硬拽地牵强解说等。的确,诗学研究中最大的忌讳之一便是误解、曲解原文而不自知。不过,钱锺书这段论述不仅强调了准确把握文本意义的必要性,而且指明了其著作的一个重要特征,即"滑稽游戏"。纵览钱著,可以发现"游戏"不仅是钱著形态上的一个重大特色,同时也可以说是"钱学"精神与方法之所系。

一、钱锺书论"游戏"

钱锺书对游戏的重视在其著述中得到了充分体现,举凡游戏所涉之"滑稽""诙谐""谐谑"等在钱著中几乎随处可见。虽然钱氏并未就"滑稽游戏"进行如"理趣"那般反复、详细的直接论述,但"钱学"中有关游戏的评述却散布全篇,稍事理董,即可窥其概貌。

---

① 蔡田明:《〈管锥编〉述说》,北京:中国友谊出版公司,1991年,第92—93页。
② 蒋一葵:《尧山堂外纪(第52卷)》,见蒋一葵撰:《续修四库全书》第1194册,上海:上海古籍出版社,2002年,第469页。

首先，钱锺书认为游戏是从事语言文学研究的人必须面对的文字现象，原因是游戏的出现在诗学中有其必然性。在钱氏看来，"涉笔成趣，以文为戏"乃是"词人之所惯为"，例如陶渊明在《止酒》诗中就曾用"止"字的相反两义——"归止、流连不去（'居止''闲止'）"和"制止、拒绝不亲（'朝止''暮止'）"——入诗，自得其乐。即便是被认为最具思辨性的哲学语言也每每如此，如黑格尔的"意见者，己见也"，毕熙纳（L. Büchner）和费尔巴哈的"人嗜何，即是何"的说法，都"狡猾可喜，脍炙众口，与《老子》的"道可道""不厌不厌""病病不病"有异曲同工之妙。而且，不仅集部文章常常如此，就连经部、子部中也"此类往往而有"。① 因此，游戏实为语言文字中的普遍现象，从事诗学研究的人必须懂得灵活解读"游戏笔墨"，切不可"鳌厮踢"。

其次，游戏具有无可替代的诗学功能，其突出表现在于能够轻易跨越语言、学科、文化等各种人为设置的藩篱，将各类看似无关的现象组合至一处，启人神思。邹诞曾对"滑稽"做出如下解释："滑，乱也，稽，同也。……谓能乱同异也"，颜师古也有"滑，乱也，稽，碍也，言其变乱无留碍也"的解说。无论邹氏还是颜氏，都指出了"滑稽"打破各类障碍、实现"异类相聚"的这一功能。用康德的话来说："解颐趣语能撮合茫无联系之观念，使千里来相会，得成配偶"，让·保罗甚至将其比喻为"肯作周方、成人好事而乔装神父之主婚者"，二者无非也都是在强调游戏"乱同异""无留碍"的特点了。在钱锺书看来，游戏的这个功能实可为人类认识带来好处——"夫异而不同，则区而有隔，碍而不通；淆而乱之，则界泯障除，为无町畦矣"，而"融会贯通之终事每发自混淆变乱之始事"。也就是说，"滑稽"往往能够突破一些造成认知阻碍的壁垒，从而实现一个广阔范围内的通观圆览，取得单一视域下无法得到的发现与收获。此外，结合英文概念"wit"与"esprit""兼二义"的特点，钱氏还指出，"滑稽"游戏并非如人们习惯上认为的那么轻松、容易，相反，它对智力提出了更高的要求——"盖即异见同，以支离归于易简，非智力高卓不能"。②

再次，游戏本身具有重要的诗学价值，有时甚至可以直通真理，值得认真对待。在钱锺书看来，柏拉图的对话其实也是"绝好的道德剧"，甚至是"笑剧"——《尤西德姆斯》（Euthydemus）和《高尔吉亚篇》（Gorgias）两篇对话就"摹仿着诡辩家装腔作势的口吻"，很像是阿里斯托芬（Aristophanes）的《蛙》（Frogs）或莫里哀（Molière）的《女学士》（École des Femmes）。伊壁鸠鲁（Epicurus）为此开过柏拉图的玩笑，称之为"演戏的人（dionysiokolax）"。钱氏

---

① 《管锥编》，第 712—713 页。
② 同上书，第 510—511 页。另外钱锺书在解读《诗经·卜居》时也曾论及"滑稽"，见《管锥编》，第 957 页。

认为:"这句顽笑未尝不是真理。"①

可见,在钱锺书看来,游戏在各类著作中绝不仅仅是一种笔墨之趣,更非用来吸引读者的小聪明、小花招,而是一个具有独特诗学意义的范畴。人们不但不能对游戏一笑了之,反而应该积极主动地投入游戏之中,借助游戏策略帮助自己在研究中看得更深、更远。钱氏的这一主张在其著作中也得到了切实贯彻。无论是在修辞、语体风格还是诗学精神层面,钱著中总能看到游戏的身影。

二、游戏与"钱学"

(一) 修辞的游戏

在就《老子王弼注》第七十二章进行讨论时,钱锺书将《道德经》中的"道可道"等句式与《论语》中的"不曰'如之何?如之何?'者,吾未如之何也已矣"、美国政治家富兰克林(Benjamin Franklin)的名言"同上战场或分赴刑场"(All hang together or all hang separately)②、《庄子》里的"灵公之为灵"、《公孙龙子》中的"物莫非指,而指非指"等,与诗人王维"宛是野人也,时从渔父渔"等大量类似诗句"捉置一处",最后指出:"盖修辞机趣,是处皆有;说者见经、子古籍,便端肃庄敬,鞠躬屏息,浑不省其亦有文字游戏三昧耳。"③"识"之适所以"效"之,钱锺书诗学的游戏特征首先也表现在文字修辞层面上。

1. 比喻

在钱锺书看来,"一切科学、文学、哲学、人生观、宇宙观的概念,无不根源着移情作用。我们对于世界的认识,不过是一种比喻、象征的、像煞有介事的、诗意的认识"④,因此,无论在文学创作还是学术探索中,比喻总是格外受到钱氏垂青。在前文论及钱锺书诗学中的"理趣"问题时,笔者曾批评某些学者关于钱氏学术著作中的比喻"不追求幽默讽刺,也不追求含蓄意蕴"的判断失之武断,理由便是比喻除了为"钱学"之理趣增华之外,实际上也赋予钱氏诗学以某种独特的幽默讽刺趣味,成为"钱学"游戏精神的重要展示平台

---

① 钱锺书:《作者五人》,见《人生边上》,第284—285页。
② 富兰克林的原句为:"Yes, we must indeed all hang together, or most assuredly we shall all hang separately." 参阅 Brands, H. W. *The First American: The Life and Times of Benjamin Franklin*. New York: Random House, 2000. 537. 这里钱锺书显然是为了更加突出"or"所连缀的前后并列成分的对比效果而缩写了原句。也许是担心译成中文后很难传达英文原句中的双关机趣,钱锺书只给出了英文句子而未加翻译。此处译文为笔者试译。
③ 参阅《管锥编》,第713—715页。
④ 钱锺书:《中国固有的文学批评的一个特点》,见《人生边上》,第131—132页。

之一。

　　早在青年时代,钱锺书对比喻的运用即已臻纯熟。古今中外的文艺研究者常有一个共同倾向,即"为某一种作品写得好因而爱好它的作者"。虽然这本来是人之常情,但是,因为这种喜爱,研究者们"每每对他起了偏袒,推爱及于他的全部作品,一股脑儿都认为圣经宝典,催眠得自己丧失了辨别力,甚且不许旁人有选择权",这就陷入了一种学术偏执状态。钱锺书对此发表妙论:"这可以算'专家'的职业病(occupational disease),仿佛画师的肚子痛(painter's colic)和女佣的膝盖肿胀(housemaid's knee);专门研究某一家作品或某一时期作品的人,常有这种不分皂白的溺爱。专家有从一而终的贞节,死心塌地的忠实,更如俾士麦所谓,崇拜和倾倒的肌肉特别发达,但是他们说不上文艺鉴赏,正像沙龙的女主人爱好的是艺术家,不是艺术,或影剧迷看中了明星,并非对剧艺真有兴趣。"①将"专家"们的偏见喻为画师和女佣的"职业病",形象点明了所谓"专家"的顽固死板。后文又不动声色地将"专家"们专"爱"一位作家且"不许旁人有选择权"的行为比喻为"从一而终"的爱情选择,则不仅形象勾画了"专家"们的固执与偏激,而且有着十足的讽刺意味,可以说是以一种"不论而论"的方式表达了自己的观点。同样,在一些西方学者和作家问到"四人帮"那样的历史时期"在中国是否永远再不会出现"时,钱锺书首先严肃表示,"'历史'在科学意义上是不会'重演'的",继而戏谑地将那些喜欢做预测和推断的历史学家们比作算命先生——"反正替中国史或是世界史算命,是专门学问,我没有这个能力;同样,从中国文学的现状推断将来,我也没有算命先生或预言家的能力"。②"算命先生"同样是漫画式而又发人深省的比喻。类似的比喻还出现在有关叶适的评述中——"他尽管是位'大儒',却并不能跟小诗人排列在一起;这仿佛麻雀虽然是个小鸟儿,飞得既不高又不远,终不失为飞禽,而那庞然昂然的鸵鸟,力气很大,也生了一对翅膀,可是绝不会腾空离地,只好让它跟善走的动物赛跑去罢"③同样妙趣横生而又理致井然。总的来说,比喻的使用在钱著中是一种极为普遍的现象,它不仅使钱氏的著述生动有趣,而且往往以其独有的"本体—喻体"双结构将学术与生活紧密地联系在一起,破除了通常以为的学术著作与文艺作品之间"庄"与"谐""严肃"与"活泼"的森严壁垒,充分体现出一种游戏的精神。

2. 对偶

　　对偶原本是古代诗歌写作中的一种写作技巧,其基本特征是以字数相

---

① 钱锺书:《杂言——关于著作的》,见《人生边上》,第170页。
② 钱锺书:《粉碎"四人帮"以后中国的文学情况》,见《人生边上》,第191页。
③ 《宋诗选注》,第359页。

同、结构相似、意义相对的一对词语或句子来表达两个相类或相近意思,后来作为一种修辞方式沿用至现代汉语中。这一修辞法原本主要用于文学写作,但钱锺书在诗学著述中同样打破了"论""艺"之町畦而加以大量运用,形成"钱学"游戏特征的又一侧面。

在对偶方式的运用上,钱锺书尤为钟情于古典律诗的"当句对"。对偶多为两个独立词组或者句子之间的两两相对,但所谓"当句对",则是指出现在同一个句子内部的对偶现象,在古诗里多出现于七律这一诗体之中。① 例如黄庭坚《自巴陵入通城呈道纯》中的"野水自添田水满,晴鸠却唤雨鸠归",出句中共同修饰"水"字的"野"和"田"、对句中同样修饰"鸠"字的"晴"和"雨"本身就形成了对偶。钱锺书对这一"对体"似乎格外着迷,不仅长期关注这一诗歌现象并频频予以讨论——既有对其"创于少陵,而名定于义山"的发生学渊源的细致考证,又有在论及黄庭坚诗歌和钱载七律时的大量连类,时时就此"对体"的代表性诗人诗句进行集中而详细地分析②——有时甚至"操觚自运",将其作为一种论述方法应用于自己的学术著述之中。

尤侗在《艮斋续说》中曾道及《离骚》,认为:"《离骚》大半寓言,但欲拾其芳草,岂问其始开与既落乎? 不然岂芰荷果可衣乎? 芙蓉果可裳乎?"钱锺书赞其"颇窥寓言之不同实言"③——"寓言"与"实言"便是典型的当句对;评苏轼《评草书》中的观点时亦云,苏氏的见解乃是"高论而非的论"④,"高论"和"的论"又属当句对;评价"晋人"对《老子》和《庄子》的注疏时说:"盖晋人之于《老》、《庄》二子,亦犹'《六经》注我',名曰师法,实取利便;藉口有资,从心以撝,长恶转而逢恶,饰非进而煽非"⑤,"长恶"与"逢恶""饰非"与"煽非"也可视为当句对;当然也包括其关于中国诗的评论"早熟的代价是早衰"中"早熟"与"早衰"的对偶。⑥ 这些都是词语的当句对,与古代诗人的运用如出一辙。但钱锺书诗学中的"当句对"绝不仅停留在继承古典的层面上,这一"对体"在钱氏手上也获得了新的发展,其突出表现是由单一的"词语对"发展到"词组对"与"句式对"。前者如《林纾的翻译》中对林译第一部小说《巴黎茶花女遗事》中译者的评价。在揣摩林纾翻译时的心态的基础上,钱锺书认为林氏其

---

① 有些七绝中也曾出现"当句对"的情况,如苏轼的《戏钱道人》:"首断故应无断者,冰销那复有冰知。主人若苦教依认,认主人人竟是谁;有主还须更有宾,不如无镜自无尘。只从夜半安心后,失却当年觉痛人。"参阅《谈艺录》,第 691 页。
② 分别参阅《谈艺录》,第 16—17 页,第 474—476 页。
③ 《管锥编》,第 908—909 页。
④ 同上书,第 1780—1781 页。
⑤ 同上书,第 1784 页。
⑥ 《人生边上》,第 162 页。

实总在沿用古文和借用白话之间摇摆不定,因而打趣道:"古文惯手的林纾和翻译生手的林纾仿佛进行拉锯战或跷板游戏;这种忽进又退、此起彼伏的情况清楚地表现在《巴黎茶花女遗事》里。"① 句中"古文惯手"和"翻译生手"所构成的对偶中,其实已经出现"古文"和"翻译""惯"和"生"这两组词语的"当句对"了。

句式的"当句对"则大多出现在钱锺书的白话著作中。如早期的《和一位摄影师的谈话》中有"用谈话和举动为自己制造出来的公开形象,往往是一位成功作家的最失败的创作,当然也许是一位坏作家的最好的创作"一句②,其中"一位成功作家的最失败的创作"和"一位坏作家的最好的创作"就属于句式层面的当句对。此外,在《粉碎"四人帮"以后中国的文学情况》一文中钱氏还有一段有趣的论述:

> 我对日本语文是瞎子、聋子兼哑巴,因此今天全靠我这位新朋友荒川清秀先生来做我的救苦救难的天使。而诸位先生都是精通中国语文的,所以我对中国文学现状的无知,诸位一目了然;而诸位对中国文学现状的熟悉,我两眼漆黑。用十九世纪英国大诗人兼批评家 S. T. Coleridge(柯勒律治)的话来说,各位有 knowledge of my ignorance,而我只是有 ignorance of your knowledge,诸位对我的无所知有所知,而我对诸位的所知一无所知。③

此例中就语言文字而言一共出现了三个句式的"当句对",分别为"我对中国文学现状的无知,诸位一目了然"——"诸位对中国文学现状的熟悉,我两眼漆黑";"knowledge of my ignorance"——"ignorance of your knowledge"和"诸位对我的无所知有所知"——"我对诸位的所知一无所知",虽然后两组语意相似,但仍可以说将"当句对"发挥到了极致。"当句对"这种独特的对偶方式的运用,一方面使钱著在语言上显示出干脆利落、警策简练的特点,另一方面也使其读来新鲜亲切、智趣盎然。

(二)谑戏

所谓"谑戏"是就钱锺书诗学的语体风格而言的。用钱锺书的话来说即"顽笑""嘲戏"等,它指的是钱著于严密析理的同时所流溢着的幽默、调侃味道。钱锺书对"谑戏"的重视首先表现在其对于古人妙"谑"的推赏上。如《谈艺录》选录了元好问因贪吃猪肉"动气而作"的幽默诗《病中》,又从诗

---

① 钱锺书:《林纾的翻译》,见《七缀集》,第 97—98 页。
② 钱锺书:《和一位摄影师的谈话》,见《人生边上》,第 203 页。
③ 钱锺书:《粉碎"四人帮"以后中国的文学情况》,见《人生边上》,第 191 页。

中"杯杓归神誓,垣墙任佛踰"一句出发,兴致勃勃地考证名菜"佛跳墙"的历史,揭示其名称背后潜隐着的针对佛门中人的谑戏——"谓虽佛戒行卓绝,而隔墙闻此香味,亦馋口不能自胜,踰垣攫食"。①《谈艺录》中对宋明以后"打是不打"这类"嘲禅呵佛者之惯谑"的考证也同样证明了钱氏对古人"谑戏"的偏爱。② 其次,在钱锺书看来,"谑戏"不仅仅是一种玩笑手法,而且足以成为有效的立论说理方式。比如孔融的《难曹公表制酒禁书》"词辩巧利,庄出以谐",读来令人解颐拍案,显然是以"嘲戏"为"持论之方",其用途与功效直追《史记·滑稽列传》的"微词谲谏"。③ 或许正是在这一认识的基础上,钱锺书在其诗学著述中也为"谑戏"的发挥留出了广阔天地。具体说来,"钱学"中的谑戏大致包括两种基本形式,即谐谑和戏仿。

1. 谐谑

"谐谑"是程度较轻的一类谑戏,它少有嘲笑味道,多出于使用者的幽默和调侃。钱锺书在分析林纾的翻译特点时曾特别指出,林氏"往往捐助自己的'谐谑',为迭更司的幽默加油加酱"。④ 看来,"谐谑"似乎总是和轻松、愉快联系在一起。

钱著中最"纯粹"的谐谑可以钱锺书对苏东坡的调侃为例。在谈到《庄子·天运》中的"蚊虻嗜肤,则通昔不寐"和《鹖冠子·天权》中的"一蚋嗜肤,不寐至旦"等句子时,钱氏刚开始是在分析《鹖冠子》中语句的改字之妙,称其"改用'一'字,精彩顿出",随即突然斜刺一枪指向苏轼,笑称"然苟善睡如东坡,则飞蚊绕鬓,仍能腹摇鼻息也"。⑤ 这里并没有涉及具体的诗学问题,可以看作钱氏一贯的"才子气"的一时"发作"。不过,钱锺书对"谑戏"的借鉴更多还是与诗学研究相关的。《庄子·胠箧》曾"笑儒家言'仁义'徒资大盗利用,'盗亦有道'",钱锺书则结合魏晋"士夫""奔竞利禄而坦语'玄虚',玩忽职司而高谈'清静'"的丑态调侃庄子,称其"初不省大盗亦能窃道家言,供己行事之善巧方便"。⑥ 评论白居易诗歌时更是发为"暴

---

① 《谈艺录》,第389—390页。对古人的推崇似乎也造成了钱锺书的"技痒"难耐,在其自己的诗作《苦雨》《叔子索书扇即赠》等篇中,钱氏忍不住将自己与友人分别"谑戏"了一番。可分别参阅钱锺书:《槐聚诗存》,北京:生活·读书·新知三联书店,2002年,第35页,第105页。以下所引《槐聚诗存》除特别标明之外均为此版本,仅注书名与页码,以避冗赘。
② 《人生边上》,第152页。
③ 《管锥编》,第1627—1628页。
④ 钱锺书:《林纾的翻译》,见《七缀集》,第82—83页。
⑤ 《谈艺录》,第635页。
⑥ 《管锥编》,第1792页。

谑":"故余尝谓:香山作诗,欲使老妪都解,而每似老妪作诗,欲使香山都解;盖使老妪解,必语意浅易,而老妪使解,必词气烦絮。浅易可也,烦絮不可也。"①通过一个简单的词序调整,将白居易诗歌"词气烦絮"的缺点场景化、漫画化,不仅足令读者忍俊不禁,其清醒理智的解析也可以看作对"文艺大众化"问题入木三分的反思。此外,钱氏借斯宾诺沙(Spinoza)对"物"的定义——"只有面积体积(extension)而绝无思想(thought)"而说"许多言之有物的伟大读物都证明了这个定义的正确"②,引罗兰·巴尔特的解构主义文评为"西方谈艺中禅机一例",进而发出"祖师禅欤,野狐禅欤,抑冬瓜印子虾蟆禅欤,姑置勿论可也"的调侃等③,都属于谐谑佳例。当然,需要指出的是,"谐谑"并不等于轻佻或是恶意诋毁。事实上,钱锺书是非常反感轻言慢语的。李渔《一家言·花心动》里有"制礼前王多缺,怪男女多情,有何分别"这样的句子,虽然有控诉"男女嫁娶之道不公失允"的进步意义,却照样被钱锺书斥责为"语佻而不庄",认为不如傅玄《苦相篇·豫章行》和白居易《妇人苦》两首诗中的表述"义正而词切"。④ 可见,"钱学"中的谐谑遵循的乃是"谑而不佻""谑而不虐"的原则。

2. 戏仿

"戏仿"是英文术语"parody"的对应译名,也有学者将其译为"戏拟""滑稽模仿""讽拟"等。《牛津英语词典》的释义为"散文或诗歌中的一种写作方法",其特征在于"以一种造成荒谬效果的方式模仿一个或一类作家,尤其是将其运用于不相协调的主题之间"。⑤ 美国文论家吉尔伯特·哈特认为,"戏拟"是讽刺的主要表现形式之一,其特点是"通过扭曲和夸张来进行模仿,以唤起人们的兴致、嘲弄和讥讽",并将其划分为"形式的"和"内容的"两种主要形式。⑥ 简单地说,"戏仿"即是以模仿的方式改造对象,从而达到一种新的、富于戏谑性的表达效果的手法。在钱锺书的诗学著述中,作者或模仿某些现成句型创造新句,或模仿对象口吻代其立言,对戏仿手法进行灵活而恰当的运用。

《楚辞》历来被视为中国古代文学的源流之一,屈原也成为后世文人心摹手追的艺术宗师,再加上其本人的高洁品性与悲剧结局,后人在面对屈

---

① 《谈艺录》,第 497 页。
② 钱锺书:《杂言——关于著作的》,见《人生边上》,第 169 页。着重号为笔者所加。
③ 《谈艺录》,第 697 页。
④ 《管锥编》,第 44—45 页。
⑤ *OED Second Edition on CD-Rom*. Oxford: Oxford University Press, 2009.
⑥ 吉尔伯特·哈特:《讽刺论》,万书元、江宁康译,南宁:广西人民出版社,1990 年,第 58—59 页。

原及其《离骚》时总是不由自主地采取端庄肃穆的解读方式。钱锺书虽然同样盛赞《离骚》的创造性和艺术价值,却并不将其看作高高在上的艺术神祇而一味顶礼膜拜。钱氏不仅多次据实指出《离骚》描写中的自相矛盾之处,在就其具体章节进行解读时同样将游戏精神一以贯之。譬如在分析"怨灵修之浩荡兮,终不察夫民心"一句时,钱氏写道:"诗人用字,高长与广大每若无别;……'灵修'不仅心无思虑,万事不理,抑且位高居远,下情上达而末由,乃俗语'天高皇帝远'耳。盖兼心与身之境地而言;陶潜名句曰:'心远地自偏',皇帝则'地高心自远',所谓观'存在'而知'性行'者也。"①通过戏仿陶潜的名句,不仅形象刻画出皇帝高高在上、毫不体察下情的昏庸冷漠,同时也暗示了屈原在面对这一现状时的无奈与无力。毛奇龄(西河)对苏轼素有成见,以致在批评苏诗《惠崇春江晚景》第一首中的"春江水暖鸭先知"句时竟曰:"定该鸭知,鹅不知耶?"颇有点无理取闹的意思。钱锺书细读东坡全诗后指出:"盖东坡此首前后半分言所画风物,错落有致,关合生情。然鸭在昼中,而河豚乃在东坡意中:'水暖先知'是设身处地之体会(mimpathy),即实推虚,画中禽欲活而羽衣拍拍:'河豚欲上'则见景生情之联想(association),凭空生有,画外人如馋而口角津津。诗与画亦即亦离,机趣灵妙。使西河得知全篇,必更曰:'定该河豚上,河鱼不上耶。'"②在对苏诗贴切精妙地解读后"曲终运谲",以子之矛攻子之盾,戏仿毛奇龄语调侃了这位抱有偏见的学者的迂阔难缠,使这段解析妙趣横生。不过,钱锺书的戏仿并不只是调侃,有时也用以增加论述的亲切感和说服力。比如,在讨论陆机《文赋》中"观古今于须臾,抚四海于一瞬"这一名句时,钱氏指出写作时常常还有这样一种境况,即"原始要终,按部就班,虽洋洋千万言而若通体同时横陈于心目之前,一瞥视而无遁形者"。也就是说,下笔之前的一瞬间对于所写的内容已经全盘悉知,钱锺书模仿陆氏句式将这种"腹稿意匠,成竹在胸"之"境"描述为"观起讫之须臾,抚全篇于一瞬"③,不仅紧扣对《文赋》的阐析,读来同样备感亲切,意趣竞生。

(三) 讽刺

巴赫金曾经指出:"历史上,讽刺与讽拟这两个概念是不可分的:一切重要的讽拟,都总具有讽刺性;而一切重要的讽刺,又总与讽拟和谐戏过时的体

---

① 《管锥编》,第 901—902 页。
② 《谈艺录》,第 551—552 页。
③ 《管锥编》,第 1873—1874 页。

裁、风格和语言结合在一起。"①的确,当"谑戏"中的调侃、反对意味进一步增强时,便形成了"钱学"中的讽刺。有学者认为,钱锺书的散文与小说乃是"智者的闲话"与"智者的反讽"的结合。② 实际上,讽刺不仅是钱氏文学创作中的鲜明特征,在其学术著作中同样得到了广泛运用。

　　钱锺书诗学的一个重要特征是求真求实,敢于实话实说。即便是大家巨子,只要其文其论确有瑕疵、失当之处,便一概据实直言,毫不隐讳。与此相应,凡是能够坚持立场、细辨曲直的学林同道自然得到钱锺书的肯定与支持,而那些不辨是非、一味逢迎,或是明觉不妥却曲为弥缝的所谓评论家则不免受到钱氏的鄙夷与讽刺。例如,杜甫的诗歌《陪郑广文游何将军山林》有"红绽雨肥梅"一句,姚旅在《露书》中批评其不合事理,因为"梅花能绽,梅子不能绽"。钱锺书同意这一看法,指出杜诗犯的是"乖违外物之疵"。而白居易的《缭绫》诗在描写"绫"时一会儿像在说"绫"是白色的,一会儿又似乎说是绿色的;所提到的"文章"则一会儿将其比作花,一会儿又比作鸟,颇多自相矛盾、语意不明之处,所犯的则是"本身牴牾之病"。在对上述两种写作中的语病进行分析之后,钱锺书就古代诗文评中的同类现象讽刺道:"说诗者每于前失强聒不舍,而于后失熟视无睹,殆皆行有余力之博物君子耳!"③"博物君子"显然是一个反讽,批评的正是"说诗者"们不去发现诗文中真正的大毛病,却在一些细枝末节上花费巨大功夫,以致顾此失彼、因小失大。类似的反讽也出现在《中国诗与中国画》中,钱氏在谈到"新批评家"们往往忽视"旧传统"中的种种复杂问题而对其采取简单化甚至直接加以忽视的做法时这样写道:"他的眼界空旷,没有枝节零乱的障碍物来扰乱视线;比起他这样高瞻远瞩,旧的批评家未免见树不见林了。"④这里的"眼界空旷""高瞻远瞩"都是对"新批评家"漠视传统、言谈无根的无情讽刺。

　　如果说"反讽"还可以被称为披着面纱的讽刺的话,那么钱著中出现更多的则是直接、辛辣的讽刺了。在讨论"文如其人"这一观点时,钱锺书便展示了其讽刺的尖锐性:"'文如其人'(le style, c'est l'homme),这话靠不住。许多人作起文来——尤其是政论或硬性的学术文字——一定要装点些文艺辞藻,扭捏出文艺姿态,说不尽的搔首弄姿。他们以为这样才算是'文'。'文如

---

① 巴赫金:《讽刺》,苗澍译,见巴赫金:《巴赫金全集(第四卷)(文本 对话与人文)》,白春仁、晓河、周启超、潘月琴、黄玫等译,石家庄:河北教育出版社,1998年,第21页。
② 季进:《阐释之循环——钱锺书初论》,《阴山学刊(哲学社会科学版)》1992年第1期,第3页。
③ 《管锥编》,第905页。
④ 钱锺书:《中国诗与中国画》,见《七缀集》,第3页。

其女人'(le style, c'est la femme),似乎更切些;只希望女人千万别像这种文章。"①这里对某些为文做作的作者提出了极其尖锐的批评,对其不明文体裁分、不懂作文之道的讽刺几乎是空前的。同样的,将范頵在《请采录陈寿〈三国志〉表》中不选同为史家的司马迁,竟将实为文学家的司马相如与陈寿并称的做法比作墨子所嘲的"木与夜孰长? 智与粟孰多?"②;将凭空粉饰张飞、关羽文才画工而后世居然不乏信以为真者的文坛"造假案"概括为"不读书之黠子作伪,而多读书之痴汉为圆谎焉。目盲心苦,竭学之博、思之巧,以成就识之昧"③;以及对钱载(萚石)的论断"萚石处通经好古、弃虚崇实之世,而未尝学问,又不自安于空疏寡陋"等④,都是钱著中不留情面、尖锐讽刺的例证。

　　以上就是钱锺书诗学中修辞、语体风格和诗学精神方面的"游戏性"。当然,将钱著的种种游戏特征分开讨论只是为了论述的方便,就钱著的实际情况而言,其修辞游戏、谑戏和讽刺等常常是被综合运用的。比如,钱锺书早年在分析渥惠尔《英国人民》一书时就曾这样写道:"渥惠尔并不讳言英国人的短处,正像英国人承认顽固、丑陋、愚笨,肯把喇叭狗(Bulldog)作为国徽。但这种坦白包含着袒护,是一种反面的骄傲。一个人对于本国常仿佛作家之于自己作品,本人可以谦逊说不行不好,但旁人说了就要吵架的。因此渥惠尔一方面批评英国人有种种缺点,而一方面仍然希望'外国人'不要'误解'。"⑤这里既有"坦白"和"袒护"的"当句对",也有"人—本国"与"作家—作品"的譬喻,更有对渥惠尔的谑戏与讽刺。《一节历史掌故、一个宗教寓言、一篇小说》中的如下论述:"《史记》和《小说集》都容许我们设想有些'利色'之徒不肯错过好机会,但因交代的罪行对不上口,于是取乐一番,逍遥离去;那个贼是唯一没有得手而险遭毒手的人。《舅甥经》里的贼是第一个、也是唯一的冒险采花者,……这里的叙事很有破绽;也许表面上的败笔恰是实际上的妙笔,那要擅长文评术语所谓'挽救'或'弥补'(recuperation)的学者来证明了。《史记》和《小说集》里的贼有个母亲,佛经里的贼有个儿子;那母亲起了发动机的作用,这儿子只是无谓的超额过重行李。……佛经里把偷尸一事铺张为先烧尸、后偷骨,……情节愈繁,上场人愈多,时间愈拖拉,故事就步伐愈松懈,结构愈不干净利落,漏洞也愈大。中世纪哲学家讲思想方法,提出过一条削繁求简的原则,就是传称的'奥卡姆的剃刀'(Occam's razor)。对于故事的横生

---

① 钱锺书:《杂言——关于著作的》,见《人生边上》,第170—171页。
② 《管锥编》,第1941页。
③ 同上书,第1740页。
④ 《谈艺录》,第462页。
⑤ 钱锺书:《〈英国人民〉》,见《人生边上》,第303页。着重号为笔者所加。

枝节,这个原则也用得上。和尚们只有削发的剃刀,在讲故事时都缺乏'奥卡姆的剃刀'"①,更是将"当句对"、反讽、比喻、戏仿等熔于一炉,充分展现了钱著旁征博引、神采飞扬、机趣无穷的游戏特征。

三、比较诗学视域中的"钱学"游戏

通过对钱著语言修辞、语体风格和诗学精神方面的考察,钱锺书"游戏观"的基本轮廓已经展现在我们面前。可以说,钱氏对游戏方式的运用是与其对游戏的认识相一致的。正如钱著所展示出来的那样,游戏本身的魅力及其内在诗学价值都是巨大的,值得人们悉心体味、细致探究。从诗学史的具体情况来看,古今中外不少研究者均可被称为钱锺书的知己同好。他们各具特色的相关论述有如一面面镜子,为我们深入理解"钱学"游戏观提供了天然参照系。

正如有学者考证的,就汉语语境而言,"戏"字本身便包含了"生活中的'戏'"与"艺术中的'戏'"两方面的内容。② 就古代文艺领域的"游戏"而言,则几乎同时出现于生活和艺术两个领域。例如,早在《诗经·卫风·淇奥》中便有"善戏谑兮,不为虐兮"的句子。就其描写的内容而言,所指的正是某种"善于对人们作戏谑,不去对人们作暴虐"的性格特征③,属于典型的生活领域。但就《诗经》本身在中国古典文学史上的地位而言,则这样的描写又显然归属于艺术领域了。张未民曾经对古代文艺领域中的"游戏说"进行梳理分类,认为可以归纳为四种类型,即韩愈为代表的"游戏无害论"、张籍等为代表的"游戏有害论"和凌濛初为代表的"游戏有益论""游戏抒愤论"。④ 以此反观钱锺书的游戏观,则应该可以归入"游戏有益论"一类,因为钱氏是自觉采用游戏的方式从事诗学研究的。正如张氏的"四分法"所暗示的那样,中国古代的"游戏说"更多偏重"游戏"的功用,是典型的价值论而非本体论。而且,我们可以注意到,一直到清代,李渔所谓的"从来游戏神通,尽出文人之手,或寄情于草木,或托兴于昆虫,无口而使之言,无知识情谊而使之悲欢离合,总以极文情之变,而使我胸中磊块唾出殆尽而后已"⑤,强调的始终都是游戏

---

① 《七缀集》,第179页。着重号为笔者所加。
② 张未民:《说"游"解"戏"——中国古代文艺中的"游戏说"笔记》,《戏剧文学》1999年第4期,第5页。
③ 参阅周振甫译注:《诗经译注》,北京:中华书局,2002年,第80页。
④ 张未民:《说"游"解"戏"——中国古代文艺中的"游戏说"笔记》,《戏剧文学》1999年第4期,第6页。
⑤ 李渔:《香草吟传奇序》,见浙江古籍出版社编:《李渔全集(全二十卷)》,杭州:浙江古籍出版社,1991年,第18卷,第123页。

"发愤"的情感功能。即便是王国维,在讨论"游戏"为何发生的问题时,其反复强调的仍然是游戏能够倾吐情感、"发泄"精力的这一面。① 我们可以发现,钱锺书同样强调游戏的价值,表现出对古典诗学观念的自觉继承,但钱氏更多仍是将"游戏"具体运用于自己的研究之中,其侧重的还是游戏的实践功能,尤其是其批评功能的发挥。

与中国诗学论"游戏"时侧重于价值论的特点不同,西方诗学自始至终保持着对游戏进行本质探讨的热情。游戏不仅与艺术,同时也与人的存在问题紧密联系在一起。就整个哲学史而言,游戏既被视为通往神灵的道路和主体自由交往的依据,又被视为人类栖居的本性及对话与理解的形态,具有极为丰富的本体论内涵。② 就文艺批评领域而言,西方的"游戏说"源于席勒,而席勒关于游戏的名言恰恰是"只有当人充分是人的时候,他才游戏;只有当人游戏的时候,他才完全是人"③,同样侧重于对"游戏"进行本体论的界定。以西方本体论色彩鲜明的"游戏说"反观钱锺书以价值论为基础的游戏观,很容易发现在某些具体问题的讨论上,钱锺书往往倾向于其本人所强调的"现象"层面的耕耘与细部的运作,而西方学人则常常自觉地将问题的探讨推升至一个宏大的理论空间。例如,在论述游戏的必然性时,钱锺书侧重的是对语言的探讨,即游戏的发生乃是语言文字本身的游戏特征决定的。而尼采则以"掷骰子"为喻,将整个人类生命视为一场掷骰子的"游戏"——"投掷偶然骰子的必然性的铁手在无限长时间里玩它的游戏,因此,总会有极其类似各种程度的目的性和合理性的一掷的。也许我们的意志行动和我们的目的也只不过是这样的一掷……也许我们自己就是一些机械人,长着一双铁手,并用这双铁手摇骰子筒,即使我们最具意象性的行动也只不过是在完成必然性的游戏。"④对钱锺书来说,游戏发生于语言;而对尼采来说,游戏发生于生命。

---

① 王国维的完整论述如下:"文学者,游戏的事业也。人之势力,用于生存竞争而有余,于是发而为游戏。婉娈之儿,有父母以衣食之,以卵翼之,无所谓争存之事也,其势力无所发泄,于是作种种之游戏;逮争存之事亟,而游戏之道息矣。唯精神上之势力独优而又不以生事为急者,然后终身得保其游戏之性质。而成人以后,又不能以小儿之游戏为满足,于是对其自己之情感及所观察之事物而摹写之、咏之,以发泄所储蓄之势力。故民族文化之发达,非达一定之程度则不能有文学。而个人之汲汲于争存者,决无文学家之资格也。"参阅王国维:《文学小言》,见王国维:《王国维先生全集·初集(第5册)》,台北:大通书局有限公司,1976年,第1912—1913页。

② 付立峰:《"游戏"的哲学:从赫拉克利特到德里达》,北京:中国社会科学出版社,2012年,该书引言部分对此有较为详细的梳理。

③ 席勒:《审美教育书简(第15封信)》,转引自朱光潜:《西方美学史(下)》,北京:中华书局,2013年,第480页。

④ 尼采:《朝霞》,田立年译,上海:华东师范大学出版社,2007年,第175页。

虽然海德格尔曾经从哲学角度论证语言乃是人类生存的家园,但相较于人的"生命"而言,人的"语言"仍只能归属于二级概念系统。

同样,在游戏功能的阐释上,钱锺书也并未创立新说,而是主要通过引用邹诞、颜师古的"滑稽"释义和康德、让·保罗对于"解颐趣语"作用的认识来完成观点陈述,且其着重指出的也是游戏的跨界限、泯町畦的组合与"混淆"功能。这无疑依旧是居于现象层的思考——有学者甚至据此将钱氏对"解颐趣语"的推崇视为其"连类"方法的"最根本原因"。① 相比之下,伽达默尔"游戏说"的思辨触角显然就延伸得更深、更长了。在伽氏看来,游戏"反映了和人的理性活动相联系的多元性,同样也反映了把互相冲突的力量结合进一个整体的多元性。力量的游戏受到信念、论辩和经验游戏的补充。对话模式在正确的运用中保持着它的丰硕成果:在力量的交换中,就如在观点的相互冲突中一样,建立起一种共同性,这种共同性超越了个体和个体所从属的团体"②。一方面,游戏被界定为一种"多元性"力量,它具有强大的整合能力;另一方面,这种整合又不是唯"力"是从的横取蛮做或消灭吞并,而是通过在多元"力量"之间发掘一种"共同性"的方式实现其对话与交流。与钱锺书的点到即止相比,伽氏的论述显然更加全面、深入。

必须说明的是,虽然钱锺书诗学中的游戏偏于现象层面的运作,而西方诗学中诸种"游戏说"多致力于抽象的本体论阐释,但这并不意味着西方学人的探索就胜过钱锺书"多多许"。虽然钱氏谨守"现象"的研究策略有时的确令人生出不够尽兴的遗憾,但正如其反复强调的那样,具体现象的研究才是文艺探索的根本依托,"理论系统"有时候并不就是研究的唯一目标。在诗学研究领域,一味地流连于现象固然会有所失;但一味地执迷于构筑"深刻的"理论体系,有时也可能带来思辨的偏执而步入理解的死同同。总的来说,钱锺书的游戏观是在继承中国诗学传统的基础上,吸收、融化西学中的有益成分而形成的。它强调游戏的实践价值,具有鲜明的方法特征,是独具特色的钱锺书诗学方法"潜体系"的有机组成部分。

正如中外诗学史所表明的那样,言说与著述的形式往往最为直接地反映了诗学倡导者的思想与方法,有时候甚至成为其思想与方法的一个有机组成部分。钱著的诗学形态恰是钱锺书诗学方法的直观显现,对其进行具体的辨析有助于我们对钱氏诗学方法的宏观认知。整体而言,钱锺书诗学以"尚理""尚趣"为其选题与选材的两大组织原则,表现出一种析理论世的形态特征。

---

① 何明星:《钱钟书的"连类"》,《文艺研究》2010年第8期,第49页。
② 伽达默尔:《答〈诠释学和意识形态批判〉(1971)》,洪汉鼎译,见洪汉鼎编:《理解与解释——诠释学经典文选》,北京:东方出版社,2001年,第408页。

具体说来,钱锺书对理趣的执着追求与对游戏精神的自觉坚守不仅使"理趣"和"游戏"成为"钱学"的两大基本特征,实际上也赋予了这两大概念某种方法的功能。这一双重属性使"理趣"和"游戏"成了钱锺书诗学方法"潜体系"的"浮标",发挥着沟通"钱学"与读者世界的桥梁纽带作用。既然无论"理趣"还是"游戏"都离不开特定主体的选择和运用,方法的实际价值又只有通过主体的实践才能最终得到彰显与检验,确立主体建构的原则便成为钱锺书诗学方法的首要课题——这自然就使我们探索的焦点转移到了钱著中有关诗学研究者的论述上。

第二章 "解人谈艺"的主体建构：
从"学士"到"解人"

  由于方法论总是与某种世界观、认识论紧密联系在一起，这就使得方法论的讨论从一开始就与有关研究主体的思考不可分割。因此，在方法论问题的提出者笛卡尔那里，主体的确立就已经是方法论讨论中的题中应有之义。笛氏的"怀疑"概念明显地具有某种主体限定的色彩①，而作为其方法论依据的著名思想——"我想，所以我是"，更是将主体的重要性凸显无疑②。此外，在其制定的方法论四大原则中，第一条中的"小心避免轻率的判断和先入之见"显然是针对研究主体提出的要求③，而第三条中"从最简单、最容易认识的对象开始，一点一点逐步上升，直到认识最复杂的对象；就连那些本来没有先后关系的东西，也给它们设定一个次序"的说法④，虽然主要是就研究的次序问题而发，换个角度来看也未尝不是对主体自身的判断、选择能力的强调。笛卡尔以降，作为科学哲学(philosophy of science)分支之一的方法论与认识论紧密相连⑤，对研究主体的考察同样是其关注重点。至18世纪，一种"严格意义上的、纯粹的文艺学方法"开始生成，并"逐渐在整个文艺学中占据重要地位"，尤其是进入20世纪后，"方法论问题已成为文艺研究的首要问题"。⑥而考察此后诗学领域的方法论主张可以发现，从莱辛(G. E. Lessing)"启蒙范式"⑦的"主体批评"⑧到马修·安诺德的"试金石"

---

① 王太庆：《笛卡尔生平及其哲学（代序）》，见笛卡尔：《谈谈方法》，王太庆译，北京：商务印书馆，2000年，"代序"，第 ix 页。
② 这句法文原文为："Je pense, donc je suis."旧译为"我思故我在"，王太庆认为这样的翻译"不完全符合作者的原意"，改译为"我想，所以我是"，显然选择了直译的方式。详见笛卡尔：《谈谈方法》，王太庆译，北京：商务印书馆，2000年，第27页，注释①。
③ 笛卡尔：《谈谈方法》，王太庆译，北京：商务印书馆，2000年，第16页。
④ 同上。
⑤ Audi, Robert, ed. *The Cambridge Dictionary of Philosophy* (*Second Edition*). Cambridge: Cambridge University Press, 1999. 700.
⑥ 参阅赵宪章：《文艺学方法通论（修订版）》，杭州：浙江大学出版社，2006年，第7页。
⑦ 让·贝西埃等主编：《诗学史（修订版）》，史忠义译，开封：河南大学出版社，2010年，第316—318页。
⑧ 拉曼·塞尔登编：《文学批评理论：从柏拉图到现在》，刘象愚等译，北京：北京大学出版社，2000年，第203—205页。

(touchstone)方法①,从俄国形式主义的"陌生化"到文化诗学的意识形态批评,虽然理论名目繁多且思考的侧重点各异,然而其对主体的重视却始终贯注如一。作为世界诗学的一个有机组成部分,钱锺书诗学在方法论领域也充分表现出了对主体问题的高度关注。大致说来,钱氏有关诗学主体的主张可以概括为:研究者应努力成为博通、精审、公正、灵活而又不失胆识的"解人",并充分借助相关学科的视野及其有益成果展开自己的研究。

第一节 有缺陷的主体:"学士""文人"与"通人"

无论从时间跨度还是讨论频率来看,钱锺书终其一生都对诗学主体问题给予了极大关注。从早年意气风发的《谈艺录》到晚年理致悠深的《管锥编》,钱锺书在其诗学著作中几乎不厌其烦地反复评述着"学士""文人""通人"的是与非。由于钱氏在著作中所谓的"学士""学者""文人"等通常不是指我们今天所理解的职业或身份,而是就某种主体类型而言,这样一来,其相关论说实际上就具有了某种主体探讨的性质与意义。某些"钱学"研究者仅仅注意到钱著字面上的揶揄或讽刺、挖苦,得出了钱氏乃是"刻薄"之人的结论。殊不知,在这些反复倡明的批评文字背后所隐含着的,正是钱锺书对于诗学研究主体的自觉反思与严苛要求。而正是这种自觉反思和这份严苛要求,使钱氏关于诗学主体的论述具有了方法论的意义。因此,要把握钱锺书诗学的主体定位,首先便应当对其论著中涉及的各类主体做一系统考察。

一、专门学科研究者与"学士"

在钱锺书评述的诸多诗学主体中,"学士"无疑是一个高频词汇。通观钱著,这一概念大致相当于今天所谓的"专门学科研究者",故钱氏笔下可纳入"学士"这一主体类型的还包括"学者""学人""儒生""经儒""经生""笺注者"等。对这一类主体,钱氏基本上持批判态度,有时甚至达到相当激烈的程度。试看以下诸例:

① 比见吾国一学人撰文,曰《诗之本质》。以训诂学,参之演化论,断言:古无所谓诗,诗即记事之史。根据甲骨钟鼎之文,疏证六书,穿穴六籍,用力颇劬。然与理堂论诗,同为学士拘见而已。夫文字学大有助

---

① Arnold, Matthew. "The Study of Poetry." *Essays in Criticism: Second Series*. New York: The Macmillan Company, 1924. 16—17. 中译本见马修·安诺德:《论诗》,《安诺德文学评论选集:"评荷马史诗的译本"及其他》,殷葆瑺译,北京:人民文学出版社,1958年,第89—90页。

于考史,天下公言也。……[引者略]然一不慎,则控名责实,变而为望文生义。①

② 元曲如郑德辉《㑳梅香》第二折樊素唱:"趁此好天良夜,踏苍苔月明。看了这桃红柳绿,是好春光也呵。花共柳,笑相迎,风和月,更多情。酝酿出嫩绿娇红,淡白深青。"郑氏如盲人之以耳为目,遂致樊素如女鬼之俾夜作昼也。学者斤斤于小说院本之时代讹错(参观《管锥编》论《全上古三代秦汉三国六朝文》第一七一"词章中之时代错乱"),窃谓此特记诵失检耳,尚属词章中癣疥之疾。观物不切,体物不亲,其患在心腹者乎。②

③ 尝谓韩退之《杂诗》乃昌黎集中奇作,笺注者不涵泳诗意,却附会李实、王伾文等史事,凿而转浅。……[引者略]"惜哉抱所见,白黑未及分",谓学士辈争胜辩难,尽气至死,终无定论;可比勘《施先生墓志铭》:"古圣人言,其旨密微。笺注纷罗,颠倒是非。"③

④ "变易"与"不易"、"简易",背出分训也;"不易"与"简易",并行分训也。"易一名而含三义"者,兼背出与并行之分训而同时合训也。……[引者略]然而经生滋惑焉。张尔岐《蒿庵闲话》卷上云:"'简易'、'变易',皆顺文生义,语当不谬。若'不易'则破此立彼,两义背驰,如仁之与不仁,义之与不义。以'不易'释'易',将不仁可以释仁、不义可以释义乎?承讹袭谬如此,非程、朱谁为正之!"盖苛察文义,而未洞究事理,不知变不失常,一而能殊,用动体静,固古人言天运之老生常谈。④

⑤ 宋人作诗、文,贵"无字无来历",品图画贵"凡所下笔者,无一笔无来处"(《宣和画谱》卷一一《王士元》);儒生说理,亦扇此风,斤斤于名义之出典。⑤

⑥ 毛、郑于《诗》之言怀春、伤春者,依文作解,质直无隐。宋儒张皇其词,疾厉其色,目为"淫诗",虽令人笑来;然固"晓得伤个春"而知"人欲"之"险"者,故伤严过正。清儒申汉绌宋,力驳"淫诗"之说,或谓并非伤春,或谓即是伤春而大异于六朝、唐人《春闺》、《春怨》之伤春;则实亦深恶"伤春"之非美名,乃曲说遁词,遂若不晓得伤春为底情事者,更令人笑来矣。……[引者略]胡承珙《毛诗后笺》卷四说《螟蝀》曰:"《序》云:

---

① 《谈艺录》,第100页。着重号为笔者所加,以下各例中未做特别说明处均同此。
② 同上书,第197—198页。
③ 同上书,第420—422页。
④ 《管锥编》,第10—11页。
⑤ 同上书,第19页。

'止奔也',……朱《传》以为'刺淫奔'之诗。……夫曰'刺奔',则时有淫奔者而刺之也;曰'止奔',则时未有奔者而止之也,所谓'礼止于未然者'尔。"苟非已有奔之事而又常有奔之情与势,安用"止"乎?"止"者,鉴已然而防未然,据成事以禁将事。……[引者略]胡氏不愿《三百篇》中多及淫奔,遂强词害理耳。故戟手怒目,动辄指曰"淫诗",宋儒也;摇手闭目,不敢言有"淫诗",清儒为汉学者也;同归于腐而已。①

⑦《四月》云:"先祖匪人,胡宁忍予?"……[引者略]儒生尊《经》而懦,掩耳不敢闻斯悖逆之言,或解为:"先祖不以我为人乎?"或解为:"先祖乎?我独非人乎?"或解"匪人"为"彼人"、为"非他人"、为"不以人意相慰恤",苦心曲说,以维持"《诗》教"之"温柔敦厚"。②

⑧ 造车合辙,事势必然,初非刻意师仿。说《诗》经生,于词章之学,太半生疏,墨守"文字之本",睹《诗》之铸语乖剌者,辄依托训诂,纳入常规;经疾史恙,墨灸笔针,如琢方竹以为圆杖,盖未达语法因文体而有等衰也。③

⑨ 学者观诗文,常未免于鳖厮踢,好课虚坐实,推案无证之词,附会难验之事,不可不知此理。然苟操之太过,若扶醉汉之起自东而倒向西,尽信书则不如无书,而尽不信书则如无书,又楚固失而齐亦未为得矣。④

⑩ 西洋的大诗人很多,第一个介绍到中国来的偏偏是郎费罗。郎费罗的好诗或较好的诗也不少,第一首译为中文的偏偏是《人生颂》。那可算是文学交流史对文学教授和评论家们的小小嘲讽或挑衅了!历史上很多——现在就也不少——这种不很合理的事例,更确切地说,很不合学者们的理想和理论的事例。⑤

例①中,钱锺书从清代学者焦循《雕菰集》中的论诗文字出发,结合一位同时代学者的文章,批评了"学士"们由于滥用文字学方法所犯的"望文生义"错误。例②指出的是学者们往往容易执着于作品的历史考证而忽视了更重要的艺理考辨,是谓因小失大之误。例③借韩愈《杂诗》中的句子讽刺了"学士"们的斗气好胜,气量狭小。例④批判了"学士"们的苛刻死板、无端生事。例⑤指出了其理论研究中避重就轻的陋习,例⑥则尖锐指出了其不通情理与迂腐可笑之处。例⑦嘲笑了"学士"们在所谓的经典面前胆小怯懦而为之曲

---

① 《管锥编》,第 222—223 页。
② 同上书,第 245—246 页。
③ 同上书,第 249 页。
④ 同上书,第 584 页。
⑤ 《七缀集》,第 156 页。

说讳饰的行为,例⑧则指出其缺乏艺术感受力而作法自毙的一面。例⑨讽刺了学者们于诗学中生拉硬拽、牵强附会的一面,例⑩则对其常常不是从事实出发得出认识,而是寄希望于从所谓的"理想"或"理论"出发寻求与之相呼应的事实的、主次颠倒的诗学方法进行了挖苦。可以说,这十大批判几乎将"专门学科研究者"的种种缺陷一网打尽。如果进一步概括,则钱氏于此集中揭露的是"学士"们的以下三大缺陷:方法缺陷(例①、②、⑤、⑨、⑩)、才识缺陷(例④、⑧)和性格缺陷(例③、⑥、⑦)。如果说性格往往源于先天遗传,才识亦与天资、天分密切相关,故而这两方面的不足尚且情有可原的话,那么方法上的缺陷则完全是由于研究者治学过程中的自身迷妄所致,是没有什么借口的。因此,无论是在《谈艺录》《管锥编》,还是《七缀集》或早期的杂文散文中,钱锺书对于研究主体这一方面的错误常常发掘最细、抨击最力。《围城》中对各类知识分子的剖析与鞭挞早已为读者们所熟悉,即便在其短篇小说中,钱氏对这一类"方法谬误"(methodological fallacy)也从不轻易放过,不时狠刺一笔。比如《猫》中对一个名叫袁友春的"学者"这样写道:"他最近发表了许多讲中国民族心理的文章,把人类公共的本能都认为是中国人的特质。"①对这位"学者"牵强附会、大而无当的所谓"研究"狠狠地讽刺了一通。虽然袁友春在这篇小说中仅仅是一个过场人物,但小人物一旦犯下大错误,钱氏照样不惜笔墨无情挖苦。

上述各类批判和讥讽文字看多了,常常容易使人产生误会,以为钱锺书对于专门学科的研究者们是不以为然、一概批倒的。实际情况绝非如此。钱锺书诗学中最为难能可贵的一点,是对待任何评述对象——无论具体人物还是某一诗学观点——从不一笔抹杀、全盘否定。相反,作为一位严肃的批评家,他始终秉持一种公正立场,既不隐恶,亦不掠美,充分展示了其诗学方法中实事求是的一面。

对"学士"的评价同样如此。虽然钱锺书对专门学科的研究者整体上持一种批评态度,然而对其长处同样从不隐晦;对能够坚持正确立场进行探索的学者个人,更是从不吝惜自己的赞赏。比如,上文所引的例⑤、⑥、⑦三段文字中对儒生的批判、讥讽可谓不留情面,但钱氏并没有因此而否定儒生全体。《谈艺录》第17则谈到韩愈与佛学的关系问题时就这样写道:

《与孟简书》亦谓:"近奉释氏,乃传者之妄。远地无可与语,因召大颠,与语亦不尽解。留衣服为别,乃人之情;非崇信其法,求福田利益。"

---

① 钱锺书:《人·兽·鬼》,北京:生活·读书·新知三联书店,2002年,第31页。以下所引《人·兽·鬼》文字除特别标明之外均为此版本,仅注书名与页码,以避冗赘。

下文亹亹数百言,莫非申明攘斥佛老之愿,所以自为别白者至矣。皮袭美《文薮》卷九有《请韩文公配飨太学书》,称退之能"蹴杨墨于不毛之地,蹂释老于无人之境",可见唐之儒者,未尝以退之与大颠往来,而疑其信持佛法也。即五代时刘昫辈作《旧唐书》,苛责昌黎,而亦以斥释老称之,未据此事,增益罪状。①

明代学者杨慎(升庵)等以韩愈曾与大颠和尚往来为据,认为攘斥佛老的韩愈实际上皈依了佛法。钱锺书首先引韩愈本人的《与孟尚书简书》一文申明韩愈不以佛老为然的一贯立场,进而依次援引唐代皮日休及五代刘昫等所著《旧唐书》中对韩愈"斥释老"的称赞,充分说明了当时的"学士"对韩愈与佛老关系的清醒认识,从而对韩愈同时代或相近时代的儒生在这个问题上的立场给予了肯定。至于钱氏对其他学者有益探讨的夸赞就不胜枚举了。总的说来,无论是其对孔颖达注疏中力避虚妄的称许②,还是对叶适等儒者敢于怀疑曾子等儒门"圣贤"的精神的表扬③,均可有力地表明钱氏对待"学士"的公正立场,即不隐恶、不掠美。

二、文艺创作者与"文人"

钱著中"文人"这一诗学主体大致相当于今天所谓的"文艺创作者"或者说"作家"。如果借用艾柯的术语,则是指的"经验作者"(the Empirical Author)。④ 古往今来,许多中外作家往往并不局限于文艺创作的天地,在面对奇文佳作时也经常忍不住品头论足一番,从而积极参与到诗学研究中来。与钱著中"学士"的多重所指相似,钱锺书笔下可列入这一类诗学主体队伍的除了"文人"之外,还包括"词人""诗人""秀才""词章家"等。与专门研究者在钱著中的"不受待见"相反,参与诗学讨论的文艺创作者大多受到钱氏赞誉,与前者适成鲜明对照。

在钱锺书看来,文艺创作者胜于专门研究者,即"文人"胜过"学士"的原因,首先在于前者对问题的把握往往能直击本源,迅速而又准确。《管锥编·毛诗正义》中有这样一段话:

"愿言思伯,甘心首疾。"……[引者略]文廷式《纯常子枝语》卷一一:

---

① 《谈艺录》,第 168 页。
② 《管锥编》,第 275 页。
③ 同上书,第 395 页。
④ "经验作者"采用王宇根教授的译法。参阅安贝托·艾柯等:《诠释与过度诠释》,王宇根译,北京:生活·读书·新知三联书店,2005 年,第 69—70 页。

"脑与心二说宜互相备,《说文》'思'字从'囟'从'心',是其义",又卷三三:"《黄庭经》:'脑神觉元字道都',此言脑为知觉之元也"。……[引者略]窃谓诗言相"思"以至"首疾",则亦已体验"心之官"系于头脑。诗人感觉虽及而学士知虑未至,故文词早道"首",而义理祇言心。①

明确指出在对诗歌意蕴的体悟中,"诗人"的"感觉"比"学士"的"知虑"——亦即诗人的感性认识比学士的理性认识——似乎更具优势。值得注意的是,此一意见于钱著中曾多次出现。比如,对于人的意识总显得连续不断的特点,柏格森以来的学者穷气尽力谋求着一个恰切描述,于是诗学术语中便增添了"绵延"(duration)、"意识流"(stream of consciousness)等新概念。这些术语的发明显示出相关学者的学术功力,其理论价值也已经为诗学界所普遍认同。然而在钱锺书看来,一旦与"经验作者"们的有关探讨做一比较,则无论是亨利·柏格森(Henri Bergson)还是威廉·詹姆斯(William James)就都略显落后了:

释典如《大乘本生心地观经·观心品》第一○亦曰:"心如流水,念念生灭,于前后世,不暂住故";《宗镜录》卷七详说"水喻真心"共有"十义"。詹姆士《心理学》谓"链"、"串"等字佥不足以示心行之无缝而泻注,当命曰"意识流"或"思波"。正名定称,众议佥然。窃谓吾国古籍姑置之,但丁《神曲》早言"心河",蒙田挚友作诗亦以思念相联喻于奔流。词人体察之精,盖先于学人多多许矣。②

钱氏认为"文人"相对"学士"而言的第二个优势,在于其认识方面的强大概括力。即是说,"学士"在面对某一问题时不得不洋洋洒洒推理论证一番的,到"文人"笔下往往三言两语便道出真谛。例如,《管锥编》在讨论"神道设教"这个大问题时说:"李商隐《过故崔兖海宅》:'莫凭无鬼论,终负托孤心',道出'神道设教'之旨,词人一联足抵论士百数十言。"③

令钱锺书频发"学士"不如"文人"这一感慨的第三个原因,是后者谈艺论文的形象性。在诗学问题的阐释过程中,不少学者的论证常常抽象玄远,虽然自身费力不少,却总使读者难得要领。而作家们却往往能够形象生动地对相关问题予以透辟解析:

"未见君子,惄如调饥"……[引者略]按以饮食喻男女,以甘喻匹,犹

---

① 《管锥编》,第 169—170 页。
② 同上书,第 944 页。引文中外文部分从略。
③ 同上书,第 37 页。

巴尔扎克谓爱情与饥饿类似也。……[引者略]西方诗文中亦为常言；费尔巴哈始稍加以理，危坐庄论"爱情乃心与口之啖噬"，欲探析义蕴，而实未能远逾词人之舞文弄笔耳。①

另外，与专门研究者往往致力于抽象概括的研究方式不同，文艺创作者们凭借敏锐的艺术感受力和具体的创作经验，在文艺体悟中常常表现出精微细腻的一面，这是"文人"胜过"学士"的又一证据。

"青色直眉，美目嫭只"；《注》："复有美女，体色青白，颜眉平直"；《补注》："'青色'谓眉也。"按王误"青"为肌色，故洪正之。……[引者略]韩愈《华山女》："白咽红颊长眉青"，苏轼《芙蓉城》："中有一人长眉青"，皆早撇去王注，迳得正解；秀才读诗，每胜学究，此一例也。②

在对《楚辞》具体诗句的意义把握过程中，"学士"王弼囿于常见，对"青色直眉"发生了误会。而韩愈、苏轼等诗人则能不斤斤于文字考辨，反而从一个更为广阔的艺理层面上接近了作者本意，直达会心真赏之境。

与专门研究者相比，"文人"这一诗学主体在艺术鉴赏与评判中的确更具优势，然而这并不意味着"经验作者"就是完美的主体。在艺术感受力方面具有天然优势的作家们同样有着自身的痼疾，首当其冲的便是容易骄傲自大乃至唯我独尊，蔑视、排斥他人的见解，亦即所谓的"文人相轻"。此恶习一旦养成，首先便易滋生偏见、妄见，直接影响对研究对象价值的正确认识。恰如南宋范必允在一篇诗序中所分析的：

文人之相轻也，始则忮之，继则苛之，吹毛索瘢，惟恐其一语之善、一词之当，曲为挤抑，至于无余，无余而后已。夫郑诗未尝淫也，声淫耳。既目为淫，则必拗曲揉枉以实己之说；郑诗之不淫者，亦必使其淫而后快，郑人之不淫者，亦必使其淫而后快。文人相轻，何以异是！③

令人遗憾的是，"文人相轻"的例子在诗学史中比比皆是。北宋古文盛时，苏轼一度被尊为文坛领袖，而"江西派"兴起之后，一众附庸文人便开始"纷纷以薄苏为事"，乃至对黄庭坚《子瞻诗句妙一世，乃云效庭坚体，盖退之戏效孟郊、樊宗师之比，以文滑稽耳。恐后生不解，故次韵道之》中诗句"我诗

---

① 《管锥编》，第 127—128 页。引文中的外文部分从略。
② 同上书，第 971 页。
③ 同上书，第 106 页。

如曹邻,浅陋不成邦;公如大国楚,吞五湖三江"做"奇特解会"①,甚至认为黄庭坚此诗"阳若尊苏,深意乃自负,而讽坡诗不入律"。这样的判断显然正如潘德舆在《养一斋诗话》中所驳斥的那样,完全是以"近世文人相轻之心"而"臆度古人"了②,如此这般得出的所谓结论当然是站不住脚的。"文人相轻"的又一恶劣影响是常常导致研究者故步自封、无端设限,从而陷入褊狭境地。钱锺书曾对此痛陈利害:

> 文人相轻,故班固则短傅毅;乡曲相私,故齐人仅知管晏。合斯二者,而谈艺有南北之见。虽在普天率土大一统之代,此疆彼界之殊,往往为己长彼短之本。至于鼎立之局,瓜分之世,四始六义之评量,更类七国五胡之争长,亦风雅之相研书矣。③

除了"相轻"这个缺点外,"文人"这一诗学主体长期浸淫于语言声律、前人著述的研习揣摩之中,有时也可能发生"走火入魔"的情况,以致陷入无聊无谓的"掉书袋"恶习之中,反而忽视了自己原本擅长的经验感知,堕入想当然之"魔障"。钱氏在谈到王安石诗中"菊花之落"这一公案时即对此进行了批判:

> 《荆文诗集》卷四七《县舍西亭》第二首:"主人将去菊初栽,落尽黄花去却回";盖菊花之落,安石屡入赋咏。夫既为咏物,自应如钟嵘《诗品》所谓"即目直寻"、元好问《论诗绝句》所谓"眼处心生"。乃不征之目验,而求之腹笥,借古语自解,此词章家膏肓之疾:"以古障眼目"(江湜《伏敔堂诗录》卷八《雪亭邀余论诗,即以韵语答之》)也。嗜习古画者,其观赏当前风物时,于前人妙笔,熟处难忘,虽增契悟,亦被笼罩,每不能心眼空灵,直凑真景。诗人之资书卷、讲来历者,亦复如是。安石此掌故足为造艺者"意识腐蚀"(the corruption of consciousness)之例。④

这段论述在批评王安石忽视生活经验、一味"借古语自解"的同时,实际上也是在强调"感性认识"对诗学主体的重要意义。的确,"文人"们一旦落入空谈哲理的窠臼,拘执于抽象的玄理,在真正义理的参悟上有时就只能达到一介村夫甚至是"小儿"的水平了。⑤

---

① 借用严羽语。见严羽著,郭绍虞校释:《沧浪诗话校释》,北京:人民文学出版社,1983年,第26页。
② 《谈艺录》,第17—18页。
③ 同上书,第399页。
④ 《管锥编》,第898页。
⑤ 参阅钱锺书在《管锥编》中的有关分析。同上书,第686页。

此外,虽然与"学士"相比,"文人"常多傲气,一般不肯轻易向人低头;然而"文人"在谈艺论文时也可能溢出诗学讨论的范围,受制于与诗学问题并不相干的"名位"之思,强立门户之见,遂致自身意见的自相矛盾,甚至发出违心之论。《谈艺录》中谈到方回对朱熹学说曲意逢迎的做派时便对文人的"出位之思"强烈批判:"方虚谷欲身兼诗人与道学家,东食西宿,进退狼狈,遂尤贻笑矣。……文人而有出位之思,依傍门户,不敢从心所欲,势必至于进退失据。"①

需要指出的是,虽然钱锺书在其著作中频频将"文人"与"学士"做比较,但其本意并非是下一个非此即彼的简单判断。相反,在这两类诗学主体的诸多对立之外,钱氏也指出了其认识和方法上的交集:

> 涉笔成趣,以文为戏,词人之所惯为,如陶潜《止酒》诗以"止"字之归止、流连不去("居止"、"闲止")与制止、拒绝不亲("朝止"、"暮止")二义拈弄。哲人说理,亦每作双关语,如黑格尔之"意见者,己见也"(Eine Meinung ist mein),毕熙纳(L. Büchner)及费尔巴哈之"人嗜何,即是何"(Der Mensch ist, was er ist)。狡狯可喜,脍炙众口,犹夫《老子》之"道可道"、"不厌不厌"、"病病不病"也。②

可见"学士"与"文人"并非是壁垒分明、彼此攻讦的——至少在方法上,两者即存在相通之处。在中外诗学史上,这两类主体也一直长期并存,互为补充,共同体现了诗学主体的丰富性。

三、跨学科研究者与"通人"

有关主体的问题历来为重视学术方法的学问家们所关注,东汉王充在《论衡》中也多次对主体问题发表意见,其中比较有名的是《超奇》篇中的以下一段:

> 故夫能说一经者为儒生,博览古今者为通人,采掇传书以上书奏记者为文人,能精思著文连接篇章者为鸿儒。故儒生过俗人,通人胜儒生,文人逾通人,鸿儒超文人。故夫鸿儒,所谓超而又超者也。③

钱锺书对王充这段论述大为赞赏,不仅在著作中加以征引④,对王充的意见也有某种程度上的吸收。例如前文讨论过的钱氏关于"学士不如文人"

---

① 《谈艺录》,第 215—216 页。
② 《管锥编》,第 712—713 页。
③ 参阅黄晖:《论衡校释》,北京:中华书局,1990 年,第 607 页。
④ 参阅《谈艺录》,第 464 页。

的观点,显然与此处王充所论具有一定的继承关系。不过在此段论述中,除去"俗人"这一明显不属于学术研究范围的主体之外,王充还带出了另外两类主体——"通人"和"鸿儒",而且根据其心目中理想主体的标准,排出了一个"儒生(学士)—通人—文人—鸿儒"逐级上升的次序。对王充关于各类主体的优劣评判,钱锺书是否照单全收了呢?

从钱著的情况来看,钱锺书对王充所谓的"鸿儒"缺乏兴趣,除了此次引用原文之外,几乎不再提及。① 虽然夏志清等学者对其冠以"博学鸿儒"的头衔②,钱锺书本人却颇不以为然。用杨绛的话来说,钱氏"绝对不敢以大师自居""从不侧身大师之列"③,对作为王充主体序列中"人上人"的"鸿儒",自然是敬而远之。不过,对于王充所谓的处于"儒生"和"文人"之间的"通人",钱氏倒是表现出了莫大兴趣。

与"学士"和"文人"相比,"通人"有何长处?这个问题如果用葛洪的话来回答,那就是:通人可以"总原本以括流末,操纲领而得一致"④,即在研究中具有一种大局观,能够充分把握问题的来龙去脉。而在钱锺书看来,"通人"的主要优势就在于其能跨越学科疆域等人为阈限,打通学术与生活间的壁垒,灵活而多角度地分析现象、探讨问题。比如《小说识小续》一文中赞扬西方一些学者的研究道:

> 又按吾国文中"笑""笑话"等字,西方近代心理学家每取以为分析幽默之资。伊斯脱门(Max Eastman)《幽默论》(*The Sense of Humor*)第八十六页、第二百四十六页说诙谐不必为嘲讽,即引"笑话"(smile talk)作证。格来格(J. Y. T. Greig)《笑剧心理学》(*The Psychology of Laughter and Comedy*)第二十四页谓吾国"笑"字一拼音 Hsiao 中,人类四种笑声已含其三:嘻嘻(i),哈哈(a),呵呵(o)。皆可谓妙手偶得,非通人不能道。⑤

格来格联系日常生活中"笑"的实际经验来解读汉字"笑"的西文译词"Hsiao",直接颠覆了某些专门研究者谨守书橱、画地为牢的所谓研究,这样的释义方法的确称得上神来之笔,非常值得今天的学者,尤其是从事跨文化研究的学者们借鉴。正因为能够多角度、灵活地看问题,再加上本身丰富的

---

① 此后钱锺书似乎只在讨论《全汉文》时提到了一次。参见《管锥编》,第 1484 页。
② 转引自张文江:《钱钟书:营造巴比塔的智者》,《社会科学报》2003 年 6 月 26 日,第 006 版。
③ 杨绛:《钱锺书对〈钱锺书集〉的态度(代序)》,见《谈艺录》,第 1—2 页。
④ 见杨明照:《抱朴子外篇校笺(下)》,北京:中华书局,1997 年,第 98 页。
⑤ 《人生边上》,第 148 页。

知识储备,故而"通人"不像"学士"那样容易陷入对研究对象盲目崇拜的境地,或是如"文人"那样时常步入神秘主义的误区,而能够保持冷静的头脑,心平气和地进行分析论证。所以,当严羽及某些"禅人"一再说"悟",越说越令人糊涂的时候,陆桴亭直接以儒家的"格物致知"释"悟",顿时将一个神秘莫测的概念解释得"平常",充分显示出一份"通人卓识"来。①

尽管如此,"通人"在钱锺书眼中仍称不上完美的主体,其最大问题是常常不自觉地陷入"蔽"的境地。用今天的话说,即这一类主体虽然受惠于其宏大视野与广博的知识结构,然而一旦不能始终保持清醒的态度,则博学反致乱学,博观亦生迷离,反倒堕入"乱花渐欲迷人眼"的混沌状态。具体说来,"通人"生"蔽"的原因之一在其容易耽于创辟。在文艺研究中,富于创新精神无疑是值得肯定和提倡的,然而这种创新应当遵从学术研究与生活中的逻辑与规律,并建立在翔实论据与扎实论证的基础上。如果弃规律乃至常识于不顾,一味地为创新而创新,恐怕就容易不辨是非、陷入"为赋新词强说愁"的"魔障",惹人嘲笑了:

> 嵇康《养生论》称述"曾子衔哀,七日不饥";欲成己说,不惜过信古书,亦通人之蔽耳。儒者如叶适即疑其事之不实,《习学记言序目》卷八《礼记》:"曾子执亲之丧,水浆不入于口者七日;自言之乎?",又:"曾子既以七日不入水浆自言,而乐正子春又以五日不食为悔;师弟子之学,矫情而求名若此,……其不然也必矣!"②

儒生们为了表彰孔门圣贤,反复标举曾子居丧时因哀伤而不吃不喝达七日之事——这样的"故事"显然违背常理,自然引来叶适等清醒的学者"矫情而求名"的痛斥。而身为"通人"的嵇康竟对此事深信不疑,原因何在?原来不过是"欲成己说"的需要罢了——"通人之蔽",令人慨叹如是!

"通人"生"蔽"的又一个原因,乃是陷入了与"学士"类似的将艺术与具体生活混为一谈的解读误区。比如在对李贺诗歌的理解上,姚文燮、朱轼、陈本礼均主张从李贺生活时代的背景和史实出发去理解李诗。这一方法本身并没有错,诗人所处的历史时代及其生活经历的确能够为读者理解某些特定诗篇提供重要参考信息。然而一旦走向极端,篇篇强为索隐,字字苛求考证,则又必然滋惑。张佩纶(篑斋)正是在这一意义上批评"考据家"们"不足与言诗"的。然而,意识到错误并不等于不犯错误,结果在解读李贺诗歌时,张氏同样陷入了自己的批判对象的解诗误区:

---

① 《谈艺录》,第699页。
② 《管锥编》,第395页。

> 张篑斋《涧于日记》尝谓考据家不足与言诗,乃亦欲以本事说长吉诗。不解翻空,务求坐实,尤而复效,通人之蔽。将涉世未深、刻意为诗之长吉,说成寄意于诗之屈平,盖欲翻牧之序中"稍加以理,奴仆命骚"二语之案。皆由腹笥中有《唐书》两部,已撑肠成痞,探喉欲吐,无处安放。于是并长吉之诗,亦说成史论,云愁海思,化而为冷嘲热讽。①

钱氏此处对"通人之蔽"的讽刺与痛斥,可谓毫不客气。除了上述两大弊端之外,钱锺书对"通人"的粗心大意、一叶障目同样没有放过:

> 古近体之分,通人往往混淆,如渔洋以东坡《出颍口初见淮山》诗选入七古;清馆臣囿于试帖之见,自《大典》中辑别集,每以七言拗律编入七古,更不足道矣。②

这样看来,钱锺书对于"通人"虽有认可,但仍是批评多于表彰的。正如本书导论中所分析的,钱锺书所理解的"通人",与章学诚在《文史通义》中的相关界定几乎一致。上文中,钱锺书关于"通人""通识卓见"的赞扬,显然是对其"可以达于大道"之"通"的肯定,而其关于"通人之蔽"的批评,则是在提示那种"不可四冲八达,不可达于大道"的"横通"的弊端了。

事实上,钱锺书不仅在"通人"的分析上重视古人的意见,在关于前述"学士"和"文人"的看法上,对前人的观点同样注意加以吸收。比如有名的"学士不如文人"的判断,便有对王充《论衡·书解》篇中观点的吸取。王充文中认为:"著作者为文儒,说经者为世儒。世儒业易为,文儒业卓绝",钱氏在此基础上衍化为"是则著书撰文之士,尊于经生学人多矣"的推断;而王安石关于"欲变学究为秀才,不谓变秀才为学究"的北宋学林之风的叙述,则更使钱锺书坚定了自己的判断。③

总而言之,钱锺书在前人研究的基础上,从具体问题的讨论出发,结合大量实例,详细阐述了"学士""文人""通人"——大致相当于专门学科研究者、文艺创作者、跨学科研究者这三类诗学主体各自的优长与不足。其时时表彰不是啰唆,反复批判亦非刻薄,而是以其特有的方式提出了一个严肃的诗学方法论问题,即:我们能否,以及怎样成为优秀的诗学研究者?

---

① 《谈艺录》,第115页。
② 同上书,第488页。
③ 同上书,第464—465页。

第二节　动态生成的理想主体："解人"

正如上一节中所指出的,钱锺书关于"学士""文人""通人"三大诗学主体的辨析,既给人以深刻的启发和警策,也不可避免使人产生一种对新的理想主体的呼唤。那么是否存在这样一种综合上述三类主体之长而摒弃其短的诗学主体? 钱锺书的回答是肯定的,那就是——努力成为一个"解人"。

一、"解人"面面观

钱锺书在著作中并没有给"解人"下一个直接定义,而是通过间接的方式表达了对"解人"的肯定与期待,侧面陈述了自己的"解人观"。

这一点首先表现在对"解人难索"的反复喟叹上。早在 1936 年求学英伦时,钱锺书就曾于诗歌创作中写下过"百啭难觅解人"的句子①,后来于学术著述中更是时时为之感叹。在谈到语义难于把捉的问题时,钱氏有过"语文之于心志,为之役而亦为之累"的感慨,并引前人语"解人难索""余欲无言"以为同调②;在讨论《全宋文》时,则引西方学者"如对母牛而讽咏古希腊名家之牧歌"(like reading Theocritus to a cow)和宋代民谚"对牛马而诵经"两喻慨叹"解人难索"③;而谈到对《文赋》中"彼榛楛之勿剪,亦蒙荣于集翠;缀《下里》于《白雪》,吾亦济夫所伟"一句的理解时,钱氏认为这句前半段说的是平庸的词句常常靠文中的嘉言妙句而得以一并保存下来,后半段则在前一层含义上更进一步,指出嘉言妙句有时也有赖于俗词庸句以成其"伟"。然而自李善以来,大部分研究者囿于"庸音"即等于失败的成见,缺乏发掘"庸音"正面价值的辩证思维,故而都选择性忽视了"缀下里于白雪"这白纸黑字的一句,只注意到句子前半段之义而忽视后半段,似乎仅有陆机是个例外。可惜的是,"解人"陆机的意见几无应者,差不多成了诗学史上一道过眼云烟:

> 盖争妍竞秀,络绎不绝,则目炫神疲,应接不暇,如鹏搏九万里而不得以六月息,有乖于心行一张一弛之道。陆机首悟斯理,而解人难索,代远言湮。老于文学如刘勰,《雕龙·镕裁》曰:"巧犹难繁,况在乎拙? 而《文赋》以为'榛楛勿剪,庸音足曲',其识非不鉴,乃情苦芟繁也";则于"济于所伟"亦乏会心,祇谓作者"识"庸音之宜"芟"而"情"不忍"芟"。李

---

① 钱锺书:《牛津春事(之四)》,见《槐聚诗存》,第 13 页。
② 《管锥编》,第 635—636 页。
③ 同上书,第 2084 页。

善以下醉心《选》学者于此茗芋无知,又不足咎矣。①

如果连"老于文学"的刘勰都缺乏"会心"之见,"解人"之难求就更是不言而喻了。可是,有的研究者并不明白作为"解人"的基本素质与综合能力要求,在缺乏必要的学术修为和正确方法甚至正确态度的前提下匆匆上阵,横说竖说,自以为是。这种"强作解人"的行为理所当然会遭到钱锺书的激烈批判。

比如,在为黄庭坚诗句"水清石见君所知,此是吾家秘密藏"作注时,任渊(天社)引《西清诗话》中"作诗用事要如禅家语,水中着盐,饮水乃知盐味。此说诗家秘密藏也"句②,将其视为山谷对自己作诗方法之夫子自道。实则山谷在此诗中不过是向友人"重提十六年前旧语"罢了,跟所谓"诗法"毫无瓜葛。任渊对黄庭坚诗这一牵强附会的解读居然后继颇不乏人,钱锺书遂一并做出辛辣讽刺:

> 李似之《筠溪集》卷二十一《跋赵见独诗后》早云:"山谷以水清石见为吾(吾字之讹)家秘密藏,其宗派中人有不能喻";后来袁起岩《东坡集》卷一《题杨诚斋南海集》第二首:"水清石自见,变定道乃契。文章岂无底,过此恐少味。"是不乏错认处世之无上咒为谈艺之秘密藏者。幸其不能晓喻,否则强作解人,必如天社斯注之郢书燕说矣。夫山谷诗所言"秘密藏",着眼于水中石之可得而见,谚云:"水清方见两般鱼"也(外集《赋未见君子,忧心靡乐》八韵第二首:"水清鱼自见");《西清诗话》所言"秘密藏",着眼于水中盐之不可得而见,谚云:"酿得蜜成花不见"也。天社等类以说,闻鼠璞之同称,而昧矛盾之相攻矣。③

可见,论诗时不辨究竟地"等类以说",正是"强作解人"者一大死穴。这种解读方法势必以讹传讹,在诗学史上造成恶劣影响。这样的教训不仅对古典诗歌的解读者具有警示作用,对文学翻译者来说更是如此:

> 一部作品读起来很顺利容易,译起来马上出现料想不到的疑难,而这种疑难并非翻翻字典、问问人就能解决。不能解决而回避,那就是任意删节的"讹";不敢或不肯躲闪而强作解人,那更是胡猜乱测的"讹"。④

---

① 《管锥编》,第1894—1895页。
② 蔡絛:《西清诗话》第13则,见王大鹏、张宝坤、田树生等编选:《中国历代诗话选(一)》,长沙:岳麓书社,1985年,第352页。
③ 《谈艺录》,第52—53页。
④ 钱锺书:《林纾的翻译》,见《七缀集》,第89页。

在钱锺书所处的时代，对西学的译介早已形成规模。翻译者身处两种甚至两种以上文化的吸引与排异的张力之下，对作品的理解也必须超出单一文化语境下读者的深度，因为翻译者除了读懂作品原意之外，还需要在一个相异的新语境中对其进行传达。在这一沟通转换过程中，译者必然遇到一系列左右为难的问题。在这些问题的解决方面，钱氏特别提醒不可"强作解人"而胡乱猜测。

在以上所举诸例中，钱锺书都是从反面入手暗示"解人"的某些特征。作为持说力主圆融的学者，钱氏也并未忽视对"解人"的正面论述：

> 屠琴坞倬作《菽原堂集序》，记查梅史论诗大旨，主乎"消纳"，尝谓："沧浪香象渡河，羚羊挂角，只是形容消纳二字之妙。世人不知，以为野狐禅。金元以降冗弱之病，正坐不能消纳耳。《唐书·元载传》：胡椒八百斛，他物称是。举小包大，立竿表景，神而明之，存乎其人"云云。此真解人语，尝试引申之。长短乃相形之词。沧浪不云乎："言有尽而意无穷"；其意若曰：短诗未必好，而好诗必短，意境悠然而长，则篇幅相形见短矣。①

这段论述是钱锺书在《谈艺录》中谈到严羽《沧浪诗话·诗辨》篇所论诗品之五"长"时的引申论述。钱氏认为严羽所谓的"长""未必指篇幅之长而言"，然而篇幅的长短又的确与诗歌之"神韵"存在一定联系。受制于识见、才情等多方面的因素，"谈艺者"要在这是与不是之间做出正确区分并找到一个恰当的论述支点并不是一件容易的事。而查揆（梅史）论诗之"消纳说"，却能摆脱很多研究者胶柱一端、偏颇片面的毛病，懂得相反者亦能相成的道理，从而展现出一种灵活的大局观——这正是钱氏所谓之"解人"的重要特征之一。

"解人"的又一特点是善于打破学科阈限，发现研究材料的共通点并取而参观，抉发艺理。例如，对于王维名画《卧雪图》中所画"雪里芭蕉"，历代艺苑聚讼纷纭，既有力求证实其真实性的，也有斥责其不合理而嗤之以鼻的。②在众多解说者中，"文人"李流芳的一句诗引发了钱氏的赞叹：

> 李长蘅流芳《檀园集》卷一《和朱修能雪蕉诗》："雪中蕉正绿，火里莲亦长"；按鸠摩罗什译《维摩诘所说经·佛道品》第八："火中生莲华，是可谓希有"，盖亦"龟毛兔角"之类；故张谓《长沙失火后戏题莲花寺》云："楼殿纵[总？]随烟焰尽，火中何处出莲花"，即取释氏家当，就本地风光利口

---

① 《谈艺录》，第508页。
② 同上书，第718—720页。

反诘。"雪蕉"、"火莲"两者皆"不可能事物"(adynata, impossibilia),长蘅捉置一处,真解人也。①

在钱锺书看来,"雪里芭蕉"之"禅理",其实是在暗示常语所谓的稀有或"不可思议",而李流芳的诗句把"雪蕉"和"火莲"两种"不可能事物""结成配偶",使其相得益彰②——这样的方式不仅成就了妙手偶得之佳句,亦可谓深得"雪里芭蕉"之艺术神韵和王维及释氏"为文之用心",因此称得上"解人"了。

通过上文的梳理,我们对钱锺书所谓的"解人"可以有一基本把握。在钱氏看来,"解人"不可拘泥偏执、牵强附会、胡乱猜测,而应该通观全局、辩证分析、直取义谛。概而言之,钱著中所推崇的"解人"正是这样一类研究者:他/她深谙艺理,博学多识,灵活而兼具公正,善悟而不失理性。这无疑正与我们今天所期待的理想的诗学研究主体相当。

二、"解人"的现实可能性

作为理想中的主体,"解人"的出现究竟有无现实可能性?钱锺书以诗学史上的大量案例及自身的研究对此给出了肯定的回答。结合钱氏的相关论述,只要诗学研究者能够紧扣博通、疏离、胆识、精审、活法等五大原则进行综合历练,其学术探索便有可能达至"解人"之境。

(一)博通

所谓"博通"是就研究者知识结构的形成与研究视野的拓展而言的。首先,研究主体应在夯实专门知识的基础上广泛吸收其他各学科及社会生活的知识,努力完善自己的知识结构——这是整个研究过程的起点与基本保障。在这方面,钱锺书本人可谓树立了一个典范。钱氏拥有一个融贯古今、会通中西、串联学术与生活的庞大知识结构,无论是以集部为中心、兼揽四部之学的中学底蕴,还是以文学为主而涵盖文史哲及社会学、心理学、人类学等各门现代学科的西学功底,甚至包括各类日常生活知识之丰富,在20世纪中国学人中都是不多见的。③ 不管是讨论一个大的理论问题还是展开细腻的字句分析,钱锺书总能迅速而恰切地组织起海量文献,于或长或短的文字中俯

---

① 《谈艺录》,第720页。
② 《七缀集》,第18—19页。
③ 相传中国社科院文学所的年轻人中曾流行一句话:"何其芳同志的理论素养+钱先生的丰富知识=治学的最高目标。"参阅王水照:《〈对话〉的馀思——记钱锺书先生的闲谈风度》,见王水照:《鳞爪文辑》,西安:陕西人民出版社,2008年,第13页。

仰古今、贯串东西,在论述中展现出一种百科全书式纵横捭阖的气魄。

以《诗可以怨》一文为例。围绕"苦痛比快乐更能产生诗歌,好诗主要是不愉快、烦恼或'穷愁'的表现和发泄"这一从中国文艺传统中拈出的"流行"观点,钱锺书分别连类了大量中西诗学批评著作、以诗歌为主而兼及小说(如《封神榜》《红楼梦》)的中西文学作品、美学(尼采、克罗齐等)、心理学(中国古代心理学、弗洛伊德)、日常俗语等各方面的有关材料,充分展示了其几乎令人窒息的宏大知识体系。而在文章的最后,钱氏写下了一段议论现代学科分类的名言:

> 我开头说,"诗可以怨"是中国古代的一种文学主张。在信口开河的过程里,我牵上了西洋近代。这是很自然的事。我们讲西洋,讲近代,也不知不觉中会远及中国,上溯古代。人文科学的各个对象彼此系连,交互映发,不但跨越国界,衔接时代,而且贯串着不同的学科。由于人类生命和智力的严峻局限,我们为方便起见,只能把研究领域圈得愈来愈窄,把专门学科分得愈来愈细,此外没有办法。所以,成为某一门学问的专家,虽在主观上是得意的事,而在客观上是不得已的事。①

表面上看,这段话是在感叹现代学科及相应的知识分类的必然性,但仔细玩索文意,却可以发现钱氏此处实际上是在提醒现代的"专家"们:不要将"不得已"之事当成了"得意"的事。虽然人的生命和智力具有"严峻局限",研究者却不可因此顺水推舟躲进所谓的专门领域去,不愿或不敢再涉及其他学科。因为一来我们无法回避在研究"西洋""近代"等专门学科对象时,"不知不觉"会旁及"中国""古代"等其他同类现象的"自然的"趋势;二来虽然现代学术的分科而治已是既成事实,但"人文科学的各个对象彼此系连,交互映发,不但跨越国界,衔接时代,而且贯串着不同的学科"也是一个事实——绝无用前一个事实否定后一个事实的道理。因此,正确的做法只能是在集中学习本学科知识的同时,对其他学科知识也加以兼收并蓄,亦即同时尊重以上两个事实。至于这样做有何好处,则钱氏自身的实践已经做出了最有力的回答。

那么,钱锺书令人艳羡的知识体系究竟是如何形成的?相信这是每一位在钱氏博大精深的学问面前震撼不已的读者最感兴趣的问题之一。除了钱氏追求"博通"的自觉意识为其构建全面的知识体系提供了"思想纲领"之外,笔者认为还有三个因素同样非常重要。其一,钱氏强大的记忆力。即便对其最不留情面的批评者,也无法否认他那"扫描般的记忆

---

① 《七缀集》,第 129—130 页。

力"①。这样的记忆力确属天分所得,旁人强求不来。其二,阅读的勤奋。虽然天资过人,但钱锺书从小到大从未放弃过读书这一最大爱好。年纪还小的时候,钱氏即因"喜好"而读书,"不择精粗,甜咸杂进",就连"精微深奥的哲学、美学、文艺理论等大部著作"也像"小儿吃零食那样吃了又吃"。②后来即便饱经战乱、各类政治运动的持续冲击,仍是得空便读书且逢书必读。有人曾以"饕餮的阅读胃口"称之③,虽是站在否定的立场,所言倒是真实妥帖。逢书即读为钱氏的知识体系最大限度地延伸了广度,而持之以恒的阅读则为其增加了厚度和深度。这样的勤学苦读看起来是一个简单至极、人人都会的"笨办法",可数十年如一日地坚持下来,"笨办法"结出的累累硕果亦足以令海内外诸贤纷纷仰视。最后,坚持做笔记。这又是一个似乎人人都懂却又并非人人能够坚持的治学方法。据钱锺书的友人和不少拜访者回忆,酷爱读书的钱氏家中藏书并不多,他主要是借书而读。④借来的书不但要还而且不宜随文批点,钱锺书便或摘其精华、或录己之心得,做成了独具钱氏特色的读书笔记。据杨绛介绍,钱锺书数十年的读书笔记积累下来达到了令人咋舌的5麻袋之多。⑤ 从已经出版的《容安馆札记》《宋诗纪事补订(手稿影印本)》和20卷《中文笔记》来看,钱氏笔记基本上都是随文而发、随读随记,既保持了其一贯的言之有物的特点,也记录了阅读时思想的流动,完全可以看作与阅读对象的对话与论辩。这些笔记一方面及时记下了阅读中的体悟,另一方面也不断激活以往的知识储备,使主体的知识和思想始终处于一个组合、论证、反思的活跃状态,通过反复锻造而实现了对其的提升,终于成就了钱氏学问的博通。

其次,要达到博通的目标,研究者还应形成广博的研究视野。虽然一方面各类知识总量的丰富使生也有涯的人类几乎不可能穷以尽之,另一方面人类自身认识的局限性或研究者的个体缺陷也往往使研究难得十全十美,但无论如何,主动打破学科知识的壁垒、引入新的参照系,对学术研究而言都是应该而且必需的。可以来看《老子王弼注》中的一段话:

---

① 刘皓明:《小批评集》,南京:南京大学出版社,2011年,第253页。
② 杨绛:《记钱锺书与〈围城〉》,见钱锺书:《围城》,北京:生活·读书·新知三联书店,2002年,第399页。以下所引《围城》文字除特别标明之外均为此版本,仅注书名与页码,以避冗赘。
③ 刘皓明:《小批评集》,南京:南京大学出版社,2011年,第253页。
④ 吴泰昌:《学者的书房》,见吴泰昌:《我认识的钱锺书》,上海:上海文艺出版社,2005年,第81—89页。
⑤ 杨绛:《丙午丁未年纪事乌云与金边》,见罗俞君选编:《杨绛散文》,杭州:浙江文艺出版社,1994年,第224页。

  《荀子·荣辱篇》曰:"陋也者,天下之公患也。"患之而求尽免于陋,终不得也;能不自安于陋,斯亦可矣。苏辙之解《老子》,旁通竺乾,严复之评《老子》,远征欧罗;虽于二西之书,皆如卖花担头之看桃李,要欲登楼四望,出门一笑。后贤论释,经眼无多,似于二子,尚难为役。①

钱锺书认为,虽然苏辙和严复对《老子》的解读仍不能"尽免于陋",可他们分别借助佛教及西学以解老的方法却显示了其对坐井观天式的"陋"解的自觉排斥,是非常有价值的。而无论苏辙的"旁通竺乾"还是严复的"远征欧罗",所反映的都是对一种更广泛的研究视野的主动追求。

这样看来,知识体系的完善和研究视野的推拓便构成了博通原则的两大题中应有之义。前者强调的是知识的积累,后者突出的是知识的运用,两者分别从一静一动两个方面对"博通"的内涵做出了完整阐释。

(二) 疏离

疏离(alienation)原本是一个心理学术语,大致包括四种意思:

1. 指一种"存在的状态"(a state of being)或是"一种隔离的体验"(the experience of being separated from)。在存在主义心理学领域,它被用来描述"一种对自身经历的隔离感"(a sense of being separated from one's own experience),而在社会心理学者看来,它意味着一个"过程"(process),在这一过程中,"某人或某物处于与他人、也包括与其自身相分离的状态",以至于"此人此物可以不必过多考虑或重视"。

2. 指"把自己或他人与另一个人或群体分离开来的方法";

3. "导致或引发某人对另一个人或群体感到厌恶或是抱有敌意";

4. 一个用于"精神病隔离方案"的"古代术语"。②

本书对这一术语的借用主要建立在其第 2 义项基础上,即以之描述钱锺书关于研究主体应当尽可能与研究对象保持一定距离的主张。钱著中在表达这一观点时借用了一个文艺心理学术语,即"心理距离"(psychical distance):

  "臧孙曰:'季孙之爱我,疢疾也;孟孙之恶我,药石也。美疢不如恶石:夫石犹生我,疢之美,其毒滋多。孟孙死,吾亡无日矣!'""疢疾"何以曰"美",注疏无说。……[引者略]近世萧伯纳至言,病人所谓"惨痛"

---

① 《管锥编》,第 720 页。
② Matsumoto, David, ed. *The Cambridge Dictionary of Psychology*. New York: Cambridge University Press, 2009. 28—29. 引文为笔者自译。

(ghastly)之开刀,正外科医生所谓"美丽之手术"(beautiful operations),亦如情人称所欢曰"美",而傍观者则觉其了不动人(unattractive)。"美疢"之说,已导夫先路,庶几能以冷眼看热病,如所谓"保持心理距离"(psychical distance)者欤。①

"心理距离"是英国心理学家布洛(Edward Bullough)于《作为艺术要素和美学原则的"心理距离"》一文中提出来的一个极具影响力的术语。② 在布洛看来,"心理距离""是美感的一种显著特征,是一切艺术的共同因素,也是审美价值的一个特殊标准",而"人对艺术和现实审美活动的基本原则和特征就是要保持适当的心理距离,即超越实际人生,忘掉实用功利,用一种纯客观的态度孤立地鉴赏物的形象,根本不考虑审美对象与自己实际生活需要及目的有什么利害关系,只是进行审美的现照"。③

的确,当人们受限于某种功利主义视角,不能与对象保持"心理距离"时,判断和感觉就常常会失真——一如看油画时站得太近眼前反而一片模糊。如果能够打破这种功利主义倾向,转而以一种审美的眼光来审视,则同一个对象就将导致相异甚至相反的情感效果——正如布洛所举的著名的"海雾"(a fog at sea)之例。④ 很明显,布洛的"心理距离说"主要是从美学鉴赏的角度出发,强调一种非功利性的审美原则,其主张多着眼于心理学层面。钱锺书虽然认同布洛所言,却有意削减了其强烈的心理学意味,似乎更愿意视其为某种具有实践意义的诗学策略。用钱氏自己的话来说,这一策略的关键词即"边上"二字:

> 人生据说是一部大书。
> 假使人生真是这样,那末,我们一大半作者只能算是书评家,具有

---

① 《管锥编》,第357—358页。
② Bullough, Edward. "'Psychical Distance' as a Factor in Art and as an Aesthetic Principle." *Art and Its Significance: An Anthology of Aesthetic Theory*. Ed. Stephen David Ross. Albany: State University of New York Press, 1984. 458—468.
③ 参阅金开诚主编:《文艺心理学术语详解辞典》,北京:北京大学出版社,1992年,第246页。
④ 这是布洛为了说明"心理距离"一词而举的例子。大意为海上的大雾对于要出行的多数人来说都是一件极其不快的事,他们不仅身体上会出现不愉快的反应,心理上也将出现焦虑等诸种症状。其原因是大雾破坏了人们现实中的计划而使其心情郁结,或者因其导致视线受阻无法观察周围环境而使人心生恐惧。可一旦人们摆脱这种现实利害关系的考虑而与海雾保持"心理距离",则海雾也可以成为具有神奇美感的景色并给人们带来愉悦和快乐。参见 Bullough, Edward. "'Psychical Distance' as a Factor in Art and as an Aesthetic Principle." *Art and Its Significance: An Anthology of Aesthetic Theory*. Ed. Stephen David Ross. Albany: State University of New York Press, 1984. 459.

书评家的本领,无须看得几页书,议论早已发了一大堆,书评一篇写完缴卷。

但是,世界上还有一种人。他们觉得看书的目的,并不是为了写批评或介绍。他们有一种业余消遣者的随便和从容,他们不慌不忙的浏览。每到有什么意见,他们随手在书边的空白上注几个字,写一个问号或感叹号,像中国旧书上的眉批,外国书里的 marginalia。①

这段文字虽是就散文的写作而发,却具有极其重要的诗学方法论意义。季进认为:"无论是《写在人生边上》对人生的点评,还是《人·兽·鬼》对人性弱质与人物心理的探索与描摹;抑或是《围城》对一种人生境遇的揭示,其实都贯穿着钱锺书'在人生边上'对人的'生存境地'和'基本根性'的彻悟与周览。"②实际上,不只是散文、小说等文艺创作,即便在文艺批评与研究中,钱锺书所选择的观察角度往往也是"边上"的。上引序文中前半部分所讽刺的,正是"书评家"们那种功利性、目的性极强的"书评"——这样的评论方式往往先入为主,缺乏对研究对象的真切关注和思考,所以"无须看得几页书",议论就可以发出一大堆。作为对这种浮躁、蹈空的研究方式的反拨,钱锺书随即提出了淡化研究的功利性和"随便""从容"地"不慌不忙"阅读、思考、评论的主张。钱氏借西语"旁注"(marginalia)来概括这一方式,实际上也就是书名中"写在""边上"之意。

"边上""旁注"这样的字眼很容易令人联想到"边缘化"(marginalization)一词。这种有意偏离主流、中心而谨守边缘立场的研究、写作策略,不正是一种"自我边缘化"的自觉选择吗?有趣的是,《剑桥心理学词典》中对"marginalization"的释义恰好也提到了这种"人生边上"的立场:

很可能有些人会将其经历描述为两种或更多种文化的"边缘的生活";"文化适应"(acculturation)问题的研究者们有必要将这种情况讲得更清楚一些——正是在这种情况下,那种"边缘的生活"体验促使了消极的疏离感(sense of alienation)、积极的自我实现或是其他调适模式的产生。③

这段话虽然是就文化问题而谈"边缘化",但如果去掉其"消极""积极"的生硬价值判断,则其所谓的"边缘的生活"的两大要点——"疏离感"和"自我

---

① 钱锺书:《写在人生边上·序》,见《人生边上》,第 7 页。
② 季进:《论钱钟书著作的话语空间》,《文学评论》2000 年第 2 期,第 113 页。
③ Matsumoto, David, ed. *The Cambridge Dictionary of Psychology*. New York: Cambridge University Press, 2009. 297. 引文为笔者自译。

实现",恰可移笔钱锺书的"边上"原则。的确,钱氏以"自我边缘化"寻求"疏离感"的主动选择并非心理学意义上的消极避世,而是内蕴着某种"自我实现"的主体诉求——这正是"疏离"原则的精义之所在。

实际上,在 20 世纪诗学史上,对"疏离感"价值的认识与论述并不罕见。早在 20 世纪初,俄国形式主义者什克洛夫斯基(Victor Shklovsky)在《作为技术的艺术》("Art as Technique")一文中提出了"陌生化"(to make objects "unfamiliar")概念:

> 艺术的技术是使事物"陌生化",使形式变得艰深,增加读者感知的难度和时间——因为感知的过程本身就是一个审美目的,必须加以延长。艺术是体验对象巧妙性的一种方式;对象本身并不重要。①

所谓"增加读者感知的难度和时间",实际上就是通过加剧艺术对象与日常事物之间的区别,拉大读者与艺术作品之间的距离,从而逼使读者对艺术对象进行重新审视与思考,获得新的发现与体悟。不过什克洛夫斯基的"陌生化"还只是站在文艺创作的角度对经验作者所提出的要求,后来的布莱希特(Bertolt Brecht)则直接提出了著名的"间离"(alienation)/"间离效果"(alienation effect/ A-effect)术语:

> "间离效果"存在于这样一个过程中,即把人们将意识到或已经意识到的事物,从普通的、熟悉的、可直接理解的状态,变为奇异的、震撼的、令人意想不到的状态。②

"间离效果"这个术语被布莱希特视为自己最核心的学术概念,一个显著的标志是他在不同场合、不同时间对这一概念下了很多定义,以上所举只是

---

① Shklovsky, Victor. "Art as Technique." *The Critical Tradition: Classic Texts and Contemporary Trends*. Trans. Lee T. Lemon, and Marion Reis. Ed. David H. Richter. Boston: Bedford/ St. Martin's, 2007. 778. 译文为笔者自译。另可参阅中译本维克托·什克洛夫斯基等著:《俄国形式主义文论选》,方珊等译,北京:生活·读书·新知三联书店,1989 年,第 6 页。在对"technique"一词的翻译上,中译本将其译为"手法",笔者以为不太能揭示什克洛夫斯基的本意。作为形式主义者的什克洛夫斯基属于 20 世纪诗学史中"科学主义"的一派,力图将文学研究"科学化"。这篇代表作正是希望通过一些所谓的客观方法将诗学纳入科学研究的轨道。"手法"一词略嫌浮泛,另有一些学者所用的"技巧"一词似乎也无法对艺术与科学作出彻底区分。也许译为"技术"这一更具"科学"色彩的词更能体现钱锺书所谓的作者"为文之所用心"。

② Brecht, Bertolt. "Short Description of a New Technique of Acting." *Brecht on Theatre: The Development of an Aesthetic*. Ed and Trans. John Willett. Eyre Methuen; Suhrkamp Verlag, Frankfurt am Main, 1964. 143. 译文为笔者自译。

其中较有代表性的一种。但杰姆逊①认为,虽然布莱希特如此大张旗鼓地对这一概念进行建构,实际上它仍然与俄国形式主义者的"陌生化"一词大有渊源——或许他正是通过爱森斯坦或特列契雅柯夫等"苏联现代派"成员而吸收了这个词。② 与杰姆逊一样,朱立元也认为布莱希特的"间离效果"是借助"陌生化"方法设置了"虚构世界中的不确定域和空白",从而"召唤读者卷入叙事活动"。但它所激起的是读者的理性思考而非感性共鸣,读者在史诗剧中收获的,乃是"一种清醒的理智型的似真感"。③ 布莱希特对什克洛夫斯基"陌生化"概念的继承,正体现在对审美距离的营造这一点上,亦即对主体关于对象的"疏离感"的强调。不同的是,布莱希特已经将建立疏离感的要求从作者扩大到了读者身上。另外,如有学者指出的,"陌生化"对布莱希特来说实际上也是一种技巧——"这种技巧带给接受主体的是令人惊异的、需要解释的,而不是理所当然的、单纯自然的事物的烙印。这种效果的目的在于使主体能够从不同的角度对社会现实做出有益的批判。"④这样,作为主体的艺术鉴赏者和评判者被要求以一种"旁观者"的眼光来多角度审视对象,排除自身情感的干扰,并对对象做出批判性理解。钱锺书关于研究主体的"边上"原则即疏离,正是在这一点上与20世纪西方诗学发生了共鸣。

疏离并非心理学意义上对他物、他人或群体的冷漠与厌弃,而是一种主动选择的研究策略。这一策略往往从反面入手,以拒绝开始,却不止于拒绝。其目的在于保持一种冷静的心态,在一个适当的距离上审视研究中必然涉及的对象与各类影响,排除他人与自身的情感干扰,始终保持客观公正的立场,

---

① 这位著名学者的名字在国内有好几种译法,如"杰姆逊""詹明信""詹姆逊"等。为保持一致,本书在正文中将其统一写作"杰姆逊"。

② Jameson, Fredric. *Brecht and Method*. London: Verso, 1998. 39. 中译本可参阅詹姆逊:《布莱希特与方法》,陈永国译,北京:中国社会科学出版社,1998年,第45页。杰姆逊对自己的这个判断相当自信,因此虽然对约翰·威列特(John Willett)在《布莱希特论戏剧》一书中有关布莱希特的论述大加赞赏,却认为后者在翻译"Verfremdungseffekt"这个德语词时使用"alienation effect"是一个错误。杰姆逊视"alienation"为马克思"异化"概念的专用词汇,因而在自己的著作中使用了"estrangement-effect"这个看起来更接近俄国形式主义者"陌生化"概念词根(making-strange)的词(参阅 Jameson, Fredric. *Brecht and Method*. London: Verso, 1998. 85—86. Note. No. 13.)。其实威列特在翻译中已经通过注释指明自己使用的"alienation"一词同时指涉马克思术语"Entfremdung"和布莱希特自造的"Verfremdung"一词(参阅 *Brecht on Theatre: The Development of an Aesthetic*. Ed and Trans. John Willett. Eyre Methuen; Suhrkamp Verlag, Frankfurt am Main, 1964. 76—77)。杰姆逊阅读前者著作时或许忽略了这一点。

③ 朱立元:《关于现实主义的美学反思》,《学术月刊》1989年第10期,第61页。

④ 杨向荣:《诗学话语中的陌生化》,湘潭:湘潭大学出版社,2009年,第261页。

做出实事求是的独立判断。用清儒戴震的话来说,即"不以人蔽己,不以己自蔽"。① 这一疏离感理所当然地贯穿于两组关系之间:其一为研究者与研究对象的关系,其二则为研究者本人与其他研究者的关系。

与研究对象保持疏离感,便能使具体的研究对象与其同类对象处于平等观照地位,不因主体本身的好恶或对象历史地位的区别而先入为主,从而真正发掘研究对象本身固有的诗学价值。

《桑中·序》:"刺奔也。"按吕祖谦《家塾读诗记》引"朱氏"以为诗乃淫者自作,《朱文公集》卷七〇《读吕氏〈诗记〉》仍持"自状其丑"之说。后世文士如恽敬《大云山房文初稿》卷二《桑中说》,经生如胡承珙《毛诗后笺》卷四,力持异议。然于《左传》成公二年申叔跪之父巫臣所谓"桑中之喜,窃妻以逃"云云,既无词以解,遂弥缝谓诗"言情"而非"记欲",或斤斤辩非淫者自作,而如《序》所谓讽刺淫者之作。……[引者略]人读长短句时,了然于扑朔迷离之辨,而读《三百篇》时,浑忘有揣度拟代之法(Prosopopeia),朱熹《语类》卷八〇解道:"读《诗》且只将做今人做底诗看",而于《桑中》坚执为"淫者自状其丑",何哉? 岂所谓"上阵厮杀,忘了枪法"乎!《桑中》未必淫者自作,然其语气则明为淫者自述。桑中、上宫,幽会之所也;孟姜、孟弋、孟庸,幽期之人也;"期"、"要"、"送",幽欢之颠末也。直记其事,不着议论意见,视为外遇之簿录也可,视为丑行之招供又无不可。②

在这段论述中,钱锺书主要批评了三位《诗经》的研究者。一代儒宗朱熹,在治学方法方面值得肯定的地方很多,其各类精到见解钱氏于《谈艺录》《管锥编》等著作中均曾反复征引与发挥。然而,即便识广思深的朱子,一旦与研究对象过于切近,也会犯一叶障目的错误。引文中的朱子,虽然在与人讲学时提出了应该用读一般诗歌的方法读《诗经》的正确主张,似乎能够破除《诗经》经典光环的干扰而还其以诗歌作品的本来面貌,摆脱将"长短句"和"三百篇"区别对待的偏颇,可是一到自己研究,却对《诗经》中的《桑中》一诗发生了严重偏见,这种自相矛盾的做法被钱锺书嘲笑为"上阵厮杀,忘了枪法"。恽敬、胡承珙等另外几位学者虽然发现了朱熹的错误并勇于纠谬,但在遇到《左传》中似乎于朱熹观点有利的记载时,又陷入无词以解乃至曲为申说的误区。上述三位研究者的错误均为不能与研究对象保持应有的距离,从而使自己的学术偏好与爱憎之情过分介入研究所致。朱熹过多地将自己的理

---

① 戴震:《答郑丈用牧书》,见戴震:《戴震集》,上海:上海古籍出版社,2009 年,第 186 页。
② 《管锥编》,第 150—151 页。

学主张带入了《诗经》研究,于是不自觉地想要以《诗经》为自己的性理之说作注;而恽敬、胡承珙虽然敢于质疑朱熹的观点,却不敢像对待普通文史著作一样平等对待——更不用说质疑——作为儒家经典的《诗经》和《左传》,反倒以《诗经》卫道者的姿态出现在研究之中,力图维护其"温柔敦厚"的诗教传统。实际上,如果能够排除研究主体自身的种种成见,真正从诗歌本身出发研究《桑中》的话,这首诗的内容完全不难理解,是否为"淫者自作"的问题稍作考论即一目了然。因为缺乏对对象的疏离,上述研究者都有意无意、或多或少地忽略了研究对象本身,这才导致了原本不难避免的错误的发生。

一个研究者不可能孤立于世地开展研究,很多当下的诗学问题也往往经过了不同时代众多学者的大量讨论,这就产生了如何对待其他研究者观点及其成果的问题。钱锺书在这个问题上仍然主张疏离原则。一方面,研究者应该尽可能保持对所谓学界"主流"的警惕;另一方面也应当努力保持与其他研究个体的疏离。总而言之,研究中对于他人的意见和成果当然应该借鉴,但一切仍应以具体的研究对象为中心进行批判性吸收,而不是不辨是非、一概打倒,或是慕名而去、盲从轻信。

① 关于陆游的艺术,也有一点应该补充过去的批评。非常推重他的刘克庄说他记闻博,善于运用古典,组织成为工致的对偶,甚至说"古人好对偶被放翁用尽";后来许多批评家的意见也不约而同。这当然说得对,不过这忽视了他那些朴质清空的作品,更重要的是抹杀了他对这个问题的看法。我们发现他时常觉得寻章摘句的作诗方法是不妥的,尽管他自己改不掉那种习气。①

② 王弼注本《老子》词气恺舒,文理最胜,行世亦最广。晋、唐注家于马迁所谓"言道德之意五千余言"者,各逞私意,阴为笔削。欲洗铅华而对真质,浣脂粉以出素面,吾病未能。原文本相,其失也均,宁取王本而已矣。清中叶钱大昕、严可均辈始盛推唐中宗景龙二年易州龙兴观碑本。倡新特而矜创获,厌刍荛而思螺蛤,情侈意奢,奖誉溢量,无足怪而亦不必非者。逮今时移事往,言迹俱陈,善善从长,当戒偏颇。②

③ 我们没有选叶适的诗。他号称宋儒里对诗文最讲究的人,可是他的诗竭力炼字琢句,而语气不贯,意思不达,不及"四灵"还有那么一点点灵秀的意致。所以,他尽管是位"大儒",却并不能跟小诗人排列在一

---

① 《宋诗选注》,第272页。
② 《管锥编》,第629页。

起;……[引者略]①

例①中讨论的是陆游诗中用典和对偶的问题。古代诗学史上,研究者们对陆放翁的善运典、善对偶早已达成共识,形成了所谓的主流意见。钱锺书虽然肯定了这一诗学界的"共识",却同时从陆游本人的具体作品出发,公正地指出了这一主流意见的遮蔽效应——此种贴标签似的"共识"很容易抹杀陆游诗学的真相:一者可能令后人误以为放翁诗中佳处只在用典和对偶之中,导致忽视他那些"朴质清空的作品";二来也直接无视陆游本人对此一创作方法的自觉反省及其反拨、纠正的努力。这种一切从对象出发、不盲从主流的"疏离式"研究,不仅对还原一个真实的陆游意义重大,就诗学研究而言也堪称范例。实际上,钱氏对陆游虽多有肯定,甚至盛赞放翁的"写景叙事"功力,但对其诗歌艺术的总体评价却是贬多于褒的。② 可以说,正是"疏离"姿态的坚持,使钱锺书摆脱了自身偏好的影响,避免了朱熹等人曾经犯过的类似错误。

例②虽然是就哲学著作《老子》而发,但其讨论的版本辨别问题亦是古代诗学界所关注的重要问题之一。例中"晋、唐注家"的做法正是自居于司马迁阴影之下的结果。就因为《史记》中有"言道德之意五千余言"这么一句,这些注家便不顾王弼注本的完整性而偷偷删减以合司马迁之言。显然,这种对前人观点的亦步亦趋只能引发谬误乃至笑话。后来的钱大昕、严可均虽然能够摆脱司马迁的"困扰",却又陷入了自己感情的束缚,一味地标新立异而忽视了对所谓"龙兴观碑本"与王弼本的对比考察,其所谓的"新特"当然也难免偏颇了。

例③则是钱锺书的夫子自道。虽然"大儒"叶适被前人视为"宋儒里对诗文最讲究的人",钱氏却不受这一说法的干扰,而是将其诗作与"永嘉四灵"做了具体比较,结果发现叶适的诗实则充满"学究"气,艺术价值不高,反而不如"四灵"——虽然这些"小诗人"气象不大,但其诗歌至少还不缺少一些"灵秀的意致"。这一新见的得出当然有赖于钱锺书本人博通的知识结构和高超的艺术鉴赏力,但不可否认也受惠于其始终坚持的疏离原则。

以上我们分别讨论了"疏离"的概念渊源及其在钱锺书著作中的表现,分析了其本身具有的诗学功能,明确了其要义所在即确立研究主体与对象的适当距离,避免自身情感与其他研究主体的干扰,以一种旁观者的姿态给予对象具体、全面、客观的考察以求公正的结论。的确,因为与研究对象和研究者

---

① 《宋诗选注》,第 359 页。
② 《谈艺录》,第 321—338 页。

群体中所谓的权威、主流、中心保持了距离,疏离的研究者也就具有了更大的独立思考空间和学术自由——这对于诗学研究而言毫无疑问具有积极的意义。但"疏离"概念也存在着一个自身无法解决的"阿喀琉斯之踵"。研究中主体与对象靠得太近的确容易将自己的情感投射于对象之上,造成认识的遮蔽和偏颇;但靠得太远、一切均以"无所谓"的心态视之,恐怕也将发言玄远,陷入另一种形式的蹈空,于诗学本身亦无所助益。那么,究竟怎样的"距离"对疏离感的建立才是恰当的?在这里"疏离"似乎遇到了类似于"过度诠释"概念中的"度"该如何界定一样的尴尬。正如乔纳森·卡勒(Jonathan Culler)所指出的,"过度诠释"这个概念本身预设了"存在某种'恰如其分'的诠释"的前提①,而究竟怎么做才算"恰如其分"却往往是无法确定的。艾柯在面对这个棘手的问题时选择了从反面入手的方式,即借用波普尔(Popper)的"证伪"原则,通过界定"什么诠释是'不好'的诠释"来把握所谓的诠释之"度",又通过提出"文本意图"(intentio operis)概念来进一步限制、调适阐释者本人的主观性。② 如同我们在上文的讨论中已经发现的那样,在面对"疏离"所涉及的主体与对象的"距离"问题时,钱锺书也如艾柯一样强调以作品本身的整体情况作为"距离度"的主要衡量标准。不过,与之不同的是,钱氏也没有放弃从主体自身这方面加以限制的尝试。而上述两方面的努力互相结合,便形成了钱锺书诗学中主体建构的另外两大原则——"胆识"与"精审"。

(三) 胆识

在中国古代诗学史上,"胆识"这一术语并不令人感到陌生。在清人叶燮的诗学主张中,"胆识"被分解为"胆"和"识"两个层面,与其所谓的"才""力"并而为"在我之四"——"大凡人无才,则心思不出;无胆,则笔墨畏缩;无识,则不能取舍;无力,则不能自成一家"。③ 关于"胆"的问题,叶燮这样写道:"昔贤有言:'成事在胆'、'文章千古事',苟无胆,何以能千古乎?吾故曰:无胆则笔墨畏缩。"④至于"识",叶燮则认为其有助于保障一个人的独立判断力——"惟有识,则是非明;是非明,则取舍定。不但不随世人脚跟,并亦不随古人脚跟"。⑤ 不过,在"胆"与"识"的关系问题上,叶燮强调的是"识"的先决

---

① 乔纳森·卡勒:《为"过度诠释"一辩》,见安贝托·艾柯等:《诠释与过度诠释》,王宇根译,北京:生活·读书·新知三联书店,2005年,第120页。
② 同上书,第54页,第83—95页。
③ 叶燮、薛雪、沈德潜:《原诗 一瓢诗话 说诗晬语》,霍松林、杜维沫校注,北京:人民文学出版社,1979年,第16页。
④ 同上书,第26页。
⑤ 同上书,第25页。

第二章 "解人谈艺"的主体建构:从"学士"到"解人"　125

地位,即所谓"识明则胆张,任其发宣而无所于怯,横说竖说,左宜而右有,直造化在手,无有一之不肖乎物也"。①

《原诗》中所谓的"胆"与"识"主要是就诗歌创造者而言的。在叶燮眼中,"胆"决定着创作者文辞的自信纵横,无"胆"就将导致"笔墨畏缩";"识"则决定着创作者明辨是非的能力,有助于作者本人坚定立场。而作者能否分清是非优劣及是否具有独立的立场,本来就决定着自身的创作底气,故而"识"对"胆"便自然而然具有决定作用。显然,"识"在叶燮的诗学体系中占据着先决地位:一个作者只有具备分辨是非的能力,才能拥有拒绝人云亦云、畅所欲言的勇气。无论我们是否赞同叶燮对这两个概念的论述,在《原诗》的理论框架中,"胆"关涉创作主体的勇气而"识"则与其分辨力、判断力相关是比较清楚的,它们共同构成了主体素养的两大基本层面。

正是在叶燮等前人关于"胆""识"探讨的基础上,笔者借用"胆识"这一术语来概括钱锺书诗学方法中有关主体精神方面的要求。具体说来,这一概念包含着三个方面的内容:勇气,诚实,以及细腻而大胆的辨别、推测能力。

钱锺书特别重视研究主体勇气的发挥。的确,我们很难想象一个缺乏勇气的人将如何对所谓"权威"和"主流"保持疏离,更不用说积极地加以批判。钱著中主体的勇气首先便体现在对对象及前人的大胆的评价上:

> 韩愈《荐士》谓"周诗三百篇,雅丽理训诰,曾经圣人手,议论安敢到!"王世贞《弇州四部稿》卷一四四则谓《诗》"旨别浅深,词有至未",因一一摘其疵累,虽未尽允,而固非矮人观场者。《三百篇》清词丽句,无愧风雅之宗,而其芜词累句,又不啻恶诗之祖矣。
> ……[引者略]韩愈口角大似《三百篇》之"佞臣",而王世贞则不失为《三百篇》之诤臣。《诗经》以下,凡文章巨子如李、杜、韩、柳、苏、陆、汤显祖、曹雪芹等,各有大小"佞臣"百十辈,吹嘘上天,绝倒于地,尊珷如璧,见肿谓肥。不独谈艺为尔,论学亦有之。②

《诗经》历来被遵奉为古代经典,在儒门诸生眼中更是神圣不可侵犯。即便到了今天,其作为最早的诗歌总集的地位、集体智慧的结晶与卓越的艺术价值仍然令许多研究者拜服而不愿或不敢说出批评的意见。钱锺书却从《雨无正》一诗的具体研究出发,推而论及整部《诗经》,既充分肯定了其作为"风雅之宗"的杰出地位,也据实揭露其"芜词累句"给后世造成的恶劣影响,乃至

---

① 叶燮、薛雪、沈德潜:《原诗 一瓢诗话 说诗晬语》,霍松林、杜维沫校注,北京:人民文学出版社,1979年,第25页。
② 《管锥编》,第251页。

直斥其为"恶诗之祖"。这样的评判所体现的不仅仅是钱氏实事求是的研究品格,更彰显出其追求艺术真理的莫大勇气。钱锺书对作品的评价如此,对其他相关研究者同样直言不讳。从钱著的整体来看,钱锺书对敢于谏佛骨的韩愈基本上褒多贬少,但在《诗经》的研究方面却对其进行了毫不客气的批评,迳呼其为《三百篇》'佞臣'"。而钱氏开出的这份《诗经》"佞臣"名单中,除韩愈以外,从"李杜"一直到曹雪芹,无不是文学史上赫赫有名的大家巨子,历代学人大多尊之拜之唯恐不及,可由于其在所谓"经典"的刺眼光环面前迷失了判断,便终究难逃钱氏的讽刺与批判。这种敢于挑战经典、敢与大师巨匠切磋论战的勇气,实为钱锺书诗学的巨大魅力之一。

当研究者将批判的锋芒指向自己、以同样的勇气进行自我反省与剖析时,他所展现出来的便是一份动人的诚实:

① 休谟逞其博辩,于"因果"、"自我"等无不献疑,扫空而廓清之,顾曲终奏雅,乃曰:"吾既尽破世间法,空诸所有,孑然无依,悄然自伤,不知我何在抑何为我矣。吾乃进食,食毕博戏,与友人闲话,游息二、三小时后,重理吾业,遂觉吾持论之肃杀无温、牵强可笑也"。肯以躬行自破心匠,不打诳语,哲人所罕。①

② 余观张之注《列》,似胜王弼之注《老》,仅次郭象之注《庄》。然王与郭于不可知者置之不论,张则时复扬言不知为不知。不特此也,王之于老,以顺为正之妾妇也;郭之于庄,达心而懦之嗫嚅翁也;而张之于列,每犯颜谠论,作诤臣焉。颇乖古注常规,殊为差事。②

③《白水素女》(出《搜神记》)。按与卷八三《吴堪》(出《原化记》)实为一事,皆螺精也,宜入卷四六七《水怪》门者;而前篇属《女仙》,或犹有说,后篇属《异人》,则匪夷所思矣。县宰向吴堪"要虾蟆毛及鬼臂二物","度人间无此";"鬼臂"不知何谓,"虾蟆毛"殆"龟毛、兔角"之类乎。③

例①对休谟的称赞正是集中在其"肯以躬行自破心匠,不打诳语"这一真诚态度上。钱锺书认为,很多"哲人"常常为自己的"思想"所迷而失去判断力,甚至为自圆其说而不惜添油加醋,休谟则以其自我批评的勇气破除"我执",故而不仅其人值得尊敬,其研究结论也往往更令人信服。例②之所以盛赞为《列子》作注的张湛,原因也是因为张湛不仅敢于质疑自己的对象,做其"诤臣",同时也敢于对自己知识的欠缺直言相告,甚至达到"扬言不知为不

---

① 《管锥编》,第 676 页。引文中的外文原文从略。
② 同上书,第 724—725 页。
③ 同上书,第 1027 页。

知"的地步。例③则直接体现了钱锺书自己的真诚:显然,与休谟和张湛一样,钱氏也是一位奉行"知之为知之不知为不知"原则、敢于承认自身缺陷的诚实研究者。

要成为具有"胆识"的诗学主体,除了需要具备勇气与真诚之外,富有细腻的分辨及推断能力同样重要。研究对象的具体情况往往极其复杂,研究过程中也常常充满各类干扰与迷惑,有时还会遭遇必要资料的缺失,这就需要研究者时刻具有强大的辨别能力,准确细致地区分各类情况与信息,抓住问题的本质,在必要时做出合理的大胆推测。

> 窃谓实斋记诵简陋,李爱伯、萧敬孚、李审言、章太炎等皆曾纠其疏阙;然世人每有甘居寡学,以博精识创见之名者,阳为与古人梦中闇合,实则古人之白昼现形,此亦仲长统"学士第二奸"之变相也。实斋知博学不能与东原、容甫辈比,遂沾沾焉以识力自命,或有怵人先我,掩蔽隐饰。姑存疑以俟考定。①

> 桐城则姜坞、海峰皆尚是作手,惜抱尤粹美。承学者见贤思齐,向风成会。盖学识高深,祇可明义,才情照耀,庶能开宗。坐言而不堪起行者,其绪论亦每失坠而无人掇拾耳。②

在这两个例子中,钱锺书现身说法,展示了其过人的识见。第一个例子是就章学诚"六经皆史"说进行历史考证后所发的一段议论。自从《文史通义》旗帜鲜明地提出"六经皆史"这一说法以来,学界几乎一致将其视为章学诚对史学的重大贡献之一。钱锺书却通过详细的考证,指出章学诚的这一观点早有渊源,实斋有阴袭前人以成其名的嫌疑。在这段引文中钱氏关于章学诚共有两个判断:一、章氏"记诵简陋";二、章氏隐窃前人观点。如果说第一个判断尚有章太炎等人"纠其疏阙"的文字作证的话,后一个判断则缺乏历史文献方面的明证,只是钱氏根据相关文献推测出来的结果。但这并非臆测,而是有大量相关细节作为旁证,故同样可以说是有一定依据的合理判断。不过,即便如此,在做出这个推测后,钱锺书仍没有武断地将其视为定案,而是再次强调自己的判断只供"存疑以俟考定"——在这里,大胆的推测与真诚的求是精神再次融合在一起。第二个例子则充分体现了钱锺书对于诗学问题的细腻的辨识能力。这段文字为讨论桐城派诗学诸问题后所发。有清一代,与方苞、刘大櫆、姚鼐同时的学问大家并不罕见,为何独有这三人能够开宗立派? 钱氏细致区分了能开一代风气者必须具备的两大素质,即"学识"与"才

---

① 《谈艺录》,第 656—657 页。
② 同上书,第 373 页。

情"。"桐城三祖"同时代的学人们之所以未能如其一般开创学派,即因其虽具学识却乏才情所致。这一看似信手拈来的区分,却将一个学术史上复杂的大问题解释得透彻明了,令人顿生水落石出之感,足见主体的精到眼光之于诗学研究的重要意义。

总而言之,钱锺书诗学中的"胆识"是针对其理想主体的精神方面而言的。只有具备勇气、真诚与细腻辨别力的研究主体,才能避免在"疏离"中迷失方向,并在其博通的知识结构与广阔视角的支持下,以旁观者的冷静实现对研究对象的批判性解读。

(四) 精审

如果说在应对"疏离"所涉及的主、客体距离问题上,"胆识"强调的是主体精神层面的要求,那么"精审"就侧重于研究的具体操作层面,即始终以作品为依托,在通观全体的同时重视细节的把握,借助审慎的辩证思维,以一种历史的眼光得出精到而缜密的认识。

"精审"是戴震经学方法论中的一个重要环节,最早大约出自其致友人的一封书信:

> 仆闻事于经学,盖有三难:淹博难,识断难,精审难。三者,仆诚不足与于其间,其私自持,暨为书之大概端在乎是。前人之博闻强识,如郑渔仲、杨用修诸君子,著书满家,淹博有之,精审未也。①

戴震将经学研究分为三个阶段:淹博、识断、精审。根据孙以昭的观点,"'淹博',就是博览群书,广泛地占有资料,'识断',是分析与判断资料的能力;具备了这两个条件,然后才能臻达'精审'的境界"②。总的说来,"淹博"大致对应着上文我们已经分析过的"博通",不过其主要强调的是知识结构的完善与总量的丰富,并未明显涉及"博通"范畴中"广博的研究视野"这一内在要求。"识断"则大致对应于钱锺书诗学方法论中的"胆识",只是对研究者勇气的强调没有钱锺书那么突出而已。而"精审"实为建立在前两者基础上的提升。从戴震对博学鸿儒郑樵、杨慎的评价来看,"精审"显然是一种并不容易达到的研究境界。

钱著中对"精审"概念也多有使用。一是用来赞扬其他学者审慎而精心的学术工作,比如《谈中国诗》一文末尾的附识中赞美郑西谛"校点唐人诗集

---

① 戴震:《与是仲明论学书》,见戴震:《戴震集》,上海:上海古籍出版社,2009年,第184页。
② 孙以昭:《戴震经学方法论初探》,《安徽大学学报(社会科学版)》1979年第2期,第31—36页。

极精审"①,《七缀集》的修订本前言中称法国学者郁白(Nicolas Chapuis)对自己著作的翻译为"精审的移译"等②;二是用来评判前人的诗学研究,例如《谈艺录》谈到任渊(天社)、史言(青神)对黄庭坚诗歌的注释时曾经写道:

> 任史二注,久号善本。大体详密,实符其名。方东树《昭昧詹言》卷十乃谓任注甚疏漏,史更劣。而一无举例,殆以编定姚姜坞《援鹑堂笔记》,见补注山谷诗若干事,遂臆必武断耶。姜坞所补如道山、赐环、帻沟娄诸则,天社皆发厥端,特未精审耳。其说《次韵子瞻以红带寄王宣义》诗,所举宣义名字里贯,及与东坡姻娅,均见天社此诗原注;而方氏按语谓出史青神注。即斯一端,张冠李戴,可见渠侬胸中,初不了了。以余寡陋,则见他书中有说山谷诗出处者,求之二注,往往赫然已备。③

显然,钱锺书为任渊的开创性识见("发厥端")做了辩护,然而钱氏对"识见"与"精审"的判然有别也是洞察于胸的。任渊在《山谷诗集注》中虽然有不少查漏补缺的贡献,然而其中某些部分的论述却显得粗糙而缺乏细致辨析,因而称不上"精审"。方东树虽然是站在精益求精的立场上对任渊做出批评,然而却不从任渊的注释文本出发,而根据姚范(姜坞)的一些补注对天社注横加指责,因此犯下了"武断"且"张冠李戴"的错误。从这些论述中,我们不仅可以看出钱锺书诗学方法中的实事求是,也可以从侧面把握其对"精审"的基本阐发。具体说来,研究主体的"精审"表现在以下三个方面:其一,尊重对象;其二,具备历史的眼光;其三,具有辩证思维能力。

与"胆识"不同的是,"精审"虽然也是就主体而发,却具有强烈的对象指向性,即主体是否做到了"精审"不是由其自身所判定,而是由对象鉴别的。"尊重对象"可以说是钱锺书诗学方法中最为突出的特征之一。具体实践中,这一原则往往表现为文本的第一性。用艾柯的话来说,正是"文本的连贯性整体"在对研究者认识的正误与优劣进行检验。④ 那么,如何才能做到"尊重对象"?

首先,研究者必须真正做到始终以文本为依托展开思考与研究。

《陶岘》(出《甘泽谣》)赋诗有云:"鹤翻枫叶夕阳动,鹭立芦花秋水明。"……[引者略]清徐增《而庵诗话》说"唐人"此一联之妙,曰:"夫鸦翻

---

① 《人生边上》,第168页。
② 《七缀集·修订本前言》。
③ 《谈艺录》,第30—31页。
④ 安贝托·艾柯等:《诠释与过度诠释》,王宇根译,北京:生活·读书·新知三联书店,2005年,第69页。

枫叶,而动者却是夕阳,鹭立芦花,而明者却是秋水,妙得禅家三昧!"夫夕阳照枫叶上,鸦翻枫叶,夕阳遂与叶俱动,……[引者略]语意初非费解,无所谓"禅家三昧"。谈艺者每佣耳赁目,未饮先醉,击节绝倒,自欺欺人;《妙法莲华经·方便品》第二论增上慢,《圆觉经》论嫉妬,皆曰:"未得谓得,未证谓证",八字道尽矣。①

  以文论为专门之学者,往往仅究诏号之空言,不征词翰之实事,亦犹仅据竞选演说、就职宣言,以论定事功操守矣。②

徐增在分析诗句时一味驰骋自己的想象,其解说虽不毫无道理,但其忽视对诗句本意的体察,将一副触目直陈之秋景图,强解为"禅家三昧"的奥义图,正所谓徒生事端。这样的解释当然与"精审"相去万里,只能斥为"佣耳赁目""自欺欺人"。而某些经验作者就诗学问题所发的口头言论则往往与其具体实践互相乖违,这就更提醒研究者不能轻听轻信,而应以"词翰之实事"作为审核判断的基本依据。当然,以文本为依托并不意味着迷信文本,对文本本身也应当始终保持清醒的头脑,辩证地进行分析。

其次,在解读具体文本时,应做到通观整体与关注细节的统一。认识到对象的重要性并不等于认识了对象,具体研究中必须采取整体与局部相统一的方法对文本进行深入细致的分析,两方面都不能忽视。

  [陆游]好正襟危坐,讲唐虞孔孟,……[引者略]至以步兵非礼法为可诛(《读阮籍传》七绝),以宣尼推老子为虚妄(《读老子传》七绝)。而丹灶道室,尺宅寸田,言之津津。……瓯北于放翁道学诗,……[引者略]皆不之举,寥寥引数章,遽谓放翁得力性理。……[引者略]瓯北未尝深究性理之书,故不知诗人口头兴到语,初非心得;据为典要,尊之适所以困之。③

具体到文本的解读来说,所谓通观整体便是始终保持对全部文本及其上下文语境的整体关注。就引文中提到的赵翼(瓯北)等陆游诗歌的研究者而言,首先需要做的应当是通读放翁诗集,而不是仅仅根据对少数几首诗的精读便匆忙下结论。钱锺书通过对陆游诗歌的整体考察,揭示了陆游在诗中议论方面存在着大量的自相矛盾现象,这个结论因为有整个文本语境的支持而经得起推敲。但赵翼根据寥寥几首诗得出的陆游"得力性理"的结论则不仅站不住脚,反而有误导后人的坏处。

---

① 《管锥编》,第 1306 页。
② 《谈艺录》,第 614 页。
③ 同上书,第 324—325 页。文段前"[陆游]"为笔者所加。

钱氏援引赵翼的例子不是对细节考察的否定,而是对关注细节绝不能仅仅注目于"针尖麦芒"处的强调。事实上,钱氏对细节的重要性及如何把握细节是有过自觉探讨的:

> 潜能者,能然而尚未然;几者,已动而似未动,故曰"动之微",《鬼谷子·揣》篇命之曰"几之势"。"知几"非无巴鼻之猜度,乃有朕兆而推断,特其朕兆尚微而未著,常情遂忽而不睹;……[引者略]苟博物深思,于他人不注目经心之禽虫变态,因微知著,揣识灾异之端倪,则"知几"之"神"矣。①

这里的"知几"正是指发现不易为人察觉的细微变化,钱氏此处讨论的恰是研究中通过何种方式对细节进行把握的问题。从其具体论述来看,钱锺书认同的是通过与这些细节相联系的征兆来进行查考,即通观全局,"博物深思",于"他人不注目经心"处发现对象发展变化的奥妙。

> "闻赤松之清尘兮,愿承风乎遗则。……羡往世之登仙,……羡韩众之得一";《注》:"思奉长生之法式也";《补注》引《列仙传》载赤松子"服水玉"及韩终"采药""自服"事。按《天问》:"白蜺婴茀,胡为此堂?安得夫良药,不能固臧?……大鸟何鸣?夫焉丧厥躯?"《注》、《补注》皆言指崔文子学仙于王子乔事,见《列仙传》佚文者(今本《搜神记》卷一亦载之)。则《远游》下文之"吾将从王乔而娱戏",又"见王子而宿之兮",正即此持药化鸟之人。合三节而观之,《天问》"安得良药?""焉丧厥躯?"之非辟求仙而讥方术,断可识矣。盖疑事之无而驳诘,"问"也;信事之有而追究,亦"问"也;自知或人亦知事之有无而虚质佯询(erotesis),又"问"也。不识而问,不解而问,不信而问,明知而尚故问,问固多方矣,岂得见"问"而通视为献疑辩难哉?②

对《远游》的这段分析充分展示了钱锺书在通观全局的基础上把握细节的研究方法。钱氏首先从《远游》中的一个句子及洪兴祖等人的相关注释出发,将其与《楚辞》中的另一篇什《天问》中的有关句子进行连类,复引《远游》下文中相关句子合而观之,得出了《天问》并未对神仙方术之事进行讽刺的结论。值得注意的是,这个结论并非在有关《天问》的研究部分得出,而是提出于《远游》篇的探讨之中。严格说来,这样的处理难免有"偏题"之嫌。但如果换一个角度来看,则此一处理方式充分表明,在钱锺书眼中,《远游》也好,《天

---

① 《管锥编》,第76页。
② 同上书,第952—953页。

问》也罢,都不是孤立存在的,它们是《楚辞》这个著述整体的有机组成部分,因而可以也应当同时进行研究。这一研究立场所表明的,显然是一种强烈的整体观念。而在《楚辞》整体的观照下,钱氏继续"偏题",进而又对"问"的类型进行了细致解析,区分出"不识而问""不解而问""不信而问""明知"而"故问"等诸种类别,生动展示了其出色的细节辨别能力。

　　上述对研究对象整体与细节的把握几乎都是在文本内部实现的。有时候研究对象的情况比较复杂,研究的问题涉及诸多变化,这就需要研究者重视对象历史发展的具体情况,运用历史的眼光对其加以整体把握。例如,钱锺书曾由《太平广记·番禺书生》一则中的一段文字出发,从历史演变的角度考察"残"字在诗文中字义的变化,指出唐代以前的"残"字常作动词使用,表示"剩下、剩余"的意思,唐以后虽然保留了这一意义,但已经仅限于用作形容词出现在"残兵"等极少数词语之中了。宋以后,"剩下、剩余"这一层意思被"余"字加以接收,而"残"字的字义则恰好走向了其反面,即"损失、失去"之意。钱氏通过大量的例证表明:这样的历史考察并非无谓的文字考据,而是与后人对字义的细致把握和诗意的正确理解息息相关。①

　　对诗学研究而言,无论是对象自身的艺术价值还是前人研究的参考价值往往都是多方面的,甚至优劣并存的。这就需要研究者具备必要的辩证思维能力,学会一分为二地分析问题,得出中肯的意见。

　　① 窃谓诗文风景物色,有得之当时目验者,有出于一时兴到者。出于兴到,固属凭空向壁,未宜缘木求鱼;得之目验,或因世变事迁,亦不可守株待兔。②

　　② 《后汉书·宦官传》:"乘胜追北",章怀注:"人好阳而恶阴,北方幽阴之地,故军败者谓之'北'。"未必得"败北"之正解,而足征古人以"北"与"幽阴"通贯,故管辂告赵颜曰:"南斗注生,北斗注死。"③

　　③ 明、清评点章回小说者,动以盲左、腐迁笔法相许,学士哂之。哂之诚是也,因其欲增稗史声价而攀援正史也。然其颇悟正史稗史之意匠经营,同贯共规,泯町畦而通骑驿,则亦何可厚非哉。史家追叙真人实事,每须遥体人情,悬想事势,设身局中,潜心腔内,忖之度之,以揣以摩,庶几入情合理。盖与小说、院本之臆造人物、虚构境地,不尽同而可相通;记言特其一端。④

---

① 《管锥编》,第 1341—1342 页。
② 同上书,第 154 页。
③ 同上书,第 1236—1237 页。
④ 同上书,第 272—273 页。

引文①论述的是如何分析诗文中意象的问题。钱锺书将诗文中的"风景物色"划分为两大类,即现实生活中的意象和作者想象中的意象。对于后者,研究者一般尚能认识到其"凭空向壁"而生的特点而不强求其"实",但对于前者却往往凭生活经验而以所谓"真实性"苛求于作者——比如诗文研究中的"考据派"。钱氏虽然并不否定生活真实的重要性,却正确地指出"世变事迁"同样会造成诗文中似乎"得之目验"的"风景物色"在当代的变化,故而拘泥于文字,一成不变地看待前人诗歌中现实风景描写的做法也是极其错误的。

例②所论则是如何看待有缺陷乃至错误的观点的问题。虽然认为《后汉书》章怀注中关于"乘胜追北"的解释不一定正确,钱锺书却能够看到这条注释另一方面的价值,即能够充分证明"古人以'北'与'幽阴'通贯"这一判断。同样的例子也出现在对张耒《右史文集》一篇序文的评价上。在《杨克一图书序》中,张耒解释了所谓的"因"与"想"两大概念:"夫'因'者,'想'之变。其初皆有兆于余心,迁流失本,其远已甚,故谓之'因',然其初皆'想'也。而世不能明其故,以所因者为非想。夫使如至人之无想欤?则无梦矣!岂有梦而非想者哉?"钱锺书虽然认为张耒混淆了"想"和"因"的"心身内外之辨",称之为"灭裂"之论;但同时又指出张耒以"远近故新之殊"看待"想"和"因"的区分很有价值,称赞其有益"神智"。① 这样的例子表明,钱锺书于诗学研究中所致力的是彻底发掘每一则研究材料的价值,即便这些材料存在某种程度上的错误也不轻易放弃。这种一分为二的研究方式正是辩证思维的内在要求。

引文③则在讨论如何看待明清小说评点的基础上引出了对历史著作的评判这一大问题。钱锺书认为,明清小说评点家动不动就将小说作者比附于司马迁等史家的做法的确应该批评,因为他们这么做不纯粹是为了揭示作品的价值,也是为了攀附正史以提高小说的地位。但钱氏不仅没有因此而对其全盘否定,反而大力赞扬这些评点家们对正史与小说的独到体悟,即他们认识到了历史学家的写人记事与小说中的人物塑造和环境描写手法具有某种相通之处。这样,讨论的重点便自然转向如何看待历史著作的问题。在钱锺书看来,历史——尤其是正史——虽然常常以客观、真实标榜自身,但在遇到材料缺失或是记录条件方面的局限时,也不得不"遥体人情,悬想事势",并最终形诸于语言文字,文学性与客观性遂并而为历史著作的两大特点。这样一来,历史写作与文学创作实际上就具有了某种相似之处,因而是可以进行"连类"或"参观"。这一认识贯穿在钱锺书的整个学术研究之中,也成为其诗学方法极为鲜明的一大特色。在这一特色形成的过程中,辩证的、一分为二

---

① 《管锥编》,第 754 页。

的研究方法无疑提供了极大助力。

以上我们分别从尊重研究对象、培养历史眼光和进行辩证分析等三个方面阐释了钱著中的"精审"原则。这一原则虽然是就如何提升诗学研究者素养的问题提出来的,因而具有较浓的主体色彩,却也特别强调研究对象或文本本身的决定性地位,以此确保研究的脚踏实地和言之有物。但突出文本的重要性并不意味着将文本绝对化而不许越雷池一步。在实际的研究过程中,研究者也应当充分发挥自身的主观能动性,具体问题具体分析,对"精审"原则进行灵活运用。

(五)"活法"

在对"精审"原则的理解和运用过程中,研究主体一旦走向极端,只论文本而不及其余,就容易陷入"死于句下"式的僵化。如何避免这一迷误的发生?钱著中给出的答案是一个新的原则——活法。

"活法"是古代诗学史上比较有影响力的一个概念,最早大约是由宋代的吕本中提出来的:

> 学诗当识活法。所谓活法者,规矩备具。而能出于规矩之外;变化不测,而亦不背于规矩也。①

显然,吕本中所谓"活法"是专指诗歌创作技巧而言的。后来,杨万里又吸收并进一步发展了"活法"这个概念。随着"诚斋体"的大行其道,这一概念也更加为后代诗学家们所常言乐道。例如,宋代的范晞文就评价学杜而优者曰"颇得老杜活法"②;清代叶燮也以"活法"与"死法"相对,用来形容诗歌创作中的不"泥于法"之"法",为其添加了一层"不可言"的神秘色彩③。在概念发展的过程中,"活法"渐渐越出"诗法"领域,开始向其他艺术门类渗透。例如在元人陶宗仪笔下,"活法"便成了绘画技巧中的一种。④

"活法"本身具有的丰富的理论价值最终使其进入了学术研究领域。在

---

① 吕本中:《夏均父集序》,见陈良运主编:《中国历代诗学论著选》,南昌:百花洲文艺出版社,1995年,第414页。
② 范晞文:《对床夜语》,见《影印文渊阁四库全书》第1481册,台北:台湾商务印书馆股份有限公司,1986年,第878页。
③ 叶燮、薛雪、沈德潜:《原诗 一瓢诗话 说诗晬语》,霍松林、杜维沫校注,北京:人民文学出版社,1979年,第20—21页。
④ 陶宗仪:《南村辍耕录》,北京:中华书局,1959年,第95页。原文如下:"山水中唯水口最难画。远水无痕,远人无目。水出高源,自上而下,切不可断派,要取活流之源。山头要折搭转换,山脉皆顺,此活法也。众峰如相揖逊,万树相从,如大军领卒,森然有不可犯之色。此写真山之形也。"

罗大经的《鹤林玉露》中,"活法"一方面继续在"诗法"层面被加以运用,比如作者在分析杜甫《送杨六判官使西蕃》诗中"子云清自守,今日起为官"一句时,便将杜甫以"云"对"日"的处理称为"诗家活法"①;另一方面也已经被用来指读书和做学问的方法——"夫着一能读书之心,横于胸中,则锢滞有我,其心已与古人天渊悬隔矣,何自而得其活法妙用哉!"②而在朱熹看来,这个概念完全具备学术方法论的意义:"古人必自有活法,且如筮得之卦爻,却与所占底事不相应时如何?他到这里,又须别有个活底例子括将去,不只恁死杀着。或是用支干相合配处,或是因他物象。"③虽然朱熹在此没有对"什么是活法"下一个具体的定义,但将其视为研究中应当学习的好方法这一层意思却是非常明显的。历代学人对"活法"的论说也引起了钱锺书的极大兴趣。与以上大多数论者重使用、不重界定的做法不同,《谈艺录》中对吕本中(东莱)提出的这一定义做了较为详尽的阐析:

> 东莱借禅人"死语不离窠臼"话头,拍合谢玄晖"弹丸"名言,遂使派家有口诀、口号矣。其释"活法"云:"规矩备具,而出于规矩之外;变化不测,而不背于规矩";乍视之若有语病,既"出规矩外",安能"不背规矩"。细按之则两语非互释重言,乃更端相辅。前语谓越规矩而有冲天破壁之奇,后句谓守规矩而无束手缚脚之窘;要之非抹杀规矩而能神明乎规矩,能适合规矩而非拘牵乎规矩。④

《宋诗选注》中,钱氏又对经杨万里发展了的"活法"概念做出了分析:

> "活法"是江西派吕本中提出来的口号,意思是要诗人又不破坏规矩,又能够变化不测,给读者以圆转而"不费力"的印象。杨万里所谓"活法"当然也包含这种规律和自由的统一,但是还不仅如此。根据他的实践以及"万象毕来"、"生擒活捉"等话看来,可以说他努力要跟事物——主要是自然界——重新建立嫡亲母子的骨肉关系,要恢复耳目观感的天真状态。⑤

在上述基础上,钱锺书在自己的著作中也积极对"活法"概念加以运用:

> 显拟二物,曰"如"曰"似",则尚非等同,有不"尽取"者在;苟无"如"、

---

① 罗大经:《鹤林玉露》,王瑞来点校,北京:中华书局,1983年,第194页。
② 同上书,第89页。
③ 黎靖德编:《朱子语类》,王星贤点校,北京:中华书局,1986年,第1634页。
④ 《谈艺录》,第292页。
⑤ 《宋诗选注》,第255页。

"似"等字,则若浑沦以二物隐同,一"边"而可申至于他"边"矣。虽然,文章狡狯,游戏三昧,"取"物一节而复可并"从"其余,引喻"取分"而不妨充类及他,……[引者略]斯又活法之须圆览者。①

  陆机《演连珠》。按立譬多匠心切事,拈而不执,喻一边殊,可悟活法。②

从以上四段文字可以看出,钱锺书对"活法"的理解基本上与吕本中一致而又有所发展。一方面,钱锺书将"活法"解释为"守规矩"而又不"拘挛乎规矩",即实现"规律和自由的统一";另一方面,则抓住后人所忽视的、吕本中所引谢朓(玄晖)的"弹丸"之喻,将"活法"与"圆"挂钩,强调"拈而不执"以及避免拘于"一端"的重要性,以其独特的"圆的诗学"对这一术语进行了吸纳和扩充。③ 在此基础上,一个以"通观圆览"为特征的方法体系便逐步成型了。

具体说来,钱锺书所谓的"活法"首先强调诗学主体应尊重艺术的特殊性,懂得不能完全根据生活经验对艺术问题进行分析和评判,更不可对之生搬硬套。

  《离骚》上文曰:"惟草木之零落兮",下文曰:"贯薜荔之落蕊",亦然。下文又曰:"溘吾游此春宫兮,折琼枝以继佩,及荣华之未落兮,相下女之可遗";……[引者略]若科以"菊不落花"之律,天宫帝舍之琅树琪花更无衰谢飘零之理,又将何说以解乎?比兴大篇,浩浩莽莽,不拘有之,失检有之,无须责其如赋物小品,尤未宜视之等博物谱录。使苛举细故,则木兰荣于暮春,而《月令》曰:"季秋之月,菊有黄华;是月也,霜始降,草木黄落。"菊已傲霜,而木兰之上,零露尚溥,岂旦暮间而具备春秋节令之征耶?朝止渴抑无可食而夕止饥抑无可饮耶?指摘者固为吹毛索痏,而弥缝者亦不免于凿孔栽须矣。④

引文所论乃古典诗文中"菊落"这一公案。《离骚》中有"惟草木之零落兮""夕餐秋菊之落英",后来王安石取其意以入诗,遂引发诗坛关于"菊花落英"这一意象的争论。支持者认为菊花和其他花卉一样会飘落,王安石的描写符合实情;反对者则指出菊花只会在枝头枯萎而绝不会像其他花卉那样"落英缤纷",因而嘲笑王安石的描写缺乏生活常识。钱锺书认为争论双方正是不懂得事理与艺理的区别,因而有失于"活法"解诗的要求。现实生活中菊

---

① 《管锥编》,第 70 页。
② 同上书,第 1905 页。
③ 详见本书第四章第一节的讨论。
④ 《管锥编》,第 899 页。

花的确很少凋落①,从这个方面来讲屈原和王安石的确都犯了错误。然而,两位诗人是在文学创作中以自己的想象贴合上下文语境而创造出这一意象的,就艺术创作而言其实无可厚非。因为假如处处以生活中的真实情况要求文艺创作的话,那么对"琅树琪花"这样的文学虚构意象的描写就更是无法解释了。因此,以生活事理苛责艺术描绘实乃"吹毛索瘢",不从艺术本身的特殊性出发、企图从生活中寻找所谓的事实依据来证明艺术真实的做法同样称得上"凿孔栽须",也是妄图无中生有。正确的做法只能是承认艺术真实与生活真实同中有异的事实,灵活地进行诗学分析。

"活法"的又一"天敌"是拘执迂腐,因此研究者必须学会"参活句"——灵活对待文句,避免丧失自己的判断力而"死于句下":

> 相如文既失传,不知此事[指琴挑卓文君事——引者注]如何载笔,窃意或以一二语括该之,不同《史记》之渲染点缀。……[引者略]此无他,文尚体要,言各有宜耳。是以《史通》谓马迁"因录斯篇",乃粗举大略,不可刻舟抱柱。泷川引王鸣盛辈读至下文讥《上林赋》"侈靡过实",方悟非"长卿自作传";未参活句,见事遂迟。②

> 诗至李杜,此沧浪所谓"入神"之作。然学者生吞活剥,句剽字窃,有如明七子所为,似者不是,岂非活句死参乎。……[引者略]古人说诗,有曰:"不以词害意"而须"以意逆志"者,有曰:"诗无达诂"者,有曰:"文外独绝"者,有曰:"含不尽之意见于言外"者。不脱而亦不黏,与禅家之参活句,何尝无相类处。③

前例从正面论述了根据不同文体灵活把握其叙述风格的重要性。因为"文尚体要,言各有宜",所以如果一味根据某一种文体的写作惯例或要求来分析不同体裁的作品,便很容易落入参"死句"的死胡同而"见事遂迟"。后例则从反面入手,批判了诗歌史上某些不明究竟、一味模仿因袭者的"活句死参",并进而引入"以意逆志""诗无达诂"等古典诗学方法论作为参照,强调了"活法"与其精神上的一致性,指出其要义在于做到批评时"不脱而亦不黏"。

前文在论述钱锺书关于"博通"的看法时已经指出,这一原则实际包括两个方面,即宏富的知识结构和广博的研究视角。"活法"的第三大要求正是在"博通"的基础上进一步灵活地运用知识,积极、自觉地从不同视角审视对象,

---

① 例如郑思肖《画菊》诗中就有"宁可枝头抱香死,何曾吹落北风中"的诗句。见陶文鹏主编:《宋诗精华》,桂林:广西师范大学出版社,1996年,第980页。
② 《管锥编》,第575页。
③ 《谈艺录》,第248页。

进行多方面、多角度的全面观照,而不是固执一点、咬定一面。

钱锺书首先从其喜谈的比喻修辞入手,揭示了多重视角探究的方法论意义:

> 子才谓"读书如吃饭",为词章说法也。实则此乃道学家讲性理时常喻。……[引者略]《阳明传习录》卷下:"凡饮食只是要养我身,食了要消化。若徒蓄积在肚里,便成痞了,如何长得肌肤。后世学者博学多识,留滞胸中,皆伤食之病也。"盖"长得肌肤",必须饮食,而"肚里做病",亦缘饮食;岂可矫枉过正、因噎禁食哉。……[引者略]明释德清《憨山老人梦游集》卷二十九《大学纲目决疑》谓"致知格物"之"格"兼二义:"斗格"之"格",物我相扞;"感格"之"格",物化归我。语妙谛圆,儒宗如晦庵、阳明,当颔颔首肯。黑格尔论人之学养,谓取见前事物为己有,犹吞嗜而消纳之,化无机体为有机体。亦取譬于饮食消化。诺瓦利斯逐云:"学问之道与生理剧相类,不佳者与无用者徒成身心中积滞。故学犹食也"。①

袁枚(子才)所谓的"读书如吃饭"是就文学创作的问题而发的,钱氏却由辨其渊源出发转而举证了"道学家"领域以"吃饭"喻"读书"的种种说法,实则开启了有关知识的吸收、利用问题的讨论。一个研究者想要有所成就,必须具有淹博的知识,但如果一味积累知识而不加以消化利用,则所谓的知识就将"留滞胸中",反生祸患。接着,钱锺书从佛学的角度进一步明确消化、运用知识的重要性。最后引入黑格尔等为代表的西方哲学的有关论述,再次对"读书如吃饭"这个比喻加以强调。值得注意的是,在并不太长的一段论述中,钱氏依次进行了"文学—道学""生活—学术""理学—佛学""中学—西学"等四次视角的转换。这不仅使其论述更加丰富、全面,也使其显得灵活而又不失客观性,的确值得人们细心揣摩与学习。

在多元视角探究意识的养成过程中,"灵活性"原则的坚持尤为重要。前文所论钱氏关于"学士"种种"陋"端的批判中,出现最多且最频繁的恐怕就是对"迂腐""死板"的揭露与嘲讽了。"泥古不化""胶柱鼓瑟"是钱锺书对这类学者的常用评语。的确,艺术现象是复杂多变的,研究中涉及的问题也是多层次、多方面的,任何奢望找到一个永恒不变的唯一标准并借此一劳永逸地裁决文艺问题的做法都注定成为空想,这种思路所反映的不过是研究者的刻板与怠惰。在面对研究中种种复杂考验时,只有坚守"疏离"立场,把握"精审"原则,充分发挥"胆识",积极灵活地进行多方考察,才能确保整个研究的

---

① 《谈艺录》,第523页。

正确性与说服力。

比如,"精审"原则要求研究者一切从文本出发并最终归于文本。为了避免一开始就犯下错误,我们必须先对文本本身进行考察论证,确保作为依托的文本的可靠性——这也是"精审"原则的题中应有之义。可是,这个"可靠性"究竟该如何判定?从钱著中的实例来看,钱锺书给出的回答是清楚的,即:不存在一个一成不变的"可靠性"判断标准。一个文本是否可以作为研究的依托应当视具体研究对象而定,灵活地进行判断。

> 古人选本之精审者,亦每削改篇什。……[引者略]余所睹明、清名选如李攀龙《诗删》、陈子龙等《皇明诗选》、沈德潜《别裁》三种、刘大櫆《历朝诗约选》、王闿运《湘绮楼词选》之类,胥奋笔无所顾忌。且往往一集之内,或注明删易,或又删易而不注明,其淆惑也滋甚。……[引者略]抑评选而以作手自居,当仁不让,擅改臆删,其无知多事之处,诚宜嗤鄙,然固不乏石能攻玉,锦复添花,每或突过原本,则又无愧于作手。评选而不以作手自居,自知洞明,自谦可尚,然而往往不自省厥手不辨"诗中疏凿",实并勿胜评选之役,则明而终昧、谦而仍未免于僭尔。①

显然,这是一段围绕"灵活性"展开的议论文字。就"古人选本"的选编者而言,他们中有的自身具有丰富的创作经验和高超的艺术水准,于是在编选他人作品时往往忍不住"灵活"处理,从艺术价值的角度对前人诗作进行各类"删易";有的则不敢"以作手自居",老老实实原封不动地收录前人作品。就阅读、研究这些"选本"的后人而言,必须认识到文本考证的必要性——如果连号称"精审"的选本都存在不忠实于原作的情况,这种考证就更显得必要了。不过,考证文本的目的虽然是为了辨别是非,却又不能仅凭"不实"之名便武断地抛弃那些"删易"过的选本。因为我们不能不承认,虽然有些经后人"擅改臆删"的文本实属"无知多事""淆惑也滋甚",造成巨大破坏和干扰,可有些"删易"过的作品又的确更能彰明原作的艺术价值并且为原作者"锦上添花"——这一点不仅有引文中提及的姚铉所选曹邺《读李斯传》等中国诗歌史上的例子为证,西方诗歌史上,庞德助艾略特(T. S. Eliot)删改《荒原》(*The Waste Land*)一诗而大成其美也是文坛历来传诵的佳话。而有些据实以录的选本,倒是因为选编者水平有限,选目不精,反而埋没了原作者的艺术成就与贡献。如此看来,当我们的研究目标是注目于文学史的发掘和文献考据时,也许需要给予那些"忠实"的选本更多的关注;但是当我们的研究是致力于发

---

① 《管锥编》,第1689—1694页。

掘原作者的艺术价值和贡献时,则经过"删易"的选本不仅不该回避,反而应予以高度重视和肯定。这样复杂的情况所要求于研究者的,只能是借助细腻的鉴别能力,时刻做到多角度、多层次地观察和分析问题,在研究中保持高度的灵活性。

与坚持从多个视角考察对象相一致的,是多种研究方法的综合使用。由于文艺研究对象的复杂性,有时候使用一种方法并不能充分发掘其全部意义,也很难将一个深刻的问题解释透彻,这时候就要求研究者尝试使用多种方法,通过不同途径得出并验证自己的研究结果。

举例来说,文学史上历来对《楚辞》中《招魂》一篇争论不休,论争的焦点之一即"谁为谁招魂"的问题。如为《楚辞》作注的王逸就认为《招魂》的作者当为宋玉,《招魂》所写乃是宋玉为屈原招魂,后来朱熹在《楚辞集注》中也持此说;但萧穆等人则认为作者——亦即招魂者——当为屈原,所招之魂乃是楚怀王。钱锺书在这个问题上并没有直接给出自己的观点,而是首先使用归谬法揭示王逸等人的错误。假定《招魂》所"召"真是屈原之魂,那么文中的描述对象就该是屈原。可是从具体的文字描写来看:其一,《招魂》提及被招魂者时"无一言及于水"——这与屈原在其作品中屡言"沉流""葬鱼腹"之死志及最终沉沙汨罗的事实不符;其二,《招魂》所描写的对象显然是一位富可敌国、耽美好色之徒——这又与王逸、朱熹等所认可的"廉洁""枯槁"的"三闾大夫"形象完全相反。正是通过文本细读揭露王逸等人观点的自相矛盾之后,钱锺书自信地提出了自己的看法:"《招魂》《大招》不问谁作,所招非屈子之魂";"《招魂》所夸宫室之美、声色之奢,非国君身分不办,特未必即属楚怀王"。即是说,被招魂的一定是一位国君而不是屈原,至于是不是楚怀王则无法确定。在归谬论证的过程中,钱锺书还进行了民俗学的考证。例如,钱锺书是根据《招魂》提及的一些器物而判定"魂"之身份的,这样的做法究竟有没有凭据?钱氏随即介绍了"招魂旧俗"的有关情况:"余少日尚及见招魂旧俗,每以其人嗜习之物为引致之具,援后度前,不中不远。"通过这一考辨,关于所招乃是国君之魂的结论就更具有说服力了。王逸在面对《招魂》篇中"乱"这一部分出现了"吾"与"王"两个主体的事实时,为了掩饰其"宋玉为屈原招魂"观点的矛盾,竟将其曲解为"代原为词""以言尝侍从君猎,今乃放逐,叹而自伤闵也"。钱锺书则继续立足文本细读对其展开批判:

> 夫发端"朕幼清以廉洁兮"至"长离殃而愁苦",乃患失魂者之词,即"君王"也;……[引者略]"朕"在秦始皇前固属上下之通称,然上帝告巫阳曰:"有人在下,我欲辅之",脱非国君,一介臣民,安敢当天帝之"辅"乎?合之下文铺张诸节而益明。"乃下招曰"至篇末俱为"君王"招魂者

之词,《乱》之"吾",即招者自称。"献岁发春兮,汨吾南征。……与王趋梦兮课后先,君王亲发兮惮青兕",乃追究失魂之由,与发端遥应,首尾衔接。患者祇怨尤而不自知何以致殃,招者始洞察其根源也。"春"上溯其时,"梦"追勘其地,"与王后先"复俨然如亲与其事,使情景逼真。盖言王今春猎于云梦,为青兕所慑,遂丧其魂;《国策·楚策》一楚王"游于云梦,有狂兕牂车依轮而至",事颇相类,然彼"一发"而"殪"兕,此"亲发"而"惮"兕,强屠判然。接曰:"朱明承夜兮,时不可以淹;皋兰被径兮斯路渐";谓惊魂之离恒干已自春徂夏,来路欲迷,促其速返故居。故以"魂兮归来"结焉。①

这段论述先是通过细读文本详解文意,接着运用语义学方法对"朕"字进行考察,后又从文章结构入手进行结构分析,可以说全面而有力地驳斥了王逸的"滋惑"之论。结合之前的分析,我们可以看到,《管锥编》这短短几页的篇幅中所出现的研究方法,从逻辑分析层面来看有归谬法、演绎法;从学科角度来看有文学研究方法、民俗学方法和语言学方法;而从文学方法内部来看又有文本细读、语义考辨、结构分析等,可以说钱锺书在这里为我们提供了一个如何综合运用多种方法进行研究的典范。

除了以上几个方面之外,"活法"原则还要求研究者具有细腻的学术敏感性,迅速把握研究的重点而不是纠缠于无益的细枝末节上,用通俗的话来说即"抓大放小"。比如,关于《易林》的作者究竟是谁的问题,传统学界常爱纠结于焦延寿、崔篆和许峻三人之间。钱锺书指出,由于文献的缺乏,即便能够确定作者之名,后人所得也仅仅为一个名字而已,这样的考证对于抉发《易林》一书的精义没什么太大帮助。既然如此,还不如干脆跳过这个问题,直接讨论实实在在的文本。② 在对《离骚》的研究中,钱锺书再一次强调了抓大放小的重要性:

秋菊落英,乃与文外之事实不符(correspondence);据芳谱卉笺,自可科以无知妄作之罪,而谈艺掎摭,视为小眚,如肌肤之疾而已。此类盖文中之情节不贯(coherence),犹思辩之堕自相矛盾,则病在心腹者矣。匹似杜甫《游何将军山林》:"红绽雨肥梅";……[引者略]是乖违外物之疵也。白居易《缭绫》……[引者略]又本身牴牾之病已。说诗者每于前失强聒不舍,而于后失熟视无睹,殆皆行有余力之博物君子耳!③

---

① 《管锥编》,第 965—966 页。
② 同上书,第 811 页。
③ 同上书,第 905 页。

"秋菊落英"这一诗坛公案颇受钱锺书关注,著作中曾从不同角度多次提及。此处所强调的,则是其本身学术价值的问题。钱氏指出,批评"秋菊落英"并没有错,因为它的确与生活中的事实不符,甚至可指为"无知妄作"——然而这样的错误对谈艺论文而言其实只是小问题,和那些"情节不贯"的大毛病相比几乎不值得人们花费太多心思进行批判。换句话说,诗学探讨中,真正需要研究者下大力气辨析、批评的是作品逻辑、内涵方面的问题——因为艺理层面的讨论才是诗学的重点。如果一味纠缠于作品中的描写错误等"肌肤之疾"而无视对更大的理论问题的钻研,即便能够言之成理,充其量也只能算作"博物君子"。这种避重就轻、不分主次的研究偏离了诗学的真谛,毫不可取。细细分析起来,这一错误其实也是研究者受传统考据影响太深,不知轻重取舍而盲目照搬"古法"所致。

通过上述梳理与分析,我们可以发现钱锺书的"活法"虽然推崇研究的灵活性,其实也是有所不为的。尊重艺术的特殊性并非以艺术之名胡吹海捧,而应以作品本身为依托;解析文本时不可死于句下,但也不是"怎么都行";从多个视角展开钻研的同时,不能忽视了各个视角之间的联系;使用多种方法的目的还是为了解答同一个核心问题;而抓大放小也并不意味着将研究简单化,而是集中化、深入化。总而言之,实践中的"活"与理论上的"法"两相结合,才构成钱锺书诗学方法论中完整的"活法"概念。

三、"解人"的方法论意义

(一)"解人"的特点

通过上文的分析,可以发现钱锺书所谓的"解人"并非一个虚无缥缈的概念,而是有其现实可能性。而决定研究主体能否成为某一研究层面上的"解人"的,大概便是其对五大原则——博通、疏离、胆识、精审、活法——贯彻程度的深浅了。这些原则实际上也就是"解人"最为突出的特点。其中,博通是基础,疏离是立场,胆识是保障,精审是规约,活法是气度,五者各有侧重,缺一不可。换句话来说,钱著中所期待的"解人",应当做到为学求其博、立论重其公、修辞立其诚、采据究其实、析理贵其活。这些在钱著中或隐或显提出来的要求,不仅为"解人"划定了标准,实际上也从方法论角度对研究者提出了系统的要求。

不用说,这样的全面要求是极难达到的。必须指出的是,作为"解人"的主体实际上是一个动态生成的主体,并不是一个封闭的、一次性给定的概念。也就是说,"解人"这个说法更多的是表达了一种对于理想研究者的自觉吁求,是诗学主体在每一次具体研究中为自身设立的目标,而不是一个有着明确量化标准的固定身份。这一点说起来似乎有些拗口,实际上还是不难理解的。主体在何种程度上能够称为"解人"常常因参照系和诗学探讨的具体情况而处于变动之中。以"博通"原则为例:究竟知识多么丰富、视野多么宽广才称得上"博通"? 这个问题是没有一个绝对的、唯一的答案的。假如以同时代年龄相仿的一般学者为参照,则钱锺书知识量之庞大、研究视野之广博无疑都是惊人的,自然称得上"博通";但如果以其思考、解决的具体问题为参照,则即便渊博如钱氏者,有时也难免有力所不逮之慨。这方面可以举两个例子。一例出自钱锺书自己的论述:在考证《太平广记·王裔老》则出处时,钱氏发出了"此书采撷唐人文集之义例,百思莫解"的感慨。① 与其直言不知《白水素女》篇中"鬼臂""虾蟆毛"相同②,此例同样体现了钱锺书诚实的研究态度,足见钱氏"从不以大师自居"的真诚。但换个角度来说,则其自承知识结构有所欠缺这一点也无须讳言。另一例来自一位学者对《谈艺录》中某个知识性错误的订正。在《谈艺录》第23则关于朱熹诗歌和书法的讨论过程中,钱锺书根据赵蕃(昌甫)的诗句"平生知己晦庵老"嘲笑其以此"标榜夸饰"自己为"蒙朱子知赏者",并进而批判了"文人而有出位之思""依托道学"的可笑之举。③ 韩立平通过考证指出:南宋号"晦庵"的至少有三个人:一是朱熹,二是一位无名僧人,再一位则是李处全。有意思的是,赵蕃与朱熹、李处全都有交往,其笔下又都称之为"晦庵"且并不加以明确区分。赵蕃"平生知己晦庵老"诗句中所指的其实是这位后世少有人知的李处全,而不是大名鼎鼎的朱熹。钱锺书借此诗讽刺赵蕃实在是冤枉作者了。④ 可见钱氏在某些细小知识的考辨上也是偶有不察的。两例合一,可见给"博通"立一个绝对的标准不仅是不可能的,似乎也没有必要。对"钱学"研究者来说,倘若"为贤者讳",忽略钱锺书在细小知识上的欠缺而笼统赞其"博通",则很容易招致反对者据此对其所谓"博通"的质疑;若放大这些细微的缺憾,进而全盘否定钱锺书的知识体系,则又将招致他人对研究者本人"博通"概念的质疑。正确的做法不是为"博通"划定一条界线来提出某种量化要求,而是应当时刻以"博通"要求自己,随时随地补充知识、开阔眼界。

对于集"博通"等五大原则于一身的"解人"也应作如是观。由于诗学

---

① 《管锥编》,第 1264 页。
② 参见上文关于"胆识"条的分析举例。
③ 《谈艺录》,第 216 页。
④ 韩立平:《"平生知己晦庵老"非朱熹辨——钱钟书〈谈艺录〉正误》,《中国典籍与文化》2010 年第 2 期,第 152—154 页。

中常常涉及多个层面问题的探讨，有时在一个层面能够称为"解人"的研究者在另一个层面的考察上或许就会出现不足。比如，钱锺书在讨论司马迁《史记》中因夫妇而言及天命的做法时这样写道：

> 马迁因夫妇而泛及天命，殊非迂阔。前贤唯龚自珍为解人；《定庵文集》补编卷一《尊命》谓："《诗》屡称命，皆言妃匹之际、帷房之故……汉司马迁引而申之，于其序外戚也，言命者四，言之皆累欷。"然龚氏谓佛法"因缘"、"宿生"之理，"诗人、司马迁惜乎皆未闻之"，则又一言以为不知。"因缘"、"宿生"不过巧立名目，善为譬释，苟穷根究底，乃无奈何之饰词、不可晓之遁词，与"命"祗是唯阿之间尔。①

此处钱氏有关龚自珍的评述切不可视为讽刺，而应该理解为钱锺书对"解人"多重性特征的暗示。就"因夫妇而泛及天命，殊非迂阔"这一观点的理解而言，龚自珍称得上是解人；然而当其更进一步细辨"因缘""宿生"等佛家概念时，却又死于字下，缺乏"活法"辨析的精神，故而反失"解人"之"识"了。钱氏似乎借这一事例告诉我们，作为诗学主体的"解人"不是固定的、绝对的，而是一个理想的、动态的存在。

（二）"解人"的必要性

那么，这样一个"未完成"的，甚至不太容易把握的理想化主体对诗学研究而言有没有价值呢？答案是肯定的。

首先，对"解人"的吁求不是凭空妄想，而是伴随着对"学士""文人"和"通人"等实存主体的切实反思而诞生的。一方面，"解人"带有强烈的针对性和批判性，表现出对"学士"等三类研究主体的弊端予以反拨的鲜明意图；另一方面，"解人"也并不只为批判而存在：作为其重要标识的博通、疏离、胆识、精审、活法等五大原则，不仅仅是对诗学实践中专业研究者、从事诗学探讨的经验作者和跨学科研究者三类主体优长的综合，其本身也为研究主体的培养提供了具体的方法论，因而具有明显的理论建设意义。

其次，对"解人"的呼吁引导研究者在就研究对象展开具体探讨的同时，不断反思自身，从而自觉地将自身对象化。赵宪章曾经从文艺学角度谈到过自己对于方法论的理解："文艺学方法论，正是从思维方法的角度对文艺研究的自我反思。"②而"文艺研究"首先就与主体的知识水平、研究意图与程序设计等息息相关。因此我们可以说，这种结合五大具体原则对主

---

① 《管锥编》，第482页。
② 赵宪章：《文艺学方法通论（修订版）》，杭州：浙江大学出版社，2006年，第6页。

体自觉进行"反思"的趋向,正是"解人"鲜明的方法论意义之所在。

再次,"解人"本身的动态生成特征赋予其强大的生机与活力,避免了滋生教条主义的可能性。钱锺书所谓的"解人"并不是一个绝对化的存在,其内涵是由具体的研究对象赋予的。"博通"等五大原则给出的是一个路径或一套方法,研究者要做的是根据这个路径或方法努力成为研究对象所召唤的理想主体,而不是僵化地去寻找一个绝对的量化标准以致对"解人"产生迷信。

显然,无论是"解人"自身内蕴的批判性和建设性,还是其鲜明的方法论特征与反对僵化与教条的倾向,对今天的诗学界而言都极具启示意义,就国内学界的研究而言更是如此。在数十年西学持续输入的冲击和影响下,我们的诗学探讨常常出现某种"跟风"现象,研究者容易迷失自己的判断和思考,缺乏对自身的必要反思。仍以"钱学"研究为例:无论是忽视"打通"已经成为20世纪中国学人的共同学术特征而仍试图将其论证为钱锺书专属的"方法论",还是直接套用西方阐释学概念而试图将整个钱著纳入所谓"阐释循环"系统的做法,其共同误区正在于研究者一味集中解析对象,却忽视了对自己的研究思路与方法的必要反思。这样的教训是令人深思的。"解人"概念的提出,便是要使这个一直被忽略的主体反思环节重新回到研究者视野的中心,增强诗学研究的"自检性"。这对确保研究过程的科学性、合理性以及研究结果的客观性、准确性,显然都具有重大意义。

虽然钱锺书并未就主体建构问题展开直接论述,更未主动建立一个系统化的方法论,然而这位学者对研究者素养问题的异常关心却广泛体现于其著述之中。通过对"学士""文人"和"通人"等三类主体的反复批评,钱锺书实际上向"解人"这一理想主体发出了强烈呼吁。与此相应,钱著在具体论述中多次涉及"解人"的特质及其在诗学探索中能否真正存在的问题,形成了我们这里所归纳的"解人"培养的五大基本原则——博通、疏离、胆识、精审和活法。这些原则既表达了钱锺书对于研究主体自身素养的全面思考,又以其相互结合的动态生成性为"解人"规避了僵化的、教条主义的危险,具有重要的方法论意义。对于诗学研究而言,在完成主体建构这一必要的基础性工作之后,接下来要面对的便是"如何展开具体研究"这一核心问题。这使我们自然而然地将眼光转向钱锺书诗学的批评模式。

第三章　多元考辨的批评模式：批判性理解

　　钱著中对研究主体的高度关注不仅表明了钱锺书对主体建构问题的重视，同时也鲜明地反映了其对研究者自身作用的高度重视。无论对"学士""文人""通人"的频频论述还是对"解人"这一理想主体的时时标举，都体现了钱氏在诗学探索中对人本身的关心。这一关心并不仅仅源自忧世伤怀的情感碰触，且同样有其深厚的学理基础。

　　虽然"打通说"和"阐释循环说"都存在自身的缺陷，但从前者到后者的发展仍然反映了"钱学"方法论探讨的深入与提高。"阐释循环说"固然过度拔高了"阐释循环"在钱著中的地位，使人产生"钱学"即"阐释学"的错觉，但其有益探索与研究实绩同样给人以启迪——"钱学"论域确实与阐释学存在某些交集。在笔者看来，这种相似性集中表现在其对"理解"的高度重视上。当然，"钱学"中的"理解"与阐释学的"理解"在学术基点、运行机制与理论指向上都存在差异，前者浓厚的批判色彩亦为后者所不及。概而言之，钱锺书学术中的"理解"建立在深广的多元考辨基础上。就其具体过程而言，常常表现为自反面入手进入"理解"轨道，经过"质疑—考证—比较—引申"的一整套思辨过程后达至"拈出新意"的目的，具有鲜明的方法论色彩。以质疑为开端而以"拈出新意"的引申为最终目标的"批判性理解"（critical understanding）最终超越阐释学的"阐释之循环"，成为钱锺书诗学的主要批评模式。

第一节　"理解"与钱锺书诗学

　　根据马克思的经典论述，人本质上不是"单个人所固有的抽象物"，而是"一切社会关系的总和"。① 因此，自有人类以来，相互间的交流理解就成为人们生活中不可或缺的重要精神实践与社会实践。就文艺领域而言，只要一个具体作品走出作家本人的孤芳自赏，走向艺术流通与消费，那么读者与艺术作品之间、读者与作者本人之间的理解与对话问题以及作品的理解与解释

---

① 见马克思：《关于费尔巴哈的提纲》，中共中央马克思恩格斯列宁斯大林著作编译局编《马克思恩格斯选集（第一卷）》，北京：人民出版社，1972年，第18页。

问题就将成为无法回避的课题。而在阐释学视野下,即便在作者本人的创作过程中,他所必然面对的同样包括对其前辈的理解、解释和对话的问题。不过,在伽达默尔看来,三者之中的"理解"与人类自身关系最为密切——它不仅对具体的阐释活动至关重要,甚至已成为人类赖以存在的生存方式。钱锺书虽然没有将理解问题拔高至哲学阐释学般涵盖一切的地步,却同样视其为"具体的文艺鉴赏与评判"的根本依据。当然,正如钱氏时时强调的那样,相同的现象背后未必有同样的原因。为确保我们的讨论不致陷入一叶障目、大而无当的窘境,在具体探讨钱氏诗学中的"理解"问题之前,首先对西方阐释学界关于理解的具体观点做一简单梳理,或许并非多此一举。

一、西方阐释学史上的"理解"

几乎可以说,从阐释学诞生的那一天开始,"理解"与"解释"便成为其命定的核心概念,两者的关系问题也始终成为讨论的热点。① 因此,要透彻把握"理解"的内涵,便离不开对其与"解释"之间关系的辨析。有学者曾将阐释学领域对二者关系的认识概括为以下三种:1. 理解与解释(说明)相互对立,分别指向精神科学与自然科学(狄尔泰);2. 两者相互统一,且以解释为基点,理解只是"提供动机假说的、与心理学相关的助发现方法"(亨普尔、奥本海姆);3. 以理解为基点的相互统一,视解释为理解的展开说明和外化(海德格尔、伽达默尔)。② 这个概括直观展现了西方学者在理解与解释关系上着眼点的区别,为后来者对这个问题的宏观把握提供了捷径。不过,就阐释学历史上对这一问题的具体讨论而言,这一概括实际上省略了不同"取向"之间的过渡阶段,尤其是两大概念从彼此区分走向融合的施莱尔马赫阶段的情况,也难以反映"理解"概念具体的历史演变。由于"钱学"与阐释学的区别很多时候正是体现在细节上,为了不再重蹈"阐释循环说"论者的覆辙,我们有必要从这两大概念的关系史出发,对理解与解释概念的内涵演变做一大致把握。

在阿斯特以前的阐释学历史中,虽然"理解"与"解释""二者的界线时常是不很清楚"③,但学者们对其进行区分的努力一直没有停止。19世纪初,德

---

① 几乎每一本介绍阐释学的著作都无法回避对这两个概念的讨论,二者在阐释学领域的代表性可见一斑。可参阅 Palmer, Richard E. *Hermeneutics: Interpretation Theory in Schleiermacher, Dilthey, Heidegger, and Gadamer*. Evanston: Northwestern University Press, 1969. 20—26;洪汉鼎主编:《理解与解释——诠释学经典选文》,北京:东方出版社,2001年。

② 潘德荣:《西方诠释学史》,北京:北京大学出版社,2013年,第510—511页。

③ 殷鼎:《理解的命运:解释学初论》,北京:生活·读书·新知三联书店,1988年,第102页。

国学者德劳森(J. G. Droysen)便尝试着从方法上对这两个概念进行区分。这位历史学家兼哲学家将人类获取认知的方法分为三大类,即与自然科学相应的"解释"(说明)、与哲学相应的"认识"和与历史相应的"理解"。① 这样一来,"理解"与"解释"虽然同属方法范畴,却因为各自对象的不同而泾渭分明。到后来阿斯特提出"阐释循环"概念,他在破解这一阐释学困境时也不能不思考解释和理解的问题:

> 因此**诠释学**或**注释学**以**理解**古代的一切外在和内在元素为前提,并把对古代书写著作的解释建基于它之上。因为只有完全理解了它的内容和形式(语言和表现)的人才能解释一部作品,发挥它的意义和描述它与其他作品或与整个古代的内在的和外在的联系。②

> 理解的发展和它的说明被称之为解释(explication)。当然,解释是以理解为前提,并建基于理解之上。因为只有已经真正被把握和领悟,即被理解的东西,才能被传达和昭示给他人。③

这两段话清楚地表明了阿斯特对理解与解释关系的认识:一方面,两者统一于一个完整的阐释活动中;另一方面,理解是解释的基础,解释只有在理解实现的前提下才成为可能。这样的论述暗示着我们:在阿斯特这里,理解与解释虽然同时作为方法为阐释活动服务,却是互有区分的两个概念;对于一个成功的阐释活动而言,理解在时间上先于解释,但最终为解释服务——解释乃是阐释学的"基点"。

浪漫主义阐释学的代表施莱尔马赫虽然没有留下直接论及理解与解释关系的文字,其著作中却随处可见对两个概念的关注。他认为"理解"有三种类型:"首先存在有一种作者和读者双方能分享的理解;第二,存在有一种作者所特有的理解,而读者只是重构它;第三,存在有一种读者所特有的理解,而这种理解即使作者也能作为一种特殊的外加的意义加以重视。"④

在将第三种类型的"理解"排除出阐释学范围之后⑤,施氏将"解释"与"理解"等量齐观,视之为阐释活动中融合为一的两个概念——用洪汉鼎的话

---

① Wright, George Henric von. *Explanation and Understanding*. Ithaca: Cornell University Press, 1971. 5.
② 弗里德里希·阿斯特:《诠释学(1808)》第71节,见洪汉鼎主编:《理解与解释——诠释学经典文选》,北京:东方出版社,2001年,第4页。粗体为原文所有,着重号为引者所加。原文中加括号的注释从略。
③ 弗里德里希·阿斯特:《诠释学(1808)》第77节。同上书,第9页。
④ 弗里德里希·施莱尔马赫:《诠释学箴言(1805—1810)》。同上书,第25页。
⑤ 同上书,第26页。

说,即理解与解释在施莱尔马赫这里实现了"同一"。① 这一方面体现为,在施氏著作中这两个概念经常不加区分地加以换用——比如这样的论述:"艺术的解释和非艺术的解释的区别既不依赖于对象是熟悉的还是陌生的,也不依赖于对象是话语还是文本,而只是依赖于我们是否想精确地还是不精确地理解某些事物。"② 另一方面,施氏本人也通过间接方式暗示了两者之间的联系:

> 纯心理学的解释和技术的解释的对立,……[引者略]前者更多地研讨思想起源于个人的生命环节的过程,而后者则更多地返回到思想序列由之发展的某个确定的思想和表现愿望。技术的解释是理解沉思(Meditation)和理解创作(Komposition),而纯心理学的解释则是理解基本思想可以一起被把握并整个思想序列也由之发展的偶发观念(Einfaelle)和理解附属思想(Nebengedanken)。③

"理解"被用来诠解"技术的"和"纯心理学的"两类"解释",可见二者具有某种同义性。不过,理解与解释在施莱尔马赫这里的"同一"并不意味着两者的完全等同——两者的"同一"仅仅是就其在阐释活动中承担的任务而言,并不推及其他方面——例如所属概念范畴上。正如有学者指出的,与同时代的洪堡(William von Humboldt)一样,施莱尔马赫将"解释"仅仅视为"一种语言的表达",且既可以无声的"文字"也可以"言谈"甚至"表情和身体动作"的方式加以实现;而"理解"则"同时可在语言和非语言的心理层次上实现"但"常常是默然无声地活动着"。④ 从表面看来,与施氏致力于建设的方法论阐释学相应,这里的"理解"和"解释"均被赋予了方法色彩,然而"理解"向心理学领域的挺进势必带来与主体的关联,这实际上已经为其描摹了一层存在论色彩。当我们明确了这一点后,就不难理解为何施氏在面对"我们为了理解话语,必须认识人,而我们是从人们的话语中了解人的"⑤这类"阐释循环"的悖

---

① 洪汉鼎:《诠释学:它的历史和当代发展(修订本)》,北京:中国人民大学出版社,2018年,第63页。

② 弗里德里希·施莱尔马赫:《诠释学讲演(1819—1832)》,见洪汉鼎主编:《理解与解释——诠释学经典文选》,北京:东方出版社,2001年,第58页。着重号为笔者所加。

③ Schleiermacher, Friedrich. *Hermeneutics and Criticism and Other Writings*. Trans. Andrew Bowie. Cambridge: Cambridge University Press, 1998. 104. 引文采用洪汉鼎中译文,见弗里德里希·施莱尔马赫:《诠释学讲演(1819—1832)》,见洪汉鼎主编:《理解与解释——诠释学经典文选》,北京:东方出版社,2001年,第72页。着重号为引者所加。

④ 参阅殷鼎:《理解的命运:解释学初论》,北京:生活·读书·新知三联书店,1988年,第104页。

⑤ 弗里德里希·施莱尔马赫:《诠释学箴言(1805—1810)》,见洪汉鼎主编:《理解与解释——诠释学经典文选》,北京:东方出版社,2001年,第37—38页。

论情境时会提出一种所谓"完全理解状态"来加以遏制了①。也就是说,在施莱尔马赫眼中,"理解"和"解释"虽然主要体现的是一种方法论价值,但"理解"由方法论领域向本体论领域的滑动实际上已然开始。

秉承施莱尔马赫的思路,狄尔泰也将理解与解释置于方法论范畴加以辨析,不过他为二者划定了一个更为明确的适用范围——"精神科学":"理解和解释是各门精神科学所普遍使用的方法。在这种方法中汇集了各种功能,包含了所有精神科学的真理。在每一点上,理解都打开一个世界。"②如果说"精神科学"是狄尔泰学说的核心概念,那么"理解"与"解释"就是狄氏最为倚仗的两大方法根基:"如果系统的精神科学由这种对个别物的客观把握中推出普遍的合规则的关系和包罗万象的联系,那么理解(Verstaendnis)和阐释(Auslegung)的过程对于这种精神科学就总是其基础。"③

从以上论述中可以发现,狄尔泰在理解与解释这两种"方法"间更加瞩目于"理解"的倾向是一目了然的。狄尔泰认为,所谓"理解",即人们"由外在感官所给予的符号而去认识内在思想的过程"④,而人们"对一直固定了的生命表现的合乎技术的理解"则是"解释"⑤。显然,在狄尔泰看来,"理解"是一个由外而内探索人类精神世界("内在思想")的"过程",而"解释"则被视为这一过程中的某种技术性的操作,即探索精神科学的"理解"的一种特殊方式。这样的概念界定明白无误地表明了狄氏对施莱尔马赫观点的继承,也就是说,"理解"与"解释"统一于人类精神活动的过程,但"解释"包含于"理解"之中。如果说上述定义中对这一点的揭示尚显抽象的话,那么下面这句话就说得十分清楚了:"普遍有效解释的可能性可以从理解的本性中推出。"⑥"解释"的可能性被视为存在于"理解"之中,两者之间的从属关系可谓清晰可辨。但狄尔泰对施莱尔马赫的超越之处在于,狄氏对"理解"进行了更为系统、深入的探讨,并以此为基础进一步强调了"理解"与"解释"的区别。

首先,从概念发生的角度来看,狄尔泰认为"理解"起源于实际生活:

> 理解首先产生于实际生活的利益之中。在实际生活中,人们依赖于

---

① 参阅洪汉鼎:《诠释学:它的历史和当代发展(修订本)》,北京:中国人民大学出版社,2018年,第63页。
② 威尔海姆·狄尔泰:《对他人及其生命表现的理解(1910)》,见洪汉鼎主编:《理解与解释——诠释学经典文选》,北京:东方出版社,2001年,第93页。
③ 威尔海姆·狄尔泰:《诠释学的起源(1900)》,见洪汉鼎主编:《理解与解释——诠释学经典文选》,北京:东方出版社,2001年,第75页。
④ 同上书,第76页。
⑤ 同上书,第77页。
⑥ 同上书,第90页。

相互交往。人们必须相互理解。一个人必须知道另一个人要干什么。这样，首先形成了理解的基本形式。这些基本形式就像字母一样，其相互组合使得更高形式的理解成为可能。我把对一个单一的生命表现的解释包括在这样一种基本理解之中。逻辑上，这种解释可以通过类比推理来表达。①

值得注意的是，这段话不仅从生活源头强调了"理解"产生的必然性，而且将"解释"置于"基本理解"范围中，赋予了其"类比推理"的逻辑可能性。既然"基本理解"这个说法往往意味着一种与其相应的高层级理解的存在，那么，"解释"乃是"理解"的一个阶段性形态的观点便在此予以了暗示。狄氏的这段论述自然而然地引出了其关于"理解"的第二个方面的思考，亦即对"理解"的两大层次——"基本理解"和"高级形式理解"——的划分。狄尔泰指出，基本理解并"不是一个由结果到原因的推理"，其"过程建立在表达和其中所表达的东西间的关系之上"②，而"理解的高级形式"则表现出以下特点——"从表现出发，通过一种归纳推理，理解一种整体关系"③。就"基本理解"而言，它似乎适用于人对于具体对象的直接体验。然而，如果结合狄氏之前谈到"理解"的起源时对"基本理解"的描述来看，则这个论述实际上将"解释"置于一个矛盾境地：一方面，"解释"曾被其置于"基本理解"层次并指出其"可以通过类比推理来表达"；另一方面，狄氏却又明白无误地强调"基本理解不是一个由结果到原因的推理"。应该如何看待这个矛盾？这或许与狄尔泰对这两种"方法"的进一步区分有关。狄氏认为，自然科学中的联系"只是通过补充性的推论和假设的联系给定的"，而精神科学中"精神的联系作为一种本源上给定的联系，是理解的基础；它作为理解的基础无处不在。我们说明自然，我们理解心灵"。④

显然，在狄尔泰看来，虽然"精神科学"也常常需要"解释"，但"解释"的主要适用范围仍是"自然科学"。"理解"才是属于"精神科学"的标志性方法——它的形态是丰富而难以"固定"的，更不用说程式化了。这样看来，狄尔泰实际上将施莱尔马赫等人关于"理解"与"解释"的区分进一步加剧了，甚

---

① 威尔海姆·狄尔泰：《对他人及其生命表现的理解(1910)》，见洪汉鼎主编：《理解与解释——诠释学经典文选》，北京：东方出版社，2001年，第96页。
② 同上。
③ 同上书，第101页。
④ 转引自洪汉鼎：《诠释学：它的历史和当代发展(修订本)》，北京：中国人民大学出版社，2018年，第182页。引文中的最后一句话已经成了狄尔泰的名言，殷鼎对其的翻译是："我们解释说明自然，对人则必须去理解。"参阅殷鼎：《理解的命运：解释学初论》，北京：生活·读书·新知三联书店，1988年，第101页。

至达到壁垒分明的地步。

狄尔泰所谓的"理解的高级形式",强调的是从具体对象("表现")出发,通过"归纳推理"而把握整体。在这里我们可以看到"阐释循环"的影子。值得注意的是,狄尔泰界定"理解"范畴时对蕴含在对象中的"整体关系"的强调似乎碰触到了存在的本体范畴——"在理解的高级形式中,理解从对同时存在于一部作品或生命中的东西的归纳性概括,推出一部作品、一个人、一个生命关系中的关系"①。这样一来,狄尔泰的学说便为后来海德格尔等人的本体论研究打下了根基。但狄尔泰似乎有意回避这种本体论探讨的倾向,而力图将研究推进至认识论范畴。这便引出了其关于"理解"的第三个方面的思考,即"理解"的方式和目的问题。

> 对陌生的生命表现和他人的理解建立在对自己的体验和理解之上,建立在此二者的相互作用之中。这里,我们关注的不是逻辑构造或心理分析,而是认识论的分析。我们要确定对他人的理解于历史知识有何裨益。②

在狄氏看来,"理解"作为对象的他人应当通过对自己的切实"体验"与"理解"进行,这很容易令人想起他在另一名作《体验与诗》中对"体验"和"诗"这两种认知方式的暗示③,这样的论述与中国民间俗语常说的"将心比心"颇为相类。无论如何,狄氏这一观点的心理学意味是明显的。至于"理解"的目的所在,则被指定为对历史的认识——狄氏学说的历史主义味道也于此显现。笔者以为,狄尔泰上述各方面的阐述并非思路混乱,而是证明了其研究视角的丰富性。

总的来说,狄尔泰可以说是系统阐述"理解"范畴的第一人。概括说来,狄氏所谓的"理解"乃是一种源于人类生活、通过辨析对象及其相互间的关系发现意义、触发共鸣并以此把握人类心灵与精神及其历史价值、隶属精神科学的方法。④ 其对"理解"的全面分析以及"理解"与"解释"关系的探讨既继

---

① 威尔海姆·狄尔泰:《对他人及其生命表现的理解(1910)》,见洪汉鼎主编:《理解与解释——诠释学经典文选》,北京:东方出版社,2001年,第101页。
② 同上书,第93页。
③ 参阅狄尔泰:《体验与诗:莱辛·歌德·诺瓦利斯·荷尔德林》,胡其鼎译,北京:生活·读书·新知三联书店,2003年。洪汉鼎认为这两种方式实际上在言说体验与生命的关系。可参阅洪汉鼎:《诠释学:它的历史和当代发展(修订本)》,北京:中国人民大学出版社,2018年,第84页。
④ 洪汉鼎曾将狄尔泰的"理解"定义归纳为三个方面:"理解是对于人们所说、所写和所做的东西的把握","理解是对于意义的把握"和"理解是对人们心灵或精神的渗透"。参阅洪汉鼎:《诠释学:它的历史和当代发展(修订本)》,北京:中国人民大学出版社,2018年,第184页。

承了前人的有益探索,又以其独到见解与多重研究视角启发了后来的学者,称得上是阐释学乃至整个"理解史"上具有转折意义的一位学人。

正是在狄尔泰的研究基础上,海德格尔将"理解"这一范畴上升到了本体论高度:"理解是此在(Dasein)本身的'存在可能性'(potentiality-for-Being)之存在。"① 也就是说,"理解"已经不仅仅是人们认识过程中使用的一种方式,而是变成了人之所以为人的必要条件,作为一个过程的理解甚至"总是与整个'在世存在'(Being-in-the-world)的基本状态有关"。②

至于"解释",海德格尔将其定义为"理解用以造就自身的筹划(projecting)活动"对"自身的内在可能性"的发展。即是说,"在解释中,理解并不成为其他东西,而是成为其自身","解释并非是去获得所理解的东西的信息;而是揭示理解过程中的筹划的各种可能性"。③ 也就是说,其一,"解释"乃是一个活动,它帮助"理解"根据自身的"内在可能性"实现其自身的发展;其二,"解释"存在于"理解"之中,但"理解"即便脱离"解释"也能存在。在这些论述中,我们可以明显感受到自施莱尔马赫以来的学者们对"理解"与"解释"关系态度的回响,即两者虽然可以实现同一,但"理解"的重要性远远胜过"解释","解释"归属于"理解"。所不同的,只是海氏将"理解"拔高到了本体论的高度而已。

当然,认为"解释"归属于"理解"并不意味着"解释"是可有可无的。事实上,如果从历史的角度来看,"解释"本身便已经包含着先已产生的"理解"了——"在任何情况下,解释都植根于我们已经事先拥有的某种东西——'前见'——之中"。④ 而在海德格尔眼中,这种对"前结构"(fore-structure)的掌握对于理解来说显然具有决定性的意义。因为,所有解释都是在"前"结构中进行的,"任何有助于理解的解释也必然已经对将被解释的东西有所理解"。⑤ 虽然"理解"可以直接帮助人们把握存在,然而任何理解都不是与历史断裂的,它总是包含着某种历史积淀而成的"前见"或是"前理解"——这正

---

① Heidegger, Martine. *Being and Time*. Trans. John Macquarrie and Edward Robinson. Oxford: Basil Blackwell, 1962. 184. 引自此书的文字均为笔者自译。某些重要术语如"此在""在世存在"等的译名参考了《存在与时间》的中译本,可参阅马丁·海德格尔:《存在与时间(修订译本)》,陈嘉映、王庆节合译,北京:生活·读书·新知三联书店,1999 年,第 166—179 页,以及洪汉鼎主编:《理解与解释——诠释学经典文选》,北京:东方出版社,2001 年,第 110—123 页。

② Heidegger, Martine. *Being and Time*. Trans. John Macquarrie and Edward Robinson. Oxford: Basil Blackwell, 1962. 184.

③ Ibid. 188—189.

④ Ibid. 191.

⑤ Ibid. 194.

是"解释"造就自身的用武之地。因此,一个完整的、全面的"理解"仍然离不开"解释"的帮助。

尽管海德格尔在谈及"解释哲学"(hermeneutic philosophy)时称"那是伽达默尔的事"①,但他为"阐释学"走向哲学领域拉开了序幕毕竟已是事实。而伽达默尔在继承海氏阐释学思想的同时,尤其将其关于"理解"的认识加以扩充,并以之为基础建立了自己的哲学阐释学。

伽达默尔首先认为,"解释不是一种在理解之后的偶尔附加的行为",事实上,"理解总是解释,因而解释是理解的表现形式";随后又将传统阐释学忽略了的"应用"(application)概念重新提出,指出"应用"同样是诠释学过程的一个不可或缺的组成部分",从而使之与"理解"和"解释"同一而构成哲学阐释学三大基本概念。② 显然,伽达默尔摒弃了狄尔泰将"理解"和"解释"截然分开的思路,而是赋予其同样重要的阐释学价值。此外,"应用"范畴的引入不仅重新吸收了古典阐释学的有益成果,实际上也为伽氏的哲学阐释学增添了现实关怀,使其避免走向纯粹的形而上学。

伽达默尔关于"理解""解释""应用"的论述是非常丰富的,有关文字仅在《真理与方法——哲学诠释学的基本特征》中便随处可见,三者之间的关系也必然成为阐述的重点。③ 在"理解"与"解释"的联系上,伽氏主要吸收了施莱尔马赫与海德格尔的观点,却进一步消除了两者之间在阐释学中地位的高低以及认识过程的先后等方面的区别,实现了其概念范畴的真正同一,而"应用"的引入则不仅强化了阐释学的实践品格,也为前两者在方法领域的摩擦

---

① Grondin, Jean. *Introduction to Philosophical Hermeneutics*. Trans. Joel Weinsheimer. New Haven: Yale University Press, 1994. 2. 中译本参阅让·格朗丹:《哲学解释学导论》,何卫平译,北京:商务印书馆,2009年,第9页。
② 汉斯-格奥尔格·加达默尔:《真理与方法——哲学诠释学的基本特征(上卷)》,洪汉鼎译,上海:上海译文出版社,1999年,第395页。英文版参阅 Gadamer, Hans-Georg. *Truth and Method*. Trans. Garrett Barden and John Cumming. New York: Sheed and Ward, 1975. 274—275.
③ 殷鼎曾将伽氏的有关论述概括为四个要点:1.理解、解释和应用是理解过程中的成分;2.理解同时即是应用和解释;3.所有解释是理解的解释,解释又是理解的应用。应用并非在理解后发生,应用是理解的行为;4.理解与解释生活,同时是人的自我理解,自身即是应用。理解永远卷入人的自我理解,成为人独特的生活形式。参阅殷鼎:《理解的命运:解释学初论》,北京:生活·读书·新知三联书店,1988年,第101页。《真理与方法——哲学诠释学的基本特征》中的相关论述部分,英文版可参阅 Gadamer, Hans-Georg. *Truth and Method*. Trans. Garrett Barden and John Cumming. New York: Sheed and Ward, 1975. 350, 274, 287—289, 64. 中译本参阅汉斯-格奥尔格·加达默尔:《真理与方法——哲学诠释学的基本特征(上卷)》,洪汉鼎译,上海:上海译文出版社,1999年,第395—396页,第38页,"第2版序言"第7—10页,第91页。

提供了缓冲——看得出来,伽达默尔的这个"三位一体"概念体系是颇费了一番心思的。

值得注意的是,伽达默尔仍然秉承传统,将"理解"作为阐释学的标志性范畴。伽氏是如何看待这个概念的呢?

> 无论如何,我的探究目的⋯⋯[引者略]是要探寻一切理解方式的共同点,并要表明理解(Verstehen)从来就不是一种对于某个被给定的"对象"的主观行为,而是属于效果历史(Wirfcungsgeschichte),这就是说,理解是属于被理解东西的存在(Sein)。①

这里传达了以下两点信息:其一,伽氏的哲学阐释学并非专注于"解释方法",而是以理解方式的探寻为中心,因此,"理解"便成了哲学阐释学的核心概念;其二,"理解"是与"效果历史"联系在一起的,既然"效果历史"意味着已有理解的历史积淀——即与"被理解的东西"相连,那么与"效果历史"紧密相连的"理解"便自然成了"被理解东西的存在"。为此,伽氏明确指出:"理解不属于主体的行为方式,而是此在本身的存在方式。"②这样,"理解"彻底脱去了主体性色彩,成了一个包含历史"客观性"的存在。结合上文提及的《真理与方法——哲学诠释学的基本特征》中有关"自我理解"的独特解释,伽达默尔在其以"理解"为中心的阐释学中驱逐主体性、拥抱历史性的意图就更加明显了。这一点似乎也为其对方法论的态度提供了解释:虽然伽达默尔声明:"我完全不是想否认在所谓精神科学内进行方法论讨论的必要性""我的目的也不是想重新挑起自然科学和精神科学之间那场古老的方法论争论",却时时不忘提醒读者"精神科学的方法论问题"在自己的哲学阐释学中"不予讨论",强调自己的出发点只是"历史的精神科学"。③ 因此,伽氏坚决拒绝将"理解"作为方法进行讨论。在其为格朗丹《哲学阐释学导论》一书英译本所

---

① 汉斯-格奥尔格·加达默尔:《真理与方法——哲学诠释学的基本特征(上卷)》,洪汉鼎译,上海:上海译文出版社,1999年,"第2版序言"第8页。英文版参阅 Gadamer, Hans-Georg. Foreword to the Second Edition. *Truth and Method*. By Gadamer. Eds. Garrett Barden and John Cumming. New York: Sheed and Ward, 1975. ⅩⅨ.

② 汉斯-格奥尔格·加达默尔:《真理与方法——哲学诠释学的基本特征(上卷)》,洪汉鼎译,上海:上海译文出版社,1999年,"第2版序言"第6页。英文版参阅 Gadamer, Hans-Georg. Foreword to the Second Edition. *Truth and Method*. By Gadamer. Eds. Garrett Barden and John Cumming. New York: Sheed and Ward, 1975. ⅩⅦ—ⅩⅧ.

③ 汉斯-格奥尔格·加达默尔:《真理与方法——哲学诠释学的基本特征(上卷)》,洪汉鼎译,上海:上海译文出版社,1999年,"第2版序言"第5页。英文版参阅 Gadamer, Hans-Georg. Foreword to the Second Edition. *Truth and Method*. By Gadamer. Eds. Garrett Barden and John Cumming. New York: Sheed and Ward, 1975. ⅩⅦ.

作的前言中,伽达默尔曾明确提出:"理解不是方法,而是那些相互理解的人们之间的一种共同体形式。"① 这样,"理解"便被其牢牢限定于存在范畴之中,淡化了心理学色彩,同时也被切断了向方法论发展的道路。

然而,无论伽达默尔如何强调作为存在的"理解"的必要性,"理解"在历史上曾经涂抹上的方法论色彩仍然不可遏止地吸引着当代学者的注意,其中最具代表性的是意大利学者埃米里奥·贝蒂(Emilio Betti)和法国学者保罗·利科。

在贝蒂看来,"解释过程注定是要解决理解的认识论问题",因此,解释即"旨在和面向理解的过程"。② 而"理解"则是"对意义的重新认识(re-cognition)和重新构造(re-construction)",是"一种把这些形式与那个曾经产生它们而它们又与之分离的内在整本重新结合统一的沟通桥梁"。③ 显然,"理解"在贝蒂的体系中是作为认识的方法而存在的。不过,在"理解"与"解释"两者的位置关系上,贝蒂与其前辈截然相反:在狄尔泰那里,"解释"是为"理解"服务的;而在贝蒂的学说中,"解释"则超越"理解"而成为其"精神科学方法论"的核心。与狄尔泰率先对"理解"进行全面阐述遥相呼应,贝蒂首次对"解释"进行了全方位的论析。

首先,如我们在上文中所见到的,贝蒂将"解释"定义为"旨在和面向理解的过程",并将其目标("任务")确定为"让某物得以理解"。其次,贝蒂指出了"解释"的内在结构,即主体、客体与"精神的客观化物"的三位一体——"理解现象是一种三位一体的过程:在其对立的两极我们发现作为主动的、能思的精神的解释者,以及被客观化于富有意义形式里的精神"。④ 接着,贝蒂又接连提出了"解释"活动的三大"指导原则",即:(1)"对象自主性规则"——"富有意义的形式必须被认为是独立自主的,并且必须按照它们自身的发展逻辑,它们所具有的联系,并在它们的必然性、融贯性和结论性里被理解";(2)"意义融贯性规则"——"整体的意义必定是从它的个别元素而推出,并且个别元素必须通过它是其部分的无所不包和无所不进的整体来理解。正如一个语词的含义(signification)、意向(intensity)、字面意义只可以相对于它被

---

① Grondin, Jean. Foreword. *Introduction to Philosophical Hermeneutics*. Trans. Joel Weinsheimer. New Haven: Yale University Press, 1994. X. 引文为笔者自译。中译本参阅让·格朗丹:《哲学解释学导论》,何卫平译,北京:商务印书馆,2009年,"伽达默尔序"第2页。
② 埃米里奥·贝蒂:《作为精神科学一般方法论的诠释学(1962)》,洪汉鼎译,见洪汉鼎主编:《理解与解释——诠释学经典文选》,北京:东方出版社,2001年,第128页。
③ 同上书,第129页。引文中的"整本"疑为"整体"之误。
④ 同上。

说出的意义——语境而被理解,同样,一个语句以及与之相联系的诸语句的含义和意义只能相对于讲话的意义——语境、有机的结构布局和结论性的相互融贯而被理解";(3)"理解的现实性规则"——"解释者的任务是回溯创造过程,在自身之内重构创造过程,重新转换外来的他人思想,过去的一部分、一个记忆的事件于我们自己生活的现实存在之中"。① 最后,贝蒂还分析了"解释"的可能性问题,即是否可以达到理解的正确性的问题,指出当"理解"达到"与作为心灵客观化物的本文所根深的意义完全符合"时,"解释"的正确性便可以得到保障。②

贝蒂关于"理解"和"解释"——尤其是后者——的论述丰富了对这两个概念的思考,也为阐释学内部的"百家争鸣"增添了更多可能性。后起的利科仍然从方法论角度展开阐释学思考,但他对于"理解"与"解释"之间的关系提出了新的意见。

在《解释理论》一书中,利科用最后一整章的篇幅对"理解"与"解释"进行了集中探讨。

> 我们向一个人解释以便让其理解。这个人转而又将其所理解了的东西解释给另一个人。这样,理解和解释便同时发生并彼此渗透。……在解释时我们解析或展开命题与意义的范围,而在理解中我们通过综合的方式从整体上领悟或把握各部分的意义链。③

利科认为,在一个人类认识过程中,"理解"与"解释"之间表现出一种相互交融、渗透的关系,也就是说,两者之间存在融合的一面。从表面上看,此处的论述可以概括为"主体 A 解释→主体 B 理解→主体 B 解释→主体 C 理解"这么一个依次推进的过程,但只要我们开始追问"主体 A 所解释的内容从何而来"这一问题,则整个"理解—解释"活动就将陷入一个先有鸡还是先有蛋的悖论之中。因此,利科一方面以"意义"对这两个范畴加以统摄;另一方面又选择了不在时间关系上纠缠,而从方法的角度对上述两个概念进行区分的策略,于是我们看到"解释"被定位为逻辑分析的方法,而"理解"则被视为与之相对的综合方法——两者在操作程序上方向恰好相反。这种以"意义"突出其概念指向,并通过"分析—综合"的方法考察来界定"解释"和"理

---

① 埃米里奥·贝蒂:《作为精神科学一般方法论的诠释学(1962)》,洪汉鼎译,见洪汉鼎主编:《理解与解释——诠释学经典文选》,北京:东方出版社,2001 年,第 130—135 页。
② 同上书,第 154—157 页。
③ Ricoeur, Paul. *Interpretation Theory: Discourse and the Surplus of Meaning*. Fort Worth: Texas Christian University Press, 1976. 72. 引文为笔者自译。下同。

解"关系的方式,无疑为我们提供了新的思路与启发。

其次,当利科最终无法回避从时间方面对两大概念展开探讨时,他依次引入了"辩证法"(dialectic)和"领悟"(comprehension)两个概念:

> 为了阐述解释与理解的辩证法——这是一个统一过程中的阶段,我打算将这一辩证运动描述为首先从理解到解释、然后又从解释到领悟的过程。最开始的时候,理解将文本的意义作为一个整体进行直接的把握。接着,领悟将在一个阐述程序中变成一个理解的复杂模式。一开始,理解是一种猜测。最后,理解成为"占用"概念……[引者略]的适当描述。解释则将作为理解的这两大阶段之间的中介而出现。①

早在浪漫主义对"阐释循环"的探讨过程中,辩证法就已经开始介入阐释学,狄尔泰、海德格尔、伽达默尔等许多后来的学者都探讨过这个问题。但利科显然是借这一概念来描述"理解"与"解释"之间那种既相互区分又相互融合的特点。更值得我们关注的是利科赋予"领悟"的新意义。在之前的阐释学者手中,"领悟"大多是作为"理解"的同义词使用的,并不就二者做太多区分。而在利科这里,"领悟"成为这样一种特殊的理解,即带入了主体精神活动与智力成果的理解,它与对"文本"的"不假思索的整体把握"这个理解的初级阶段一起,构成了完整的"理解"。从利科下文对"解释"的论述来看,"解释"与"理解"的融合似乎正是发生在这个理解的第二阶段。也就是说,初步理解经过解释后生成了"领悟"这个高一阶段的理解形态——"解释"因此而成了"理解"的两个阶段之间的"中介"。从方法论的角度来看,这个"初步整体理解→解释→领悟(高一级理解)"的过程实际上暗示了一种"综合→分析→新的综合"的认识路径,利科阐释学的方法论特征便在这一"理解"与"解释"的关系链条中体现出来。那么,"理解"和"解释"的这个"辩证"关系是依据什么展开的? 从利科的论述来看,他给出的答案不是狄尔泰所强调的"生命",而是"文本"。也就是说,虽然海德格尔、伽达默尔从存在论意义上把握"理解"和"解释"具有一定的价值,但利科认为最切实的做法还是将这一讨论置于方法论层面,从与文本紧密相连的语言学、语义学的探讨开始。② 至于探讨的目标,则是与之相关的意义问题了。如果参看他关于"解释"的论

---

① Ricoeur, Paul. *Interpretation Theory: Discourse and the Surplus of Meaning*. Fort Worth: Texas Christian University Press, 1976. 74—75.

② 利科将海德格尔开启的"理解存在论"称作阐释学与现象学接轨的"捷径",而将自己采取的方式,即从语言学、语义学开始的探讨称为"长路"。参阅保罗·利科尔:《存在与诠释学(1965)》,见洪汉鼎主编:《理解与解释——诠释学经典文选》,北京:东方出版社,2001年,第249—250页。

述——"解释是思想的工作,它在于于明显的意义里解读隐蔽的意义,在于展开暗含在文字意义中的意义层次"①,这一点便更加清楚。将"意义"置入"理解"与"解释"的讨论框架,不仅使其与研究实践建立了更加直接的联系,而且使其具备了方法的导向性,从而使相关论述避免了蹈空的尴尬。

二、钱锺书诗学论域中的"理解"

从西方阐释学领域中"理解"与"解释"的概念史及其关系史的演变中可以发现,无论就历史还是当前现状而言,"理解"这一概念及其在阐释学中所处的地位都在不断变动之中,直到今天依然是千头万绪、争议不减。西方学者的探讨无疑为我们提出了警示:一个具有生命力的诗学概念是拥有多个意义向度与生长可能性的,只有在综合了解其意义变迁及诸种发展可能性的前提下,才有可能准确认识其具体语境下的特质,在此基础上方能对其展开深入探讨。因此,要想讨论钱锺书诗学中"理解"概念的独特意义,首先应当回答两个问题:钱锺书是如何理解"理解"的?这一概念在钱锺书诗学中占据着一个怎样的地位?

(一)"理解"的界定

在钱锺书的著述中并没有关于"理解"的直接阐述。不过,通过考察钱氏对这一概念的具体使用情况,我们仍能对其基本观点有一大致把握。

> 我们研究一部文学作品,事实上往往不能够而且不需要一字一句都透彻了解的。对有些字、词、句以至无关重要的章节,我们都可以"不求甚解",一样写得出头头是道的论文,因而挂起某某研究专家的牌子,完全不必声明对某字、某句、某典故、某成语、某节等缺乏了解,以表示自己严肃诚实的学风。翻译可就不同,……[引者略]原作里没有一个字可以滑过溜过,没有一处困难可以支吾扯淡。……[引者略]不能解决而回避,那就是任意删节的"讹";不敢或不肯躲闪而强作解人,那更是胡猜乱测的"讹"。……[引者略]譬如《滑稽外史》原书第三五章说赤利伯尔弟兄是"German-merchants",林译第三四章译为"德国巨商"。我们一般也是那样理解的,除非仔细再想一想。迭更司决不把德国人作为英国社会的救星;同时,在十九世纪描述本国生活的英国小说里,异言异服的外国角色只是笑柄,而赤利伯尔的姓氏和举止表示他是道地英国人。那个平常的称谓在这里有一个现代不常用的意义:不指"德国巨商",而指和德

---

① 参阅保罗·利科尔:《存在与阐释学(1965)》,见洪汉鼎主编:《理解与解释——诠释学经典文选》,北京:东方出版社,2001年,第253—254页。

国做进出口生意的英国商人。①

引文中的前两句显然是钱锺书惯用的反语——表面上在为没有做到"一字一句""透彻了解"的研究者辩护,实际上却通过讽刺"不求甚解"做研究的"某某专家"们的做法而强调了理解对象的重要性。写出"头头是道的论文"显然属于解释的范畴,因此这里实际上是在强调:"真正的"解释必须以理解为基础。这个意见很容易令我们想起苏格拉底曾经就"诵诗人"发表过的意见——"诵诗人要把诗人的意思说出来,让听众了解,要让人家了解,自己就得先了解。"②当然,所谓理解不能是"强作解人"而必须货真价实——即依靠自己的心理体验和过往的认知经验深入地认识与了解研究对象。就引文后半部分钱氏所举的例子来说,如果抛开小说的整体语境,仅仅从词语对译的正确性上考虑,林纾将"German-merchants"译为"德国巨商"是没有问题的。然而一旦研究者诉诸自身的阅读经验——"迭更司决不把德国人作为英国社会的救星",以及自身对于英国社会、文化的知识储备——小说中人物赤利伯尔在姓氏及行为上的英国特征以及19世纪英国小说中对外国角色几乎一致的嘲笑态度,则林纾翻译的错误便立即显现出来:狄更斯小说中的"German-merchants"所指的不是我们今天公认的"德国巨商",而是如今已不大使用但19世纪却流行的另一意义——"和德国做进出口生意的英国商人"。如果我们不了解这一重要区别(国籍完全不同)而"写文章评论《滑稽外史》或介绍迭更司的思想和艺术"——亦即解释狄更斯,那么这样的"解释"显然是要闹出笑话来的。在这里,钱锺书不仅借翻译领域对理解的严格要求突出了理解在文艺研究中的基础性地位,表现出对狄尔泰等人观点的呼应;同时也从侧面表达了其对于"理解"的认识,即:理解就是研究者依靠自己的心理体验和过往的认知经验深入地认识与了解研究对象。

将钱锺书关于理解及其与"解释"关系的界定与西方阐释学界的观点做一比较便可发现,在通过"整体"与"部分"的反复考察以及结合具体文本以外的历史、文化语境探寻文本意义方面,"钱学"之"理解"与阐释学存在较多呼应;但在"理解"的定位上,两者却存在明显的区别。如同前文中分析过的,在阐释学历史上,"理解"虽然有过古典时代从属于"解释"的历史,但自施莱尔马赫以降,却先是与"解释"合二为一,后又超越"解释"反过来变成"解释"的

---

① 钱锺书:《林纾的翻译》,见《七缀集》,第89—90页。
② 柏拉图:《伊安篇——论诗的灵感》,见《柏拉图文艺对话集》,朱光潜译,北京:人民文学出版社,1963年,第2页。

目标,最终通过与"语言"相连而成为哲学阐释学中纯粹的本体论范畴。① 而"钱学"虽不乏对人之存在的思考与探讨,但作为"钱学"核心范畴的"理解"始终保持着为"具体的文艺鉴赏与评判"服务的方法论色彩,并不轻易向本体论层次"攀升"。即便常有从某一具体"理解"出发而进行的"解释"与"对话",那也是为一个更大的理解目标服务的。"理解"遂成为钱锺书诗学方法论的核心概念。

(二)"理解"的核心地位的确立

无论是从钱著的具体情况、"理解"概念本身的学理特征,还是从20世纪中外诗学界的理论热点,甚至钱锺书本人的性格气质和特殊的人生经历来看,"理解"都可以说是钱氏诗学的出发点与归宿,在其诗学方法中占据着核心位置。

首先,从钱锺书诗学著述的整体情况来看,"理解"始终是其研究的出发点、基本方式与归宿。这一点在其《读〈拉奥孔〉》一文中得到了最为集中的表现。

> 中国古代民间的大众智慧也觉察那个道理,简括为七字谚语:"先学无情后学戏"。狄德罗的理论使我们回过头来,对这句中国老话刮目相看,认识到它的深厚的义蕴;同时,这句中国老话也仿佛在十万八千里外给狄德罗以声援,我们因而认识到他那理论不是一个洋人的偏见和诡辩。这种回过头来另眼相看,正是黑格尔一再讲的认识过程的重要转折点:对习惯事物增进了理解,由'识'(bekannt)转而为'知'(erkannt),从旧相识进而成真相知。②

所谓"狄德罗的理论"指的是其在《关于戏剧演员的诡论》一文中提出的一个"诡论",钱锺书将其概括为:"演员必须自己内心冷静,才能维妙维肖地体现所扮角色的热烈情感,他先得学会不'动于中',才能把角色的喜怒哀乐生动地'形于外'。"狄德罗的这个观点与中国民间谚语的"相遇"显然不是任意与偶然的,钱氏将两者"并置一处"的做法看似随意,实则暗示着其关于两者早已形成一个初步的理解的事实——引文中"增进了理解"一句可以佐证。

---

① 即便是坚持方法论立场的保罗·利科也并不反对海德格尔、伽达默尔关于"理解存在论"(ontology of understanding)的探讨,只不过认为正确的路径应当是从方法论走向存在论,而非一蹴而就地直接跃入本体论的讨论范畴。参阅保罗·利科尔:《存在与诠释学(1965)》,见洪汉鼎主编:《理解与解释——诠释学经典文选》,北京:东方出版社,2001年,第249—254页。

② 钱锺书:《读〈拉奥孔〉》,见《七缀集》,第34—35页。

也就是说,对狄德罗所谓"悖论"与中国古老谚语的初步理解成了整个研究的起点。而一旦这一中一西两个观点相遇,其相互"照明"又促使研究者"回过头来另眼相看",形成了"认识过程"——亦即理解过程——的重要转折,最终实现"从旧相识进而成真相知"的转变,"对习惯事物增进了理解"。虽然只是短短的一段话,却已经为我们生动展示了钱氏以"理解"为核心的诗学探讨的完整过程。

再看一例。《通感》也是钱锺书影响广泛的一篇论文,因其出色的文艺心理学探讨而闻名。这里笔者暂不讨论其理论价值与诗学贡献问题,仍然来简略分析其行文思路。

对于从事文艺研究的学者来说,"逻辑"一直是一个比较棘手的"工具"。观点要鲜明、研究要有条理、思路要清晰等都离不开逻辑,但有些文艺现象却不是甚至不能纯粹依靠逻辑来把握——以致格利尔巴泽(F. Grillparzer)下断语曰:"逻辑不配裁判文艺。"[①]"通感"现象显然也属于此类。笔者认为,虽然钱锺书没有明言"理解"与"逻辑"之间的关系问题,但他对于格利尔巴泽观点的认同以及对"似是而非、似非而是"的文学意境的欣赏[②],都明白无误地表明了其以"理解"弥补"逻辑"在诗学实践中固有缺陷的用意。"通感"这一"描写手法"既然与文艺心理学息息相关,显然就更需要依靠理解而不是逻辑进行把握。《通感》文中,钱锺书开篇即指出"古代批评家和修辞学家"对于"通感"缺乏"理解或认识",可以说一开始就将"理解"问题摆到了研究的中心位置。接下来,作者通过以诗歌为中心的大量中外文学作品例证展示了不同时代、不同国籍的文学家对于"通感"的运用,实际上也是集中展示了中西文艺界对于"通感"的各类理解——如所涉及的感觉器官的差别以及对"作诗""说理"之间关系的看法等;在这一以文艺作品为中心的"展览"中,钱氏也没忘记交代"日常经验""普通语言"里隐藏着的各类关于"通感"的理解。正是在这样一个综合展示的过程中,各种各样的"通感"现象汇聚到一起,直观展现了这一文艺创作范畴的价值,丰富、加深了读者的理解。整篇论文以对庞德误解"闻香"为"听香"的分析作为结尾。钱氏指出,庞德虽然在汉字"闻"的理解上发生了错误,但这个错误却误打误撞而成了"好运气的错误"(a happy mistake),因为这一误解中正包含着一个对于"通感"的正解。这种歪打正着的研究现象绝非逻辑所能接受与解释,却深合理解之道。[③] ——可见,从理解出发又回归理解的过程在《通感》中也是显而易见的。

---

① 格利尔巴泽《日记》中语,钱锺书《读〈拉奥孔〉》中译文,见《七缀集》,第45页。
② 同上。
③ 钱锺书:《通感》,见《七缀集》,第62—74页。

至于其他著作中的例子——比如《管锥编》的很多则讨论几乎都是从所引诗文的理解开始而回归对具体诗文的理解、英文著作中大量"纠正西方人对中国的误解"的努力等①,就可谓俯拾皆是、举不胜举了。

其次,从学理上看,"理解"更具方法论特征,并涵盖了阐释学领域中的"解释"与"对话"。

理解之所以超越解释与对话而成为钱锺书诗学方法中的核心概念,首先在于理解与文艺研究方式的同一性。巴赫金曾经就"理解"这样写道:"理解是看到涵义,但不是现象学的观照,而是看到感受和表现的生动内涵,是看到内在领悟了的、可说是自我领悟了的现象。"②此处所谓的"现象"与钱锺书经常提到的"现象"是有区别的,它所侧重的并非钱氏所取的"具体"之义,而是"表面""表象"的意思。③ 也就是说,巴赫金认为理解本身即包含着一个透过表面、经由主体的内心体悟与以已有经验把握深层"涵义"的过程——这与文艺研究的基本路径恰好是同轨合辙的。钱中文在对巴赫金的"理解"概念进行分析时,则从人文思维本身的特点出发强调了这一概念成为人文科学方法论核心的必然性:"人文思维则具有'双主体性',它探讨的文本,是主体的一种表述,它进入交流,面向另一个主体,另一个主体也面向作为主体的它,进入对话的语境,它需要的是'理解'。"④

这里,钱中文从巴赫金的对话理论入手界定了人文思维本身的特点,并由此论证了作为人文科学研究对象的文本本身对"理解"的必然要求。李洪岩则从解释的条件出发对"钱学"中理解的学理性展开思考,认为本文尤其是"文学本文","不仅需要读者或解释者以知性去理解,而且需要以先于逻辑的直觉或悟性去领会";"事物本身的诗性对应解释者的悟性,悟性先于语言的表层逻辑结构与自身负载的理性思维先期洞达事物本身,形成印象、意象、感觉"。⑤

这种综合了"知性"与"直觉"或"悟性"的"理解""领会"两大研究方式的

---

① 田建民:《站在中西文化碰撞的平台上与西方人对话——钱锺书英文论著初探》,《文学评论》2004年第2期,第101—103页。
② 巴赫金:《论人文科学的哲学基础》,白春仁译,见巴赫金:《巴赫金全集(第四卷)(文本 对话与人文)》,白春仁、晓河、周启超、潘月琴、黄玫等译,石家庄:河北教育出版社,1998年,第3—4页。
③ 胡范铸对钱锺书所谓的"现象"有详细分析,参阅胡范铸:《现象:观察活动与观念体系的根本起点——钱锺书学术思想与艺术思想研究之一》,《复旦学报(社会科学版)》1990年第5期,第100—106页。
④ 钱中文:《再谈文学理论现代性问题》,《文艺研究》1999年第3期,第86页。
⑤ 李洪岩:《智者的心路历程——钱锺书的生平与学术》,石家庄:河北教育出版社,1995年,第492—493页。

融合,显然便是我们前文界定过的"理解"。这样,一方面,理解本身即与人文科学研究、文艺研究存在方法上的同一;另一方面文艺研究对象及人类自身的特点也决定了作为文艺研究方式的理解的必要性,理解也就具备了成为诗学方法论的学理依据。

理解作为诗学方法论的又一优势在于其自身的创新性。早在狄尔泰那里,理解的创造性便已被多次明确提出:

> 在每一点上,理解都打开一个世界。①
>
> 理解建立在一种特殊的个人的创造性之上,……[引者略]但是,因为作为历史科学的基础,理解是一个重要的和持续的任务,所以,个人的创造性就变成了一种与历史意识共同发展的技术。②

至于在后来的海德格尔与伽达默尔那里,理解更因其与主体存在的同一而必然内化了主体的创造性。即便是力主"对话"的巴赫金,对于理解的创造性也始终予以认可与强调——"理解可重复的要素和理解不可重复的整体。认识新的、陌生的东西,同它的相会。这两个因素(认识可重复的东西和发现新的东西)应该不可分地统一在实际的理解行为中。"③显然,理解内蕴着的体验要求必然使其与主体自身的创造性发生呼应并从中受惠。内在的创造性使理解在对象的把握上拥有了不断更新认识与推进了解的可能性,这与狄氏论及的"技术性"、程式化的"解释"以及巴赫金所谓"不能揭示新事物"的"解释"形成了鲜明对照。

不过,作为方法论的理解虽然有着上述超越"解释"与"对话"的自身优势,却并不排斥这两种研究方式,甚至本身即包含了后两者。伽达默尔认为:"理解总是解释,因而解释是理解的表现形式。"④虽然伽氏是从理解与解释同一的立场出发提出这个看法的,但其对理解内涵的透彻把握却不可否认。有趣的是,这一认识恰与钱中文立足于对话理论就理解与解释关系的论述构成呼应——"在一定时候,解释有时也是难以避免的。理解要求一定的价值

---

① 威尔海姆·狄尔泰:《对他人及其生命表现的理解(1910)》,见洪汉鼎主编:《理解与解释——诠释学经典文选》,北京:东方出版社,2001年,第93页。
② 同上书,第106页。
③ 巴赫金:《1970年—1971年笔记》,白春仁译,见巴赫金:《巴赫金全集(第四卷)(文本 对话与人文)》,白春仁、晓河、周启超、潘月琴、黄玫等译,石家庄:河北教育出版社,1998年,第406页。
④ 汉斯-格奥尔格·加达默尔:《真理与方法——哲学诠释学的基本特征(上卷)》,洪汉鼎译,上海:上海译文出版社,1999年,第395页。英文版参阅 Gadamer, Hans-Georg. *Truth and Method*. Trans. Garrett Barden and John Cumming. New York: Sheed and Ward, 1975. 274—275.

判断,其中包含了一定的解释。"①

显然,在现当代中外学者眼中,无论就其自身特质还是研究中的具体任务而言,"解释"均为理解的题中应有之义。

除了理解与解释之外,对话与理解的关系问题也是学界关注的重点。尤其是进入20世纪以来,随着中西文化交流的日渐频繁,对话更是成为任何研究者都无法回避的课题,讨论理解而不谈对话几乎是无法想象的了。在这方面,巴赫金仍然是最具代表性的学者。虽然巴赫金更有名的是以话语理论为依托的对话理论,但其对话"不是为对话而对话,而是为了达到理解"。② 因此,巴赫金时时强调理解对于人文科学方法论的决定性作用,其关于"理解的对话性"③——对话生成于理解——的论断则恰好与我们的观点相一致。著名的《言语体裁问题》一文中有这样一段详细的分析:

> 实际上,当听者在接受和理解言语的意义(语言意义)时,他同时就要对这一言语采取积极的应对的立场:……[引者略]而听者的这一应对立场是从他开始聆听和理解时起的整个过程中形成的,有时简直就是从说者的第一句话起开始形成的。……[引者略]任何理解都孕育着回答,也必定以某种形式产生回答,即听者要成为说者("交流思想")。④

也就是说,对话不是外来之物,它原本就融合在以"言语"为依托的理解之中。只要存在言语交流的理解,就必然产生作为交流方式的对话。如果参照巴赫金在论述理解与解释的区别时所说的"在解释的时候,只存在一个意识、一个主体;在理解的时候,则有两个意识、两个主体"⑤,那么这一层意思就更加清楚了。正如李衍柱概括的那样,"对话发生在主体与主体之间的理解过程之中"⑥。

---

① 钱中文:《再谈文学理论现代性问题》,《文艺研究》1999年第3期,第86页。
② 此为钱中文教授对巴赫金"对话"的一个判断。见钱中文:《理解的理解——论巴赫金的人文科学方法论思想》,《文艺争鸣》2008年第1期,第121页。
③ 巴赫金:《论人文科学的哲学基础》,白春仁译,见巴赫金:《巴赫金全集(第四卷)(文本 对话与人文)》,白春仁、晓河、周启超、潘月琴、黄玫等译,石家庄:河北教育出版社,1998年,第4页。
④ 巴赫金:《言语体裁问题》,晓河译,见巴赫金:《巴赫金全集(第四卷)(文本 对话与人文)》,白春仁、晓河、周启超、潘月琴、黄玫等译,石家庄:河北教育出版社,1998年,第150—151页。
⑤ 巴赫金:《文本问题》,晓河译,见巴赫金:《巴赫金全集(第四卷)(文本 对话与人文)》,白春仁、晓河、周启超、潘月琴、黄玫等译,石家庄:河北教育出版社,第314页。着重号为原文所有。
⑥ 李衍柱:《巴赫金对话理论的现代意义》,《文史哲》2001年第2期,第52—53页。

巧合的是,坚持对话本体性的伽达默尔在《真理与方法——哲学诠释学的基本特征》中同样强调了理解对于对话的包容性:

> 这种对事物的理解必然通过语言的形式而产生,但这不是说理解是事后被嵌入语言中的,而是说理解的实现方式——这里不管是关于本文还是关于那些把事物呈现给我们的谈话伙伴——就是事物本身得以语言表达。所以我们首先将考察真正谈话的结构,以便揭示那种表现本文理解的另一种谈话的特殊性。①

在伽氏看来,不管是在实际的语言交流还是文本阅读的语言实践中,只要理解存在,那么就必然带有"谈话"——亦即对话——的特征,对话内在于理解本身,并且也是理解实现自身的一种手段。这个意见无疑是对巴赫金观点的侧面响应。

总而言之,"理解"本身内蕴的研究程序与诗学方法的同一性、其本身独有的创造性及其对于"解释"和"对话"两种方法的包容性,都为"理解"成为钱锺书诗学方法论的核心范畴提供了充分的学理依据。

再次,从20世纪中外诗学方法论研究的热点来看,"理解"已经成为众多学者研究中的核心概念或课题。

回顾20世纪学术史,我们发现"理解"在许多学者的研究中均占据着一个重要位置。这种情况的出现当然不是偶然的,而是有着特定的历史时代因素与学术史自身演变的深层原因。就世界范围来看,20世纪的人类经历了史无前例的两次世界大战,同类相残的现象无论在范围还是程度上都远远超出了以往任何时代。人类之间的理解有无可能以及如何可能的问题,成了有良知的知识分子更加迫切进行探索的课题。

存在主义哲学的风行一时及其著名的主体二元性——"我"与"他人"的双重结构——所透露的,正是关于理解的必要性的思考。萨特曾说:"我只能借助他人为媒介而认识我自己,这就是说我就我的'这个'(ça)而言是处在他人的地位上的。"②主体在萨特这里已经不再是理性主义者们眼中单一性存在,而是引入了"他人"这一全新的内在结构——"他人不只是向我揭示了我是什么;他还在一种可以支持一些新的质定的新的存在类型上构成了我"。③

---

① 汉斯-格奥尔格·加达默尔:《真理与方法——哲学诠释学的基本特征(上卷)》,洪汉鼎译,上海:上海译文出版社,1999年,第485—486页。
② 萨特:《存在与虚无》,陈宣良等译,北京:生活·读书·新知三联书店,2007年,第82页。着重号为原文所有。
③ 同上书,第283—284页。着重号为原文所有。

既然他人已经内化为"我"的组成部分之一,那么对他人的认识与理解就不仅仅涉及思想沟通或人际交往的问题,而是直接决定着主体自身确立上的成败。萨特的这一论述显然是对于理解之必然性与必要性最彻底的强调。

如果说萨特哲学中的"理解"更多偏向于某种形而上的思辨,那么汉娜·阿伦特(Hannah Arendt)关于"理解"的强调就是对包括其自身在内的20世纪人类苦难痛定思痛之后的一种理论反思。作为一名犹太人,阿伦特在反犹主义浪潮中饱受迫害,也目睹并亲身经历了极权主义统治下整个德国及欧洲的悲惨历史。

阿伦特认为,理解与解释的区别再一次显现——后者带给人的往往是一种逻辑论证后的心安理得,前者则提醒甚至逼使人们直面现实,迎接复杂现实的挑战,因而具备明确的现实意义。显然,阿伦特所谓的理解已经脱离了萨特式的本体论色彩,而成为一种认识与反思的方法论。

不过,虽然萨特和阿伦特的"理解"表现出本体论与方法论两个不同倾向,两者却共同反映了古老的理性主义在20世纪的破产,并暗示了西方学术史上某种研究范式的转变,即由逻辑学范式转向现象学范式。关于这两大范式的特点及其区别的问题,乐黛云曾阐述如下:

> 逻辑学范式通过"浓缩",将具体内容抽空,概括为最简约的共同形式,最后归结为形而上的逻各斯或黑格尔的绝对精神。许多这样的叙述结构结合成一个"大叙述"或"大文本",体现着一定的规律、本质和必然性。现象学范式研究的对象不是抽象的形式,而首先是具体的"身体",一个活生生地存在、行动,感受着痛苦和愉悦的身体,周围的一切都不是固定的,而是随着这个身体的心情和视角的变化而变化。因此,现象学研究的空间是一个不断因主体的激情、欲望、意志和位置的变动而变动的开放的空间。……[引者略]互动认知的思维方式……[引者略]它强调主体和他者在认知过程中都有所改变并带来新的进展。它与主体原则相对,强调了"他者原则";与确定性"普适原则"相对,强调了不确定的"互动原则"。①

无论是"逻各斯"还是"绝对精神",其所暗示的都是一个不容置疑的先验存在,这一研究对象的预设必然决定了与逻辑学范式相应的方法只能是"技术性"的解释而非具有强烈反思精神的主体的理解;相反,在现象学范式中,研究对象的具体化、多样化与变动性决定了"互动认知"的思维方式的必要

---

① 乐黛云:《差别与对话》,《中国比较文学》2008年第1期,第3页。

性,而能够给予这一思维方式保障的则只有与主体认知紧密相连的理解方式。如果考虑到钱锺书曾不止一次强调尊重"现象"本身①,并且一再倡言"我一贯的兴趣是所谓'现象学'"②,我们也可以说,"理解"在钱锺书诗学方法论中核心地位的确立与20世纪"逻辑学"向"现象学"范式的转变恐怕也是有所关联的。

与西方世界一样,20世纪的中国同样饱经战乱与人祸,对于理解也就别有体会与认识。不过总的说来,20世纪学人对于理解的提倡,几乎无不与孟子所谓的"知人论世""以意逆志"有着血脉联系。

> 故说诗者,不以文害辞,不以辞害志。以意逆志,是为得之。③
> 颂其诗,读其书,不知其人,可乎? 是以论其世也。④

杨伯峻对这两段话依次译注如下:

> 所以解说诗的人,不要拘于文字而误解词句,也不要拘于词句而误解原意。用自己切身的体会去推测作者的本意,这就对了。⑤
> 吟咏他们的诗歌,研究他们的著作,不了解他们的为人,可以吗? 所以要讨论他那一个时代。⑥

无论是对于"误解"的警示还是对读者"切身体会"及"了解"作者"为人"的强调都明白无误地表明了其与我们所谓"理解"的相通性。20世纪上半叶,从方法论角度对此响应较早的两位学者,一为王国维,一为陈寅恪。不过王国维主要是就孟子的说法进行阐发,并没有做出太多引申——例如《玉溪生诗年谱会笺序》中,"是故由其世而知其人,由其人以逆其志,则古诗虽有不能解者寡矣。汉人传诗,皆用此法"云云⑦,只是就事论事并偶尔推及"汉人传诗"之法,真正对孟子之意有所发挥、推进的还是陈寅恪:

> 凡著中国古代哲学史者,其对于古人之学说,应具了解之同情,方可下笔。盖古人著书立说,皆有所为而发。故其所处之环境,所受之背景,

---

① 钱锺书1988年5月22日写给胡范铸信中语。见罗厚辑注:《钱锺书书札书钞》,见钱锺书研究编辑委员会编:《钱锺书研究(第三辑)》,北京:文化艺术出版社,1992年,第316页。
② 钱锺书1983年7月23日写给朱晓农信中语。同上书,第305页。
③ 《孟子·万章章句上》。见杨伯峻译注:《孟子译注》,北京:中华书局,1960年,第215页。
④ 《孟子·万章章句下》。同上书,第251页。
⑤ 杨伯峻译注:《孟子译注》,北京:中华书局,1960年,第216页。
⑥ 同上书,第251页。
⑦ 参阅自冯川:《经典诠释与中西比较——对王国维、陈寅恪、钱锺书有关思想的一点讨论》,《西南民族学院学报(哲学社会科学版)》2000年第1期,第78页。

非完全明了,则其学说不易评论,而古代哲学家去今数千年,其时代之真相,极难推知。吾人今日可依据之材料,仅为当时所遗存最小之一部,欲藉此残余断片,以窥测其全部结构,必须备艺术家欣赏古代绘画雕刻之眼光及精神,然后古人立说之用意与对象,始可以真了解。所谓真了解者,必神游冥想,与立说之古人,处于同一境界,而对于其持论所以不得不如是之苦心孤诣,表一种之同情,始能批评其学说之是非得失,而无隔阂肤廓之论。否则数千年前之陈言旧说,与今日之情势迥殊,何一不可以可笑可怪目之乎?但此种同情之态度,最易流于穿凿傅会之恶习。因今日所得见之古代材料,或散佚而仅存,或晦涩而难解,非经过解释及排比之程序,绝无哲学史之可言。然若加以联贯综合之搜集及统系条理之整理,则著者有意无意之间,往往依其自身所遭际之时代,所居处之环境,所薰染之学说,以推测解释古人之意志。由此之故,今日之谈中国古代哲学者,大抵即谈其今日自身之哲学者也。所著之中国哲学史者,即其今日自身之哲学史者也。其言论愈有条理统系,则去古人学说之真相愈远。①

在这段论述中,陈寅恪系统表明了自己对于学术研究中"理解"的推崇和对于"解释"方法的警惕。首先,陈氏指出了理解的必要性:古人著书立说实际上有其自身特定的时代背景,而今人所能掌握的历史文献与当时相比总是极其有限,因此只有通过理解才能切近古人的所思所想。其次,陈氏指出了理解的具体内涵或曰实践方式,即:依靠自己掌握的知识材料与自身的艺术经验("艺术家""之眼光及精神")进行合理推测与体悟("神游冥想"),并力争使自身的思考还原至古人的语境("处于同一境界"),推知其为文之用心("苦心孤诣"),最终实现一种准确、真切的论述("同情"之"了解")。尤为重要的是,陈氏特别指出了"理解"中可能存在的误区,即将"同情之态度"误作为"穿凿附会"的借口。也就是说,"理解"并非上天入地式的神侃胡诌,而是有其知识与经验等方面的必要规限。笔者认为,这一有关理解的认识可以说是全面而深刻的,至今仍不失指导意义。陈寅恪思路的严谨同样体现在其对于"解释"的认识上:一方面,陈氏肯定了"解释"对于研究的必要性,但另一方面又明确指出了其常常产生的、以今人的认识与感受凌驾于古人之上的弊端。可以说,陈寅恪的辨析不仅对"解释"做出了全面、客观的论述,实则也暗示了"解释"必须依托于"理解"并以"理解"作为基础的观点。

---

① 陈寅恪:《冯友兰中国哲学史上册审查报告》,见陈寅恪:《金明馆丛稿二编》,上海:上海古籍出版社,1980年,第247页。着重号为笔者所加。

钱中文自20世纪90年代以来一直倡导人文研究中的"新理性精神",并借巴赫金对话理论确立了"理解"与"对话"在人文科学方法论中的主导地位,始终坚持"驳倒一种理论,要先在这种理论的原义上去理解它,然后再逐一驳斥"的批评立场。① 这一观点得到了许多学者的认可与呼应,朱立元就认为:"新时期20年来,我国文学理论在某种意义上正是在相互对话、交锋和理解的过程中一步步走过来、走向现代性的",并直接将其一本专著命名为《理解与对话》。② 随着21世纪的到来,这一学术观点不仅没有失去其价值,反而继续得到学者们的响应。类似"学术研究,应有一定的宽容和同情之理解作支撑点"这样的意见也一直是多数学者的共识。③

总之,与欧洲一样,20世纪的中国同样饱经战火与人祸。作为亲历战争风云、目睹并遭受同胞间种种不公正待遇的20世纪学者之一,钱锺书于学术著述中所表现出来的对于"理解"问题的内在关切,也可以说是与其同代学人的一种思想共鸣。

最后,钱锺书本人的性格气质与特殊的人生经历也决定了其对于"理解"的独特关注。

几乎每一本钱锺书传记都不忘对钱锺书的性格气质浓墨重彩记上一笔,但笔者认为,最为精当的描述恐怕非杨绛所说的"痴气"二字莫属:

> 众兄弟间,他比较稚钝,孜孜读书的时候,对什么都没个计较,放下书本,又全没正经,好像有大量多余的兴致没处寄放,专爱胡说乱道。钱家人爱说他吃了痴姆妈的奶,有"痴气"。我们无锡人所谓"痴",包括很多意义:疯、傻、憨、稚气、骏气、淘气等等。④

杨绛对钱锺书"痴气"的介绍非常广泛,包括"淘气""混沌""自言自语"地自得其乐、总是非常"高兴"等。⑤ 而胡河清则从现代心理学的角度分析了"痴"的另一层意思,认为其"似乎已有了一些对于现代心理学上经常提到的

---

① 引语出自钱中文:《面向新世纪的文学理论》,《学习与探索》1994年第3期,第119页。另外,有关"新理性主义"及"理解"的论述还可参阅钱中文:《文学艺术价值、精神的重建——新理性精神》,《文学评论》1995年第5期;钱中文:《论巴赫金的交往美学及其人文科学方法论》,《文艺研究》1998年第1期;钱中文:《再谈文学理论现代性问题》,《文艺研究》1999年第3期等。

② 参阅朱立元:《理解与对话》,武汉:华中师范大学出版社,2000年,"自序"第1页。

③ 蒋凡:《章太炎与刘师培学术道路比较》,见蒋凡等:《近现代学术大师治学方法比较》,济南:山东画报出版社,2008年,第21页。

④ 杨绛:《记钱锺书与〈围城〉》,见《围城》,第388—389页。另外,此处引文也可参阅杨绛:《将饮茶》,北京:生活·读书·新知三联书店,1987年,第118页。

⑤ 杨绛:《记钱锺书与〈围城〉》,见《围城》,第388—402页。

气质现象的直觉感受"。这种"气质"正表现为"现代心理学之所谓兴奋型气质与攻击性行为之情状"。这样的"兴奋型气质"恰好与钱锺书好读书、好冥想的兴趣紧密结合在一起,使其从很小开始便养成了一种于阅读中怀疑一切所谓"权威"、侧重自己的体会和分析的习惯与精神。比如,钱锺书的数学成绩一直不好①,但小小年纪竟然考证小说里"巨无霸"的腰围来,认为"一围"不是人手臂的"一抱",而是五个手指的"一合"②。我们当然不应据此过度阐释童年钱锺书的智慧与灵气,但这一幼年行为确实可以视为其逐步养成"从不迷信一切权威,化天下典籍为我所用"的"内在的精神气质"的开始③,并且预示了其一生之中坚持独立思考以求取对现象的切实理解的自主选择。

如果说内在的精神气质是钱锺书主动倾向于"理解"方式的根本原因,那么其特殊的人生经历则从外部进一步强化了这一选择。

钱锺书出生于无锡书香世家,父亲钱基博是近代国学大师,叔父钱基厚也是近代实业家、无锡风云人物。钱家不仅藏书丰富,而且"谈笑有鸿儒,往来无白丁",作为"书痴"的钱锺书耳濡目染④,很早就打下扎实的国学根柢,增长了见识。小时候过继给性格随和、思想开通的伯父钱基成的成长经历,又使其于日后学问的厚重取径之前先添一小说爱好与活泼眼界,为钱氏独特的"理解"精神的形成打下了基础。1929年报考大学时,破格录取他的学校恰恰是倡导中学西学汇通共治的清华大学,而就读的院系恰恰又是极力奉行"博雅"教育理念的外文系,这些都使其于国学积淀外更增西学储备,形成了吴宓盛赞的"新旧中西子竟通"的完备知识结构与超凡的语言能力。可以说,其后的钱锺书虽然学问日益精进、视野日渐广博、思路更添灵活,却均可谓是"锦上添花"——其一生的知识框架、研究理念与研究方法等在清华园中其实就已经基本成型了。这一"博雅"的学术历练无疑使其诗学著述中的"理解"具备了最可靠的根基。

除了在学术成长方面与众不同的经历之外,钱锺书的日常生活经历也使其与20世纪有着同样遭际的中外学人一样,对"理解"有了别样的认识。1935年钱锺书以第一名的成绩考取英国庚子赔款公费留学生赴牛津大学攻读,两年后获得B. Litt学位。1937年他又赴法国入巴黎大学进修一年。虽于1938年秋他赶在第二次世界大战爆发前回国,接下来却未能躲过日本侵

---

① 钱锺书考清华数学究竟得了多少分一直是"钱学"研究界一个有趣的争论点,但据杨绛所说,钱锺书"确认"过的分数是15分。同上书,第392页。
② 参阅爱默:《钱钟书传稿》,天津:百花文艺出版社,1992年,第21页。
③ 见张文江:《钱锺书传——营造巴比塔的智者》,上海:复旦大学出版社,2011年,第7页。
④ 见杨绛:《记钱锺书与〈围城〉》,见《围城》,第401页。

华战争的血雨腥风,《谈艺录·序》中"忧天将压,避地无之,虽欲出门西向笑而不敢也"既是当时心境的写照,也是当年国破家亡、同胞恐慌的真实记录。外敌既驱,劫波又起。20世纪50年代末以来,数次"运动"一波接一波冲击着知识界的"反动权威"们,钱锺书也终于未能幸免于此。在那场史无前例的浩劫中,钱锺书一家不仅与很多知识分子家庭一样人人饱受身心摧残,也经历了亲人被迫害致死的惨痛事件。为何《宋诗选注》这样纯学术的著作在努力"识时务"地处理之后仍被扣上了那么荒唐的"白旗"帽子? 为何曾经携手共进的同胞友朋忽而转戈相向、蓄意相残?① 对这些问题的思考势必指向对"理解"的可能性与必要性的反思。季进认为,"早年纷杂的人生体验和强烈的忧患意识"使得小说家钱锺书"深谙自己处身的现代文人圈的堕落与尴尬,深刻品尝到人生的况味",从而激发了"创作潜能",最终使其"用自己独特的话语向世人传达他对人生、人类最彻底的理解"。② 这段话虽然主要是就钱锺书的文学创作而发,却未尝不可以移评钱锺书的文艺研究。

以上我们从四个主要方面依次分析了"理解"在钱锺书诗学方法中的核心地位。可以看出,作为钱锺书诗学焦点的"理解",有着广泛的现象支持、充分的学理依据、广阔的学术背景与特定的经验支撑。正因为如此,"理解"对"钱学"研究的重要性问题在前人的研究中虽不多见却也早有涉及。除了上文援引过的李洪岩的观点之外,胡河清甚至就如何钻研钱著写下了这样一段话:

> 故读钱锺书先生之书,亦必先体味其神理,钻研既深,始能想见先生之为人,至此境域,则渐于先生之深文隐旨彻矣。
>
> 用现代的术语说,也就是必须通过自己的生命体验才能对钱著的真精神有所体认之意。③

虽然有人批评这样的说法有"凌空蹈虚"之嫌④,笔者却以为,这一论述也可以视为在真正理解了"钱学"精髓的基础上所做出的"以钱解钱"的勇敢

---

① 有关钱锺书精神气质与人生经历的有关介绍可参阅:张文江,《钱锺书传——营造巴比塔的智者》,上海:复旦大学出版社,2011年;爱默,《钱钟书传稿》,天津:百花文艺出版社,1992年;李洪岩,《智者的心路历程——钱锺书的生平与学术》,石家庄:河北教育出版社,1995年。
② 季进,《阐释之循环——钱钟书初论》,《阴山学刊(哲学社会科学版)》1992年第1期,第3页。
③ 胡河清,《真精神与旧途径——钱锺书的人文思想》,石家庄:河北教育出版社,1995年,"引言"第2页。
④ 何明星,《〈管锥编〉诠释方法研究》,武汉:华中师范大学出版社,2006年,第10页。

尝试,其积极性未可一概抹杀。

(三) 理解的原则

当然,正如陈寅恪早已指出的,无论出发点如何正确或具有怎样的价值,"理解"一旦不够慎重便容易流于"穿凿附会"而不自知。钱锺书显然也意识到了这一潜在的危险,故而于著述中时而正面示范,时而反面警示,以自己的诗学实践诠释了"理解"的各项准则。我们将其依次概括为现实性、整体性、揭示性与宽容性等四大基本原则。

1. 现实性

坚持理解的现实性,即是要求研究主体始终关注最切实的现象本身,一切从文本出发,严格依据学理要求运用自己的心理体验与文学经验,不蹈空,不玄想,做出中肯的评价与阐述。钱锺书的这个意思最清楚地表现在其1983年的一封书信里:

> 一般人并未搞清有没有某种现象、是什么现象,早已"由表及里",作出结论,找出原因。心析学派的一个原则是:心理现象是 overdetermined,一个简单现象可以有很复杂的原因,很繁多的原因,而且主因未必就是通常认为是重要的事件或因素。人文科学研究也应该注意这一点。①

而在《写在人生边上》的序中,钱氏则从反面强调了钻研文本的重要性:

> 我们一大半作者只能算是书评家,具有书评家的本领,无须看得几页书,议论早已发了一大堆,书评一篇写完缴卷。②

这里对没看几页书便发议论、写书评的做法的讽刺,正是对于深研文本的提倡。除此之外,理解要达到现实性还需要主体具备经得起考验的文学经验与认识水平:

> 事实上,在中国旧传统里,"文以载道"和"诗以言志"主要是规定各别文体的职能,并非概括"文学"的界说。……[引者略]西方文艺理论常识输入以后,我们很容易把"文"一律理解为广义的"文学",把"诗"认为文学创作精华的同义词。……[引者略]对传统不够理解,就发生了这个矛盾的错觉。③

---

① 钱锺书 1983 年 7 月 23 日写给朱晓农的书信中语。见罗厚辑注:《钱锺书书札书钞》,见钱锺书研究编辑委员会编:《钱锺书研究(第三辑)》,北京:文化艺术出版社,1992 年,第 305 页。
② 钱锺书:《写在人生边上·序》,见《人生边上》,第 7 页。
③ 钱锺书:《中国诗与中国画》,见《七缀集》,第 4—5 页。

在钱锺书的青年时代,某些动辄"以西释中"的学者,恰恰是因为缺乏对于传统诗学的细腻体会与对传统文论术语的真正认识而闹出了张冠李戴的笑话,其所谓的阐述自然也就既不客观,也不可信了。

2. 整体性

为确保理解的客观可靠,研究者还应当做到全面的考察与思索,绝不可凭借某一方面的材料甚至单文孤证妄作判断,而应该紧扣语境就对象展开探讨——这便是所谓的整体性原则。钱锺书对韩愈"物不得其平则鸣"一句的理解与阐发堪称这一原则的生动展示:

> 通俗小说里常用的"心血来潮"那句话,也表示这个比喻的普及。……[引者略]按照古代心理学,不论什么情感都是"性"暂时失去了本来的平静,不但愤郁是"性"的骚动,欢乐也一样好比水的"波涛汹涌""来潮"。我们也许该把韩愈的话安置在这种"语言天地"里,才能理解它的意义。他另一篇文章《送高闲上人序》就说:"喜怒窘穷,忧悲愉快,怨恨思慕,酣醉无聊,不平有动于心,必于草书焉发之";"有动"和"不平"就是同一事态的正负两种说法,重言申明,概括"喜怒""悲愉"等情感。只要看《送孟东野序》的结尾:"抑不知天将和其声而使鸣国家之盛耶?抑将穷饿其身,思愁其心肠,而使自鸣其不幸耶?"很清楚,得志而"鸣国家之盛"和失意而"自鸣不幸",两者都是"不得其平则鸣"。①

可以说,钱锺书于此组建了一个层层推拓的立体语境以协助理解韩愈的观点。按照由小到大的顺序,我们可以将这一语境解析如下:首先,引文中最基本的、处于核心位置的语境,乃是"不得其平则鸣"的出处——《送孟东野序》——的全文语境,钱氏特别提醒我们不仅要看到这句话,也应注意到作者在文章结尾处意见的重申;由此往外推进的第二级语境,乃是韩愈著作所构成的语境,通过其另一篇文章《送高闲上人序》的引入与参证,验证韩愈所谓的"不平"常常包含"喜怒""悲愉"等相互对立的情绪体验,这种看法不只表现在《送孟东野序》一文中;引文中的第三级语境则是"古代心理学"的认知语境,它构成了韩愈那句话的"语言天地";第四级语境则是以"古代小说"为代表的古典文学语境,其间的俗语"心血来潮"恰可与韩愈的话进行参观。经过这样四级语境的层层考辨,韩愈"不平则鸣"的含义便得到了明白无误的理解。而有人之所以将这句话误认为与司马迁的"发愤"同义,正是因为没能结合具体语境进行整体考察所致。

---

① 钱锺书:《诗可以怨》,见《七级集》,第 122—123 页。着重号为笔者所加。

3. 揭示性

毫无疑问,重视现象与文本、语境并非滞留于这一层面,而是以此为依据对对象做出透彻、深入的理解,力争发前人之所未发,揭示出新的意义——这便是所谓的揭示性原则。

> 试以刘更生所谓"地痛",较之孟东野《杏殇》诗所云:"踏地恐土痛,损彼芳树根。此诚天不知,剪弃我子孙。"彼祗设想,此乃同感,境界迥异。要须流连光景,即物见我,如我寓物,体异性通。物我之相未泯,而物我之情已契。相未泯,故物仍在我身外,可对而赏观;情已契,故物如同我衷怀,可与之融会。①

刘向(更生)和孟郊(东野)都运用过拟人的修辞手法来形容"地"之"痛"。钱锺书认为,前者所述只是超然物外的"设想",而后者所言则具"心有戚戚"之"同感",并以此为基础上升至哲学界"物""我"关系探讨的高度。在指出刘氏物我相分与孟郊物我相融的认识论区别后,钱氏又转回诗学探讨的主题,指出了诗文鉴赏时与之相应的"赏观"与"融会"这两种不同的体悟方式——这样的分析讨论无疑极富洞见,新意顿出。除了以自身的实践为这一原则做出示范外,钱氏有时甚至直接对理解的揭示性发出呼吁——如对董仲舒《春秋繁露·山川颂》与《论语》关联时"惜理解未深,徒事铺比"的慨叹等②,足见钱锺书对于诗学理解之揭示性的自觉追求。

4. 宽容性

如我们在前文所引《冯友兰中国哲学史上册审查报告》中所看到的,陈寅恪早已指出,古人著书立说时的具体情况往往由于历时久远而无法得知原貌,故而今人不可盲目依据有限的"残余断片"的材料对其妄加评论,而应具"了解之同情"。在此基础上,陈氏后文中就"伪材料"的价值提出了一个新看法——"但能考出其作伪时代及作者,即据以说明此时代及作者之思想,则变为一真材料矣。"③有趣的是,钱锺书所强调的理解的宽容性恰好与陈寅恪的这一主张一致:

> 在同治、光绪年间,方浚师要算熟悉洋务的开通人士了。今天,我们以后来居上的优越感,只觉得他的议论可笑。他既沿袭中国传统的民族自大狂,又流露当时有关外国的笼统观念。把这段话笺释一下,也许对

---

① 《谈艺录》,第138页。
② 同上书,第140页。
③ 陈寅恪:《冯友兰中国哲学史上册审查报告》,见陈寅恪:《金明馆丛稿二编》,上海:上海古籍出版社,1980年,第248页。

那个消逝了的时代风气可以增进些理解。①

在这段论述中,钱锺书又一次运用其偏好的反语提醒读者:今天的学者不应当凭着自己的"优越感"来做研究,因为嘲笑前人往往是极其容易却毫无价值的。即便在那些似乎"可笑"的材料与观点中也可能蕴藏着极具价值的东西,只有去除种种认识的偏见,以一颗宽容之心对待前人的著述或见解,才能获得理解上的真正收获。

以上可说是钱锺书"理解"原则的全貌。通观钱著,可以发现它们几乎遍及钱氏论述的方方面面。对这些原则的坚持与全面贯彻,使"钱学"中的理解具备了与众不同的面貌,也使钱锺书诗学方法体系具备了自身的特质。

第二节 批判性理解

如果对钱锺书诗学中"理解"所涉的四大基本原则作一细考,便会发现这些原则都或隐或显地表达了一个共同倾向,即:坚持独立的思考,对他人的见解保持警惕与反思,进而力争表达自己的独到见解。这一倾向既与上文提到的钱氏从小养成的批判精神有直接联系,同时也与理解本身内在的批评取向有关。无论如何,作为钱锺书诗学方法核心概念的"理解"既不是唯作者是尊的唯唯诺诺的理解,也不是浪漫主义的主观印象式理解或是伽达默尔式的形而上学理解,而是极具创新精神的"批判性理解"。

一、何谓"批判性理解"?

正如前文中已经分析过的,"理解"有其创新性特点。创新这一内在本质为理解规定了一种批评取向,因为一切创新都意味着对已有现状的某种不满,预示着一种从否定出发的、改良的冲动,这恰恰与批判的精神不谋而合。因此,无论是从阐释学实践还是从人类本身的求知冲动来说,理解都与一种潜意识的批判存在或近或远的联系。

狄尔泰曾经指出,"人的秘密为了自身不断地刺激新的、更深入的理解的尝试","客观精神和个人的力量共同决定了精神世界"。② 这句话直接道出了一个事实,即对于人这一存在来说,不断追求新的理解原本就是其内在需求。理解的价值与意义正在于与人的本质要求相呼应并创造属于人的精神

---

① 钱锺书:《汉译第一首英语诗〈人生颂〉及有关二三事》,见《七缀集》,第137页。
② 威尔海姆·狄尔泰:《对他人及其生命表现的理解(1910)》,见洪汉鼎主编:《理解与解释——诠释学经典文选》,北京:东方出版社,2001年,第101页。

科学。因此，狄尔泰进一步强调"理解建立在一种特殊的个人的创造性之上"，而这种"创造性"决定着"阐释"——"有关持续稳定的生命表现的技术性的理解"——的产生。在狄尔泰看来，对历史"流传给我们的残篇"的"阐释"又与对其的"批判""内在地、必然地联系在一起"。① 即是说，理解在对"持续稳定的生命表现"的考察中必然与批判建立联系，批判是理解的内在组成部分之一。这个意见在保罗·利科对阐释学存在原因的探寻中也得到了呼应。在利科看来，"有阐释学是因为具有这样的相信和确信，即先于并包含误解的理解具有通过对话模式的问和答的运动可以把误解重新整合于理解的方法"②。这种将"误解重新整合于理解"的"问和答的运动"实际上也是与一种批判精神息息相关的——如果缺乏批判意识，不仅"误解""整合于理解"是一句空话，就连何为"误解"都将无从判断。因此，批判是理解得以存在与推进的重要前提。

理解的批判性不仅由人的心理特质和理解本身的要求决定，也与理解的多样性与无限性密切相关。狄尔泰指出："一切理解总只是相对的，永远不可能被完成。"③钱锺书在谈到翻译的时候也认为："一国文字和另一国文字之间必然有距离，译者的理解和文风跟原作品的内容和形式之间也不会没有距离，而且译者的体会和自己的表达能力之间还时常有距离"④，这层层"距离"的存在使读者的"理解"注定永远处于探索之中，不可能一次性彻底完成。理解的相对性与"未完成性"决定了理解的复杂性和多种潜在可能性，这就要求理解者首先不能将某一具体理解绝对化而忽略了可能存在的其他理解，同时又不能奉行所谓"怎么都行"的原则而将理解主观化和随意化。显然，无论达到上述哪一方面的要求都离不开一种清醒的批判精神。

不过，强调理解内在地包含了批判意识，并非无视批判的有限性而将其功能无限放大。正如我们不能将理解绝对化一样，对于批判的具体作用与价值也应保持清醒的头脑，不可过分夸张而将其泛化。在对伽达默尔后期著作《哲学解释学》的阐述中，戴维·E. 林格(David E. Linge)向伽达默尔的读者

---

① 威尔海姆·狄尔泰：《对他人及其生命表现的理解(1910)》，见洪汉鼎主编：《理解与解释——诠释学经典文选》，北京：东方出版社，2001年，第106页。
② Ricoeur, Paul. *Hermeneutics and the Human Sciences: Essays on Language, Action and Interpretation*. Ed. & trans. John B. Thompson. Cambridge: Cambridge University Press, 1981. 83. 引文采用洪汉鼎译文，见洪汉鼎主编：《理解与解释——诠释学经典文选》，北京：东方出版社，2001年，第456页。
③ 威尔海姆·狄尔泰：《诠释学的起源(1900)》，见洪汉鼎主编：《理解与解释——诠释学经典文选》，北京：东方出版社，2001年，第91页。
④ 钱锺书：《林纾的翻译》，见《七缀集》，第78页。

们明确指出了这一点——"我们确实能够批判地意识到我们的偏见并通过努力倾听文本向我们诉说的内容而纠正这种偏见。但是这种对偏见所作的纠正不再被视作对所有偏见的超越从而达到对文本无偏见的理解或'在事件本身中'理解事件。"①

虽然林格的话原本是就伽达默尔所谓的"偏见"而发,却也可以说是对理解的批判性的中肯评述。也就是说,偏见的存在使批判成为理解过程中的必经阶段,批判虽有助于理解却无法穷尽理解。因而,无偏见的理解是不存在的,理解永远处于批判的运动之中。

或许正是因为理解与批判之间的这种内在联系,二者在许多学者的研究中时常被一起使用,用以强调一种尊重对象但又不拘泥于对象,进而超越对象的研究态度。例如,马尔库塞(Herbert Marcuse)在《审美之维》中就将自己对马克思主义美学的研究称为"批判性考察",并特别强调自己的"批判""以马克思本人的理论为理论依据"。正是在对马克思主义美学的"正统观念""在占统治地位的社会关系的背景下考察艺术,并认为艺术具有政治功能和政治潜能"的研究思路与观点的理解、考察基础之上,马尔库塞批判性地对政治与艺术的关系加以倒转,认为:"艺术的政治潜能在于艺术本身,即在审美形式本身",进而提出了艺术是"自律的"这一崭新的看法。② 而国内几年前出版、由张一兵任主编的一套关于马克思主义视域中"资本主义批判理论"的思想史研究丛书,也将主标题定为"资本主义理解史"。③ 这说明"理解"与"批判"的联系同样为我国学者所重视。

不仅"理解"与"批判"的合用并不少见,"批判性理解"这一术语在很早以前也已经出现。施莱尔马赫在倡导"比作者自己更好地认识作者"时这样写道:

(1) 通过联结客观元素和主观元素,我们使自己置身于作者之内(man sich dadurch in den Schriftsteller "hinein" bildet)。我应当讲(2)比作者自己更好地认识作者——具有一种(a)夸张的理解,或(b)一种批判的理解;我应当讲(3)含糊的和清晰的,客观的和主观的动机

---

① Linge, David E. "Editor's Introduction." Gadamer, Hans-Georg. *Philosophical Hermeneutics*. Trans and Ed. David E. Linge. Berkeley: University of California Press, 1976. XVIII. 引文采用中译本,见汉斯-格奥尔格·加达默尔:《哲学解释学》,夏镇平、宋建平译,上海:上海译文出版社,2004年,"编者导言"第9页。着重号为原文所有。

② 马尔库塞:《审美之维——马尔库塞美学论著集》,李小兵译,北京:生活·读书·新知三联书店,1989年,第203—204页。

③ 张一兵主编:《资本主义理解史(全6卷)》,南京:江苏人民出版社,2009年。

第三章　多元考辨的批评模式:批判性理解　179

之间的差别。①

通过上下文语境,我们可以判断这里的"批判的理解"显然是作为"夸张的理解"的对立面出现的。它暗示的应当是一种与"含糊"相对的"清晰的"、追求客观性的理解方式。施莱尔马赫之后的西方学者大都将这个概念当作约定俗成的词语使用,似乎没有太多兴趣为其提供一个定义或是进行专门研究。在这种情况下,韦恩·布斯(Wayne C. Booth)在其专著《批判性理解》(Critical Understanding)中的论述就显得非常珍贵了。

在该书的前言中,布斯直言不讳地告知自己的读者,在1979年此书出版时,他已经就"批判性理解"的课题研究了16年——这无疑是一个叫人惊讶的数字。虽然布斯并没有给这个概念直接下一个定义,我们从书中的有关论述中还是能够整理出"批判性理解"的大致轮廓。第一章中有这样一段话:

> 在这里,作为开始,我只能试着指出多元论者对于不同的批判性理解行为的态度是如何有别于其他态度的,我将使其看起来仅仅是一个无可争辩的信仰的表达。虽然仍旧很可能无法被一些认识论的标准所"证明",我也只能希望到最后时这一点可以被那种光荣的传统所证实,即:证明、探索并发现其对于我们实际的文学经验和文学讨论方式的适用性。②

此处最后一句所谓的"证明、探索并发现其对于我们实际的文学经验和文学讨论方式的适用性",实际上就是作者所谓"批判性理解"的题中之义。布斯也曾就"批判性理解"的目的做出暗示:

> 一些多元主义者正是依据这一选择来捍卫自身。近几十年来,我们总是一次次被告知:世界所需要的不是论题的净化或简化,而是重组;不是停战、休战或是达成和平协议,而是更加积极地战斗;不是努力通过批判性理解减少毫无意义的争端,而是使出同一性的铁腕。③

这段话不仅从侧面指出了"批判性理解"的作用乃是"减少毫无意义的争端",其实也暗示了以下两层意思:第一,这一术语更侧重的可能还是"理解"而非"批判"——毕竟"批判"仍然意味着不同观点的存在,理解才意味着某种阶段性的认同。第二,所谓的"批判"并非我们日常生活中所谓的

---

① 施莱尔马赫:《诠释学箴言》,洪汉鼎译,见洪汉鼎主编:《理解与解释——诠释学经典文选》,北京:东方出版社,2001年,第45页。
② Booth, Wayne C. Critical Understanding: The Powers and Limits of Pluralism. Chicago: Chicago University Press, 1979. 3. 引文为笔者自译。
③ Ibid. 5. 引文为笔者自译,着重号为笔者所加。下同。

"抨击"或"攻击"之意,而主要强调不同观点的交流与探讨。如果我们结合布斯新造的术语——"杀伐式批评"(critical killing)——来看的话,这个意思应该说就更清楚了:

> 我们的目标正是一直以来所坚持的:无意义的争论与不公正的杀伐式批评——据说这在催生批判性理解的那种讨论中有所增长——的减少。……[引者略]我至少能抵制对于完全理解的俗常要求,并试图达到一种比我以前做到过的更为全面的公正性。在那种尝试中,我将发现我是否需要、或者什么时候接受我自己的批评需求的驱动,以及我准备在其中走多远。①

可见,布斯所谓的"批判"绝非杀气腾腾的攻击(killing),而只是一种体现理解者个性的不同意见的表达。它具有某种多元性,其运用只是为了更好地交流,而不是个人主义的思想垄断。那么,这种"批判性理解"依靠什么条件得以实现?

> 一个多元的批判性理解并不需要其中任何一个人进入完全陌生的世界,它仅仅有赖于我们中的某些人在某些时候通过思考提高自身理解能力的可能性。②

也就是说,"批判性理解"并非拒人于千里之外的高谈阔论,而是每个人都能运用的具体方法,其唯一的要求不过是"通过思考"来提高"理解能力"而已。布斯的这个观点在全书的最后一章再次得到了强调:

> 批判性理解既是我们当下生活中的一个事实(我们每天都在某种程度上运用着它),又是一个在吸引人们为之努力这方面持续衰退的、曾经的典范(我们在得到了最基本的需要后没一个人愿意再多接受一丁点儿)。③

批判性理解是融入我们生活之中的,然而今天它却无可奈何地遭到了忽视、走向了衰落。在该著最后,布斯以一种反问的方式对这一状况表示担忧,同时也从侧面指出了"批判性理解"的价值:

> 批评与艺术的世界以其斑驳的壮丽身影呈现于我们面前。我们非得永远只用一种颜色来描画它吗?非得只靠猜想、进而以一种不可

---

① Booth, Wayne C. *Critical Understanding: The Powers and Limits of Pluralism*. Chicago: Chicago University Press, 1979. 345.
② Ibid. 175—176.
③ Ibid. 347.

避免的失败来为柏拉图所谓的人类最差境况——知识厌恶症,亦即对批判性理解的怀疑——提供证据吗?①

也就是说,缺乏批判性理解的研究总会不可避免地陷入单一论调,从而丧失艺术研究与批评的多样性和丰富性。批判性理解的重要性可见一斑。

布斯的相关论述虽然较为分散,但其对于批判性理解的研究却是全面而系统的。如果将其各个方面的意见综合起来,我们可以发现布氏所谓的"批判性理解"实际上是指一种建立在普通人即有的"通过思考"来提高"理解能力"的可能性基础上,以提高文学感受力、改善问题讨论方式为目的,减少无意义的争端,实现个性鲜明的不同观点间的交流与探讨,从而表现出某种多元性特征的研究方法。这个界定对我们今天的学术研究而言仍然是极具警策与启迪意义的。

国内学界对这一概念的运用并不少见。不过与西方学者一样,国内学者也很少对其进行直接的概念界定,而是在实际运用中表达自己的理解。比如冯川在就伽达默尔主张"'个别的、流动的视域'始终处在与他人视域不断融合的过程中"的原因进行解释时,指出伽达默尔是因为意识到了"科学的诠释"自身的不科学而"强调有必要反复不断地进行批判性理解"②;李长虹将马克思在写作《〈黑格尔法哲学批判〉导言》时"带着扬弃的态度来阐释他对哲学的理解"的方式称为"批判性理解"③;郜积意在对海外中国古典文学研究方法进行反思时,也把建立在"宽容"基础上但又超越"宽容"、贯彻"必要的反省与批判精神"的研究概括为"批判性理解"④。

本书中所谓的"批判性理解"正是在中外学者有关讨论的基础上提出来的。概而言之,作为钱锺书诗学方法的"批判性理解",指的是钱锺书于诗学实践中依靠渊博的文艺知识、丰富的创作经验、细腻的内心感受、独特的审美眼光、灵活的思考方式和强大的论述逻辑,以一种怀疑的、批判的眼光观照对象,通过对其艺术境界的悉心体味和其艺术价值的细致考辨,发见作者之"诗心"与"文心",进而在此基础上"拈出新意"、呈现文艺理解多

---

① Booth, Wayne C. *Critical Understanding: The Powers and Limits of Pluralism*. Chicago: Chicago University Press, 1979. 349.
② 冯川:《经典诠释与中西比较——对王国维、陈寅恪、钱钟书有关思想的一点讨论》,《西南民族学院学报(哲学社会科学版)》2000年第1期,第79页。
③ 李长虹:《论马克思对哲学的批判性理解》,《长春师范学院学报(人文社会科学版)》2011年第7期,第2页。
④ 郜积意:《东方化东方与文化原质主义——对海外中国古典文学研究的一种批判性理解》,《人文杂志》1999年第5期,第89—90页。

样性的一整套诗学批评模式。

二、"批判性理解"的批评模式

由于理解本身即内蕴着批判的倾向,所以理解的四大基本原则同样适用于批判性理解。也就是说,批判性理解同样应该符合现实性、整体性、揭示性、宽容性的要求。不过,就方法论而言,最为重要的往往并不是其遵循的具体原则,而是其本身的实践指导意义,这就必然涉及批评模式的问题。就批判性理解而言,它的实践一般经过了以下四个环环相扣的过程,即质疑、考证、汇通和引申。

(一) 质疑

对于钱锺书来说,怀疑既是一种似乎与生俱来的个人精神,更是一种最为基本的诗学方法。胡河清曾就此写道:

> 从少年时代钱锺书的"痴气"到成熟时期以至老年钱锺书的狂狷,其间存在着一种一以贯之的性格潜因,这就是他的极其健旺的、几乎是不可遏制的生命力。……[引者略]从歌德的靡菲斯特到钱锺书的"魔鬼",有着一种一脉相承的血缘联系,即两者都代表着对于现存价值准则的怀疑主义精神。①

无论是"痴气"还是"狂狷",所展示出来的都是一种强烈的自信。正是这种自信给予了钱锺书追求真理的坚定信念与巨大力量:

> 在钱氏的学术著作里,理性反思和文化批判则占了更多的比例。钱锺书对许多被传统公认为"万古不易之论"的经典学说,都敢于进行犀利严正的批判。而其充满嘲讽与调侃的风格,则表现出一种酷肖靡菲斯特的机智。②

钱锺书怀疑精神的养成除了自身性格气质方面的原因之外,也与当时的学术风气息息相关。钱锺书入清华就读期间,正是新文化运动如火如荼进行之时。以胡适、鲁迅等为代表的留学欧美、日本的一代学人致力于冲击传统、融汇新知,尤其注重在学术方法论层面树立新风。如本书导论所言,其时学人中尤以胡适最具方法论建设的自觉意识。无论时人及后人对

---

① 胡河清:《真精神与旧途径——钱锺书的人文思想》,石家庄:河北教育出版社,1995年,第18页。
② 同上书,第19页。

其人其学有何议论与不满①,由于胡适在当时学界与新文化运动中所处的地位,其于青年一代中的影响绝不可小视。而在胡适的方法学说中,其倡导最力、名气最大、影响也最广的,自然当属其融汇乾嘉朴学与西洋实用主义而提出的"大胆的假设"与"小心的求证"。② 以顾颉刚为代表的"'古史辨'派"也以其疑古精神而与胡适同气相求。胡、顾两位均为一代名师,其主张虽然不见得对当时每一学生产生直接影响,却也足以造就一时风气,而青年钱锺书恰恰成长于这一特殊的京城学术氛围之中。当然,我们并非据此暗示钱锺书受其感召的可能性,而是想要指出,怀疑精神的高扬乃是20世纪初中国学界的一种普遍现象。况且一旦细读钱著,便能很容易发现其质疑与考证相结合的方式的确与胡适的主张若合符节——这也是一个不容抹杀的事实。具体到"质疑"本身来说,这一过程又可细分为两种情况:其一为反诘,其二为假设。

1. 反诘

所谓反诘,指的是钱锺书在对某一对象或具体诗学问题进行质疑时,往往习惯于从反面入手展开批判——这是钱锺书诗学方法中极为鲜明的一个特征。我们可以来看《管锥编》中论《老子王弼注》的一个例子:

> 余寻绎《论语》郑玄注,尝笑其以《子路》章为政先务之"正名"解为"正书字";清之为"汉学"者至以《述而》两言"好古"之"古",解为"训诂"。信斯言也,孔子之道不过塾师训蒙之莫写破体、常翻字典而已,……[引者略]盖学究执分寸而忽亿度,处把握而却寥廓,恢张怀抱,亦仅足以容学究;其心目中,治国、平天下、博文、约礼皆莫急乎而不外乎正字体、究字义。一经笺释,哲人智士悉学究之化身,要言妙道皆字典之剩义。……[引者略]"书名"之"名",常语也;"正名"之"名",术语也。……[引者略]专家著作取常语而损益其意义,俾成术语;术语流行,附会失本而复成常语。梭穿轮转,往返周旋。③

由于年代久远且有时省略严重,《论语》中有些语句的理解可能存在好几种可能性,钱锺书却选择从郑玄的一个错误解释出发,辅以某些清代"汉学"者的类似错误予以纠谬,指出其根本问题所在乃是"执分寸而忽亿度,

---

① 可参阅陈平原:《中国现代学术之建立——以章太炎、胡适之为中心》,北京:北京大学出版社,1998年,第155—157页。
② 胡适:《清代学者的治学方法》,见胡适:《胡适文存 壹》,北京:华文出版社,2013年,第290页。
③ 《管锥编》,第634—635页。

处把握而却寥廓"。也就是说,在解读《论语》等作品时,只知道拘泥于某字某词的意思,却不懂从宏观角度把握文意,以至于化"要言妙道"为"字典剩义",死于句下。这种从反面入手、由反及正展开讨论的方式,从表达与交流的角度来说,打破了读者的阅读期待,造就一种阅读的新鲜感与吸引力;从论述效果这方面来看,则具有一开始便将问题置于讨论的中心,使问题意识鲜明而集中的优势。人们在阅读钱著时总能感受到意外之喜或是在思路上不自觉地受其牵引,原因之一就在于钱氏在论述过程中反诘手法的出色运用。

2. 假设

"大胆的怀疑"不仅包括直接提出反例进行质疑、诘问,也包括凭借已有的证据及自身的学术积累和艺术经验勇敢地提出自己的假设或是猜测。例如倡导怀疑精神的胡适,在《井田辨》一文中就胡汉民所作《中国哲学史之唯物的研究》进行讨论时,一开始就提出了四个颇具见解的假设。① 美国学者赫施(E. D. Hirsch)也曾指出:

> 理解的行为刚开始时是一种适宜的(或错误的)猜测,我们却没有关于怎样进行猜测的方法,也没有为因之产生的洞见而制定的规则。当我们开始检验或是批判我们的猜想时,阐释的方法论行为便开始了。②

如陈寅恪所指出的,有些所谓假设实际上带上了个人强烈的主观偏见,这样的假设或猜想"其言论愈有条理统系,则去古人学说之真相愈远"。③ 真正有价值的猜想或假设应该是经得起"检验"的那一类,而非天马行空一通瞎猜。《谈艺录》在这方面做出了示范:

> 卷十:"严遂成太行山云:'孕生碧兽形何怪,压住黄河气不骄。'气体沉雄,名下无虚。"按《海珊诗钞》卷四此诗作"孕生碧兽跪而乳",亦如"形何怪"之与下句极不称。当是先有下句,思窘才竭,支吾凑出上句耳。成章之次序适与得句之次序相反。④

在对严遂成诗句的分析中,钱锺书并未简单承接袁枚《随园诗话》中

---

① 胡适:《井田辨》,见胡适:《胡适文存 壹》,北京:华文出版社,2013年,第293—295页。
② Hirsch, E. D. *Validity in Interpretation*. New Haven: Yale University Press, 1967. 203. 引文为笔者自译。
③ 陈寅恪:《冯友兰中国哲学史上册审查报告》,见陈寅恪:《金明馆丛稿二编》,上海:上海古籍出版社,1980年,第247页。
④ 《谈艺录》,第660页。

"气体沉雄,名下无虚"的赞语,仅仅从艺术性上加以论析,而是通过别处版本中有关诗句的不同表达进行假设,从具体写作上推测诗人"先有下句"而后"支吾凑出上句"的创作过程。这样的论述一方面使诗人的创作情态毕现于眼前,而对其诗句优劣的评判也在这一推测中明白标出,可谓推陈出新而又自信大胆的解诗方法。

除了在具体诗句的鉴赏过程中进行大胆假设外,钱锺书在理论辨析时也敢于做出合理推测:

> 余尝推朱子之意,若以为壮岁识见未定,迹亲僧道,乃人事之常,不足深责;至于暮年处困,乃心服大颠之"能外形骸",方见韩公于吾儒之道,只是门面,实无所得。非谓退之即以释氏之学,归心立命也,故仅曰:"晚来没顿身已处。"盖深叹其见贼即打,而见客即接,无取于佛,而亦未尝有得于儒;……[引者略]虽较唐人为刻,要非周内之言,更非怪退之与僧徒书札往还,诗篇赠答也。不然,朱子早岁诗为二氏言者多矣。①

这段文字是就朱熹对韩愈与大颠和尚往来的议论而发的。钱锺书依据朱子此处的具体说法,结合其著作《韩文考异》及其早年诗歌的情况加以合理推测,判断朱子对韩愈接近僧人之事并非如其他论者一般笼统斥责,而是有一"了解之同情"在:韩愈壮年"识见未定"时的"迹亲僧道"乃"人事之常,不足深责",真正需要批判的是晚年时期的韩愈仍于儒、佛两家均乏深刻认识与体会。钱锺书的这个猜测有理有据,称得上是朱子的旷代知音。

虽然钱著中精彩的假设与猜测俯拾皆是,但钱锺书最令人敬佩的,是其本人对于假设这一方法始终保持反思,并未因其有所依据便自以为是。钱锺书的假设中同时包含着一种自我反思与批判的精神,这对一个研究者来说尤其难能可贵。

> 窃疑沧浪所谓"非理"之"理",正指南宋道学之"性理";曰"非书",针砭"江西诗病"也,曰"非理",针砭濂洛风雅也,皆时弊也。于"理"语焉而不详明者,慑于显学之威也;苟冒大不韪而指斥之,将得罪名教,"招拳惹踢"(朱子《答陈肤仲》书中语)。方虚谷尊崇江西派诗,亦必借道学自重;严沧浪厌薄道学家诗,却只道江西不是。二事彼此烘衬。

---

① 《谈艺录》,第170页。

余姑妄揣之,非敢如沧浪之"断千百年公案"也。①

这段话中一连出现了两个假设:其一,严羽所谓"非理""非书"之"礼"与"书"都是为针砭"时弊"而发;其二,严羽之所以不明言其所非之理与当时理学的联系,乃是"慑于显学之威"、全身远祸之举。为了证明这一点,钱锺书将其与方回的做法做了比较,应该说这两个猜测也就有了依据了。但钱氏清醒地认识到上述证据的贫乏,因此对这两个并非毫无依据的推测仍然保持清醒的认识,直言自己乃是"姑妄揣之"。这种既指向对象又指向自己的怀疑精神,使钱氏的假设更加具备说服力。

(二) 考证

无论是反诘还是假设最终都需要证据的支持,考证便是这两种研究方法的必然承续。

钱著中的考证方法首先表现为对字词、句义的订正与辨析,其中尤以训诂方法的运用最为突出。这一方法继承自乾嘉清儒,在钱氏诗学著述中也大量存在。《谈艺录》尤其是《管锥编》许多则的开篇部分往往都是一段精致、翔实的字词考订,如《毛诗正义·击鼓》对"死生契阔"之"契阔"的考证②、《楚辞洪兴祖补注·九章(二)》中对"结"字的训诂等③。这样的例子俯拾皆是,举不胜举。

钱著中经常出现的另一种考证是对作者的考证,包括其性格、人际关系、创作中的"诗心""文心"及其创作渊源等。例如,《谈艺录》第36则开篇即对陆游的性格进行判断,认为其"高明之性,不耐沉潜,故作诗工于写景叙事",并随即展开考证。钱锺书从陆游爱读的《黄庭经》出发,结合其诗作如《九月一日夜读诗稿走笔作歌》等,与其诗集刻印者的话一并进行考辨,强调了放翁"专务眼处生心"的创作趋向。④ 对文艺创作渊源的考证也是钱锺书极为重视的一项工作,其诗学著述中屡屡涉及,《谈艺录》第44则对黄庭坚诗学李商隐的考证即为此例。

> 遗山……[引者略]故论山谷亦曰:"古雅难将子美亲,精纯全失义山真。论诗宁下涪翁拜,不作西江社里人。"山谷学杜,人所共知;山谷学义山,则朱少章弁《风月堂诗话》卷下始亲切言之,所谓:"山谷以昆体工夫,到老杜浑成地步。"少章《诗话》为羁金时所作;遗山敬事之王

---

① 《谈艺录》,第555页。
② 《管锥编》,第138—139页。
③ 同上书,第940页。
④ 《谈艺录》,第329页。

若虚《滹南遗老集》卷四十已引此语而驳之,谓昆体工夫与老杜境界,"如东食西宿,不可相兼",足见朱书当时流传北方。《中州集》卷十亦选有少章诗,《小传》并曰:"有《风月堂诗话》行于世。"则遗山作此绝时,意中必有少章语在;……[引者略]许顗《彦周诗话》以义山、山谷并举,谓学二家,"可去浅易鄙陋之病。"《瀛奎律髓》卷廿一山谷《咏雪》七律批云:"山谷之奇,有昆体之变,而不袭其组织。其巧者如作谜然,疏疏密密一联,亦雪谜也";《桐江集》卷四《跋许万松诗》云:"山谷诗本老杜,骨法有庾开府,有李玉溪,有元次山。"即贬斥山谷如张戒,其《岁寒堂诗话》卷上论诗之"有邪思"者,亦举山谷以继义山,谓其"韵度矜持,冶容太甚"。①

元好问的一首论诗绝句引发了钱锺书对黄庭坚是否学诗于李商隐的考证。通过材料梳理,钱氏发现朱弁是较早提出此一观点的人。那么,朱弁和元好问之间有无影响的可能?通过考证王若虚《滹南遗老集》及元好问《中州集》中的选诗及诗人小传,钱锺书确证元好问写作该首绝句时已然读过朱弁的《风月堂诗话》。接下来,钱氏又继续考察后人的论述,发现无论是在山谷的推崇者还是贬斥者那里,有关"山谷学义山"这一点都得到了肯定。这样,黄庭坚学诗于李商隐这一判断就得到较为确切的证明了。

以上考证主要都是凭借历史文献而进行的。有时候,钱锺书也会借助出土文物进行考证。比如在考证"猴"与"马"之间的联系并进而推及《西游记》中孙悟空那个"弼马温"名号时,钱氏一面仍凭借大量前人诗作进行梳理,同时兼及方志、民俗中的记载证明了民间以猢狲系于马厩以避"马瘟"的习俗,一面也在最后补充了美国"亚洲美术馆"中雕塑作品一例——"美国旧金山'亚洲美术馆'(Asian Art Museum)藏明玉雕一马,一猴踞其背,一猴引其索,实'马厩猢狲',无知杜撰者标曰'马上封侯'"。②

这样的实物考证无疑为前文的判断增添了更有效的说服力。不过,在钱锺书的诗学考证中,这一类实物考证例子并不太多——这或许与钱锺书从小养成的嗜书如命的习惯有关吧。陈寅恪对王国维的学术方法曾有一个十分著名的概括:

一曰取地下之实物与纸上之遗文互相释证。……[引者略]二曰取异族之故书与吾国之旧籍互相补正。……[引者略]三曰取外来之

---

① 《谈艺录》,第 402 页。
② 同上书,第 440 页。

观念,与固有之材料互相参证。①

刘梦溪指出:"此三种方法也是寅恪先生说诗治史经常使用的方法。"②如果以钱著中的考证与此三种方法相较,可以发现其中第二、三两种方法也是钱锺书所钟情并频频使用的,唯独第一种方法他用得确实不太多。仅就考证而言,钱氏方法与其师长辈的王、陈两学人的方法相较而言略显单调,这一点恐怕也是无须讳言的。

(三) 汇通

在以考证方法确认对象、明确背景、辨明关系之后,钱锺书往往借助比较为对象引入一个参照系,进而在对象与其参照物之间建立汇通视域,多角度揭示其内在本质与独特价值。比较、汇通方法的运用无疑与人的思维习惯密切相关,但在钱锺书诗学中,我们似乎看到了这一方法与语言文字本身的必然联系:

> 语言文字为人生日用之所必须,著书立说尤寓托焉而不得须臾或离者也。顾求全责善,啧有烦言。作者每病其传情、说理、状物、述事,未能无欠无余,恰如人意中之所欲出。务致密则苦其粗疏,钩深赜又嫌其浮泛;怪其粘着欠灵活者有之,恶其暧昧不清明者有之。立言之人句斟字酌、慎择精研,而受言之人往往不获尽解,且易曲解而滋误解。③

由于"语言文字"本身无法完美传达作者本意,如果仅仅依赖一个语境,就对象论对象,那么很可能造成"受言之人"千言万语却不得"立言之人"一星要领的尴尬局面。如果能够为其引入另一个参照系进行参观、对比、透视,倒是有可能增加理解作者本意的可能性。钱锺书自述年轻时读书方法时曾言:"以注对质本文,若听讼之两造然;时复检阅所引书,验其是非"④,可以说是以汇通求真相的有意实践。因此,钱著中大量比较、汇通现象的出现也就并非偶然了。

> 陆云《与兄平原书》。按无意为文,家常白直,费解处不下二王诸《帖》。什九论文事,着眼不大,着语无多,词气殊肖后世之评点或批

---

① 陈寅恪:《王静安先生遗书序》,见陈寅恪:《金明馆丛稿二编》,上海:上海古籍出版社,1980年,第219页。
② 刘梦溪:《陈寅恪的学术创获与研究方法》,见王瑶主编:《中国文学研究现代化进程》,北京:北京大学出版社,1996年,第183页。
③ 《管锥编》,第635页。
④ 《谈艺录》,第68页。

改,所谓"作场或工房中批评"(workshop criticism)也。①

> 香山才情,昭映古今,然词杳意尽,调俗气靡,于诗家远微深厚之境,有间未达。其写怀学渊明之闲适,则一高玄,一琐直,形而见绌矣。其写实比少陵之真质,则一沉挚,一铺张,况而自下矣。……[引者略]西人好之,当是乐其浅近易解,凡近易译,足以自便耳。②

两段引文中,前段是就陆云文章的艺术特色而展开的汇通研究。在短短几行文字中,钱锺书先将陆氏《与兄平原书》与"二王诸《帖》"作比较,指出其"直白费解"的特点;后又将其与西方所谓"作场或工房中批评"相比,点明其风格上的近似"评点"与价值上的缺乏创见。这个例子属于通过建立比较视域发现两者相似性的一类,第二例则是借汇通而见差别。钱氏首先围绕白居易与陶渊明诗歌"写怀"的"闲适"征引文献,指出前者的特征为"琐直"而后者为"高玄";接着就白居易与杜甫在诗歌"写实"的"真质"方面作比,认为前者"铺张"而后者"沉挚";最后综合指出白居易与前面两位诗人的差距。虽然着语无多,这一言简意赅的三方互辨却使读者对于白、陶、杜的诗歌特色瞬间了然于心,可谓直击要害。

以上两例均属于本国文学内部的汇通,钱著中更具特色,也更为普遍的比较研究则是中西诗学的汇通。这方面的例子同样不胜枚举,仅以《七缀集》为例:《读〈拉奥孔〉》中对莱辛理论与中国诗论、画论的探讨,《林纾的翻译》中对林纾译文与原作的深入比勘,《一节历史掌故、一个宗教寓言、一篇小说》中将《生经·舅甥经》、希罗多德(Herodotus)《历史》和马太奥·邦戴罗(Matteo Bandello)《短篇小说集》的"捉至一处"等,都是令人大开眼界、受益无穷的精彩研究。而且,钱锺书中西诗学汇通的方法带有明显的比较诗学色彩,足证其著述的比较文学特质。

(四) 引申

如果说质疑、考证、汇通是批判性理解的基础环节的话,那么最后的引申环节就是决定批判性理解成败的最终标准。钱锺书论学历来看不起"废话""陈言",也最反对缺乏思想的人云亦云,故而"求新"成为"引申"环节的灵魂所在。具体而言,我们所说的"引申"包括钱锺书诗学在以下两个方面的自觉追求:其一是通过独立思考打破陈言的"拈出新意";其二则是在前人基础上将原有研究推向深入的"更进一解"。

在本书导论引述过的那封著名书信中,钱锺书特别提到了自己对于

---

① 《管锥编》,第 1915 页。
② 《谈艺录》,第 497 页。

"拈出新意"的重视:

> 他如阐发古诗文中透露之心理状态(181,270—1),论哲学家文人对语言之不信任(406),登高而悲之浪漫情绪(第三册论宋玉文),词章中写心行之往而返(116),etc,etc,皆"打通"而拈出新意。①

前文已经分析指出,在钱锺书的学术世界里,"拈出新意"更胜于"打通",有学者也指出过正确认识"出新"对于理解钱锺书学术实践的重要性。② 就此处所论的引申环节而言,"拈出新意"则意味着诗学创新性的最高实现。钱锺书对李商隐《锦瑟》一诗的解读可谓这一方面的代表。

《锦瑟》一诗由于其语言与意境的朦胧而题旨难辨,历来读者理解不一。钱锺书在讨论前首先列出了几种代表性看法,如何屺瞻(义门)认为这是一首"悼亡诗";张孟劼将其视为政治隐喻诗,说"沧海句言李德裕已与珠海同枯,李卒于珠厓也;蓝田句言令狐绹如玉田不冷,以蓝田喻之,即节彼南山意也";汪师韩(韩门)则将其看作咏怀诗,认为李商隐在诗中是"以古瑟自况"。聚讼纷纭,一时难断。钱锺书却在涵泳李氏诗集的基础上发掘出历来被人忽视的程湘衡的说法,即所谓"此义山自题其诗以开集首者,次联言作诗之旨趣,中联又自明其匠巧也",继而又超越这一意见,提出了自己的新观点:"《锦瑟》之冠全集,倘非偶然,则略比自序之开宗明义,特勿同前篇之显言耳。"接下来,钱氏结合杜甫、刘禹锡等其他诗人及李商隐自己的诗作对《锦瑟》进行逐联细读,详细阐述了自己的意见:

> 首两句"锦瑟无端五十弦,一弦一柱思华年",言景光虽逝,篇什犹留,举世心力,平生欢戚,"清和适怨",开卷历历,犹所谓"自有恨",而"借此中传"。三四句"庄生晓梦迷蝴蝶,望帝春心托杜鹃",言作诗之法也。心之所思,情之所感,寓言假物,譬喻拟象;如庄生逸兴之见形于飞蝶,望帝沉哀之结体为啼鹃,均词出比方,无取质言。举事寄意,故曰"托";深文隐旨,故曰"迷"。……[引者略]五六句"沧海月明珠有泪,蓝田日暖玉生烟",言诗成之风格或境界,犹司空表圣之形容《诗品》也。……[引者略]七八句"此情可待成追忆,只是当时已惘然",乃与首二句呼应作结,言前尘回首,怅触万端,顾当年行乐之时,即已觉世事无常,搏沙转烛,黯然于好梦易醒,盛筵必散。登场而预有下场之感,热闹中早含萧索矣。③

---

① 郑朝宗:《〈管锥编〉作者的自白》,《人民日报》1987年3月16日,第八版。
② 何明星:《钱钟书比较文学研究的特质》,《学术研究》2010年第11期,第152页。
③ 《谈艺录》,第286—290页。

历来名家解读此诗,往往受限于其俪词婉调而不自然倾向于从情感角度理解诗意,于是后人看到的往往不超出"爱情诗""悼亡诗""自哀诗"这类标签。于四联柔美婉约之词、一派朦胧隐晦之境中读出李商隐诗法自道的衷肠来,这一点恐怕非此中作手不能为。可见,钱锺书之所以偏爱,也总是能够"拈出新意",与其自身渊博的知识和丰富的创作经验是分不开的。反过来也可以说,正因为拥有这样的知识与经验,钱锺书才总是自觉地追求一种属于自己的文学理解。这个例子可以进一步加深人们对于狄尔泰"理解建立在一种特殊的个人的创造性之上"这句话的理解①,也充分验证了汉娜·阿伦特的下述论断:"理解并不意味着不能从已有的结论中大胆地推论出前所未有的结论。"

在人文科学的研究中,我们总是避不开对于文本意义与作者本意关系问题的探讨,不少学者都曾为此著书立说,甚至长期争论。巴赫金就曾对此发表意见,认为对文本的理解"应达到该文本作者本人对它的理解",且"应该达到更好的理解";"理解能充实文本,因为理解是能动的,带有创造的性质"。②

这几乎可以被视为钱锺书"更进一解"方法的最佳注释。简单说来,当前人在某个问题上的理解已基本获得公认之后,后人所能做的就是开辟新的领域或是将其向前推进一步。

> 盖文人苦独唱之岑寂,乐同声之应和,以资标榜而得陪衬,故中材下驷,亦许其齐名忝窃。白傅重微之,适所以自增重耳。黄公谓"诗文之累,不由于谤而由于诔",其理深长可思。余则欲更进一解曰:诗文之累学者,不由于其劣处,而由于其佳处。③

> 普鲁斯脱谓,读者所读,实非作者,乃即己也;作者所著祇是读者赖而得以自知之津逮耳。……[引者略]爱略脱谓,诗意随读者而异,尽可不得作者本意,且每或胜于作者本意。视瓦勒利更进一解矣。皆所谓"作者未必然,读者何必不然。"④

前例中,钱锺书的观点乍一看令人愕然,因为所谓诗文太好而给作者

---

① 威尔海姆·狄尔泰:《对他人及其生命表现的理解》,见洪汉鼎主编:《理解与解释——诠释学经典文选》,北京:东方出版社,2001年,第106页。
② 巴赫金:《论人文科学的哲学基础》,白春仁译,见巴赫金:《巴赫金全集(第四卷)(文本对话与人文)》,白春仁、晓河、周启超、潘月琴、黄玫等译,石家庄:河北教育出版社,1998年,第405页。
③ 《谈艺录》,第450页。
④ 同上书,第724页。原文中的外文从略。

带来麻烦的说法打破了我们的常规思维,然而细细思之却又发现极有道理——它与诗文因受推崇而"累作者"实际上是一个道理,其共同点就在于容易造成作者之自负而导致其创作走向板滞。后例则直接援引了西方关于文本意义和作者意义的讨论,既表明了这个问题的普遍性,同时也于连类中表达了自己的观点,即如果要做到"更进一解"就必须确认一个原则——"作者未必然,读者何必不然",也就是理解者应大胆发挥自己的能动性,努力做到施莱尔马赫所谓的"比作者更好地理解作者"。

以上即是"批判性理解"的四大主要环节,也是"钱学"主要的批评模式。可以发现,这是一个首尾相连的完整过程,它往往以对某一现象或观点的质疑、反思为开端,最终落实到引申过程中的"拈出新意"或"更进一解"。这一批评模式在具体的诗学实践中往往集中表现为两大方法的运用,即"连类"与"涵泳"。

第三节 多元视域中的文本考辨:连类与涵泳

无论"钱学"的认同者还是反对者都无一例外震惊于钱著中浩如烟海的详博引文:前者甚至耐心对钱氏征引的作者和文献进行数量统计,后者则干脆将其比喻为"Google 式的"数据库。[①] 的确,庞大的征引数量以及各类文献间的腾挪转移已经成为"钱学"最显著的著述特征。既然引文研究乃是当代西方诗学"互文性"(intertextuality)理论的核心范畴之一,那么,将钱锺书诗学与"互文性"进行比较研究便似乎具备了天然的可行性,钱锺书诗学与"互文性"的关系问题就此成为"钱学"研究领域的一个课题。笔者认为,"互文性"理论的确能够为"钱学"研究提供一个有效的参照系。积极利用国外"互文性"研究的成果,对于我们从理论角度系统地把握钱锺书诗学结构具有重要的价值,但不能因此就将钱锺书诗学与"互文性"直接画等号。一方面,诞生于西方的"互文性"理论经过欧美学界的长期发展,早已出现了使用范围、理论倾向等方面的不同甚至相反的发展路径,不能再不加区分地将其与钱锺书诗学等量齐观;另一方面,作为方法的"互文性"理论往往致力于寻找"主文本"(text)和"互文本"(intertext)之间的关系,

---

① 前者可参阅陆文虎:《钱钟书〈谈艺录〉的文论思想(下篇)》,《当代文坛》1988 年第 6 期,第 16—17 页;或郑朝宗编:《〈管锥编〉研究论文集》,福州:福建人民出版社,1984 年,第 104、267 页,以及书前的敏泽"序"。张文江对此也有认同,见张文江:《钱锺书传——营造巴比塔的智者》,上海:复旦大学出版社,2011 年,第 85—87 页;后者见刘皓明:《绝食艺人:作为反文化现象的钱钟书》,《天涯》2005 年第 3 期,第 173—174 页。

并且常常将探索的重点放在"互文本"上——这与钱锺书组织众多"互文本"以阐明"主文本"诗学特质的方法实际上是路径相反的。这一诗学方向上的背反直接导致了二者之间研究重点的不同。因此,与其使用"互文性"这个虽然简洁却与"钱学"精神不尽相符的术语来概括钱锺书"文艺鉴赏与评判"的特征,不如学习钱锺书在《中国固有的文学批评的一个特点》文中为求"准确"而不惜"累赘"的做法①,将其称为"多元视域中的文本考辨"。如果借用"钱学"中发扬光大的古典诗学范畴来表达,则可称之为——以"连类"为依托的"涵泳"。由于"连类"侧重于实际文本的组合、缀接,所以具有明显的客观性;"涵泳"强调的则是主体对文本的独到发现与积极领悟,因此又具有鲜明的人文主义色彩。在客观性或曰科学性的基础上高扬人文主义精神,便成为钱锺书"批判性理解"的本质之所在。

一、"互文性":钱锺书诗学特征?

随着20世纪80年代以来西方诗学著作的大量译介,"互文性"这一理论范畴随之传播到国内,也在文艺批评界逐渐被接受与运用。由于"互文性"理论对"文本"(text)本身和"文本联系"(textual relations)②,以及"引用"(citation)、"参考"(reference)等著述手段给予了前所未有的重视③,而这些"互文性"研究对象在钱锺书诗学领域又似乎随处可见,有学者便据此提出了"互文性理论与钱锺书文学批评"的研究课题,并产生了一定影响④。"互文性"称得上是钱锺书诗学论述的特征吗?从"互文性"角度探讨钱锺书诗学方法是否可行——或者说,"互文性"与钱锺书诗学著述的"形似"是否意味着两者的"神似"? 对这些问题的回答应该从"什么是'互文性'"的追问开始。

(一)"不确定"的"互文性"

"互文性"作为一个特定的理论术语诞生于20世纪60年代,其创造者为克里斯蒂娃(Julia Kristeva)。这个术语强大的概括力和巨大的阐释功能使其很快为文学理论界普遍接受,并迅速向其他人文社科领域,乃至影视生产等文化经

---

① 《中国固有的文学批评的一个特点》一文开篇第一句便是:"题目这样累赘,我们取它的准确。"见《人生边上》,第116页。
② Allen, Graham. *Intertextuality*. London: Routledge, 2000. 1—2. 引文为笔者自译。下同。
③ Barthes, Roland. *Image Music Text*. Trans. Stephen Heath. London: Fontana, 1977. 160. 引文为笔者自译。
④ 国内研究这一课题的学者以焦亚东为主要代表。2006年焦氏完成博士论文《钱锺书文学批评的互文性特征研究》(华中师范大学,2006),并于此前后发表了数篇相关论文,其中2007年发表于《文艺研究》的《互文性视野下的类书与中国古典诗歌——兼及钱钟书古典诗歌批评话语》一文后又被中国人民大学复印报刊资料全文转载。

济领域传播。在流传的过程中,众多接受者又纷纷从各自的理解出发对其进行了新的描述、界定与具体运用。这种"百花齐放"式的接受方式一方面大大增强了"互文性"的理论活力,另一方面却也使其走向了概念的不确定乃至含混不清。那么,"互文性"的"不确定性"究竟是后天流变的结果还是先天即有的特征? 在回答这个问题之前,首先需要对"互文性"的概念史做一个简单回顾。

1. "互文性"小史

虽然当前的种种"互文性"理论在研究对象、操作流程、适用范围等方面给人一种五花八门的感觉,但总的来看,20世纪60年代以来的各种"互文性"定义至少在这一点上达成了共识:任一特定文本中都或隐或显地存在着其他文本的影响或痕迹——或者说,任何文本都处于与其他文本的某种联系之中。既然对文学创作而言,文本即意味着一系列语言符号的组合,率先对"互文性"进行系统研究的格拉汉姆·艾伦(Graham Allen)便将这一理论范畴的源头追溯到了瑞典语言学家索绪尔(Ferdinand de Saussure)那里。[①] 的确,当索绪尔反复强调"语言中只存在差别"("In language there are only differences"),而且"无论就所指还是能指而言,语言在语言系统产生之前既无意义又无声音,而只有源自系统的概念上及语音上的差别"时[②],他实际上是以突出语言本身差异性的方式强调了"联系"对于语言,尤其是言语意义的重要性。表面看来,"能指"(signifier)与"所指"(signified)这对著名的索绪尔概念所展现的是语言内部的一组二元对立,是典型的"差别";实际上,言语意义在某个特定社会环境及具体历史语境下的实际存在与相对稳定性所揭示的,恰恰又是这对相异范畴之间的合作关系。如果说文学文本离不开语言,那么文学文本的意义就离不开语言中互为差异的因素之间的各种联系与组合——这的确可以说是"互文性"潜在的理论基点之所在。

在索绪尔理论的基础上,巴赫金进一步探讨语言问题,在具体研究对象上则逐步由语言向话语(discourse)转变。在这个过程中,他提出了著名的"对话性"——或曰"对话主义"(dialogism)理论。这个理论范畴包括一系列重要术语,如"复调"(polyphony)、"双声话语"(double-voiced discourse)、"杂语化"(hybridization)等。[③] 巴赫金对互文性的启发主要集

[①] Allen, Graham. *Intertextuality*. London: Routledge, 2000. 8—14.

[②] Saussure, Ferdinand de. *Course in General Linguistics*. Trans. Wade Baskin. Eds. Charles Bally, Albert Schehaye, and Albert Reidlinger. London: Fontana, 1974. 120. 引文为笔者自译。

[③] Allen, Graham. *Intertextuality*. London: Routledge, 2000. 22.

中在其关于叙述声音和小说语词的研究方面。在著名的《陀思妥耶夫斯基诗学问题》一书中,巴赫金就陀氏小说中的声音进行了细致而出色的研究,提出了所谓"复调小说"(the polyphonic novel)的概念。在巴赫金看来,"对话"(dialogue)与意识的萌生是同步的,而"陀思妥耶夫斯基能够'听'到各处的对话关系"。① 正因为如此,陀氏"事实上根本没有创造人物的具体形象,而只是创造了人物关于自身及其世界的话语",甚至可以说,"陀思妥耶夫斯基笔下的人物并非具体形象而只是一种自发的话语、纯粹的声音"。② 正如艾伦分析的,巴赫金所推崇的"复调小说""意味着这样一个世界:没有任何个人话语可以凌驾于其他话语之上;所有的话语都是对于世界的阐释,它回应并呼唤着其他话语"③——这种对"他者"的呼唤后来恰恰成为互文性理论的关注重点之一。与"复调"相比,巴赫金有关"语词"(word)的论述给克里斯蒂娃的启发也许更加直接。在巴赫金看来,"语词不是一个固化物(a material thing)而是永恒运动(eternally mobile)、永远变幻着的对话交互中介(medium of dialogic interaction)"。④ 他在题为《小说中的话语》("Discourse in the Novel")的论文中曾这样写道:

> 向着其对象出发,某一语词进入一个由相异的语词、各种价值判断及各色音调所交织而成的,充满问答式不安与紧张感的环境;在复杂的各类相互关系之间徘徊——与某些语词融合,又与其他一些划清界限,或者与某类第三语族相交叉:所有这一切对于话语的塑型都至关重要,并将在其所有语义层留下痕迹,而且使其表达复杂化,并对其整个文体形态发生影响。⑤

一个语词是如此不可避免地与其他语词发生联系,这势必影响到以其为基础的个体语言及其意义。巴赫金指出:"个人的语言总是存在于其自身与他人的界线之上","语言中的语词有一半来自他者"。⑥ 因此,对于话

---

① Bakhtin, M. M. *Problems of Dostoevsky's Poetics*. Trans. and ed. C. Emerson. Minneapolis: University of Minnesota Press, 1984. 40. 引文为笔者自译。下同。
② Ibid. 53.
③ Allen, Graham. *Intertextuality*. London: Routledge, 2000. 23. 着重号为笔者所加。
④ Bakhtin, M. M. *Problems of Dostoevsky's Poetics*. Trans. and ed. C. Emerson. Minneapolis: University of Minnesota Press, 1984. 201.
⑤ Bakhtin, M. M. *The Dialogic Imagination: Four Essays*. Trans. C. Emerson, and M. Holquist. Ed. M. Holquist. Austin: University of Texas Press, 1981. 276. 引文为笔者自译。下同。
⑥ Bakhtin, M. M. *The Dialogic Imagination: Four Essays*. Trans. C. Emerson, and M. Holquist. Ed. M. Holquist. Austin: University of Texas Press, 1981. 293.

语实践中的任何一个对话者来说,"语词(总是)从另一个语境进入他本人的语境,且渗透着他者的阐释。他将发现在其所谓的'自己的思想'中,(这样的)语词早已存在"①。可以说,巴赫金的上述观点已经暗示了其对所谓"独一无二的原创文本"的质疑,也明白无误地道出了文本与"他者"的必然联系这一互文性的核心论点。

正是在巴赫金理论,尤其是其语词理论的直接启发下,克里斯蒂娃将讨论的重点从巴赫金的"话语"和"语词"转向"文本",并正式创造了"互文性"这一概念。② 1967年,克里斯蒂娃在《语词,对话和小说》一文中首次提出"互文性"概念并对其进行了如下阐述:

> 任何文本的构成都仿佛是一些引文的拼接,任何文本都是对另一个文本的吸收和转换。互文性概念占据了"主体间性"概念的位置。诗性语言至少是作为双重语言被阅读的。③

或许克里斯蒂娃本人也意识到这样的描述略显模糊,随着其思考对象由语词向文本的转移,她在1968年的《文本的结构化问题》一文中正式对"互文性"下了一个定义:

> 我们把产生在同一个文本内部的这种文本互动作用叫作互文性。对于认识主体而言,互文性概念将提示一个文本阅读历史、嵌入历史的方式。在一个确定文本中,互文性的具体实现模式将提供一种文本结构的基本特征("社会的""审美的"特征)。④

这个界定后来成了"互文性"的经典定义之一。不过,由于当时的克里斯蒂娃尚属无名小卒,"互文性"虽然得到了《如是》(*Tel Quel*)杂志同人的大力鼓吹,也引起了一些学者的讨论,但总的来说并没有引起太大震动。

---

① Bakhtin, M. M. *Problems of Dostoevsky's Poetics*. Trans. and ed. C. Emerson. Minneapolis: University of Minnesota Press, 1984. 201.
② 艾伦认为,克里斯蒂娃在其新术语"互文性"中格外强调(highlight)了巴赫金这一"关于语言的远见"。见 Allen, Graham. *Intertextuality*. London: Routledge, 2000. 28—29.
③ Kristeva, Julia. "Word, Dialogue and Novel." *Desire in Language: A Semiotic Approach to Literature and Art*. Trans. Thomas Gora, Alice Jardine, and Leon S. Roudiez. Ed. Leon S. Roudiez. New York: Columbia University Press, 1980. 66. 译文采用秦海鹰教授的中译(译自法文),只将 intersubjectivity 的翻译由"互主体性"调整为"主体间性"这个今天更为通用的译词。另外,此处及下文所涉及的克里斯蒂娃"互文性"概念原始出处的文献考察也采用了秦老师的成果。参阅秦海鹰:《互文性理论的缘起与流变》,《外国文学评论》2004年第3期,第19页。
④ 克里斯蒂娃:《文本的结构化问题》,转引自秦海鹰:《互文性理论的缘起与流变》,《外国文学评论》2004年第3期,第19页。着重号为笔者所加。

"互文性"地位的确立实际上有赖于罗兰·巴尔特的宣传。在为法国《通用大百科全书》所写的"文本理论"词条中,巴尔特向学界集中介绍了克里斯蒂娃的理论,并根据其自身的理解对其加以阐释与发挥。当然,巴尔特对这一概念的接受并非原样照搬,而是重新进行了自己的改造。值得注意的是,巴尔特是从"作品"(work)与"文本"的区分入手来说明"互文性"的——"作品是某种可以计数统计的、占据一定物理空间的已完成品(例如,在图书馆的书架上占据一个位置);文本则隶属于方法论领域";"人们只能说,在某某作品中,有或没有某些文本。'作品握在手中,而文本存在于语言之中'"。① 换句话来说,"作品"与"文本"的关系表现为:"文本"由某个"作品"内部"潜在地'释放'出来,并且存在于文本与其他文本之间"。② 在此基础上,巴尔特对"文本"及"互文"做出了如下描述:

> 存在于每个文本内部的互文——它本身成为另一文本的"中间文本"——不能与文本的某些起源混为一谈:倘若去寻找种种"来源"或者是某个作品给予的"影响",便将陷入所谓的起源神话;构成一个文本的引用都是匿名、无迹可寻然而却"已读"的:它们是没有引号的引文。③

显然,在巴尔特的互文性理论中,文本具有了至高无上的地位。文本的读者只需要"享乐"阅读,至于作者采取什么方式以构成文本则是无须多问,也无法探究的。正是在这一基础上,巴尔特提出了著名的"作者之死"的论断④,几乎使之成了互文性理论一个"广为人知的特征"⑤。

巴尔特对"文本"的细致区分与界定一方面完善了克里斯蒂娃的"互文性"理论,另一方面又使"互文性"真正成了理论热点。但也是在巴尔特之后,"互文性"开始出现了两条不同的发展路径。我国学者秦海鹰曾将其归纳为"解构批评和文化研究"与"诗学和修辞学"两大方向,也就是人们常说的"广义互文性"与"狭义互文性"。⑥ 具体说来,对互文性概念进行"严格

---

① Barthes, Roland. "Theory of the Text." *Untying the Text: A Post-structuralist Reader*. Ed. Robert Young. London: Routledge and Kegan Paul, 1981. 39. 引文为笔者自译。下同。
② Allen, Graham. *Intertextuality*. London: Routledge, 2000. 68.
③ Barthes, Roland. "From Work to Text." *Image Music Text*. Trans. Stephen Heath. London: Fontana, 1977. 160.
④ Barthes, Roland. "The Death of the Author." *Image Music Text*. Trans. Stephen Heath. London: Fontana, 1977. 142—148.
⑤ Allen, Graham. *Intertextuality*. London: Routledge, 2000. 70.
⑥ 参阅秦海鹰:《互文性理论的缘起与流变》,《外国文学评论》2004年第3期,第22页。

的限定"——也就是将其集中于诗学和修辞学领域进行界定——的杰出代表为吉拉尔·热奈特(Gérard Genette)。从结构主义诗学观点出发,热奈特将文本间相互联系的特征称为"跨文性"(transtextualité, transtextuality),而"互文性"不过是"跨文性"的五大类别之一。① 在热奈特看来,"互文性"指"两个或多个文本间的共同呈现(copresence)出来的一种联系",也就是"一个文本在另一个文本中的切实出现"。② 其关于"呈现"(presence)、"联系""切实"(actual)等关键词的强调明显表现出对"互文性"加以限定的努力。另一位结构主义者里法泰尔(Michael Riffaterre)在限定互文性范围上走得更远。如果说热奈特尚且通过"超文性"一词为文本向外界的开放留有某种余地的话,那么里法泰尔就直接否认了文本与外界的任何联系。用艾伦的话来说,里法泰尔"互文性"理论的核心乃是一种"反考据方法"(anti-referential approach),他甚至将某些互文性理论家的考据式研究称为"考据谬误"(referential fallacy)。③ 里法泰尔认为:"文本不涉及自身以外的任何外部事物,而只是指向'互文本'(inter-text)。文本中的语词不是通过指涉事物、而是通过以其他文本作为前提的方式获得意义。"④所谓的"互文本"即"一个文本库,文本的片段集,或是词典中类似文本的社会方言",以及"同义词"或"反义词"的"集合"⑤,亦即后来许多学者达成共识的"一个文本所吸收的其他文本"⑥。在明确"文本"与"互文本"

---

① 热奈特界定的其他四种"跨文性"类别依次是:"类文性"(paratextualité, paratextuality)——文本本身和类文本之间维持的关系;"元文性"(métatextualité, metatextuality)——文本与其所评论的文本之间的关系;"超文性"(hypertextualité, hypertextuality)——一篇文本从另一篇已经存在的文本中被派生出来的关系,更接近于模仿或戏拟;"统文性"(architextualité, architextuality)——即文本同属某一类的状况。见 Genette, Gérard. *Palimpsests: Literature in the Second Degree*. Trans. Channa Newman, and Claude Doubinsky. London: University of Nebraska Press, 1997. 1—7. 中译本可参阅热拉尔·热奈特:《热奈特论文集》,史忠义译,天津:百花文艺出版社,2001 年,第 69—74 页。另外,艾伦对此五大类型有详细的分析解读,参阅 Allen, Graham. *Intertextuality*. London: Routledge, 2000. 97—115.

② Genette, Gérard. *Palimpsests: Literature in the Second Degree*. Trans. Channa Newman, and Claude Doubinsky. London: University of Nebraska Press, 1997. 1—2. 中译本可参阅热拉尔·热奈特:《热奈特论文集》,史忠义译,天津:百花文艺出版社,2001 年,第 69 页。

③ Allen, Graham. *Intertextuality*. London: Routledge, 2000. 115.

④ Riffaterre, Michael. "Interpretation and Undecidability." *New Literary History* 12 (1980): 228. 引文为笔者自译。

⑤ Riffaterre, Michael. "Intertextual Representation: On Mimesis as Interpretive Discourse." *Critical Inquiry* 11(1984): 142. 引文为笔者自译。

⑥ 参阅秦海鹰:《互文性理论的缘起与流变》,《外国文学评论》2004 年第 3 期,第 29 页。

概念的基础上,里法泰尔将"互文性"描述为"组成并调节文本与互文本之间关系的功能网"①,后又于《互文本痕迹》一文中将其进一步明确为"读者对一部作品与其他先前的或后来的作品之间关系的感知"②。

与热奈特、里法泰尔等人力图为"互文性"划出特定疆界的做法相反,"解构批评和文化研究"或曰"广义"互文性路径上的学者们则力图将"文本"的范围扩大到社会历史乃至非文学的广阔文化领域——早期的克里斯蒂娃正是这方面的突出代表。后来的哈罗德·布鲁姆(Harold Bloom)也主张为互文性理论引入历史的视角。他在《影响的焦虑》一书中指出,所有诗人都在前辈的影响下写作,只有"强力诗人"(strong poets)能够摆脱这种写作的焦虑并通过"重写"或"改写"的方式创作出精品。为此,他提倡一种"对立式批评"(antithetical criticism),坚持认为:"诗歌的意义只能是诗歌,不过却是另一首诗歌——即非其自身的诗歌。"这样的诗歌只能是历史上已经出现了的诗歌——无论后世诗人是否读过,它们都将决定其作品的意义。③ 而乔纳森·卡勒则将互文性理论推进到了文化领域。卡勒认为:

> 互文性与其说是一个作品与其之前出现的某些特定文本之间的联系,不如说是其对于散漫的文化空间的参与:即指一个文本与某一文化中的数种语言或多种表意实践之间的联系,及其与那些使其可能与该文化的诸多可能性贯通一气的文本之间的联系。④

进入 21 世纪后,"互文性"的领域似乎变得更加广阔。为此,在《互文性》一书的第二版中,艾伦专门增写了第六章"今天的互文性"("Intertextuality Today"),其中除了提及互文性理论在文化工业领域的应用之外,还分别介绍了以影视业为中心的"改编研究"(adaptation studies)、以互联网为中心的"去中心化文本"(the de-centred text)以及媒体理论界的"修正"(remediation)概念。⑤ 概念的泛化似乎成了"互文性"在 21 世纪发展的主流,互文性的"不确定性"也必然随之延续下去。

---

① Riffaterre, Michael. "Compulsory Reader Response: the Intextual Drive." *Intertextuality: Theories and Practices*. Eds. Michael Worton, and Judith Still. Manchester: Manchester University Press, 1990. 57. 引文为笔者自译。
② 转引自秦海鹰:《互文性理论的缘起与流变》,《外国文学评论》2004 年第 3 期,第 25 页。
③ Bloom, Harold. *The Anxiety of Influence: A Theory of Poetry*. Oxford: Oxford University Press, 1973. 70. 引文为笔者自译。
④ Culler, Jonathan. *The Pursuit of the Signs: Semiotics, Literature, Deconstruction*. New York: Cornell University Press, 1981. 103. 引文为笔者自译。
⑤ Allen, Graham. *Intertextuality*. 2ed. London: Routledge, 2011. 203—216.

2. "互文性"的基本特征

通过对"互文性"概念发展史的回顾,我们能够切实感受到西方诗学界在这一理论范畴应用环节中的灵活性。不过,这一灵活性在促进"互文性"概念快速生长的同时,也导致了概念本身的"不确定性"——这个矛盾可以说是"互文性"最为鲜明的特征。不过,"互文性"的"不确定"并非全由后代批评家的发展和改造所导致。事实上,在其理论先驱索绪尔、巴赫金及其创造者克里斯蒂娃那里,"互文性"概念便存在某些模糊不清之处。索绪尔虽然暗示了"能指"与"所指"的合作对于言语意义的决定性作用,然而其给出的二者间的联系原则却是"约定俗成"这个充满不确定性的概念。举例来说,我们都明白作为"能指"的"床"在汉乐府《焦仲卿妻》一诗"槌床便大怒"句中的"所指"为"坐具"①,而在今天的汉语语境下其"所指"则为"卧具",却无法就这一"能指"与两个不同"所指"间的具体联系进行更深的解读。由于历史和时间的稀释,这一能指与所指之间的滑动所造成的意义错位对于日常生活来说影响不大,然而对致力于探讨文本与意义之间联系的"互文性"来说,却无疑埋下了暧昧不明的理论隐患。同样,巴赫金以其话语理论和有关语词的探讨直接启迪了"互文性"的诞生,然而其对于文本与"他者"之间联系的强调似乎也仅仅停留在现象揭示层面,对于两者之间的具体联系方式,尤其是对其"对话性"概念背后的主体与文本关系问题却语焉不详。克里斯蒂娃虽然有意消除巴赫金理论中主体问题的干扰,但将互文性定义为"同一文本内部"的"文本互动作用"仍有笼统之嫌,因为即便将主文本视为一个各类互文本的互动场域,究竟哪些互文本得以进入这一场域实际上仍是离不开主体自身的选择的。也就是说,我们很难彻底离开主体来研究"互文性"。更为重要的是,克里斯蒂娃对"文本"的界定完全不同于热奈特等诗学取向的学者,几乎可以说无所不包。这个"泛文本"观念虽然为互文性提供了最宏大的视野,但各类不同性质的文本之间毕竟有所区别,其相互发生联系的方式也不可能是直接同一的。或许正是这个问题使得克里斯蒂娃陷入了矛盾中——这个"互文性"的创造者有时竟主动回避使用这一术语,甚至认为"转换"(transformation)、"置换"(permutation)、"转移"(passage)和"移植"(transposition)等词汇比"互文性"更精确②,因而更愿意在自己的论文中加以使用:

---

① 《焦仲卿妻》又名《孔雀东南飞》。经余冠英考证,汉代的"床"为"只容一人坐,比板凳稍宽"的"坐具","坐床是席地到用椅子的过渡"。参阅余冠英选注:《乐府诗选》,北京:中华书局,2012年,第94页。

② 参见秦海鹰:《克里斯特瓦的互文性概念的基本含义及具体应用》,《法国研究》2006年第4期,第26页。

> 文本是一种文本置换,是一种互文性:在一个文本的空间里,取自其他文本的各种陈述相互交叉,相互中和。①
>
> "互文性"一词指的是这种由一个(或多个)符号系统向另一个符号系统的移植(transposition);但是由于"互文性"这个术语常常被庸俗地理解为"考据",因此我们更倾向于使用"移植"这个词语,因为这个词详细说明了从一个表意系统向另一个表意系统的过渡需要重新组合文本——也就是对行文和外延的定位。②

可见,克里斯蒂娃不仅在给"互文性"下定义时借用了"置换"等词语,甚至明确表示"移植"等词语比"互文性"更能清晰表达自己的意思。无论此举出于多么无奈的原因,这种以其他词汇替换"互文性"的做法都表明了这一概念内在的缺陷——其最大问题便是不够明晰。然而,令人深思的是,当人们试图对这一概念进行严格限定并赋予其清晰含义时,其学术生命力却并未呈现出那种理论去蔽后的迸发样态。热奈特在《隐迹稿本:第二维度的文学》(*Palimpsests:Literature in the Second Degree*)一书中所做的工作,无疑赋予了"互文性"一个完整的概念归属系统,其"互文性"界定也几乎缩小到了广义互文性中"引文"研究这个狭小领域。于是,一方面,"互文性"的模糊不定为人们对其内涵的把握设置了种种障碍;另一方面,又是这种模糊性赋予了"互文性"强大的生命力——这无疑是一个悖论。作为一个广为流传的理论术语,"互文性"当然是极具价值的。但其自身的内在悖论提示我们:不同批评家眼中的"互文性"可能具有不同,甚至完全相反的实践取向。因此,正确运用"互文性"就必须为"互文性"划定疆界,具体问题具体分析。既然"互文性"的问题总是离不开文本,那么实践中就必须紧扣作为研究对象的文本,绝不能以一个术语的空帽子、用某一个"互文性"定义去套用一切具体文本和批评的实践。

从形形色色的"互文性"定义中,我们还可以总结出"互文性"理论的第二个基本特征,即:"互文性"研究往往以对"互文本"的考察为主,"主文本"反而"退居二线"。当克里斯蒂娃强调"任何文本的构成都仿佛是一些引文的拼接,任何文本都是对另一个文本的吸收和转换"时,她所暗示的正是"引文"及

---

① Kristeva, Julia. "The Bounded Text." *Desire in Language:A Semiotic Approach to Literature and Art*. Trans. Thomas Gora, Alice Jardine, and Leon S. Roudiez. Ed. Leon S. Roudiez. New York:Columbia University Press, 1980. 36. 中译文引自秦海鹰:《互文性理论的缘起与流变》,《外国文学评论》2004 年第 3 期,第 19 页。着重号为笔者所加。

② Kristeva, Julia. "Revolution in Poetic Language." *The Kristeva Reader*. Ed. Toril Moi. New York:Columbia University Press, 1986. 111. 着重号为笔者所加。

"另一个文本"的重要性。巴尔特虽然反对就互文本进行"起源"式的搜索、提倡主文本本身的阅读与欣赏,但不言而喻的是,只要从"互文性"对"文本之间的联系"的强调入手阅读主文本,读者的主要工作就依然不可避免地发展为从主文本中解析各类互文本并分别加以研读:倘若主文本的基本意义不难把握,那么人们就只需要重点研究互文本的意义是如何被融入到主文本的这一意义之中的;假如主文本的意义模糊难辨,那么人们就更需要从形形色色的互文本入手,通过考察其各种意义组合的可能性以实现对主文本意义的把握了。因此,"互文性"虽然是就主文本的特征提出来的一个概念,其实际研究中聚焦的反而是互文本。

第三,由于"互文性"的研究重点不是作为"成品"的主文本而是具有"材料"性质的互文本,因此在实践层面上,"互文性"往往排斥传统研究中的主体考察,或者说有意识地淡化对文本主体、对作者本人的研究。在克里斯蒂娃首次就"互文性"做出的著名描述中,她曾以一种胜利的口吻宣告:"互文性概念占据了'主体间性'概念的位置。"而在其《符号学——符号分析研究》一书里,她更是旗帜鲜明地表示"互文性排挤主体间性"。[①] 虽然已有法国学者对"互文性"的这一武断倾向提出质疑,作者问题也在20世纪初的法国文论界"以新的方式死而复生"[②],但至少就目前的情况来看,各国学者虽不停在对"互文性"进行重命名的工作,在回避主体性这一点上他们却是达成共识的。正如有学者所指出的,今天的"互文性批评","就是放弃那种只关注作者与作品关系的传统批评方法,转向一种宽泛语境下的跨文本文化研究"。[③] 就"互文性"的理论取向而言,其阵营所在正是21世纪初西方文论中的"科学主义"一脉,与形式主义和英美"新批评"等流派的研究理念基本一致。[④] 其共同点在于力图以一种自然科学的眼光,根据科学的原则和方法来研究文艺,故而往往将文本视为独立自主的自在体系,有意无意地忽视甚至刻意抵制作者问题的讨论。无论是"解构批评和文化研究"还是"诗学和修辞学"方向的"互文性"理论都体现出这一特点,而巴尔特"作者之死"的宣言无疑是其突出代表。

总的来说,概念不确定、聚焦互文本和排斥作者形成了互文性理论的三大基本特征。无论我们是吸收、引进该理论还是对其加以运用、改造,首先都

---

① 参见秦海鹰:《克里斯特瓦的互文性概念的基本含义及具体应用》,《法国研究》2006年第4期,第16页。
② 秦海鹰:《互文性理论的缘起与流变》,《外国文学评论》2004年第3期,第27—28页。
③ 陈永国:《互文性》,《外国文学》2003年第1期,第75页。
④ 朱立元将20世纪西方哲学思潮归纳为"人本主义"和"科学主义"两大主潮,认为西方文论在发展上也与之相应地分为两大潮流。参阅朱立元:《当代西方文论概观》,《益阳师专学报》1997年第1期,第33—37页。

不能忽视其本身的这三大特点。

(二)"互文性"与钱锺书诗学

"互文性"理论传入国内后被理论界迅速接受和广泛运用。不过,由于汉语译词"互文"背后的传统修辞学释义与"intertextuality"并非同一层次,国内学界对"互文性"的使用便更添了几分"不确定"色彩——这一点在"钱学"研究领域表现得尤为突出。钱锺书诗学著作中"引用""参考"等方法的大量存在吸引着人们从"互文性"角度对其展开探索,但在这一探索的过程中却出现了两种判然有别的"互文性"理解。其一可以胡范铸的研究为代表,其特点在于立足本土"互文"概念,从"互文见义"的传统释义出发界定"互文",将其视为"古代汉语的修辞与解读方法"、钱锺书"自身著述的思想表达方法"和"各个文化世界贯通的认识方法"的合一。① 以焦亚东为代表的另一部分学者则从"互文性"的西学释义出发,在西方"互文性"与钱锺书的文学批评之间建立对话平台,力图证明钱锺书文学批评"鲜明突出的互文性特征"。② 这两类不同取向的研究为考察"互文性"概念在国内学界的流变提供了很好的窗口,也为反思钱锺书诗学方法与"互文性"的关系提供了契机。

1. 中国传统诗学中的"互文"

早在汉、唐经师们的注疏著作中,"互文"就已经作为修辞学术语出现了。例如,在郑玄、贾公彦为《仪礼》所作的注、疏中就不仅大量使用这一术语,甚至不止一次为其下定义:

> 凡言互文者,各举一事,一事自周,是互文。③
> 凡言互文者,是二物各举一边而省文,故云互文。④

简单地说,作为古代汉语修辞手法的"互文"正如胡范铸所概括的,"指的是 AB 两个话语单位虽然相对,却又互为条件",其同义语族中还包括"互言""互辞""互义""参互"等。⑤《辞海》将其解释为:"上下文各有交错省却而又

---

① 参阅胡范铸:《翻译:语言墙壁的凿通与人类文化的互文——钱锺书学术与艺术思想研究之五》,《暨南学报(哲学社会科学)》1991 年第 3 期,第 106—107 页。在 2010 年与陈佳璇合著的一篇文章中,胡氏正式使用了"互文性"一词,但其对这一术语的理解仍然是建立在古代传统的"互文"意义之上的。参阅陈佳璇、胡范铸:《一九七二——一九七五时的社会批判:〈管锥编〉与撰述语境的互文性分析》,《东吴学术》2010 年第 3 期,第 102—103 页。
② 焦亚东:《钱锺书文学批评的互文性特征研究》,华中师范大学博士论文,2006 年。
③ 彭林整理:《仪礼注疏(十三经注疏)》,北京:北京大学出版社,2000 年,第 259 页。
④ 同上书,第 868 页。
⑤ 胡范铸:《翻译:语言墙壁的凿通与人类文化的互文——钱锺书学术与艺术思想研究之五》,《暨南学报(哲学社会科学)》1991 年第 3 期,第 106 页。

相互补足,交互见义并合而完整达意。"①其典型例证为王昌龄《出塞》诗中名句——"秦时明月汉时关"。我们绝不能将这个句子割裂理解为秦朝时候的月亮和汉代的玉门关,而应解释为"秦、汉时的明月和玉门关"。"秦时明月"的字面省略了"汉时",而"汉时关"则省略了"秦时",只有两者"相互补足"之后语意才是正确、完整的。那么,为什么要使用"互文",或者说这种文字上的"交错省却"与"互相补足"有何好处?结合古代汉语自身的特点,主要原因应当在于这样的处理可以造成阅读的悬念,激发读者的主动性与创造性,从而收到一种"文约义丰"的表达效果。这也可以说是传统"互文"手法的最大特征。

虽然有学者指出:当我们"巧合"地以"互文"一词去翻译"intertextualité/intertextuality"时,那么在某种程度上,中国的"互文"就"多少也能用来比喻西方文论所说的'互文性'"了。② 但是,从中国传统的"互文"仅限于修辞和写作的范围,而西方"互文性"虽涉及修辞问题却早已由文艺创作领域渗透到文化研究、影视生产等广阔天地来看,两者之间又的确存在着巨大差别。那种认定两者之间毫无瓜葛、"不可通约"的观点当然是偏激、片面的,但中外语境下的"互文"并非同一层次的概念,也是一个显而易见的事实。具体到两者的关系上来说,我们认为,从文本的"各有交错"从而引发两个或多个文本之间的联系这一特征上看,中国的"互文"与西方"互文性"理论中所谓的"互文"的确极为相似。但是,中国传统诗学所谓的"互文"除了始终立足于修辞学领域之外,还往往伴随着文字上的有意省略("省文"),同时对所涉及的文本提出了必须"相互补足"以完成整个表意任务的要求。这样的限定虽不一定与西方的"互文性"理论相斥,却也并非其题中原有之义。假如变换一下视角,从上文所概括的"互文性"三大内在特点来反观中国传统诗学的"互文",或许就能更清楚地看出两者之间的不同:首先,从概念本身来讲,中国诗学的"互文"拥有一个明晰、稳固的定义,这与西方"互文性"概念的不确定性截然不同;其次,从理论的侧重点来看,前者一般只是涉及两个文本——且均为语言文本,在实际运用过程中更注重二者的结合而非分别予以关注,这与后者专注多种多样的互文本在诗学考察方向上恰好相反;最后,由于无论文本的"省文"抑或"互补"都离不开作者的精心设计,因此前者势必格外关注作者或诗学主体的创造性,这与后者对作者的有意排斥也是判然有别的。总的来说,我们既不应该断然拒斥中国传统的"互文"与西方"互文性"之间的通观与对

---

① 《辞海(1999年版缩印本)》,上海:上海辞书出版社,2000年,第98页。
② 参阅秦海鹰:《互文性理论的缘起与流变》,《外国文学评论》2004年第3期,第29—30页。

话,同时也必须清醒地看到二者之间异大于同的事实。这两大范畴之间的比较与对话是否可行,是否有价值,仍然需要人们继续审慎思考、深入论证,而其最根本的依据则只能是具体的文本。

2. 钱锺书诗学中的"互文"

如果我们不是从抽象的概念,而是从钱锺书的具体诗学文本出发,就会发现钱锺书对"互文"的使用基本建立在传统诗学对这一概念的界定之上。具体说来,钱锺书诗学中的"互文"包括两大类别,即"互文相足"与"互文同意(义)"。

在就《蕙风词话》进行的一次具体讨论中,钱锺书曾对"互文相足"下过一个定义:

> 况周颐《蕙风词话》卷五:"或问:'哀感顽艳,顽字如何诠释?'曰:'拙不可及。'"强作解事与夫不求甚解,楚固失之,而齐亦未得矣。两句相对,"顽、艳"自指人物,非状声音;乃谓听者无论愚智美恶,均为哀声所感,犹云雅俗共赏耳。"顽"、心性之愚也,"艳"、体貌之丽也,异类偏举以示同事差等,盖修词"互文相足"之古法。①

由于未能看出"哀感顽艳"背后的互文手法,况周颐在解读词意时流于浅陋。钱锺书提醒人们注意"顽"(愚蠢的人)背后省略的"聪明人"以及"艳"(貌美之人)背后省略的"丑陋者"这两大信息,指出只有将其相互补足之后才是"哀感顽艳"这一"品藻之词"的完整意义。这样的论述显然是立足于修辞分析之上的,在此基础上提出的"异类偏举以示同事差等"这一定义,所强调的恰恰是"互文"修辞法中成对出现、各有省略的文本之间的"相互补足"。除了这里的分析之外,钱锺书在论析江淹《恨赋》中"或有孤臣危涕,孽子坠心"句时,也认为它与《别赋》中的"心折骨惊"一句一样同属"互文相足",并同时增加了"枕流漱石""吃衣着饭"等新例。② 如果将考察的范围进一步扩大,则可以发现,钱氏在有关《周易正义》的讨论中也曾多次援引孔颖达"互文而相足""互相发明"的注释以及施鸿保《读杜诗说》中"互言"的说法来解析何为"互文相足"的问题。③

钱著中的另一类"互文"是所谓的"互文同意"——有时又作"互文同义",其类似表达还有"互文一意"/"互文一义""互文通用""互文同训""互文通训"

---

① 《管锥编》,第 1659 页。
② 同上书,第 2196 页。
③ 同上书,第 48 页。

等。① 对于这一类"互文",钱氏虽然没有明确地下定义,但在分析"悲""哀"与"好""和""妙"等字的用法时却曾这样写道:

> 鬼谷子、王充、郑玄迳以"悲"、"哀"等物色之目(descriptive)与"好"、"和"、"妙"等月旦之称(evaluative)互文通训(synonymity),魏晋六朝翻译足资佐证。②

英文"synonymity"一词的使用,使"互文通训"的意思变得显豁:它强调的正是相对使用的两个词或是两个文本的"同义性"。也就是说,与"互文相足"对两个语言材料"相互补充"的强调不同,"互文同意"所强调的则是其相互之间的同义关系。以上述引文为例:虽然"悲""哀"是对人的感情的描述,而"好""和""妙"属于价值的判断,但它们在鬼谷子、王充、郑玄等人的著述中却是作为同义语族加以运用的——凡是"悲"和"哀"的,便是"好"的、"和"的、"妙"的。显然,前后两组词之间的"补足"关系并不如其同义关系那么明显。

既然"互文同意"是由同义性语料的成对使用而实现的,那么反过来,这一修辞法也就可以作为诗文解读,尤其是文字训诂的一个有效方法——或许这就是为何钱锺书对"互文相足"的诗文现象仅仅偶尔提及,而对"互文同意"则频频称引,乃至在谈艺论文时大量加以运用的原因。从方法论的角度来看,钱锺书对"互文同意"的运用,其一是据其判定疑难字词的意思进而疏通诗文含义;其二则是据其推断诗文中字词的具体音律。

> 陆机《文赋》:"收百世之阙文,采千载之遗韵","韵"与"文"互文一意,谓残缺不全与遗留犹在之诗文,乃指篇章,非指风格也。③

> 补订:按《晋书·夏侯湛传》载其《抵疑》一文,有云:"当此之时,若失水之鱼,丧家之狗。"玩其属对,"丧"与"失"互文同意,早读去声。④

显然,第一例涉及的是"韵"与"文"词义的历史流变及其古今区别的问题。钱锺书根据陆机《文赋》中关于二者的互文用法,明确了这两个词在汉代的词义:此时的"韵""文"之所指均为诗文"篇章"之意,并非后世所谓的"风格"。而第二例则根据史书中对偶句里的互文现象判定了"丧"字的音韵问题,指出早在晋代,"丧"字已有去声的读法,与"失"恰好同义。可见,在钱锺书诗学中,"互文同意"不仅仅是一种文学创作手法,它也是一件诗文解读、鉴赏品评的利器。

---

① 分别参阅《管锥编》第594—595、832、868、899、1648、2202页;《谈艺录》,第22页。
② 《管锥编》,第1507页。
③ 同上书,第2111页。
④ 《谈艺录》,第22页。

正如上文已经提及的,就钱著中"互文"的具体情况来看,"互文相足"的例子不仅出现次数不多,而且除了下定义的那段文字之外,钱氏几乎所有涉及此类互文的讨论都建立在对他人观点的引用上。例如,其关于《恨赋》中"互文相足"手法的评论引用的是李善的评语,而其所举杜甫《潼关吏》中诗句"大城铁不如,小城万丈余"的"互文相足"现象,也早已由施鸿保拈出。① 钱锺书更加重视并主动加以运用的,实际上是"互文同义"这一方法。这不仅仅是因为钱著中出现了大量的相关讨论,更表现在钱锺书对"互文同义"与"互文"的"同义"使用上。一方面,钱著中单独出现的"互文"几乎都是指"互文同义"——例如,其所谓戴逵《放达为非道论》一文中"名"与"誉"的"互文"即意味着"名""誉"的同义而非互补②,而其所谓颜延之文中"质"与"形"的"互文"③,强调的也是这两个词语的同义性;另一方面,钱氏有时甚至直接以"互文同义"包举"互文相足"现象:在分析北宋文人李之仪的诗句"得句如得仙,悟笔如悟禅"时,钱锺书首先指出其"上句指诗,下句指书",显然强调的是二者的"互补"关系——后文中"即余所谓'工夫可比之参禅,亦可比之学仙'也"一句也足以证明这一点,但其用以解释李之仪这一用法的词却并非"互文相足"而是"互文同意"④。无论这是一时疏忽还是有意为之,钱锺书心目中对"互文同义"的重视均可见一斑。以上例证或可证明:钱氏诗学中的"互文"虽然也涉及两个语言单位之间的"互相补足",但更多的恐怕还是对其同义性的强调。

从钱锺书诗学中"互文"的上述特征出发,我们可以说:目前学界有关钱锺书"互文性"的讨论恐怕或多或少都脱离了对钱著的具体考察。在上文提到的胡范铸文中,作者曾结合古诗文中的具体例子对传统修辞中的各种"互文"现象进行了分类介绍,从"A 句等于 B 句,B 句也等于 A 句"的"最简单的互文""A 句等于 A+B,B 句也等于 A+B"的"最典型的互文"到"互文"的"种种变化",所论达四五种之多。⑤ 这个细致的分类与解析对于人们了解传统诗学中的"互文"大有帮助,可惜的是作者在分析中所涉及的几乎全为古代文本,并没有结合钱著本身的例子进行阐述。在这样的情况下,仅仅靠拈出钱著中"互文"同类词族的方式便得出"互文"不仅是一种

---

① 《管锥编》,第 2196、48 页。
② 同上书,第 1959 页。
③ 同上书,第 2047 页。
④ 《谈艺录》,第 638—639 页。
⑤ 胡范铸:《翻译:语言墙壁的凿通与人类文化的互文——钱锺书学术与艺术思想研究之五》,《暨南学报(哲学社会科学)》1991 年第 3 期,第 106—107 页。

"古代汉语的修辞与解读方法",同时也是钱锺书"自身著述的思想表达方法,更是一种各个文化世界贯通的认识方法"的结论①,未免显得缺乏充分证据,甚至过于草率了——尽管就结论本身而言,作者的这个判断对后人并非没有启发。季进对钱锺书诗学与"互文性"关系的论述则是在其关于"阐释之循环"的讨论中展开的,提出了钱氏全部著作"有着强烈的互文性(intertextuality),构成了有趣的阐释的循环"的观点。其立论依据有二:其一是认为钱锺书从世界的"多元"、文史哲各科的"彼此系连"和"自由组合"出发,形成了在"宏阔的文化背景"下观察、研究文学问题的意识;其二则是钱锺书的著作"体现出明显的内在联系与强烈的互文特征"。② 作者几乎是将"互文性"作为无须解释的概念直接加以运用的,根据其具体论述来看,他似乎将这个概念理解为"彼此联系"之意。果真如此的话,则这一"互文性"观点实在值得商榷。与上述两位学者不同,焦亚东首先提出了自己对于"互文性"的理解,也可以说是其概括的西方"互文性"四大特征,即:(1)"从文学生产的角度看,意义的生成来自文本的自我指涉,文本成了生产力";(2)"从文本构成的角度看,文本就是异质之文的共存兼容与错综相交";(3)"从文本关联的角度看,文学历史中的文本彼此勾连,组成形形色色的链锁或网络,显示出强烈的关联性";(4)"从读者接受的角度看,阅读的过程表现为对他文本记忆的重现"。③ 这个概括应该说是较为全面和准确的。但作者在随后论证钱锺书"文学批评的互文性特征"时,却出现了不止一例论述不够透彻,甚至颇为牵强之处。其中最突出的一个例子,是当其从"诗歌文本的生产方式"入手概括钱锺书诗学的互文性特征时,借用的竟是钱氏"本为偶得拈来之浑成,遂著斧凿拆补之痕迹"这一句。钱锺书这句话是在评价王安石"剽窃"前人佳句或巧妙构思时所发的感慨,如果与其在《谈艺录》中同处所言的"集中做贼,唐宋大家无如公之明目张胆者"④一句结合起来看,则钱氏前句即便不算痛斥王安石,至少也是并不赞同此类做法的。钱锺书对王安石的评论是否合理的问题可以另作讨论,但焦氏据此发出"这似乎已不再是某一个诗人创作的特例了,它变成了一切文本诞生的宿命"的感慨,进而将钱氏的这一评语视为其"互文性"的一个特征,则

---

① 胡范铸:《翻译:语言墙壁的凿通与人类文化的互文——钱锺书学术与艺术思想研究之五》,《暨南学报(哲学社会科学)》1991年第3期,第106页。
② 季进:《钱锺书与现代西学》,上海:上海三联书店,2002年,第85—86页。
③ 焦亚东:《互文性视野下的类书与中国古典诗歌——兼及钱钟书古典诗歌批评话语》,《文艺研究》2007年第1期,第67—68页。
④ 《谈艺录》,第600页。

显然是将自己的观念强加于钱氏身上的做法,因为这样的论述已经偏离了钱锺书诗学本身。退一步说,即便钱锺书所论真如焦氏所理解的那样,是对"一切文本诞生的宿命"的感慨,那充其量也只是钱锺书对"互文"现象的感慨而已,与钱氏本人的研究是否具有"互文性"特征这一点仍属完全不同的两个问题。崔氏文中还犯有类似的逻辑错误:在提出"钱锺书的古典诗歌批评具有强烈的互文性色彩,或者说,互文批评构成了钱锺书古典诗歌批评最突出的话语特征"这一观点后,作者以加注的形式写道:"尽管未曾直接提及'互文性',但互文性理论的两个基本向度——结构与解构,钱锺书却非常熟悉。"① 钱锺书对"结构与解构"这两个"互文性理论"的"基本向度""非常熟悉"是一回事,钱锺书自身的"古典诗歌批评"是否具有"互文性"特征则是完全不同的另一回事,两者之间并不存在逻辑上的因果关系。举例来说,今天国内熟悉"结构"和"解构"理论的学者已经为数不少,但我们恐怕不能据此断言他们每一位的研究都具有"互文性"特征吧?②

国内有关钱锺书诗学与互文性的研究中存在的另一个问题,是在越来越漫无疆界的西方"互文性"理论的影响下,将"互文"视为钱锺书著述的一种结构方式。而在为这一论点寻找依据的过程中,部分学者将古代历史著述中的"互见法"与"互文"等而视之。这样的做法同样犯了概念混淆的错误。与充当修辞法的"互文"不同,"互见"在古代学术史上是作为一种叙事方式出现的,首先所指的就是司马迁在《史记》中大量运用的述史方法与文学叙事手法。其具体特征早在唐代刘知几笔下便得到了描述——"若乃同为一事,分在数篇,断续相离,前后屡出。"③ 后来北宋的苏洵也指出了《史记》在纪事时常常"本传晦之,而他传发之"的特点。④ 到章学诚时,"互见"已经被视为传记写作的一种基本方法。⑤ 近现代以来,不少学者开始将其

---

① 参阅焦亚东:《互文性视野下的类书与中国古典诗歌——兼及钱锺书古典诗歌批评话语》,《文艺研究》2007年第1期,第70页,第71页注释32。
② 作者本人似乎对自己的这一论述缺乏信心,因此在同一注释中提醒读者阅读季进《钱锺书与现代西学》一书,并未介绍自己早在博士论文中便已归纳过的钱锺书"文学批评的互文性特征",即:"在文学源流问题上,强调衍生关系的广泛与必然;在意义生成方式上,强调改造转换的作用与价值;在文本构成形态上,强调话语成分的交织与共存;在阅读阐释策略上,强调话语现象的参照与映发。"见焦亚东:《钱锺书文学批评的互文性特征研究》,华中师范大学博士论文,2006年,第162页。
③ 刘知几:《史通通释(全二册)》,浦起龙释,上海:上海古籍出版社,1978年,第28页。
④ 苏洵:《史论 中》,见曾枣庄、金成礼:《嘉祐集笺注》,上海:上海古籍出版社,1993年,第233页。
⑤ 参阅党圣元、陈志扬:《章学诚的传记写作理论与实践》,《中国文化研究》2004年夏之卷,第16—17页。

源头追溯至《吕氏春秋》《左传》等上古典籍。① 总而言之,所谓"互见"即以《史记》为典型代表的,将有关同一人、同一事的不同内容分散于多处进行讲述的叙事方法,它的确具有篇章结构上的意义。由于作为一个整体的内容被分散叙述,读者要把握完整信息就必须将各处所述加以综合、整理,这一点与"互文"的意义"补足"特征也十分相似,再加上古代著作中并不做严格的概念区分,最终导致"互文"与"互见"常常混同使用。即便是在 20 世纪初学者的笔下,这一"特色"依然保留了下来:

> 一事所系数人,一人有关数事,若各为详载,则繁复不堪,详此略彼,详彼略此,则互文相足尚焉,此类可分二种:一则书明互见者,一则不书明互见而实互见者。②

由于靳德峻的这个"互见法"定义影响极大,后来便有学者从其以"互文相足"释"互见"这点出发,将"互文"与"互见"视为同义词。事实上,"互文"与"互见"的相似之处只是表面上的,无论是在古代著作还是钱著中,"互文"的使用基本上限定在语言修辞范围之内——这与"互见"的专指叙事方法显然区别明显。就两者的具体内涵而言,"互文"所包含的"同义"关系在"互见"中也并不存在。因此,即便我们从西方"互文性"理论的视角出发将两者统一起来,也应注意到两者的概念区别,不能够直接将其混同使用。

以上我们尝试指出了学界关于钱锺书与互文性研究课题中存在的一些问题。需要说明的是,指出这些问题并不意味着笔者否定这一课题的研究价值,更不等于否定前人的研究成果。我们的商榷意见仅仅是就如何正确、可靠地实现钱锺书与西方诗学的对话——自然也包括其与"互文性"理论的对话——而进行的反思。20 世纪以来,国内学者所受到的学术训练,是越来越趋向于以西方的逻辑方法展开各项研究,表现出一种系统化的集体趋向,尤其是 20 世纪 80 年代以来,随着各种西方理论的集中输入,这一趋向变得更加明显。虽然前文中曾经提到钱锺书对这种"系统性"追求所带来的弊端的反思,但中国现代学术的这一发展主潮却是必然的,也是非常必要的。但是,认同系统性研究的必然性与必要性,并不意味着弃前辈学者对其提出的中肯批评于不顾。对钱锺书而言,"系统性"往往催使学者们制造出一个又一个理论的"庞大的建筑物",而其实际上却缺乏长久的生

---

① 参阅胡宝珍:《"互见法"探源》,《河北师范大学学报(哲学社会科学版)》2006 年第 4 期,第 103—107 页。
② 靳德峻释例:《史记释例》,上海:商务印书馆,1933 年,第 14 页。

命力而容易"整体上都垮塌"。① 专治哲学的劳思光曾以罗素为例,指出"系统研究法"极有可能导致研究者"完全以自己的思想系统来笼罩前人",从而导致某种"失真"。② 以钱、劳两位学者的批评为镜,我们不无尴尬地发现,目前有关钱锺书与"互文性"理论的研究——甚至推而广之,部分有关钱锺书与西方诗学的研究——都或多或少存在某种"代钱立言"的主观性和对钱氏具体文本把握的"失真"。这无疑是由于我们过于急切地想要实现心目中期待的某种"诗学对话"以致悖论性地忽视了最不该忽视的钱著本身的缘故。

一旦我们摆脱抽象的理论建构与诠解的冲动,将目光聚集在"互文性"与钱锺书诗学各自的具体特征上,便可以发现两者实际上存在多个不同的理论与方法指向。让我们再次借助前文归纳的"互文性"三大特征——概念的不确定性、聚焦互文本和排斥作者——来反观钱锺书诗学。首先,正如我们在钱著中所看到的,钱锺书对"互文"的使用几乎仅限于修辞学领域,而且对"互文相足"与"互文同义"两大类别均做出了明确界定,钱氏的"互文"不存在概念模糊不定的问题;其次,钱锺书虽然于其著作中组织了大量文本以辅助其对主文本的解读与赏鉴,但所有引用的文本实际上仍是为主文本服务的,它们本身并非钱氏的核心研究对象,这与"互文性"理论对互文本的专注显然有着不同的研究指向;最后,从两者对文本作者的态度来看,钱锺书始终重视从作者本身的角度读解与分析其创作或著述意图、判定其实际的诗学贡献,这与几乎宣判了作者"死刑"的"互文性"理论倡导者们相比,就更可以说有着天壤之别了。综上所述,钱锺书诗学与"互文性"之间在许多方面都表现出貌合神离的特点,在对两者进行比较研究时我们必须对此保持清醒的认识,切不可"拉郎配"。

从比较诗学的视角来看,钱锺书诗学与"互文性"的可比性问题是需要重新论证的。那么,是什么原因促使人们在尚未真正完成这一论证的前提下便展开了二者之间的比较研究?

从现有的研究成果来看,研究者们在这个问题上似乎普遍采取了回避的态度:有的学者认为这一研究是理所当然、无须论证的;有的学者则将自己的观点强加于钱著之上做出了牵强的回答。从具体情况来看,相关研究似乎主要建立在钱锺书诗学方法与"互文性"的相似性这个基础之上。具体说来,很多学者强调的是,在对"引用"等方法的重视以及注重以普遍联

---

① 《七缀集》,第33—34页。
② 劳思光:《论中国哲学史之方法》,见韦政通编著:《中国思想史方法论文选集》,台北:水牛图书出版事业有限公司,2006年,第140—143页。

系的观念从事研究等方面,钱锺书与西方"互文性"理论的倡导者们几无二致。这一"相似性"的判断应该说并没有太大问题,但假如我们只是想要突出钱著中对引用、参考等方法的重视,只是想要强调钱氏研究中的普遍联系意识的话,那么是否也可以在不借助"互文性"概念的情况下进行?或者说,我们能否找到一个既可以涵盖"互文性"主要特点,同时又具有更为广泛的适用性,且更符合钱著本身特点的概念或范畴?

正是在这一思路的指引下,我们将目光投向了"钱学"的重要概念之一——连类。

二、多元视域的建构:"连类"

"连类"是古代常见的语言表达与结构组织方式之一,其主要特征在于从所论对象出发,将与其同类的现象一并加以列举,连缀成章。"连类"既是一种文学创作方法,也常用于诗学研究领域。虽然大多见于具体写作之中,但有时也作为一种游说技巧加以运用。在钱著中,钱锺书不仅对这一方式多次加以评述,而且在其本人的研究、著述过程中同样广泛使用了这种方法。"钱学"的这一特点引起了研究者的普遍关注与讨论,除了上文已经论及的从"互文性"角度展开的研究之外,以胡范铸为代表的一部分学者也从现象学角度对此进行了分析阐述,指出钱锺书的"连类"所强调的,正是对于文学现象本身的关注,它在钱氏诗学中"已被赋予一种方法论的意味"[①]。这个判断无疑是准确的。不过,我们认为,钱著的"连类"不仅强调了对文学现象本身的关注,实践了钱锺书"具体的文艺鉴赏和评判"的方法论主张,更重要的是它通过大量相关文本的组织,实际上为作为核心对象的主文本的考察建立了一个宏大的多元视域,既为自身观点的成立提供了最充足的证据,又能够在最大程度上破除研究者拘于一端的偏执,有效地保障其"批判性理解"的真正实现。也正是在这一点上,"连类"或许比"互文性"更能全面概括钱锺书诗学方法的特点。

(一) 钱锺书论"连类"

早在"连类"一词正式出现以前,作为结构组织方式的连类方法即已出现,其突出代表为《庄子》。虽然庄子并没有使用"连类"这个词,但在其作品的谋篇布局中这一后世常用的组织方法却早已大量出现。有学者曾将《庄子》中的寓言组织方式称为"连类相次",并为其下了一个定义:

---

① 胡范铸:《现象:观察活动与观念体系的根本起点——钱锺书学术思想与艺术思想研究之一》,《复旦学报(社会科学版)》1990年第5期,第101页。

所谓连类相次,就是多则寓言故事连续排列,以寓言序列的形态构成整篇文章或文章的片段,而且,各个寓言之间可能看似孤立无关,实质上是按照一定的类别和规则,以多种方式进行排列和组合,共同服务于作品的主题。①

如果我们把这段话中"寓言"这一特指去掉,那么基本上就可以将其作为广义上的"连类"定义了。作为一个汉语词汇,"连类"最晚应该出现在战国时期。在这个时期,随着百家争鸣的勃兴以及游士阶层的崛起,论辩、游说的技巧成为有志之士们普遍关注的问题。在韩非子提出的士人向君王游说的各类方法中,就出现了"多言繁称,连类比物"这一种。② 有学者将其称为"连类繁称",即"将许多事物或种类汇聚起来进行铺陈"。③ 具体看来,韩非子对这个词语的使用已经与后来的"连类"相差不远,不过他的运用基本上限定在语言表达技巧这个层面。"连类"词义上的完成是在汉代实现的。此时的"连类"一方面作为一种文学创作或一般写作中的语言组织方法而得到标举、讨论——例如枚乘赋中就有"于是使博辩之士,原本山川,极命草木,比物属事,离辞连类"这样的句子④;另一方面也被用作一种诗学方法以评论辞赋作品——如司马迁对《离骚》的评语:"作辞以讽谏,连类以争义,《离骚》有之。"⑤就其基本特点与应用范围而言,后世的"连类"几乎就没有再超出先秦至西汉时期的上述界定了,其具体所指正是所谓"因人因事而并举其同类"。⑥ 那么,钱锺书是如何看待这一古已有之的语言组织技巧的?

从钱著中的相关论述来看,钱锺书虽然没有就"连类"提出一个自己的定义,却就这一概念的前提、适用范围及作用等进行了全面讨论。

在"连类"需要具备何种前提或条件这个问题上,钱锺书继承了传统的看法,认为连类不是堆叠人、事,只有具备相同或相似特征的对象才能进行连类。以其对司马迁《报任安书》中"连类"方法的讨论为例。司马迁文中曾经这样写道:"不韦迁蜀,世传《吕览》;韩非囚秦,《说难》《孤愤》。"从文意及句式上看,太史公在此显然认为《吕氏春秋》是吕不韦被迫前往蜀地时所作,而韩非子恰好也在秦国监禁期间完成了《说难》和《孤愤》两篇名文,并

---

① 贾学鸿:《〈庄子〉寓言连类相次的结构艺术》,《北方论丛》2007年第1期,第15页。
② 王先慎:《韩非子集解》,钟哲点校,北京:中华书局,1998年,第21页。
③ 俞纪东:《论辞赋的"连类繁称"》,《上海财经大学学报》2000年第2期,第53页。
④ 枚乘:《七发》,见萧统编:《文选》,李善注,北京:中华书局,1977年,第480页。
⑤ 司马迁:《太史公自序》,见司马迁:《史记》,北京:中华书局,1959年,第3314页。
⑥ 《辞海(1999年版缩印本)》,上海:上海辞书出版社,2000年,第2964页。

将这两件事进行连类。倘若司马迁对《吕氏春秋》和《说难》《孤愤》这几部作品的作者与成书时间判断正确的话,那么这里的连类是没有任何问题的——其共同点即在于"遭厄著书"。但钱锺书借刘知几《史通》和张文虎《舒艺室随笔》中的考证指出,吕不韦只是《吕氏春秋》的编者,该书的真正作者乃是吕氏组织起来的一群门客;这部作品的成书也并非吕不韦西迁蜀地之时,而是完成于其任秦相期间;《说难》《孤愤》也早在韩非子去秦国之前便已写成。这样一来,吕、韩两例的类同性便完全不存在了。钱锺书正是据此对司马迁提出了批评:"马迁连类俪事,遽以己匠心独运之一家言,比于吕假手集思之百衲本,此尤'背违'之大者,亦不善自为地矣。"① 显然,这里强调的正是"连类"必须以对象的相似性作为基础,否则便将导致错误。此外,钱氏对庾信铭诔文中有关"连类"的使用"未必贴合"的批评②,也是因其缺乏相似性这一必要依据而发。

对"连类"的前提或曰必要条件的强调只是为了防止概念的泛化和空洞化,并不意味着钱锺书在这一概念使用上的拘执和"保守"。事实上,钱氏将"连类"的适用范围几乎拓宽到了一个前无古人的地步。在钱锺书看来,只要具备一定的相似性,那么一切对象都是可以进行连类的。具体说来,钱氏论及的连类至少包括以下八种情况:

第一,词语的连类。例如将司马相如《游猎赋》中所有与石头有关的词语——诸如"赤玉、玫瑰"等——的并举,以及与"禽兽""卉植"等有关的各种名词的"连类繁举"③;又将沈德潜有关"理趣""理语"的辨析称为"连类辨似"④;在分析孔稚珪《北山移文》、论及触景伤情时,认为杜甫等人诗文中的"风月、草木,与江山可连类焉"⑤;此外还有对中外诗歌中"妲己""玄妻""黑美人"(dark lady)等有关"黑皮肤美人"的绰号的连类讨论⑥等。

第二,句子的连类。其中最为鲜明的是内容相似的句子的连类,如钱锺书从《雁门太守行》中"黑云压城城欲摧"一句所描写的"黑云压城"这个景象出发,认为贺裳(黄公)《载酒园诗话》中所引历史记载中关于王寻、王邑围昆阳时战场景象的句子"有云如黑山,当营而陨"以及高适诗句"杀气

---

① 《管锥编》,第1497页。
② 同上书,第2376—2377页。
③ 同上书,第578页。
④ 同上书,第1810页。
⑤ 同上书,第2108页。
⑥ 同上书,第183页。

三时作阵云"、常楚老诗句"黑云兵气射天裂""均可连类"。① 其次是相同构思的句子的连类,如对宋代诗人陈与义在诗中"写雨"的一个"窠臼"——即将天拟人,强调其变化与神奇——有关的句子"谁能料天工,办此颖脱手""天公终老手,一笑破日永"等进行连类。② 再次为相同句型的句子连类,如《吕氏春秋》中的句子"以木击木则拌,以水投水则散,以冰投冰则沉,以涂投涂则陷"与《商君书》中"以法去法"、《关尹子》中"以言食言"等句子的连类。③ 最后还包括运用了相同句式与手法的句子的连类,如钱氏便认为僧懿《魔主报檄文》中"大梦国长夜郡未觉县瘱语里"和《朝野佥载》卷四记载的"枉州抑县屈滞乡不申里衔恨先生"一句"可以连类"。④

第三,诗、文的连类。例如,从"一字多义"这个共同点出发,将董仲舒《春秋繁露·深察名号》篇第三五关于"王"字的释义、智者《法华玄义》卷六上关于"机""应"的释义和董斯张《吹景集》卷十《佛字有五音六义》的相关论述进行连类⑤,又就"男女欢会,亦无端牵率鸡犬也"这一共同描写,将刘国容《与郭昭述书》、崔涯《杂嘲》诗、冯梦龙所辑的山歌《五更头》和《黄山谜·挂枝儿·鸡》、黄遵宪《山歌》以及古希腊情诗、中世纪《黎明怨别》(alba)诗进行连类。⑥

第四,写作技巧的连类。比如,在论及繁钦对宋玉《登徒子好色赋》中"丑妇"相关内容的改写时,便指出古代文学创作中"取向来揣称殊色之词,稍一挪移,毫厘千里,赞叹顿成诙诨"这一写作技法可以与西方诗文中常见的"发黄似金、唇红同珊瑚、肤白比乳之类,易位他施,至宝丹可使齐于溲勃"的诙谐手法进行连类。⑦

第五,文体的连类。例如,钱锺书认为,陆机《文赋》中的"诔缠绵而凄怆,铭博约而温润,箴顿挫而清壮,颂优游以彬蔚"不仅是在分述诔、铭、箴、颂四大文体的特点,实际上也是在"以四体连类"。⑧

第六,人物、事件的连类。这种情况常常发生在文学创作之中,例如张融在《海赋》中开创性地"拟云于梦",抓住了云和梦"皆去来飘忽、境状模

---

① 《谈艺录》,第 129 页。三联书店 2007 年版《谈艺录》(第 129 页)以及中华书局 1984 年版《谈艺录》(第 372 页)均将唐代诗人"常楚老"误作"韦楚老"。
② 同上书,第 301—302 页。
③ 《管锥编》,第 1559 页。
④ 同上书,第 2337 页。
⑤ 同上书,第 3—4 页。
⑥ 同上书,第 178—179 页。
⑦ 同上书,第 1656 页。
⑧ 同上书,第 813—814 页。

糊"的共同特点,后来白居易在《花非花》诗中的"来如春梦不多时,去似朝云无觅处"便是仿此"以二事连类"了。① 而《颜氏家训·书证》中所谓"史之阙文,为日久矣,加复秦人灭学,董卓焚书"的评论,则正是以历史上的李斯、董卓事件进行了连类。②

第七,情状的连类。所谓"情状"即通过语言描写所勾画出来的情景物态,如钱锺书认为:"天下雨而人下泪,两者见成连类,不费工夫。"③之所以如此,正在于天下雨和人流泪在情景物态方面具有相似之处。

第八,哲理的连类。这种类型的连类大多见于对《老子》和《周易》等的论述中,如钱锺书认为古希腊斯多葛派哲学家所谓的"无感受"、基督教神秘宗所谓的"圣漠然"和老子说的"圣人不仁"实际上是"境地连类"④,也就是说,他们的论述在哲理上有其相通之处。

为什么钱锺书要将"连类"的适用范围推拓到如此广阔的天地?这显然与连类概念本身的价值分不开。在钱锺书看来,这一传统语文中普遍使用的语言策略具有重要的方法论价值,在文学创作与诗学探索中都能发挥巨大的作用。

首先,就文学创作而言,连类是一种有效的写作手法,既有助于诗文的起兴,也能够使诗歌内容变得丰富。孔安国在注释《论语·阳货》中著名的"诗可以兴,可以观,可以群,可以怨"一句时,曾将其中的"兴"解释为"引譬连类"。钱锺书指出,"赋、比、兴"中的"兴"指的是作诗的方法,"兴、观、群、怨"中所谓"兴"则是指诗的作用,孔安国将方法和作用"淆二为一"了。⑤这段论述实际上强调了"连类"应归属于方法领域。那么这一方法对于作诗为文来说有何帮助?在分析《史记》中有关邹阳《狱中上梁王书》的记载时,钱锺书结合前人的论述直接讨论了这个问题。在真德秀和朱熹看来,邹阳这篇文章"用事太多",辞采方面则"趋于偶俪"。钱氏认为真、朱二人所言"偶俪"和"对子"正是司马迁在邹阳传记中"邹阳辞虽不逊,然其比物连类,有足悲者"一句所指,由此开启对"连类"的词源追溯,引出了南朝宋时王微的评论——"文好古贵能连类可悲,一往视之,如似多意"。这"一往视之,如似多意"八个字,可以说是连类方法给予创作的最大助益了。在王微观点的基础上,钱锺书随后提出了自己的看法,即"'连类'即'词采',偶

---

① 《管锥编》,第 2095 页。
② 同上书,第 2415 页。
③ 同上书,第 1203 页。
④ 同上书,第 653—654 页。
⑤ 同上书,第 110 页。

俪之词,绌于散行,能使'意'寡而'视'之'如似多'也。"①虽然略有讽刺之意,却肯定了"连类"在丰富诗文内容方面所起了作用。

在钱锺书看来,连类的第二个重要作用是有助于解疑辨惑,帮助人们理解语意及文意。这时的连类无疑变成了一种阐释方法。《高僧传》中曾记载慧远讲经一事曰:"尝有客听讲,难实相义,往复移时,弥增疑昧,远乃引《庄子》义为连类,于是惑者晓然;是后安公特听慧远不废俗书。"②佛理深奥,听者难懂。慧远便借当时被看作"俗书"的《庄子》中的类似论述进行连类,终于使听众恍然大悟——连类本身的释义功能可见一斑。

连类的第三个作用在于通过大量相同或相似的实例提供证明,也就是钱锺书所谓的"连类互证"。在论及同一事物背后的不同,甚至相反意义时,钱氏列举了古代记载中关于赠人礼物以警示其弥补性格缺陷的诸种情况,认为其间存在"鉴戒"这一相似之处:"受者与赠物之性原相即或相引而督其离,或受者与赠物之性原相离或相却而督其即,皆鉴戒也,殊途而同归于反象以征者也"。从"殊途而同归于反象以征者"这一点出发,钱氏又将杜甫之子杜宗武与阮籍关于"斧"的相反理解以及西方宗教家奥托(R. Otto)等以空白、虚空为最高存在,周敦颐《太极图》和明代释法藏《五宗原》中以空白圆圈为"大道之原"并举。③ 这些事例之间的"连类互证",无疑使钱锺书的观点具有了充分的论据。

通过广泛的举证与征引以帮助读者开阔心胸,使其以一个更为宽广的视角欣赏诗文而非死于句下,也是钱锺书眼中连类的重要功能之一。例如,古代诗文鉴赏中总有读者拘于考证——而且常常不是考证词义,而是考证诗中景物、地理是否与实际情况相符——而忽略诗意的体会、诗境的揣摩。钱锺书在列举了郦道元等对于《诗经·卫风·淇奥》中"瞻彼淇奥,绿竹猗猗"一句中"淇奥之地是否有竹"的论辩、白居易等关于《诗经·郑风·溱洧》中"维士与女,伊其相谑,赠之以芍药"一句涉及的"溱洧是否产芍药"的考论之后,又继续列举林希逸对李白"三山半落青天外,二水中分白鹭洲"中"三山""白鹭洲"是否存在、郎瑛对孟子文中"牛山之木尝美矣"和欧阳修《醉翁亭记》中"环滁皆山也"句中所写景物是否属实,以及丁国钧对王禹偁《竹楼记》和苏轼诗句"好竹连山觉笋香"中所言"黄冈多竹"不够真实的批评,充分论证了"实证"意识在古代诗学讨论者中的普遍存在及其对于诗文鉴赏的无益,并对自己连类探讨的目的直言不讳:"连类举例,聊

---

① 《管锥编》,第522—523页。
② 同上书,第768页。
③ 同上书,第54页。

以宽广治词章者之心胸。"① 亦即主张通过文献的全面把握开阔眼界与心胸。

不过,连类最重要的作用恐怕在于其通过多种相似对象的引入,为主要对象的考察提供另一种视角,可以帮助读者换一个角度审视问题,从而获得更加切近对象的理解和更多、更新的发现——钱锺书将发挥这一功能的连类称为"旁通连类",更加突出了其"转换视角"的特点。例如,在评纪昀《阅微草堂笔记》卷一中所记"西湖扶乩"故事时,钱锺书认为,纪昀在这个故事的创作中变换视角,借故事人物苏小小之口,将事实上的仿前人而作改易为援引前人故事为先例,正是纪氏笔记"旁通连类,善于辩解"这一长处的体现。② 而围绕"解人难索"这一主旨,学者莫顿(J. B. Morton)比之为"如对母牛而讽咏古希腊名家之牧歌";巴斯克利(Pascoli)则因克罗齐(Croce)没有选取自己的诗而喻之为不懂鸟儿(喻自己)歌唱的"驴",显然"变人之对驴弹琴为鸟之对驴唱歌",视角发生转化;巴尔扎克则更进一步转变思路,提出了猩猩弹奏提琴的比喻,但其着眼点已经由前两例中对动作发出者(人、鸟)的称赞转向了对其的批判,讽刺的正是弹琴的猩猩"不能作而蛮狠卤莽"。在钱锺书看来,这些比喻正是可以"旁通连类"的佳例。③

以上就是钱锺书所论的"连类"各项功能。需要说明的是,这里只是为了论述的方便而将其分开进行介绍,就钱著中对"连类"的使用而言,丰富文意、解疑辨惑、提供证据、开阔心胸、转换视角这五大功能往往是互相交织、共同展现的。

(二)"连类"与钱锺书诗学

1. "钱学"连类的特征

或许正是出于对"连类"广泛的适用性与其具体功能的全面肯定,钱锺书在其诗学著述中也自觉对这一手法大量加以运用。胡范铸在谈及钱锺书的"连类"时曾经这样写道:

> "连类"虽然最初只是一种文字组织与语言表达的技术,当论述现象甲时,每将乙、丙……"捉置一处",当论述现象 A 时,每取 A_1、$-A$、a 与 A_1、A_2…A_n,乃至 B、C……"连类"、"比勘"。但在钱锺书那里,分明已被

---

① 《管锥编》,第 153—155 页。
② 同上书,第 1018 页。
③ 同上书,第 2084 页。

赋予一种方法论的意味。①

的确,"连类"在钱著尤其是钱锺书诗学中已经具有了鲜明的方法论色彩。我们可以从以下三个方面对其进行把握:

其一,作为方法论的"连类"以事物的普遍联系为理论基础,以对象间的相似性为基本前提。以郑朝宗为代表的"钱学"早期研究者曾先后指出"钱学"鲜明的辩证法特征②,根据恩格斯在《自然辩证法》中的观点,"辩证法"是"关于普遍联系的科学",其主要规律之一即包括"两极对立的相互渗透和它们达到极端时的相互转化"③。正因为钱氏的"连类"是建立在"普遍联系"基础上的,所以我们看到钱著中常常出现大量表面看来分属两端的现象的连类,但这是否意味着钱氏的连类就包括胡范铸所归纳的那种将本质上存在区别的A和"B、C……"等相提并论的情况呢?从钱著本身来看似乎并非如此。④ 正如上文所说,虽然钱锺书连类了不少表面看来相反的现象,但只要深究就会发现,这些相反的现象之间其实是存在深层次的联系与相似性的。例如,贾让在《奏治河三策》中有"夫土之有川,犹人之有口,治土而防其川,犹止儿啼而塞其口"一句,将"土"和"川"分别喻为"人"和"口",认为如果采用堵塞河流的办法来"治河",那么就像为了防止小孩哭闹而封住他的嘴巴一样。而《国语·周语》中《召公谏厉王止谤》篇中,召公说的却是"防民之口,甚于防川",正好将贾让的比喻颠倒过来了。但钱锺书认为召公的说法"反其喻而愈亲切",此两例可以连类。⑤ 细察这两个相反的比喻可以发现,两者在反对"因小失大"或者说"只顾眼前不及其后"这一点上是命意相似的,钱锺书在此仍然是从相似性出发进行连类。因此,"钱学"中连类而及的各种现象、语料等并非倒在同一个盆里的一堆沙子,而是由一根主线牢牢贯穿着的珠串;钱氏的"连类"并非毫无联系的A、B、C……的组合,而是"将分布不同但本质同

---

① 胡范铸:《现象:观察活动与观念体系的根本起点——钱锺书学术思想与艺术思想研究之一》,《复旦学报(社会科学版)》1990年第5期,第101页。
② 参阅郑朝宗编:《〈管锥编〉研究论文集》,福州:福建人民出版社,1984年,第30—163、267—361、362—435页;陈子谦:《试论〈管锥编〉文艺批评中的"一与不一"哲学》,《中国社会科学》1983年第6期,第175—193页。
③ 恩格斯:《自然辩证法》,中共中央马克思恩格斯列宁斯大林著作编译局编《马克思恩格斯选集(第三卷)》,北京:人民出版社,2012年,第841页。
④ 胡范铸教授似乎也意识到了这一点,在随后出版的专著中去掉了"B、C……",有关文字被调整为:"当论述现象A集合({A})时,每取A集中的一系列材料(A_1、A_2……A_n)、与A相关的现象(a)、与A相反而又相成的现象(—A)……'连类''比勘'。"参阅胡范铸:《钱锺书学术思想研究》,上海:华东师范大学出版社,1993年,第26页。
⑤ 《管锥编》,第1529页。

类的现象'捉置一处',直接显示它们之间的联系与区别"。① 那么,钱锺书既然已经将"连类"的适用范围推展到了极为广阔的天地,为什么仍如此强调"连类"的相似性基础呢?我们认为这里有两个原因。第一是钱锺书对于诗学研究"具体化"的强调,也就是他所说的"具体的文艺鉴赏和评判",而概念的泛化正是具体化的死敌——正如我们在"互文性"的发展过程中所看到的那样,虽然多样化的引申、推衍赋予了这个西方诗学范畴巨大的生命力,但同时也使其越来越流于一种普泛现象的标签式概括而逐渐迷失了其原有的诗学意义。第二个原因则与钱锺书本人的思维特征和研究取向有关。钱氏在研究中往往"注重的是中西相同之处"而"很少讲相异之处",因为要讲"相异之处",就势必"要讲一个大的背景,大的架构",而这恰恰是天性爱好钻研细节、反感建立空疏理论大厦的钱锺书有意加以回避的。"特殊性"的难以深究和其本人对细节间联系的格外关注,使得钱氏在研究中更倾向于"求同",对相似性的强调也就在情理之中了。

其二,正因为连类所及的对象具有相同或类似的特征,我们完全可以根据诗文中使用的连类方法来求取其所串联的对象本身的意义。因此,在讨论"谈何容易"一句的具体含义时,钱锺书便将《焦氏易林》、东方朔《非有先生论》《文选》李善注文、《旧唐书》以及《盐铁论》《晋书》《梁书》等大量文献中的有关论说进行连类,且直言如此一来,"连类相伦,盖得正解"②;在分析王琳的《鮠表》时,又从文中"白鱼"与"鮰脯""糖蟹"连类并举这一点出发对"白鱼"的词义进行判断③。这些都是直接将"连类"作为阐释方法使用的例子。除了这一用法之外,钱著中最为鲜明的特征还在于将连类用作篇章的结构组织方式。季进将"深广的连类征引"视为钱著"突出表征"之一④,何明星将"连类"视为钱锺书的"著述方式"⑤,都是因钱氏"连类"的这一功能而发。这时候,钱锺书的连类表现为两种情况:一方面,在一个极为广阔的范围内,围绕具体的对象文本或某个主题将现象、语料、技法等各种各样的文本材料在相似性的基础上一一枚举、分析,在论据的收集、整理和组织上实现其追求的"拾穗靡遗,扫叶都净,网罗理董,俾求全征献"的目标。⑥ 例如,《谈艺录》第

---

① 王哲、胡胜:《钱钟书双关论的修辞史研究方法论意义》,《修辞学习》2007年第5期,第63页。着重号为笔者所加。
② 《管锥编》,第875页。
③ 同上书,第2244—2245页。
④ 季进:《阐释之循环——钱钟书初论》,《阴山学刊(哲学社会科学版)》1992年第1期,第2页。
⑤ 何明星:《钱钟书的"连类"》,《文艺研究》2010年第8期,第47—49页。
⑥ 《管锥编》,第1377页。

25 则主要讨论唐代诗人张籍诗歌成就的问题。钱锺书认为张氏"才力"无法与韩愈相提并论,但其七绝"尚可节取",而七律则"甚似香山",随后集中讨论了张氏七律《征妇怨》最后一联"夫死战场子在腹,妾身虽在如昼烛"中的"昼烛"这一独出枢机的妙喻。为了将这个比喻的妙处与"光明成为障碍"这一命意随后的流变讲解清楚,钱氏依次在正文及其补订中连类《大般涅槃经》《法苑珠林》、17 世纪英国文人蒲顿(Robert Burton)、18 世纪诗人爱德华·杨(Edward Young)和小说家史木莱脱(Tobias Smolett)的有关作品,《阳明传习录》《瑜伽师地论》、徐鼎臣《徐文公集》《朱子语类》、希腊女诗人萨福诗篇、彼特拉克诗篇等十数个文本,几乎将中外文本中的相关论述枚举殆尽,篇幅也占据了整则札记的三分之二。① 毫不夸张地说,钱著中的许多篇章几乎就是一个完整的连类体系,而作为对象的各类文本的"全征献",则为钱锺书的诗学论述提供了坚实的基础、开阔的视野和充分的证据,因而往往能够推导出切实的结论。另一方面,钱锺书在各篇章之间,在包括《谈艺录》《宋诗选注》《管锥编》和《七缀集》等的整个著作系统中,也成功实现了一种跨越式的连类——或可称之为"篇际连类"。篇际连类与篇章内部连类的区别主要在于对象的不同——它所组织的并非局部的文本材料,而是一个个完整的论述,其提示词包括"参观""参见""余见""别见""合观"等。在上文所举《谈艺录》论"昼烛"之喻的例子中,钱锺书除了在篇内连类大量文本之外,还特别标示可以"参观《管锥编》论《全上古三代秦汉三国六朝文》第一五八'日烛之喻'"。这样一来,《谈艺录》和《管锥编》中关于同一比喻的讨论也被连类起来了。而钱氏于《史记会注考证》中论及邹阳《狱中上梁王书》时,也在连类有关文本进行论述之后标示:"余见《全汉文》卷论邹阳《上书狱中自明》"②——《管锥编》中不同章节的相关论述也被连类在一起。显然,篇际连类不仅有助于实现具体诗学问题上的全面、透彻讨论,也在钱锺书所有著作之间建立起一个无形的释义网络,充分体现了钱著"闲而不闲,散而非散"的特点。

其三,从方法论的角度来看,"连类"的最大贡献在于为文本的考察建立了一个多元视域,从而最大限度地保障了诗学探索的全面性、灵活性和客观性。

在其论及的连类五大功能——丰富文意、解疑辨惑、提供证据、开阔心胸、转换视角——中,钱锺书尤为重视的实为"转换视角"这一项。在介绍自己为何以及如何分析袁枚的《随园诗话》时,钱氏曾明言道:

---

① 《谈艺录》,第 224—226 页。
② 《管锥编》,第 523 页。

> 随园说诗要指,众所共晓,勿俟详述。百许年来,不乏责难,大都学识勿足,心气未平。窃不自揆,以《诗话》为据,取前人论衡所未及者,稍事参稽。良以此书家喻户诵,深入人心,已非一日,自来诗话,无可比伦。故为之批卻攻隙,复借以旁通连类,知言君子,倘有取欤。①

正如我们上文已经分析过的,所谓"旁通连类"乃是就研究视角的转换而言。钱锺书在这段话中明言以其作为自己主要的研究方法,如此夫子自道无疑为其在钱著中的定位提供了确切证据,足见钱氏对"旁通连类"的方法论意义的高度肯定。值得注意的是,这段话不仅暗示了以多元视角考察文本的重要性,同时也通过"以《诗话》为据"这一明示,强调了这个方法的前提,即:旁通连类必须以主文本或者说与主文本有关的主题为核心,建立多元视域的目的仍是为了讨论作为核心的原初问题,而不是将注意力转向连类而来的其他文本,更不是由此盲目推拓而致离题万里——可以说,正是在这一点上,钱锺书的连类又一次显示出了与"互文性"理论的差异。

多元视域的建立,当然有赖于各类文本的有效组织与精心安排。有关这一方面的讨论正是"打通说"论者用力最劲之处。如果将含义有欠明晰的"打通"一词置换为"连类"的话,那么"打通说"倡导者所归纳的"打通古今""打通中西""打通学科""打通学术与创作"等特点便完全可以移评此处所论的"钱学"多元视域。而钱锺书之所以始终寻求古今、中西、学科之间,学术与创作之间的全面"打通",正与其建立多重研究视角的执着追求密切相关。

第一,以古今、中西的腾挪跳跃建立超越时空阈限的整体诗学视域。自20世纪70年代末、80年代初"钱学"研究正式成立以来,钱著连类大量古今、中西文本进行考察的特点早已被众多学者充分论证②,"钱学"中的相关例子也俯拾皆是,举不胜举,这方面已无须再重复举证。这里需要指出的是,"钱学"中古今、中西各类现象或文本的连类不仅为钱著提供了丰富的论据和宏大的论域③,更为重要的是同时为钱著提供了古、今、中、西四大论析视角,从而最大限度地保障了钱氏诗学的客观性和灵活性,而这四重视域的设立也成

---

① 《谈艺录》,第 500 页。
② 可参阅胡范铸:《钱锺书学术思想研究》,上海:华东师范大学出版社,1993 年;季进:《钱锺书与现代西学》,上海:上海三联书店,2002 年;龚刚:《钱锺书——爱智者的逍遥》,北京:文津出版社,2005 年;陈子谦:《论钱锺书》,桂林:广西师范大学出版社,2005 年。
③ 李清良曾将"连类"与"合观""捉置一处"并列,认为其方法特征在于"就某一主题而连类博征古今中外的相关相似之言,构成一个可以进行交互阐释的阔大语境"。参阅李清良:《钱钟书"阐释循环"论辨析》,《文学评论》2007 年第 2 期,第 47 页。

为"钱学"在视角转换方面的基本架构及其论证结构上的整体特征。通过四重视域的反复取证、辨析和考量,钱锺书诗学一方面拥有了强大的"自检"功能,从而在结论上更具说服力;另一方面也具有了更活跃的思路和更灵活的策略,最终在研究上超越了时空的阈限。

第二,以文、史、哲的出入自如和人文、社会、自然科学的联合考察实现多学科的综合观照。钱锺书始终坚持,"人文科学的各个对象"本来就是"彼此系连,交互渗透,不但跨越国界,衔接时代,而且贯串着不同的学科"的。① 在他看来,正史里"史传记言乃至记事,每取陈编而渲染增损之,犹词章家伎俩,特较有裁制耳"②,野史中则所谓"野语""虽未足据以定事实,而每可以征人情,采及葑菲,询于刍荛,固亦史家所不废也",文、史本就存在交叉。因此,像黄庭坚《廖袁州次韵见答》诗中那样"以'史笔'许短书小说",便"不特论史有会心,亦论文有先觉矣"③。虽然王国维以叔本华哲学"强合"《红楼梦》而致两者"相陷"并不可取,但只要采用正确的方式加以"利导"却依然"两美可以相得"。正是在这一认识基础上,钱锺书提出了一个著名的宣言:

> 吾辈穷气尽力,欲使小说、诗歌、戏剧,与哲学、历史、社会学等为一家。参禅贵活,为学知止,要能舍筏登岸,毋如抱梁溺水也。④

在这里,钱锺书虽然明确表达了自己贯通各学科的研究梦想,但其更为强调的恐怕还是从方法的角度灵活运用各学科视角以实现对文学的综合考察,而不是知识内容上的组织贯串。毕竟这个宣言是在批评王国维将哲学观点生硬套用于文学研究之后提出来的,而"参禅贵活,为学知止,要能舍筏登岸,毋如抱梁溺水也"一句更明白无误地表明:学科间的连类更重要的并不是内容上的互相取证,而是建立一个更为全面多样的多元视域以助研究。正因为如此,在评述宋代大家叶适时,钱锺书认为朱熹等人对叶适的"哲学和史学上的批评也可以应用在叶适的文艺理论上面"⑤,有意识地从哲学和历史的视角反观文论;在由《太平广记》出发讨论"省文取意"——即文学创作中的"含蓄省略"技法时,钱氏不仅在"号称姊妹艺术"的诗与画之间自然地进行视角转换⑥;通过黎士宏、张彦远、悻格等的画论,古希腊名手(Timanthus)和英国荷加斯等画家的绘画作品,刘勰、杜甫、莎士比亚以及莫泊桑、奥尔巴赫、歌

---

① 钱锺书:《诗可以怨》,《文学评论》1981年第1期,第21页。或见《七缀集》,第129页。
② 《谈艺录》,第105页。
③ 《管锥编》,第443页。
④ 《谈艺录》,第76页。
⑤ 《宋诗选注》,第357—358页。
⑥ 《七缀集》,第5页。

德、尼采的文艺理论与文学作品等多扇窗口反复论析；而且也自如地借助《晋书》等历史记载对这一问题进行审视、论证，从多个角度充分证明了"省文取意"手法强调"作者不着迹象而观者宛在心目"的特点与"夫含蓄省略者，不显豁详尽之谓"这一看似浅显易懂而实际颇难证明的观点①。而在讨论《太平广记》故事中"魂魄去身而曰'眼光落地'"时，他借鉴西方民俗学者"目睛为灵魂安宅"的观点②；在分析黑格尔辩证法与"神秘主义"的关系及歌德"情感辩证法"时借助诗人柯尔律治、列奥巴尔迪的日记，荣格"反转"（enantiodromia）说和浪漫主义诗论等展开多个层级的观照③；在讨论诗文修改问题时借用意大利科学家弗朗西斯科·雷迪（Francesco Redi）"吾常谓天下与'好'为仇之大敌，可谓莫过于求'更好'之一念"一语辅助论证④；又认为科学家马赫（E. Mach）的"经济"原则——即并不事事进行实验，也适当采用推想的办法——证明了"致知造艺，心同此理"等⑤，不仅破除了传统甚至近现代学术研究中"文、理有别"等诸种门户之见，而且使文学问题的讨论延伸至社会科学与自然科学等领域，从而使诗学研究获得了一种宏大的文化视域。

第三，以古代传统观念中的"雅言"文本与"俗语"文本平等参照，综合借鉴诗词、古文、戏曲、小说等各类文本，甚至包括日常语言在内，有意识地破除精英主义"象牙塔"视角的拘执。在钱锺书看来，文学领域的"雅言""俗语"二体之分原本就"不过指行文所用语体之殊，别无褒贬微意"⑥，因此，以小说等与诗词歌赋连类实属自然而然，说不上越级犯界；而"诗、词、随笔里，小说、戏曲里，乃至谣谚和训诂里"，又"往往无意中三言两语，说出了精辟的见解，益人神智"⑦，所以，通过连类各种文学文本——也包括各类民间习语，实现从"雅""俗"两种视角对作品的赏析评鉴和文艺理论的探讨，便具有了破除"迂士"们精英主义狭隘思维、实现更广更深的诗学探索的意义。因为钱氏本人酷爱小说且曾亲自操觚，"钱学"中从小说视角审视主文本的情况极为普遍，比如借《聊斋志异·嘉平公子》中的"花菽生江"分析"经籍中同声讹传"的现象⑧，借《红楼梦》中贾宝玉"虽没见过，却看着面善；心里倒像是旧相认识，恍若远别重逢的一般"一句解说诗歌创作技法中的"宿记"（Anamnesis）——即

---

① 《管锥编》，第 1136—1139 页。
② 同上书，第 1271 页。
③ 《谈艺录》，第 699—701 页。
④ 同上书，第 587 页。
⑤ 同上书，第 532 页。
⑥ 《人生边上》，第 106 页。
⑦ 《七缀集》，第 33 页。
⑧ 《管锥编》，第 731—732 页。

济慈所谓"好诗当道人心中事,一若忆旧而得者"等①。通过戏剧等其他文体——甚至包括童话——的考察来拓宽研究视野的例子同样举不胜举。②因为前人在这些方面已经论述不少,下文将主要就"钱学"通过借鉴、吸收民间习语而为诗学探讨引入大众视角这一特点集中分析。

首先,钱锺书对民谚的高度重视引人注目。他不仅在解析《老子》名言"美斯为恶"时借鉴美国"俗谚""猪肥即其厄运"加以补充③,在分析《太平广记》时也曾借自己家乡的"俗谚""噀唾不是药,到处用得着"助人解颐,且以"无新事可报,即是佳事可喜"这样的谚语与包括黑格尔《历史哲学》等在内的学术著作及"谈文论艺"诸篇章连类等④。其次,民谣也成了钱氏诗学中的重要考察对象。如论证汉乐府《铙歌》中开篇"上邪"两字"有声无义,特发端之起兴也"这个观点时,钱锺书不仅借用《明诗综》中的童谣"狸狸斑斑,跳过南山",而且将自己生活中听到的童谣,甚至包括纽约民众的示威口号一并连类为例证加以分析。⑤ 再次,钱锺书同样关注日常俗语在诗学研究中的作用。最突出的例子是在解释《左传·僖公二十四年》"富辰谏曰:女德无极,妇怨无终"一句中的"无极"时,借用了现代俗语"不到头""不到底""没收梢",同时又以"没尽头""无休止""没完没了"等大白话释"无终"⑥,不仅令诗意豁然开朗,在论述风格上也令读者备感亲切。此外,日常口语(钱锺书谓之"常谈")如"语出有因,查无实据"⑦、表示"自己"意的"咱们"和"人家"⑧、表示"怪事"之意的无锡方言"差异"⑨等,以及民歌——例如以英国一首民歌所咏佐证"艺术真实"问题的讨论⑩,也被用作了考察语意、文意的重要渠道。对日常习语的重视不仅拉近了钱著与普通读者的距离,也充分展示了钱锺书善于换位至民间视角思考理论问题的特点。

第四,通过理论文本与具体作品的交叉互证、学术研究与日常生活的交

---

① 《谈艺录》,第 629—632 页。
② 钱锺书多次援引安徒生、格林等人的童话为自己的研究"助阵",例如在考论张良击秦失败后藏于秦都而秦始皇"大索十日不得"是否真实时,钱氏即借西方童话例说明《史记》中的记载并非完全不可能。参阅《管锥编》,第 441—442 页。
③ 同上书,第 710 页。
④ 同上书,分别参阅第 1244—1245、1033—1034 页。另 1325—1326 页也有同类论述等。
⑤ 同上书,第 112—113 页。
⑥ 同上书,第 314—315 页。此外还可参阅《管锥编》第 321、289—290 页,以及《谈艺录》第 904 页的相关论述。
⑦ 同上书,第 466—467 页。
⑧ 同上书,第 1295—1296 页。
⑨ 参阅《管锥编》,第 1338 页。
⑩ 同上书,第 1343—1345 页。

相为镜,使诗学探讨经反观自身而走向踏实、深刻。在钱锺书看来,理论关注与作品赏鉴本来就是诗学研究中不可分割的两个方面,研究者切不可仅仅关注理论而忽视具体作品:

> 齐谐志怪,臧否作者,掎摭利病,时复谈言微中。夫文评诗品,本无定体。……[引者略]或以赋,或以诗,或以词,皆有月旦藻鉴之用,小说亦未尝不可。即如《阅微草堂笔记》卷二魅与赵执信论王士正诗一节,词令谐妙,《谈龙录》中无堪俦匹。只求之诗话、文话之属,隘矣!①

正是为了避免陷入这种狭隘的研究视野,钱锺书自觉地实现了"论"(理论著作)"艺"(文艺作品)间的"通观"——这恰好也与培根(Francis Bacon)、康德、波伏娃(Simone de Beauvoir)等人的主张"莫逆冥契"。② 可以说,在大多数诗学问题的探讨上,钱锺书几乎都在进行"论""艺"的双重考察。如在论述"人化文评"这一"中国固有的文学批评的一个特点"时,钱氏组织了海量诗话、文论文本与具体作品,不断在理论与作品之间转换视角,深入辨析了"人化文评"的确切特征及其诗学价值。③ 而在讨论文学中的模仿与表现这一经典论题时,钱锺书首先从李贺作品入手,由"笔补造化天无功"一句引出论题之后,便开始连类从柏拉图到但丁等一系列西方学者的理论主张,在对此进行必要的议论和阐发之后,又回到莎士比亚剧作,并继而以补订的形式重新转向对作品的分析④,同样生动展示了"钱学"中"论""艺"的融通。另外,与其对民间视角的重视相一致,钱锺书并没有将学术研究看作象牙塔中的工作,而是有意识地贯通学术与生活,常常以生活现象或经验反证自己的理论探索。譬如在说明同一个"戏"字未必具有同样的意义时,钱氏这样写道:"甲之子呼'父',谓甲也,乙之子亦呼'父',不谓甲也;哺儿曰'喂',秣马亦曰'喂',岂得据以齐物论于乳与刍哉?"⑤通过列举生活中的常见现象,原本容易陷入抽象的文字释义就变得通俗易懂了。

2."连类"微瑕

以上具体讨论了"连类"在钱锺书诗学中所发挥的视角转换作用。当然,我们的论述是为了行文的方便而分开进行的,在实际情况中,这些视角的转换往往交织在一起,表现出一种腾挪跳跃的巨大活力。以著名的《通感》一文

---

① 参阅《管锥编》,第 1002 页。
② 同上书,第 375 页。
③ 《人生边上》,第 116—134 页。
④ 《谈艺录》,第 154—157 页。
⑤ 《管锥编》,第 319 页。

为例。文章首先从宋祁的名句"红杏枝头春意闹"开始,连缀大量古代诗歌进行现象的说明,接下来依次借助《儿女英雄传》中的"通俗语言"、近代白话、西方语言、"心理学或语言学的术语"正式引出"通感"论题,再从"日常经验"和"普通语言"出发并重新借助范成大等中西诗人的诗歌、笛卡尔等的理论著作、《礼记·乐记》等古代文艺论著、《成唯识论》等宗教著述反复进行论证和分析,通过视角的不断变化从各个学科领域对"通感"进行多层次的探讨,透彻说明了这一"诗文描写手法"在源流、特征、中西异同及诗学价值等各个方面的独特之处。①

这样的研究方式无疑使钱锺书诗学获得了一种前所未有的宏大视野。有学者曾经将钱锺书对"连类"的钟爱解读为钱氏"痴迷于新奇与有趣的独特性情的体现"。② 我们认为,虽然钱锺书本人的性情对其以"连类"为主的著述方式的形成的确具有一定影响,但更主要的原因恐怕还在于,钱氏有意通过"连类"实现其诗学探索中多元视域的建构,以保障"批判性理解"的有效落实。也就是说,"连类"并非纯粹性情的产物,而是一个有着鲜明方法论特征的诗学策略。正如前文中多次强调过的,"连类"不仅为"钱学"提供了丰富的论据,更使其拥有了灵活多变的考察视角,最大限度地保障了"具体的文艺鉴赏和评判"在一个客观、坚实的基础上有效进行,从而为后人的研究提供了一个优秀样本。不过,钱锺书的"连类"也存在两个较为明显的瑕疵,"钱学"读者们不可不辨。

一是"连类"的材料有时缺乏必要的检审,造成同类型的现象或文本堆叠过甚,给读者造成理解的负担甚至障碍。多数情况下钱锺书的"连类"可以说都是经过精心组织和安排的,但有时也会因其本人的兴趣爱好而一时"任性",在行文时宕出一笔,偏离中心。虽然围绕主文本组织、贯串的每一个文本本身通常都具有较高的鉴赏价值和独特的艺术魅力,但"连类"的最终目的毕竟是对主文本做出具体的鉴赏评判,或是就与主文本相关的某一诗学问题展开论证分析。倘若将某种类型的文本无节制地串联下去,势必造成对其他具有互补效用的文本的削弱,甚至导致对主文本与主要论题的遮蔽,引发喧宾夺主的论述危险。以《谈艺录》第 24 则为例。在这则文字篇末的"余因略述渊明身后声名之显晦,于谈艺或不无少补云"一句中,钱锺书明白无误地点明了自己讨论的核心问题,即关于陶渊明在后世读者中接受情况的考察梳

---

① 钱锺书:《通感》,见《七缀集》,第 62—74 页。另外,这种在同一研究中进行多个视角交替转换的例子还可以参阅《管锥编》第 906—907 页有关"故事情节之大前提虽不经无稽,而其小前提与结论却必顺理有条"的论述。

② 何明星:《钱钟书的"连类"》,《文艺研究》2010 年第 8 期,第 49 页。

理。然而,综观整则文字,却可以发现其间所论仅仅涉及晋、唐、宋三个朝代,尤以唐代为主。或许是因其本人酷爱唐宋诗的原因,钱氏开篇即列举了欧阳修、蔡居厚(宽夫)等关于陶渊明诗、文的评价,之后连类了唐代自杜甫至陆龟蒙(鲁望)等多达25人关于陶潜的评论,且"补订"中又加入张说、李华两人,以证陶渊明在唐代声名的渐显;随后转向晋代,再次列举了自刘勰至萧统等约十人对陶潜的态度以示其当时声名不高。这些梳理都是极具功力且颇有价值的,但似乎也是由于在这些方面连类过多,钱锺书对于陶渊明在宋代的接受情况竟只是在开篇的欧阳修、蔡居厚之外列举了苏轼的一句评论而已。这样的论述比重不仅与篇末的声明有所不符,对开篇第一句"渊明文名,至宋而极"更是缺乏交代。至于宋以后的情况,则元、明几乎只字未提,清代也只是提到了沈德潜和李因笃(天生)两人,且所列举的内容均为其对于前人有关陶潜评价的评述,并非直接论及陶氏创作的文字。近代虽然提到了李详(审言),却只是借批评其观点而引出话题;整则文字的后半段虽然提到了两位笺注《诗品》的学者,却把主要精力放在批评其对于钟嵘的一味回护这一点上,论证的是《诗品》的体例问题,与之前讨论的陶渊明接受问题几乎毫不相干。① 这样的比例失调不仅伤害了行文的统一,或许也是导致"钱学"屡屡遭受误解的原因之一。钱锺书在介绍拉伯雷的连类时曾笑谓对方"下笔不能自休",又引让·保罗和斐沙德(Fischart)语谓其"动人嫌处只缘多"。② "钱学"中某些有欠理董的"连类"虽然不至于"动人嫌",但也程度不一地造成了压迫阅读、干扰思路、淆乱主题的负面影响。仅仅凭借"连类"著述方式的运用就将"钱学"视为纯粹的知识积累固然是草率的③,但也确实应当承认,"钱学"中某些过于求取数量的"连类"的确存在一定的问题,容易令人生惑,授攻击者以话柄。

二是在某些具体材料的选择上过于求"细"而始终局限于现象层,或是过分耽于"片段",以致连类而来的材料价值得不到充分体现。例如,在讨论文艺领域中王维"雪里芭蕉"的真实性这一公案时,钱锺书连类了众多文献,最后却只是借用谢肇淛的观点对是否真有"雪里芭蕉"这个最浅层的问题对王维的批评者和卫护者各打五十大板④,并未在此基础上进一步论述自己关于

---

① 《谈艺录》,第217—223页。
② 《管锥编》,第579—580页。
③ 蒋寅在《在学术的边缘上》一文中认为,钱锺书并非"大师"而只是"博学家","只有知识积累,或不免流于饾饤";《管锥编》和《谈艺录》"有材料有结论,惟独缺少分析、论证过程";钱锺书之学实际上是"纯粹的知识积累"。参见蒋寅:《学术的年轮》,北京:中国文联出版社,2000年,第187—193页。
④ 《谈艺录》,第718—720页。

生活真实与艺术表现的意见,使一众文本徒然变成了文字展览。而在讨论古代典籍中"语中断而脉遥承"这一叙事现象时,钱锺书将《左传·襄公四年》中魏绛劝阻晋侯出兵"戎狄"却被晋侯插话的描写和《左传》里晏子巧妙抢过崔杼立誓的话头以"自歃"、《汉书·霍光传》中太后在尚书令奏言过程中插话评论、《魏书·蠕蠕传》里君王在阿那环上奏时插话增补要求、《水浒传》贯华堂本中鲁智深插话催促某和尚等五段叙事文字进行了连类,批评了金圣叹在评点《水浒传》时的少见多怪,随后又指出《聊斋志异·吕无病》和《荡寇志》中两段说话者被人彻底打断而无法继续之前叙述的描写——即钱氏所谓"中断而无后继"——是前者的变体。① 可以说,这里已经触碰到了现代叙事学领域叙述声音研究的重要课题,如能继续往理论层面加以开拓,是很有可能在叙事学研究中作出中国学者的贡献。然而,钱锺书始终停留于现象的描述而未能前进一步,令人徒生大好论据沦为趣语谈资之憾。而且,即便就连类现象而言,晏子一例在其所提到的《左传》诸例中也应当是貌合神离的。从叙事效果和人物塑造上来讲,晏子乃是利用自己的智慧主动插话,该段文字凸显的是一个不卑不亢的智者形象;而其他各例中插话者的行为几乎纯属对说者的打岔,勾勒的是一个个性格急躁、有失沉稳的人物形象;从对话设置方面来看,则其他各例中说话者在遭遇插话后还继续了自己的叙述,但晏子例中晏婴本人的插话即是叙述的完成——严格来说这个例子应当归属于钱氏所谓的"变体"一类了。有学者在谈到钱锺书执着于"片段思想"和"句子层面"时曾经感叹:"读钱锺书著作,往往既惊叹于作者运用典籍的惊人智慧,而面对征引的句子,有时也会产生买椟还珠的不足之感。"② 钱锺书的过于追求"片段"和过分谨守现象层,在某种程度上的确造成了"连类"方法论价值的削弱。

总的来说,"连类"在钱锺书诗学中具有重要的方法论意义。一方面,通过"连类"组织而来的大量相关文本为钱著中的分析论证提供了坚实的基础和充分的论据,并因此而成为钱氏最为倚重的一种著述方式;另一方面,不同学科、不同领域的有关材料和对象的引入实际上也为钱锺书诗学建立起了一个多元考察视域,确保了诗学论述的灵活性、客观性和可靠性。虽然在具体应用过程中,钱锺书的"连类"还存在一些问题和瑕疵,但这并不妨碍其成为钱氏"批判性理解"的有效保障之一。

三、意义探寻方式的革新:"涵泳"

通过"连类"为诗学研究提供丰富论据、建立多元考察视域,其最终目的

---

① 《管锥编》,第 346—347 页。
② 张文江:《钱钟书:营造巴比塔的智者》,《社会科学报》2003 年 6 月 26 日,第 006 版。

仍是为了分析主文本或论述与之相关的具体诗学问题。如果将其纳入"批判性理解"的四大环节中,则"连类"大致可与"考证"和"汇通"两个环节相对应。那么,钱锺书是如何就主文本进行具体的诗学分析的?"质疑"与"引申"这两大"批判性理解"环节又是通过何种方式得以实现的?这两个问题需要从"涵泳"这个重要的"钱学"范畴说起。

(一) 中西诗学史上的"涵泳"

1. 涵泳与中国诗学

涵泳是中国古代学术史上的著名范畴之一,经历了一个由普通动词到理学术语,再到诗学方法论范畴的发展过程。

"涵泳"一词较早出现在魏晋赋作中。例如,左思在《吴都赋》中对"百川派别,归海而会"的情景做了一番描述后接着写道:

> 于是乎长鲸吞航,修鲵吐浪。跃龙腾蛇,鲛鲻琵琶。王鲔鯬鮐,鲫龟鳖鲭,乌贼拥剑,鼋鼍鲭鳄,涵泳乎其中。①

李善为"涵泳"所作注曰:"涵,沉也。扬雄《方言》曰:南楚谓沉为涵。泳,潜行也,见《尔雅》。言已上鱼龙,潜没泳其中。"②可见,直到魏晋时期,"涵泳"基本上是作为一个普通动词来使用的,主要用来描述鱼、龟等水生动物在水底自由自在潜游的情形。唐代文人一方面保留了"涵泳"的这个本义,继续以之描写水中鱼龟——如李华《言医》"临险瞰江,江隈为潭。麎麎不动,常有神怪。龟鱼涵泳,露鳞出介"句中的"涵泳"即是如此③;另一方面也开始将其用在人的身上,比喻其沉浸于某种恩惠或关怀之中,如韩愈在《禘祫议》一文中解释自己上书缘由时这样写道:"臣生遭圣明,涵泳恩泽,虽贱不及议,而志在效忠。"④但无论指物或是指人,此时的"涵泳"更多的是用来描述某种自由自在、沉浸享受的精神状态。

到宋代以后,邵雍、张载等理学家对"涵泳"格外重视,逐渐将其发展成为一个重要的理学术语。"涵泳"向理学领域的挺进最迟在邵雍时就应该出现了。在《伊川击壤集》中,邵雍一面继承了这个概念的原初含义,将其引申为人的"沉潜",如《答人语名教》诗中便有"鳏生涵泳虽云久,天下英才敢厚诬。"

---

① 萧统编:《文选》,李善注,北京:中华书局,1977年,第83页。
② 同上书,第84页。
③ 李华:《言医》,见任继愈主编:《中华传世文选·唐文粹》,长春:吉林人民出版社,1998年,第505页。
④ 韩愈:《禘祫议》,见任继愈主编:《中华传世文选·唐文粹》,长春:吉林人民出版社,1998年,第446页。

这样的诗句①;另一方面则明显将其视为一种揣摩"物理"的体味方法,如著名的《首尾吟》中有如下一首:

> 尧夫非是爱吟诗,诗是尧夫自得时。风露清时收翠润,山川秀处摘新奇。揄扬物性多存体,拂掠人情薄用辞。遗味正宜涵泳处,尧夫非是爱吟诗。②

可以发现,此诗中的"涵泳"既非指物,也不再是就某种精神状态而言,而是变成了一种理学体悟方法。继邵雍之后,张载等人纷纷将"涵泳"视为读书和揣摩性理之学的重要方式:

> 要见圣人,无如《论》《孟》为要。《论》《孟》二书于学者大足,只是须涵泳。③

> 涵泳乎忠恕之中,郁如三春,薰如醇酎,何所往而不可乎?④

> 读书观大略,苟有会心处,则涵泳充广,必使心通意解,达于践履。执丧哀慕之余,一意探讨。免丧,始登东莱吕太史之门。一见契合,相与质疑辨惑,由是闻见益明,而所守愈定矣。⑤

> 近尝得李季远书,盛陈别后为学工夫,大抵以为朝夕不懈涵泳,甚有日新之意。……[引者略]精勤不懈,有涵泳玩索之处,此亦是平常本分事,……[引者略]⑥

从以上四位学人对"涵泳"的使用可以看出,宋代理学家们眼中的"涵泳"已经成为一种阅读和体味性理的方法,这种方法对于学问的明通和道理的体悟具有决定性的意义。就其具体特点而言,涵泳一方面表现为紧扣主体自身,依据生活经验积极、大胆地进行联想和揣摩;另一方面则强调这种联想和揣摩需要与"玩索"的精神相结合,也就是在一种轻松自如、毫不勉强的情绪

---

① 邵雍:《答人语名教》,见邵雍:《邵雍全集 4》,郭彧、于天宝点校,上海:上海古籍出版社,2015 年,第 29 页。
② 邵雍:《首尾吟》,见邵雍:《邵雍全集 4》,郭彧、于天宝点校,上海:上海古籍出版社,2015 年,第 414 页。
③ 张载:《张载集》,章锡琛点校,北京:中华书局,1978 年,第 272 页。
④ 张九成:《中庸说(卷二)》,见张元济等编:《四部丛刊·三编·经部·中庸说》,上海:商务印书馆,1936 年,第 29—54 页。
⑤ 楼钥:《中书舍人赠光禄大夫陈公神道碑》,见王云五主编:《丛书集成初编·攻愧集》第 18 册,第 98 卷,上海:商务印书馆,1935 年,第 1375 页。
⑥ 陆九渊:《与包详道》,见陆九渊:《陆九渊集》,钟哲点校,北京:中华书局,1980 年,第 84 页。

状态下展开。① 或许正是在这个意义上,程颐才对其暗示的主体心态加以明确并提出了"优游涵泳"的说法。

> 入德必自敬始,故容貌必恭也,言语必谨也。虽然,优游涵泳而养之可也,拘迫则不能入矣。②

也就是说,理学的目标虽然是严肃的"德",理学者的言行虽然必须谨慎恭敬,但实现这一目标的方式却不是拘执紧张地自我鞭策,而应当是从容不迫地涵泳体认。如果我们抛开理学家们念念不忘的"性理"目标,只从"涵泳"的方法特征来考察这一术语,就会发现其与艺术审美以及文艺批评在主体精神方面的追求有着惊人的相似。正因为存在这样的天然联系,当理学家开始把关注的视角转向诗歌等文艺作品,并尝试对其进行鉴赏、研究时,"涵泳"便成为实现理学旨趣与诗学方法"无缝对接"的最佳桥梁。从诗学史来看,涵泳从理学向诗学的移植大致是通过朱熹之手完成的。

首先,朱熹仍然继承了邵雍、张载等人的观点,将涵泳视为一种"为学之方":

> 如其窄狭,则当涵泳广大气象;颓惰,则当涵泳振作气象。③

朱熹为学重"气象",追求深广博通之学。而涵泳在其看来正是能够"广大"、振作"气象"的决定性方法,在朱子学术方法论中有着不容忽视的地位。也许正是出于对"涵泳"方法论价值的充分认可,朱熹不仅在研究《诗经》等文学作品时大量运用这一术语,而且在《诗集传》开篇就将其确立为自己的重要诗学方法之一:

> 本之二南以求其端,参之列国以尽其变,正之于雅以大其规,和之于颂以要其止,此学诗之大旨也。于是乎章句以纲之,训诂以纪之,讽咏以昌之,涵濡以体之,察之情性隐微之间,审之言行枢机之始,则修身及家、

---

① 李春青曾将宋儒眼中的"涵泳"归纳为三个层次的含义:"一种为学的方法""深入体察、玩味和沉思"以及"从容不迫、循序渐进地进行";同时将"涵泳"的特点概括为三点:1.涵泳是一种"意向性活动","具有明确的指向性而不是任意的心理流动";2.作为心理活动的涵泳"主要不是一种逻辑思维的过程,而是对内在意念的体悟与省察";3.涵泳"所标示的是一种自由和谐、愉悦平和的心理状态"。参阅李春青:《论涵泳——兼谈道学与宋代诗学的内在联系》,《河北学刊》1998年第4期,第90—91页。

② 程颐:《河南程氏粹言·论学篇》,见程颢、程颐:《二程集》,王孝鱼点校,北京:中华书局,1981年,第1194页。

③ 黎靖德编:《朱子语类》,王星贤点校,北京:中华书局,1986年,第144页。

平均天下之道,其亦不待他求而得之于此矣。①

此处所谓"涵濡"即"涵泳"之意。可以发现,在这段序文中,"涵泳"不仅被确立为"学诗"的重要环节之一,在诗学实践中也获得了明确的定位。在朱熹看来,"学诗"是一个系统过程,大致可以概括为"章句—训诂—讽咏—涵泳—悟道(察情—审言)"五大步骤。如果说前三个环节主要是为疏通字义而做的努力,那么"悟道"则显然是理学家朱熹的诗学理想,而"涵泳"则恰恰处于由"明意"向"悟道"飞跃的过程中,在诗学认知过程中发挥着转换枢纽的作用。值得注意的是,朱熹诗学中"道"的获取不再像孟子等前贤所主张的那样,强调通过"知人论世"的方式——也就是通过诗文之外的社会信息以及作者本人生平的研讨而实现,而是将考察的范围限定在了作品文本本身。无论是"序"中关于"道""不待他求而得之于此"的宣言,还是其于《诗集传》中对偏重从伦理、道德方面附会解诗的毛诗小序的删削,都旗帜鲜明地表达了朱熹诗学的某种"文本中心主义"取向。而"只从《诗经》文本入手,探求诗篇本意",不仅标志着《诗经》学方法论上的一大进步"②,同时也为"涵泳"这一范畴划定了具体范围与实施方式,即紧扣作品文本本身展开深入体味和领悟。那么,主体在"涵泳"的过程中一般处于何种心理状态?在这个问题上朱熹显然继承了程颐的"优游涵泳"说并将其发扬光大。例如,在谈到学者如何能达至"道"的体认时,朱熹一边继续强调"涵泳"的方法论意义,一边特别提醒人们欲速则不达的道理,强调"涵泳"时的平和心态:"学者须敬守此心,不可急迫,当栽培深厚。栽,只如种得一物在此。但涵养持守之功继继不已,是谓栽培深厚。如此而优游涵泳于其间,则浃洽而有以自得矣。苟急迫求之,则此心已自躁迫纷乱,只是私己而已,终不能优游涵泳以达于道。"③而当有人询问有关"天命之谓性"一句的理解问题时,朱熹回答曰:"此语或中或否,皆出臆度。要之,未可遽论。且涵泳玩索,久之当自有见。"④同样强调以耐心"玩索"的心态面对"涵泳"。而在对孔子"志于道,据于德,游于艺"一句作注释时,朱熹这样写道:

> 游者,玩物适情之谓。艺,则礼乐之文,射、御、书、数之法,皆至理所寓,而日用之不可阙者也。朝夕游焉,以博其义理之趣,则应务有余,而

---

① 朱熹:《诗集传序》,见朱熹集注:《诗集传》,赵长征点校,北京:中华书局,2011年,"诗集传序"第2页。
② 赵长征:《前言》,见朱熹集注:《诗集传》,赵长征点校,北京:中华书局,2011年,"前言"第2页。
③ 黎靖德编:《朱子语类》,王星贤点校,北京:中华书局,1986年,第205页。
④ 同上书,第98页。

> 心亦无所放矣。此章言人之为学当如是也。盖学莫先于立志,志道,则心存于正而不他;据德,则道得于心而不失;依仁,则德性常用而物欲不行;游艺,则小物不遗而动息有养。学者于此,有以不失其先后之序、轻重之伦焉,则本末兼该,内外交养,日用之间,无少间隙,而涵泳从容,忽不自知其入于圣贤之域矣。①

虽然所求之"道"是至高无上的,但人们通过体味以趋近"道"的方式却应当是"从容"的。只有沉浸于作为"艺"的对象本身,反复"涵泳",才是为学的正确途径。这样,通过对"涵泳"与"游于艺"在精神上的贯通,朱熹实际上为"优游涵泳"找到了一个坚实的理论根基,正式完成了"涵泳"的诗学建构。概括来说,朱熹所谓的"涵泳"指的是这样一种诗学方法,即:谨守作为审美或研究对象的文本,在一种从容自在的心境下实现对文本意义的渐次体察和领会,并获得更高层次的精神领悟。② 有学者曾将"涵泳"与宋代诗学范畴"悟"加以比较、分析,指出"悟入"即是"涵泳"这一"沉潜于诗的世界体察玩味的过程"的"终端",两者之间有一种"工夫"与"结果"的关系③,应该也是注意到了朱熹"涵泳"的上述特征而做的引申。不过需要注意的是,朱熹"涵泳"之"悟"与宋代,尤其是南宋诗学界常常主张的"顿悟"不同,它更强调时间上的日积月累和循序渐进,可以说是一种"渐悟"。④

朱熹将"涵泳"引入诗学领域的做法及其有关这一范畴的方法论界定均得到了后世学者的认同与继承。⑤ 例如,元代程端礼在指导后辈读书时就大力标举朱子读书法,指出只有深明"从容涵泳"之义,才能保证读书人"深信自得,长久不厌"⑥;而沈德潜也认为读唐诗时,读者应该"心平气和,涵泳浸渍"

---

① 朱熹:《论语集注·述而第七》,见朱熹:《四书章句集注》,北京:中华书局,2012 年,第 94 页。
② 刘旭光将朱熹的"涵泳"概括为:"沉浸其中,与之为一,从而取得深入的领会。"虽然"与之为一"的说法从方法论的角度来看略显浪漫,但其主旨与本书的概括应当说是一致的。参阅刘旭光:《格物与涵泳》,《兰州大学学报(社会科学版)》2002 年第 3 期,第 84 页。
③ 李春青:《论涵泳——兼谈道学与宋代诗学的内在联系》,《河北学刊》1998 年第 4 期,第 94—95 页。
④ 邹其昌在这个问题上有详细论述,参阅邹其昌:《论朱熹"讽诵涵泳"的心理流程——朱熹诗经诠释学美学诠释方式研究之一》,《湖北大学学报(哲学社会科学版)》,2005 年第 6 期,第 648—649 页。
⑤ 需要指出的是:作为一个历史悠久的概念,"涵泳"并没有因其在理学与诗学领域的新发展而消除其魏晋时的古义,后世文人中始终不乏取其"潜游"之义而用之者。
⑥ 程端礼:《程氏家塾读书分年日程·纲领》,见王云五主编:《丛书集成初编·程氏家塾读书分年日程》,上海:商务印书馆,1936 年,第 10 页。

以求"意味自出","不宜自立意见,勉强求合"。① 总的说来,自朱熹以后,作为诗学方法的"涵泳"已经为中国传统学界所广泛接受。

2. 西方诗学与涵泳

就"涵泳"过程中主体将自己的精神融入对象进行冥想体悟这一特点而言,西方诗学中的相关探索也不少见。巧合的是,差不多与朱熹同时,西方学者杰弗里(Geoffrey of Vinsauf)也从诗学方法角度提出了"涵泳"(ponder)的说法:

> 为了保证创作大获成功,我们应当以辨别力作为写作的序曲,推迟手与嘴的动作,并就诗歌主旨久久涵泳。②

如同亚里士多德的"诗学"主要侧重的是作诗技巧的归纳指导一样,杰弗里《新诗学》也是就诗歌创作而言的,而此处的"涵泳"显然被其视为艺术构思阶段最为重要的环节,处在由构思走向正式创作的转折点上。

中世纪以后,西方文论中的"涵泳"渐渐溢出创作的领域而具有了理论的形态,这一点主要体现在"主体批评—读者反应批评"这一脉的诗学主张之中。拉曼·塞尔登(Raman Selden)认为这一派的共同点即在于其对亚里士多德"净化"(catharsis)概念的理解和回答③,指出虽然不同批评家对"净化"做出了多种不同解释,但"他们都把文本当做意义的惟一决定因素。无论净化是在文本中还是在读者身上发生,文本始终都是一个动因,是解释其自身意义的惟一权威"。④ 不过,"主体批评—读者反应批评"的主张者们对文本权威性的肯定并非像英美新批评那样将文本视为一个独立自主、至高无上的整体,而是同样强调读者对于文本的阐释功能。这种对文本与读者在理解过

---

① 沈德潜:《唐诗别裁·凡例》,见沈德潜选注:《唐诗别裁集》,上海:上海古籍出版社,1979年,第1页。

② Geoffrey of Vinsauf. "Poetria Nova." *Norton Anthology of Theory and Criticism*. Ed. Vincent B. Leitch. New York: Norton, 2001. 229. 引文为笔者自译。

③ catharsis 是亚里士多德《诗学》中的一个重要概念,主要指戏剧对于观众情绪的释放、调节功能,具体说来,它描述的是观众欣赏戏剧表演的一种心理过程,即戏剧通过再现生活而激发观众的相应情感,并通过戏剧冲突的艺术解决而引导观众释放"怜悯"与"恐惧"等情绪,最终实现其情感的"净化"(purgation)或者"纯化"(purification)。罗念生将这个词译为"陶冶"并有详细介绍,参阅亚里斯多德、贺拉斯:《诗学 诗艺》,罗念生、杨周翰译,北京:人民文学出版社,2008年,第19页,注释⑤。钱锺书也曾论及亚里士多德这一概念并将其译为"情欲宣泄",认为对这个术语"宜以宗教家言(connotation religieuse)明之,即斋心洁己(purification),以对越上帝是也"。参阅《谈艺录》,第667—668页。

④ Selden, Raman., ed. *The Theory of Criticism: From Plato to the Present*. London: Longman, 1988. 186—187. 引文为笔者自译。中译本可参阅拉曼·塞尔登编:《文学批评理论——从柏拉图到现在》,刘象愚、陈永国等译,北京:北京大学出版社,2000年,第195页。

程中作用的共同强调无疑与中国诗学中的"涵泳"存在精神呼应。例如,17世纪的赫内·拉潘(René Rapin)认为,读者在观看戏剧时"必须进入演员的一切思想之中,在各种冒险活动中自得其乐,恐惧着,希望着,痛苦着,但又同时享受着这一切"①——如果我们将戏剧表演视为艺术鉴赏对象,那么拉潘的这一观点在对主体情感的重视方面可以说与中国的"涵泳"如出一辙。狄尔泰的"想象"和"体验"等概念也非常接近我们所说的"涵泳"。在狄尔泰看来,"诗艺"原本就是"生活的表现和表达"。因此,一个文学批评家应该努力"唤起读者记忆中的生活的特征",其中最为重要的则是让每一位读者"重新体验"自己"曾经体验过的事物"。因为坚信"在这种文学作品的普遍性的内涵中以生活的意义被表达出来的,不是对现实的一种认识,而是对我们的生存覆盖层的关联的最生动的经验"②,狄尔泰尤其重视阅读者自身心理过程的参与以及想象的独特领悟功能。正如胡其鼎所说,狄氏"阐释学"的最大特征在于"以整体心理学为基础",强调"通过对文本的理解,用语言显示过去时代的人的内心历史"③——这个目标的实现显然有赖于人们结合自身经历和生活感悟对文本所做出的独特"体验"。狄尔泰之后,继续坚持从主体心理维度考察文本的是瑞恰兹。瑞恰兹认为:"情感首先是态度的符号,因此,它在艺术理论中占有极为突出的地位。"④正因为如此,要想真正体会到文学艺术的价值就不可能抛开主体情感的投入和体验。威廉·燕卜荪秉承师说并对其加以引申,提出在解读诗歌时不能走"把事实和判断(思想和感情)作为两个有关联却迥然不同的事物分开陈述"的"坏路子"(bad way),正确的办法应该是尊重读者的阅读事实,将这两者始终作为一个整体来看待。此外,燕卜荪还特别强调:"一个纯粹的诗歌读者需要大量阅读才能得到他所需要的信息"⑤——这样的论述很容易令人想起"栽培深厚""优游涵泳"等说法来。稍晚的乔治·普莱(George Poulet)选择从"内在性体验"(the experience of interiority)的角度来反思文学批评,对他来说,"理解一部文学作品,就等于让

---

① Rapin, René. *Reflections on Aristotle's Treatise*. Trans. Thomas Rymer. London: Herringman, 1674. 105—106.
② 威廉·狄尔泰:《体验与诗:莱辛·歌德·诺瓦利斯·荷尔德林》,胡其鼎译,北京:生活·读书·新知三联书店,2003年,第149—150页。
③ 胡其鼎:《译者导读》,见威廉·狄尔泰:《体验与诗:莱辛·歌德·诺瓦利斯·荷尔德林》,胡其鼎译,北京:生活·读书·新知三联书店,2003年,第2页。
④ Richards, I. A. *Principles of Literary Criticism*. London: Routledge & Kegan Paul, 1926. 101. 引文为笔者自译。
⑤ Empson, William. *Seven Types of Ambiguity*. London: Penguin, 1961. 238—239. 引文为笔者自译。

作者在我们内心中向我们揭示其自身"①。话虽有些拗口,但普莱对于读者应尽量揣摩、体会作者创作意图这一点的强调却是十分清楚的。此外,赫施对于"意义"(significance)和"意思"(meaning)的坚决区分所暗示的对作者意图的重视②,以及利科对其所谓"自我理解力"(self-understanding)的阐述——"只有满足文本联系的要求、追随意义之'箭'并尽力'结合文本思考'的阐释才能生成一种新的'自我'理解力"③,都不同程度地对文本的核心地位以及主体精神的参与做出了肯定。西方学者虽然没有提出一个共同接纳的术语,但其在诗学方法论层面对"涵泳"所做的探索并不比中国同行少。

3. 中西"涵泳"的特征

或许由于主客二分思维模式的影响,或者用钱锺书的话来说——由于"偏重外察而忽略内省"的思维方式的影响④,对主体和文本的重视在西方诗学史上更多地表现出偏向一极,甚至因此而极力排斥另一极的倾向。例如,在上文提到的著作中,利科虽然不得不承认"自我"的"理解"在阅读过程中的存在与作用,却又不断强调"主体的观念必须受到批判",主张以文本抵制主体的"幻觉"。⑤ 此外,在印象主义批评中,主体的地位被抬高到无以复加的地步;而在英美新批评等形式主义流派看来,作品文本本身就是一个自给自足的意义整体,无须甚至应该抵制主体心理对作品解读的干预。这些各走极端的观点与大力提倡调动读者的情感与经验对文本展开细腻体悟的中国式"涵泳"显然有着根本性的不同。

不过,当我们将中西学者的具体论述"捉置一处"时,却可以清楚地看到:虽然二者在思维模式、理论立场等方面存在差异,但其对于"涵泳"范畴的定位及其基本特征的认定却是高度一致的,其间的不同只是体现在各要素所占的地位或比重上。具体说来,中西学者关于涵泳的论述有以下相似之处:第一,涵泳是一种诗学方法论。虽然无论在中国还是西方,涵泳都经历了由文艺创作向理论研究领域的转变,但其本身的方法特征却一直都较为鲜明。无

---

① Poulet, George. "Criticism and the Experience of Interiority." *The Structuralist Controversy*. Eds. Richard Macksey, and Eugenio Donato. Chicago: Chicago University Press, 1972. 61. 引文为笔者自译。
② 赫施将作者意图称为文本的"原初意义",也就是他所说的"意思"。Hirsch, E. D. *The Aims of Interpretation*. Chicago: Chicago University Press, 1976. 85—89.
③ Ricoeur, Paul. *Hermeneutics and the Human Sciences*. Ed and trans. John B. Thompson. Cambridge: Cambridge University Press, 1981. 193. 引文为笔者自译。下同。
④ 《人生边上》,第131页。
⑤ Ricoeur, Paul. *Hermeneutics and the Human Sciences*. Ed and trans. John B. Thompson. Cambridge: Cambridge University Press, 1981. 190—192.

论朱熹等中国学人还是狄尔泰等西方学者都将涵泳定位在方法论领域,并将其积极运用于文艺赏析与诗学研究之中。第二,涵泳必须紧扣文本进行。朱熹甚至将文本的范围缩小到与具体问题相关的文本本身,比如他曾说过,"涵泳"《孟子》便只需在孟子七篇文中反复诵读体会,"仔细寻绎",而无须再去参考其他"注""疏"。同时,读者的体悟也必须以本文为唯一根据,不能节外生枝地去为本文"衬贴一件意思"。① 而西方学者在这方面的立场更是显而易见,前文论述过的利科的观点以及艾柯的"文本意图"概念都是突出代表。第三,涵泳离不开主体的心理体验和精神感悟。在中国学人看来,在阅读他人作品的过程中获得理解、提升个人认识水平与精神境界是自然而然的事情,朱熹将"诵读"视为涵泳的重要方法之一,也就是要求主体通过对文本的反复、长期体会而得到更多更大的收获;西方学者中虽然不断有人反对文艺研究中的主体介入,甚至怀疑主体精神和心理的干预会造成判断力和诗学解读的失真,但无论主体批评还是读者反应批评的倡导者却都没有放逐主体,只不过在承认主体的意义时又力图采取必要的措施对其负面作用加以控制和抵抗。

以上三个方面可以说是中西学界所论"涵泳"的三大特质。这些共同特征以及此一范畴在中西诗学界的不同发展,构成了考察钱锺书"涵泳"的重要参照系。

(二)"钱学"中的"涵泳"

或许同样出于对方法论的重视,钱锺书对涵泳也给予了高度关注。钱氏不仅在著作中多次论及这个概念,而且自觉将其作为一个有效的诗学方法广泛运用于自己的研究之中。

1. 钱锺书论涵泳

在钱锺书笔下,"涵泳"首先是被当作一个古典诗学术语加以继承和直接使用的。从钱著中的相关论述来看,其对于涵泳的认识与上文所概括的中西诗学界定义的"涵泳"的特征基本相似。例如,钱锺书特别反对只知附会史料、不懂涵泳诗意的做法,强调领会作品本义的重要性。他曾就韩愈诗歌的"笺注者"批评道:"尝谓韩退之《杂诗》乃昌黎集中奇作,笺注者不涵泳诗意,却附会李实、王伾文等史事,凿而转浅。"② 钱锺书于此虽未否定史料在增进诗文理解方面的作用,却侧面强调了"诗意"本身的第一性。也就是说,即便借鉴史料,也必须以作品本意为出发点,而不是以作品为历史做注脚,本末

---

① 黎靖德编:《朱子语类》,王星贤点校,北京:中华书局,1986年,第2790—2791页。
② 《谈艺录》,第420页。

倒置。

那么，是否只要坚持从"诗意"出发进行解读，便称得上是正确的"涵泳"呢？问题显然没有这么简单。钱锺书以大量实际研究表明，即便同是"涵泳诗意"，也会存在正误之分。例如，在讨论《诗经·卷耳》一诗中"我"字的具体所指时，钱锺书在批判胡承珙观点的同时，提出了自己的理解：

> 胡承珙《毛诗后笺》卷一斡旋曰："凡诗中'我'字，有其人自'我'者，有代人言'我'者，一篇之中，不妨并见。"然何以断知首章之"我"出妇自道而二、三、四章之"我"为妇代夫言哉？实则涵泳本文，意义豁然，正无须平地轩澜、直干添枝。作诗之人不必即诗中所咏之人，妇与夫皆诗中人，诗人代言其情事，故各曰"我"。①

胡承珙虽然坚持了"涵泳诗意"的立场并注意到了诗中的"代言"现象，却死守于"作诗之人"即诗中之"我"的陈旧观念曲为缝说，完全没有意识到这样的缝补其实很难经得住推敲。钱锺书认为，《卷耳》诗中的"我"有两个所指，即诗人分别代诗中的"妇与夫"各自"言其情事"——这一点其实并不难发现，只需"涵泳本文"便自然"意义豁然"，完全不必"平地轩澜、直干添枝"。显然，钱氏在此不仅将"涵泳"看作一种重要的诗歌解读方法，而且特别强调本文在诗意贯通方面的决定性作用。同样的观点也体现在钱氏对王若虚诗学的相关评价之中。王氏《滹南遗老集》中曾认为陶渊明的《归去来兮辞》有"谋篇之疵"，理由是正文中的描写与"文前序"中的交代不相符合。钱锺书在指出王若虚的错误判断之后认为，王若虚之所以误解陶文，是因为其不熟悉"白话"中常见的以虚为实手法——即把想象当成实实在在的经历来写的惯用技巧，而王氏之所以"执着"于"序"中"数语"而"成见梗胸"，正是因为其"未涵泳本文耳"。②

或许是出于对"涵泳"在意义阐析方面巨大作用的肯定，钱锺书对这个概念的使用甚至超越学术疆界而进入日常交际领域。在20世纪80年代写给林东海的一封书信中，钱氏在谈起两人共同的朋友许德政的一封信时这样写道：

> 渠远适异国，处境艰危，而通函中以婉约之词出之。自愧钝根，优柔涵泳，终如隔雾看花。今阅附件，方洞悉原委，似显处视月矣。③

---

① 《管锥编》，第116页。着重号为笔者所加。
② 同上书，第1929页。
③ 转引自林东海：《文林廿八宿 师友风谊（增订本）》，北京：人民文学出版社，2010年，第191—192页。

钱锺书谦虚地称自己虽然曾对许德政当年的书信"优柔涵泳",却始终无法看懂其"婉约之词",直到看过林东海寄来的附件之后才恍然大悟。言语之中虽不乏幽默、玩笑之意,但其对"涵泳"的意义定位却也因此而再添佐证。显然,在钱氏看来,所谓"涵泳"即是在文本本身的范围内揣摩、体会文意的一种方法,它所暗示的,正是一种以文本为中心的研究主张。可以说,在钱锺书对"涵泳"这个词的使用上,我们再一次感受到了其贯通学术与生活、灵活转换视角的一贯作风与学术魅力,"涵泳"在钱氏文字世界中的普遍应用于此也可见一斑。

2. 作为诗学方法论的涵泳

当然,"涵泳"在"钱学"中的独特地位主要还是通过钱锺书在诗学研究中的具体运用而确立的。

首先,就涵泳的对象或范围而言,钱锺书始终强调文本的第一性,要求以作品本文为中心展开探索和体味,表现出鲜明的"文本中心论"倾向。这也可以说是钱氏"涵泳"的最大特点。正如钱锺书讨论《文选·文赋》李善注时批评的"拘挛一句之中,未涵泳上下文,遂不识'委曲尽道'之解与本文'难以辞达'岨峿阢陧"①,钱氏所谓的"本文"往往是指由"上下文"组成的整个作品,而绝非文中的一两个句子。因为钱锺书对于诗学主体的高度重视,所以在本文的范围划定上也常常以作者为纲。众所周知,古人的文章往往不是以单篇的方式而总是结集呈现的,因此,钱氏有时便会根据具体的情况将本文的范围推展到作者的整个文集。这样一来,从本文涉及的范围上看,钱锺书的"涵泳"便可以分为两大类:篇内涵泳与集内涵泳。

(1) 篇内涵泳。所谓"篇内涵泳"即对象范围基本上限于单篇文章或单部作品的涵泳,这在钱著中最为常见。因为钱锺书的每一次诗学探索都是从具体文本中的某一个或几个句子出发的,因此,钱氏诗学著述中的几乎每一篇都或多或少运用了篇内涵泳的方法。在其对杜甫《哀江头》诗"黄昏胡骑尘满城,欲往城南望城北"一句中"望"字的著名解读中,钱锺书正是在通读全诗的基础上疏通字词,体味诗意,进而又结合全诗意境揣想诗人于兵荒马乱中夺路而逃的紧张、慌乱情绪,并比较、辨析"望城北"与"忘南北"在传情达意方面的细微区别,最后确定杜甫诗中的选词为最佳。② ——这一解说称得上是篇内涵泳的经典演示。此外,解读嵇康"和声无象而哀心有主"一句时紧扣《声无哀乐论》上下文阐发意指③,解释陆机《文赋》中"观古今于须臾,抚四海

---

① 《管锥编》,第 1867 页。
② 同上书,第 1564—1565 页。
③ 同上书,第 1731 页。

于一瞬"等句子时频繁结合上下文加以透彻辨析①,通过反复核查、"对质"《离骚》全文以辨别屈原对"修""服"的两种用法②,以及通过"细究其书"的方式指出普罗提诺神秘主义学说的自相矛盾之处等③,都是篇内涵泳的佳例。

(2)集内涵泳。此处之"集"有两个含义:"文集"与"全集"。所谓"集内涵泳"是指从某篇文章中的具体语句出发,但却以作者的某一文集,甚至全部作品为对象的涵泳。例如,《谈艺录》在分析袁枚《随园诗话》中任一语句或观点时,几乎总是结合整部《诗话》展开论述④;而在考论惠洪有关僧人作诗是否合适的观点时,也是结合《石门文字禅》各卷中不同的诗歌作品及文章进行整体发掘⑤。就连评价今人钱仲联《韩昌黎诗系年集释》时,也指出其"注释里喜欢征引旁人的诗句来和韩愈的联系或比较,似乎还美中不足",认为"主要的是更应该多把韩愈自己的东西彼此联系",在此基础上"多找唐人的篇什来跟他的比较"⑥,突出研究全集的重要性。集内涵泳这一方式在钱著中虽不如篇内涵泳普遍,却是钱锺书诗学宏大视野的重要表现之一,也是钱锺书对于古典诗学"涵泳"的一个发展,即将其与王安石"考辞之始终"说相结合后对其适用范围的一个推拓。

其次,就涵泳的目标而言,钱锺书强调的是在探求作者意图——包括作家本人及其研究者的意图——的基础上实现对文本意义的深入把握。正是在这一点上,"涵泳"内在的人文主义精神得以凸显。帕尔默在谈到阐释学的根本问题时曾说:"一部文学作品为它自己的理解提供了一种语境关联;个人的视域如何才能与作品的视域协调相容,乃是诠释学中一个根本的问题。"⑦所谓的"语境关联",具体说来当指文本本身所携裹的作者意图与历史上不同读者释义的结合,也就是此处所指的两类"作者意图"的内在联系。因此,钱锺书的涵泳目标也可以说是实现个人视域与作品视域的"协调相容"。

虽然钱锺书曾引述过罗兰·巴尔特将"本文"比作"玉葱"(洋葱)的说法,但并非认同将"本文"解构成"本无"的解构主义观点,而是据此强调"诵读诗

---

① 《管锥编》,第1873页。
② 同上书,第899—900页。
③ 《谈艺录》,第676页。
④ 同上书,第59—69则,见第497—587页。
⑤ 同上书,第647页。
⑥ 《人生边上》,第345页。
⑦ Palmer, Richard E. *Hermeneutics*: *Interpretation Theory in Schleiermacher, Dilthey, Heidegger, and Gadamer*. Evanston: Northwestern University Press, 1969. 25. 译文采用中译本。参阅理查德·E. 帕尔默:《诠释学》,潘德荣译,北京:商务印书馆,2012年,第41页。

书不可死在句下"。① 如何避免"死在句下"？钱氏给出的方法首先便是涵泳以探求作者意图——亦即其时时强调的作者为文之所"用心"。例如,在分析韩愈《荆潭唱和诗序》时,钱锺书虽然指出此诗确为"恭维"两位"大官僚"之作,但更主要的还是借此阐述韩愈对"诗可以怨"这一文学创作观念的应用,并这样总结道:"韩愈把穷书生的诗作为样板;他推崇'王公贵人'也正是抬高'憔悴之士'。恭维而没有一味拍捧,世故而不是十足势利,应酬大官僚的文章很难这样有分寸。"②钱锺书不仅没有因为韩愈作品的恭维权贵而对其草率否定,反而通过大量证据证明了此文的诗学价值,并对韩愈的"文德"表达了某种程度上的肯定。钱氏对韩愈的这个公正评价正是建立在对后者创作意图的深切体会之上的。正如钱锺书提醒过的——"谈艺不可凭开宗明义之空言,亦必察裁文匠笔之实事"③,对作者的"裁文匠笔"细察深究,反过来便保障了诗学研究的切实可信。如果说此例中钱锺书主要是通过探求作者的构思来把握本文的话,那么钱氏在探讨作者意图方面更常用的一种方式,则是多方揣摩作者的写作心理或情感意绪。比如,在谈到袁枚于《随园诗话》中宁可选录一些次等的诗人诗作也不摘录刘墉(石庵)诗歌一句时,钱锺书这样写道:"子才置之不论不议,当是有余慊焉,亦或存戒心焉"④;在表扬任渊对黄庭坚诗歌注释的贴切入微时称赞其"真能抉作者之心矣"⑤;在分析皎然《诗式》对于孟浩然名句"气蒸云梦泽,波撼岳阳城"的评语时也不忘揣摩皎然的心态,称这位诗僧"盖于此联,不得不道佳,而嫌襄阳趁现成、落便宜,不愿以美归之"。⑥ 参透这一层意思之后,我们再读《诗式》中的有关文字便不仅觉得趣味盎然,同时也感到意义豁然了。总之,无论是探求作者的创作意图还是著述心理,所反映的都是钱锺书对于作者本意的高度重视。通过推敲字句、揣摩作者意图以求取作者本意,实际上成了钱氏涵泳的一个重要环节。正如在辨析刘攽(贡父)是否认同王安石对其诗句的修改这一公案时钱锺书紧紧围绕"贡父之意"讨论问题所展示的那样⑦,在钱锺书诗学中,作者不仅没有受到像部分西方学者——尤其是解构主义者那样的刻意抵制,反而得到了正面的肯定。可以说,正是在这一点上,钱锺书诗学完美地继承了中国传统诗学强调主体参与的"涵泳"观。

---

① 《谈艺录》,第 696—697 页。
② 钱锺书:《诗可以怨》,见《七缀集》,第 123—125 页。
③ 《谈艺录》,第 627 页。
④ 同上书,第 651—652 页。
⑤ 同上书,第 617 页。
⑥ 同上书,第 711 页。
⑦ 《谈艺录》,第 598—599 页。

当然,主张通过涵泳把握作者意图并不意味着将其凌驾于文本之上。事实上,钱著中反复强调的正是文本意义对于作者意图的超越。也就是说,钱锺书诗学中人文精神的发扬是建立在尊重文本的基础之上的。一方面,作者意图本身就是复杂多变,甚至自相矛盾的,即便通过反复涵泳,人们也只能与之切近而不可能实现完全的把握,更何况"作者之宗旨非即作品之成效"①,因此也不能将其作为研究的全部依据。例如,司马迁在《史记》一书之中,一边在《袁盎、晁错列传》中感叹:"语曰:'变古乱常,不死则亡',岂错等谓耶",与淳于越谏言秦始皇时所说的"事不师古而能长久者,非所闻也"如出一辙,都是在反对实施变法;一边却又在《六国年表》《功臣侯者年表》中发表了类似当年李斯驳斥淳于越时的言论,即力主"变古"。② 这样的自相矛盾充分证明了所谓"作者本意"的不确定性。或许正因为如此,瓦莱里(Paul Valéry)说出了"诗中章句并无正解真旨,作者本人亦无权定夺"的话。不过,对钱锺书来说,瓦莱里这个说法的后半句或许极有道理,而前半句则大可商榷。由此便引申出了钱氏对于作者意图的另一个观点,即:就本文的理解而言,文本自身比作者意图更可靠。在谈到对"诗无达诂""诗无通诂"的理解时,钱锺书曾经这样写道:"诗之'义'不显露(inexplicit),故非到眼即晓、出指能扻;顾诗之义亦不游移(not indeterminate),故非随人异解、逐事更端。诗'故'非一见便能豁露畅'通',必索乎隐;复非各说均可迁就变'通',必主于一。既通(disclosure)正解,余解杜绝(closure)。"③也就是说,虽然文学作品的意义是丰富多样的,但既然已经固定为文本,其本身的意义也就有了相对的稳定性,并不容易出现"随人异解"的情况——这可以说是钱氏涵泳力主"文本意义第一"的理论根基。从这一基点出发,钱锺书不仅认为每一个作品都为自己提供了一个较为稳定的意义场,并不必然仰仗作者的阐释说明,就连整个文学史也可以作如是观:

> 本书叙述,不详身世(milieu);……[引者略]窃谓当因文以知世,不宜因世以求文;因世以求文,鲜有不强别因果者矣!……[引者略]且文学演变,自有脉络可寻,正不必旁征远引,为枝节支离之解说也。④

"当因文以知世,不宜因世以求文"这一观点几乎将作品抬高到了一个绝对的地位,表现出鲜明的文本中心的主张。钱锺书此处的观点是否偏激可以

---

① 钱锺书论昭明太子《陶渊明集序》语。参阅《管锥编》,第1923页。
② 参阅《管锥编》,第428页。
③ 《谈艺录》,第722—723页。
④ 钱锺书:《中国文学小史序论》,见《人生边上》,第99页。

再作商榷,但其对文本的极度重视却也一目了然。总的来说,对钱锺书而言,作者意图的探讨是有必要,也有作用的,但它最终仍然应该为文本意义的抉发服务。

再次,就涵泳的具体实施而言,钱锺书尤其推重研究者的个人体悟能力。无论揣摩作者意图还是辨析文本意义,最终都需要由研究者本人付诸实施。在钱锺书看来,涵泳目标的实现除了学理的明朗、逻辑的严密之外,最为依侍的即是研究者本人的"悟性"。这不仅是由文本意义的复杂性决定的,就中国文学而言,它甚至也是由文体的多样性决定的——"吾国文学,体制繁多,界律精严,分茅设蕝,各自为政。《书》云:'词尚体要'。得体与失体之辨,甚深微妙,间不容发,有待默悟。"① 当然,钱氏所谓"悟"并非禅宗那些充满神秘色彩的方法,而是具有可靠的实践模式。借朱熹的话来说,即"逐节思索,自然有觉"。钱锺书认为,此"觉"即为柏拉图所谓"熟思而后悟"之"悟"。② 简单地说,"悟"是能够通过对文本的精熟与反复思索实现的。李治在批评《三都赋》时紧扣左思作品的本文细读辨析,认为其既有重复《甘泉赋》等前人作品之嫌,文本中又存在自相矛盾之处,钱锺书称赞李氏"最能体会"③,也就是称许其能够深入领悟本文。而钱氏本人在分析陶潜《归去来分辞》中以亲身经历的笔调写"未归前之想象"这一特征时,首先通过细读具体的文段辨析陶氏之"意",指出其与《诗经·东山》中的手法相类;继而引陶渊明《自祭文》中"设想己身故后情状"的描写作为辅证,说明陶渊明经常使用这一手法;最后引申出诗文中"尔""我"等代词并不一定意味着真实对话场景的记录④,可以说为如何进行涵泳体悟做出了明确示范。

以上三方面即为钱锺书"涵泳"的主要特点,也可以说是钱锺书的"涵泳论"。整体上来看,"涵泳"在钱锺书诗学中具有鲜明的方法论特征⑤,它是在连类的基础上进一步探求文意、解疑辨惑的重要方式之一。就其与传统诗学及西方诗学中"涵泳"范畴的关系而言,它在主要特征上与之基本相似,只是在前者的基础上将作为涵泳对象的"本文"做了范围上的推扩,又纠正了后者

---

① 《人生边上》,第 94 页。
② 《谈艺录》,第 698—699 页。
③ 《管锥编》,第 1822—1823 页。
④ 同上书,第 1929—1932 页。
⑤ 陈颖将"涵泳本文"与"通观圆览"一并视为钱锺书的"鉴赏模式",实际上是忽视了"涵泳"自宋以来即具有的意义提取功能。如王宇根指出的,"涵泳"更多的是一种"阅读与诠释方式",而非纯粹的审美活动。分别参阅陈颖:《"对话"语境中的钱钟书文学批评理论》,辽宁大学博士论文,2009 年,第 138—141 页;王宇根:《中国语境中的诠释循环》,《文艺理论研究》1994 年第 1 期,第 36 页。

在作者意图与文本意义关系认识上的偏颇,可以说是钱锺书对现代诗学方法的一大贡献。不过,钱氏"涵泳"本身也存在某些偏激之处。1933 年,钱锺书曾经写下过这样一段话:

> 鄙见则以为佳作者,能呼起(stimulate)读者之嗜欲情感而复能满足之者也,能摇荡读者之精神魂魄,而复能抚之使静,安之使定者也。盖一书之中,呼应起讫,自为一周(a complete circuit),读者不必于书外别求宣泄嗜欲情感之具焉。①

由于这个观点在钱锺书后来的著作中几乎没有发生较大的调整,因此可以将其视为钱氏"涵泳"的认识论根据。但这段文字中关于文学作品价值的认识实际上是存在一定问题的。"能摇荡读者之精神魂魄,而复能抚之使静,安之使定"的作品称得上好作品,但"摇荡读者之精神魂魄"之后并未在"一书之中"安抚读者情绪的作品却不能说就是坏作品,否则我们就必须重新认识和评价歌德《少年维特之烦恼》为代表的这一类名著了。文学史上既有大量符合钱锺书标准的好作品,同样也有众多含不尽之余响于文外,需要读者借助其他文本或通过其他方式来参透、理解、欣赏的佳作。以一个带有强烈价值判断的认识论作为"涵泳"的根基,难免使钱氏诗学中的这一范畴带上了几分偏颇的可能——这是在讨论、借鉴钱锺书"涵泳"方法时需要特别注意的。

如果说"批判性理解"在钱锺书诗学方法体系中更多地表现为一种模式架构或曰范式设计的话,那么连类和涵泳便是这一模式的具体体现,具有鲜明的实践性。前者通过组织丰富的文本实现了钱锺书"扫叶都尽"的资料收集目标,不仅为诗学研究的开展提供了充分的论据,更为重要的是通过各类文本的视角转换为钱氏诗学建构了一个多元视域,最大程度地保障了"批判性理解"的客观性与科学性;后者则在坚持文本核心地位的基础上同时提倡主体精神的发挥,既重视对文本意图的探讨,也强调研究者本人的体验和领悟,为"批判性理解"增添了一丝人文主义情怀。值得注意的是,无论"连类"还是"涵泳"都还存在一定程度上的缺陷甚至是某种理论危险,然而在通读钱著时我们却并没有发现其可能导致的那些问题。是什么样的因素有效地规避,甚至基本消除了"钱学"中连类与涵泳的潜在弊端?这正是本书接下来将要继续讨论的问题。

---

① 钱锺书:《中国文学小史序论》,见《人生边上》,第 107 页。

第四章 "思转自圆"的论述逻辑：
步步为营与同异互现

钱著究竟有无逻辑性，或者说，钱锺书是否重视逻辑性？对这个问题的追问使"钱学"研究者分成了旗帜鲜明的两派。持肯定意见的一方认为，钱锺书实际上"对我国的古典文学研究向来只注重于名物、典故的注释和考证之类，而不重视学习理论，不从理论上进行分析的现象深致不满"，因此，钱氏并非不重视"逻辑"，也"并非在任何意义上轻忽理论"，而是反对"那种架空臆说的理论"，反对为逻辑而逻辑。① 有学者结合清代朴学进一步将钱锺书的"逻辑起点"界定为"理在事中"，即"通过具体实在的经验来把握事物，以代替纯从思想本身去寻求真理"。② 而在研究钱氏散文的学者那里，《写在人生边上》甚至被界定为具有"极强的逻辑性"的"学者散文"，其特征在于"靠分析、判断、推理、论证来达到服人、启人的目的"，因而"很像论文"。③ 持否定意见的一方则往往以钱氏本人于《读〈拉奥孔〉》一文中曾称引格利尔巴泽的"逻辑不配裁判文艺"④一语为据，认为逻辑性并非钱锺书关注的重点。如果说，所谓钱锺书在《管锥编》中的"探究与抉发没有采取以往西方主流哲学家们惯用的演绎逻辑、构造体系的传统方式"的论述还是就钱著研究方式的客观评述的话⑤，那么，"他的全部学术工作，在理论思想的表现形态上，既未呈现出一个逻辑演绎的过程，又未表现为章节相扣的体系"⑥，"细读法……对作品仅

---

① 敏泽：《论钱学的基本精神和历史贡献——纪念钱锺书先生》，《文学评论》1999年第3期，第50—51页。
② 罗韬：《钱锺书与朴学》，《学术研究》1990年第6期，第105—106页。
③ 袁良骏：《战时学者散文三大家：梁实秋、钱锺书、王了一》，《北京社会科学》1998年第1期，第30页。
④ 《七缀集》，第45页。
⑤ 李洪岩：《智者的心路历程——钱锺书的生平与学术》，石家庄：河北教育出版社，1995年，第461页。
⑥ 胡范铸：《现象：观察活动与观念体系的根本起点——钱锺书学术思想与艺术思想研究之一》，《复旦学报(社会科学版)》1990年第5期，第101页。虽然胡氏在同文中也曾指出钱锺书"对'支离'现象的亲切把握，既是宏观'易简'确切认识的工作起点，又是其逻辑基础"，并未完全否认钱锺书的逻辑性；但在其后出版的专著中谈到钱锺书学术研究中的"重构"特点时，所强调的仍然是其"'现象重构'，而非逻辑重构的过程"。参阅胡范铸：《钱锺书学术思想研究》，上海：华东师范大学出版社，1993年，第47—48页。

作纯语义学和结构主义的批评,它的表现形态是体系性的、逻辑性的。钱锺书的微观批评则正好与之相反,它的表现形态基本上是中国传统的评点式"①,以及"钱锺书的许多识地见解,并非是经过缜密谨严的逻辑思辨而来,却是通过带有强烈的个人天赋色彩的东方式的直觉感悟而得出的"等诸种论述②,则显然对钱著的"逻辑性"并不十分认同。然而,正如有学者所指出的,对于钱锺书赞同"逻辑不配裁判文艺"一事不应呆板地理解,而应将其视为"对逻辑方法在文学或文艺研究中的适用性以及局限性的反思"。事实上,钱锺书不仅对逻辑方法的适用性有所反思,也"借助逻辑方法对某些文学作品进行了独到阐发"。③ 在笔者看来,虽然信手拈来的"现象"理董与挥洒自如的"直觉感悟"式评点在钱著中触目皆是,但这些似乎更宜被视作钱氏诗学的表面特征。在钱著析理论世的形态背后,实际隐藏着一个独特的、严密的论述逻辑系统。以钱锺书对陆游诗歌中"重复"问题的论述为例:表面看来,钱氏所做的无非是连类举例以展示陆游诗句中的自相矛盾之处,实则暗含着一个"列现象('心思句法'重复)—析本质(借此'安插佳联')—列现象('议论'重复)—析本质(模仿前人)"的逻辑运行过程。④ 虽然不能武断地说,钱锺书在其著作的每一个部分都完整展示了这一逻辑性,但就钱著整体而言,这一论述逻辑的存在也是无可否认的事实。借用《文心雕龙》中的说法,似乎可以将钱氏论述逻辑的特征概括为"思转自圆"。也就是说,钱著的逻辑性不仅表现在逻辑方法的使用上,更体现于其构思行文中的严丝合缝及其论述方式的周圆妥帖之中。就其具体表现而言,则一为论证、推衍过程中的层层递进、步步为营;二为论述视点上的交叉换位、同异互现。两者一纵一横,共同构建了钱锺书诗学的逻辑网络。

第一节 "圆"与钱锺书诗学

在前文就"阐释循环说"进行分析时,我们已经提到了"循环"与"圆"的联

---

① 甘建民:《细读法和钱钟书的微观批评》,《铁道师院学报(社会科学版)》1990年第4期,第29页。引文有省略,着重号亦为笔者所加。
② 胡河清:《钱钟书与清学》,《晋阳学刊》1991年第2期,第98页。
③ 龚刚:《变迁的张力:钱钟书与文学研究的现代转型》,《中国比较文学》2004年第3期,第117—118页。
④ 钱锺书在《谈艺录》第35则的前半则的论述思路整体上表现为从批评陆游诗的重复词意现象("古来大家,心思句法,复出更见,无如渠之多者"—"几乎自作应声之虫"—"正以非如此不能随意安插佳联耳")到批评陆游诗的重复议论现象("诗中议论,亦复如是"—"雅近宗杲、象山辈议论矣"—"尊之适所以困之")两大部分。每一部分又都遵循"现象—本质"的论述顺序。参阅《谈艺录》,第321—325页。

系和区别。虽然"循环"同样体现了对于"圆融""周匝"的推重与追求,但其本身所隐含的"重复"之意却是钱锺书极为反对的。因此,将钱锺书对"圆"的重视理解为其对"阐释循环"的热心倡导,显然是一种"误读"。正如我们论证过的,钱氏之所以对"阐释循环"产生兴趣,主要还是因为这一西方诗学方法与王安石"考辞之始终"说的某种呼应所致,而对钱氏而言,王氏的"考辞之始终"恰恰具有"圆"的诗学特征。的确,"'圆'的诗学"不仅为钱锺书诗学方法论提供了认识论基础,同时也是其方法论中独特的论述逻辑基础。所谓"'圆'的诗学",指的是钱锺书在关于人文领域中"圆"的思考和论述的基础上所确立的一整套诗学主张。这一诗学主张既吸收了自黑格尔演绎而来的辩证法,又在一定程度上实现了对其的超越,并与20世纪以来科学哲学领域的复杂性思想形成了某种深层次的呼应。

一、钱锺书论"圆"

钱著中关于"圆"的论述非常丰富。钱锺书于诗学论述的过程中常常或直接对"圆"进行阐述、或间接引述他人的观点,使得"钱学"中的"'圆'论"俯拾即是,颇给人以眼花缭乱之感。实际上,纵览钱著中的诸种"'圆'论"即可发现,钱锺书关于"圆"的思考与论述并非"片段"随想,而是有枝有干、脉络清晰的系统反思,这一点在《谈艺录》第31则的论述中表现得最为明显。

《谈艺录》中这一则文字既是与"圆"有关的专论,也可以说是钱锺书关于"圆"的总论。它一方面直接体现了钱氏"圆"论的主要特点,也基本概括了其与"圆"有关的各种认识。就其论述特点而言,钱锺书大量援引、连类中外哲学家、文学家关于"圆"的种种论述和描绘,再加上后来的反复增订,不仅使其具有了令人咋舌的丰富例证,同时也为这一论题的探讨建构了多元、灵活的考察视域。通过对其间多种视角的梳理、归纳可以发现,钱锺书在这则文字中实际上提出了三个有关"圆"的观点:其一,"圆"是最为"浑简完备"的形体——或许正是"圆"的这一特点引起了中外哲人、文人对其的普遍关注与长久的思考兴趣。其二,从哲人到佛徒,"圆之时义大矣",正可以"推之谈艺"。一方面,以蒂克(Tieck)之论为代表,圆象征着一种宏富的学术气象和完美的艺术成就——"真学问、大艺术皆可以圆形(Kreis)象之,无起无讫,如蛇自囓其尾";另一方面,以李浮侬(Vernon Lee)《属词运字论·结构篇》所论为代表,则圆又象征着文章"谋篇布局之佳者"——"其情事线索,皆作圆形"。其三,通过何绍基(子贞)《与汪菊士论诗》中以及曾国藩(涤生)、李廷机等的有关论述,结合刘勰《文心雕龙》中"思转自圆""骨妥未圆"等说法正式对"圆"做出界定:"乃知'圆'者,词意周妥、完善无缺之谓,非仅音节调顺、字句光致而已。"①也就是说,"圆"不仅意味着文章音韵和谐流畅、字句精致宛转,更强调意义的周到完备。从钱锺书的上述三个观点来看,其关于"圆"的论述是紧扣文艺作品的形貌、语言、风格、结构、意义与艺术水准等方面展开的,几乎涉及文艺研究的各个层面。在钱氏整个诗学著作中,其有关"圆"的讨论也基本上在这一范围内展开。

首先,语言层面的"圆"既意味着创作中语意表述的滴水不漏,也昭示着研究过程中思考、论证的全面而无缺憾。在古代关于"将在军,君令有所不受"的种种记载中,《史记·魏公子列传》中侯生所说的"将在外,王令有所不受,以便国家"不仅涉及了这一主题,还同时交代了为什么要这么做的原因,因此被钱锺书赞为"语尤圆足"②;而《关尹子》中描述擅长弹琴的人"非手非竹,非丝非桐;得之心,符之手;得之手,符之物",不仅善于刻画,同时指出了艺术家与外物之间的双向交流,所以也称得上"圆简"③。唐代禅僧圭峰也因为能够对"悟"进行细腻体味,并将其精妙地区分为"'因悟而修'之'解悟'"和"'因修而悟'之'证悟'"两大类而被钱锺书称为"禅人论悟最周匝圆融者"。④

其次,"圆"也体现在作品的"文法"——亦即结构——之中。根据《左传正义·昭公五年》中的记载,楚王想要出兵攻晋,蓬启强说过这样一段话:"可!苟有其备,何故不可?……未有其备,使群臣往遗之禽,以逞君心,何不可之有?"在钱锺书看来,这段话一开始是说只要有准备就可以进攻,中间部分大量陈述理由,而结尾部分表面看来似乎是以反问句"何不可之有"的形式传达一种肯定之意,实际上却是说没有准备的话绝不能轻举妄动,这样"起结呼应衔接"的安排,正"如圆之周而复始"。同样的结构也出现在《中庸》的"道之不行也,我知之矣"这一节,其起、结均言"道"之"不行",形成了首尾呼应的结构,再加上"以断定语气始,以疑叹语气终,而若仍希冀于万一者,两端同而不同",因而显得"弥饶姿致"。钱氏随后列举的浪漫主义时期弗里德里希·施莱格尔(F. Schlegel)在《文学笔记》(*Literary Notebooks*)中所说的"诗歌结构必作圆势""其形如环,自身回转",以及李浮侬《字词运用》(*The Handling of Words*)中关于小说、诗歌之"善于谋篇"者"线索皆近圆形"的说法、吉沙尔(L. Guichard)所谓的"蟠蛇章法"等⑤,无一不是在强调文章各个部分均处于有机联系之中,从而形成结构上浑圆一体的特征。

---

① 《谈艺录》,第 277—290 页。
② 《管锥编》,第 493 页。
③ 同上书,第 774 页。
④ 《谈艺录》,第 236 页。
⑤ 《管锥编》,第 378—380 页。

再次,"圆"也是修辞层面的理想境界。《史记》中有"收天下兵,聚之咸阳,销以为钟鐻、金人十二"一句,陈孚因此写下了"谁知十二金人外,犹有民间铁未销"的诗句。关于"兵"的具体所指以及古代兵器是否用铁铸造的问题历来注家纷纭。杭世骏、赵翼等人均考证谓古人制造兵器用的是铜而不是铁,杭氏据此而认为陈孚诗歌"殊谬"。钱锺书认为,《史记》中只是说了一句"收兵",那么就可能存在以下三种情况:1.如果古代兵器的确只用铜铸造,那么秦始皇自然就没有"收"去民间的"铁";2.如果铸造兵器同时使用铜和铁,民间也极可能还遗漏有铁;3.如果秦始皇所"收"的只是铸造成兵器的铜和铁,那么民间同样遗留有未铸造成兵器的铜与铁——不然张良如何能够以铁铸"椎"袭击秦始皇呢?可见,无论是哪一种情况,陈孚之诗都是能够自圆其说的。钱氏认为此点恰恰体现了陈孚的"修词圆妥",即写诗的时候能够做到与《史记》的原文"不犯不粘"。从下文钱锺书对清代凌扬藻《博浪椎》中类似的句子"奋击轰天副车折,噫嘻尚有人间铁"的评论——"亦无语病"——来看①,钱氏这里所谓"修词"不仅指写作技巧而言,同时也包括作品需经得起推敲的"艺理"在内。不过,在修辞层面的探讨中,钱氏谈论最多的还是有关圆的比喻。这时候,圆就或者成为修辞机趣之源,或者成为立身处世的智慧象征。前者如对亚当·斯密以"圆转如轮"喻"钱之流通"的称引,以及对法国谚语"钱形圆所以转动也,而钱形又匾所以累积也"一句"兼明'流行'与'束聚'之相反相成"的机趣的分析等②;后者则可以其就诗文中某些以圆比喻人"立身行己"特征的例子所发表的意见为代表,如钱氏特别拈出柳宗元"恶丸之圆而取轮之圆"这一例,强调了其"拟象"之中"智圆行方"的"圆活"理趣③。

为什么"圆"会如此频繁地萦绕于古今中外文人墨客、智者哲人的心头脑海?钱氏早期的《说"回家"》一文似乎就这个问题做出了回答。早年的钱锺书已经注意到,中国古代的思想家在思有所得时常常喜欢以"回家"为喻,如"归根复本""自家田地""穷子认家门"等。相对的,思想还未达到通彻的地步时,则往往喻以"客尘""客慧"。在连类西方神秘主义以及新柏拉图派泼洛克勒斯(Proclus)有关真理探讨三阶段的比喻——家居、外出、回家——之后,钱锺书引述了黑格尔关于人的思想过程是圆形、首尾回环的论点。④ 可见,这里所讨论的"圆"其实已经超越了纯粹比喻的范围,而成为一种人类普遍的心理和思维现象了。

---

① 《管锥编》,第423页。
② 同上书,第611页。
③ 参阅《管锥编》,第1472页。
④ 钱锺书:《说"回家"》,见《人生边上》,第82—83页。

综上所述，钱锺书对于"圆"的思考与论述实际上散而不乱，它们是紧紧围绕语言、结构、修辞三大层面展开的，并以语言之"圆妥"、结构之"浑圆"与修辞之"圆活"共同指向一种"圆通"的艺术境界。"圆通"虽然与作者的心理与思维密切相关，同时也强调一种灵活性，却并不包含任何不严肃的态度，更非圆滑与轻浮。在进一步探讨钱锺书诗学之"圆"的过程中，我们必须时时牢记其下述立论基点："夫诗至于圆，如学道证圆通，非轻滑也。"①

二、"圆"的诗学

在全面、系统思考的基础上，钱锺书将"圆论"融入自己的诗学体系，从而形成了钱著中独特的"圆的诗学"。

所谓"圆的诗学"，是指钱锺书从"圆"在古今中外文艺作品中语言、结构、修辞层面的形态与作用的理解出发，进一步寻绎诗学之"圆"的理论基础，深入探索其具体的操作模式及诗学价值而形成的一种批评理论。因为这一理论始终寄身于具体的诗学实践，因而具有鲜明的方法论色彩。从钱著的情况来看，"圆的诗学"是与逻辑学的思考紧密联系在一起的。例如，在讨论《楚辞》诗句中种种自相矛盾、"岨峿不安"的现象时，钱锺书一方面赞扬了《西游记》作者对会翻"筋斗云"的孙悟空为何不能背着唐僧飞去西天取经的"自圆之补笔"，另一方面又指出，王逸对《九歌·东君》中"灵之来兮蔽日，青云衣兮白霓裳"一句的注释实际上也是因为发现了《楚辞》"原语欠圆"而"代为斡旋"之举，随后就艺术逻辑与生活逻辑的关系问题发表了以下一段议论："拟之三段论法，情节之离奇荒诞，比于大前提；然离奇荒诞之情节亦须贯串谐合，诞而成理，奇而有法。如既具此大前提，则小前提与结论必本之因之，循规矩以作推演。"②显然，钱锺书认为无论是艺术构思的完备还是语言表述上的圆妥，都取决于其是否遵循必要的逻辑。如果作品偏离了应该遵循的基本逻辑，就会导致各方面"欠圆"的结果。"圆"的追求与逻辑性的强调紧密结合在一起，既形成了钱锺书独特的诗学之"圆"，也造就了其"思转自圆"的诗学逻辑。

就其理论基础而言，"圆的诗学"以钱锺书一贯坚持的文本中心论为依托。在早期的《中国文学小史序论》一文中，钱锺书曾提出过一个"佳作"判断标准：

> 鄙见则以为佳作者，能呼起（stimulate）读者之嗜欲情感而复能满足

---

① 《谈艺录》，第291页。
② 参阅《管锥编》，第903—905页。

之者也,能摇荡读者之精神魂魄,而复能抚之使静,安之使定者也。盖一书之中,呼应起讫,自为一周(a complete circuit),读者不必于书外别求宣泄嗜欲情感之具焉。①

正如在讨论"涵泳"时已经提到过的,此处的论述略显武断,可以说是青年钱锺书略带偏激的锐气之锋芒毕露。不过,虽然后来的钱锺书立论更活、思致愈密、表述更精,但从钱氏以后的著述,尤其是其对"涵泳"方法的始终坚持来看,在这个问题上其基本观点似乎并无大的改变,即优秀的作品理应为读者提供某种"自给自足"的"圆足"感——这自然叫人想起了前文分析过的钱氏"文本中心论"。好的作品就其文本本身而言便是完美的——这一以文本为中心的主张正是"圆的诗学"的认识论基础。

当然,在钱锺书关于"圆的诗学"的思考中,最为重要的还是这一理论的实践问题。具体而言,"圆的诗学"在实践过程中主要表现为两大运作模式,即在论述逻辑上呈线性结构的步步为营与呈网状结构的同异互现。

所谓"步步为营",指的是在研究过程中,研究者根据事物发展的规律与人类本身的思维和认识规律对问题进行逐层解析,在每一个阶段性认识的基础上推衍出另一个新的认识的论述逻辑模式。在"圆的诗学"中,这一逻辑模式常常表现出层层递进、环环相扣、首尾呼应的单向、环状线性结构特征。如果用符号表示,即:A→B→C→D→……→A。以钱锺书对仅凭"单文孤证"来论定《诗品》中陶渊明"品第"的"笺注者"的批评为例。钱氏的具体批评可以依次梳理如下:1. 指出为钟嵘辩护的"笺注者"所据《太平御览》中记载仅为"单文孤证",且版本可疑。2. 涵泳本文,以钟嵘《诗品》中的原话为据,再次证明《诗品》"笺注者"所据《太平御览》的可疑,同时批判其"回护"之心。3. 分析钟嵘在确认诗歌品第时的特点("某源出于某"的界定与品第之间的联系),据此证明陶渊明在《诗品》中不可能进入上品,因为:(1)《诗品》中"某源出于某"只发生在同一品第之间或某一品第与其上一级品第之间;(2)古人习惯上以前人文字为尊,就其"信而好古"的思维规律推断,人们不可能接受所谓的后来者居上、搅乱品第的情况的发生。4. 指出钟嵘对陶渊明诗歌的"文体省净,殆无长语"等评语绝非"上品考语"。5. 总结:在评价古代诗人诗作时应做到知人论世,穷尽其著作,而不应该仅靠校勘"异文",更不能连"异文"的校勘都不详备。② 整个论述过程从批评依据单文孤证简单"考异"的做法出发,在展开一环套一环的深入辨析后再次重申开篇所提出的论点,显示了"步步为营"

---

① 钱锺书:《中国文学小史序论》,见《人生边上》,第107页。
② 参阅《谈艺录》,第221—223页。

第四章 "思转自圆"的论述逻辑:步步为营与同异互现

论述模式强大的逻辑力量与论辩气势。

所谓"同异互现",是指研究者在"步步为营"模式的基础上,于讨论中的某一具体环节进行纵向生发,充分发挥辩证思维能力,对相关问题进行"同""异"之间的反复考察与论析,从而使整个思维图示呈立体网状特征的论述逻辑模式。如果以符号加以概括,可以标记为:$A \rightarrow B(B_1 \leftrightarrow -B_1, B_2 \leftrightarrow -B_2, \cdots) \rightarrow C(C_1 \leftrightarrow -C_1, C_2 \leftrightarrow -C_2, \cdots) \rightarrow D(D_1 \leftrightarrow -D_1, D_2 \leftrightarrow -D_2, \cdots) \rightarrow \cdots \rightarrow A$。例如,在《诗经·正月》的分析中,钱锺书曾谈及一种人类共同心理经验,即:人对于空间广狭的感觉常因"心情际遇"的不同而发生变化。在接下来的分析中,钱氏一方面通过《正月》中的诗句和李白"大道如青天,我独不得出"、元好问"高天厚地一诗囚"等论述了因个人情绪的低落而觉得天地狭窄的"天地大而不能容己"现象;同时又通过孟郊等诗人的"我马亦四蹄,出门似无地"和"春风得意马蹄疾,一日看尽长安花"等指出了因个人情绪高涨而感觉天地狭窄的"天地小而不足容己"的相反情况①,鲜明体现了"同异互现"这一论述模式详备、周圆的特征。

无论是步步为营还是同异互现,强调的都是论述过程中的深思熟虑、有条不紊——亦即论述的逻辑性,这已经在某种程度上展示了"圆的诗学"的实践功能。具体而言,在钱锺书看来,"圆"的思维与逻辑性相结合的最大价值即在于避免诗学论述的片面化。曹丕在《典论·论文》中谓孔融"夫人善于自见,……又患闇于自见,谓己为贤",表面看来似有矛盾,钱锺书却认为这一说法"语若刺背,理实圆成"。原因在于,曹丕认识到一个人的"善于自见"往往源于其缺乏自知,因此,"善自见"的人津津乐道于自己之"所长"与不自知而夸耀自己贤能这两种情况"事不矛盾",只不过是"从言之异路耳"。随后,钱氏征引了《荀子·天论》中的"万物为道一偏,一物为万物一偏"、西方的俗语"长处之短处"和《圆觉经》中的"理障""事障"二障说,再次指出,善于展示自己的长处因而隐瞒自己的短处,就像"悟"与"障"、"见"与"蔽"一样,"相反相成"。总的来说,"《荀》曰'周道',《经》曰'圆觉',与《典论》之标'备善',比物此志,皆以戒拘守一隅、一偏、一边、一体之弊",就像歌德所标举的"能入,能遍,能透"所暗示的那样,以"周到""圆觉""备善"为特征的"圆的诗学"的最突出功能即是"免乎见之为蔽",使研究者远离片面化研究的泥潭。② 同样的,《文心雕龙》中所反复倡言的"通圆""圆该""圆照"也是"无障无偏之谓",同样可以为研究者避免"偏美"、实现"兼善"提供保障。③

---

① 《管锥编》,第 236—238 页。
② 同上书,第 1666—1667 页。
③ 同上书,第 1669 页。

对逻辑性与"圆"的双重追求使钱锺书的诗学论述表现出鲜明的"思转自圆"的特点，故而我们名之曰"圆的诗学"。这一诗学倾向依托于文本，通过"步步为营"和"同异互现"两大逻辑模式隐现于"钱学"之中，为钱锺书诗学的"通观圆览"提供了可靠保障。

三、"圆"与"复杂性"思想

"圆的诗学"强调论述的圆妥，尤其抵制研究中的片面化做法，实际上表现了钱锺书对诗学研究中多种可能性的高度重视。片面化的最大特点正是只知其一不知其二，或只及一点不及其余，以致粗心，甚至武断地忽略了其他的可能性。正如"连类"不仅为钱锺书诗学提供了丰富的论据和坚实的研究基础，也体现了钱氏对多元视域的自觉、积极的追求一样，"圆的诗学"不仅勾画了钱锺书"思转自圆"的逻辑性，更反映了钱氏对于诗学问题多样性、复杂性的清醒认识。而正是在这个基础上，钱锺书"圆的诗学"与埃德加·莫兰（Edgar Morin）为代表的西方"复杂性思想"便具备了对话的可能性。

（一）莫逆冥契："圆的诗学"与"复杂性思想"的相通

莫兰的"复杂性"概念正式提出于 1973 年出版的《迷失的范式：人性研究》一书之中，是在批评经典科学的"封闭的范式"的基础上提出来的新思想。[①] 不过，正如钱锺书并未对其"圆的诗学"下一个直接、完整的定义一样，莫兰虽然"在他的各种类型的著作中阐述了复杂性问题"，而且"还从不同角度出发提出了不同的'复杂性'的概念，列举了许多复杂性的要素"[②]，但他同样并未给出一个综合的、直截了当的"复杂性"定义。或许这是由于莫兰将复杂性看作"一个提出问题的词语，而不是给出解决办法的词语"所致。[③] 在很长的时间里，莫兰一直只是从各个角度提出有关"复杂性"的思考，后来才总算就其做了一个正面的区分和描述：

> 狭义的复杂性概念进行对"复杂系统"的研究，致力于找到对这种系统的数学表述，甚至是决定这些现象的超越还原论的和跨学科的规律。但它不要求认识论的改革。而广义复杂性概念的内涵更加广泛，它包含前者，认为"复杂性的挑战"要求我们的认识方式的改革和复杂化，这引

---

① 参阅埃德加·莫兰：《迷失的范式：人性研究》，陈一壮译，北京：北京大学出版社，1999 年，第一章。
② 陈一壮：《埃德加·莫兰复杂性思想述评》，长沙：中南大学出版社，2007 年，第 209 页。
③ 埃德加·莫兰：《复杂性思想导论》，陈一壮译，上海：华东师范大学出版社，2008 年，"前言"第 2 页。

起了思维方式的变革。它致力于提出和发展的认识手段要求能够把研究对象联接于其背景、其环境,能够把整体与其每一个部分相联和设想整体与部分之间的相互作用,还能够包容和超越在经验—理性的认识深化的过程中所遭遇的逻辑矛盾。①

  这个界定不大能够令人满意。虽然内容上不能说不丰富,而且也指明了"复杂性"的"综合性"特征,但其具体阐述中依旧留下了概念厘定的空白。比如,何为"复杂系统"的问题在此便没有得到解释。相比之下,我们反而不如参考莫兰在《复杂性思想导论》中的相关论点。在这本提纲挈领性质的《导论》中,莫兰首先从"复杂性"的拉丁文"complexus"的释义——"交织在一起的东西"——出发,认为这一术语意味着"不可分离地连接着的异质构成因素"的"交织","提出了一和多的悖论";接着又指出"复杂性"是"种种事件、行为、相互作用、反馈作用、决定性、随机性的交织物",是我们生活于其中的"现象世界"的组成部分;最后指出了"复杂性"的诸种特点,即"混乱、错杂、无序、模糊、不确定性"等。② 综合莫兰上述三个方面的表述,"复杂性"似乎是指一种交织着事件、行为等各方面的异质构成因素,具有某种混乱芜杂、模糊、不确定却又源自生活世界的特殊属性。此外,莫兰著作的中译者陈一壮所解读的莫兰"复杂性思想"体系三大原则——"自组织的原则""多中心的原则""反思性的原则"③——也可以令我们进一步加深对这一莫兰认为"不是能用简单的方式来加以定义并取代简单性的东西"的术语的理解。④ 总的来说,"复杂性思想"意味着对经典科学造就的简单性思维的拒斥,它承认各种异质因素之间的同时共在,强调多种可能性的综合考察。有意思的是,钱锺书虽然没有直接提及莫兰的"复杂性"概念,却也间接提到了这位法国学者的相关思想。在对《太平广记》中以亲属称谓称呼动物及抽象物这一现象的讨论过程中,钱锺书便引述了莫兰在《社会学》(Sociologie)一书中关于国家仿佛雌雄同体,因而有"父国母亲"的"怪称"的说法,认为是对中国古代"父母国""父母

---

① 埃德加·莫兰:《论复杂性思维》,陈一壮译,《江南大学学报(人文社会科学版)》2006年第5期,第21页。
② 埃德加·莫兰:《复杂性思想导论》,陈一壮译,上海:华东师范大学出版社,2008年,第7—8页。
③ 陈一壮:《埃德加·莫兰复杂性思想述评》,长沙:中南大学出版社,2007年,第214—256页。陈氏后来在此基础上将三大原则扩充为"有序性和无序性相结合"等九大原则。参阅陈一壮:《复杂性思维方式和辩证逻辑》,《江南大学学报(人文社会科学版)》2011年第6期,第30—31页。
④ 埃德加·莫兰:《复杂性思想导论》,陈一壮译,上海:华东师范大学出版社,2008年,"前言"第2页。

之邦"等称谓的新解。① 抽象的国家概念竟至于同时拥有雌雄两性,这显然正是简单化思维所难以理解的"复杂性"了。如果我们进一步就两者的主客体观、经验前提、逻辑基础、方法特征等做一番比较,就可以发现"圆的诗学"与"复杂性思想"绝不仅仅停留在概念的"不确定"和钱著中的称引这类简单联系的层面上,而是有着思想上的诸多"莫逆冥契"之处。

首先,就其主、客体观而言,莫兰认为人类本身就是一个复杂性存在:"原人进化过程不能仅仅被设想为是生物进化过程,……而应当被想象为是遗传、环境、大脑、社会和文化的相互干预产生的复杂的多方面的形态发展过程。"②面对客体时,作为复杂性存在的人又如何能够像笛卡尔所期待的那样,干干净净地独立于客体之外呢?因此,莫兰猛烈批评笛卡尔方法论的主客分离,认为"削弱了科学认识和哲学思维之间的交流"。③ 莫兰的复杂性思想"以世界为前提,承认主体",尤其强调"如同在微观物理学中观察者干扰着对象、对象干扰着观察者的知觉一样,对象的和主体的概念同样地互相干扰,每一方都在另一方中打开一个缺口"。④ 也就是说,主体和客体是不可分割的。钱锺书虽未像莫兰那样从人类的起源开始追溯人的复杂性,却同样强调了人情世事捉摸不定的复杂性——或者说"圆"的特征:"人情向背无常,世事荣枯不定,故以圆转目之。"⑤一个看似简单的"从众"行为,其实有着"随风逐流之'吾从众'"与"集思广益之'吾从众'"的区别,可见"貌同心异,人事固非一端可尽矣"。⑥ 作为研究者的主体具有丰富而变化多端的情感,在面对客体时,便必然发生程度不一的"侵入"行为。所以,"本诸欲,信理之心始坚;依夫理,偿欲之心得放"。宋儒严格区分"血气""义理",虽然并非无据,却不了解情、理之间原本就是"互相利用,往复交关,环回轮转"的。即便高度"客观"的逻辑推论,无论其如何言之成理,仍然无法摆脱主体的影子,只因为"其大前提由情欲中来耳"。⑦

其次,就其经验前提而言,莫兰认为多元的复杂性现象中往往存在着一个"一方面包含着无序性和随机性,另一方面包含着错综性、层次颠倒和要素

---

① 参阅《管锥编》,第1367—1368页。
② 埃德加·莫兰:《迷失的范式:人性研究》,陈一壮译,北京:北京大学出版社,1999年,第43页。引文中有省略。
③ 埃德加·莫兰:《复杂性思想导论》,陈一壮译,上海:华东师范大学出版社,2008年,第5页。
④ 同上书,第41页。
⑤ 《管锥编》,第1478页。
⑥ 同上书,第765页。
⑦ 同上书,第1792页。

的激增"的"经验的核心"①——也就是有学者所说的"现实世界中的无序性、错综性等"②。在钱锺书眼里,现实世界同样展现出一幅"世事多方,更端莫尽,祸倚福伏,心异貌同"的复杂图景。③

再次,就逻辑基础而言,莫兰特别指出,逻辑同样是复杂性现象的核心之一,而这一"逻辑的核心""一方面包含着我们必然面对的矛盾,另一方面包含着逻辑学上内在的不可判定性"④,表现出如钱锺书一般的既重视逻辑性又对过度依赖与无端夸大其作用的做法的警惕与反感。在为其《方法》一书中译本所写的总序中,莫兰更是明言,从复杂方法中可以"归结"出"两个基本原则——两重性逻辑(dialogique)的原则和回归环路的原则"⑤,不仅突出了逻辑在其学说体系中的独特性和重要性,其所谓"回归环路"的原则也体现了如钱锺书"思转自圆"一般的对逻辑周圆性的追求。这一点恐怕仍与莫兰对人的复杂性的认识有关,因为"复杂的人"的多方面构成本身就"使它内含大脑－精神－文化的相互作用的圆环,理性－感情－欲望的相互作用的圆环,个人－社会－族类的相互作用的圆环"。⑥

最后,在方法特征上,莫兰表现出由早期的跨学科方法向后来更大的综合性方法的推进。复杂性思想产生于对当时科学研究方法的不满——这些方法的最大弊病便在于视角的单一。同时,莫兰还认为经典科学的简单化认识方法所遵循的"化简"和"割裂"两大原则危害无穷——前者常常对复杂的问题进行偷工减料的简单处理,例如,将复杂的人类学问题当作生物学问题处理,又将生物学问题当作更简单的物理和化学问题来对待;后者则根据对象的不同层次或不同方面的性质武断地将其截然划分开来,将探讨的视角局限于某一学科范围之内。⑦ 因此,莫兰积极主张打破学科之间的壁垒,以实现跨学科的综合研究。随着其复杂性思想的逐步成熟,莫兰又进一步提出了整合"统一性"与"多样性"、统一"有序性"与"无序性"以及在"对立面"之间实现统一等方法论原则,也就是倡导一种"多视角、多原理、多观点"的综合性认

---

① 埃德加·莫兰:《复杂思想:自觉的科学》,陈一壮译,北京:北京大学出版社,2001年,第148页。
② 陈一壮:《埃德加·莫兰复杂性思想述评》,长沙:中南大学出版社,2007年,第211页。
③ 《管锥编》,第842页。
④ 埃德加·莫兰:《复杂思想:自觉的科学》,陈一壮译,北京:北京大学出版社,2001年,第148页。
⑤ 埃德加·莫兰:《总序:东方和西方的交融》,见埃德加·莫兰:《迷失的范式:人性研究》,陈一壮译,北京:北京大学出版社,1999年,第1—2页。
⑥ 陈一壮:《埃德加·莫兰复杂性思想述评》,长沙:中南大学出版社,2007年,第100页。
⑦ 可参阅陈一壮:《译者序》,见埃德加·莫兰:《复杂性思想导论》,陈一壮译,上海:华东师范大学出版社,2008年,第3—5页。

识方法。① 与莫兰一样,对钱锺书来说,诗学方法中最为忌讳的也是视角的单一与思维的僵化,主体理应依据"活法"原则从事研究。以具体的语词解读为例,"字义同而不害词意异,字义异而复不害词意同",语言的意义是极为复杂多样的,绝对"不可以'一字一之'",而应当如王安石那样"观'辞'(text)必究其'终始'(context)"②,也就是综合考虑文本的整体语境。不仅词语的解读如此,对某些特定句式的理解也应遵循这一综合考察的方法。例如,古代汉语中虽然普遍存在"不……不……"这样的句式,但我们不能仅仅凭借一些特定例句就将其视为同一种句型。因为,"此类句法虽格有定式,而意难一准",既有可能是"因果句"——如《论语·述而》中的"不愤不启,不悱不发";也有可能是"两端句",如《礼记·礼器》中的"不丰不杀"或《庄子·应帝王》的"不将不迎"等。可见,仅仅根据某个句子来理解文意,常常不能实现透彻的把握,只有依据"上下文以至全篇、全书之指归"进行整体、全面的考察,才能接近甚至实现词句的"达诂"。③

这样,通过主体—客体观、经验前提、逻辑基础、方法特征等四个方面的简要比较,可以发现钱锺书"圆的诗学"与莫兰"复杂性思想"存在诸多呼应之处。东西方两位学人在面对共同的人类世界、思考共通的诗学问题时,产生了跨越时空的思想共鸣。

(二)和而不同:"圆的诗学"与"复杂性思想"的视点差异

钱锺书曾在中美双边比较文学讨论会上发言指出,不同研究者之间要达到意见的完全一致既困难也没有必要,讨论者大可以"和而不同"。④ 的确,当我们将生长于不同文化背景下的理论主张、诗学思想等"捉置一处"进行"参观"时,常常会发现"和而不同"不仅是研究者应当采取的立场,实际上也是对象本身向研究者提出的要求。根源于中学传统的钱锺书诗学与孕育于西方文化语境下的莫兰学说,虽然在诸多层面彼此呼应,但二者仍自有其"和而不同"的一面。这种"不同"最为鲜明的表现,即两位学人学术视点的差异。

"视点"(point of view, perspective)原本是小说理论家卢伯克(Percy Lubbock)1921年提出的一个概念,用来描述"叙述者相对于故事而言所处的位置关系"。在卢氏看来,视点在小说中非常重要,它几乎制约着小说技巧之

---

① 陈一壮:《译者序》,见埃德加·莫兰:《复杂性思想导论》,陈一壮译,上海:华东师范大学出版社,2008年,第3页。
② 参阅《管锥编》,第279页。
③ 同上书,第277—278页。
④ 《人生边上》,第198—199页。

中的"全部错综复杂的有关方法的问题"。① "视点"范畴的重大价值使其成为叙事学理论的核心概念之一,后来又溢出叙事学领域而在更为广阔的诗学天地中得到了多方面的应用与发展。值得注意的是,在钱锺书诗学与莫兰的思想体系中,"视点"同样得到了两位学者的重视。

在钱锺书看来,作为研究对象的文学作品常常是复杂的、多义的,可这种复杂性并非源自其本身的歧义,而恰恰是由研究者的不同视点——钱氏译为"观点"——所决定的:

> 窃常以为文者非一整个事物(self-contained entity)也,乃事物之一方面(aspect)。同一书也,史家则考其述作之真赝,哲人则辨其议论之是非,谈艺者则定其文章之美恶;犹夫同一人也,社会科学取之为题材焉,自然科学亦取之为题材焉,由此观点(perspective)之不同,非关事物之多歧。论文者亦以"义归翰藻"为观点而已矣,于题材之"载道"与"抒情"奚择焉?②

可见,在钱氏眼中,研究视点直接决定了研究者之所见,具有某种决定性作用。视点问题在莫兰那里同样得到了高度重视。且不说其有关"多视角""多原理""多观点"的方法论原则本身就依托于视点理论,即便在就逻辑关系的"因果性"展开分析时,莫兰也是从视点的考察出发,区分了三种不同的"因果性",即:"第一个视角:线性因果性""第二个视角:反馈的环形的因果性"和"第三个视角:循环的因果性"。③ 不过,也正是在两位学者共同关注的"视点"问题上,钱锺书与莫兰的理论分野正式出现了。

首先,就研究对象而言,钱锺书始终坚持立足于文艺领域思考问题。可以说,《谈艺录·序》中的开篇第一句"余雅喜谈艺",不仅为《谈艺录》,实际上也为整个"钱学"确立了研究的视点。在"钱著"中各类大大小小问题的讨论中,钱氏虽然不断突破学科的界限进行多方取证,但其核心论题却无一不是与文艺问题密切相关的。相比之下,莫兰学说的视点则总是处于不停的游移之中。从早期的注重人类学,到依次关注社会学、管理学、伦理学、教育学、电影文化等,莫兰的考察视角几乎遍及人文科学的各个领域,显示了其百科全书式的学术追求。

---

① Lubbock, Percy. *The Craft of Fiction*. London: Jonathan Cape, 1966. 251. 引文为笔者自译。
② 钱锺书:《中国文学小史序论》,见《人生边上》,第102页。
③ 埃德加·莫兰:《复杂性思想导论》,陈一壮译,上海:华东师范大学出版社,2008年,第92—93页。

其次,具体到两者共同关心的逻辑问题,虽然两人都对逻辑的绝对性保持警惕,并采取积极的措施以实现对逻辑的合理、有效运用,但钱锺书立足于逻辑结构本身寻求解决方法、分别以线性结构与网状结构确保论述逻辑的明晰性和丰富性的设计,在实践中显然具有较大的可操作性。相比之下,莫兰提出的"对话法"原则就有些"妙处难与君说"了。在莫兰看来,"对话范式""不是一种新逻辑",而只是"根据复杂性范式使用逻辑的一种方式",在"对话范式"支配思维时,"思维运用逻辑,但不让自己被逻辑所奴役"。① 根据莫兰曾说过的"现实和思想既包含着逻辑,又超出了逻辑,既遵守逻辑,又违背逻辑"②,"对话范式"似乎意味着逻辑与非逻辑相统一的某种思维方式。可由于莫兰对于思想什么时候遵循逻辑而什么时候又违背逻辑的问题几乎未置一词,上述说法光理解起来就非常困难,更不用说以之指导实践了。有学者甚至认为莫兰在这个问题上存在"思路的模糊性",指出其虽然拒绝用消除逻辑的方法来反对简单化的思维方式,却并没能说清楚复杂性思维方式如何去支配逻辑的问题;究其原因,乃是因为莫兰只是"单纯关注了思维的形式的作用,而没有考虑思维的形式和内容之间的相互作用"。③ 这个批判显然是针对莫氏理论在实践指导方面的缺陷而言的。莫氏的复杂性思维之所以在逻辑问题上缺乏实践性,归根到底恐怕还是由于缺乏一个稳定的视点所致。

当然,在"圆的诗学"与"复杂性思想"之间,我们还可以举出更多相异之处,比如前者侧重语言层面而后者侧重思维层面,前者主要关注研究对象的复杂性而后者强调主体本身的复杂性等。但正如卢伯克所言,所有这些差别归根到底还是由于视点的不同所导致的。因此,在对钱、莫两人的学术主张进行参观、比较,尤其是在发现其思想的共鸣而振奋感叹时,我们也应当对其不同的理论视点保持清醒的认识。

(三)他山之石:"复杂性思想"对于理解钱锺书诗学的意义

将"圆的诗学"和"复杂性思想"捉置一处,并非简单地求同察异。事实上,由于莫兰与钱锺书在学术探索的诸多问题上有着共同的关注点,其"复杂性思想"本身便为深入理解钱氏诗学提供了一个很好的参照系,或者说"镜子"。

首先,重新看待"规律"在钱锺书诗学中的定位问题。不少研究者——尤其是在"钱学"研究的早期——认为,钱锺书诗学的最大特征与价值在于,

---

① 埃德加·莫兰:《方法:思想观念——生境、生命、习性与组织》,秦海鹰译,北京:北京大学出版社,2002年,第216页。在本书中"dialogique"译为"对话法"。
② 同上书,第211页。
③ 陈一壮:《埃德加·莫兰复杂性思想述评》,长沙:中南大学出版社,2007年,第205页。

通过东西方文艺现象的大量梳理、比较、分析而发现、总结了东西方文学间的某些共同规律。这个说法本身并非没有依据，却也容易令钱著的读者产生疑惑：煌煌"钱学"难道只是为"规律"二字而生？或者我们可以进一步追问：假设有一天人们穷尽了钱锺书所揭示的诸种文学规律，"钱学"的价值就算是消费完毕了吗？事实上，以"复杂性思想"的视角来看，寻找"规律"恰恰是经典科学简单化程序中的环节之一，它以令人生疑的所谓"客观性"抹杀了那些不能为其所统摄的具体对象，从而选择性无视世界的复杂性。同样，正如我们在前几章的讨论中常常看到的，钱锺书对所谓的"规律"实际上一直保持高度警惕，并不轻易以其作为诗学探索的终极目标。事实上，只需对钱著稍作一点深入考察，人们便不能不承认，所谓"抉发规律"这样的情况只不过出现在《中国固有的文学批评的一个特点》等少数篇章中。相反，以字词为中心的训诂考证和联想引申、对文意的涵泳揣摩与生发推衍、具体诗学问题的溯源与论辩等，才是"钱学"的主体构成部分。通过"复杂性思想"的烛照，我们可以进一步发现：这些工作绝不是什么"文人雅趣"，而是表现了对于那些孜孜于所谓"规律"而浑然忘却文学本身的鲜活与多样态、复义性的研究者的批判，表达了对作为研究对象的文艺作品的复杂性的自觉认可。因此，虽然"规律"的发现是钱锺书诗学的一个重要方面，也有其重要价值，但它终究只是"钱学"的一个方面而已，并不能囊括钱著的全部特征与价值。

其次，对"钱学"所谓的片段化、零散化问题的重新思考。大部分"钱学"抨击者都以钱著的片段性、零散性为由，指斥钱锺书诗学在系统性方面的天然缺陷。支持者们则针锋相对，通过论证"片段思想""零散论述"本身的价值和揭示钱著隐含的内在系统这两种方式予以回击。事实上，在"复杂性思想"的观照下，所谓"系统性"从来就是一个人为建构的科学神话。世界是系统的，但在某种程度上也是非系统的，两者的结合才构成真实的世界。任何所谓的"系统理论"一旦被置入一个更加广阔的时间、空间范围之中，也将显示出某种"片段""零散"的特点。既然"片段"与"零散"原本就是万物的存在形态之一，对其加以分析讨论也就不是什么上不了台面的了。那些以"片段""零散"为据，对"钱学"加以指责和批评的做法，无疑就是经典科学简单化思维模式的产物。

因此，以"复杂性思想"为镜，我们既可以看到钱锺书诗学在"揭示规律"之外的更为丰富的学术价值，也能发现"钱学"所谓的片段性、零散性原本就是真实世界的直观反映，散发着强烈的现实气息。有学者认为，莫兰的"复杂性思想""既有综合性又有具体性；既有网络性，又有纵深性；在阐述和应用两方面都表现出难以简单概括的特征,同时又包含着潜在待发的生命的性质"。① 这个判断同样可以移评钱锺书诗学。的确,通过还原一个论题的复杂性,进而对其展开多角度、多层次的具体阐释的方式,同时不忘基于任何视点的阐释都是有限的、需要进一步反思的,钱锺书不仅以其文艺研究实践了莫兰的"复杂性"理论,而且以"圆的诗学"为基础,在研究中展示了一种极具参考价值的、活泼泼的"思转自圆"的论述逻辑。

第二节　步步为营

在阅读钱锺书的著作时,人们常常不由自主地被作者牵着走,不知不觉便沉浸在其五彩斑斓的语言万花筒之中难以自拔,以致有学者主张在阅读钱著时应放弃整理、归纳的努力,采取"像字典、辞典那样随时翻检,挑选某部分某章节来读"的"散点式的读法",认为这么做照样"每次都有新的收获"。②"钱学"之魅力可见一斑。钱著之所以具有如此巨大的阅读吸引力,除了作者本人深厚的语言文字功底与阅世知人的高超智慧——柯灵将其具体化为"渊博"和"睿智"两大特征③——之外,其衡文论艺、释义析理的强大论述逻辑也发挥了重要作用。这其中最为鲜明,也最具气势的,便是"步步为营"这一逻辑推进模式。

这一论述逻辑的影子在"钱学"中几乎随处可见。以钱锺书谈司马迁以"命"论婚嫁为例④,可以将这节文字中的论述图谱大致归纳如下:

> 立论:司马迁的论述看似小题大做,实则洞察人情。
> 论证:
> ① 历来婚姻出于偶然者居多;
> ② 权贵之中也是如此;
> ③ 后来朱彝尊和龚自珍有类似观点;
> ④ 类似观点在西方也普遍存在。

这段论述中"一般(①)→具体(②→③)→一般(④)"的逻辑推进是非常

---

① 乐黛云:《复杂性思维与世界文学》,见陈跃红、张辉主编:《比较文学与世界文学(第一辑)》,北京:北京大学出版社,2012年,第2页。
② 张隆溪:《思想的片段性和系统性》,见张隆溪:《走出文化的封闭圈》,北京:生活·读书·新知三联书店,2004年,第219页。
③ 柯灵:《促膝闲话中书君》,见李明生、王培元编:《文化昆仑:钱锺书其人其文》,北京:人民文学出版社,1999年,第20页。
④ 《管锥编》,第481—483页。

明显的,就其论证思路而言,正可比之为一个完整的圆形。假如从文化角度来看,它还包含着一个"中(①②③)→西(④)"视角转换。总的来说,"步步为营"模式的基本特征便是层层推进,首尾相合,表现出一种圆融的形态与流动性。具体到钱锺书的诗学实践来说,"步步为营"的逻辑展开方式大致有三种,即:"丫叉法""进一解"和"下转语"。

一、"丫叉法"

"丫叉法"(Chiasmus)原本是古希腊诗学家提出的概念,钱锺书将其特征概括为"皆先呼后应,有起必承,而应承之次序与起呼之次序适反"。也就是说,在论述的过程中,后文中的句子一一呼应前文,且呼应的顺序与前文的句子顺序恰好相反。如果用符号式来表达,即:

$$A \to B \to C \to D \cdots\cdots D_1 \to C_1 \to B_1 \to A_1$$

钱锺书曾举大量古人论说与诗文为例对此进行分析。譬如,《诗经·关雎·序》中的"是以《关雎》乐得淑女以配君子,忧在进贤,不淫其色,哀窈窕,思贤才",句子后半段中的"哀窈窕"紧承前半段的"不淫其色",而"思贤才"则与前半段的"忧在进贤"遥相呼应,形成一个"$A \to B \to B_1 \to A_1$"的句式结构。同样的,谢灵运《登池上楼》中的"潜虬媚幽姿,飞鸿响远音;薄霄愧云浮,栖川惭渊沉",杜甫的诗句"神女峰娟妙,昭君宅有无;曲留明怨惜,梦尽失欢娱"也可以概之以"$A \to B \to B_1 \to A_1$"的相同结构。[①]

"丫叉法"引起了钱锺书的极大兴趣,在其本人的著作中也结合具体实例频频介绍并详加分析。例如,在解读黄遵宪《香港感怀》组诗第三首——"盗喜逋逃薮,兵夸曳落河;官尊大呼药,客聚众娄罗"——时,钱氏又一次从"丫叉法"的角度分析该诗的结构与作者思路:"盖第四句承第一句,犹第三句言总督之承第二句言兵,修词所谓'丫叉法'。"[②]分析《孟子·梁惠王》中孟子的一段名言——"王何必曰利?亦有仁义而已矣。……王亦曰仁义而已矣,何必曰利!"一节时,也指出其"回环而颠倒之,顺下而逆接焉,兼圆与叉"的结构特点,并称赞其"章法句法,尤为致密"。[③] 而在解读乐毅《献书报燕王》一文时,更以一整则篇幅对"丫叉法"进行了讨论。对文中"齐王逃遁走莒,仅以身免。珠玉财宝,车甲珍器,尽收入燕;大吕陈于元英,故鼎反于历室,齐器设于

[①] 《管锥编》,第 114—115 页。

[②] 同上书,第 2078 页。

[③] 《管锥编》,第 379 页。中华书局 1986 年版《管锥编》将此节论述中的"叉"字误印作"义"字,见钱锺书:《管锥编(第一册)》,北京:中华书局,1999 年,第 229 页。

宁台,蓟丘之植,植以汶篁"一节文字,钱氏认为最后的"蓟丘之植,植以汶篁"一句"逆承前数语;前数语皆先言齐('大吕'、'故鼎'、'齐器')而后言燕('元英'、'历室'、'宁台'),此语煞尾,遂变而首言燕('蓟丘')而次言齐('汶篁'),错综流动,《毛诗》卷论《关雎·序》所谓'丫叉法'(chiasmus)也"。在连类大量诗文例句之后,钱氏进一步指出,"丫叉法"不仅为句法,后来也"扩而大之"演变成为"行布"之法——即"谋篇布局"的方法。例如,诸葛亮《出师表》中的"郭攸之、费祎、董允等"一段中便使用了此法,"长短奇偶错落交递,几泯间架之迹,工于行布"。"丫叉法"的作用何在？在钱氏看来,这一手法正如诗歌创作中所谓的"迴鸾舞凤格"一样,可以在创作与论述中有效地"矫避平板"。①

或许正是出于对"丫叉法"的浓厚兴趣以及对其诗学价值的高度认可,钱锺书本人在研究中也不时对这一方法加以运用,《中国文学小史序论》一文中的议论便具有这一特点。在这篇文章中,钱氏对"文学作品是否应当'言之有物'?"这一问题进行了讨论,提出不能以是否"言之有物"作为文学批评和鉴赏的标准。我们可以将其完整的论述流程梳理如下：

　　①文学史论者常囿于题材或内容之说,倡言"文以载道""言之有物",这是一个错误的认识→②这一错误源于其对文学题材与体裁/形式的割裂→③题材和体裁之分只是最粗浅的分门别类之事,无关鉴赏评论→④举例(杜甫诗、夏珪画)→⑤"言之有物"的说法历史悠久,自王充起即有相关论说→⑥《论衡》中论述的三大错误→⑦与"言之有物"紧密相关的"不为无病之呻吟"说法的错误→⑧就鉴赏而论,一切文艺皆"有物","言之有物"只可评述思想,不应施用于文艺。②

假如对其中引述具体事例的部分进行压缩、合并,那么此处的逻辑脉络就更加清晰了：

　　①"言之有物"之误→②文学内容与形式是统一的→③批判王充的"言之有物"说→④"呻吟"(形式)与文艺本身(内容)/"修辞"(形式)与"立诚"(内容)的统一⑤→"言之有物"之误

上述五大环节以第③步为界,明显地分为前后两部分。而在①②④⑤这四个环节中,④紧承②,继续分析文学的内容与形式的统一问题；⑤遥承①,强调"言之有物"的错误,表现出"A(①)→B(②)→C(③)→B₁(④)→A₁(⑤)"的结构特征——这恰恰是"丫叉法"的典型模式。就其具体的论述效果而言,

---

① 《管锥编》,第1382—1384页。
② 参阅钱锺书：《中国文学小史序论》,见钱锺书：《人生边上》,第103—106页。

这段文字不仅对"言之有物"的错误展开了层层解析,而且起承呼应、思路圆转,阐述流畅而又具有极强的说服力。可见,对于"丫叉法"这一历史悠久的句法、章法技巧,钱锺书不仅格外重视前人的相关运用,也常常自觉对其加以吸纳而使之"为我所用",使之成为"步步为营"论述逻辑的一个重要模式。

二、"进一解"

所谓"进一解",也就是在前文论述的基础上,从另一角度或另一层次对问题进行补充与进一步的阐析,以实现论述的深入与论证的周全。它不仅是批判性理解模式中实现"引申"的重要环节之一,也是逻辑层面的一种有效推进方式。与"丫叉法"相比,"进一解"或许更能直接体现钱著"步步为营"的逻辑特征。

从整体上看,钱锺书似乎是以"进一解"构成其著述中的基本逻辑模式,不仅在诸多问题的讨论上着力实践,而且时时于文中直接标示这一方法,频频夫子自道。例如谈到"文人苦独唱之岑寂,乐同声之应和,以资标榜而得陪衬"现象时,钱锺书认为贺裳所说的"诗文之累,不由于谤而由于谀"说理明澈,"深长可思",随后便在贺黄公意见的基础上"更进一解",认为"诗文之累学者,不由于其劣处,而由于其佳处",原因在于作者每每为自己的妙笔而自负甚而自我抄袭,反而导致文章中"印板文字"的出现;读者则因"动心"而容易依样"仿造",仿造的人多了便形成宗派,宗派形成便生种种窠臼,因为死守窠臼又多陷于"滥恶",到头来反倒造成与最初的崇拜之情截然相反的结果,所谓"尊之适以贱之,祖之翻以祧之,为之转以败之"。① 这样的论述可谓出乎意料又尽在情理之中,堪称钱氏诗学论述的标志性风格。不过,细考其"进一解"的思路,实际上是在贺裳意见的基础上对其观察视角进行了扩充。如果说贺裳是立足于作者这一角度判定"谀"比"谤"危害性更大的话,钱锺书则是分别立足于作品与读者本身对这一问题展开了进一步的阐发。可以再看一则从不同层面进行补充阐发的例子。司马相如《美人赋》中有"古之避色,孔墨之徒:闻齐馈女而遐逝,望朝歌而回车。譬犹防火水中,避溺山隅。此乃未见其可欲,何以明不好色乎"一句,钱氏认为后来曹植《与吴季重书》中的"墨翟不好伎,何为过朝歌而回车乎"较司马相如而言称得上是"进一解"。原因在于,司马相如所论乃是墨子以躲避的方式回避美色,就像在水中防火一样,实际上并没有经受真正的考验,是不是"好色"还很难说;而曹植则认为墨

---

① 《谈艺录》,第 450—451 页。

子原本"自知好色","过朝歌而回车"乃是为了避免受到影响而故意躲避的举动。① 与司马相如的看法相比,曹植的认识的确要更深一层。

　　为什么钱锺书对"进一解"如此看重? 这与"进一解"的具体功能分不开。"进一解"本身便包含了对于"新解""新见"的要求——这恰恰与钱锺书"批判性理解"主张中的创新性要求相一致。例如,古今中外很多哲士文人都喜欢以"圆"比喻时间的流动不居或是命运的变化无常,但大多学人强调的无非是两者的"周转往还"与"升沉俄顷",唯独歌德能够走出这些笼而统之的"圆"喻,认为"流转不居"的"欢乐"才像"圆球",而"逗留勿动"的"悲戚"则如"多角物",这一新颖而"阅历愈深"的见解与前人的笼统说法相比较,自然就是"更进一解"了。② "进一解"的另一重要功能,是为论述提供层层推进的逻辑力量。上文所举几例已经不同程度地展示了这一点。我们可以再看一个更为典型的例子,即钱锺书对《文赋》中"信情貌之不差,故每变而在颜;思涉乐其必笑,方言哀而已叹"一句的解读。在钱氏看来,陆机的这一观点首先形象地传达了写作中这样一种情景,即"兴感而写心作文,却因作文而心又兴感"——原本是因为有所感悟而提笔写作的,但在具体写作的过程中又进一步生发了新的感悟和体会,但这仅仅是第一层意思。如果"进一解"的话,则陆机的第二层意思是:虽然写作时的悲喜情绪是仅属于作者本人的情感体验,但写成的文章却成为天下"公器"而被广大读者阅读。因此,作者写作时的"必笑""已叹"等情绪反应也将通过文章而传达至读者身上,使得"读者齐心共感,亲切宛如身受"。对作者而言是"文生于情",对读者而言,则应该说"情生于文"了。但钱锺书并未止步于此,而是在第二层意思的基础上"更进一解",认为"陆机之语固堪钩深,亦须补阙",从而提出了自己的第三个看法:能够感动读者的"必笑""已叹"乃是传达至文章之中的作者情感,并不直接等同于作者本人现实生活中的真实情绪反应,因此,"徒笑或叹尚不足以为文",甚而"情可生文,而未遽成文"。写作中更常见的现象是,在真正动笔时,最初令自己"感兴"的"哀乐"已经不再是其刚刚萌发时的模样,而是有所变化,"激情转而为凝神"。于是,作者"始于觉哀乐而动心,继乃摹哀乐而观心、用心",这样的反省与沉思使人"运冷静之心思,写热烈之情感",正如古语所说的"先学无情后学戏"。③ 钱锺书的论析显然补充了陆机思路上的不尽完善之处,对作品中的情感问题进行了创作心理学方面的全面、深刻探索,而整个论述过程中,其思路的致密与逻辑的明晰,都令人印象深刻。

---

① 《管锥编》,第 1460 页。
② 同上书,第 1477—1478 页。
③ 同上书,第 1876—1880 页。

综上所述,"进一解"一方面为钱著提供了无穷新意,另一方面又为钱著的逻辑性作出了重要贡献,因而在"钱学"方法论中占据着重要地位。

三、"下转语"

在具体的论述过程中,"进一解"有时候也与另一种逻辑推进方法结合使用,那就是"下转语",有时又称为"下转"或"下一转"。

"下转语"原为禅宗术语,强调对前文做某种程度上的颠覆,所反映的恰是佛教的"去执"观。祝世禄的《环碧斋小言》曾指出:"禅那才下一语,便恐一语为尘,连忙下一语扫之;又恐扫尘复为尘,连忙又下一语扫之。"《关尹子·三极》中也有言曰:"蝍蛆食蛇,蛇食䵹,䵹食蝍蛆,互相食也。圣人之言亦然:言有无之弊,又言非有非无之弊,又言去非有非无之弊。言之如引锯然,唯善圣者不留一言。"在钱锺书看来,禅宗的"下转语"就如同扫尘、吐言自食、引锯一样,是"以言去言、随立随破"的典型方式。① 从这一原初意义出发,当"下转语"应用于诗学中时,它强调的也是在前文的基础上进行某种程度的"翻新"或"出奇",正如方回在《桐江集》《〈名僧诗话〉序》中所谓的"'善为诗者'之'翻案法'"或尤侗《艮斋杂说》中所谓的"翻一层法"。② 胡范铸曾将"下转语"的特征概述如下:"面对一个命题,当已有一个判断甲时,别开生面地另外提出一个判断乙,乙与甲相异而又并非不相干,乙既是甲的承继,更是甲的转变。"③ 的确,诗学中的"下转语"并非如禅宗一般的彻底颠覆,也非对前文的单纯续接,而是在承继前文的基础上实现"别开生面"的创新。我们也可以说,"下转语"实际上属于"进一解"的一种特殊形态,其突出特征即建立在创新基础上的某种"翻案"倾向。

钱锺书对"下转语"的重视,首先表现在对这一手法在诗学史上的运用的格外关注。例如,在分析《诗经·七月》中"春日迟迟,采蘩祁祁"一句时,钱氏特别拈出唐代诗人张仲素的《春闺思》"袅袅城边柳,青青陌上桑,提笼忘采叶,昨夜梦渔阳"一句与之连类,原因在于,相对《七月》中写女子"因采叶而'伤春'"的构思,张诗却反言"因伤春而忘采叶",这种思路上的倒转在钱锺书看来正是"善下转语"的表现。④ 古诗中有关相思至极,以致渴望化为心上人衣物饰品、与之亲近不离的描写源远流长,如张衡有"思在面为铅华兮,患离尘而无光"的描写,王粲《闲邪赋》中也有"愿为环以约腕"的遐想。钱锺书认

---

① 《管锥编》,第 706 页。
② 同上书,第 1465 页。
③ 胡范铸:《钱钟书学术思想研究》,上海:华东师范大学出版社,1993 年,第 30 页。
④ 《管锥编》,第 222 页。

为,陶渊明在《闲情赋》中所写的"愿在衣而为领,……悲罗襟之宵离"这一段,不仅承继了前人的这一构思,而且"关捩更转",写出了更为细腻真实的相思心境:"实事不遂,发无聊之极思,而虚想生焉,然即虚想果遂,仍难长好常圆,世界终归阙陷,十'愿'适成十'悲'"——而这正是"禅家所谓'下转语'"。无论是后来中国古代诗人们的仿作还是西方诗人们的类似构思,都只是在心愿的数量上或亲近的物件上争奇斗艳,未能做到如陶潜一般创造性地超越前人而"下转语",自然也就"视此节犹逊一筹"了。①

很多时候,钱锺书本人在分析论述的过程中也会自觉运用"下转语"这一方式。例如,在由《离骚》的讨论所引发的"王安石《残菊》诗中所写'菊花落英'是否合理"这个问题的探讨中,钱锺书首先推赏尤侗的分析,认为尤氏指出"《离骚》大半寓言"、不可死板地对其中意象进行"辨伪求真"的观点"颇窥寓言之不同实言";继而又指出潘谘的相关论述——"事之至奇者,理之所固有者也;若无是理,必无是事。譬如挟太山以超北海,事所必无;然究竟太山与挟者类,北海与超者类。故虽无其事,犹许人说,盖梦思所能到。若挟北海以超太山,亦无此幻说矣"——"更进而知荒诞须蕴情理"。但钱氏并不满足于尤、潘两人的分析,而是主动对其"下一转语"。他结合《西游记》中观音菩萨以净瓶"借了一海水"而且"右手轻轻的提起,托在左手掌上"的相关描写指出,只要有盛装的器皿,那么"挟北海"也未必就像潘谘认为的那样因为"北海"与"挟者"不"类"而"事所必无"。因此,真正不合"情理"的并不是"挟北海",而是神通广大到能够"挟北海"的地步却被淹没在水里,能够"超太山"却被小土包给绊倒了这样的描写。② 与尤氏、潘氏的分析相比,钱锺书的论析不仅更加生动幽默,而且考虑得更为周全,论述的逻辑也更为缜密——这正是"下转语"逻辑功能的鲜明体现。

以上就是钱锺书论述逻辑中的"步步为营"模式。可以发现,无论是"丫叉法""进一解"还是"下转语",其共同特点都是从最初的论点出发进行层层深入、环环相扣的分析论证,生动地展现了"钱学"论述逻辑"思转自圆"的特点。

第三节 同异互现

熟悉钱著的读者很容易发现钱锺书诗学论述中这样一个特点,即无论对

---

① 《管锥编》,第 1926—1928 页。
② 同上书,第 908—909 页。

象是一个聚讼已久的大问题还是看似信手拈来、即兴讨论的小问题,作者在探讨的过程中都会自然而然地调动与之相关的一切材料——既包括与之相同、相似的论据,也包括与之相异,甚至相反的例子,仿佛自动运转般地对其进行反复而深入的同、异辨析。陈跃红曾将这一论述方法命名为"同异关系辩证法":

> 一般关注钱锺书著述的读者,大致也都能注意到他的论述习惯,那就是在展开每一个所要讨论的问题时,总是习惯于不断转换思维方向,层层深入发掘可资比较的两方或者数方之间同中有异、异中见同的复杂关系,细细地加以剖析,从而形成一系列同异关系的话语表述群落。而在具体分析过程中,他又绝非仅限于静止的现象铺叙和材料罗列,而是通过不断转移的分点论述展开之后再组织最后的论述合围来形成一套动态生成的论述框架。我们这里不妨武断一点,大胆称这种手段叫做比较方法中的同异关系辩证法,似可以之用来界定钱氏比较方法的特色所在及其与他人论述的不同之处。①

这称得上是对钱锺书诗学方法特征的一个精准描述。而隐含在这一具体论述方法背后的,便是钱锺书"同异互现"的论述逻辑。与"步步为营"结构模式略有不同的是,"同异互现"不仅强调逻辑的推进,更强调其丰满与周圆。在钱氏具体的诗学论述中,这一逻辑模式常常通过以下三个方面得以展现,即"同—异"交互、"正—反"论证和"常—变"论析。

一、"同—异"交互

广义地说,"正—反"论证和"常—变"论析都可以纳入"同—异"交互之中,属于同异关系中的特例。本节之所以将三者分别予以讨论,除了突出钱著中"正—反""常—变"这两组关系的独特价值之外,也是为了强调二者之外更多"同异关系"的存在——它们在钱著中的比例更高,范围也更广,值得我们单独加以探讨。因此,这里所谓的"同—异"交互是在狭义的层面上加以使用的,它所指称的是钱著中不断于"类"与"不类"之间腾挪跳转的逻辑模式。具体说来,"同—异"交互的模式又可以分为两大类:同中见异与即异求同。

同中见异所遵循的是一条"类→不类"的逻辑路径,其外在表征为:从相同的字、词、句,乃至各类诗学现象中发现其隐藏着的细微差别,杜绝阐释的片面化与笼统性。首先,同字不同义。其最典型的代表当为著名的《管锥编》

---

① 陈跃红:《从"游于艺"到"求打通"——钱锺书文艺研究方法论例说》,《中国高校社会科学》2013年第2期,第95页。

开篇《周易正义》第一则中对于"一字多义"的集中探讨,尤其是关于"易"字释义的解说。钱锺书继承了郑玄以"易简、变易、不易"三义释"易"的观点,并据此反驳了黑格尔对中国语文的武断说法。① 此外还可举钱氏对《史记》中"秦每破诸侯,写放其宫室"中"写"字的分析为例。钱锺书指出,"写"在古代可以用来修饰一切与"象"有关的事物,如音乐、声音等,但即便如此,"写"也仍有"仿效声音"与"仿效形状"的区别和"拟肖"与"转运"的区别,就算是同为"拟肖"之义的"写",也有"同材之复制(copy)"与"殊材之摹类(imitation)"的区分。② 其次,同词不同义。比如,"从古"一词,既可指"不自知之因袭",也可指"有所为之矫揉"。③ 小说《围城》中也曾围绕"老科学家"四字大做文章,将其分别断为"老科学/家""老/科学家"两个意义完全不同的词组,使"老科学家"一个词"可以形容科学,也可以形容科学家"④,既想落天外又理在其中,展示了其一贯的同中见异的思维特征。再次,同句不同义。美国哲人威廉·詹姆斯和奥地利诗人雨果·冯·霍夫曼萨尔(Hugo von Hofmannsthal)都称狄尔泰有"大学教授"风范,然而詹姆斯乃是笑话狄氏"容貌琐陋、衣服垢敝"却"多闻而健谈",而霍夫曼萨尔则是赞同狄氏待人接物"如秋清气爽,醒发心神,其议论贯串古今"⑤,两者判然有别。第四,同喻不同义。如但丁诗歌和蒙田散文中都用到了"蚕茧"这一喻体,但前者乃是比喻"上帝越世离尘"而后者则以其讽刺"世人师心自蔽",正是钱锺书所谓的"一喻之两柄"现象。⑥ 第五,同义字生异义词。如"屈"和"曲"是同义字,但"委屈"与"委曲"却意义迥异;"词"与"言"同义,而"微词"与"微言"截然不同;"军"和"兵"意义相近,但"兵法"与"军法"却大相径庭等。⑦ 最后,相同的结构模式具有不同的表达效果。如《诗经》中的《摽有梅》和《草虫》两诗中都运用了"重章法",但前者中的"求我庶士,迨其吉兮""求我庶士,迨其今兮""求我庶士,迨其谓之",表现的是人物心情由从容向急迫的变化,可以称为"重章之循序渐进(progressive iteration)";而后者中无论是首章的"亦既见止,亦既觏止,我心则降",还是次章的"亦既见止,亦既觏止,我心则说",或是末章的"亦既见止,亦既觏止,我心则夷",语言上虽然有变化,但人物心情却几乎相似而没有太大波动,这就

---

① 《管锥编》,第 3—4 页。
② 同上书,第 424 页。
③ 同上书,第 630 页。
④ 《围城》,第 202 页。
⑤ 《管锥编》,第 1011—1012 页。
⑥ 同上书,第 942 页。
⑦ 同上书,第 280 页。

属于"重章之易词申意(varied iteration)"了。① "重章"这一相似的结构方法在两首诗歌中所起的作用显然有所不同。

所谓"即异求同",在逻辑结构上恰好与"同中见异"相反,展示了一种"不类→类"的论述取径。关于这一研究模式的价值,钱锺书曾有专文阐发:

> 盖有蓄意借古讽今者,复有论史事而不意触时忌者,心殊而迹类,如寒者颤、惧者亦颤也。上下古今,察其异而辨之,则现事必非往事,此日已异昨日,一不能再(Einmaligkeit),拟失其伦,既无可牵引,并无从借鉴;观其同而通之,则理有常经,事每共势,古今犹旦暮,楚越或肝胆,变不离宗,奇而有法。②

无论是主动地"借古讽今",还是原本谈论历史事件而意想不到地触犯了"时忌",两者虽有主观上的主动与被动之分,其结果却都是"刺时"——正如寒冷和恐惧是人的两种不同感觉,其肢体反应却可能都是颤抖一样。对钱锺书来说,如果人们死板地坚持各种差异而划地分治,那么其所见将无不是分散的、"不可通约"的现象;然而一旦人们走出这种对立思维,致力于在不同现象之间发现其相同或相通之处,那么不仅可以发现一个普遍联系、生机无限的新世界,而且还将经由某些普遍原则与规律的发现而提升自己的思想认识水平,成为诗学研究中的"通人"与"解人"。

例如,就文字本身的意义而言,"抛"和"掷"都是主体向外的动作,而"招"与"挑"则是外物指向主体的动作。单独地看,前两者与后两者之间是绝无交集可言的,然而我们却在诗文中读到了以此四字传达主体"以目传心"这一相同主旨的大量描写,李白笔下的"卖眼掷心"与司马迁文中的"目挑心招"在传情达意上似乎并无不同。③ 李益《罢镜》诗中有"手中青铜镜,照我少年时;衰飒一如此,清光难复持。……纵使逢人见,犹胜自见悲"一句,正如李渔《奈何天》第二折中阙里侯说的"恶影不将灯作伴,怒形常与镜为仇"一样,是因为对自己的容貌失望而不愿照镜子;而梁锽《艳女词》中的"自爱频开镜"和杜甫的诗句"勋业频看镜"写的则是因为满意自己的容颜而喜欢照镜子。两者看似判然有别,但钱锺书却认为:"二者迹异厌心同,两端一本",其共同点就在于"我相太甚"。喜欢频频照镜子的自不必说,即便是"憎影自鄙"而厌恶镜子的,实际上也"正因自视甚高、自爱太过,遂恨形貌之不称,耻体面之有亏"。④ 可见

---

① 《管锥编》,第131页。
② 同上书,第1724—1725页。
③ 同上书,第1162—1163页。
④ 同上书,第1327页。

表明相异的现象背后的确常有共通之"理"。

以上为了论述的方便而分别从"同中见异""即异求同"两个方面对"钱学"中的"同一异"交互模式进行了举例分析。事实上,这一模式的上述两大子类型在钱著中常常是交织在一起而合用的。正因为如此,钱著常常表现出一种鲜明的对话,甚至是论辩特征,因而早有学者从"对话"角度对"钱学"进行了有益的探讨。不过,如果从论述逻辑角度来看,那么"同一异"交互所展现的实为钱锺书独特的交互式逻辑模式——在这一结构模式中,研究者的思维不断地在"类"与"不类"之间反复跳转,形成"类→不类→类"的思维圆环,从而使钱著中的论述往往呈现出一种动态生成的活力感与充盈饱满的立体性。

在字词训诂中,钱锺书始终坚持"字义同而不害词意异,字义异而复不害词意同"的观点①,主张对诗文中的字词进行积极的多方考索揣摩。以其对"双关"修辞的分析为例。钱氏认为,双关修辞中最为粗略的一种类型是"异文同意",例如古文中的"赤"字如果训为"红色",便可与"朱丹"双关。更为复杂一点的双关则是"异文异意而同音双关",如独孤授《泾渭合流赋》文中有"泾如经也,自北而南流;渭若纬焉,从西而东注"一句,其中"泾"与"经"、"渭"与"纬"便属此种类型;同样的还有李商隐《为荥阳公贺幽州破奚寇表》中的"录图洪范,玉检金泥",其中借"录""洪"为"绿""红",以与"玉""金"两字作对,也是"异文异意而同音双关"。双关的第三种类型是"同文异意",即"两意亦推亦就,相抵牾而复勾结(semantic collision-collusion)",如《左传·哀公二十五年》中哀公所说的"是食言多矣,能无肥乎"一句,"食言"一词原指说话不算数之"诈伪",哀公却故意将其坐实为"吃东西"的"啖嚼",从而赋予"食言"双关意义。②

从汉语构词法的角度来看,语言中同样存在大量的同异现象,相同的字在组合成词语时常常因为顺序的不同而生成同义词或是异义词。例如,"东西"与"西东"、"风流"与"流风"、"云雨"与"雨云"等,都属于字序不同而生成异义词的例子。至于"字画"所指为"书与画"或"书法""字迹",而"画字"则指"作字"或"签名";"尊严"指"体貌望之俨然"而"严尊"指"称事为父",则属于字序不同而生成的异义词了。不过情况绝非这么简单,有时候同样一个字在与其他字组合成词的过程中,会发生词序不同而分别产生同义词、异义词这样两类情况,比如"主谋"可以理解为"谋主",但"主事"就绝不是"事主"的意

---

① 《管锥编》,第 279 页。
② 同上书,第 1520—1521 页。

思了;"公相"在古代即可称呼为"相公",而"公主"显然迥异于"主公";"死战"意味着有可能最终胜利而"犹能生还",可"战死"就意味着横尸沙场,只可能"吊战场而招归魂"了。① 从比喻修辞的角度来看,钱锺书提出的"一喻多柄""同柄异边"等区分也是典型的"同—异"交互模式的体现。如同样将人与人的"偶聚合而终分散"比作"同林鸟",白居易诗中的"心似虚舟浮水上,身同宿鸟寄林间"取喻的是"鸟食饱而各投林",而范成大"偶投一林宿,飘摇苦风雨。明发各飞散,后会渺何处"诗句中则取喻于"鸟眠足而各去树"。不过,虽然两人"取象相反",但实际上还是"喻事相同"的②,即二者都旨在突出聚散匆匆之意。

另外,"同—异"交互也常常构成某些专题讨论的结构模式。以钱锺书在《谈艺录》第59则补注中所作的"新补十"到"新补十四"这段文字为例。实际上,这横跨十多页令人眼花缭乱的分析是在讨论诗中"行布"——亦即诗中字词的位置安排——这一诗歌结构的问题。不过,这一核心论题却被不动声色地拆分成了"诗中字词'行布'与建筑、军事中空间布置的联系"(新补十)、"诗句在诗歌中位置的'常'与'变'"(新补十至十一)、"词语在诗句中的位置安排"(新补十一)、"诗眼(字)在诗歌中位置的安排"(新补十二至十四)等四个互为依托的论述层,而在每一个论述层上,钱氏均进行了大量同异交织、步步推进的分析与阐释。③

综上所述,"同—异"交互的确是"钱学"中应用极为广泛的一种结构模式。它不仅在某种程度上奠定了"钱学"方法论的基础,同时也为钱氏的具体论述提供了有效的逻辑保障。

二、"正—反"论证

当"同—异"交互模式中的同异关系走向极点时,便形成了此处所谓的"正—反"论证,它集中而鲜明地体现了钱锺书对于人文领域"相反相成"现象的持续关注与深入研究。

在钱锺书看来,诗学中相反相成的现象之所以如此普遍,对于研究者而言又如此重要,归根到底是因为作为诗学研究基础的语言本身便富含相反相成的精神。在《管锥编》中,钱锺书曾多次借助老子《道德经》对这个问题加以阐析。钱氏认为,老子的"立言之方"正是"正言若反","修词所谓'翻案语'

---

① 《管锥编》,第890—891页。
② 同上书,第1368页。类似的讨论还可参阅钱锺书有关"圆"喻的分析,见《管锥编》,第1472—1473页。
③ 《谈艺录》,第40—52页。

(paradox)与'冤亲词'(oxymoron)",在其著作中"触处弥望"。例如,常人看来呈鲜明正反关系的"上"和"下"两字,在《道德经》中却"和解而无间",出现了"上德不德"这样的用法。对钱氏而言,这一现象中蕴藏着的哲理即"否定之否定尔"——"反正为反,反反复正",而"正言若反"中的所谓"正",即"反反以成正之正"①,也就是说,"正"字中原本就包含了"否定之否定"这层意思。至于"反"字,则钱锺书申说得更为全面透彻。钱氏认为,老子所谓"反者,道之动"之"反",属于训诂学中的"背出分训之同时合训",包含着"违反"和"往返"或"返回"两层意义。由于"返"实际上是"违反"的"反意",因此,"反"字便"一语中包赅反正之动为反与夫反反之动而合于正为返",亦即兼涵正反两义。② 这样,即便就文字本身而言,"正"与"反"便是"正反相合"的产物。那么其他各类处于正反关系中的现象、事物等,就更不可能完全对立而"老死不相往来"了。

  这一点首先在比喻修辞中得到了印证。钱锺书一贯注重对比喻的运用与研究,多次指出比喻集中体现了相反相成的思想。从对比喻词的思考出发,钱氏指出,比喻天然地包含了相反相成的智慧:"'如'而不'是',不'是'而'如',比喻体现了相反相成的道理。所比的事物有相同之处,否则彼此无法合拢;它们又有不同之处,否则彼此无法分辨。两者全不合,不能相比;两者全不分,无须相比。"也就是说,任何比喻都内在地包含着一个"同—异"交互的辩证逻辑关系。但仅有同异关系的本体和喻体之间不一定能组成绝妙的比喻,应以存在正反关系的本体和喻体为最佳,因为"不同处愈多愈大,则相同处愈有烘托;分得愈远,则合得愈出人意表,比喻就愈新颖"。为此,古罗马修辞学家指出,"相比的事物间距离愈大,比喻的效果愈新奇创辟";而唐代皇甫湜也提出了比喻的两大原则,即"一方面'凡喻必以非类',另一方面'凡比必于其伦'"。③ 可以说,比喻便是相反相成在语言、文艺领域的主要应用之一。

  钱锺书对相反相成的关注甚至渗透到了日常生活的细节之中。在1986年的一次学术讨论会上的发言中,作为主持人的钱氏甚至对"讨论会"本身"咬文嚼字",通过辨析"会"字的训诂——"和也""合也"——而强调其"一致"的追求;又指出"讨"字的训诂为"伐也",而"论"字的训诂乃"评也",从而强调了"讨论"的"争鸣而且交锋的涵义"。三者合一,"讨论会"便有了"正反相成的辩证性质",也就是英语所谓的"no conference without differences"了。这样

---

① 《管锥编》,第 717—718 页。
② 同上书,第 689—693 页。
③ 钱锺书:《读〈拉奥孔〉》,见《七缀集》,第 44 页。

第四章 "思转自圆"的论述逻辑:步步为营与同异互现　275

的论说不仅申明了自己对于与会者"各个角度、各种观点的意见都可以畅言无忌,不必曲意求同"的期待①,实际上也证明了所谓"正反相成"已经成为钱氏学术探索与日常生活的习惯性思维模式。

正因为如此,在钱氏的研究与著述中都可以看到作者对这一模式的积极应用。例如在讨论诗歌中的"模仿"时,钱氏并没有直接对这一概念展开溯源或是释义阐析,而是首先对其进行分类:"模仿有正反两种。效西施之颦,学邯郸之行,此正仿也。若东则北,若水则火,犹《酉阳杂俎》载浑子之'违父语',此反仿也。"②显然,这个分类结果所遵循的正是"正反相成"的思路。同样,在对"道统"这一概念进行思考时,钱氏也根据相反相成的思路对"统"字做出了"传统系统之统"与"一统正统之统"的区分。在钱氏看来,所谓"正统"者常常"攘斥异端,以为非道",而所谓"一统"者则恰恰相反,即"包括异端,谓其说不外吾道"。③ 此外,钱锺书关于所谓"情感辩证"的讨论④,以及有关"盖作者评文,所长辄成所蔽"⑤的论述等,都是"钱学"语言层面"正一反"论证的代表。

"正反相成"的逻辑模式在钱著的论述结构层面得到了更为重要的应用。在钱锺书的诗学探讨中,常常有一个隐身于文字背后的正反交织、盘旋向前的逻辑网络在。例如,在讨论《史记·货殖列传》的意义时,钱氏首先引用了班彪、班固父子对司马迁"序货殖"的批评;接着为司马迁辩护,认为司马迁"序货殖"具有极重大的意义,司马迁的伟大便在于奋笔直书,据实记录;最后又指出班彪、班固父子的批评并非无事生非,因为司马迁虽然是据实"传货殖"而不是为了提倡"货殖",但"初无倡之心,却每有倡之效",因此班氏父子的指责其实是有一定依据的。⑥ 显然,此处的论述依循的恰是"反一正一反"这样一个逻辑框架。这种正反交替阐述的逻辑结构在钱锺书诗学著述中可谓不胜枚举。譬如,在由《太平广记·杨伯成》中"家人窃骂,皆为料理"一句引发的对"料理"的释义过程中,钱锺书的阐释过程可梳理归纳如下:①《杨伯成》这句中的"料理"是"相苦毒、相虐侮之义";②从《世说新语·德行》中的"汝若为选官,当好料理此人"到《王黯》"许以厚利,万计料理"中的"料理"均为"照拂""看承"之意;③从《张俨》中的"君受我料理"到杨万里《明发祈门悟

---

① 钱锺书:《"鲁迅与中外文化"学术研讨会开幕词(摘要)》,见《人生边上》,第 201 页。
② 《谈艺录》,第 603 页。
③ 同上书,第 659 页。
④ 《管锥编》,第 1675—1677 页。
⑤ 同上书,第 1668—1670 页。
⑥ 同上书,第 608—609 页。

法寺、溪行险绝》第六首中的"诗人瘦骨无半把,一任残春料理看",则"料理""非善义而为恶义甚明,即伤害耳";④从黄庭坚《戏咏高节亭边山矾花二首》中的"平生习气难料理,爱着幽香未拟回"到陈与义《诸公和渊明〈止酒〉诗因同赋》中的"三杯取径醉,万绪散莫起,奈何刘伶妇,苦语见料理",则"料理"又变为"铲除""驱逐""诫阻"某种坏习惯的意思了。① 这里不仅依次论析了"料理"的四重含义,如果细辨其"出场安排",还可以发现它们完全是按照"贬义(①)—褒义(②)—贬义(③)—褒义(④)"——也就是"反—正—反—正"的顺序进行阐发的,属于典型的"正—反"论证模式。同样,在分析枚乘《上书谏吴王》中枚乘所说的"夫铢铢而称之,至石必差;寸寸而度之,至丈必过。石称丈量,径而寡失"一句时,钱锺书的思路也可以概括为一个"正—反"论证的逻辑结构——"正—反—反—正":

① 枚乘语"本《文子》";(正)

② 枚乘语表面看是劝人"勿繁琐苛细,而宜执简居要",如《文子》一样,实则"命意似不相蒙",乃是强调"不可忽视薄物细故";(反)

③ 枚乘语意"终觉乖张";(反)

④《文子》语更加正确,并可以"通诸谈艺"。(正)②

从"正—反"论证在"钱学"语言、修辞、结构等方面的上述应用来看,钱锺书对这一模式不仅给予了全方位的重视,而且在具体应用的过程中也始终力求灵活多变而不板滞。这些都证明了钱氏对这一逻辑模式的高度肯定。

三、"常—变"论析

在"同异互现"模式中还有一类特殊的子模式,即"常—变"论析。所谓"常—变"论析,指的是钱著中以诗学史考察为依托,以揭示后起之作对传统的继承与革新之所在为目标的论述模式。与"同—异"交互和"正—反"论证模式一样,这一模式在具体实践的过程中也常常表现为"常"与"变"两大方面的交错互勘,同样具有动态生成的特点。

在钱锺书看来,"常"与"变"之间的关系厘董是诗学史上永远无法回避的一个重要问题,其原因仍可追溯至作为诗学研究根基的语言。正如老子"可名非常名"思想所暗示的,事物的发展和更新常常使得原初之"名"无法贴切概括发展之后的"物",势必做出某种程度上的更新以适应新的现实。因此,作为语言的"名"本身便始终处于一个"常"中有"变"的过程之中。一旦"常

---

① 《管锥编》,第 1335—1336 页。
② 同上书,第 1446—1447 页。

名"在原有范围内的调整无法跟上新的表达的需要,即出现"旧名之字'常'保本意而不符新实"的情况,那么人们往往就会"易字以为新名",语言中的"新变"也就发生了。① 可见,"常"与"变"之间的辩证运动实际上成了语言的本质属性之一。正因为如此,"作者之圣、文人之雄,用字每守经而尤达权",总是在继承中力求新变。相应地,研究者自然也就"不可知常而不通变"了。既然"语言文字为人生日用之所必须,著书立说尤寓托焉而不得须臾或离者也"②,建立在语言文字基础上的文艺研究遵循"常一变"论析模式便不仅仅是方法上的选择,也几乎成了对研究者的必然要求。这可以说是"常一变"论析的理论依据。

从"常一变"论析的重要性出发,钱锺书首先强调诗学研究者必须谙熟"诗史"的"源流正变"。钱氏在《谈艺录》中曾经对陈衍、章太炎和胡先骕(步曾)等大家提出批评曰:"诸先生或能诗或不能诗,要未了然于诗史之源流正变,遂作海行言语。如搔隔靴之痒,非奏中肯之刀"③,指出的正是其因为不了解"诗史"之"常"与"变"而导致的游说无根之误。而凡是能够"知常"进而"求变"的文学家,即便其创新不大经得起推敲,其创作精神也常常为钱氏所标举。用钱锺书本人的话来说,即:"因窄见工,固小道恐泥,每同字戏;然初意或欲陈样翻新,不肯袭常蹈故,用心自可取也。"④

文学史上的"常"至少包括两层含义:一为规则、技巧、体裁等,二为某种主流观点或普遍认识。与之相应,"变"也一方面表现为对规则的突破或技巧、体裁上的创新,另一方面则是在主流观点之外提出新的见解。前者可以钱锺书对吕本中关于"活法"的解释——"规矩备具,而出于规矩之外;变化不测,而不背于规矩"——的分析为例。钱氏指出,吕本中的话乍一看似乎有语病,实际上则"出规矩外"与"不背规矩""乃更端相辅"。"出规矩外"意味着新变之奇,"不背规矩"则强调在遵守规矩时无拘束的自然而然。简单地说,也就是"非抹杀规矩而能神明乎规矩,能适合规矩而非拘挛乎规矩",正如苏轼所谓的"出新意于法度之中,寄妙理于豪放之外",或是黑格尔所谓的"自由即规律之认识"、康德所谓的想象力之"自由纪律性",乃至艾略特所谓的"诗家有不必守规矩处,正所以维持秩序也"。⑤ 总而言之,即"常"中求"变","变"不离"常"。后者则可以钱锺书本人对李商隐《锦瑟》诗的解读为例。历来对

---

① 《管锥编》,第 634 页。
② 同上书,第 634—636 页。
③ 《谈艺录》,第 256—257 页。
④ 同上书,第 480 页。
⑤ 同上书,第 291—294 页。

于李商隐此诗的主流意见是视其为"悼亡诗",或是将其看作感怀诗或政治隐喻诗,偶尔也有视其为"论诗之诗"的。钱氏首先综合列举、评论了各种代表性意见,表达了对清人程湘衡视之为诗集序这一看法的莫逆冥契,即:《锦瑟》为李商隐诗集的"序诗",起着开宗明义的作用。接下来,钱氏给出了自己的两大立论依据:其一,在古典诗学史上,"锦瑟"和"玉琴"一样,可以用来喻诗;其二,李商隐在诗歌中常常借"锦瑟"抒发人生韶华易逝的感慨。在综合考察了诗史之"常"与李氏创作之"常"之后,钱氏对《锦瑟》展开文本细读,并分联进行解说:首联中李商隐是在感慨自己的这本诗集已经书写人生半百岁月;颔联所指为"作诗之法",强调诗应当含蓄而不直白,即"索物以托情";颈联强调诗歌风格或境界应该"真情流露,生气蓬勃";尾联与首联呼应,再度感慨人生易逝,"盛筵必散"。① 经此解读,钱锺书不仅就李诗提出了一个经得起推敲的创新性理解,同时也向读者展示了"常—变"论析这一钱氏诗学逻辑程式的具体运作过程。

总的说来,"常—变"论析与"同—异"交互、"正—反"论证一道构成了钱锺书论述逻辑中的"同异互现"模式。三者的共同特点是,通过相异甚至相反视角的不停转换,实现对研究对象的综合、全面而又灵活的动态考论,并勾勒出"钱学"论述中潜在的网状逻辑结构。从其自身的特点与运作方式来看,"同异互现"实际上宣告了对于二元对立思维的拒斥。正如钱锺书对姚范的激赏正在于其对黄庭坚及江西派的评价能够摆脱那种"非此即彼"的武断评判②,在其诗学方法论的逻辑层面,钱锺书也为克制二元对立的片面性做出了切实的努力。

综上,钱著中的论述逻辑表现出一种"思转自圆"的特征。正如"圆"可以是平面的圆形也可以是立体的圆球,钱锺书的逻辑结构也有线性结构与网状结构之分:一方面,钱氏通过环环相扣的论述将其逻辑线条不断向前推伸,层层递进,步步为营;另一方面又在某些论述节点上借助考察视点的腾挪跳跃、交叉换位而不断实现诗学空间层面的各类现象、思想与观点的同异互现。这一纵一横、一平面一立体的推衍,不仅实现了钱锺书诗学的逻辑架构,也充分展现了钱氏逻辑的内在完整性。

---

① 《谈艺录》,第 285—290 页。
② 同上书,第 370—371 页。

余论:钱锺书与比较诗学的方法论建设

  钱著中丰富的方法论思想很早即为学界所注意。在《管锥编》《旧文四篇》和《谈艺录(补订本)》相继出版后,钱锺书的好友郑朝宗几乎在第一时间分别发表了《研究古代文艺批评方法论上的一种范例——读〈管锥编〉与〈旧文四篇〉》《再论文艺批评的一种方法——读〈谈艺录〉(补订本)》等重要论文,所取的研究视角正是方法论。随后数十年中,学者们分别通过辩证法、现象学、话语理论、观念史学等各种理论视角对钱著展开探讨,逐渐形成了"打通说"与"阐释循环说"这两股"钱学"方法论研究大潮。不过,虽然三十多年来国内外均涌现出不少优秀成果,但关于钱锺书诗学方法的研究总的说来仍有遗憾。

  首先,从整体上来看,这一领域的研究表现出某种程度上的比重失调。在前二十多年里宏观研究几乎占据压倒性优势,后十多年则又以微观层面具体方法的探讨为绝对主流,这样大起大落的比重变化所反映的恰是一种不太合理的研究格局。在这种情况下,有的宏观研究常常失之于空泛;而许多具体探讨又各自为战,缺乏必要的组织与联络。其次,问题意识似有欠缺。部分研究长期停留在对钱锺书诗学方法的举例、复述与概括阶段,缺乏与之对话的自觉,也缺乏从中西诗学史角度对其进行辨析、定位、反思以发现新问题的勇气。正因为如此,那些不大注意总结前人研究、沉溺于对前人的重复乃至自我重复的泥淖中难以自拔的所谓"成果"才不时出现。这样的研究方式既造成研究视域的单一,也缺乏对钱锺书诗学方法独创性的真正发现。一些标明以"钱学"方法为研究主题、表面看来有理有据的论文,在将其研究对象由钱锺书置换为陈寅恪等其他现代学者之后,读来竟依旧言之成理、头头是道。这样的"研究"不仅造成学界的尴尬,更是对"钱学"价值的极大遮蔽。再次,研究思路存在整体性误区。正如本书导论中已经分析过的,"打通说"与"阐释循环说"的问题不仅仅是其概念本身的局限性所致,更在于相关研究者思路上的误入歧途。在早已步入"全球化"时代的今天,仍然幻想通过某一个特定的"宏大"概念涵盖钱氏丰富多样的方法论思想——这样的思路既不符合钱著的实情,也不符合这个多元文化时代向学界提出的思维更新要求。

  基于以上认识,本书致力于将宏观层面的概括与微观层面的分析相结合,一方面试图勾勒钱锺书诗学方法的整体结构,另一方面也着眼于钱氏具体方法的深入探讨;在对前人成果的总结与吸收的基础上,力求探讨、揭示钱锺书诗学方法的独特价值。有鉴于"打通说"和"阐释循环说"概念先行的思路之弊,在研究中我们坚持以钱著为本,在文本的基础上梳理、归纳其丰富的方法论思想,通过对钱锺书诗学主张与具体方法间潜在脉络的寻绎来把握其诗学方法论结构。

就钱著的整体特征而言,我们首先看到的是其鲜明的析理论世的诗学形态。与同时代大量借鉴西方著述模式完成的论著相比,这的确为钱氏独有的特征。那么,这一特征与其方法论主张有无联系?从钱锺书"好学深思"与"痴气旺盛"的性格特征出发,我们辨析了其独有的诗学组织原则——"尚理"与"尚趣"。正是在这两大原则的指引下,钱氏深探理窟,妙论人世,广泛抉发事理、义理、情理、艺理之"别趣",睿智潇洒地畅论世态人生,展现出独具风采的"钱学"风格,"理趣"和"游戏"则成为这一风格在其诗学论述中的具体展现。而无论是源于中国古典诗学的"理趣",还是自西方学界舶来的"游戏",都既有深刻的思想内涵,又具鲜明的方法论特征。二者实际上在钱锺书诗学形态与其方法论思想之间架起了一座桥梁,称得上是"钱学"方法论之"外衣"。

毫不夸张地说,钱著给予研究主体的关注是空前的。在其诗学著述中,钱锺书不仅针对"学士""文人""通人"等各类主体发表了大量议论,而且频频发出对其心目中的理想主体"解人"的呼唤。钱锺书对"解人"的思考并非限于认识论范围,而是着眼于方法论的审视。对钱锺书来说,最重要的问题似乎并不是"解人"本身有何意义,而是研究者应如何成为诗学探索中的"解人"。以这一问题为导向,我们在钱著中依次发现了"解人"所涉的五大基本素养:博通、疏离、胆识、精审与活法——这实际上可以被看作是以"解人"为目标的一整套主体建构模式。令人称道的是,钱锺书并未因为对"解人"的期待而在有关认识上陷入僵化。钱著中的"解人"被视为一个动态生成的理想主体,强调研究者在每一次具体任务中向与之相关的、具体的主体诉求靠近——这种对于绝对化标准的自觉拒斥,成为钱锺书诗学方法论思想的过人之处。

对主体的极度关注反映的恰恰是钱锺书对人文精神的深切关怀,以文本为中心,强调对其进行多重视域的考察、辨析与领会,因而成为钱氏诗学批评模式的基本特征。作为这一模式中的核心概念,"理解"在钱锺书诗学中具有极为独特的意义。它不仅与钱锺书本人的性格气质与特殊的人生经历密切相关,从钱著的具体情况来看,"理解"也始终是钱氏研究的出发点、根本方式和归宿。如果我们将眼光放宽至整个20世纪,则"理解"实际上已成为饱经战乱的中外学人的共同课题,在学理上具备广泛的理论根基。不过,虽然钱氏之"理解"强调研究主体基于一定心理体验和文艺经验对研究对象的深刻认识与了解,却并不意味着认同那种一团和气、不痛不痒的研究方式。钱锺书的"理解"是论辩式、批判式的,这使其与韦恩·布斯的"批判性理解"产生了强烈共鸣。与布斯的思考背景一样,钱锺书践行的批判性理解也表现了对多元主义的审视与反思。就其具体过程而言,批判性理解一般包括以下四大环节,即:质疑、考证、汇通和引申,其典型方法则为"连类"与"涵泳"。通过连类,钱锺书跨越古今中西,充分组织起多学科、多层级的材料与论据,不仅为自己的论述提供了最坚实的基础,而且为具体对象的考察提供了一个多元视域,保障了诗学研究的可靠性与灵活性。涵泳则鲜明地体现了钱锺书对于文本中心和主体领悟的双重坚持。一方面,钱氏始终坚守文本解读这一诗学探索的核心阵地,另一方面也并不否认作者意图与研究者本人体悟的重要性,主张研究者在具体的探讨过程中以文本为依托,积极、灵活地进行"悟读"。

钱锺书的诗学著述表面看来的确有着"片段""零散"的特点,但钱著中实际隐含着一个潜在的论述逻辑体系。在其独特的"圆的诗学"思想的主导下,钱著表现出与科学哲学中"复杂性"思想的某种呼应,具体表现为:重视诗学探索的复杂性与多样性,尊重诗意诠解的多种可能性,在论述过程中自觉追求"思转自圆"的逻辑目标。一方面,层层推进、环环相扣的"步步为营"方法在钱著的论述过程中铺设了一个线性逻辑结构;另一方面,诗学视点的交叉置换则在研究中实现了各种现象与观点的"同异互现",从而在诗学空间层面形成了一个网状逻辑结构。"步步为营"与"同异互现"的结合不仅保障了钱锺书诗学论述的"散而不乱",也有力地回击了所谓钱著乃是一盘散沙的错误认识,充分展现了"钱学"方法论对逻辑性的同等重视。

这样,钱锺书的方法论思想在诗学的形态层、主体层、批评模式层和逻辑层均有或隐或显的体现,而析理论世的诗学形态、解人谈艺的主体建构、多元考辨的批评模式、思转自圆的论述逻辑则成为"钱学"方法论的鲜明特征。这四大层面共同形成了一个"通观圆览"的完整诗学结构。

钱锺书在诗学方法层面的思考与探讨虽然极具个性,但其所涉及的方法论问题却是当前文学研究界共同关心的,因而在今天仍有重要的意义,对比较诗学的研究来说尤其如此。有意思的是,与从未彻底摆脱争议的"钱学"一样,比较文学、比较诗学自学科成立伊始便始终未能逃离某些质疑的眼光,甚至陷入所谓"学科之死"的危机之中。如何以具有说服力的研究成果摆脱种种"危机"、如何通过富于成效的理论和方法建设为本学科正名,成为比较诗学界一代又一代学人的奋斗目标。自 20 世纪初王国维的《〈红楼梦〉评论》、鲁迅的《摩罗诗力说》等开始,比较诗学界在研究实践和学理探索等方面已经取得了累累硕果。然而,在学科方法论建设方面,虽然经过近百年的探讨,所取得的进展却依旧有限。从《〈红楼梦〉评论》"以西释中"的尝试开始,到中国台湾学者"阐发法"和大陆学者"双向阐发法"的探讨、"平行研究"的辨析、"X+Y 模式"的批判,再到"古代文论的现代转换(阐释)"的论辩、"中西诗学对话"的反思,比较诗学界从不缺乏方法论建设的热情,但许多新的提法刚刚问世便频频激起广泛批评的现状,恰恰证明了本学科的研究者此种方法论焦虑的程度之深。虽然在具体研究方法的探索上,比较诗学界并非没有公认的优秀成果——如严绍璗的"原典实证"和陈跃红、刘耘华等学者对阐释学方法的借鉴与重释等,但在宏观层面,仍然很难看到一个系统的、具体的学科方法论轮廓。这无疑会给比较诗学的进一步发展带来诸多问题。

钱著中有关方法论问题的丰富论述以及这一方法论"潜体系"的存在,可以说为当代比较诗学的方法论建设提供了一个有益借鉴。事实上,对于时有争议的钱锺书学术,中国比较诗学界从未采取过"敬而远之"的态度。恰恰相反,自中国比较文学学科创立以来,比较文学和比较诗学界始终将钱锺书视为早期杰出代表之一,《谈艺录》《管锥编》等著作也被视为比较诗学研究的典范之作。具体到方法论层面而言,正如在本书导论中可以看到的那样,三十多年来的"钱学"方法探索道路上始终都有比较文学学者的身影。然而,通过学术史的考察却可以发现,"钱学"在当代比较诗学领域中的处境似乎较为尴尬。钱氏宏大的知识体系、出色的语言能力、勤勉的治学态度和高超的学术智慧使其成为比较诗学界公认的最理想研究者之一,然而数十年下来,"全能"的钱锺书似乎也因其天分之特出而被"供"了起来。人们习惯于佩服钱锺书、征引钱锺书,却有意无意忽略了潜心阅读和学习钱锺书,反而淡忘了"钱学"对比较诗学研究的真正价值。实际上,如果我们能够参透钱锺书所谓的"具体的文艺鉴赏与评判"背后严肃的学术取向,掌握其特有的出入于民族立场与国际视野、客观材料与主体领悟之间的研究方法,并在具体的诗学探索中加以有效借鉴和积极利用,或许就能为当前比较诗学界的方法论突围增添一分助力。

举例来说,对于一个比较文学和比较诗学的初学者而言,最感困惑、焦虑的恐怕是"如何成为一名合格的研究者"及"如何在浩渺无垠的学术天地中觅得自己的研究对象与研究道路"这两个问题。然而遗憾的是,在这两个问题上,学界的回答常常不是泛泛而谈就是点到即止。前者长篇大论,无外乎"多读、多想、多关注热点";后者则动辄以"学贯中西古今"要求于研究主体,又往往将研究对象拆解为种种"关系"。这些回答都没有错,但对于理论修养尚浅的初学者来说,它们恐怕就只能算是含糊或象征性地解决了问题。毕竟,"热点"问题并非人人有能力讨论,两个"学贯"的要求也不可能在短期内达到,对真正有价值的"关系"的追寻在研究中的落实更非易事。与之相比,钱锺书的相关思考反倒更加具体一点,因而也就更具现实指导意义。作为动态生成的理想主体,钱锺书所谓的"解人"表面看来同样很难把握,但与之相关的博通、疏离、胆识、精审与活法等五大原则却各有其具体所指,再加上钱著中大量研究案例的具体示范,这些就可以为初学者逐步提升自身素养提供借鉴与引导。而在研究对象的确立方面,钱锺书"尚理""尚趣"的材料组织原则以及钱著在具体的诗学探索中频频展示的由"趣"入"理"的研究方式,无疑也将有助于初学者觅得符合自身兴趣的比较诗学入思路径。

不仅如此,钱锺书在诗学方法上的探索还为当代比较诗学研究的范式更新提供了重要参考。自西学东渐以来,中国学术逐渐完成了从传统到现代的转型。中国现代学术的建立既是历史的必然,在实践层面也确实带来了中国学术的巨大进步。不过,在这一转型过程中同样遗留了不少未能妥善解决的难题,方法论问题即是其中之一。概而言之,在中国现代学术方法论的建设过程中,传统的学术方法被有意无意地日渐淡忘,越来越多的学者投入了西学范式的怀抱。传统学术方法渐渐地被贴上了"主观印象""过时""不科学"的标签,而诸种西学方法则被视为"理性的""现代的""科学的"而广受追捧。西学范式中的两大核心概念——"系统"和"规律"——因而成为众多现代研究者心摹手追的对象。这一点在第二次世界大战后科技飞速发展、人文科学于自然科学咄咄逼人的经济实效面前日渐萎缩的国际大环境下更是走到了极端。作为现代人文学科阵营中的一员,中国比较诗学研究领域也普遍出现了对于所谓"系统"和"规律"的膜拜。的确,规律的发现和系统的建构原属人文学科的题中应有之义,但这并非人文研究的全部价值所在,尤其不宜视作文学研究的最高价值所系。数十年来,比较诗学领域取得的成果已相当可观,难道这些成果全都发现了某种规律或是建立了某个新系统?事实显然并非如此。这种研究实绩与理论倡导之间的脱节,正反映了比较诗学领域在学科基本理论探索与方法论建设之间的长期割裂,而正是这一割裂,导致了比较诗学长久以来的方法论困境。

对"系统"和"规律"的反思恰恰是钱锺书方法论思想的重要内容之一。作为成长于"传统—现代"学术转型期间的一代学人,以中国古典文学为毕生研究对象的钱锺书对所谓"系统"和"规律"有其独到见解。一方面,对中外学术史的全面了解使其发现,所谓"系统的"理论大厦往往经不起时间的考验而很快走向坍塌,而其倒塌后的"砖石瓦片"——所谓的"片段思想"——却依旧可以继续发挥作用。因此,"片段思想"不仅不是什么"鸡零狗碎"的东西,在学术价值上反而并不比"系统的"理论低,其生命力有时甚至还超过前者。耐人寻味的是,不少"钱学"批评者依然完全无视钱著中关于正确认识"系统"问题的明昭大号,其攻击"钱学"的主要武器之一,竟是指责"钱学"不够"系统"!当然,钱锺书对"系统"的反思并不意味着全盘否定其理论价值,而是对学界弥漫着的唯系统论的拨乱反正。正如本书中讨论过的,钱锺书的诗学方法并非杂乱无章,而是同样有其"系统",只不过这种系统性不是显在的,而是潜隐于文字背后,主要通过逻辑线条予以贯串。"钱学"中的"系统观"或可归纳如下:系统性虽然是诗学研究的必然目标,但系统的形成绝不意味着研究的结束,而恰恰是一个新的开始;研究者应对所谓"系统"保持足够的清醒,坚持以文艺领域具体、多变的"片段认识"对"系统"实行反检,以防止其走向抽象和僵化——这一"钱锺书式"系统观对21世纪比较诗学的方法论建设而言无疑具有重要意义。

  另一方面,对于诗学研究必然涉及的规律探讨问题,钱锺书也有十分鲜明的立场。在钱锺书看来,"规律"的发现是文艺研究的必然环节,钱著中大量关于"事理""义理""情理""艺理""学理"的论述即是明证。不过,钱锺书特别强调:绝不可因为"理"之难得而轻视"理"之所由来的具体现象,在诗学领域中,"现象"与"本质"同样重要。为此,钱氏始终慎言"规律",坚持"具体的文艺鉴赏与评判",即便在发现某些"规律"之后也并不对具体的文艺现象视若敝屣。在探讨如何在增加思想深度的同时确保诗学探索的文学研究本质这方面,钱锺书无疑为比较诗学提供了重要示范。

  除此之外,"钱学"还涉及一个比较诗学方法论的大问题,即"情"与"理"的结合问题。如前所述,钱著中的方法论思想是分散体现在诗学形态、主体建构、批评模式、论述逻辑等四个层面的,但这种多层次性并不意味着"钱学"方法体系缺乏关注焦点。就上述四个层面而言,除了逻辑层所必然要求的客观性之外,"钱学"方法论的其他三大层面都表现出科学立场与人文精神相结合的鲜明特征。就形态层而言,"理趣"偏向于一种科学性诉求,而"游戏"则更多人文精神的发挥;主体建构层面的"博通"与"精审"更倾向于科学理性的一面,而"疏离""胆识"与"活法"则体现出浓厚的人文情怀;批评模式中的"连类"客观性倾向鲜明,而"涵泳"则再次强调了研究主体对于文本意义探究的重要性。而且,即便是以科学性为基本要求的论述逻辑,其出发点恰恰也是包含着某种主体性选择的"圆的诗学"。

  正是这种科学立场与人文精神双结合的特性使钱锺书的诗学方法具有

了弥足珍贵的深远意义。可以说,自有文艺研究以来,研究者们便无可逃避地陷入了"科学性－人文性",或者更简单地说,"理－情"的双重对峙之中。一方面,文艺探讨必须具有科学性,否则不仅学科难以成立,更将导致"怎么都行"的妄言臆说,为害后学;另一方面,文艺研究又毕竟不同于自然科学的探索,需要充分调动主体的精神共鸣与情感体悟。在漫长的中西诗学史上,真正实现了这两方面有机结合的学者并不多,更常见的往往是执其一端的研究者。尤其是在20世纪诗学界,这种情况就更加明显。钱锺书不仅较好地处理了这个诗学领域命定的"情－理"矛盾,而且以方法论的形式金针度人,无疑在实践层面给予后人莫大启迪。虽然钱氏比较诗学性质研究中的诸多垂范都不易仿效,但这并不减损这份方法论图谱对于当代比较诗学探索的重要价值。

当然,钱锺书的诗学方法并非完美。就其研究精神而言,钱氏有时的确耽于游戏笔墨,或是提取的问题偶显琐碎;就其批评模式而言,因"才子气"的一时发作、逸笔"打岔"而干扰了分析进程的现象也时有发生,其"连类"标准的拿捏甚至亦曾出现偏差。不过,这些恐怕是任何方法体系都难以克服的问题,并不足以损伤"钱学"诗学方法的整体价值。倘若要进一步全面、深入探讨钱锺书诗学方法的独特性及其之于比较诗学方法论建设的具体意义,那么,在勾勒出钱氏诗学方法的整体轮廓后,接下来需要探究的,便是这一方法论"潜体系"所赖以形成的历史语境与学术背景是什么,它与同时代学人相关探索的共鸣与差异何在,以及它与西方学人的同类探讨相较而言有何优长等问题。这些便构成了本课题后续研究的基本问题域。

参考文献①

一、钱锺书著作

《旧文四篇》,上海:上海古籍出版社,1979年。
《也是集》,香港:广角镜出版社,1984年。
《钱锺书散文》,杭州:浙江文艺出版社,1997年。
《槐聚诗存》,北京:生活·读书·新知三联书店,2002年。
《七缀集》,北京:生活·读书·新知三联书店,2002年。
《人·兽·鬼》,北京:生活·读书·新知三联书店,2002年。
《宋诗选注》,北京:生活·读书·新知三联书店,2002年。
《围城》,北京:生活·读书·新知三联书店,2002年。
《写在人生边上;人生边上的边上;石语》,北京:生活·读书·新知三联书店,2002年。
《容安馆札记》,北京:商务印书馆,2003年。
《钱钟书作品集》,太原:北岳文艺出版社,2004年。
《钱锺书英文文集》,北京:外语教学与研究出版社,2005年。
《宋诗纪事补订(手稿影印本)》,北京:生活·读书·新知三联书店,2005年。
《谈艺录》,北京:生活·读书·新知三联书店,2007年。
《管锥编(1—4册)》,北京:生活·读书·新知三联书店,2007年。
《钱锺书手稿集·中文笔记》,北京:商务印书馆,2011年。

Qian, Zhongshu. *Limited Views: Essays on Ideas and Letters*. Ed. and trans. Ronald Egan. Cambridge: Harvard University Press, 1998.

——. *Fortress Besieged*. Trans. Jeanne Kelly and Nathan K. Mao. New York: New Directions Publishing Corporation, 2004.

——. *Humans, Beasts, and Ghosts*. Trans. Dennis T. Hu. Ed. Christopher G. Rea. New York: Columbia University Press, 2011.

---

① 本"参考文献"体例如下:1.根据文献与论文主旨的联系程度依次分为"钱锺书著作""钱锺书研究文献""方法论研究文献""其他文献"四大类;2.每个板块中的具体文献根据作者姓氏首字母排序;3.每类文献中,中文文献居前,中译本次之,外文文献居后;4.外文文献有中译本的,中译本直接附于该文献之后,不再单独排列;5.中国香港、台湾文献名调整为简体字。

二、钱锺书研究文献

(一) 传记与回忆录

爱默:《钱钟书传稿》,天津:百花文艺出版社,1992年。

汤晏:《民国第一才子:钱锺书》,台北:时报文化出版企业股份有限公司,2001年。

王卫平:《东方睿智学人——钱锺书的独特个性与魅力》,石家庄:河北教育出版社,1997年。

吴泰昌:《我认识的钱锺书》,上海:上海文艺出版社,2005年。

徐敏南主编:《从辅仁走向世界的钱钟书》,上海:华东理工大学出版社,2001年。

杨绛:《记钱锺书与〈围城〉》,长沙:湖南人民出版社,1986年。

张文江:《钱锺书传——营造巴比塔的智者》,上海:复旦大学出版社,2011年。

(二) 研究专著

陈子谦:《钱学论》,成都:四川文艺出版社,1992年。

——:《钱学论(修订版)》,北京:教育科学出版社,1994年。

——:《论钱锺书》,桂林:广西师范大学出版社,2005年。

龚刚:《钱钟书——爱智者的逍遥》,北京:文津出版社,2005年。

胡范铸:《钱钟书学术思想研究》,上海:华东师范大学出版社,1993年。

胡河清:《真精神与旧途径——钱锺书的人文思想》,石家庄:河北教育出版社,1995年。

季进:《钱锺书与现代西学》,上海:上海三联书店,2002年。

李洪岩:《智者的心路历程——钱锺书的生平与学术》,石家庄:河北教育出版社,1995年。

——:《钱锺书与近代学人》,天津:百花文艺出版社,2007年。

李清良:《熊十力陈寅恪钱锺书阐释思想研究》,北京:中华书局,2007年。

莫芝宜佳:《〈管锥编〉与杜甫新解(第2版)》,马树德译,石家庄:河北教育出版社,2001年。

舒展选编:《钱钟书论学文选》,广州:花城出版社,1990年。

田建民:《诗性智慧——钱锺书作品风格论》,石家庄:河北教育出版社,1997年。

徐达、宋秀丽:《读钱识小》,石家庄:河北教育出版社,2002年。

许厚今:《钱钟书诗学论要》,合肥:黄山书社,1992年。

许龙:《钱锺书诗学思想研究》,北京:中国社会科学出版社,2006年。

于德英:《"隔"与"不隔"的循环:钱锺书"化境"论的再阐释》,上海:上海译文出版社,2009年。

臧克和:《语象论——〈管锥编〉疏证》,贵州:贵州教育出版社,1992年。

——:《钱锺书与中国文化精神》,南昌:百花洲文艺出版社,1993年。

张明亮:《槐荫下的幻境——论〈围城〉的叙事与虚构》,石家庄:河北教育出版社,1997年。

张文江:《管锥编读解》,上海:上海古籍出版社,2000年。

周锦:《〈围城〉面面观》,石家庄:河北教育出版社,2002年。

周振甫、冀勤:《钱锺书〈谈艺录〉读本》,上海:上海教育出版社,1992年。

Huters, Theodore. *Qian Zhongshu*. Boston: Twayne Publishers, 1982. (胡志德:《钱钟书》,张晨等译,北京:中国广播电视出版社,1990年。)

(三) 论文集

沉冰主编:《不一样的记忆》,北京:当代世界出版社,1999年。

丁伟志主编:《钱钟书先生百年诞辰纪念文集》,北京:生活·读书·新知三联书店,2010年。

范旭仑、李洪岩编:《钱钟书评论(卷一)》,北京:社会科学文献出版社,1996年。

冯芝祥编:《钱钟书研究集刊(第一辑)》,上海:上海三联书店,1999年。

——:《钱钟书研究集刊(第二辑)》,上海:上海三联书店,2000年。

——:《钱钟书研究集刊(第三辑)》,上海:上海三联书店,2002年。

李明生、王培元编:《文化昆仑:钱钟书其人其文》,北京:人民文学出版社,1999年。

陆文虎编:《钱钟书研究采辑(1)》,北京:生活·读书·新知三联书店,1992年。

——:《钱钟书研究采辑(2)》,北京:生活·读书·新知三联书店,1996年。

钱锺书研究编辑委员会编:《钱锺书研究(第一辑)》,北京:文化艺术出版社,1989年。

——:《钱锺书研究(第二辑)》,北京:文化艺术出版社,1990年。

——:《钱锺书研究(第三辑)》,北京:文化艺术出版社,1992年。

田慧兰等选编:《钱钟书 杨绛研究资料集》,武汉:华中师范大学出版社,1990年。

汪荣祖编:《钱锺书诗文丛说》,中坜:"中大"出版中心,2011年。

谢泳主编:《钱钟书和他的时代》,上海:上海辞书出版社,2009年。

杨联芬编:《钱钟书评说七十年》,北京:文化艺术出版社,2010年。

张泉编译:《钱钟书和他的〈围城〉》,北京:中国和平出版社,1991年。

郑朝宗:《〈管锥编〉研究论文集》,福州:福建人民出版社,1984年。

(四) 期刊论文

陈跃红:《从"游于艺"到"求打通"——钱钟书文艺研究方法论例说》,《中国高校社会科学》2013年第2期。

陈子谦:《试论〈管锥编〉文艺批评中的"一与不一"哲学》,《中国社会科学》1983年第6期。

党圣元:《钱钟书的文化通变观与学术方法论》,《中国社会科学》1999年第4期。

刁生虎:《陈寅恪与钱钟书学术思想及治学方法之比较》,《史学月刊》2007年第2期。

冯川:《经典诠释与中西比较——对王国维、陈寅恪、钱钟书有关思想的一点讨论》,《西南民族学院学报(哲学社会科学版)》2000年第1期。

何明星:《钱钟书"诠释循环"与西方诠释学的关系辨析》,《河北师范大学学报(哲学社会科学版)》2008年第1期。

——:《钱钟书的"连类"》,《文艺研究》2010年第8期。

胡范铸:《现象:观察活动与观念体系的根本起点——钱钟书学术思想与艺术思想研究之一》,《复旦学报(社会科学版)》1990年第5期。

——:《翻译:语言墙壁的凿通与人类文化的互文——钱钟书学术与艺术思想研究之五》,《暨南学报(哲学社会科学版)》1991年第3期。

胡河清:《钱钟书与清学》,《晋阳学刊》1991年第2期。
——:《钱钟书的文章家法》,《上海社会科学院学术季刊》1992年第4期。
胡晓明:《陈寅恪与钱钟书:一个隐含的诗学范式之争》,《华东师范大学学报》(哲学社会科学版)1998年第1期。
胡亚敏:《钱钟书与比较诗学》,《中国现代文学研究丛刊》1993年第4期。
季进:《阐释之循环——钱钟书初论》,《阴山学刊(哲学社会科学版)》1992年第1期。
——:《论钱钟书著作的话语空间》,《文学评论》2000年第2期。
焦亚东:《互文性视野下的类书与中国古典诗歌——兼及钱钟书古典诗歌批评话语》,《文艺研究》2007年第1期。
焦印亭:《钱钟书"阐释之循环"论的学术价值》,《求索》2006年第5期。
李贵生:《钱锺书与洛夫乔伊——兼论钱著引文的特色》,《汉学研究》2004年第1期。
李洪岩:《关于"诗史互证"——钱钟书与陈寅恪比较研究之一》,《贵州大学学报(社会科学版)》1996年第4期。
李清良:《钱钟书"阐释循环"论辨析》,《文学评论》2007年第2期。
李洲良:《"易"之三名与"诗"之三题——论钱钟书〈管锥编〉对易学、诗学的阐释》,《黑龙江社会科学》2001年第4期。
陆文虎:《美国学术界读到了怎样的〈管锥编〉?——评艾朗诺的英文选译本》,《文艺研究》2005年第4期。
罗韬:《钱钟书与朴学》,《学术研究》1990年第6期。
敏泽:《论钱学的基本精神和历史贡献——纪念钱钟书先生》,《文学评论》1999年第3期。
牛月明:《钱钟书的"理趣"论》,《青岛海洋大学学报(社会科学版)》2000年第2期。
孙景尧:《关于比较文学研究方法的思考——〈管锥编〉〈攻玉集〉读后偶记》,《广西大学学报(哲学社会科学版)》1986年第1期。
田建民:《再论钱钟书比喻的特点》,《河北大学学报》1995年第1期。
——:《站在中西文化碰撞的平台上与西方人对话——钱钟书英文论著初探》,《文学评论》2004年第2期。
王大吕:《"中西会通"与钱钟书的文化"打通说"》,《探索与争鸣》1993年第2期。
王哲、胡胜:《钱钟书双关论的修辞史研究方法论意义》,《修辞学习》2007年第5期。
阎简弼:《〈谈艺录〉》,《燕京学报》1948年12月。
杨义:《钱钟书与现代中国学术》,《甘肃社会科学》2004年第4期。
张隆溪:《自成一家风骨——谈钱钟书著作的特点兼论系统与片段思想的价值》,《读书》1992年第10期。
张文江:《钱钟书:营造巴比塔的智者》,《社会科学报》2003年6月26日,第006版。
赵一凡:《钱钟书的通学方法》,《艺术百家》2008年第5期。
赵毅衡:《〈管锥编〉中的比较文学平行研究》,《读书》1981年第2期。
郑朝宗:《研究古代文艺批评方法论上的一种范例——读〈管锥编〉与〈旧文四篇〉》,《文学评论》1980年第6期。
——:《再论文艺批评的一种方法——读〈谈艺录〉(补订本)》,《文学评论》1986年第3期。

——:《〈管锥编〉作者的自白》,《人民日报》1987 年 3 月 16 日,第八版。

三、方法论研究文献

(一) 论著

陈鸣树:《文艺学方法论(第二版)》,上海:复旦大学出版社,2004 年。

陈一壮:《埃德加·莫兰复杂性思想述评》,长沙:中南大学出版社,2007 年。

郭宏安:《从阅读到批评——"日内瓦学派"的批评方法论初探》,北京:商务印书馆,2007 年。

胡经之、王岳川主编:《文艺学美学方法论》,北京:北京大学出版社,1994 年。

李承贵:《20 世纪中国人文社会科学方法问题》,长沙:湖南教育出版社,2001 年。

梁启超:《中国历史研究法》,上海:上海古籍出版社,1998 年。

刘大椿:《科学逻辑与科学方法论名释》,南昌:江西教育出版社,1997 年。

——:《比较方法论》,北京:中国文化书院,1987 年。

陆海明:《中国文学批评方法探源》,北京:中国社会科学出版社,1994 年。

吕思勉:《为学十六法》,北京:中华书局,2007 年。

钱穆:《中国历史研究法》,北京:生活·读书·新知三联书店,2001 年。

王钟陵:《文学史新方法论》,苏州:苏州大学出版社,1993 年。

张伯伟:《中国古代文学批评方法研究》,北京:中华书局,2002 年。

张岱年:《中国哲学史方法论发凡》,北京:中华书局,2005 年。

赵宪章:《文艺学方法通论(修订版)》,杭州:浙江大学出版社,2006 年。

阿·迈纳:《方法论导论》,王路译,北京:生活·读书·新知三联书店,1991 年。

埃德加·莫兰:《方法:思想观念——生境、生命、习性与组织》,秦海鹰译,北京:北京大学出版社,2002 年。

——:《方法:天然之天性》,吴泓缈、冯学俊译,北京:北京大学出版社,2002 年。

——:《论复杂性思维》,陈一壮译,《江南大学学报(人文社会科学版)》2006 年第 5 期。

——:《复杂性思想导论》,陈一壮译,上海:华东师范大学出版社,2008 年。

保罗·法伊尔阿本德:《反对方法:无政府主义知识论纲要》,周昌忠译,上海:上海译文出版社,2007 年。

恩斯特·卡西尔:《人文科学的逻辑》,沉晖、海平、叶舟译,北京:中国人民大学出版社,2004 年。

笛卡尔:《谈谈方法》,王太庆译,北京:商务印书馆,2000 年。

古尔灵等:《文学批评方法手册(第四版)(英文影印版)》,北京:外语教学与研究出版社,2004 年。

汉斯—格奥尔格·伽达默尔:《真理与方法——哲学诠释学的基本特征》,洪汉鼎译,上海:上海译文出版社,1999 年。

吉姆·麦奎根编:《文化研究方法论》,李朝阳译,北京:北京大学出版社,2011 年。

韦伯:《社会科学方法论》,李秋零、田薇译,北京:中国人民大学出版社,2009 年。

Denham, Robert. *Northrop Frye's Critical Method*, University Park: Penn State University Press, 1978.

Gadamer, Hans-Georg. *Truth and Method*. Eds. Garrett Barden and John Cumming. New York: Sheed and Ward, 1975.(汉斯-格奥尔格·加达默尔:《真理与方法——哲学诠释学的基本特征》,洪汉鼎译,上海:上海译文出版社,1999年。)

Koelb, Clayton., and Susan Noakes., ed. *The Comparative Perspective on Literature: Approaches to Theory and Practice*. Ithaca: Cornell University Press, 1988.

(二) 论文集

蒋凡等:《近现代学术大师治学方法比较》,济南:山东画报出版社,2008年。

韦政通编著:《中国思想史方法论文选集》,台北:水牛图书出版事业有限公司,2006年。

(三) 期刊论文

陈永国:《互文性》,《外国文学》2003年第1期。

胡宝珍:《"互见法"探源》,《河北师范大学学报(哲学社会科学版)》2006年第4期。

李春青:《论涵泳——兼谈道学与宋代诗学的内在联系》,《河北学刊》1998年第4期。

钱中文:《面向新世纪的文学理论》,《学习与探索》1994年第3期。

——:《文学艺术价值、精神的重建——新理性精神》,《文学评论》1995年第5期。

——:《论巴赫金的交往美学及其人文科学方法论》,《文艺研究》1998年第1期。

——:《再谈文学理论现代性问题》,《文艺研究》1999年第3期。

——:《理解的理解——论巴赫金的人文科学方法论思想》,《文艺争鸣》2008年第1期。

秦海鹰:《互文性理论的缘起与流变》,《外国文学评论》2004年第3期。

——:《克里斯特瓦的互文性概念的基本含义及具体应用》,《法国研究》2006年第4期。

王宇根:《中国语境中的诠释循环》,《文艺理论研究》1994年第1期。

杨乃乔:《论中西学术语境下对"poetics"与"诗学"产生误读的诸种原因》,《天津社会科学》2006年第4期。

俞纪东:《论辞赋的"连类繁称"》,《上海财经大学学报》2000年第2期。

乐黛云:《中国比较文学的现状与前景》,《中国社会科学》1986年第2期。

——:《差别与对话》,《中国比较文学》2008年第1期。

张末民:《说"游"解"戏"——中国古代文艺中的"游戏说"笔记》,《戏剧文学》1999年第4期。

J. 但格:《唯物辩证法是一种普遍的方法论》,谦如译,转引自《国外社会科学》1981年第12期。

E. H. 舒里加:《什么是"解释学循环"?》,曹介民、杨文极摘译,《哲学译丛》1988年第2期。

四、其他文献

(一) 相关散文集

龚鹏程:《近代思潮与人物》,北京:中华书局,2007年。

罗俞君选编:《杨绛散文》,杭州:浙江文艺出版社,1994年。
钱穆:《八十忆双亲 师友杂忆》,北京:生活·读书·新知三联书店,2010年。
杨绛:《将饮茶》,北京:生活·读书·新知三联书店,1987年。
——:《我们仨》,北京:生活·读书·新知三联书店,2003年。
张隆溪:《走出文化的封闭圈》,北京:生活·读书·新知三联书店,2004年。
——:《一縠集》,上海:复旦大学出版社,2011年。
郑朝宗:《海滨感旧集》,厦门:厦门大学出版社,1988年。
——:《海夫文存》,厦门:厦门大学出版社,1994年。
Hsia, C. T. *A History of Modern Chinese Fiction*. Bloomington: Indiana University Press, 1999.(夏志清:《中国现代小说史》,刘绍铭等译,上海:复旦大学出版社,2005年。)

(二)古典典籍

程颢、程颐:《二程集》,王孝鱼点校,北京:中华书局,1981年。
戴震:《戴震全书》,合肥:黄山书社,2010年。
范文澜:《文心雕龙注》,北京:人民文学出版社,1958年。
黄汝成:《日知录集释》,乐保群、吕宗力校点,上海:上海古籍出版社,2006年。
靳德峻释例:《史记释例》,上海:商务印书馆,1933年。
黎靖德编:《朱子语类》,朱熹,王星贤点校,北京:中华书局,1986年。
十三经注疏整理委员会整理:《孟子注疏(十三经注疏整理本)》,北京:北京大学出版社,2000年。
王弼注,楼宇烈校释:《老子道德经注校释》,北京:中华书局,2008年。
王应麟:《困学纪闻》,翁元圻等注,上海:上海古籍出版社,2008年。
萧统编:《文选》,李善注,北京:中华书局,1977年。
章学诚:《文史通义校注》,叶瑛校注,北京:中华书局,1985年。
朱熹集注:《诗集传》,赵长征点校,北京:中华书局,2011年。
朱熹:《四书章句集注》,北京:中华书局,2012年。

(三)诗学相关著作

陈伯海:《中国诗学之现代观》,上海:上海古籍出版社,2006年。
陈良运:《中国诗学批评史》,南昌:江西人民出版社,2007年。
陈平原主编:《中国文学研究现代化进程二编》,北京:北京大学出版社,2002年。
陈寅恪:《金明馆丛稿二编》,上海:上海古籍出版社,1980年。
陈跃红:《比较诗学导论》,北京:北京大学出版社,2005年。
高宣扬:《利科的反思诠释学》,上海:同济大学出版社,2004年。
洪汉鼎主编:《理解与解释——诠释学经典文选》,北京:东方出版社,2001年。
洪汉鼎:《诠释学——它的历史和当代发展(修订版)》,北京:中国人民大学出版社,2018年。
胡适:《胡适文存 叁》,北京:华文出版社,2013年。

黄永武:《中国诗学》,北京:新世界出版社,2012年。
李衍柱:《时代的回声——走向新世纪的中国文艺学》,广州:花城出版社,2000年。
刘运峰编:《中国新文学大系导言集(1917－1927)》,天津:天津人民出版社,2009年。
刘耘华:《诠释学与先秦儒家之意义生成》,上海:上海译文出版社,2002年。
潘德荣:《西方诠释学史》,北京:北京大学出版社,2013年。
孙玉石:《中国现代诗学丛论》,北京:北京大学出版社,2010年。
孙周兴:《语言存在论——海德格尔后期思想研究》,北京:商务印书馆,2011年。
童庆炳:《中华古代文论的现代阐释》,北京:中国人民大学出版社,2010年。
王瑶主编:《中国文学研究现代化进程》,北京:北京大学出版社,1996年。
叶维廉:《中国诗学(增订版)》,北京:人民文学出版社,2006年。
殷鼎:《理解的命运:解释学初论》,北京:生活·读书·新知三联书店,1988年。
乐黛云:《比较文学与比较文化十讲》,上海:复旦大学出版社,2004年。
乐黛云编:《比较文学研究》,武汉:湖北教育出版社,2008年。
张隆溪:《中西文化研究十论》,上海:复旦大学出版社,2005年。
——:《道与逻各斯:东西方文学阐释学》,冯川译,南京:江苏教育出版社,2006年。
——:《同工异曲——跨文化阅读的启示》,南京:江苏教育出版社,2006年。
周光庆:《中国古典解释学导论》,北京:中华书局,2002年。
朱光潜:《西方美学史(下)》,北京:中华书局,2013年。
D. C. 霍埃:《批评的循环》,兰金仁译,沈阳:辽宁人民出版社,1987年。
Erich Auerbach:《摹仿论:西方文学中所描绘的现实(50周年版)》,上海:上海外语教育出版社,2009年。
Northrop Frye:《批评的剖析》,上海:上海外语教育出版社,2009年。
艾·阿·瑞恰慈:《文学批评原理》,杨自伍译,南昌:百花洲文艺出版社,2010年。
爱德华·W. 萨义德:《世界·文本·批评家》,李自修译,北京:生活·读书·新知三联书店,2009年。
巴赫金:《巴赫金全集(第二卷)》,李辉凡、张捷、张杰、华昶等译,石家庄:河北教育出版社,1998年。
——:《巴赫金全集(第三卷)(小说理论)》,白春仁、晓河译,石家庄:河北教育出版社,1998年。
——:《巴赫金全集(第四卷)(文本 对话与人文)》,白春仁、晓河、周启超、潘月琴、黄玫等译,石家庄:河北教育出版社,1998年。
保罗·利科:《解释的冲突——解释学文集》,莫伟民译,北京:商务印书馆,2008年。
——:《诠释学与人文科学:语言、行为、解释文集》,孔明安、张剑、李西祥译,北京:中国人民大学出版社,2012年。
柏拉图:《柏拉图文艺对话集·伊安篇》,朱光潜译,北京:人民文学出版社,1963年。
布瓦洛:《诗的艺术(修订本)》,任典译,北京:人民文学出版社,2009年。
戴维·洛奇编:《二十世纪文学评论(上册)》,葛林等译,上海:上海译文出版社,1987年。
费尔迪南·德·索绪尔:《普通语言学教程》,高名凯译,北京:商务印书馆,2009年。

费雷德里克·詹姆逊:《论现代主义文学》,苏仲乐、陈广兴、王逢振译,北京:中国人民大学出版社,2010年。

弗雷德·拉什编:《批判理论》,北京:生活·读书·新知三联书店,2006年。

汉斯·罗伯特·耀斯:《审美经验与文学解释学》,顾建光、顾静宇、张乐天译,上海:上海世纪出版集团,2006年。

克罗齐:《美学原理·美学纲要》,朱光潜等译,北京:人民文学出版社,1983年。

雷蒙·威廉斯:《文化与社会:1780—1950》,高晓玲译,长春:吉林出版集团有限责任公司,2011年。

理查德·E. 帕尔默:《诠释学》,潘德荣译,北京:商务印书馆,2012年。

罗兰·巴尔特:《文艺批评文集》,怀宇译,北京:中国人民大学出版社,2010年。

罗森:《诗与哲学之争》,张辉译,北京:华夏出版社,2004年。

米歇尔·福柯:《主体解释学》,佘碧平译,上海:上海人民出版社,2010年。

乔治·J. E. 格雷西亚:《文本性理论:逻辑与认识论》,汪信砚、李志译,北京:人民出版社,2009年。

乔治·布莱:《批评意识》,郭宏安译,南昌:百花洲文艺出版社,2010年。

让·贝西埃等主编:《诗学史(修订版)》,史忠义译,开封:河南大学出版社,2010年。

托·斯·艾略特:《艾略特文学论文集》,李赋宁译,南昌:百花洲文艺出版社,2010年。

威尔海姆·狄尔泰:《体验与诗:莱辛·歌德·诺瓦利斯·荷尔德林》,胡其鼎译,北京:生活·读书·新知三联书店,2003年。

维柯:《新科学》,朱光潜译,北京:人民文学出版社,2008年。

维·什克洛夫斯基:《散文理论》,刘宗次译,南昌:百花洲文艺出版社,1994年。

维谢洛夫斯基:《历史诗学》,刘宁译,天津:百花文艺出版社,2003年。

乌斯宾斯基:《结构诗学》,彭甄译,北京:中国青年出版社,2004年。

亚里斯多德、贺拉斯:《诗学 诗艺》,罗念生、杨周翰译,北京:人民文学出版社,2008年。

叶·莫·梅列金斯基:《神话的诗学》,魏庆征译,北京:商务印书馆,2009年。

Allen, Graham. *Intertextuality*. London: Routledge, 2000.

——. *Intertextuality*. 2ed. London: Routledge, 2011.

Bakhtin, M. M. *The Dialogic Imagination: Four Essays*. Trans. C. Emerson, and M. Holquist. Ed. M. Holquist. Austin: University of Texas Press, 1981.

——. *Problems of Dostoevsky's Poetics*. Trans. and ed. C. Emerson. Minneapolis: University of Minnesota Press, 1984. (巴赫金:《陀思妥耶夫斯基诗学问题》,白春仁、顾亚铃译,北京:生活·读书·新知三联书店,1988年。)

Barthes, Roland. "From Work to Text." *Image Music Text*. Trans. Stephen Heath. London: Fontana, 1977.

——. *Image Music Text*. Trans. Stephen Heath. London: Fontana, 1977.

——. "Theory of the Text." *Untying the Text: A Post-structuralist Reader*. Ed. Robert Young. London: Routledge and Kegan Paul, 1981.

Bloom, Harold. *The Anxiety of Influence: A Theory of Poetry*. Oxford: Oxford

University Press, 1973.

Booth, Wayne C. *Critical Understanding: The Powers and Limits of Pluralism*. Chicago: Chicago University Press, 1979.

Brecht, Bertolt. "Short Description of a New Technique of Acting." *Brecht on Theatre: The Development of an Aesthetic*. Ed. and Trans. John Willett. Eyre Methuen: Suhrkamp Verlag, Frankfurt am Main, 1964.

Bullough, Edward. "'Psychical Distance' as a Factor in Art and as an Aesthetic Principle." *Art and Its Significance: An Anthology of Aesthetic Theory*. Ed. Stephen David Ross. Albany: State University of New York Press, 1984.

Chao, Yuen Ren. *Language and Symbolic Systems*. Cambridge: Cambridge University Press, 1968.

Cook, David. *Northrop Frye: A Vision of the New World*. Montréal: Ctheory Books, 2001.

Culler, Jonathan. *The Pursuit of the Signs: Semiotics, Literature, Deconstruction*. New York: Cornell University Press, 1981.

——. *On Deconstruction: Theory and Criticism after Structuralism*. London: Routledge & Kegan Paul, 1983.

——. *Structuralist Poetics: Structuralism, Linguistics and the Study of Literature*, London: Routledge & Kegan Paul, 2002.

Dufrenne, Mikel. *Main Trends in Aesthetics and the Sciences of Art*. New York: Holmes & Meier Publishers, 1978.

Eagleton, Terry. *Literary Theory: An Introduction*. Oxford: Blackwell, 2005.(特雷·伊格尔顿:《二十世纪西方文学理论》,伍晓明译,北京:北京大学出版社,2007年。)

Eco, Umberto. *Interpretation and Overinterpretation*. Cambridge: Cambridge University Press, 1992.(安贝托·艾柯等:《诠释与过度诠释》,王宇根译,北京:生活·读书·新知三联书店,2005年。)

——. *The Limits of Interpretation*. Bloomington: Indiana University Press, 1994.

Empson, William. *Seven Types of Ambiguity*. London: Penguin, 1961.

Gadamer, Hans-Georg. *Philosophical Hermeneutics*. Trans. David E. Linge. Berkeley: University of California Press, 1977.(汉斯-格奥尔格·加达默尔:《哲学解释学》,夏镇平、宋建平译,上海:上海译文出版社,2004年。)

Genette, Gérard. *Palimpsests: Literature in the Second Degree*. Trans. Channa Newman and Claude Doubinsky. London: University of Nebraska Press, 1997.(热拉尔·热奈特:《热奈特论文集》,史忠义译,天津:百花文艺出版社,2001年。)

Geoffrey of Vinsauf. "Poetria Nova." *Norton Anthology of Theory and Criticism*. Ed. Vincent B. Leitch. New York: Norton, 2001.

Grondin, Jean. *Introduction to Philosophical Hermeneutics*. Trans. Joel Weinsheimer. New Haven: Yale University Press, 1994.(让·格朗丹:《哲学解释学导论》,何卫平译,北

京：商务印书馆，2009 年。）

Heidegger, Martine. *Being and Time*. Trans. John Macquarrie and Edward Robinson. Oxford：Basil Blackwell，1962.（马丁·海德格尔：《存在与时间（修订译本）》，陈嘉映、王庆节合译，北京：生活·读书·新知三联书店，1999 年。）

Hirsch, E. D. *Validity in Interpretation*. New Haven：Yale University Press, 1967.

——. *The Aims of Interpretation*. Chicago：Chicago University Press, 1976.

Hoy, David C. *The Critical Circle：Literature, History, and Philosophical Hermeneutics*. Berkeley：University of California Press, 1982.

Jameson, Fredric. *Brecht and Method*. London：Verso, 1998.

Kristeva, Julia. "The Bounded Text." *Desire in Language：A Semiotic Approach to Literature and Art*. Trans. Thomas Gora, Alice Jardine, and Leon S. Roudiez. Ed. Leon S. Roudiez. New York：Columbia University Press, 1980.

——. "Word, Dialogue and Novel." *Desire in Language：A Semiotic Approach to Literature and Art*. Trans. Thomas Gora, Alice Jardine, and Leon S. Roudiez. Ed. Leon S. Roudiez. New York：Columbia University Press, 1980.

——. "Revolution in Poetic Language." *The Kristeva Reader*. Ed. Toril Moi. New York：Columbia University Press, 1986.

Leitch, Vincent B., ed. *Norton Anthology of Theory and Criticism*. New York：Norton, 2001.

Lentricchia, Frank. *After the New Criticism*. London：Methuen, 1983.

Levin, Harry, ed. *Perspectives of Criticism*. Cambridge：Harvard University Press, 1950.

Liu, James. *Chinese Theories of Literature*. Chicago：University of Chicago Press, 1975.

Lubbock, Percy. *The Craft of Fiction*. London：Jonathan Cape, 1966.

Miner, Earl. *Comparative Poetics：An Intercultural Essay on Theories of Literature*. Princeton：Princeton University Press, 1990.

Palmer, Richard E. *Hermeneutics：Interpretation Theory in Schleiermacher, Dilthey, Heidegger, and Gadamer*. Evanston：Northwestern University Press,1969.（理查德·E. 帕尔默：《诠释学》，潘德荣译，北京：商务印书馆，2012 年。）

Poulet, George. "Criticism and the Experience of Interiority." *The Structuralist Controversy*. Eds. Richard Macksey, and Eugenio Donato. Chicago：Chicago University Press, 1972.

Preminger, Alex, and T. V. F. Brogan, eds. *The New Princeton Encyclopedia of Poetry and Poetics*. Princeton：Princeton University Press, 1993.

Ransom, John C. *The New Criticism*. New York：Greenwood Press, 1979.

Rapin, René. *Reflections on Aristotle's Treatise*. Trans. Thomas Rymer. London：Herringman, 1674.

Richards, I. A. *Principles of Literary Criticism*. London：Routledge & Kegan Paul, 1926.

Ricœur, Paul. *Interpretation Theory: Discourse and the Surplus of Meaning*. Fort Worth: Texas Christian University Press, 1976.

——. *Hermeneutics and the Human Sciences: Essays on Language, Action and Interpretation*. Ed & trans. John B. Thompson. Cambridge: Cambridge University Press, 1981.

Riffaterre, Michael. "Interpretation and Undecidability." *New Literary History* 12(1980).

——. "Intertextual Representation: On Mimesis as Interpretive Discourse." *Critical Inquiry* 11(1984).

——. "Compulsory Reader Response: the Intextual Drive." *Intertextuality: Theories and Practices*. Eds. Michael Worton, and Judith Still. Manchester: Manchester University Press, 1990.

Saussure, Ferdinand de. *Course in General Linguistics*. Trans. Wade Baskin. Eds. Charles Bally, Albert Schehaye, and Albert Reidlinger. London: Fontana, 1974.

Schleiermacher, Friedrich. *Hermeneutics and Criticism and Other Writings*. Trans. Andrew Bowie. Cambridge: Cambridge University Press, 1998.

Selden, Raman, ed. *The Theory of Criticism: From Plato to the Present*. London: Longman, 1988. (拉曼·塞尔登编:《文学批评理论——从柏拉图到现在》,刘象愚等译,北京:北京大学出版社,2000年。)

Selden, Raman. *The Theory of Criticism from Plato to the Present: A Reader*. New York: Addison Wesley Longman, 1997.

Shklovsky, Victor. "Art as Technique." *The Critical Tradition: Classic Texts and Contemporary Trends*. Trans. Lee T. Lemon, and Marion Reis. Ed. David H. Richter. Boston: Bedford/ St. Martin's, 2007.

Silverman, Hugh J. *Textualities: Between Hermeneutics and Deconstruction*. New York: Routledge, 1994.

Smith, James H. *The Great Critics: An Anthology of Literary Criticism*. New York: Norton, 1939.

Spivak, Gayatri C. *Death of a Discipline*. New York: Columbia University Press, 2003.

Weinsheimer, Joel. *Philosophical Hermeneutics and Literary Theory*. New York: Yale University Press, 1991.

Wellek, René. *Concepts of Criticism*. New Haven and London: Yale University Press, 1963.

Wellek, René, and Austin Warren. *Theory of Literature*. New York: Harcourt, Brace and Company, 1949.

(四) 经典哲学美学著作

鲍桑葵:《美学史》,张今译,北京:商务印书馆,2009年。

恩格斯:《自然辩证法》,中共中央马克思恩格斯列宁斯大林著作编译局编《马克思恩格斯选集(第三卷)》,北京:人民出版社,2012年。

黑格尔：《小逻辑》，贺麟译，北京：商务印书馆，1980年。
——：《历史哲学》，王造时译，上海：上海书店出版社，2001年。
——：《逻辑学》，杨一之译，北京：商务印书馆，2011年。
——：《美学》，朱光潜译，北京：商务印书馆，2011年。
中共中央马克思恩格斯列宁斯大林著作编译局编：《马克思恩格斯选集（第一卷）》，北京：人民出版社，1972年。

(五) 学术史、思想史、文学史著作

曹聚仁：《中国学术思想史随笔》，北京：生活·读书·新知三联书店，1986年。
葛兆光：《中国思想史》，上海：复旦大学出版社，2001年。
郭绍虞：《中国文学批评史》，天津：百花文艺出版社，2008年。
李泽厚：《中国近代思想史论》，北京：生活·读书·新知三联书店，2008年。
——：《中国现代思想史论》，北京：生活·读书·新知三联书店，2008年。
梁启超：《清代学术概论》，朱维铮导读，上海：上海古籍出版社，1998年。
——：《中国近三百年学术史》，北京：人民出版社，2008年。
罗荣渠主编：《从"西化"到现代化：五四以来有关中国的文化趋向和发展道路论争文选》，合肥：黄山书社，2008年。
罗志田：《裂变中的传承：20世纪前期的中国文化与学术》，北京：中华书局，2009年。
钱穆：《中国近三百年学术史》，北京：九州出版社，2011年。
桑兵、张凯、於梅舫编：《近代中国学术批评》，北京：中华书局，2008年。
汪晖：《现代中国思想的兴起》，北京：生活·读书·新知三联书店，2008年。
王汎森：《晚明清初思想十论》，上海：复旦大学出版社，2008年。
——：《中国近代思想与学术的系谱》，长春：吉林出版集团有限责任公司，2010年。
伍启元：《中国新文化运动概观》，合肥：黄山书社，2008年。
徐复观：《中国思想史论集续篇》，上海：上海书店出版社，2004年。
许纪霖编：《二十世纪中国思想史论》，上海：东方出版中心，2006年。
杨东莼：《中国学术史讲话》，南京：江苏教育出版社，2005年。
章太炎、刘师培等：《中国近三百年学术史论》，上海：上海古籍出版社，2006年。

后　记

　　本书是在本人博士论文《钱锺书诗学方法论研究》的基础上增补、修订完成的。书成而待付梓之际，掰着指头一算，从最初的选题到如今的基本完稿，一晃竟然十年就过去了。

　　博士论文选择了钱锺书作为研究对象，真是我做梦也没想到的事情。虽然本科时期便大爱《围城》，领到工资后买的第一批书就是三联版的《谈艺录》和《管锥编》，然而在读博之前，所读钱著也不过是其小说与散文。进入北大后，在师友影响下我终于开始读起了《七缀集》和《谈艺录》，然而对《管锥编》却始终敬而远之。直到2012年4月的一天，当我正东拉西扯地向导师报告自己论文选题的各种想法时，业师陈跃红教授突然提议："不如碰碰钱锺书？"

　　一股莫名的勇气油然而生。

　　毫不意外，博士论文的研究重心几经变换。由于在钱锺书学术著作的阅读上起步较晚，很难在短时间内形成一个成熟的、经得起推敲的观点，结果在近半年的时间里，我每天最大的痛苦与煎熬便是眼睁睁看着头一天欣然获得的"领悟"被新材料无情推翻。钱先生的渊博睿智本已令人目眩，钱著的丰赡与"游戏三昧"更叫人头痛。更何况，阅读钱锺书和研究钱锺书是完全不同的两码事。阅读钱锺书，可以卸下思想包袱，如张隆溪教授所说的那样随意翻阅，充分享受钱氏的知识大餐、语言魔力与智慧启迪；研究钱锺书，却不得不与一位学富五车、聪慧狡黠的大师对话甚至是展开较量，其间的困难与痛苦惟其自知。论文最终将具体研究对象确定为钱锺书的诗学方法论，一是因为受北大比较所各位老师，尤其是陈老师学术理念的熏陶和启发，方法论问题一直是我求学期间关注的重点；二是出于对某些神化钱锺书的做法的不满，希望通过论证钱氏学术的实践指导意义将其还原为"人"；三则因为方法论的确是"钱学"重要的、值得探索的问题，而这一领域已有的丰富成果亦可资后学借鉴并据此弥补本人学力的不足。

　　本书在写作思路上同样经历了一次大的调整。在最初的提纲中，概括钱锺书诗学方法论的特点只是第一步，接下来还计划将钱氏方法论与其他中外学人，尤其是现代中国学人的方法论进行比较辨析，以发见其在中国现代学术建立过程中的价值与意义。然而在具体的写作过程中，由于篇幅的膨胀和自身学力的缺憾,第二步设想不得不暂时搁置,核心论题也由原先的"钱锺书诗学方法论及其学术史贡献",变为了现在的"钱锺书诗学方法论及其启示"。这不能不说是一个遗憾。假如当初设想的第二部分可以完成的话,这本书或许会不一样。这里就用得上钱锺书的一个譬喻了——"我们对采摘不到的葡萄,不但想象它酸,也很可能想象它是分外地甜"。

没能采到葡萄只能日后继续努力,但本书最终能够完成,要感谢的师友与亲人实在太多太多。首先感谢恩师陈跃红教授!在我陷入人生低谷时,是陈老师引领我走入了学术的大门。四年攻博期间,陈老师不仅给了我严师的鞭策与督导,也给了我慈父般的宽容与鼓励,更给了我朋友般的帮助和信任。如果没有陈老师的悉心指点和鞭策激励,资质驽钝的我就不可能顺利完成四年学业,博士论文恐怕也早已夭折。

感谢北大比较所各位老师的教导和帮助!乐黛云教授、孟华教授和严绍璗教授的学术讲座令我获益匪浅;Nicholas Koss 教授义务为我们开设"博士生毕业论文工作坊",在学术规范和论文写作技巧方面给了我最直接的帮助,又在外文资料的搜集上为我多方努力;张辉教授的文学解释学与思想史课程助我打开思路,本书第一章的写作便得益于张老师的点拨;车槿山教授不仅教给了我国际文学关系和叙事学研究的有效方法,而且总在我沮丧时给予热情的鼓励,又在我得意忘形时及时棒喝,使我保持学习的动力和研究的定力;张沛老师以新旧中西竟通的知识结构和一丝不苟的严谨学风为我树立了学术的榜样,本书的写作不仅受益于张老师的西方文论课程,更在结构调整方面多次得到张老师的点拨与指正;秦立彦老师在论文开题和预答辩环节都给我提出了一针见血的意见,正是在秦老师的启发下,我放弃了以一个新的宏大概念去置换"打通"和"阐释循环"的错误思路,走出了当时的写作困境。另外,我也要感谢漆永祥教授对我生活上的关照、学术上与教学上的启发,感谢金永兵老师、魏崇新老师、耿幼壮老师、刘洪涛老师在博士论文预答辩、正式答辩时给我提出的修改意见,当然还要感谢博士论文匿名评审阶段和国家社科基金后期资助项目审批阶段各位评审专家提出的中肯、宝贵意见。

感谢各位风雨相伴的同窗好友!大师兄钟厚涛不仅在学术上为我树立了研究的榜样,而且在生活上为我树立了精神的榜样,并一直给我多方关照。胡根法兄率直真诚,待我以兄弟之情,不仅在生活上时时关心,还主动帮我搜集资料,使我轻松不少、获益良多。王广生兄从第一次见面起就予我以鼓励和帮助,使我加深了对方法论问题的认识。吴向廷兄重进取、有豪气,时时给我鞭策,最是同窗中的良师益友。我也要感谢师姐范晶晶、安宁,师兄李根硕、齐一民的鼓励,感谢同门李树春、孙凌钰、赵海燕为我加油打气。当然,这本著作能够出版,还要感谢国家社科基金的资助,尤其感谢北京大学出版社张冰教授的大力帮助和刘爽老师的辛劳付出。

最后,我要感谢始终在背后支持我的家人,尤其感谢默默牺牲、给我以宽容和理解的妻子。虽然我们相隔千里、聚少离多,但我的感激和牵挂一直都在你身边,没离开过。

2022 年 3 月